Cristina Rus

C000124672

PASSIONE BRUCIANTE

Vol. 1

*Tutti sanno che la luce delle stelle necessita di un tempo lunghissimo
per arrivare al culmine della propria lucentezza. Ma qualche volta
la percepiamo solo quando è inevitabilmente scomparsa.
Perché è una parte dell'illusione del mondo,
quell'essenza nel cuore costituisce un'illusione.
Dare vita ad una speranza, un sogno, che ci riempie di gioia.
E per tutti quelli che sognano e non hanno paura di farlo,
vivete di passione.
E amate.
Amate sempre, incondizionatamente.*

PROLOGO

Foresta pluviale della Cina Sud Orientale, spedizione alla ricerca della gemma lapislazzuli più pura al mondo e che solo i grandi designer hanno occhio per trovarla. Ore diciassette e trenta minuti, quasi l'ora del tramonto e della caccia al cibo da parte dei lupi. Ho le gambe stanche e gonfie per tutti i graffi presi durante l'attraversamento della foresta; quelle maledette piante orticanti mi danno il prurito. Mi devo fermare, sono sfinita e non ho più forze per proseguire, per giunta l'acqua è quasi esaurita e la riserva del fiume è troppo lontana per arrivarci prima che faccia totalmente buio.

«Signorina Mars, aspetti!»

«Signorina Mars, non si allontani troppo altrimenti si perderà!»

«State tranquilli, conosco queste foreste come le mie tasche, piuttosto voi stiate attenti a non cadere».

«Avete trovato qualcosa? Una gemma magari».

«Spiritoso Mellon, ma no. In due sole settimane, il fatto che siamo arrivati fino a qui è già un miracolo».

«Ha ragione, Signorina Mars. Mellon. smettila di dire stupidaggini e sbrigati ad attaccare la tenda per la notte».

«Signorina Mars, forse è meglio se ci fermiamo qui per la notte, non crede? Domani saremo più riposati e con più energie per arrivare ancora più lontano degli ultimi due giorni».

«D'accordo. Vado a prendere qualche ramoscello per la legna, torno subito».

La sera è veramente bella, la luna risplende alta nel cielo e il fuoco davanti a me riscalda la notte gelida nella foresta più pericolosa del sud della Cina. Mi sento felice per aver raggiunto un così alto traguardo e di aver reso mio padre felice.

Di cosa sto parlando? Facciamo un passo indietro.

Dopo la perdita di mia madre da molto piccola, mio padre non fu più lo stesso, in tutto. Il suo comportamento peggiorò radicalmente e su di noi ne ricadde pesantemente. Più su di me che su mio fratello Terence che all'epoca aveva solo due anni. Con gli anni che passavano, l'unico obbiettivo che aveva era quello di mandarmi alla ricerca di gemme in tutto il mondo, perché la nostra compagnia doveva avere costantemente nuovi sbocchi in commercio, e questo richiede giustamente nuovi materiali per la realizzazione di gioielli costosi.

Sono passati tre lunghi mesi da quando papà è partito con i suoi finanziatori, per parlare con dei collaboratori in America del Sud, ma in questo lungo periodo di assenza non si è fatto sentire nemmeno una volta. So che è difficile superare il lutto, ma sono passati diciassette anni dalla morte della mamma e ancora ripensa a quell'incidente che portò via l'amore della sua vita.

Sapete, la loro è una delle più belle storie d'amore che mamma mi raccontava quando ero piccolina. Il loro amore, mi diceva, lo ricordo appena perché ero piccola; ma la zia me lo raccontava di volta in volta quando mi veniva a trovare. Il loro amore era incondizionato, assolutamente reale. Era il più bel sentimento che lei avesse mai provato nella sua intera vita.

La prima volta che si sono incontrati, ricordo, era mentre lei stava aiutando una signora anziana a raccogliere la frutta che era caduta a terra. Il mio papà, o almeno l'uomo che lo sarebbe diventato presto, stava attraversando la strada con la macchina proprio in quell'esatto momento. Il suo autista fu costretto a frenare e per poco non finì per investirle entrambe!

Ma questo non accadde, il fato non lo permise. Sia mamma che la signora ne uscirono fuori intatte.

Lei è la mia mamma… la mia più sincera amica. Era una modella, sapete? Perfetta per i riflettori. Le luci l'amavano, le telecamere l'amavano. Tutti l'amavano. Purtroppo, però, la nostra perdita causò un vuoto enorme, e il ricordo di lei non fu mai più dimenticato da allora.

Papà scese di corsa dalla macchina e correndo verso le due signore lì davanti, domandò loro perdono.

«Sono mortificato, non vi siete fatte male, vero? Vi ripagherò tutta la frutta che è caduta a terra. Quanto le devo, signora?»

«Crede veramente che il denaro possa risolvere tutto?»

«Come, scusi?»

«Il denaro non è la soluzione. Non crede che la Signora si sia fatta male? Perché non la porta in ospedale per un controllo?»

«Io...»

«Senta non glielo dirò un'altra volta, se è veramente un gentiluomo, allora faccia ciò che deve fare».

«Ha ragione. Mi scusi, signora, adesso la porto a fare un controllo in ospedale».

«Grazie mille, è stata molto coraggiosa, Signorina».

«Non si preoccupi, quest'uomo la porterà in ospedale».

«Grazie. Grazie!»

Fu così che mamma e papà fecero la loro prima conversazione. Non è divertente il modo in cui si sono incontrati la prima volta? Beh, ancora più bello fu il loro secondo incontro, e il momento esatto in cui capirono di essere perdutamente innamorati l'uno dell'altra.

Mamma era alla sua più grande esibizione sul palco. Mostrare gli abiti per una sfilata importante deve essere un grande onore, non credete? Papà era diretto con i suoi collaboratori a partecipare proprio a quella stessa sfilata, ma in particolare alla mostra di gioielli che si sarebbe tenuta dopo di essa. Quando la vide lì sul quel palco, con i riflettori puntati addosso, fu amore a prima vista. Mamma non si era nemmeno ancora accorta della sua presenza, ma papà sapeva già di essere follemente innamorato di quella magnifica donna che illuminava la sala con la sua bellezza.

Poco dopo, alla mostra di gioielli, papà stava esaminando un particolare della collana che mamma aveva indossato alla sfilata precedente. Non smetteva di pensare a lei, e alla sua bellezza incantatrice.

«*Quello è un diamante molto costoso, signore*» - lo informò -.

«*Come? Oh, non volevo comprarlo, signorina*».

«*Mi sembra di averla già incontrata prima, mi sbaglio?*»

«*Non si sbaglia. Non si ricorda? Sono colui che ha quasi investito quella signora e lei*».

«*A proposito, come sta?*»

«*Sta bene, niente di grave. Solo spavento*».

«*Bene, sono sollevata*».

«*E lei?*»

«*Io cosa?*»

«*Come sta? Si è fatta male da qualche parte?*»

«*No, io sto bene. Grazie per aver aiutato quella signora, ma non mi è piaciuto affatto il modo in cui pensava di ripagare il danno che aveva fatto*».

«*Perché?*»

«*Come "perché"? Non si risolvono tutti i problemi con il denaro, lei non crede?*»

«*E lei crede che con la gentilezza e la dolcezza si possa ottenere tutto?*»

«*Beh, io...*»

«*Io credo che lei stia sottovalutando la questione, signorina...*»

«*Non credo sia necessario sapere il mio nome, signore*».

«*Se la mettete su questo piano, neanch'io vi dirò il mio*».

«*Che uomo irritabile!*»

«Suvvia, che succede? Siete in imbarazzo forse?»

«Non parlatemi! Siete solo un ricco sfacciato, non provate più a seguirmi!»

«Crede che la stia seguendo? Beh, si sbaglia. Sono qui per i gioielli».
«Lei è un designer?»

«Sì, e lei è una donna che li sfoggia magnificamente».

«La smetta di adularmi!»

«D'accordo, d'accordo. Cosa vuole in cambio?»

«Io non voglio niente da lei. Ha già fatto ciò che doveva l'altra volta, perché dovrei volere in cambio qualcosa?»

«Come può una donna così bella non volere niente? Non le piacciono i gioielli? Guardi!»

«Non sono quel tipo di donna come presumo lei abbia visto di molte».

«Questo è sicuro! Mai una donna mi avrebbe parlato così, ma voi... voi siete così...»

«Katerina! Katerina dove sei?»

Intruso avvistato!

«Adesso devo proprio andare».

«Quindi vi chiamate Katerina. È un piacere conoscervi».

Può sembrare pacchiano il modo in cui si parlava un tempo, ma la loro storia, il loro amore, era così puro e sincero. Come può il destino volerli separare?

È buio e il freddo comincia a farsi sentire, il fuoco ormai spento non procura più calore. Una sola scintilla ancora risplende nella legna ormai bruciata. Una scintilla!

Ho veramente visto una scintilla brillare?

Questo evento mi ricorda quando, da piccola, io e mia madre andavamo a fare escursioni in montagna e rimanevamo a guardare la legna fino al vedersi dell'ultima scintilla sul più bruciato dei ramoscelli. Questo significa che mamma mi sta guardando adesso? Spero solo che non sia triste per me o per mio fratello. Stiamo entrambi bene e in salute. Non si deve preoccupare di niente.

Poco lontano vedo la montagna, il mio obbiettivo, il posto dove dobbiamo arrivare. La mia destinazione per fare felice papà. Vorrei tanto rivederlo sorridere almeno una volta, quel suo sorriso beffardo, le fossette che gli comparivano ogni volta che allargava le labbra.

Erano bei momenti quelli. Gli attimi che mi piacevano di più di lui, e sono quelli che voglio rivedere.

Non ho controllato l'ora, molto probabilmente è mezzanotte fonda; i lupi cominciano ad ululare e la notte diventa sempre più fitta e profonda. Oramai non si sente altro che quell'ululato e le lucciole che danno quel poco di chiarore dell'immensità della notte che ci circonda.

Mellon e Maggy stanno già dormendo, solo io sono ancora sveglia. Dovrei dormire anch'io, altrimenti domani non sarò abbastanza in forze per proseguire il viaggio.

La gemma lapislazzuli è la chiave che mi serve per aprire la porta ancora chiusa a chiave davanti a me. L'unica e la sola. Ma so di non essere l'unica a volerla, molti altri designer la vogliono e chissà, magari anche loro sono in questa stessa spedizione nella foresta proprio per trovarla.

Così, dopo diversi e lunghi ragionamenti su come arrivare il prima possibile alla montagna, mi addormento serena nella mia tenda.

La mattina seguente, l'odore del caffè e le grida acutissime dei miei due assistenti e amici fidati mi svegliano, come ogni singola mattina da quando siamo arrivati. Non è difficile accamparsi per la notte in queste sperdute foreste, ma dopo la morte della mamma faccio fatica a compiere questo genere di escursioni. Senza di lei è tutto così difficile, è come se mancasse qualcosa nella mia vita, qualcuno di veramente importante. Nessuno può rubarle il posto, ma se papà decidesse di risposarsi un giorno non sarei affatto infelice. Perché per lui voglio il meglio, e se può essere appagato da un'altra donna che non sia la mamma, allora non mi lamenterò di certo.

Fuori il sole illumina la giornata, promette una buona escursione e un'ottima avanzata verso l'obbiettivo.

«Buongiorno!» - Dico serenamente -.

«Buongiorno signorina Mars, dormito bene la scorsa notte?»

Maggy sa che faccio ancora fatica ad abituarmi senza mia madre, ed è così gentile da preoccuparsi sempre per me. È davvero un'ottima collega e amica leale.

«Sì, grazie Maggy. Voi?»

«Molto bene, signorina Mars. Siamo svegli e pronti ad arrampicarci verso nuove vette!»

«Mantieni questo entusiasmo, Mellon, siamo ancora lontani».

«Ma è quasi probabile che altri designer siano più indietro di noi, Mellon, non c'è da preoccuparsi. Ecco il caffè!» - Mi porge Maggy -.

«Grazie».

Iniziamo un nuovo giorno e sempre più vicini alla meta, e l'unica cosa che continua a girarmi per la testa è se veramente non troveremo ostacoli lungo il nostro cammino. Possibile che nessuno stia cercando la gemma? O stanno aspettando il momento giusto per attaccare?

Poche ore e dobbiamo riaccamparci per riprendere le energie e poi ripartire il giorno dopo. Mellon è esausto e Maggy non riesce più a reggere il peso del suo borsone sulle spalle.

«Va bene, fermiamoci qui e riprendiamo le forze».

«Grande!»

«Grazie, signorina Mars».

«Vado a cercare qualche cespuglio di frutti».

«D'accordo».

Proseguo poco più avanti con già dei frutti raccolti nella cesta, quando comincio a sentire il rumore di un ruscello, ma anche di qualcos'altro. Una macchina.

Un quattro ruote molto pesante. Un trattore, può darsi. Era troppo bello e surreale pensare di non incontrare nessuno da queste parti. Decido così di nascondermi dietro un albero vicino a me per origliare la loro conversazione, magari mi porteranno fortuna.

Vedo quattro uomini. Due signori e due ragazzi alle prese con una situazione piuttosto delicata. Uno tiene una pistola in mano puntata verso i due giovani, mentre l'altro ragazzo cerca di fargliela abbassare, inutilmente aggiungerei. Il signore con la cravatta comincia a ridere di tono.

«Bene bene bene» - esordisce quest'ultimo -. «Non credevo di rivederti qui alla ricerca della gemma più preziosa al mondo, Johnny. Come sta andando la tua ricerca?»

«Oh beh! Se non fosse per questo intoppo, molto bene» - risponde l'interpellato -.

«Zitto! Ah... se credi che lascerò proseguire te e il tuo amichetto senza darmi le informazioni che sapete, ti sbagli di grosso!»

Un terzo uomo s'intromette: «Amico, senti...»

«Zitto tu!»

«Non parlare, Victor» - gli ordina il tipo chiamato Johnny -. «Ehi, ehi! Penso che non abbiamo iniziato con il piede giusto tempo fa, perché non ricominciamo adesso?»

«Hai ragione. Comincia col darmi le informazioni che sai».

La situazione sta degenerando velocemente, e quell'uomo sembra non intenzionato a cedere. Devo fare qualcosa, ma che cosa?

Ritorno alla postazione dove i ragazzi mi aspettano e ripenso a ciò che ho appena visto e al modo per passare inosservati ai loro occhi. Proprio lì dovevano sostare?

«Signorina Mars, è pronto. Si sbrighi o non rimarrà niente!»

«Ragazzi, non c'è tempo per mangiare».

«Ma come?»

«Siamo in pericolo! Ci sono dei malviventi più avanti con delle armi, e penso che ne arriveranno degli altri. Bisogna proseguire adesso!»

«Malviventi?»

«D'accordo. Prepariamo tutto e partiamo».

«Non c'è tempo! Bisogna avanzare adesso e questi ci rallenterebbero soltanto. Lasciamoli qui!»

Sembrava non potesse accadere una cosa come questa, ma ci sono dei malviventi che portano solo danni più avanti nella strada, e non può succedere nella mia spedizione, è troppo importante.

Non sentiamo più le voci di quelle persone, così pensiamo di essere riusciti a seminarli in qualche modo, ma non conto bene i miei passi e finiamo cadendo proprio davanti ai loro occhi.

Grande!

Ci sono più uomini di prima che ci accerchiano adesso, e le loro armi sono puntate contro le nostre teste. La tensione è alta, e Mellon e Maggy con la loro ansia non migliorano la situazione.

L'uomo di prima mi fissa con un sorrisetto divertito sulla faccia, non tanto sorpreso, e guardandolo mi accorgo che tra l'aspetto orripilante che ha, gli manca pure uno spazio tra i denti davanti. *Disgustoso.*

«Guarda chi c'è! Una giovane donna e altri due ragazzini, anche voi alla ricerca della gemma?»

«Presumi bene» - dico schietta -.

«Oh-Oh! Sai parlare, ragazzina, ma saprai ancora parlare non appena ti punterò questa in testa?»

«Ehi aspetta» - interviene quello chiamato Johnny -, «non credi che sia troppo precipitoso?»

«Come, prego? Credi che mi farò fermare da una mocciosa?»

«No, ma credo che lei non ti abbia fatto niente per meritare una pallottola in testa. Quindi lasciali andare, per favore».

«Troppo facile, Johnny, adesso, troppo facile!»

BANG! Un colpo di pistola squarcia l'aria, facendo tacere tutti i presenti per qualche istante.

«Okay, okay. Calmiamoci tutti e riflettiamo un po' prima di tirare pallottole in aria».

«Adesso fai il bello e talentuoso davanti alle donne? Non ti fermi mai, eh? Anche con la morte davanti agli occhi fai il dongiovanni, ti stimavo tanto un tempo... ma adesso sei solo un codardo che non sa ripagare i danni di suo padre!»

«Quello che ha fatto la mia famiglia non ha niente a che fare con loro, e con me. Lasciaci andare».

«Non posso farlo, mi dispiace. Siete nelle mie mani adesso, e ci rimarrete fino a che non lo dirò io. Ah! Prendeteli!»

Quest'uomo, così brutto esteticamente, come può far paura? Mentre l'altro, beh, che dire... tenace e stupido allo stesso tempo. Per il bene mio e dei miei colleghi devo fare qualcosa subito.

«Adesso basta, signori, non mi sembra né il luogo né il momento adatto per fare una discussione del genere. Come ha detto...»

«Oh! Jonathan, piacere di conoscerla».

«Certo. Come ha detto Jonathan, noi non c'entriamo niente. Ci lasci andare».

«No no no. Questo non può accadere, signorina, voi siete il nemico e se vi lasciassi andare adesso vi darei un vantaggio, o mi sbaglio?»

«Siete sveglio, mister, ma non così sveglio. C'è una cosa che ancora non sapete di me. Non sono solo una ragazza alla ricerca della pietra lapislazzuli, ma anche una donna con dei forti principi e poteri. Se solo volessi potrei arrestarla anche adesso».

«Non fatemi ridere! Vi prego, se continuate così non riuscirò più a respirare dalle risate. Non mi fate paura» - aggiunge poco dopo con voce profonda -.

Anche se lo dice con questo tono, la sua voce può far solo ridere dato il suo aspetto malandato e poco ordinato sia negli affari che nella sua immagine a quanto datato.

Un altro uomo più distante comincia a scendere lungo la collinetta dove ci troviamo noi e alcuni suoi uomini con le armi in mano, ci sorpassa e raggiunge il boss; gli sussurra qualcosa all'orecchio, non capisco bene ma guardano nella mia direzione. Stanno forse parlando di me?

«Ora capisco chi siete, signorina» - dice l'uomo dopo aver ascoltato qualcosa sussurratogli all'orecchio da un suo sottoposto -.

«Se lo sapete allora lasciatemi andare».

«Purtroppo non posso farlo. Adesso siete molto preziosa per me e la mia ricerca. So che siete la figlia di Gerald Mars, ma non immaginavo un tipo del genere vi avrebbe lasciato venire in un posto così pericoloso da sola. A quanto pare mi sbagliavo e lo sottovalutavo. Siete alquanto coraggiosa».

«E voi siete solo un figlio di puttana».

«La ragazza ci sa fare, capo» - commenta il suo scagnozzo appena arrivato -. Sa solo parlare, ma i fatti?

«Sì, questo lo vedo anch'io» - dice piano -. «Ti propongo un accordo» - dichiara infine -. «Visto che io non ho intenzione di lasciarvi andare, perché non continuiamo la spedizione insieme? Così nessuno si farà del male e tutti avranno un pezzo del diamante per sé. Allora, che ne dite?»

«Dico che è stupido».

«Signorina… quest'uomo è molto potente, non credo che sia opportuno dire di no».

«Voi chi siete per dirmi cosa devo fare e cosa no? Siete un mio amico? Un collega? Allora state zitto! Ci sto, ma a patto che manteniate la promessa che arrivati alla gemma ci lascerete andare con essa».

«Affare fatto, signorina».

Non ho intenzione di continuare il viaggio con loro, ma sono pericolosi e un singolo passo falso può costare la vita a me e ai miei colleghi.

Ci sediamo e mangiamo quello che ci danno. Ovviamente cibo scaduto e dal cattivo odore.

«Lasciatemi chiedere una cosa, mister, voi perché cercate la gemma?»

«Non è ovvio? Essa è la gemma più preziosa e pura al mondo, ha un valore inestimabile. Chiunque la troverà e ne farà il suo possesso allora avrà il potere, oltre che un mucchio di soldi».

«Quindi volete venderla per denaro?»

«Esattamente, signorina. E voi per cosa la volete?»

«Per una questione più delicata. Di certo non dirò quale, vi basti sapere solo che non mi arrenderò prima di averla trovata».

«Questo sarà da vedere...»

Come può un tale conoscere il sentiero che conduce alla montagna? È forse uno di quegli scagnozzi per cui mio padre diceva di starci lontano? Beh, se fosse così allora è troppo tardi per non averli incrociati nella mia strada.

Pausa, una pausa sola e poi si riparte. L'accampamento non è dei migliori, ma devo farmelo bastare, in fondo sono stata io a far lasciare tutte le nostre dispense in quel posto, quindi non è il caso di lamentarsi. Uomini armati disposti ovunque. La gente farebbe davvero di tutto per arrivare a raggiungere i propri scopi, uccidere è uno di questi. Il mio lavoro, la mia vita, è tutto ciò che ho... non posso lasciarmelo sfuggire di mano proprio ora.

«Signorina Mars, volete favorire?»

«No, grazie».

«Dovete mangiare, altrimenti non avrete forze per continuare la missione».

«Cosa non vi è chiaro della frase "No, grazie"?»

«Come volete. Se avete bisogno sono qui».

Devo esaminare attentamente la situazione. Mancano poche ore al tramonto e noi abbiamo fatto pochissima strada, i giorni passano e papà potrebbe tornare a casa da un momento all'altro.

Mi ricordo quando mi disse, prima di partire per questa missione, di stare attenta, ma più di tutto a non aumentare i giorni di spedizione. Non posso tornare a mani vuote, e ancor di più non posso fermare la spedizione a metà. Devo seminarli, ora o mai più!

La notte finalmente è calata e il mio piano può avere inizio. Mellon e Maggy sono pronti, manca solo un diversivo.

Altro che banda di professionisti... si credono chissà chi ma alla fine sono dei fessi! Vedo pochi uomini di guardia in giro (del "grande capo" neppure l'ombra, starà dormendo) e tutti abbastanza lontani e distratti, quel tanto che basta da consentirci di sgattaiolare via senza farci vedere. Silenziosi come ombre, quatti, abbandoniamo l'accampamento in pochi minuti, cercando di non fare troppo rumore con i ramoscelli a terra.

Poco, manca poco e siamo abbastanza lontani da non lasciare le nostre tracce visibili ai loro occhi.

«Cosa fate, signorina?»

«Uh!»

«Ah!»

Ci voltiamo di scatto. Riconosco il tipo chiamato Johnny, in piedi di fronte a noi, ma questo non basta a rassicurarmi.

«Voi cosa fate qui?» - Dico quasi terrorizzata per lo spavento -.

«Sto cercando di salvarvi la vita, non vedete?»

«Lasciatemi andare, vi prego».

«Siete sicura di volerlo fare davvero? Non conoscete l'uomo che vi ha rapita, ma sembra che lui conosca molto bene voi, o meglio vostro padre. Volete lo stesso scappare stanotte?»

«Non nominate mio padre, non lo conoscete. E sì, voglio scappare».

«Okay, è vero che non conosco vostro padre, ma conosco questo spregevole a capo della banda, e so che non gli piacerà vedervi fuggire nel cuore della notte».

«Correrò il rischio. La mia spedizione dura solo un altro giorno, devo avvicinarmi il più possibile alla gemma lapislazzuli».

«Signorina Mars, si sbrighi, non c'è più tempo!»

«Signorina Mars, davvero si fida di quest'uomo? Io dico che andrà a dare l'allarme da un momento all'altro!»

Maggy e le sue paure.

«State tranquilli, non riferirò niente a nessuno perché anche io me ne andrò».

«E come farete?»

«Ho i miei metodi, come voi i vostri. Voi volete la gemma, anch'io la voglio. Non sarebbe corretto se andassimo tutti per la stessa strada, perciò, io prenderò l'altra scorciatoia. Arrivederci, signorina... come vi chiamate? Dovrei conoscere il nome della fanciulla a cui ho dato una mano a fuggire, non vi sembra?»

«Mi chiamo Veronica».

«Piacere di conoscerti, Veronica, io sono Jonathan. Beh, immagino che ci rincontreremo presto».

«Spero come voi di riuscire a trovare ciò che cerca, e magari un giorno... ci rincontreremo. Addio!»

***

È giorno, una lunga camminata nel sentiero durante la notte ci porta a un vantaggio enorme, perché grazie ai miei calcoli finalmente siamo riusciti ad arrivare alla montagna non appena il sole è arrivato all'apice della sua lucentezza.

La gemma, che mi aiuterà a portare a termine la mia più grande missione, e non intendo solo in senso lavorativo, è qui da qualche parte. L'unico problema è trovarla.

«Ci siamo, troviamo la gemma e andiamocene a casa».

«Sissignora!»

«Sì!»

La ricerca è infinita. La torre è immensa e al suo interno racchiude un'enorme caverna piena di cristalli e diamanti vari che danno quel poco di luce che serve per trovare ciò per cui siamo venuti. Così, a poco a poco, scavando tra le migliaia di gemme colorate, tra una postazione e l'altra, una luce mi attira a sé. Una scintilla, pura e luminosa. Una luce proveniente da un angolo buio e deserto, dove si poggia un diamante solitario.

Finalmente la mia ricerca può dirsi conclusa. Il diamante è proprio qui davanti ai miei occhi, incastonato nelle mura di questa enorme montagna. È la prima volta che vedo un diamante risplendere così immensamente. La sua aura dà una sensazione quasi di benessere e tranquillità, come se attorno a sé abbia uno scudo di protezione. Ecco perché mi piace così tanto questa gemma, anch'essa ha bisogno di brillare per essere vista dall'occhio umano.

Ora l'unica cosa da fare è liberarla dalla roccia e portarla a casa con me. Nel frattempo ripenso a ciò che ci ha detto quell'uomo. Come possiamo dividercela se ne esistono di così rare e belle al mondo?

Non posso perdere altro tempo, devo andare. Corriamo fuori il più velocemente possibile dopo aver tolto con dovute precauzioni ciò che ci serviva, e dopo aver inviato l'opportuno segnale un aereo arriva in nostro soccorso per riportarci a casa.

Nel mentre sorvoliamo quella che è stata la mia ultima più grande avventura. Ripenso a quel tale di nome Jonathan... sarà riuscito ad arrivare a destinazione? O sarà stato catturato di nuovo da quell'essere spregevole?

Non mi aspetto di scoprirlo, ancor meno di rivederlo.

Capitolo 1
TRE MESI DOPO

Sono stesa sul mio letto a fissare il vuoto che si presenta al di fuori della finestra della mia città. Il sole splende alto nel cielo e le nuvole, beh, non ci sono. Il cielo è cristallino. La domestica mi chiama a tavola fuori dalla porta della mia camera, così scendo giù per le scale e mi dirigo in sala da pranzo.

È da tempo che non faccio colazione con la mia famiglia in questo modo. Sono passati anni da quando papà sorrideva o solamente mostrava un po' di amore paterno. Di solito è sempre riservato, mangia nel suo ufficio, discute di affari ogni giorno. Ma adesso è diverso. Da quando la nostra Compagnia ha avuto ciò per cui stava lavorando da anni, tutti i colleghi e i dipendenti stanno dando il massimo per il beneficio della società.

Anche qui a casa sembra essersi ristabilita un po' di armonia. È tutto grazie a quella gemma blu.

«Veronica, siediti. Come ti senti?»

«Sto bene, papà».

«Ho saputo di ciò che hai dovuto affrontare mentre eri laggiù. Stai veramente bene?»

«Sì. È stato molto pericoloso, ma sono felice di essere qui con voi e di aver portato la gemma con me».

«Sei stata grandiosa, sorellona!»

«Grazie, Terence».

Come immaginavo papà è molto contento per il recupero della gemma, che dopo anni di ricerca è finalmente giunta nelle sue mani. Forse è un po' avventato ma davvero voglio domandargli quella cosa che mi tormenta da anni.

«Papà...»

«Adesso devo andare al lavoro, ragazzi. Terence, vai a scuola, e tu, Veronica, se ti senti in forze vieni in ufficio. Ora che la gemma è finalmente nelle nostre mani dobbiamo lavorare duramente per creare i migliori gioielli che nessuno ha mai visto prima».

«Papà, io...»

«Non credo che papà sia pronto per una nuova moglie, Vero» - dice Terence, quando papà abbandona la sala da pranzo -.

«Non è solo per questo. Non ci dice mai come sta, cosa lo rende triste o felice. Vorrei che parlasse di più con noi».

«Parlare per lui equivale solo a collaborare con delle compagnie con cui possa lavorare e avere dei benefeci economici in cambio. L'altro parlare, quello che intendi tu, non gli passa neanche per l'anticamera del cervello. Rinuncia».

«No, mai! Come potrei rinunciare, Terry? Ora che sono dove volevo sempre arrivare, l'unica cosa che mi rimane è convincere papà a farmi collaborare con la Jewel Company. Ti ricordi?»

«La migliore azienda di gioielli dell'intero stato, sì, lo so. Ma adesso devi andare in azienda, quindi smettila di sognare e vai».

«So che vorresti essere al mio posto, Terry, e io vorrei che fosse così, credimi. So quanto ti piace lavorare in questo ambito e so che saresti un direttore bravissimo. Ma... le cose sono così purtroppo».

«Lo so, e non ti devi preoccupare. Grazie, sorellona».

Mi trovo in macchina in direzione della compagnia di famiglia, nel mentre rifletto su ciò che mi disse Robert prima di partire. Robert è il mio ragazzo, ci conosciamo da anni ed è da sempre per me una fonte di guida e sicurezza. Senza di lui sarei già crollata dentro questo mondo pieno di insidie e persone false, ma grazie alla sua pazienza e audacia sono riuscita a farmi un nome nella mia azienda.

Robert è a capo della società in cui desidero lavorare da sempre. Lo so, non dovrei dirlo, ma come faccio? È continuamente stato, fin da piccolina, un sogno poter lavorare con loro. Sono i migliori, l'ho sempre pensato, anche mentre lavoravo insieme ai miei colleghi per trovare uno stratagemma per superare i loro prodotti. Mai riusciti nell'intento, se vi state chiedendo.

Adesso sono qui, davanti al posto dove sono cresciuta e grazie al quale sono diventata la persona che sono oggi. Sono forte, sicura di me e delle mie capacità. Non dico che la Mars Enterprise sia scadente o non abbastanza brava per contemplare il titolo di migliore agenzia di gioielli dello stato o del mondo... ma la Jewel è in assoluto la migliore! I loro prodotti sono ben disegnati e strutturati, avranno dei designer di grande talento... devono essere davvero dei bravi direttori per riuscire a dirigere una tale società.

«Grazie per il passaggio, Stewart».

«Le auguro buona giornata, signorina, passerò a prenderla quando avrà finito».

«Va bene, a dopo!»

Mi dirigo subito verso il mio ufficio, dove posso esprimere tutta la mia creatività e ingegno. È ben strutturato, ha ottimi servizi ed è gestito in maniera lineare. La mia scrivania è posizionata proprio sulla facciata che dà sul parco della città. Una postazione perfetta per avere delle buone idee. Così mi metto subito a lavoro per cercare di dare nuovi spunti ai designer che dovranno poi lavorare sulla mia idea.

Ebbene sì, io dirigo coloro che mandano avanti l'insieme, ma non prendo alcun merito di ciò quando le mie creazioni raggiungono gli obbiettivi prefissati. Le lodi vanno tutte solamente alla compagnia che ha lavorato sodo per portare a così alti livelli ciò che oggi viene chiamata Mars Enterprise.

Qualcuno bussa alla mia porta riportandomi ai miei pensieri attuali, cioè lavorare e lavorare ancora.

«Avanti».

«Signorina Mars, c'è qualcuno che desidera vederla» - mi comunica un collega sulla soglia -.

«Lo faccia accomodare».

Il collega sparisce, lasciando passare un uomo la cui vista mi è molto più gradita.

«Ed ecco qui la famosa ricercatrice di diamanti nel Sud-est Asiatico! Come vi sentite adesso? Quali emozioni state provando?»

«Robert! Che bello vederti!»

In un attimo lascio la mia postazione e mi butto tra le sue braccia, stringendolo più forte che posso. «Mi sei mancato così tanto! Bloccata laggiù credevo che sarebbe andata molto peggio e che mi avresti dimenticata».

«Come potrei? Siamo fidanzati. L'amore che provo per te è immenso».

«Io...»

«So che per te è difficile esprimere i tuoi sentimenti, mi basta vedere che ti sono mancato per sentirmi felice».

«Sì, tanto».

Ci risistemiamo e torniamo alla dura realtà che è il lavoro da svolgere questa mattina.

«Come sta andando il lavoro?»

«Potrebbe andare meglio».

«Non hai idee?»

«Non proprio... è solo che questa creazione di un set di gioielli lapislazzuli è molto importante per me, lavorarci su richiede tempo e precisione».

«È solo questo il motivo, o c'è altro?»

«Anche... no, niente, solo questo».

«D'accordo. Allora forse è meglio che ti lasci lavorare, ti vengo a prendere dopo e ti porto a mangiare nel tuo posto preferito. Che te ne pare? Un modo perfetto per riaccoglierti in patria».

«Grazie, è un'ottima idea».

La giornata procede bene e senza intoppi. I miei fornitori, venuti stamattina per controllare lo stato del lavoro, hanno detto che questa collezione sarà perfetta per la cerimonia di inaugurazione del primo set di gioielli per una "Donna di classe ed elegante" lavorata con diamanti lapislazzuli pregiati. È stato un vero onore per me, prendere in mano questa opportunità e lavorarci su. Non è facile, devo ammetterlo, le scadenze sono brevi e i direttori, capo designer, sono molto esigenti e scrupolosi per quanto riguarda la perfezione e la funzionalità di un gioiello.

Questo settore è un campo che offre molti sbocchi nell'ambito lavorativo; come ad esempio si può rimanere nella realizzazione di set di gioielli, lavorare in un'azienda che comunque ha buoni punti di forza ed emana un'aura competitiva ed esigente, oppure si può arrivare anche a sfoggiarli direttamente sulla passerella intraprendendo la famosa carriera di modella.

A me piacciono entrambe le opzioni, ma preferisco senza ombra di dubbio poter disegnare le mie creazioni.

Alla fine della giornata rivedo Robert, venuto a prendermi come promesso per portarmi a mangiare nel nostro ristorante preferito. Da Jeremy tutti i piatti sono presentati in maniera impeccabile, le salse da un gusto così intenso, la carne succosa e i suoi spettacolari e indimenticabili ravioli ai quattro formaggi. Li adoro! Di certo non mancano di sapore e portano a tutti i suoi clienti un ricordo della vita del nostro chef.

«Signorina Mars, signor Morgan, buonasera. Siamo lieti di avervi di nuovo qui. Stasera sarò io il vostro cameriere personale».

«Grazie Jeremy, è veramente un piacere rivederti. Stasera voglio far risentire a Veronica il sapore dei suoi adorati ravioli ai quattro formaggi».

«Come desiderate. Arrivano subito».

Come un cavaliere con la sua armatura possente e il suo cavallo bianco, Robert è venuto in mio soccorso per farmi riassaggiare ciò che di più amo al mondo. Questi fantastici ravioli sono un ricordo della mia mamma: il loro odore e sapore, non appena Jeremy ci porta i piatti, mi riportano alla mente quelli che faceva lei, il ricordo in cui cucinava per me e Terence i piatti più succulenti, da leccarsi i baffi.

«Sai che non dovevi fare tutto questo per me, vero?»

«È un piccolo pensiero per rivederti sorridere dopo mesi di assenza. Perdonami se sono stato occupato ultimamente, la mia azienda lavora di continuo, lo sai. I nostri collaboratori sono in pieno sviluppo e non possiamo permetterci di rallentare. Mi capisci, vero?»

«Certo. Siete un'azienda molto competitiva che vuole solo i migliori ed essere i migliori».

«Mai quanto la vostra però» - ribatte mentre afferra una forchettata -.

«Come?»

«Intendevo dire: tuo padre ha lavorato molto per ottenere il consenso e l'aiuto di quei fornitori venuti dall'Europa. Ah! Se solo fossimo arrivati un po' prima, adesso saremmo noi in collaborazione con loro... ma questo ormai non importa più, perché se è l'azienda della mia compagna di cui si parla, allora sono ben felice che l'abbia colta al volo! Un brindisi alla vostra collaborazione!»

«Non capisco. Quindi mi stai dicendo che la collaborazione che mio padre ha fatto è con dei cooperatori dell'Europa a cui anche voi stavate puntando?»

«Perché ti sorprendi tanto? Non lo sapevi?»

«No, pensavo che... no, niente».

«Da quando sei tornata sei strana, Veronica. Cosa hai visto di preciso laggiù?»

«Beh, ecco... il nostro cammino si è momentaneamente interrotto dall'arrivo di ladri pagati per rubare delle gemme preziose, così per non rischiare siamo stati costretti a collaborare con loro per trovare le gemme. Se non fosse stato per una mano fidata non saremmo riusciti a seminarli e a raggiungere la gemma prima di loro».

«Hai parlato al plurale, come mai? C'era qualcun altro con te e i tuoi colleghi?»

«Sì. Non ti ho detto che mentre eravamo alle prese con quegli uomini, erano presenti altri due ragazzi con noi».

«Ah. E come sei riuscita a scappare?»

«Mi ha dato una mano uno di quei due ragazzi, solo che... non so se ce l'hanno fatta a scappare» - dico un po' preoccupata -.

«Ti preoccupi per loro adesso? Beh, stai tranquilla, se sono partiti per quella spedizione allora dovevano essere degli esperti».

«Già. Volevo chiederti una cosa a proposito di questo» - dico esitante -. «Tu sei un ottimo investigatore, ciò che vuoi trovare lo trovi come ciò che vuoi ottenere lo ottieni. Ma sapresti trovare una persona per me?»

«Intendi quella persona della foresta?»

«Sì, proprio lui».

«Veronica, io... non capisco proprio cosa ci trovi di così importante in questa cosa».

«Non fraintendermi, devo solo restituirgli il favore e....»

«Un favore? Tutto qui? Un semplice favore per una persona che nemmeno conosci?!» - Lo dice alzando un po' il tono della voce -.

«Mi ha salvato la vita, Robert. Se non fosse per lui, ora probabilmente non sarei qui a mangiare questo buonissimo piatto con te».

Lo so, forse è un po' troppo parlargli in questo modo, ed è avventato chiedergli questo tipo di favore adesso che ci siamo rivisti dopo mesi di assenza, ma se non adesso, quando e a chi potrei chiedere?

«Per favore, almeno pensaci su e fammi sapere, okay?»

«Va bene» - Robert sospira -. «Se per te è molto importante trovare questa persona allora la cercherò per te».

«Davvero? Grazie! Sei il migliore, te l'ho mai detto?»

«Sì, un paio di volte».

Scoppio a ridere.

«Dimmi allora. Come si chiama questa misteriosa persona?»

«Oh! Si chiama... Jonathan. Però il cognome non...»

«Non serve, basta questo. Allora, abbiamo finito? Ti è piaciuta la cena?»

«Sì, molto, grazie».

Il tragitto di ritorno verso casa è breve ma piacevole. È da tanto che non sentivo l'aria fresca come questa sera. Forse non è del tutto sbagliato cercarlo, devo solo restituirgli il favore, nient'altro. E in che modo posso farlo se non di vista?

«Grazie per il passaggio».

«Figurati, amore. Ti volevo dire che non ci sarò per un paio di giorni, parto domani per una conferenza a Madrid».

«Oh, va bene. Fai buon viaggio».

«Grazie. Farò ricerche su questo Jonathan, nel frattempo, se trovo qualcosa ti faccio sapere, va bene?»

«Grazie, Robert. Buona notte».

«Buona notte amore».

La casa è solitaria, i corridoi sono bui e freddi, le stanze piene di specchi. Non mi fa più l'effetto che mi suscitava quando ero piccola, di paura e oscurità. C'è stata per troppo tempo questa sensazione dopo la morte di mamma, adesso c'è bisogno di luce, calore, amore, gioia, che si diffondi in tutto e in tutti. Ormai mancano poche settimane a Natale, e i preparativi per la festa sono ancora da organizzare. È una ricorrenza per me e la mia famiglia festeggiare il Natale come si deve, con addobbi per l'intera casa, cibi, canzoni natalizie, tanti regali e sorrisi da parenti e amici.

La nostra casa di solito è piena di gente che non conosco, ma che con il tempo ho imparato a memorizzare. Certo sono ancora tanti, ma con molti di loro ci abbiamo collaborato e con altri avremo dei prodotti in comune per l'anno nuovo. Sì, come avete potuto notare queste feste, che dovrebbero essere passate in famiglia a mangiare fino a scoppiare e a scartare regali, dalla morte della mamma è tutto cambiato... ma ci ho fatto l'abitudine ormai. L'importante è mantenere vivo il ricordo di lei in tutti i nostri cuori.

La mia camera, ripulita nel frattempo per l'arrivo di mia cugina Margaret, non ha più quell'aria fredda di un tempo. Ora, con Margaret e gli zii qui per le feste, papà potrà dedicarsi di più alla famiglia che al lavoro.

Speriamo che quest'anno non inviti più di cinquecento persone come le volte precedenti. *Incrociamo le dita!*

La giornata si prospetta bella e luminosa. Il sole sorge alto nel cielo e della pioggia che avrebbe dovuto invadere le strade trafficate di New York non vi è nemmeno l'ombra. Papà stamattina era atteso per una conferenza stampa, perciò si è diretto molto presto a lavoro; solo io e Terry siamo seduti a tavola per colazione.

«Dormito bene, sorellona?»

«Sì, grazie, tu?»

«Come un ghiro. Ho sentito che hai fatto tardi ieri sera, dove sei stata?»

«Ho cenato con Robert».

«Ancora lui? Ma perché non lo lasci una buona volta?»

«So che non ti piace, ma non è questo il modo di parlare di lui».

«Non lo difendere, per favore. È solo un presuntuoso che si crede a capo dell'azienda di suo padre e quindi opera dando ordini a tutti, pure a suo fratello».

«Pensa quello che vuoi di lui, ma io...»

«Tu cosa, cugina?»

Mi volto sorpresa, attirata dalla nuova voce.

«Margaret?! Cosa ci fai qui? Dovevo venirti a prendere all'aeroporto».

«Volevo farmi una sorpresa, non vi è piaciuta?»

«Altroché!»

«Che bello essere tornata, sono così felice di rivedervi dopo anni...»

«Com'è la Cina a proposito? Sulle tue foto non si vedeva poi molto»

«Bellissima! Dovresti visitarla un giorno, e non per lavoro».

«Lo so, hai ragione...»

«Ma guarda tuo fratello! Sei cresciuto un sacco, Terence, dall'ultima volta che ti ho visto».

«E non solo in età, come vedi!»

«Eh già... proprio vero. Ma dimmi di te, Vero, cosa mi racconti?»

«Andiamo in camera che ti dico».

Margaret è come una sorella maggiore per me. Mi ha fatto da madre mentre la mia passava i suoi ultimi giorni in ospedale, per poi andare a vivere in Cina. Da quel giorno non si è fatta sentire per molto tempo... ma adesso è qui, ed è tutto ciò che conta.

«Bella la tua stanza, Vero».

«Grazie, accomodati pure».

«Raccontami, come vanno le cose qui? Riconosco di essere stata fin troppo lontana da te, mi dispiace...»

«Non devi preoccuparti per me, davvero. Sto bene e sono molto felice».

«Uh, dai raccontami! Sono molto curiosa adesso».

«Non è niente di che, sono solo felice di essere a casa».

«Giusto, l'esperienza in Sud-est Asiatico non ti è piaciuta, vero? Ho saputo di quei malviventi...»

«Sto bene. Ma è stato molto spaventoso, devo ammetterlo. Pensavo di non farcela».

«Ma sei qui, ed è solo questo che conta adesso... Cambiando discorso, come va con Robert? A quando la proposta?»

«Margaret!»

«Beh? Che ho detto di male?»

La mente è in continuo movimento, non smette mai di ragionare, ma come mai in questo momento sento che non sta funzionando?

«...Robert si è comportato male con te forse?»

«No! Lui è un amore. Ieri sera mi ha anche portato nel mio ristorante preferito».

«Allora cosa?»

«Non mi sento solo pronta a sposarmi... e poi, non sono sicura ancora di ciò che voglio».

«Di *chi* vuoi. Non credi che lui possa essere il tuo vero amore?»

«Sai che stiamo insieme solo perché mio padre collabora con la sua azienda, non voglio che il mio amore venga ostacolato da questo. Troppe volte tutto questo mi ha portato via quello che più amo. Fai caso alla mamma...»

M'interrompo di colpo. Anche Margaret decide di non aggiungere altro. L'argomento "mamma" è delicato, entrambe non vogliano rivangarlo così di colpo.

«Cosa vuoi allora?» - Taglia corto lei dopo la pausa -.

«Lavorare con la Jewel, ecco cosa».

«Non c'è bisogno che ti ricordi che questo è impossibile, Veronica. Tu padre non accetterà mai che tu lavori per il nemico, ancor meno visto che sei il...»

«E se fosse Terence il mio successore? Sarebbe la persona più qualificata per prendere il mio posto nella compagnia».

«Come pensi di riuscire ad entrare in quell'azienda e lavorare semplicemente con loro? Veronica, ti conosco e so che non ti basta solo questo. Tu vuoi molto di più. Essere il capo di quella compagnia, non è vero?»

«L'unica cosa che voglio è lavorare con loro, sì. Qui nessuno mi accetta come designer, e a nessuno importa veramente di questo campo tanto quanto a me. Credi che sia facile vedere come le mie creazioni vengano spacciate per il duro lavoro di qualcun altro? Beh, non è facile da accettare. Essere costantemente messi alla prova per cosa, se alla fine nessuno conosce la verità?!»

«Veronica, calmati, ti prego».

«Tu... sei stata lontana per così tanti anni. Hai finalmente raggiunto il tuo obbiettivo grazie alle tue forze, ma anche alla tua famiglia che ti ha sostenuta in tutto. Ora sei a capo di un'azienda di gioielli in Cina e la gestisti magnificamente. Ho visto anche i tuoi prodotti e sono a dir poco fantastici! Credi che sia giusto così? Come potrei continuare a lavorare, spiegamelo!»

«Hai ragione. Che ne dici di venire a vedere una cosa con me? Su, dai, andiamo!»

Sono triste e arrabbiata, ma Margaret conosce i miei gusti e sa come farmi calmare e tirarmi su di morale. Certo, il gelato riesce solo a ghiacciare un po' il mio odio, ma non riesce del tutto a cancellarlo.

«Veronica, so come ti senti e, anche se potresti far molta fatica a credermi, io ho pensato molto a te in tutti questi anni e alla possibilità di portarti con me per un cambiamento nella tua vita».

«In Cina? Io?»

«Sì, tu. Credo ti farebbe bene cambiare aria e vedere com'è il mondo fuori dalle mura di quel posto che tu chiami casa, e lo dico non perché tu non abbia mai viaggiato, ma... Dimmi, nei tuoi viaggi non hai mai avuto voglia di esplorare un po' i dintorni, mangiare le prelibatezze del luogo, visitare musei, il tutto con i tuoi amici e divertendoti?»

«Sì, ma non è mai successo e mai succederà. Sono bloccata qui e non posso andarmene».

«E se convincessi tuo padre a farti venire con me? Potresti scoprire che ti piace vivere lì e, magari, pensare all'idea di rimanerci».

«Rimanerci? Margaret, io... Il mio posto è qui, a New York. Non posso andarmene così... e poi, come farei a lavorare lì?»

«Hai ragione. Sei una testa calda, Veronica, ma ti capisco e accetto la tua decisione. So che per te questo posto è casa, non come per me invece, ma se vorrai venire qualche volta a trovarmi sarò ben felice di accoglierti!»

«Grazie, Margaret».

Due settimane dopo...

Ancora nessuna notizia. Robert deve essersi dimenticato di quella cosa, o forse no. Magari è a una riunione importante e non ha tempo per cercare informazioni su Jonathan. E se andassi direttamente alla Jewel per dare un'occhiata di persona? Forse ha lasciato qualche informazione sulla sua scrivania pensando che sarei passata. Devo andare a dare un'occhiata!

Davanti alla Jewel il mio cuore comincia a battere come un martello pneumatico. Non capisco perché, in fondo non è la prima volta che ci vengo. Il mio fidanzato lavora qui ed è giusto che passi del tempo qui con lui, no?

Entrando mi avvicino alla reception, la ragazza al di là del bancone mi riconosce avendomi già vista altre volte, e pensando che sia venuta per Robert mi ricorda che non è in ufficio. Le rifilo la scusa di aver dimenticato una giacca a cui tengo tantissimo nel suo ufficio, lei se la beve e mi lascia proseguire. Fin qui tutto bene.

Due minuti dopo arrivo a destinazione. Apro la porta di vetro varcando la soglia dell'ufficio di Robert. Ovviamente è deserto, così mi avvicino alla scrivania e comincio a dare un'occhiata ai fascicoli disposti qua e là.

Non mi accorgo immediatamente di una persona, da me non richiesta e che trovo estremamente antipatica, entrare di soppiatto nella stanza.

«Robert sei tornato...! Oh, sei tu, Veronica».

«È bello anche per me rivederti Elena, come stai?»

«Molto bene, ma sono talmente stanca... cosa che ovviamente ignori, visto che non lavori qui. Noi lavoriamo tante ore al giorno, di più delle nostre solite ore. Robert poi si prende carico di tutto e rimane qui anche certe notti in più per recuperare tempo. Non lo trovi così generoso da parte sua?»

«Generoso? Io dico piuttosto che essendo il direttore di un progetto e a capo di un intero team di lavoro, sia solo il minimo».

«Non parlare così di lui! Non sai quanto duro lavoro ci stia mettendo per farlo, e adesso ti ci metti pure tu con la tua richiesta di cercare una persona... che stupida!»

«Come? Tu sai... chi te lo ha detto?»

«Chi se non Robert? Siamo molto legati, Vero, non dimenticarti. Le nostre famiglie si conoscono da molto tempo, è naturale che io mi preoccupi così tanto del mio amico e collega, no?»

«E io ti continuo a ripetere di adoperare meglio il tuo linguaggio con me, ricordati che sono la sua fidanzata e non gli piacerebbe venire a sapere come venga trattata dall'amica di vecchia data».

Il mio comportamento non è appropriato quanto il suo trovandomi in questo posto, forse lei ha più diritto di me a parlarmi così per come la vedo io, ma non glielo dimostrerò di certo.

Elena Sherman, perfida ragazza dai capelli lunghi e biondi, la capo designer di questa compagnia. La odio profondamente e non so bene perché. Forse perché è la designer dell'azienda dei miei sogni, forse perché ha più talento di me, o solamente perché è più bella e raffinata di me. Ah, sono tutte sciocchezze! Lei non è meglio di me. Io a differenza sua ho il mio status da miglior designer... beh, la mia azienda ce l'ha. Ma comunque sono mie creazioni, che mai nessuno potrà sapere perché. La differenza tra me e lei è molto evidente; lei può mostrare le sue creazioni al pubblico e riceverne i meritati premi e complimenti, mentre io sono schiava di quella che dovrebbe essere la mia compagnia di gioielli e di cui i miei lavori non vengono meritati come dovrebbero.

«Senti, sono qui per una cosa importante. Con permesso...»

«Nel suo ufficio? Veronica, non credo che a Robert farebbe piacere sapere che sei venuta qui e che hai addirittura rovistato tra i suoi cassetti, o no?»

«Uff... sono colpevole, cara. Ma sono certa che cambierà idea quando scarterà il pensierino appena comprato da *Intimissimi* che volevo lasciargli qua.»

Elena è senza parole, e forse noto un'improvvisa sfumatura rossa sulle sue guance. Apparentemente se l'è bevuta.

«Be'... mossa audace, Vero. Niente male» - commenta poi -. «Almeno non pensare troppo a dove nascondergli 'sto pensierino, qualunque cosa sia. Robert rientrerà fra pochi giorni con suo fratello e gli altri collaboratori, quindi fai in modo di non trattenerti qui fino ad allora, ok?»

«Tranquilla ci metterò pochissimo».

«Bye bye!»

Passano altri minuti dopo che quella rompipalle se n'è andata. Niente da fare, non trovo nulla su ciò per cui sono venuta. Non mi resta che andarmene, ma una chiamata sul mio cellulare mi ferma proprio quando sto per aprire la porta dell'ufficio.

È Robert.

Cavolo... e adesso?

Decido di rispondere.

«Amore, disturbo? Dove sei?»

«Ehm... no, Robert, tutto okay... sono in giro... dimmi pure!»

«Ho trovato la persona che cerchi e indovina un po'? Quella persona, Jonathan, non è altri che *mio fratello*».

«Come? Tuo fratello? Ma com'è possibile?» - Dico con voce un po' stridula -.

«Perdonami, mi ero completamente dimenticato di dirti che anche la mia compagnia stava cercando quelle gemme e che mio fratello era andato laggiù per trovarle. Sei arrabbiata?»

Più che arrabbiata sono sorpresa.

«No, è solo che... pensavo... non ho mai conosciuto tuo fratello in tutti questi anni, non pensavo potesse essere lui».

«Ti ha sorpresa, non è vero? Adesso che sai chi è, quando torniamo puoi chiedergli direttamente tu stessa ciò che vuoi».

«D'accordo, ci vediamo».

«A presto, amore».

Quel tale della foresta di nome Jonathan, è veramente il fratello di Robert? Come ho fatto a non vederne la somiglianza? Sono molto simili nei lineamenti del viso, lo riconosco... ma Jonathan ha qualcosa di più che mi ha colpito subito, rispetto a Robert. La testardaggine probabilmente. Così testardo e cocciuto che rischierebbe di prendersi una pallottola in testa.

Ma non è così gentile come il mio Robert, almeno così presumo. Supporre ancor prima di aver conosciuto i fatti non è da me, lo rivedrò soltanto fra due giorni. Solo due giorni...

Il finesettimana arriva presto e papà è occupato ad organizzare una cena d'affari, di cui io sono tenuta a farne parte ovviamente, poiché è la cena del mio ventitreesimo compleanno. Questo tipo di cose non hanno niente a che fare con me, non ho mai festeggiato un compleanno come si deve. Nessuno mi chiede mai dei consigli o mi supporta nel mio lavoro quando sono in azienda, perché dovrei partecipare a una cena se nessuno è venuto di sua spontanea volontà e la mia parola non è riconosciuta?

«Papà, riguardo la cena io...»

«Lo so, sei emozionata vero? Anch'io lo sono, tanto. È veramente importante questa cena, ed è importante che tutti voi partecipiate».

«Eh?!» - Siamo entrambi stupiti -.

«Papà stai dicendo che posso partecipare anch'io?» - Domanda Terence -.

«Certo Terence, questa è una cena di lavoro, sì, ma anche di famiglia. Siamo una famiglia di imprenditori, ma anche delle persone che vogliono cenare semplicemente insieme in memoria dei vecchi tempi e festeggiando il compleanno della mia amata figlia».

«Papà, grazie davvero». - Sono commossa -. «Non sai quanto sia importante per me che tu, finalmente, ti sia riuscito ad aprire con noi e che pensi di organizzarmi una vera cena per il mio compleanno. Ti vogliamo bene».

«Anch'io vi voglio bene. Su, mangiamo!»

Capitolo 2

La mia sveglia non smette di darmi il tormento. *Un altro minuto per favore, solo uno…*

Ma le sorprese devono ancora arrivare. Come un tornado Margaret si piazza sul mio letto e saltandoci sopra mi srotola via le coperte, facendomi venire un brivido freddo lungo tutto il corpo.

«Ah, Margaret! Ed dai, fa freddo...!»

«E tu dormi ancora con gli shorts!» - Dice lei sbalordita guardandomi dalla testa ai piedi -.

«Embè'?»

«Come ti pare, ma se non ti prepari subito penso che il tuo dolce Romeo dagli occhi verdi se ne andrà senza averti salutato».

«Come? Robert è qui? È tornato davvero? Lasciami preparare, ci metto due secondi».

«Okay, ti aspetto giù».

Una volta sistemata, scendo giù le scale con cautela e comincio a sentire un paio di voci, e per poco non cado per lo stupore.

Finalmente Robert ha fatto ritorno dalla sua riunione con dei finanziatori europei, e lasciatemi dire che questo suo regalo, anche se semplice, è davvero dolce e romantico. Questa mattina avevo in previsione di andare a fare shopping con Margaret, ma Robert mi ha preceduta e si è presentato davanti alla porta di casa. Lo sento conversare con papà, il quale sembra intenzionato a scoprire le fonti del suo viaggio.

«...sì, è andato tutto bene. Finalmente collaboreremo con la compagnia più appresa e ci sfideremo a creare un set di gioielli per *Donna Giovane* di quest'anno».

«Molto interessante, spero vinciate».

«Verrete a fare il tifo per noi, vero?»

«Assolutamente, come potremmo perdercelo».

«Oh! Buongiorno Margaret, dormito bene?»

Marghy fa il suo ingresso prima di me, apparendo davanti ai loro occhi come un fantasma.

«Oh... sì, grazie zio. Ma dimmi di te, Robert» - fa con tono sarcastico -, «Visto che non ti ho mai potuto conoscere a fondo, come vi siete conosciuti tu e mia cugina?»

«Oh, beh… io e Veronica ci siamo conosciuti una sera ad una

riunione aziendale quando eravamo piccoli. Vostro zio ha organizzato il tutto, forse è meglio che chiediate a lui i dettagli».

«Ma certo. Zio, non ti credevo un tale romanticone, mi hai colta di sorpresa».

«Per mia figlia questo ed altro. A proposito di compagni, tu come mai non ti sei ancora sposata?»

«Non è semplicemente arrivato il mio momento, zio. La mia azienda è vicina a un importante punto di svolta, mi devo concentrare solo su quello adesso».

«Sei molto ambiziosa, brava. Ammiro come tu sia riuscita ad arrivare così lontano, spero un giorno di poter collaborare con te e la tua compagnia».

«Lo spero anch'io».

È vero, anche se cerco in tutti i modi di non ricordarmelo, a papà interessano solo il lavoro e la fama. Dov'è finito l'uomo che amava sua moglie più di chiunque altro e che avrebbe fatto di tutto per lei?

«Robert, che bello rivederti!» - Alla fine mi decido e scendo -.

«Veronica! Signor Mars, mi permette di parlare con sua figlia?»

«Ma certo, vi lasciamo soli».

«Cosa succede, Robert?»

«Niente, solo… Posso darti un bacio?»

«Certo che puoi!»

«Mi sei mancata tanto» - dice alla fine -. «La tua assenza mi tormentava e con Elena… Beh, qualunque cosa ti abbia detto, l'ha detta per invidia nei miei confronti e per farti arrabbiare con me».

«Non mi arrabbierei mai con te».

«Comunque sia, volevo avvertirti di una cosa. Non aspettarti cose buone da mio fratello Jonathan. Lui è irrispettoso, maleducato, cinico, in poche parole non sa amare; per questo ti chiedo di pensarci due volte prima di voler adempiere a quel favore. Lui non ha mai passato del tempo con noi se non fosse per lavoro, non sa cosa significa la famiglia, avere una ragazza. È innamorato solo del lavoro e della fama».

Mi ricorda qualcuno, a voi?

«Robert, non devi preoccuparti di questo. Non credo che tuo fratello sia un irrecuperabile. Lui mi ha aiutata a scappare e a mettermi in salvo, ricordi? È grazie a lui se ora sono qui; non posso non sdebitarmi».

Lo dico come se fosse d'obbligo farlo. Ma se non fosse così?

«…ma ti prometto che farò attenzione, va bene?» - Aggiungo rassicurandolo -.

«Okay, stai attenta e chiama se hai bisogno».

«D'accordo».

Finalmente è arrivato il momento tanto atteso, conoscere il mio eroe Jonathan; un vero dongiovanni, a quanto dicono, e molto probabilmente anche un vero esperto nel suo lavoro. Ho appuntamento con lui agli uffici della Jewel, dopo che Robert mi ha chiamata invitandomi a raggiungerli là. poiché sarebbero direttamente andati lì a continuare il lavoro con i loro collaboratori. Per precauzione – e credo anche per sentirmi un po' meno intimidita da lui – porto con me i miei due amici e colleghi fidati.

Poco dopo arrivo alla Compagnia, dove, presumibilmente, mi stavano già aspettando sopra vedendo parcheggiata poco più in là, in fondo alla stradina, la macchina di Robert. Entrando domando nel modo più gentile possibile il permesso di andare nell'ufficio del signor Morgan. È strano, per non dire incredibile, dover entrare ogni volta così qui dentro, certificando la mia identità casomai fossi una spia o roba del genere!

Nel suo ufficio, quando arrivo, non c'è ancora nessuno, così ne approfitto per sedermi e aspettare paziente. O almeno ci provo. Probabilmente sono nell'aula riunioni a discutere. Oh, quanto vorrei essere lì con loro... non per rubare informazioni, non sono come mio padre... ma semplicemente perché credo che qui accetterebbero di più le mie capacità. Non appena il mio sguardo si perde nel panorama che si mostra al di fuori della vetrata, una porta si apre e delle voci entrano all'interno della stanza. Mi giro di scatto, e i miei occhi finiscono subito su quelle spalle che riconoscerei tra mille.

«Veronica, eccoti!» - Esordisce Robert -.

«Ciao!» - Sorrido, un po' troppo -.

«Vorrei presentarti mio fratello. Jonathan, lei è Veronica, la mia fidanzata».

Non appena il suo sguardo si posa su di me i suoi occhi cambiano improvvisamente colore, e il suo sguardo comincia a girovagare tra me e Robert, indubbiamente confuso. Poi di nuovo su di me.

«Signorina Mars, sapevo che vi avrei incontrata molto presto, ma non pensavo in questo modo. Così siete voi la donna che ha conquistato il cuore di mio fratello... forse il nostro incontro in quel luogo sperduto era voluto dal destino!»

«Beh, io non credo nel destino» - ammetto -, «ma non posso negare che tutto ciò sia una vera sorpresa per me. Ho saputo che eravate voi solo pochi giorni fa. È un piacere rivedervi tutto intero».

Robert taglia corto e ci invita a sederci. Obbedisco sedendomi accanto a Robert, con lo sguardo di Jonathan addosso, ma non passano che pochi istanti che qualcuno fa irruzione nella stanza a voce molto alta. Impossibile non riconoscere la voce di Elena, che va di corsa ad abbracciare Jonathan.

«Jonathan, sei davvero tu? Che bello che tu sia tornato!»

M'incupisco. Perché Elena non abbraccia anche me in segno di affetto? Non sono propriamente un'estranea, non più almeno, ma forse per lui ancora sì.

Robert mi guarda dritto negli occhi e avvertendo il mio sguardo deluso mi fa cenno di non preoccuparmi troppo. Certo, mi devo ricordare cosa mi ha detto poco tempo fa, e cioè che lui è solo un ragazzino troppo altezzoso e molto probabilmente non è neanche tanto bravo a dirigere una cooperativa come questa. Farò finta che non sia successo nulla.

«Oh, Veronica, anche tu qua?»

«Sì» - dico senza troppa pressione -.

«Con permesso...» - E senza fare troppi complimenti viene subito ad accomodarsi qua vicino, urtandomi -.

«Ehi!» - Esclamo stizzita -.

«Perdonami, ma sai, non vedo da tanto i miei amici, dobbiamo raccontarci un sacco di cose. Non ti dispiace se mi metto qui, vero?» - Aggiunge con quel suo tono da gattino affamato e gli occhietti lucidi -.

Ma certo, fai pure stronza! E dire che doveva essere una riunione di famiglia questa...

«Non c'è problema» - dico spostandomi un po' più in là -.

«Grazie. Ma guardati, Jonathan, sei cresciuto tanto, e hai una bella costituzione muscolare adesso».

«Grazie. Mi alleno tre volte al giorno».

«Che bravo!»

Dove trova il tempo per farlo? Certo, è bravo, se vuole attirare le gatte morte come lei... ma Elena chi si crede di essere per arrivare qui e interrompere la nostra riunione familiare, mettendosi pure in mezzo tra me e Robert? Che sfacciata!

Purtroppo questa chiacchierata sta andando un po' oltre e il mio tempo comincia a farsi sentire. Si sta facendo buio, e anche piuttosto freddo... naturale, siamo in inverno. Stewart sarebbe venuto a prendermi se solo lo avessi chiamato prima, ma di conseguenza papà avrebbe saputo che sono qui da ore, e di certo non è una buona idea.

Così, dopo averci pensato per bene, mi alzo prendendo la mia borsa.
«Scusate ma si è fatto tardi, devo rientrare».

«Ti accompagno» - mi propone Robert -.

«No davvero, grazie ma non ce n'è bisogno. Tu resta qui, non voglio interrompere la vostra chiacchierata tra vecchi amici. Ci sentiamo poi domani, okay?»

«Ma Vero...»

Cerco di svignarmela, ma Jonathan interviene: «L'accompagno io. Tanto devo passare di lì comunque».

«Lascia che se ne occupi lui, Robert» - concorda Elena, odiosa -. «Vedrai che Veronica arriverà a casa sana e salva. Se poi vuoi sentirti più sicuro, ti manderà un messaggio appena arrivata».

«Certo, non preoccuparti» - dico con tono piatto -.

Robert alla fine si lascia convincere, e lo lascio solo con Elena nel suo ufficio, a fare chissà cosa quella donna abbia in mente. Ho paura per lui, ma non è importante adesso. Ultimamente non sto avendo tempo per me e devo assolutamente rimediare. Uscire con le amiche sarebbe ideale.

Prendo l'ascensore insieme a Jonathan. L'aria sembra improvvisamente mancare non appena si chiudono le porte in metallo, subito dopo cala un silenzio imbarazzante che non riesco a scacciare. Quest'atmosfera si mantiene durante tutta la discesa, un tempo che in qualche modo mi sembra infinito. Mi ostino a guardare in avanti, ma con la coda dell'occhio noto come Jonathan mi stia guardando di sottecchi, pare persino divertito. Mi ostino a ignorarlo, anche dopo che le porte si aprono, mentre percorro l'atrio, fino al parcheggio. A quel punto infilo la mano dentro la borsa per cercare il telefono.

«Che cosa fai?» - Domanda Jonathan, rimasto accanto a me per tutto il tempo -.

«Chiamo un taxi, no?»

«Uhm... a quest'ora? Piuttosto sconsigliabile per una ragazza tutta sola...»

«Capirai, cosa mai mi potrà succedere?» - Ribatto decisa -. So che è tardi, ma non mi fido poi così tanto a salire in macchina con lui.

«Meglio non scoprirlo, fidati. Dai, ti accompagno io...»

E mi fa cenno di seguirlo. Inutile, ormai è chiaro che intende andare fino in fondo con me, come se volesse sostituirsi alla mia ombra. Sospirando, acconsento e lo seguo verso un'altra direzione, fino a un'auto che, devo ammettere, non è niente male: una Chevrolet Camaro ZL1 1LE, se la memoria non m'inganna. Potente e veloce.

«Però! Hai buon gusto in fatto di macchine» - mi lascio sfuggire -.

«Ti ringrazio!» - Mi sorride, mentre con il pulsante delle chiavi apre automaticamente le portiere -.

Mi accomodo al suo interno. I sedili rivestiti di pelle sono così delicati al tatto, quasi come se si potesse sentire il momento esatto in cui hanno lavorato questo materiale con le loro mani. Probabilmente sono stati fatti da artigiani tessili molto capaci. *Che bravura!*

«Bella, eh?» - Sogghigna -.

«Come, scusa?»

«No, niente... è che vedo come tocchi la pelle del sedile e mi domandavo se fosse di tuo gusto».

«Non è male».

Non intendo dire a questo ragazzo seduto di fianco a me che mi piace ciò che vedo, non così facilmente almeno. Non lui! Sia chiaro, ma la pelle di questa strepitosa, sfavillante auto sportiva nera... come la vorrei, sarebbe un sogno poter andare al lavoro con una propria macchina, e scendere addosso con lo sguardo di tutti che ti sbranano di invidia.

«Come mai devi passare da casa mia?»

«Ho alcune cose da riferire a tuo padre».

«Puoi dirle a me e io gliele riferirò...»

«Scusami, dolcezza, ma sono cose che devo dirgli di persona».
Dolcezza?

«Cos'è, un nuovo nomignolo? "Signorina" non andava più bene?»

«Sei spiritosa e sai come parlare. Mi piaci» - ammette prendendo lo svincolo a destra -.

«Tu a me non piaci» - gli dico prima di prendere in mano il cellulare -.

«Sì, certo...»

Fuori casa, la macchina di Jonathan è ferma davanti al mio viale. Lo ringrazio del passaggio e apro la porta della Land Rover per scendere, quando, come se non potessi evitarlo, lui mi ferma domandandomi proprio quello che cercavo di evitare per tutto il viaggio di ritorno.

«Ti dà fastidio vedere Elena così vicina a Robert, vero?»

«Come, scusa?» - Ripeto automaticamente -.

«Non fare la ragazza gelosa della migliore amica del fidanzato, non ti si addice» - ribadisce lui, come se io possa essere così stupida da cascarci -.

Mi arrendo. «E tu che cosa ne sai di quello che provo se nemmeno ci sei mai stato? Conosci almeno ciò che piace a tuo fratello?»

«Non cambiare discorso, Veronica. Sai, ho visto come la guardavi prima, e come speravi che lui si comportasse nei tuoi confronti, ma non lo farà mai. Non sperare troppo in lui».

«Chi è il geloso adesso?» - Ribatto. Vediamo se riesce a sgommare pure questa -. «Non mi dire che sei invidioso di ciò che tuo fratello possiede e di quello che è riuscito a creare con le sue sole forze, vero?»

«Non farmi ridere».

Scende dalla macchina e si appoggia al tettuccio.

«Non è ciò che mi preme fare adesso, solo… non ho creduto a ciò che mi disse Robert di te fino a questo momento».

«Cosa ti ha detto di me?»

Incredibile, questo ragazzo ha una capacità innata di turbare ogni mio pensiero rivolto al suo tipo di atteggiamento. Non capisci cosa pensa, quale sia la sua espressione al momento finché non ti parla.

«Sei curioso, vero?» - Gli domando -. «sappi solo che lui è un uomo vero, che sa quello che vuole e sa come ottenerlo. E su questo Elena ha ragione, ma se credi che io sia gelosa di lei allora hai sbagliato di grosso. Buonanotte, Jonathan».

«Ehi, aspetta!»

Non aspetto neanche che lui chiuda la macchina e che mi raggiunga, che già sono entrata in casa.

All'interno, un silenzio tombale sembra avvolgermi completamente. Un freddo mi percorre tutto il corpo e come per ripararmi mi porto le braccia attorno alle spalle per riscaldarmele. Jonathan entra subito dopo di me e chiudendo la porta alle sue spalle per non far entrare ulteriore freddo, si toglie il cappotto e lo appoggia sulle mie spalle. Questo suo gesto mi sorprende, ma allo stesso tempo mi sembra anche molto tenero da parte sua.

Che l'abbia giudicato troppo in fretta?

«Grazie, ma non serve...»

«Tienilo pure, io ho caldo» - insiste lui -.

Gentile, premuroso e anche imbarazzato al momento, cosa mi nasconde questo ragazzo?

«Non c'è nessuno in casa al momento?» - Domanda -.

«Pare di no. Mio padre sarà a qualche riunione e mio fratello probabilmente è uscito con gli amici».

«Capisco. Posso?» - Domanda indicandomi una poltrona -. Quella di papà.

«Certo, accomodati pure. Vuoi qualcosa da bere?»

«Beh, se ritieni che non abbiamo bevuto abbastanza prima in uffi-cio... d'accordo!»

«Bene, torno subito».

E mi allontano senza aggiungere altro. Probabilmente sto per fare un grosso sbaglio, ma al momento non me ne importa neanche un po'. E poi che male ci sarebbe a bere qualcosa con il fratello del mio fidanzato? *È solo un bicchiere per conoscerci meglio, in fondo...* questo mi incito a credere prima di tornare da lui in salotto con due bicchieri di whisky.

Quando riporto lo sguardo su di lui, lo trovo intento a osservare dei riquadri della mia famiglia appesi al muro. Di schiena è talmente sexy, devo ammetterlo, ma anche il resto di lui mi affascina. Non è meglio del mio Robert, non saprebbe fare neanche un quarto di ciò che può fare lui... ma non si può rimanere indifferenti. Beh, magari a una ragazza giovane e inesperta probabilmente la sua bellezza acce-cherebbe perché, con quel fisico, la sua altezza, i capelli castano scu-ro e i suoi occhi che…

Parlando seriamente, non ho mai visto occhi più chiari dei suoi. Devo ammetterlo, è un ragazzo attraente, questo non posso evitare di concederglielo.

«La figlia maggiore del dirigente della Company Interpose Mars» - commenta Jonathan nel frattempo, a voce alta -. «Mi aspettavo di vedere una donna diversa».

«Diversa come?» - Domando mentre gli porgo il bicchiere -.

«Grazie. Intendevo... più simile al padre. Una donna a cui importi solo della fama, ma tu sei diversa, e per questo sono in qualche mo-do attratto da te. Come dicevo prima, ho notato come guardavi Ele-na... lei non ti piace per niente, vero?»

Perché continua a parlare di questo?

«Non è che non mi piaccia...» - Cerco di farla breve -. «Lei è la nostra miglior designer, siamo onorati che lei faccia parte del nostro team. Inoltre, se non fosse per il suo incredibile talento, non saremo mai arrivati dove siamo adesso. Perciò capisci perché siamo tan-to legati a lei ora?»

Queste parole mi fanno passare la voglia di bere, così appoggio il bicchiere sul tavolino ed espiro tutta la tensione che ho catturato nel-le ultime settimane.

«Cosa ti prende? Ho detto qualcosa di sbagliato forse?» - Do-manda Jonathan -.

«No, hai detto la verità, come potrebbe essere sbagliato?»

«Soltanto non ti piace che lei abbia quello che vorresti avere tu, giusto?»

«Come fai a sapere sempre quello che penso? Non ci conosciamo neanche».

«Beh, siamo qui per questo... per conoscerci meglio» - conclude lui, sorsando un altro po' il suo whisky -.

«Tu sembri sapere tutto di me, ma io di te continuo a non sapere niente» - ribatto -.

«Cosa vuoi sapere di me?»

È così sicuro di sé. Fin troppo.

«Sai, la mia vita non è così movimentata come pensi. Perché la trovi interessante?» - Aggiungo poi -.

«Non ci credo». - Sbuffa -. «Sei venuta nel Sud-est Asiatico per trovare una gemma, e da sola hai avuto il coraggio e la forza di affrontare quei malviventi e proteggere i tuoi colleghi... mai nessuno sarebbe riuscito a far tacere quel pazzoide».

«Grazie per il complimento, ma non mi sento un'eroina. Sono solo una donna che cerca di trovare un suo spazio in questo mondo. Ma è più difficile di quanto credessi...»

«Perché? Cosa ti manca?»

«Nulla, ma... io aspiro a qualcosa per cui non ho lavorato».

«A cosa aspiri allora?»

Domanda interessante.

«Il mio più grande desiderio» - dico piano -, «è poter lavorare per voi, dimostrando il mio talento».

Butto fuori tutto in un istante. Oddio, perché gliel'ho detto? Forse non avrei dovuto...

«Con noi? Con la Jewel Company?» - Jonathan sembra stupito -. Annuisco.

«Caspita, non pensavo che volessi questo. Tuo padre ha provato anni a collaborare con noi per...

«Non intendevo in quel modo, ma soltanto io. Essere la vostra capo designer».

Jonathan è sempre più sbalordito.

«So che è assurda come cosa, non potrei mai competere con Elena, ma sarebbe stato bello almeno avere l'opportunità di provarci».

«A tuo padre potrebbe non piacere questa cosa, ci hai pensato?»

«Infatti non lo sa, e se lo venisse a sapere probabilmente non mi farebbe più uscire di casa».

Come minimo.

Rumori improvvisi provenienti dal cortile e luci di una macchina attirano la nostra attenzione. Qualcuno è arrivato. Forse papà.

«Si è fatto tardi, sarà meglio che vada» - Annuncia Jonathan subito dopo -.

«Non dovevi parlare con mio padre?»

«Non è necessario adesso, magari in futuro. Buonanotte Veronica».

«Oh, okay… Buonanotte Jonathan».

***

La mattina seguente mi sveglio con la mia solita suoneria, impostata quando avevo circa dodici anni. *Love me* di Justin Bieber, 2009, uno dei miei pezzi preferiti. Lo stesso però non si può dire di mia cugina, che in pochi secondi urla tutto il suo disgusto:

«Ah, ma cos'è questa tortura?!»

«Buongiorno Margaret, scusami ma ho questa suoneria da quando avevo dodici anni. Mi aiuta a svegliarmi con il sorriso, non ti piace?»

«Se vuoi avere il mal di testa di primo mattino è perfetta!» - Ironizza -.

«Scusa».

«Tranquilla, è solo per dire. Questa è pur sempre camera tua... qui vige la tua legge!»

«Puoi sempre cambiare stanza, se preferisci... non c'è bisogno che stai con me come ai vecchi tempi».

Margaret scuote la testa. «È proprio per i vecchi tempi che sto qui. Come farei altrimenti a sapere cosa fai nel cuore della notte se non ci fossi?»

«Come?»

Deduco che sappia.

«Sei arrivata un po' tardi ieri sera, no? Con chi eri in salotto, Veronica?»

I suoi occhi bramano di gossip.

«Ecco… ero con... uno della famiglia di Robert».

«Chi?»

«Suo fratello Jonathan».

«Il ragazzo della foresta?! Non ci credo!» - Di colpo è sbalordita, al che salta giù dal letto per raggiungermi -. «Non pensavo che lo avresti rincontrato così presto... Suo fratello!? Ci sarà da divertirsi alla cena per il tuo compleanno!»

«Perché, pensi che verrà?»

«Certo! Perché non dovrebbe venire? Saranno presenti tutti quanti, se non venisse sarebbe un maleducato».

«Hai ragione».

«Ho sempre ragione, cugina» - rimarca lei, buttandosi i capelli all'indietro -.

***

A lavoro, come al solito, sono impegnata a trovare delle buone idee per creare la collezione di gioielli, ma al momento non mi viene in mente nulla di convincente. Ci sono dei fogli sparsi ovunque e la mia confusione si sta ingigantendo sempre di più. Qualcuno bussa alla mia porta proprio in questo momento di tortura. È papà.

«Ciao tesoro, come procede il tuo lavoro?»

«Molto lentamente».

«Non ci siamo, fammi vedere». - Prende il foglio e lo esamina attentamente -. «Qui! Vedi, questo non è abbastanza rigido, c'è troppa fluidità nella composizione. Cerca di renderlo più compatto, d'accordo? Passerò più tardi a controllare. Ricorda che le bozze devono essere concluse entro la fine della settimana, confido nella tua bravura!»

Detto questo, gira i tacchi e sparisce oltre la soglia lasciandomi di nuovo sola nella tormenta.

«Certo, papà, grazie per avermelo ricordato» - sbuffo, consapevole che non può sentirmi -.

Sono esausta, le energie accumulate stamattina con la colazione le ho già esaurite tutte. Non serve a niente rimuginare su questo, tanto a papà non va bene comunque. Lavorerò su un'altra idea e così magari mi verrà qualche spunto per creare qualcosa di spettacolare. Vorrei solo avere un po' di supporto e di fiducia da parte sua, è tutto nelle mie mani ma i meriti non sono mai inclusi nel pacchetto.

Qualche ora dopo, sono impegnata a fare delle ricerche, un po' dal mio taccuino delle idee, un po' da internet; ho preso vari modelli diversi per cercare di creare qualcosa di straordinario e soprattutto di mio. Questa volta cercherò di convincere mio padre a farmi partecipare e soprattutto di ricevere i meritati complimenti. È una situazione difficile che non mi permette di esprimere veramente ciò che sono. Adesso alla Jewel staranno lavorando come un vero team di lavoro, con molti progetti futuri che andranno sicuramente tutti a buon fine... mentre io, invece, sono seduta qui da sola nel mio ufficio e circondata da raccoglitori di vari dipendenti con racchiuse le loro idee per il progetto.

Questo lavoro è molto importante per me, ne va del mio talento.

Ore diciotto e tredici. Sono ancora immersa nel mio lavoro quando sento il mio cellulare squillare. Un messaggio. Chi sarà a quest'ora? Forse Margaret o Terence. Tanto vale controllare...

È Robert! Gli manco e purtroppo non può passare a prendermi e a portarmi fuori a mangiare. Accidenti. Chissà se in questo momento è insieme ad Elena... e anche Jonathan, magari.

Ma cosa vado a pensare? Come può la mia testolina aver pensato – anche solo per un secondo – che Jonathan mi possa aiutare a tenere le manacce di Elena lontane da Robert? Scherziamo, vero? Probabilmente farà il finto tonto, come è suo solito fare con cose che non gli interessano.

Può sembrare strano o troppo affrettato, ma a dire il vero mi sembra come se io e Jonathan ci conoscessimo da sempre, riusciamo a capirci con un solo sguardo. Curioso, no?

Il messaggio di Robert si rivela inutile quanto un secchio sfondato; non mi distrae neanche dal mio lavoro, anzi lo intensifica di più. Gli rispondo di non preoccuparsi e che prenderò un taxi, visto che Stewart è in ferie per l'avvicinarsi delle vacanze natalizie.

Fra tre giorni è il mio compleanno, mi torna in mente all'improvviso... spero vada tutto bene e che non succeda nulla di compromettente. Non ho mai festeggiato il mio compleanno con una vera festa. Papà a volte se ne dimenticava, così passavo intere giornate a lavorare e a seguire riunioni di lavoro a cui oggi non partecipo nemmeno come collega e dipendente. Solo Terence, che sembra essere il mio salvatore e protettore, che mi conosce come le mie tasche, ha sempre pensato a farmi regali, organizzando talvolta serate con popcorn e cinema. Gli voglio un bene infinito, senza di lui probabilmente mi sentirei più vuota e triste di come mi sento attualmente. Lui mi dà la forza, quella necessaria per superare anche i momenti come questi. Infatti, proprio oggi, mi ha portato una notizia fantastica: mi aspetta un regalo bellissimo e diverso da quelli precedenti.

Vi è mai capitato di tornare a casa dopo una pesante giornata di lavoro, e trovarvi vostro fratello o sorella minore che vi prepara una tazza di latte calda, vi abbraccia e vi chiede com'è andata la giornata, se siamo semplicemente felici? Beh, per me è così da sempre. Mio fratello è come la mia metà, il mio braccio destro, la mia mente e la mia armatura protettiva contro tutto e tutti. Spero che un giorno possa realizzare il suo sogno, è un gran lavoratore, attivo e sempre pronto ad aiutare gli altri anche prima di se stesso. Papà sta facendo uno sbaglio enorme a lasciarlo fuori da tutto ciò, in futuro se ne pentirà.

La sera cala sulla città e il silenzio nei corridoi dell'azienda è bloccato dal suono dei miei tacchi sul pavimento levigato in marmo bianco di tutto il piano. Mi dirigo verso l'ufficio di papà per parlargli del mio lavoro, o meglio, di chiedergli il permesso di prenderne la completa responsabilità dei progetti futuri. Quando mi trovo davanti alla porta esito per qualche attimo, ma ormai sono qui... non posso più tirarmi indietro.

Toc toc.

«Avanti!»

«Papà, posso parlarti un attimo?» - Esordisco affacciandomi -.

«Oh, tesoro, non pensavo fossi ancora qui. Dovresti andare a casa, Robert starà arrivando, fatti vedere pronta».

«Robert non verrà, è impegnato con il suo lavoro».

«Ah, ma davvero?» - Sembra stupito, ma non troppo -. «E tu sei qua invece di stare lì e controllare la situazione?»

Ancora questa storia, ma finirà mai?

«Papà, lo sai, non vado lì per verificare il loro lavoro, è solo per vedere Robert».

«Veronica, quante volte dovrò ripetertelo? Devi procedere con il fidanzamento. Quel passo...»

«Smettila!» - Sbotto -. «Perché devi complicare sempre le cose? Io e Robert stiamo cercando di conoscerci meglio e io non sono pronta per sposarmi!»

«Non sei pronta?» - Mi ripete, alzandosi dal suo posto -. «Non sei pronta a fare un bel niente della tua vita, Veronica. Guarda tua cugina, ad esempio... lei a soli quindici anni è diventata un'imprenditrice. Il fatto che sia andata così lontano forse è un po' complicato, ma almeno sta lavorando per il suo futuro. Tu che stai facendo? Dimmelo, cosa stai dimostrando a te stessa e agli altri? Nessuno ti conosce!»

«Papà io...» - Mi sento vuota, non riesco nemmeno a parlare -. «Non credevo fossi così freddo ed esigente, non credevo che tu pensassi queste cose di me, di tua figlia. Ma la cosa che non pensavo più di tutte... e che mi ha ferita di più... è il tuo costante desiderio di successo. Non ti importa niente di ciò che ha detto la mamma prima di morire? Ciò che voleva lei per noi?»

«Non parlare di tua madre» - ribatte -, «tu non sai cosa ci sia dietro a tutto questo. Dici di conoscere tutti i segreti nel mondo del design di gioielli e per questo vorresti la piena autorità dei tuoi lavori, lo so, ma non sei pronta, Veronica...»

«Allora lasciami dire... se sono più bravi i tuoi dipendenti allora lascialo fare direttamente tutto a loro, il lavoro. Io vado».

Giro i tacchi e lascio fulminea l'ufficio, sbattendo forte la porta. Il suono non copre le ultime proteste di mio padre, ma mi allontano ignorandole:

«Veronica! Veronica... torna immediatamente qua!»

Corro fuori all'aria aperta, in mezzo alla strada quasi deserta, e crollo a piangere. Lascio uscire tutto quello che mi tengo dentro da sempre, ogni cosa, anche la rabbia e la frustrazione per il lavoro dei miei sogni e per il quale ho gettato tutto al vento solo dopo aver sentito quelle parole da mio padre. Come posso essere una designer se qui non riesco a esprimermi?

Voglio lavorare, ma non qui, non così!

Un flusso di pensieri mi annebbia la mente, un tuono squarcia il silenzio e la pioggia inizia a scendere lenta, bagnando tutto. Vedendo tutte quelle coppiette tenersi per mano e correre sotto la poggia mi fa venire la malinconia di un amore non vero, ma soprattutto il sentimento che provo per Robert comincia a vacillare e non capisco perché.

Mi lascio cadere a terra stringendomi le gambe attorno alle braccia, come per proteggermi da quei getti d'acqua. Smetto di piangere, ma non di tremare.

Con la testa rinchiusa tra le braccia, sento solo il getto dell'acqua battere a terra forte come piccoli cristalli che scendono a cascata. Forti rumori dei miei pensieri che si intensificano come un tornado dentro alla mia testa. Qualche minuto dopo, comincio a sentire rumore di passi sotto la pioggia, che si avvicinano sempre di più... poi la pioggia smette di picchiettare improvvisamente sul mio corpo.

«Che ci fai qui fuori con questo tempaccio?»

Alzo la testa e con lo sguardo ancora annebbiato dal pianto cerco di capire chi sia quella persona davanti a me, che con una mano regge l'ombrello che ora mi protegge.

«Perché sei qui, Veronica?» - Mi domanda ancora, con voce calda e rassicurante, e finalmente lo riconosco -.

«Jonathan, io...»

Non riesco a parlare.

«Stai gelando, su, alzati ed entriamo dentro».

«No! No, ti prego, io... non ci tornò là dentro!» - Dico quasi supplicando -.

«Perché? Cosa è successo, Veronica?»

«P-papà, lui... m-mi ha deluso... e mi ha fatto capire c-che non sono adatta...»

«Cosa stai dicendo? Bah, senti, ne parliamo dopo, una cosa alla volta... ora ti porto a casa prima che ti buschi una marea di malanni».

«No... accompagnami d-da Lucy... è una mia amica, voglio andare da lei».

Jonathan sembra esitare, ma solo per un attimo. «D'accordo, andiamo».

Nel momento esatto in cui mi alzo, come se fossi incapace di prendere il controllo del mio corpo, inciampo in avanti. Jonathan mi prende al volo, ma nell'azione fa cadere a terra l'ombrello.

«Veronica! Stai bene? Cosa ti prende? Cavolo, sei bollente...» - Constata subito mettendomi una mano sulla fronte -. È *forse preoccupato per me? Non aggiunge altro; in un* attimo mi solleva e mi prende tra le sue braccia, tenendomi stretta, dopodiché ci avviamo insieme sotto l'acquazzone, fino alla sua auto.

Negli istanti in cui mi fa accomodare all'interno della sua vettura non sono più molto cosciente di me e di ciò che sto dicendo, sento solo la sua voce, così familiare e piacevole. Un suono che mi fa stare un po' meglio. Un sorriso lieve mi si forma sulle labbra, ma nel frattempo le mie palpebre si fanno sempre più pesanti e cado in un sonno profondo, circondata dal calore della macchina e dal tocco di una mano sulla mia.

Poco dopo, una coperta mi avvolge calda, e il silenzio mi circonda. Finalmente un po' di pace. Sento delle voci...

«Grazie per esserti preso cura di Veronica»

È Lucy... sembra sollevata...

«Non preoccuparti».

«Ma cosa è successo esattamente? Perché è ridotta così?»

«Non lo so, mi ha detto qualcosa di suo padre, ma non capivo bene...»

«Ah... non preoccuparti, sono le solite cose. Loro due non si capiscono a volte, e quando litigano Veronica ci rimane molto male perché suo padre non è gentile nel dialogo».

«Capisco, si è sentita ferita in quel momento».

Il sonno avanza inesorabilmente. Non sento più nulla attorno a me se non totale serenità. Una mano mi accarezza i capelli, un gesto che percepisco lievemente. Poi una voce maschile entra nella mia testa prendendo il pieno controllo dei miei pensieri. Ora riesco a sentirla chiaramente.

«Ehi... volevo dirti del perché sono venuto alla Mars oggi. So che forse non ti interessa saperlo, anzi non ti importerà di un ragazzo caparbio come me, ma voglio dirtelo lo stesso visto che ora non puoi sentirmi né rispondermi. Veronica, mi piaci! Mi piaci da tanto, ma all'inizio era solo pura curiosità. Ho capito di provare dei sentimenti veri per te solo quando ho riflettuto sul nostro primo incontro... quando mi avevano puntato una pistola alla testa e tu sei apparsa a salvarmi. Okay, forse non sei venuta a salvarmi, ma l'hai fatto e te ne sarò debitore a vita.

«Oggi volevo venirti a prendere e... vederti. Non so bene perché, ma non riesco a starti lontano. Robert era troppo impegnato con il lavoro di oggi, ed Elena... beh, lei era troppo impegnata a stare appiccicata a lui per notare la mia assenza. Non credevo di trovarti così, sotto l'acquazzone, ma... ho fatto bene, no? Altrimenti chissà cosa ti sarebbe successo.

«Beh... meglio che vada, è molto tardi... ci sentiamo presto, okay?»

Sento subito dopo un calore sul mio viso, tenue, come se qualcuno si fosse avvicinato. Delle labbra morbide e calde mi sfiorano la guancia, e un calore lungo tutto il corpo mi avvolge. Non è un tocco che percepisco all'istante, ma mi sento stranamente mancare l'aria quando queste sì allontanano.

La mattina seguente, il sole lieve penetra nella stanza illuminando quel poco che riesce con la sua aura luminosa. Ormai sveglia da minuti, mi guardo le mani, che cominciano a formicolare e a farmi male. È come se non riuscissi a percepirle più, è una sensazione orribile da provare, quasi insopportabile. Portandomele al petto e inspirando profondamente chiudo gli occhi, come a togliere quell'immagine che gira nella mia testa senza fermarsi.

Una porta si apre all'improvviso subito dopo e una figura umana entra con un vassoio in mano. Un bicchiere d'acqua e una scatolina rossa. Medicine, suppongo.

«Buongiorno angelo!» - Annuncia Lucy -. «Come hai dormito?»

«Bene, grazie».

Lucy sorride e mi porge le medicine. Siamo amiche di vecchia data, legate l'una all'altra dalla passione per il nostro lavoro. Di lei posso dire che mi piace tutto, e non lo dico tanto per dire. Mi piace il fatto che sia così trasparente con tutti, che dica quello che pensa sempre, che creda così fermamente nel vero amore come me. Ci rendiamo conto di essere molto simili in alcuni casi, e in questo ci scontriamo spesso, ma per la gente che ci conosce da tempo pensiamo di essere due mondi completamente differenti. E talvolta su questo ci troviamo a chiacchierare per ore ed ore.

«Vuoi che ti prepari qualcosa da mangiare? Avrai fame visto che ieri sei arriva…»

S'interrompe a causa dello squillo improvviso del suo cellulare. Lo afferra subito.

«Scusami, è Thomas, devo rispondere». - Fa per allontanarsi -.

«Fai con comodo».

E nel buio corridoio scompare dalla mia vista e dal mio udito.

Il suo ragazzo, Thomas Foster, è a capo di tutte le operazioni compiute negli ultimi anni e direttore di una filiale di marketing e comunicazione molto conosciuta nel nord della Capitale. È un ragazzo alto e bello, dal fisico proporzionato e non troppo muscoloso; talentuoso e diligente.

I minuti passano e Lucy non ritorna, così decido di alzarmi e vestirmi. Nel frattempo ripenso a papà, mi domando cosa stia facendo in questo momento... sarà preoccupato o infuriato per non avermi visto tornare a casa ieri sera, poco ma sicuro.

Il telefono squilla e il fato sembra essermi molto amico. Un messaggio di Margaret.

Veronica, dove sei? Torna a casa per favore, siamo preoccupati per te.
Dove sei? Passo a prenderti.
Ti prego dimmi che stai bene, sono in ansia per te.

Meglio tranquillizzarla subito. Le scrivo che sto bene, che sono a casa di un'amica e che non tornerò a casa molto presto. Ho qualcosa da fare ora, qualcosa di molto importante per me e per il mio futuro.

Scendo le scale che portano al soggiorno e dirigendomi verso le voci arrivo in cucina. C'è solo Lucy al momento, però è ancora al telefono con qualcuno.

«Lucy, io vado» - le dico senza voltarmi verso la cucina -.

«Aspetta, dove vai così di corsa?» - Mi domanda perplessa -.

«Devo fare una cosa molto importante».

«Aspetta, almeno mangia qualcosa, siediti e bevi un succo con me. Parliamo un po' e magari poi passiamo a casa tua per cambiarti».

«No, davvero, sto bene. Ma ho un favore da chiederti prima di andare... Potresti prestarmi il tuo computer?»

Lucy è ancora perplessa ma obbedisce subito alla mia richiesta.

Nel giro di un minuto sparisce in soggiorno e ritorna col suo portatile; lo afferro insieme alla mia borsa, dalla quale estraggo una chiavetta USB.

«Che vuoi fare?» - Mi domanda Lucy mentre collego la chiavetta al pc -.

«Qui dentro c'è il mio curriculum» - le spiego -, «devo mandarlo di persona alla Jewel».

Continuo a pigiare tasti.

«Vuoi fare un colloquio da loro?! Perché?»

«Voglio dimostrare a tutti che ho talento e che non posso sprecarlo lavorando con persone a cui non importa delle mie capacità».

«E pensi che a loro importi? Veronica, pensaci! Anche se sei la ragazza di Robert, credi di avere la possibilità di entrarci tranquillamente e di diventare una designer con Elena tra i piedi?»

«Sì! Abbi fiducia in me, almeno tu».

«Sono *sempre* dalla tua parte e lo sai... ma ho paura che tu possa avere un'altra delusione».

«Tranquilla. Sarò prudente».

Finito di stampare i fogli, prendo la mia roba ed esco di casa, con lo sguardo di Lucy addosso.

«Starò bene, davvero» - aggiungo tranquillizzandola -.«Ti farò sapere com'è andata, okay?»

«Va bene, chiamami appena hai finito, ti passo a prendere».

«Okay, ciao!»

Prendo l'autobus alla fermata più vicina e salgo sul primo diretto al quartiere designato. Decisa ad affrontare quello per cui ho dedizione, arrivo fino al posto dove i miei sogni e le mie opportunità possono prendere vita... o dove tutto ciò che desidero può essermi tolto come fumo al vento.

Prendo un grosso respiro e mi avvio alla porta decisa e sicura di me. Entrando vedo tutte le sezioni dell'azienda divise per piano, disposte una sopra l'altra sul cartellone posizionato oltre il bancone della reception. Non l'avevo mai notato nei dettagli prima.

Il "mio" piano è quello più arricchito e da cui provengono tutte le persone con più esperienza di me. Mi sembra di essere arrivata in un luogo dove le mie capacità sono messe a dura prova da altri colleghi, che magari si sentono minacciati dal mio arrivo e decidono di rendermi la vita un inferno.

Mi presento davanti alla receptionist dando nome e motivo della visita. So che ci vorrebbe una prenotazione per questo genere di cose, ma sono qui adesso, decisa a vedere una svolta nella mia vita all'istante. Il destino mi dice che è arrivato il mio momento. Dovevo reagire.

«Salve, cosa desidera?» - Chiede la receptionist -.

«Sono qui per *parlare* con i capi dell'azienda».

«Mi spiace, ma adesso sono in riunione e non possono ricevere visite. Lei desidera incontrare il signor Morgan?»

Immaginavo lo pensasse, mi avrà riconosciuta.

«Sì, anche lui» - aggiungo -.

«Allora si accomodi pure nella sala al sedicesimo piano. Saranno da lei subito dopo».

«Grazie mille».

Mi dirigo verso gli ascensori senza aggiungere altro, né capacitarmi di come sia riuscita a spuntarla. La Jewel è l'azienda più organizzata che io abbia mai visto, sono efficienti, diligenti e con responsabilità.

Questo è il mio mondo, e lo conquisterò!

Capitolo 3

Le porte dell'ascensore si aprono e i miei occhi cominciano a vagare guardando ovunque, osservando ogni più piccolo dettaglio. Questo piano ospita tutti gli uffici dei capi e scrivanie dei loro sottoposti, dove magari, con un po' di fortuna, potrò essere tra di loro un giorno. Mi dirigo con fare deciso verso l'ufficio di Robert, pronta e speranzosa che sia presente e non ancora in riunione. Mirando a bussare sulla sua porta una voce femminile, familiare e fastidiosa, mi chiama.

«Veronica! Che cosa ti porta di nuovo da noi?»

Elena... ma ti hanno ordinato di starmi addosso come una zecca?

«Sono qui per un colloquio con i capi» - la informo -.

«Un colloquio? Per cosa?» - Elena sembra stupita -. E anch'io in realtà.

«Per entrare a far parte del vostro team».

Ho appena finito la frase che lei scoppia a ridere rumorosamente, facendo voltare la testa alle persone più vicine.

«Non farmi ridere! Tu una dipendente della Jewel?»

Ormai parla così forte da farsi sentire da tutti sull'intero piano; fa tanto la dura ma riesco a percepire il suo tono, sempre più tagliente e sprezzante... come se voglia aggredirmi perché intimidita dal mio arrivo, dalla probabilità che le rubi il suo posto.

«Ascoltami, lo faccio per il tuo bene» - comincia a parlarmi da "amica" -. «Se credi di poter venire qui e pretendere di fare un colloquio con noi sperando di essere presa, allora scordatelo!»

«Non sono qui per...»

«Non m'interessa, non c'è uno straccio di posto per te qui. Punto!»

«Che succede?»

Ci voltiamo entrambi e riconosco Jonathan, allarmato dall'alto volume di questa stronza e ora diretto a rapidi passi verso di noi. Lo guardo, o meglio, i miei occhi non smettono di ammirare i suoi; come posso restare indifferente dopo la sua dichiarazione? Mi sento in qualche modo protetta da lui, una sensazione di benessere e calore, quasi inevitabile. Ma lui non sa che io l'ho sentito, e così deve rimanere.

«Oh, Jonathan!» - Esclama Elena -. «Glielo spieghi tu a questa che non abbiamo alcuna opportunità per lei nella nostra azienda?»

«Perché mai? Chiunque può fare domanda per lavorare qui» - obietta lui -.

«Ma non lei! Lei è il nemico numero uno... cosa credi che sia venuta a fare qui altrimenti?»

«Io non sono le orecchie e gli occhi di nessuno, specialmente di mio padre... sono qui per un lavoro» - intervengo subito in mia difesa -. «Se vuoi una spiegazione del perché ho scelto voi, basta chiedere».

«Che presuntuosa! Bah, solo Robert può sistemare la questione, ne discuteremo con lui in riunione».

«Ottima idea. Perché non lo chiami subito?» - Jonathan le rivolge un sorrisetto beffardo -. «Io e Veronica vi aspetteremo nel mio ufficio».

Non accade nulla di quello che pensavo, bensì il contrario. Jonathan sembra essere dalla mia parte contro coloro che vogliono oscurarmi, mettendosi addirittura contro Elena. Perché lo fa? Vuole proteggermi o danneggiarmi pubblicamente davanti a tutti?

Non appena Elena si allontana sparendo dalla mia vista, seguo Jonathan fin nel suo ufficio; mi apre la porta per entrare e io obbedisco senza aggiungere parola. Poi, dirigendosi alla sua scrivania e sedendosi sulla sedia, mi guarda muto per alcuni istanti. Alla fine prende un raccoglitore e ne tira fuori una lista, ci do appena una sbirciata perché nel frattempo lui ha ripreso a parlare.

«Questa lista contiene le qualità che ricerchiamo nei nostri dipendenti e collaboratori. Guarda e vedi se possiedi tutte le caratteristiche che cerchiamo nei designer».

Lo prendo tra le mani, e non posso fare a meno di alzare le sopracciglia. La loro lista è veramente dettagliata ed esigente. Ci credo che sono così professionali anche nel modo di parlare. Come farò a farmi accettare da loro?

«Allora? Che mi dici?»

«Io...»

La porta si apre subito dopo, facendomi voltare. Vedo Robert varcare la soglia, seguito a ruota da Elena come un'ombra.

«Veronica!» - Esordisce Robert, un po' sorpreso di vedermi. Poi, avvicinandosi di più a me, mi prende le mani -. «Cosa ci fai qui? Elena mi ha detto tutto... è vero?»

Spera forse il contrario?

«Sì!» - dico con la più totale disinvoltura e sicurezza nella mia voce -.

«Perché? Cosa è successo alla Mars?»

«Nulla, soltanto... non mi trovo più bene e ho deciso di procedere con quello che davvero mi interessa da sempre. Ovvero voi. Intendo dimostrarvi che sono la donna che cercate. Sono efficiente, capace, ascolto, eseguo ciò che mi viene chiesto di fare. Ho le capacità per eseguire qualunque cosa voi mi chiediate di fare».

«Non puoi lavorare con noi» - mi interrompe l'arpia dalle unghie finte -. «Non ti abbiamo neanche mai vista disegnare, come facciamo a sapere che sei brava?»

«Lo è» - interviene Robert, guardandomi negli occhi, ma con un altro tono di voce ora -.

«Ma lei ha ragione, e non mi darete una possibilità, vero?» - Aggiungo, delusa dall'ovvia risposta -. «Solo perché sono la tua ragazza e la figlia del vostro "nemico numero uno" non mi prenderete nemmeno in considerazione?»

«Non è per questo, Veronica. Sarei ben lieto di darti una possibilità, ma ho paura che tuo padre non sarà d'accordo e che ci ostacolerà per questo».

«Ma dai... non ti sembra di esagerare?» - Jonathan sembra stupito -. «Veronica è una donna adulta e responsabile. Sa cavarsela da sola, e di certo ha talento da vendere. Io voglio vedere cosa sa fare... che ne dici, Vero? Te la senti di mostrarci qualche bozza?»

«Con piacere!» - Dico subito -.

E così, con il cuore in gola e la tensione a mille, mi sistemo sulla sua postazione di lavoro. Non appena tocco la sedia e mi avvicino alla scrivania, avverto un gran brivido di piacere.

Mi dicono di iniziare quando mi sento pronta, così con un cenno del capo incomincio ad abbozzare qualche spunto che mi viene sul momento. Il mio disegno procede bene e senza intoppi, se non fosse per una cosa: la mia mano comincia a tremare, come la prima volta. Questo mi fa sbagliare una linea, ma non ci faccio ugualmente caso e proseguo. È la mia grande occasione... l'opportunità che aspettavo per dimostrare il mio talento a loro.

Alla fine poso la matita e risollevando lo sguardo dichiaro di aver finito.

«Wow! Hai finito in pochissimo tempo, brava!»

«Grazie, mister Morgan» - affermo. Bisogna essere formali -.

«Fammi vedere». - Si avvicina Elena arrabbiata. - «E questo sgorbio cosa sarebbe? Sembra fatto da un bambino di tre anni, per non parlare di questo tratto fatto malissimo. Credevi di essere perfetta, non è vero?»

«Ora basta, Elena, fammi vedere».

Jonathan prende il foglio in mano e lo esamina. Il suo sguardo percorre ogni centimetro del mio disegno, e l'ansia dentro di me si ingigantisce ogni secondo di più. Solo Jonathan sembra tranquillo, forse anche troppo. Ora mi rendo conto che lui ha piena fiducia nelle mie capacità.

In questa soffocante attesa che tutti finiscano di visionare il mio lavoro, un tale entra dalla porta interrompendo l'operazione. Il verdetto deve aspettare ancora un po'.

«Signori perdonatemi, ma la Presidentessa è arrivata e chiede di voi immediatamente» - annuncia questo collega senza nome -.

«Grazie, arriviamo subito» - risponde Jonathan -. «Veronica, mi dispiace ma dovrai attendere ancora un po'».

«Non fa niente. Aspetterò».

Detto ciò lasciamo in blocco l'ufficio. Mentre mi separo da loro per avviarmi verso l'ascensore e lasciare l'edificio, un improvviso scambio di battute avviato da Elena mi spinge a fermarmi.

«È da tanto che la presidentessa non si faceva viva da queste parti... credete che voglia punirci per qualcosa?»

«Tu sta' tranquilla» - ribatte Jonathan - «ed esegui ciò che ti viene detto senza obiettare».

«Ma certo. È un onore poter vedere tua nonna qui, la sua presenza è fonte di grande ispirazione per me».

Nonna? Il capo dei capi sarebbe la nonna di Robert e Jonathan? Le sorprese non smettono mai di arrivare, mi dico mentre le porte dell'ascensore si aprono davanti a me... ma non vi entro. Non posso lasciarmi sfuggire l'opportunità di farmi vedere da lei. In fondo capitano una sola volta nella vita queste cose, perché non coglierle al volo?

Così mi giro e proseguo verso l'ufficio direzionale dove si svolgono tutte le riunioni, e senza esitare busso.

Non appena varco la soglia, tutti gli sguardi si alzano su di me e alcuni di essi sono davvero stupiti nel vedermi qui. Sicura di me, con la mia cartella in mano e i disegni ben custoditi al suo interno, mi avvicino alla signora ben vestita che mi si presenta davanti.

«Salve, mi chiamo Veronica Mars e sono qui con le migliori intenzioni per chiederle il favore di vedere i miei disegni e di verificare se ho la possibilità di unirmi a voi e al vostro team di lavoro».

Diavolo, ho forse parlato troppo in fretta?

«Che ci fai tu qui?» - Sbotta Elena subito dopo -. «Presidentessa, non la ascolti, lei è la figlia di Gerald Mars...!»

La fulmino con lo sguardo, ma ciò che succede dopo mi stupisce.

«Ora basta» - dice la Presidentessa -. «Signorina Sherman, non è questo il modo di parlare, si sieda immediatamente».

«M-mi scusi».

Elena va a cuccia, con mia grande soddisfazione. La presidentessa nel frattempo si è voltata verso i nipoti. esaminandoli attentamente, per poi tornare a fissarmi.

«Se ho sentito bene sei la figlia di Gerald».

«Sì, presidentessa».

«Perché sei venuta qui?»

«Voglio lavorare nella Jewel» - dichiaro ancora una volta -. «È una mia scelta, mio padre non ha nulla a che fare con questo. Sono qui per chiedervi solo di pensare alla possibilità di accettarmi nella vostra azienda, niente di più».

«E perché dovrei accoglierti nella mia azienda? Tuo padre non ti vuole più?»

«Non posso dimostrare il mio talento con lui, per questo sono venuta da voi credendo...»

«Credendo che ti avremmo accolta pacificamente, ho ragione?»

Non ha tutti i torti. «Presidentessa, non ho cattive intenzioni e vi chiedo perdono se vi ho dato quest'impressione...»

«Nonna...» - Interviene Robert, alzandosi dal suo posto -. «Veronica è la mia fidanzata. Mi dispiace per lo sgomento che sta causando, ma so che lei ci tiene tanto a lavorare con noi per questo. Ti chiedo solo una possibilità di considerarla».

«Tu sei il responsabile di questo dipartimento, come puoi permettere che un'estranea, anche se è la tua compagna, entri qui e pretenda la mia attenzione?»

«Beh, io...»

«Scusatemi, presidentessa, non era mia intenzione causare tanto trambusto» - m'intrometto ancora -. «Tolgo il disturbo adesso. Arrivederci e... scusi ancora per tutto».

«Aspetta!»

Una voce, che riconoscerei tra mille, mi ferma proprio nel momento in cui sto per aprire la porta.

Jonathan si alza e si dirige verso di me, mi prende dalle mani il raccoglitore porgendolo poi sul tavolo davanti a sua nonna. Aspetta di iniziare a parlare fino a quando lei, incuriosita da ciò che può esserci al suo interno, commenta con un accenno di sorriso.

«Questa ragazza è una designer di grande talento» - afferma Jonathan -. «Tutti i suoi lavori vengono esposti ma non sono mai riconosciuti come suoi. Qui dentro ci sono i suoi ultimi lavori, e presumo anche siano le bozze che dimostrino il fatto che sia lei la vera designer delle ultime dodici o tredici collezioni di gioielli esposti in gara».

«Perché hai tanta fiducia in lei?» - La Presidentessa è ancora scettica -. «Cos'ha questa donna che la nostra capodesigner non ha già?»

«Elena è brava, devo ammetterlo. Ma Veronica ha quel qualcosa in più che ci serve».

«Uhm... e pensi che basti a farmi credere che sia capace e di talento?»

«Devi solo dare un'occhiata ai suoi lavori» - ribatte Jonathan convinto -.

La presidentessa fa un sospiro. «D'accordo. La riunione è aggiornata, lasciatemi da sola con lei, per piacere».

Solo dopo che tutti se ne sono andati, mi fa cenno di accomodarmi tranquillamente di fianco a lei. Ho il respiro bloccato, l'ansia è tale che sto per piangere, ma faccio del mio meglio per ricompormi e restare solida aspettando la sua risposta.

«Sei brava, devo ammetterlo» - dice lei sfogliando i miei ultimi lavori -. «Hai talento e sai come dimostrarlo anche con le parole oltre che con i fatti. Ma perché pensi che ti darò una chance?»

Perché l'unico modo che ho di fare ciò che amo è grazie al vostro sostegno.

Vorrei dire questo, e invece...

«Perché desidero rendere mia madre fiera di me, e voi siete la mia unica possibilità per riuscirci».

Non è del tutto falso.

«Tua madre?» - La presidentessa cambia tono di voce -.

«Mia madre...» - Non so se ce la faccio a rivangare il passato -. «È morta quando avevo solo cinque anni... una malattia incurabile al tempo. Da allora mio padre non fa che costringermi a rimanere salda e a non lasciarmi calpestare da nessuno. Perciò, ho fatta questa scelta. Lui non mi ha mai considerata realmente, e la mia capacità nel disegnare sta cominciando a cedere sempre di più».

«Così sei venuta da noi, ti capisco... ammiro tanto coraggio e determinazione, ma non posso lasciarti entrare senza una prova vera delle tue capacità».

«Immagino. Quindi, con questo mi sta dicendo che posso provarvi le mie doti?» - Sono speranzosa -.

«Solo se supererai la prova».

In un attimo, senza pensarci un istante, mi fiondo in avanti e abbraccio questa donna, sorprendendola.

«La ringrazio infinitamente, lei è la mia ancora! Grazie-grazie-grazie!»

«V-va bene, adesso basta, vai pure».

«Sì, mi scusi...» - E sciolgo la presa -. «Beh, grazie ancora!»

«Questo lo tengo io nel frattempo» - mi dice tenendo in mano il mio raccoglitore -.

Uscendo fuori incomincio a urlare dalla gioia. Le mie grida saranno avvertite di sicuro fino all'altro capo dell'edificio, ma non me ne importa niente, perché questo è il mio momento di gloria e lo voglio vivere al meglio!

Percorro i corridoi saltellando fino a quando non arrivo davanti a colui che mi ha dato la forza di non arrendermi e di lottare con tutta me stessa. Sorridendogli, gli corro incontro e lo abbraccio talmente forte che rischio anche d'inciampare e farlo cadere.

«Jonathan! Grazie per avermi aiutata oggi!» - Sento il suo profumo abbracciandolo -.

«Ah, non ho fatto nulla di che» - commenta, «è tutto merito tuo».

«Ti ringrazio lo stesso per non aver dubitato di me. Ti devo un favore».

«A dire il vero me ne devi due».

«Perché ogni volta che ci incontriamo dobbiamo sempre finire con dei favori in cambio?»

«E chi lo sa! Magari siamo destinati a stare insieme».

«Eh?»

La mia espressione lo fa ridere. Solo ora mi accorgo della sua fossetta a lato della guancia.

«Su, andiamo a festeggiare. Conosco un posto favoloso, ti piacerà, vedrai!»

***

Come un sogno mi ritrovo in un posto alquanto ambiguo, ma con un'atmosfera di calore e famiglia unica. Un ristorante, Da Brandon, dove ci aspettano pietanze squisite fatte con ingredienti tutti biologici e sani. Un posto accogliente "dove le famiglie, gli amici e gli innamorati vengono per gustarsi pietanze uniche e buonissime!" È ciò che dice l'insegna sopra l'ingresso. Mi piace, non è uno dei posti in cui sono solita recarmi con Robert, ma con Jonathan è un altro mondo, pieno di curiosità, sensazioni e scoperte tutte nuove... che ho intenzione di vivere fino in fondo.

«Oho, il grande Asso è tornato!»

Ad attirare i nostri sguardi è stata la voce di un uomo davanti a noi, con un sorriso gioviale tutto rivolto a Jonathan, il quale ricambia in fretta. «Ciao Brandon, come stai?»

«Benone! E tu che mi racconti? Quando sei tornato?»

«Neanche una settimana».

«Ma prego, accomodatevi!» - Ci invita tutto felice, al che ci incamminiamo dietro di lui -. «E lei, dolce donna, con chi ho l'onore di parlare quest'oggi?»

«Mi chiamo Veronica, sono amica di Jonathan».

«Tutti gli amici del mio Asso sono miei amici e i benvenuti qui! Vi porto il menu».

Adesso, oltre che affamata, sono anche molto curiosa di questo posto, che non solo offre pietanze gustose con sapori esclusivi ma pure un benvenuto caloroso. Alla prima portata mi trovo davanti un bel un risotto misto di pesce, fa già venire l'acquolina in bocca solo a guardarlo. Gnam!

«Dimmi, come mai mi hai portata qui oggi?» - Domando a Jonathan a una certa -.

«Perché? Ci deve essere per forza una motivazione per cui io voglia venire qui?»

«No, ma pensavo che fosse per festeggiare il mio quasi-successo».

«Non vendere la pelle dell'orso prima di averlo ucciso» - mi avverte lui -. «Elena è brava e molto agguerrita, non si lascerà togliere il posto così in fretta».

«Lo so... ma sono fiduciosa. Non esserlo non mi aiuterebbe».

«Posso chiederti cosa è successo l'altra sera con tuo padre? Cosa ti ha detto di tanto grave da reagire in questo modo?»

Nota dolente, ma non posso evitarlo. «Non ne voglio parlare».

«Se non ti liberi di questo peso non riuscirai a battere Elena, perché in questo territorio se non si è agguerriti non si va molto lontano. Soprattutto con la mano che ti trema».

«Come sai...?»

«Ho una vista da falco» - mi fa notare -, «noto tutto dei miei avversari, anche i più piccoli dettagli come questo. Perché hai questo tremolio? Cosa ti è successo esattamente?»

Istintivamente mi porto la mano al petto, e respirando forte mostro uno guardo triste e abbattuto. Se non fosse stato per papà a quest'ore non mi sentirei così!

«È cominciato quando papà mi ha detto che non ho abbastanza talento come designer per mostrarmi al pubblico. Le mie capacità sono inferiori rispetto a quelle di altri volti ben noti».

«Ah sì? Ti ha detto così? Beh, io credo invece che tu sia straordinaria, facendo del tuo meglio oggi, e dimostrando chi sei con tutta te stessa. Lascia che gli altri parlino pure di te alle tue spalle, che credano di non doversi preoccupare di un'avversaria tosta come te. Quando sarà il momento di vederti sotto i riflettori li farai restare a bocca aperta. Tutti!»

In un attimo sono colpita.

«Grazie, Jonathan, per tutto quanto... davvero. Per l'incoraggiamento, per... be', per tutto questo. Sei... non credevo di potermi confidare con te in questo modo, pensavo fossi solo un ragazzo arrogante, presuntuoso, fanatico, un po' snob. Ma mi sbagliavo».

Lo sento ridacchiare. «Dovrò dire a mio fratello di non parlare più di me alla gente così. Tutti alla fine hanno paura di me, ma non mordo mica!»

«Ah-ah-ah... probabile, ma non sicuro. Di certo da molta suggestione col tuo fascino da playboy».

«Playboy? Io? Non pensavo che una ragazza come te potesse dire queste cose».

«Potrei sorprenderti». - gli faccio notare -.

«Questo mi affascina».

«Ma smettila...»

Il pranzo mi ha deliziato, il locale è eccezionale e molto accogliente. Sono felice di aver trascorso una giornata diversa dal solito. Per le strade della città, tra passanti, luci e tanta musica, camminiamo ridendo e scherzando del più e del meno. Questo è il modo perfetto per conoscerci meglio e a fondo.

«Sai, di solito non esco, men che meno con la fidanzata di mio fratello. Ma stasera è diverso. Ho voglia di divertirmi e scatenarmi» - afferma Jonathan al mio fianco -.

«Sei pazzo!»

«Può darsi. E tu, cosa sei?»

«In che senso?»

«Nel senso, chi sei veramente, Veronica?»

Sono perplessa. «Uhm... cosa dovrei dirti?»

«Quello che ti senti nel profondo. Buttati e prova. Rischiare fa bene, altrimenti non si vivrebbe felici ma sempre con il fiato sospeso».

«Non me la sento, Jonathan, io non sono come te. Non sono spericolata, e ho paura di rischiare».

«Non si direbbe» - dice squadrandomi dalla testa ai piedi -.

«Perché?»

«Perché oggi, alla riunione aziendale, quando ti sei intrufolata nella stanza, non sembrava fossi in ansia».

«Lo ero eccome!» - Quasi lo urlo -. «Avevo il cuore a mille e tremavo tutta».

«Beh, io invece speravo lo facessi».

«Perché?»

«Perché così mi hai dato un'occasione per conoscerti meglio e sapere della tua passione per i gioielli».

«Cosa vuol dire? Sei contento che l'abbia fatto nonostante potessi essere umiliata?»

«Non sarebbe successo» - ribadisce -, «perché conosco mia nonna e so che lei riconosce un talento emergente quando lo vede».

«E tu hai il suo stesso dono, non è vero?»

«Può darsi».

Perché snobba tutto quello che dico? Perché questo ragazzo deve essere sempre così misterioso?

Nei pressi del centro, vicino ai grandi uffici, ci dirigiamo in un locale (karaoke) dove possiamo ascoltare della buona musica e berci qualcosa. Mi sono sempre piaciuti questi spazi per i giovani, magari per sfuggire alla monotonia di tutti i giorni, cantare a squarciagola con gli amici… e così alla fine di questa bellissima canzone – Stay di Rihanna – comprendo che l'amore è un peso troppo grande che non so gestire e che alla fine mi consuma e basta.

Alla fine comprendo che è meglio lasciare andare se non riesco a farlo restare.

È esattamente questo: una storia che non ha valore, piena di rimorsi, di conti in sospeso. Ed è proprio quella rabbia che provo dentro, quel dolore che brucia in gola, tutto quanto, come un conto alla rovescia che finalmente termina perché quel finale in sospeso ha dato spazio ad un nuovo inizio. Non voglio pensare che questa cosa abbia a che fare con il mio rapporto con Robert, ma non posso illudermi che sia tutto perfetto o che ciò che le mie azioni hanno suscitato in lui non trovino il modo di rovinare la nostra relazione.

È una canzone struggente, lenta e profonda, affonda decisa nei mei pensieri. Affronta il tema dell'amore, quel sentimento magico, infinito, quel bisogno patologico di vivere l'amore come se fosse aria da respirare. Perché in effetti è così. Non ho mai amato la solitudine, sono stata sempre in mezzo a tante persone, ma questo non significa che io sappia quando la falsità prende il sopravvento e preferisco starmene da sola.

«Perché hai scelto questa canzone?» - Mi domanda Jonathan curioso -.

«Mi piace. Quando c'è una bella canzone l'ascolto, anche se può sembrare triste. Mi fa stare meno sola, o forse lo sono sempre stata. Chiudevo gli occhi e vedevo lei, mia madre. Aprivo gli occhi, e lei non c'era più. Sostanzialmente ogni cosa che ho se ne va via in qualche modo, senza alludere al mio rapporto con Robert. E il cuore mi fa male, perché vorrei smettere di continuare a sentirlo urlare».

«Sì, capisco la sensazione. Fa paura non sentire il cuore quando batte forte, ma penso faccia ancora più paura quando provi emozioni forti e non riesci a sentirlo».

«Lo dici perché ne sai qualcosa? Non parli con nessuno tutto il giorno, ma guardi sempre tutto».

«Non è così, te lo giuro! Tutto ciò che sentiamo è un'opinione, non un fatto. Tutto ciò che ci prefissiamo non è sempre la scelta giusta. Se stasera ti va di sentire questa canzone, io resterò con te ad ascoltarla. E dopo andiamo a cercare una panchina scomoda su cui sederci per... che ne so, parlare di tutte le cose che non dovrebbero essere mai dette».

Mi ritrovo a pensare al perché qualcuno entra nella nostra vita, prendendo qualcosa di nostro, senza mai ridarcelo più indietro. Nessuno esce intatto da un amore che non esistendo cerca comunque di resistere più di tutti gli altri amori. Ed io mi sento così: colpita dal fulmine che siede alla mia destra. Sorseggia un buon drink e mi piace, quel suo modo di bere. Quando diventa pensoso e guarda fisso un punto, forse non è niente di speciale e mi sto illudendo, ma mi fa star bene. E del non sentirsi soli, della figura che si vuole accanto, del fallimento di un amore magari non corrisposto o semplicemente di quel sentimento che non presenta l'amore come vorrei io, come lo descrivo.

Come descrivo l'amore, in effetti?

Quando ormai il buio scende mostrando la notte e la calma al termine di una giornata intera di lavoro, decido di andare a casa, o meglio a casa di Lucy. Non sono ancora pronta per rivedere mio padre, voglio prima pensare alla competizione... solo allora, forse, riuscirei a guardarlo di nuovo, ma non più con gli stessi occhi.

«Pronta? Ti riporto a casa» - si offre Jonathan svelto -.

«Grazie, ma non vado a casa mia e non c'è bisogno che tu mi accompagni ovunque io voglia».

«Per me non è un disturbo. Su, non fare la timida adesso...»

Mi prende per il polso, ma io mi fermo. «No, davvero grazie. Adesso vado da sola, ciao...»

«Aspetta!»

Apro la porta e mi avvio per le strade ancora trafficate. Non mi fermo, proseguo anche con Jonathan alle mie spalle. Mi parla, mi dice delle cose come se avessi paura. Paura di cosa esattamente?

«Ascolta, ti ringrazio davvero per tutto quello che hai fatto per me. Ora sto bene e posso cavarmela da sola».

«Ma io ho bisogno di te».

E così mi blocco. Ferma in mezzo alla piazza con lui che mi guarda. Bisogno... di me? Perché? No, non è assolutamente possibile. Io sono la ragazza di suo fratello e questa cosa non è fattibile in ogni caso. Cosa succederebbe se accadesse?

«So che non mi crederai» - prosegue lui -, «che mi dirai che sono un pazzo, un "so tutto io", ma quello che provo per te non è finzione» - dice avvicinandosi e sfiorandomi la spalla con le dita -.

Gli do le spalle in quel momento, quindi non posso vedere il suo viso, ma percepisco ugualmente la sua presenza ravvicinata. Meglio così, mi dico, di spalle l'uno dall'altra, perché se fossimo faccia a faccia probabilmente non respirerei nemmeno.

«Guardami, ti prego. Girati e dimmi che cosa senti per me».

«Non sento niente per te. Jonathan, sei il fratello del mio ragazzo, come potrei anche solo pensare di provare qualcosa per te?»

«Perché neghi l'evidenza? Se non mi guardi, crederò che tu mi stia mentendo».

«Quale evidenza? Sei tutto matto, lasciami stare!»

«No! Perché non mi dici la verità? Non dici mai la verità e neghi a te stessa ciò che provi».

«Ho detto lasciami il braccio! Ora!»

Appena mi lascia, allungo il passo per allontanarmi da lui il più possibile. Riprendo a respirare non appena ho messo una distanza sufficiente; ho le lacrime agli occhi, non per il pianto, ma per freddo pungente della sera che mi sferza gli occhi.

«Cosa cerchi in me!? Perché mi aiuti in tutto e mi proteggi sempre!?»

«Perché da quando ti ho vista per la prima volta non ho smesso di pensare a te neanche per un secondo» - risponde Jonathan -. Perché provo per te quello che non ho mai provato per nessun'altra donna prima. Perché sento che anche tu non riesci ad allontanarti da me come io da te».

«Ti sbagli!»

«No, non mi sbaglio. Hai paura, non è vero? Paura di amarmi».

«Amarti? Non ci conosciamo nemmeno!»

«Allora conosciamoci. Cosa ti trattiene, Veronica?»

«Non provo per te quello che tu provi per me, Jonathan, mi dispiace. Addio».

È incredulo. «"Addio"? Davvero? Non sai che d'ora in avanti lavoreremo insieme e quindi dovrai obbedire ai miei ordini?»

«Obbedirò, perché a differenza tua io amo il mio lavoro. E non mi interessa la fama, il potere, il nome. Voglio solo poter fare quello che mi piace per il resto della mia vita».

«Wow, parole profonde. Allora dimmi, se dicessi a Robert di noi e del nostro appuntamento, cosa faresti?»

«Non oseresti farlo. Se provi per me un minimo di rispetto non lo faresti».

«Allora farai una cosa per me adesso?»

«Un ricatto? Non me lo aspettavo da te, ma se serve per farti tacere e per dimenticare tutto ciò che è successo stasera, allora va bene. Lo farò!»

«Perché credi che ciò che è accaduto stasera sarà così facile da dimenticare?»

E ora che cosa intende dire?

Mi guarda profondamente negli occhi e poi con un sorriso sulle labbra si avvicina a me. Troppo vicino. Porgendomi una mano, mi chiede di fare altrettanto. Ebbene sì, siamo piuttosto lontani l'uno dall'altra, perciò mi avvicino. Probabilmente la gente che passa ci definisce una coppia novella alle prime armi... ma per favore! Neanche lontanamente potremmo pensare a una cosa come questa, almeno io non devo pensarlo.

«Se vuoi che tutto questo sia dimenticato, allora devi darmi un bacio».

Sono sempre più incredula. «Scordatelo».

«Allora non mi lasci altra scelta, domani Robert saprà che...»

«Va bene! Lo farò!»

Mi sento con le spalle al muro. Non posso permettere che le cose si complichino tra me e Robert, men che meno ora che ho la possibilità di entrare alla Jewel.

Quindi, un bacio rimane solamente un bacio se non corrisposto. Giusto? Ma come posso lavorare con lui d'ora in avanti dopo questo momento? Non riuscirò più a guardarlo senza pensare a questa sera insieme. Non posso negare che un pochino, nel profondo del mio stomaco, provo una certa attrazione per lui, ma non è niente che possa crescere ed evolvere. Non con Robert nella mia vita.

I minuti passano e io sono ancora ferma sui miei passi, lo sguardo perso nel vuoto, a cercare e capire come tutto ciò sia potuto iniziare. È come se il destino voglia spingermi verso Jonathan. Un'attrazione che per molti motivi potrebbe essermi fatale... ma se invece rischiare non mi dispiacesse più di tanto? Potrei tentare e vedere se davvero può essere il mio vero amore.

In un attimo fulmineo la sua mano mi cattura trascinandomi con decisione verso di lui. Con l'altra mano avvicina il mio viso al suo; pochi millimetri ci dividono ancora da quel bacio che può cambiarmi la vita o distruggermela completamente.

Non lo guardo, ma percepisco il suo sguardo addosso. Mi trattengo ancora poiché ho timore di ammettere che, nel profondo, mi piace come mi fa sentire e il fatto che mi protegga sempre nonostante le avversità. Una persona come lui è impossibile da non amare, ma allo stesso tempo è anche la persona che può cancellare ogni forma di me.

Alla fine lo guardo anch'io, lascio che questa sensazione di piacere e desiderio mi avvolga completamente. Come se non potessi più aspettare, esitante di sentire il sapore delle sue labbra sulle mie, di assaggiare ogni parte di lui, di poterlo sentire una parte del mio essere... mi avvicino e lo bacio profondamente.

Non è un bacio come quello dei primi innamorati, dolce e con un pizzico di magia, ma più vero, carnale, passionale e travolgente. Lui non esita e accoglie il bacio con altrettanta brama. Sento quel bruciore allo stomaco, come se stessimo commettendo un errore che mi si ritorcerà contro quando meno me lo aspetto. Ma sento anche che in fondo non mi dispiace di baciarlo.

Lui è un ottimo baciatore e sa come parlare alle donne, ma non è nemmeno questo che mi ha colpito di lui. Di lui mi piace il fatto che si sappia far valere, che non si demoralizza mai, combatte per ciò in cui crede e soprattutto ha un cuore amabile. Ciò che suo fratello non ha mai potuto vedere, ma che io ho potuto constatare, stasera, da Brandon.

Lui non è quella persona che definiscono tutti ultimamente. Sì, ho sentito di notizie su di lui che circolano in azienda... tutte bugie, ovviamente. Mi fido di Jonathan, e se Robert conoscesse a fondo suo fratello come ho fatto io stasera potrebbe cambiare opinione anche lui.

Dopo questo bacio, che sembra essere durato decenni, il suo viso si allontana dal mio guardandomi attentamente ed esaminando la mia reazione. «Posso averti per sempre accanto a me?» - Mi domanda con voce roca e profonda -.

Dopo quel bacio, come si sente? Come mi sento io?

«Questo... era solo un bacio di addio. Non avremo più contatti d'ora in poi, e non provare a costringermi a fare certe cose. Non seguirmi e non parlarmi se necessario».

«Quante regole. Cosa c'è? Hai finalmente capito di amarmi?»

«No, e non voglio che le cose tra me e Robert si complichino. Io lo amo, lo amo e sempre lo amerò. Lui mi ha salvata, mi...»

«E sei in debito con lui. Va bene, hai mantenuto la promessa e quindi anch'io lo farò. Non ti prometto di starti alla larga, perché siamo colleghi, ma ti rivolgerò la parola solo se necessario. Buonanotte, Veronica».

Perché deve comportarsi così? Quale parte di me è scombussolata dal suo arrivo e non riesce ad allontanarsi da lui?

Raggiungo la fermata del bus e chiamo Lucy affinché mi venga a prendere. In meno di due minuti mi raggiunge in macchina, al che mi fiondo sul sedile lato passeggero e ripartiamo senza alcun indugio. Non parliamo, guardo solo fuori dal mio finestrino l'autostrada gremita di macchine e le luci dei fari che mi accecano ogni volta che passano di fianco.

«Ho saputo da Terry di tuo padre» - mi dice Lucy spezzando il silenzio -. «Se vuoi la mia hai fatto bene ad andartene, ma per il resto... non dire a nessuno dove andavi... questo non è bene. Sai in quanti si sono preoccupati per te? Alla vostra governante per poco non veniva un infarto».

«Cecilia? Come sta?»

«Sta bene, è stato solo uno spavento, poi quando sono andata da voi e ho riferito che stavi dormendo a casa mia si sono tranquillizzati tutti».

«Scusa se ti ho messa nei guai...»

«Non dirlo neanche per scherzo. Sei la mia migliore amica, vieni prima di tutto e di tutti, voglio che tu sia felice... come lo sono io con Thomas. Quindi non ci pensare... ora andiamo a casa e ne parliamo davanti a una cioccolata calda con dei biscotti. Che ne dici?»

Le dico che è perfetto.

Poco più tardi, a casa di Lucy, nell'attesa che la promessa cioccolata sia pronta ne approfitto per salire in camera a cambiarmi. Sento i vestiti più stretti, ma è solo una sensazione, poco percepibile, di aver appena commesso un errore.

Lucy mi raggiunge presto con due ciotole giganti di cioccolata e sedendoci sul letto incomincia a parlare. «Ho saputo che il "colloquio" è andato bene. Raccontami, sono curiosa».

«Sì, è andato bene. Ma se non fossi entrata nell'ufficio nel bel mezzo della riunione, probabilmente non ce l'avrei fatta».

«Non capisco, cosa hai fatto?»

«Ho parlato con la presidentessa della Jewel chiedendole di tenermi in considerazione, e dopo... Robert mi ha aiutata parlando con lei».

«Che dolce, cosa ha detto?»

«Niente. Non è stato lui ad aiutarmi alla fine, è stato suo fratello».

«Jonathan? Non ci credo! E come ti ha aiutata?»

«Ha mostrato i miei lavori alla presidentessa. Poi lei ha chiesto a tutti di lasciarci sole...»

La conversazione continua fino allo squillare del telefono di Lucy, interrompendo il mio fiume di parole. Lei si alza e va a rispondere mentre io rimango ad aspettarla seduta e in silenzio fissando il muro davanti a me. Quando torna, richiude la porta alle sue spalle e si risiede di nuovo. In quel momento riesco a trovare il coraggio di chiederle ciò che da tempo volevo sapere.

Lucy, almeno per mio conto, sembra la persona più adatta per parlare di amore.

«Continui a dire che ti piace Thomas... che cosa si prova quando ti piace qualcuno?»

«Uhm... non è facile spiegarlo a parole». - Lucy è pensierosa -. «Si può dire che, anche se quel qualcuno potrebbe non averti nel suo cuore, non ti dispiacerebbe. Sentirai che va bene solo essere in grado di stare al suo fianco. Quando sorride ti senti come se il mondo fosse pieno di sole. Ma quando lo vedi con un'altra ragazza, il tuo cuore si sentirà come se ci fosse un gattino che lo graffia, rendendolo difficile da sopportare».

È questo che provo in questo momento?

***

Il mattino seguente...

Proprio oggi la sveglia doveva fare i capricci! Mi sono svegliata più tardi del previsto, e questo mi ha costretta a prepararmi a una velocità inimmaginabile, per poi guidare a razzo per le strade non poco trafficate della città. Proprio in questo giorno tanto cruciale per il mio futuro, diamine!

Alla Jewel sono tutti riuniti in sala riunioni, in attesa del mio arrivo. Quando appaio sulla soglia con il fiato sospeso e i capelli un po' scompigliati, ipotizzando di essere decisamente in ritardo, rimango colpita dal fatto che qualcuno di molto più importante di me non è ancora arrivato.

«Scusate, ho fatto tardi...» - Ansimo -.

«Non preoccuparti, sei in ottimo orario» - afferma Jonathan tranquillo -.

«Certo, sei fortunata, la Presidentessa deve ancora arrivare» - aggiunge Elena -.

«Veronica, siediti e prendi il tuo materiale. Cominceremo non appena arriva» - conclude Robert -.

«Certo...»

Robert è gentile con me, forse perché vuole indorare la pillola della sconfitta? Sa che perderò contro Elena? Tutto questo non mi piace e mi fa innervosire. Le mani non mi tremano ancora, ma senza dubbio è solo questione di tempo prima che succeda.

Respiri profondi, Veronica, respiri profondi...

«Eccola, arriva» - Annuncia improvvisamente Jonathan, dopo aver controllato un messaggio sul suo telefono -. «Ragazze siete pronte?»

«Ma certo!» - Risponde Elena -.

«E tu, Veronica?»

«Sì!»

La Presidentessa fa il suo ingresso come il giudice di un tribunale. La sua poltrona, la sua postazione, tutti che hanno timore di lei. È come se il mondo fosse ai suoi piedi e lei, trovandosi al di sopra di tutti, dirige ciò che succede con il suo potere.

«Oggi siamo qui per stabilire se la signorina Mars può essere accolta nell'azienda» - annuncia -. «Dovrai confrontarti con la capo designer in una creazione da voi ideata. Dovrete dunque progettare e realizzare in seguito il vostro elaborato, e alla fine io darò il mio verdetto. Ci saranno tre artigiani a disposizione per ognuna di voi. Avete otto ore a partire da adesso. Buona fortuna».

Rimaniamo sole con le nostre idee su di un foglio e la matita, simbolo della creatività per un designer, nella mano.

Le ore passano e non oso staccare nemmeno una volta gli occhi dal foglio. Sono immersa totalmente nel mio lavoro, ma almeno l'ansia non ha preso il sopravvento oggi. Sono stranamente sorpresa di quanto proceda bene. Elena è superordinata e silenziosa, a giudicare da quel che vedo nel breve momento in cui le lancio un'occhiata. Le sue mani si muovono lentamente ma decise, ogni riga è fatta con una splendida precisione. La invidio, ma non voglio lasciarmi sopraffare da lei.

In fondo lei è la capodesigner, cosa mi aspettavo? Lei ha stravolto l'intera organizzazione con i suoi lavori, portando ad alti livelli la Jewel e diventando ciò che adesso sentiamo chiamare la "dea dei gioielli" Le sue creazioni sono unicamente sue, ideate, progettate da lei. Che mostrano una dote ricorrente.

I suoi genitori sono nel mondo della gioielleria da anni ormai, è una generazione di famiglia che a differenza della mia ha riscosso grandi successi. La mia famiglia, invece, non ha avuto questa opportunità perché non smetteva di pensare solo al successo e alla fama. Il vero senso del designer non appartiene a loro, ma a qualcun altro.

«Sei invidiosa, non è vero?» - Mi chiede, attirando la mia attenzione -. «Ti capisco, in fondo. Avere me come rivale non deve essere semplice, ma lascia che ti dica una cosa. Il talento è una dote, se non la si possiede è difficile poi riuscire a vincere competizioni di questo genere. Segui il mio consiglio, Veronica, abbandona tutto prima di avere un'altra delusione».

«Grazie, ma seguo solo ciò che dice il mio cuore. Il mio posto è qui e farò di tutto per ottenerlo».

«Il tuo cuore? Ma davvero? Ti affidi al cuore per prendere decisioni come questa? Ah, Veronica... mi sorprendi sempre. Ma quest'oggi, mi dispiace, perderai».

Forse è vero. Ma sto lottando fino alla fine, dovrà pur valere qualcosa.

Alla fine arriva il primo stacco di pausa. Lavorare quattro ore di fila con l'ansia di non riuscire a terminare la prima parte del lavoro è veramente faticoso, ma adesso il progetto è pronto e deve essere solo messo in pratica. I miei finanziatori sono bravi, capaci e con ottime idee. Posso farcela, mi dico fiduciosa.

«Signorina Mars, è una collana davvero bellissima» - commenta Silvester, un collaboratore venuto ad aiutarmi -.

«La ringrazio. Pensa che possiamo iniziare subito a lavorare?»

«Si riposi un po', prima. Abbiamo altre quattro ore per finirlo, vedrà che verrà a buon fine se ha speranza».

Sono d'accordo, così mollo tutto e m'incammino verso la caffetteria, avendo esaurito tutte le energie a disposizione. Un buon caffè è la soluzione migliore in questo momento.

«Una tazza di caffè è la soluzione a tutti i nostri problemi, eh?»

La voce di Jonathan mi fa voltare.

«Ne vuole una tazza anche lei, mister Morgan?»

«Perché mi dai del lei adesso?» - Domanda sorpreso -.

«Lei è il mio capo» - ribadisco con brevità -. «Vuole un caffè o no? Non ho molto tempo, mi scusi, ho un lavoro da portare a termine, se ben ricorda...»

Gli volto le spalle ma lui continua: «Fermati! Non... stai andando veramente bene».

«La ringrazio».

Non posso permettermi di andare contro ciò che avevamo prestabilito. Lui è il mio capo, e io sono la sua dipendente. Solo questo deve entrargli in testa, altrimenti sarà per entrambi difficile scordare ciò che è accaduto e andare avanti.

Quando raggiungo poco dopo la sala dove si terrà la seconda fase parte del lavoro, intravedo Elena, intenta a mostrare il suo lavoro vittoriosamente a Robert. Entrando non posso non sentire ciò che si stanno dicendo:

«...sono così fiduciosa quest'oggi, questo lavoro non solo andrà a buon fine ma è anche un ottimo progetto di cui potremmo tenere conto per la collezione donna di quest'anno. Che ne pensi?»

«È molto bello davvero, ma aspetta a giudicare il verdetto. Veronica è molto brava e può stupirti. Poi per quanto riguarda l'dea di poterlo mettere nel nostro merchandising, non è male... ma sai che sarà la presidentessa a decidere».

«Veronica ha del talento, è vero, ma non è rilevante. Dimmi, quando mai ha potuto mostrare le sue creazioni di persona, o mostrarsi al pubblico?»

«Questo non è un buon momento per parlarne» - ribatte Robert -. «Torna alla tua postazione, è ora di riprendere il lavoro. Concentrati e fai del tuo meglio».

«Grazie, so che mi aiuti sempre e te ne sono grata».

Questo dimostra che Robert non mi vuole alla Jewel, e lo capisco. Sono la sua ragazza, certo, ma qui dentro, tra le mura di questa azienda, sono solo una dipendente sotto il suo comando, nulla di più. Non mi rendo conto all'inizio di che cosa sta succedendo perché guardo solo la parte che più mi interessa, mettendo invece in seconda posizione come si deve sentire lui. Sono un'egoista.

«Siete pronte? La seconda parte del lavoro inizia ora. Buon proseguimento a entrambe!» - Annuncia la Presidentessa -.

Gli artigiani sono molto veloci e precisi, stiamo per finire giusto quindici minuti prima della fine, quando ad un tratto un pezzo del diamante si rompe in mano ad uno di loro. Quando sento il rumore dello stacco, mi manca un battito. Percepisco come se l'universo mi sia nemico in questo momento, tanto da non volere che io vinca questa opportunità.

«Signorina, sono mortificato...»

«Non si preoccupi» - faccio per non allertare i miei artigiani e non dare nell'occhio -. «Non è stata colpa sua, adesso rimedieremo».

«E come, signorina? Mancano solo dieci minuti alla fine... non per fare il pignolo, ma per fare un diamante di quella grandezza serve tempo».

«Vi fidate di me? Allora aspettate qui e nel frattempo preparate di nuovo il materiale di lavoro».

«Okay!»

Così, correndo in direzione della Presidentessa, le chiedo il permesso di continuare il lavoro anche con questo intoppo. «Cosa è successo?» - Mi domanda -.

«Non ne sono sicura, ma probabilmente doveva essere difettoso fin dall'inizio».

«Chi ha scelto questi materiali?»

«Sono stato io» - afferma Robert -.

«Robert, non è da te sbagliare così tanto. Veronica ti concedo il permesso di continuare, ma devi essere veloce; la fine è vicina».

«Grazie infinite!»

Alla fine, con un po' di speranza e un pizzico di fortuna riusciamo a finire il lavoro ripartendo dal pezzo rotto in precedenza. Ricostruire però il frammento di diamante che rappresenta il punto di svolta del gioiello è alquanto complicato, e ti rendi conto di avere le chiavi del tuo futuro in mano solo quando ti trovi veramente agli sgoccioli.

Al termine posso finalmente respirare e lasciarmi cadere sulla sedia esausta. Ce l'abbiamo fatta in tempo e avevo una buona chance di potercela fare.

«Tempo scaduto» - decreta la Presidentessa -. «Raggiungetemi tutti in sala riunioni».

Intorno a me gli artigiani mi riempiono di complimenti.

«Ottimo lavoro, signorina Mars».

«Complimenti!»

«Ha una mano fantastica!»

«Grazie di tutto, davvero, se non fosse stato per il vostro duro impegno non ce l'avrei fatta».

«Non ci faccia arrossire. È lei quella che ha avuto la buona idea di cambiare la composizione del diamante, così ha mantenuto solidità nel momento in cui abbiamo legato i due pezzi».

«Grazie ancora, a tutti voi... ora devo andare».

«Buona fortuna!»

«In bocca al lupo!»

«È ora di concludere, vediamo cosa avete creato. Partiamo da Elena, mostraci il tuo lavoro».

E avvicinandosi alla Presidentessa si volta verso di noi mostrandoci il suo elaborato. Un colpo mi percorre il petto: il suo progetto è identico al mio, per un solo dettaglio è differente. La forma è circolare mentre la mia a cuore. Il resto, che fosse il colore o il materiale usato, sono uguali.

Con il passare dei minuti, con il suo impagabile discorso, non sono più tanto sicura di voler mostrare il mio lavoro. La paura che guardandolo possano pensare che avevo copiato prende il sopravvento.

«Questo è il mio progetto. Ho ideato questa collana con l'intenzione di valorizzare il concetto del sentimento fra due amati. Il momento esatto in cui l'uomo mostra il suo eterno amore alla sua amata, chiedendole di indossare questo diamante come simbolo del suo amore per lei. È vero che i diamanti sono il cuore di una donna, ma è ancor più vero che ciò che cattura una donna non sono i diamanti stessi ma quello che ne racchiude al suo interno. Così, ho aggiunto al mio lavoro, come tocco di sorpresa, un pizzico di brillantini al suo interno, così che ogni volta che la donna fa un movimento qualunque i brillantini racchiusi all'interno si muovono con essa splendendo di luce propria. Grazie».

Una marea di applausi e complimenti invade la stanza. Guardandomi intorno e vedendo tutta questa gente esultare per lei, mi sento delusa. Non perché non mi piace il mio lavoro, ma perché non appena sarò salita là sopra tutti giudicheranno il mio lavoro come una copia dell'originale.

Così, guardando il mio gioiello brillare all'interno della scatola, decido di richiuderlo e di andarmene, consapevole di aver già perso.

«Dove vai?»

Mi fermo e mi volto nervosa. «Jonathan, io...»

«Non penserai mica di scappare?»

«Preferisco dire che mi sto ritirando prima di venire umiliata davanti a tutti».

«Perché? Cos'ha il tuo lavoro che non va? Fammi vedere...»

E mi strappa la scatola dalle mani.

«No... Visto? Anche tu hai la stessa espressione che avranno tutti se mostro il mio lavoro. Non l'ho copiato se te lo stai domandando, e no, non lo mostrerò. Ridammelo per favore».

«Aspetta! Questo ha buone probabilità di vincere, non buttare la tua opportunità al vento senza tentare e soprattutto per uno stupido pregiudizio».

«Tentare cosa, Jonathan? L'umiliazione? Non di nuovo. Per favore, ridammelo...»

«No! Tu ti stai arrendendo. Non volevi dimostrare a tuo padre e a te stessa qual è il tuo potenziale e cosa vuoi fare veramente nella tua vita? Ora ce l'hai, non scappare, Veronica. Io sarò al tuo fianco se avrai bisogno di aiuto, ma ti prego, non arrenderti adesso».

«Perché fai tutto questo per me? Sono così importante per te? Allora ti chiedo un favore, lasciami andare».

«No! Cazzo, Veronica! Sei testarda e non ti arrendi tanto facilmente, ma ora lo stai facendo. Stai rinunciando al tuo sogno per cosa? Paura di mostrare il tuo talento? Ti dico una cosa, non lascerò che tu te ne vada, quindi ora prendi il tuo lavoro e sali sul quel maledetto gradino. Okay?»

E ridandomi in mano la scatola se ne va.

Ha ragione in fondo, non posso buttare al vento l'opportunità datami, e in più non posso deludere gli artigiani che mi hanno aiutata così duramente per finire il lavoro in tempo.

Così, non appena sento pronunciare il mio nome mi faccio avanti.

Capitolo 4

Con lo sguardo di tutti addosso, in questo momento tanto atteso, mi avvicino alla vetta dove tutti i miei sogni potranno realizzarsi.

«Comincia pure» - m'invita la Presidentessa -.

E aprendo la scatola mostro il mio gioiello all'interno. Si diffonde un silenzio tombale non appena la apro, i loro sguardi...

Non guardarli, Veronica! Inizia a parlare!

«Questo è il mio progetto sulla base della realizzazione di una collana simbolo dell'amore puro. Sono partita da ciò che per me rappresenta l'amore, ovvero un sentimento che si sprigiona a poco a poco, proprio come questo diamante. Vedete? Ogni sua parte è perfettamente incastonata in un'altra, ogni frammento si mantiene in perfetta sintonia con tutto il resto. Questo simboleggia che l'amore non affronta un solo ostacolo, ma mille, per poter raggiungere la felicità vera. E anche questo diamante dimostra che per raggiungere la forma di un cuore perfetto e allo stesso tempo poter essere racchiuso in una cornice con diamanti a sua volta più piccoli ne simboleggia una casa, un posto dove possiamo sentirci protetti e amati, racchiudendo così tanti momenti importanti della vita stessa...»

Sono felice per come ho spiegato il mio lavoro. Questo, posso constatare, che sia unicamente mio.

Non si sente volare una mosca. Sono tutti zitti non appena finisco il mio discorso, solo la Presidentessa mi si avvicina e guardandomi mi domanda curiosa: «Veronica, il tuo lavoro è molto bello e anche il concetto dell'amore che hai sprigionato si racchiude perfettamente nel tuo lavoro. Solo una cosa però mi fa dubitare... non posso fingere di non aver notato la notevole somiglianza del tuo lavoro con quello della signorina Sherman. Hai per caso qualcosa da dirmi a proposito di ciò?»

«Presidentessa, il mio lavoro è frutto solo del mio impegno e dell'impegno degli artigiani che insieme a me hanno potuto rendere vera la mia creazione. Insieme abbiamo lavorato sulla mia base dell'amore e su quale fosse il suo vero significato, racchiudendo le idee di ciascuno per rendere questo gioiello proprio come lo si descrive ad occhio. Reale e puro».

Ero certa del successo del lavoro, perché noto un piacevole luccichio negli occhi della Presidentessa. Chissà a cosa sta pensando... ma leggere la mente delle persone non è ancora diventata una dote. Buffo, vero? Come essere spiritosi in un momento del genere. #*spirito-sialquadrato*.

La Presidentessa ci richiama nel suo ufficio per il suo verdetto finale. Molti colleghi hanno votato per Elena, solo alcuni a mio favore... quindi la possibilità di una vittoria mi sembra alquanto remota, ma non mi abbatto ancora.

«Ora che abbiamo visto entrambi i vostri lavori» - annuncia la Presidentessa - «e che ci siamo fatti un'idea chiara delle capacità di Veronica, dobbiamo prendere una decisione. Voi cosa pensate della prestazione di Veronica rispetto a quello invece di Elena?»

«Per me ha dell'ottimo potenziale» - interviene Jonathan -, «è una brava osservatrice, lavora in team magnificamente, sa gestire le situazioni come questa e non si abbatte mai. Elena a suo confronto, è stata ottima come sempre, ma le manca quel tocco in più».

«E cosa le mancherebbe?»

«Passione, nei suoi elaborati ovviamente. I suoi lavori sono sempre così freddi pur che abbiano calore ed emanino quell'aspetto materico che serve ad un gioiello per essere indossato».

«Concordo. Robert, tu che ne pensi invece?»

«Io... sono sbalordito dalle capacità di Veronica, e il suo lavoro è riuscito molto bene. Per quanto riguarda il lavoro di Elena, è ben strutturato e con ottime probabilità di essere venduto. E a proposito di questo volevo proporti l'dea che avevamo pensato, ovvero quella di realizzare un'intera serie ispirata a questa, così da...»

«Non male, ma adesso siamo qui per un altro motivo» - lo interrompe la Presidentessa -. «Adesso tocca a me decidere».

Ora che ho sentito quello che i ragazzi pensano del mio risultato voglio sprofondare nelle braccia di Jonathan e non uscirne mai più. Lui è un personaggio particolare. In qualsiasi situazione dice sempre come la pensa a costo di tutto e tutti. Si trova sempre ad antepormi, vengo prima io di lui stesso, anche se non mi conosce a fondo, e su questo gli sarò riconoscente sempre. Robert, invece, mi sembra molto lontano a giudicare dal tono della sua voce. Il mio elaborato gli piace, ma non più di quello di Elena. C'è forse qualcosa tra di loro che io non so? No, mi sto sbagliando. Mi sto facendo un film orrendo in testa, con protagonista Elena che mi ruba Robert. Ma se gli piace, perché non ha cercato di averlo fin da subito? Perché aspettare? Perché farmi impazzire?

Lasciamo la sala per dar tempo alla Presidentessa di decidere, al che ne approfitto per andarmi a sedere su un divano: sono esausta, questi tacchi fanno un male cane! Alle mie spalle sento Elena e Robert intenti a fare conversazione... uno scambio di battute che non posso fare a meno di ascoltare, e che mi delude.

«...grazie di tutto, Robert. La Presidentessa di sicuro mi lascerà vincere, non può rimanere indifferente dopo aver visto ciò che Veronica ha fatto. Non me lo sarei aspettata da lei...»

«Elena, per quanto talento tu abbia, Veronica non ha copiato. Ha lavorato sodo ed è stata brava».

«Certo, se "brava" vuol dire "copiare". Allora dimmi, l'hai fatto apposta a scegliere due gioielli identici per il lavoro?»

«Volevo vi trovaste nella stessa posizione».

«Stessa posizione? Robert, lei è solo una novellina capace di sorprendere tutti con una collanina a forma di cuore, come può questo far di lei una designer? Non concepisco come le creazioni della Mars siano opera sua...»

«Credici perché è così!»

La voce di Jonathan, apparso sulla soglia in quel momento, ci fa voltare tutti, poi tutto contento e sorridente si dirige verso di me, porgendomi una bottiglia d'acqua fresca.

«E a me niente?» - Obietta Elena, visibilmente infastidita -.

«Oh, non sapevo che tu la prendessi naturale» - ribatte Jonathan -, «di solito la bevi gassata».

«Sembra che tu non mi conosca affatto. Io prendo sempre quella liscia».

«Perdonami, la prossima volta rimedierò. E tu, fratello? Perché non vai a congratularti con la tua ragazza? Non è bello lasciarla lì tutta sola».

«Io...»

«Scusatemi, devo uscire un attimo, con permesso».

Non ce la faccio più a sentire le loro voci, i suoni pronunciati dalle loro bocche sono come veleno per le mie orecchie. Robert... proprio lui, che avrebbe dovuto sostenermi di più di tutti, si è rivelato essere contro di me. Solo la persona da cui dovrei stare alla larga mi protegge, mi parla dolcemente come se fosse lui il mio fidanzato.

Una volta fuori dall'edificio, finalmente all'aria aperta posso respirare ossigeno puro. Là dentro mi sembrava di trovarmi chiusa in una gabbia di leoni famelici. Mi siedo sul bordo di un'asse e guardo davanti a me la città che si estende fin dove i miei occhi possono arrivare.

«*Luce che mi scioglie, amore che mi scalda il cuore*» - mi ritrovo a recitare -. «*Come posso desiderarti se sei così bruciante di fuoco e ardi il tuo potere?*»

«Frase del giorno?»

Mi volto sorpresa e noto un giovane dai capelli scuri nelle immediate vicinanze. «Scusa, non volevo spaventarti» - mi dice in fretta -. «Mi chiamo Victor Luis e sono un dipendente della Jewel. Piacere! Ti ho vista qui fuori tutta sola così sono venuto a farti compagnia.

«Piacere, Veronica Mars...»

«Ah, sì, la probabile futura dipendente e collega. Ero presente al tuo test. Cosa ci fai qui fuori a proposito?»

«Sto aspettando il verdetto finale».

«Capisco! Sei stata molto brava prima, ti faccio i miei più sinceri complimenti, sia per il tuo bellissimo lavoro sia per il discorso che hai tenuto».

«Grazie, sei molto gentile... Victor, hai detto?» - all'improvviso mi salta in mente una rivelazione -. «Ma sì, tu eri insieme a Jonathan nella foresta! Tre mesi fa, quando eravamo ostaggi di quei banditi».

«Eh già... colpevole» - ammette lui ridacchiando -. «A me sembra accaduto ancora solo ieri, esperienza decisamente allucinante. Ma ehi, bisogna andare avanti nonostante tutto, non è così? Per me la cosa migliore è stata ributtarsi sul lavoro. Beh... spero di poter lavorare con te un giorno, dico davvero. Devo rientrare... ci vediamo!»

«È stato bello conoscerti, a presto... spero».

E così mi lascia come mi trovavo prima che lui arrivasse.

Dopo svariati minuti – che a me sembrano ore – vengo richiamata e così faccio ritorno in sala. Tutti mi guardano, probabilmente perché sanno già il risultato, ma la loro espressione è indecifrabile al momento. Silenzio, spezzato lievemente solo dal picchiettare delle dita della Presidentessa contro la tazza da tè posata davanti a lei.

«Presidentessa, posso avere la possibilità di parlare?» - Domando, al fine di allentare la tensione -.

La vedo annuire, così proseguo: «Oggi è stata un'esperienza bellissima, ho vissuto momenti indimenticabili oltre a momenti di paura... ma sono riuscita nell'intento e porterò questo ricordo per sempre nel mio cuore. Vi ringrazio per questa opportunità e... anche se non sarò presa in considerazione... vi ringrazio per tutto».

«Non essere precipitosa, mia cara» - interviene la Presidentessa -. «Non è una qualità confacente a un caporedattore artistico, dopotutto, specie per uno che dovrà iniziare il suo turno domattina alle otto».

Ammutolisco di colpo. «C-come? Ho capito bene? Io...»

«Sì, tu. Il tuo lavoro merita di essere premiato, e quale modo migliore se non assumendoti?»

«Grazie, grazie infinite! Questo è il miglior regalo che potessi ricevere, non vi ringrazierò mai abbastanza!»

«Non sfiorare il margine che ti ho dato, Veronica. Sei una dipendente adesso, e hai un compito fondamentale qui. Lavorerai insieme alla capo designer, perciò sii ubbidiente, mi raccomando».

«Ma certo, Presidentessa».

Una sola persona non è affatto contenta di un simile sviluppo delle cose... e non aspetta il momento che la Presidentessa esca di scena per puntare le sue zanne contro di me. Il suo piano è ovvio, eliminarmi umiliandomi davanti a loro. Ma le mie capacità sono appena emerse ai loro occhi, come possono rimanere indifferenti adesso?

«Presidentessa, mi perdoni» - interviene Elena -, «ma non sono assolutamente d'accordo con la sua scelta. Veronica ha evidentemente copiato il mio lavoro».

«Si sieda, per favore» - ribatte la Presidentessa -. «Non ho preso questa decisione da sola, siamo stati in tre a votare, e da che mondo è mondo, la maggioranza ha vinto».

Maggioranza? Vuol dire che uno di loro non ha votato a mio favore? Chi? Forse la Presidentessa... o magari Robert? In questo momento, tuttavia, non colgo alcun indizio che mi conduca all'identità del votante contrario.

**

Il giorno dopo...

«Questa è la tua scrivania, tutto ciò di cui hai bisogno è qua sopra e dentro i cassetti».

È quanto mi annuncia il collega che mi ha appena accompagnata al mio nuovo ufficio, o meglio, nell'ufficio di Elena. La mia scrivania è nella stessa stanza a pochi metri dalla sua. Ovviamente lei non è felice di vedermi; l'espressione sul suo viso, non appena mi vede con le scatole in mano, è paragonabile a quello di un elefante marino al quale hanno soffiato il suo scoglio preferito... e vi garantisco che sono animali molto territoriali che non gradiscono gli intrusi.

«Grazie mille» - dico al collega cercando di ignorare quella belva in agguato -.

«Figurati. Buon lavoro!» - E chiudendo la porta se ne va, lasciandomi da sola con lei -.

Non è come mi aspettavo, ma devo farmelo andare bene. Oggi è anche il mio compleanno, l'importante è essere entrata alla Jewel. Sono ancora sorpresa dal fatto di essere stata nominata viceassistente del capo designer dalla Presidentessa in persona! Un vero onore per me, mi fa pensare di essere brava quasi quanto lei. Mi spunta un sorriso al sol pensiero.

«Fossi in te mi toglierei quel sorrisetto dalla faccia».

«Come, scusa?»

«Non fare la finta tonta» - ribatté Elena decisa -. «Mettiamo le cose in chiaro: io sono l'unica a poter rappresentare l'azienda adesso e in futuro... perciò non esultare troppo solo per esserti posizionata a questo livello, perché prima che tu te ne possa accorgere, non sarai più qui».

«Cos'è, una minaccia?»

«Prendilo come un avvertimento. Ora scusami, devo andare dai direttori a parlare della mia prossima collezione».

E si allontana, lasciandomi attonita. Ma certo, sono solo un'assistente del capo designer, non è una posizione dove posso permettermi di ideare e progettare collezioni come fa lei. Cosa mi aspettavo? La Presidentessa si è solo tolta un sassolino fastidioso da sotto il piede.

Poche ore più tardi, sto lavorando al computer per un evento Aol News, ho l'incarico di fornire notizie e informazioni su un evento che sarà beneficiato dalla Jewel dove verranno mostrati i nostri nuovi progetti. Una notizia che fra pochi giorni farà il giro dei giornali, del web locale e di varie reti televisive. Che emozione!

Qualche altro aggiustamento della copertina e il gioco è fatto! Ho concluso quella che sarà la copertina della nostra azienda di quest'anno. È molto bella, elegante e con un tocco di novità. L'unica pecca è che non posso mostrarla di persona ai direttori, dovrà prima passare al vaglio della capo designer... perciò, mi faccio coraggio e vado da lei a mostrarglielo.

Un minuto dopo vengo letteralmente demolita.

«È un vero disastro! Veronica, cosa non ti è chiaro del fatto che la mia collana è basata su una donna di classe e con un profilo alto?»

«È quello che ho fatto» - rispondo -. «Non avevate detto che il progetto era sulla base di una donna medio/medio alta e quindi di possibilità per tutte le donne di indossarla?»

«Non hai capito un bel niente! Questo è il mio progetto, quindi decido io cosa e come si deve fare, sono stata chiara?! Adesso rifallo tutto daccapo e poi riportamelo come deve essere fra due ore. Non un minuto di più. Tutto chiaro?»

«Sì...»

Le ore passano; in giro non vedo più nessuno, probabilmente sono andati tutti a mangiare, così ne approfitto per fare una pausa e andarmi a prendere un caffè al salone. Non è facile, ma non posso permettermi di lamentarmi poiché la Presidentessa è stata così buona da assumermi suo malgrado. Papà non ha dato sue notizie da quando sono qui. Sono sovrappensiero quando qualcuno si avvicina alle mie spalle, posando una cesta con delle pietanze dal profumo inebriante davanti a me.

«Per la signorina Veronica da parte di Jeremy» - annuncia una voce familiare -.

«Robert!»

«Colpevole» - dice lui scherzando -. «So che sei dispiaciuta per questo incarico, ma vedila come una possibilità di imparare da una grande designer».

«Non sono dispiaciuta, anzi, molto onorata».

«Meglio così...»

«Anche per te, lei è una grande designer, non è vero? Robert, cosa c'è tra voi due?»

«Ma cosa vuoi che ci sia? Siamo solo colleghi e amici...»

«Lo so, ma non ti sembra di confidare più in lei che nella tua ragazza?»

Robert è visibilmente teso. «Veronica, io...»«No, lascia stare. Non ho più fame» - aggiungo, spingendo il cesto contro il suo petto -. «Riportalo pure indietro... o dallo alla tua "amica di vecchia data", se preferisci».

E gli volto le spalle, arrabbiata e ferita al tempo stesso. Stupido, Robert... credevo di essere importante per lui, che la nostra relazione fosse basata su fiducia e amore reciproco, ma adesso le cose sembrano prendere una piega diversa. Che sia colpa del mio arrivo qui dentro? O del fatto che il tempo vissuto separati abbia incrinato l'amore che prova per me?

Comunque sia, ora devo mostrare il lavoro ad Elena, sperando che finalmente lo approvi. Ho notato che è molto esigente con tutti i dipendenti, ma con me è più acida e pretenziosa, oltre che a caricarmi di lavoro ogni minuto della giornata. Sembra che lo faccia apposta, ma non cedo. Negli ultimi due giorni non ho potuto dormire molto per aggiustare il progetto in modo che potesse soddisfare i suoi schizzinosi gusti. Elena sarà anche brava nella gestione dell'intera organizzazione sia nel velocizzare i tempi di lavoro, ma le manca quel tocco in più che serve a un vero designer, ovvero capire com'è veramente il cuore dell'azienda. Ogni designer di talento dovrebbe conoscere i più succulenti dettagli che nasconde la sua compagnia, lei invece si basa solo sul concetto di progettare e riuscire a vendere un prodotto che faccia scalpore restando impresso nella memoria della gente, con un notevole guadagno futuro. Oltre che a rendere la sua immagine ogni giorno più visibile e conosciuta al mondo.

Mi avvicino alla sua cattedra riflettendo su tutto ciò, e appoggio il mio lavoro aspettando pazientemente che lei lo supervisioni.

«Oggi hai lavorato duramente devo ammetterlo, il tuo duro impegno alla fine ha portato dei benefici per l'azienda. La copertina è fatta bene, è ben organizzata e non troppo arricchita. Perfetta per pubblicizzare il nuovo prodotto» - decreta lei dopo averlo esaminato -.

«Grazie».

Qualcuno bussa alla porta subito dopo. Sulla soglia appare così Jonathan: non mi aspettavo una sua visita... sarà venuto ad assicurarsi che sono ancora viva?

«Buonasera ragazze! Come procede il lavoro?

«Buonasera Jonny!» - Esordisce Elena -. «Molto bene. Ho concluso la copertina e finalmente possiamo pubblicizzarla -.

"Jonny"... non ho mai sentito nessuno chiamarlo così.

«Ma questo non dovrebbe essere compito di un direttore artistico? Ricordo che la Presidentessa aveva dato l'incarico a Veronica, o mi sbaglio?»

«Veronica è una mia assistente. Che il lavoro sia stato incaricato a lei vuol dire che sono poi io a gestirla».

«Gestire la parte pubblicitaria del prodotto ora è compito di Veronica» - ribadisce Jonathan -.

«Sei venuto qui solo per mettere i puntini sulle i o hai anche qualcos'altro da dirmi?»

«No, nulla. Buon proseguimento».

Si allontana, perdendosi di conseguenza il mio sguardo a dir poco stupefatto.

«Be', si è fatto tardi, è meglio che vada. Arrivederci» - dico alzandomi e dirigendomi alla porta il più velocemente possibile -. Vengo fermata in fretta dalla voce di Elena, fattasi di colpo agghiacciante.

«Credi davvero di essere fortunata?» - Mi domanda -.

«Come?»

«Primo, ti presenti qui senza nemmeno essere stata invitata, pretendendo pure di lavorare con noi. Secondo, mi umili davanti alla Presidentessa mostrando un lavoro che è stato palesemente copiato...»

«Io non ho copiato da nessuno» - ribatto -.

«Ma certo, difenditi pure facendo la vittima, tanto sai fare solo questo, no? Non sei brava, non hai talento. Hai semplicemente ingannato tutti quanti qui, ma non me. Io ti conosco, Robert ti conosce... E a proposito di Robert, sappi che non ti voleva nemmeno lui qui».

Resto senza parole, ma Elena prosegue implacabile:

«Sai, me l'ha detto, preferiva averti lontano. Qui e adesso sei diventata troppo possessiva e ossessiva. Pretendi che lui ti sorregga e ti sostenga purché sia il tuo superiore... ma nel mondo del lavoro, Veronica, non è così, ed è per questo che dicevo di non contare troppo sul sostegno del tuo fidanzato, perché qui lui diventa tutta un'altra persona e ora lo sai».

«La mia relazione con Robert non ti riguarda...»

«Perché, credi che io mi stia intromettendo nella vostra storia? Veronica, svegliati! È Robert ad essere venuto da me, non il contrario. Ma devo ammettere che mi è piaciuto particolarmente il modo in cui mi ha parlato l'altra sera».

«C-cosa?»

«Oh, non te l'ha detto? Io e lui siamo stati insieme l'altra notte per finire il lavoro. Così, dopo aver passato tutta la serata rinchiusi qui dentro mi ha portata in un ristorante buonissimo. Come si chiamava? Ma certo, Jeremy! È stato così gentile che mi ha pagato la cena, offrendomi così l'opportunità di ricambiare invitandolo a cena da me domani sera. Perciò ti chiedo... credi veramente che non sia lui a venire da me di sua spontanea volontà ma bensì il contrario?»

Non le rispondo neppure. Giro i tacchi ed esco fulminea dalla porta, calpestando il parquet di legno massiccio corro via verso le scale. Scendendo non faccio caso a dove metto i piedi e scivolo sull'ultimo gradino. Per fortuna non cado, ma non mi importa nemmeno di cadere perché tanto non ci sarebbe Robert a sorreggermi.

Corro rapidamente fuori e rivolgo lo sguardo al cielo. È nuvoloso ma non piove. Tanto meglio. Mi avvio verso casa a piedi. Ho bisogno di camminare per schiarirmi le idee e non pensare più a quelle parole che mi girano nella testa... all'immagine di loro due insieme da soli a fare cose...

Smettila di pensarci!

Come posso festeggiare il mio compleanno stasera con questa

faccia? E come farò a guardare Robert negli occhi?

E papà... beh, con lui non ho ancora parlato, non essendo ancora tornata a casa da quando ho iniziato alla Jewel; ho ancora paura della sua reazione.

Quasi senza accorgermene mi trovo infine davanti a casa mia. Ho veramente camminato per due chilometri a piedi con questi tacchi? Sono una fallita, sia come designer che come donna. Mi viene da piangere. Potevo chiedere a Jonathan di venirmi a prendere, ma ultimamente ho avuto un po' di imbarazzo a parlare con lui, non ho avuto perciò alcuna voglia di disturbarlo. Ha fatto così tanto per me... dovrei fare qualcosa per ricambiare...

Davvero il nostro rapporto è fatto di favori reciproci e incontri non programmati? Cavolo, qualcuno mi aiuti a capire cosa mi passa per la testa!

Devo darci un taglio. È il mio compleanno, dopotutto... devo prepararmi e tutti i miei vestiti per la cena sono là dentro, perciò mi faccio coraggio e m'incammino verso il viale. Apro la porta, pensando che non ci sia nessuno in casa... e invece mi ritrovo tutta la famiglia in salotto ad aspettarmi.

«Auguri!!!» - Sento esclamare nella mia direzione -.

Raggiungo in fretta il salotto, e avvicinandomi posso sentire il sospiro di sollievo di mio padre.

«Veronica!» - Mi dice subito -. «Bentornata a casa, bambina mia».

«Papà... tutto bene?»

«Potrei stare meglio. Mi dispiace per non aver capito prima cosa volessi fare nella tua vita e con chi. Non mi sono comportato da padre, ho pensato prima al bene dell'azienda che al tuo. Non capivo che non eri tu a voler lavorare al mio fianco, ma Terence. Bah... sono stato troppo testardo. Perciò, voglio chiederti scusa per non averti trattata come meriti».

In un attimo sono commossa.

«Papà, io... Ti ringrazio per la tua sincerità. So che non è stato facile per te dopo la morte di mamma, ma ti voglio bene e ti starò sempre accanto. Questo però non vuol dire che non inseguirò i miei sogni ad ogni costo, perché adesso sono ufficialmente diventata il redattore artistico della Jewel».

«Ma è fantastico!»

«Brava sorellona!» - Interviene Terry -.

«Grazie a tutti!»

Ricevo una chiamata poche ore prima del mio compleanno, è Robert.

«Ciao, Robert. Sto arrivando» - lo informo, ma sento solo silenzio dall'altra parte. Poi un sospiro -.

«Pronto? Robert, ci sei? Che succede?»

«Sì, ci sono» - risponde lui, con una voce troppo strana -.

«Che succede?»

«Ecco, io...» - Si blocca di colpo, ma poi ricomincia a parlare -. «Mi dispiace Veronica... non sai quanto. Ma non posso più continuare così».

«Così come?»

Non riesco proprio a capire di che parla.

«Mentirti... e lasciarti credere che vada tutto bene quando non è così. Non si può più. So che anche tu ti sei accorta che qualcosa è cambiato in noi... in te... ma non te ne faccio una colpa, è solamente mia la colpa».

«Ma che stai dicendo? Non ti capisco proprio... senti, dove sei? Ti vengo a prendere e andiamo insieme alla mia festa».

«No, non venire... non venire più da me. Ti ho costretta tra le mie braccia per paura che potessi essere ferita, ma non è giusto... che io ti protegga quando potrebbe essere qualcuno migliore a farlo. Devo lottare... e anche tu».

«Lottare per che cosa? Robert, mi stai lasciando per caso? Così? Ti pare il modo?»

Sono sotto shock.

«Veronica, ti prego... è così difficile, ma dovevo. Non odiarmi» - mi supplica -.

«Sei ubriaco? Mi stai lasciando per un'altra donna? È così che ti hanno insegnato? E da quando poi? Me lo dici proprio oggi, perché?»

Non può essere vero.

«Non volevo che ti sentissi in imbarazzo nel tuo giorno...»

«Sta' zitto! Non dire un'altra parola! Non mi merito questo...»

Sto piangendo ormai.

«Lo so, sono uno stronzo... ma preferisco sentirti arrabbiata che continuare a mentirti senza ritegno. Lo sai che non sono così...»

«N-non so più niente, Robert. E preferisco non vederti. D-devo riflettere».

«Sì... lo capisco. Ma spero che capirai... io sono sempre qui, Veronica».

E riattacca.

Mi ha lasciata. Le sensazioni che sto provando sono incontrollabili. Mi batte forte il cuore, sento che sto per scoppiare di nuovo a piangere. Provo ansia, rabbia e... mi sento persa. Lui mi è sempre stato accanto, in tutto e per tutto. Rivivo i nostri ricordi passati insieme, veloci mi passano davanti agli occhi, ma non sarà più lo stesso.

Adesso, dato il profondo dolore che provo, posso solo affrontarlo e andare avanti, così che la mia mente possa usare una strategia di conservazione chiamata negazione. Perché sinceramente non voglio ricordare questo momento, voglio fingere che ci sia una sorta di vuoto e di ottundimento emotivo.

Ma perché?

Sinceramente sento che questa nostra intensità era sul punto di cedere da molto prima, ma non volevo pensarlo. Eravamo molto di più di una coppia, ma avevo paura che se non fossimo stati quello che gli altri volevano da noi, non ci saremmo mai incontrati.

Odio doverlo ammettere, ma senza di lui mi sentivo non amata. Un amore diverso, dove si gioca in due.

Ma è parte dell'evoluzione dell'essere umano, siamo predisposti a costruire e mantenere legami affettivi, ma ogni volta che c'è di mezzo una relazione, che termina poi, ci sono sofferenza e vari stadi di coinvolgimento seguenti a cui non puoi fare a meno di restarci in mezzo.

Presto arriverò al piano dove si terrà la mia serata. Devo sorridere, mi dico. Devo essere felice, mi costringo. Non devo piangere, mi imploro. Appena le porte dell'ascensore si aprono, una donna in completo da cameriera m'invita a seguirla. Mio padre deve aver chiamato un servizio di catering per la serata, sono sorpresa. Non so cosa aspettarmi dall'altra parte della porta, ma sono pronta a mostrare il mio più grande sorriso. Devo almeno fare uno sforzo.

Superando la soglia vedo un enorme tavolo rotondo con un telo bianco in pizzo, con persone già sedute intorno ad esso impegnate a chiacchierare. Riconosco amici di famiglia, parenti e... la famiglia di Robert.

Saluto tutti calorosamente e mi siedo accanto a Margaret e Terence. Arriva ben presto la prima portata e incominciamo a mangiare, senza smettere di parlare ovviamente. Non ho un grande appetito sul momento ma mi ordino di non sprecare quest'ottimo cibo con il mio pessimo umore, quindi cerco di essere positiva il più possibile.

«È bello rivederti, Veronica, sei cresciuta molto» - esordisce Francis, grande amico di mio padre fin dai tempi del liceo -. È piuttosto basso, con i capelli quasi grigi e una carnagione chiara. È quasi un fratello per mio padre, compensando così l'assenza di consanguinei tanto diretti nella sua famiglia. Onestamente non mi è molto simpatico, può sembrare docile e cordiale, ma è molto propenso a ficcare il naso negli affari altrui.

«Ho saputo che sei entrata alla Jewel, complimenti!» - Continua Francis mentre continua a mettersi cibo in bocca. Veramente di cattivo gusto -.

«Grazie. La cosa mi rende molto felice».

«Mi sorprende che tu non sia rimasta a lavorare con tuo padre nella vostra azienda».

«È giusto che mia figlia scelga la strada che le piace... che questo l'abbia condotta dalla Jewel mi sta bene, dopotutto, sono i migliori».

«Ma certo. E tu, Jonathan... quanto sei cresciuto! E quanto a lungo sei stato via... cosa ti ha riportato a casa tanto all'improvviso?»

«Sentivo nostalgia di casa» - ammette Jonathan -. «Sono tornato quindi per stare un po' con la mia famiglia e occuparmi dell'azienda. In fondo siamo io e mio fratello a gestirla, non mi sembrava corretto lasciare tutto nelle sue mani».

«Giusto, Robert... non è tra noi stasera, dove si è cacciato?»

«Probabilmente è in ritardo».

Non è in ritardo, e Jonathan lo sa bene. Ho avvertito in lui un senso di incertezza quando Francis ha fatto il nome di suo fratello... forse non voleva dare una risposta che potesse ferirmi, ma a prescindere dai suoi pensieri il danno è ormai fatto.

In un attimo di pausa tra una portata e l'altra, papà si alza con il suo bicchiere in mano chiedendo un attimo di attenzione.

«Oggi siamo qui per festeggiare tante cose, e non solo il compleanno di mia figlia e il suo successo lavorativo. C'è una cosa che non ho detto a nessuno dei miei figli perché volevo aspettare il momento perfetto, e penso sia arrivato. Amore...»

Amore?

La donna seduta di fianco a mio padre si alza al suo richiamo. Finora non avevo badato minimamente a lei, tanto ero impegnata tra chiacchiere e pensieri. Chi sarà mai? È una donna bella e apparentemente molto di classe; bionda e abbronzata, occhi scurissimi, dimostra la stessa età di papà... ma a parte quel che vedo, non ho ulteriori informazioni sulla sua identità.

«Questa splendida donna è la mia compagna da più di sei mesi. Ci siamo conosciuti durante una sfilata di moda a Parigi, eravamo seduti vicini. Rapito dal suo fascino, sono stato indeciso per tutta la sera se andare a parlarle oppure no... così, dopo la fine della sfilata mi sono avvicinato e abbiamo iniziato a conversare. Il tempo ha fatto il resto».

«Salve a tutti, mi chiamo Carmela e sono contenta di conoscervi, e di conoscere finalmente voi ragazzi. Spero potremmo andare d'accordo» - afferma in tono felice -.

Rimango attonita. Non posso credere che papà abbia deciso di sganciare questa bomba proprio stasera! Mi sento come se avessi preso una batosta in faccia dal pianeta intero, come se avessi fatto un torto all'universo stesso.

Terence si alza subito dopo, e con un sorriso porge la mano a quella donna. «È un piacere conoscerla».

Ma siamo impazziti forse?

«Piacere mio, Terence. Tuo padre mi ha parlato molto di te negli ultimi giorni, crede che tu possa essere un ottimo capo in futuro per l'azienda».

«Beh, grazie» - risponde lui, improvvisamente rosso in faccia (e da quando?) -. «Lei di cosa si occupa?»

«Suvvia, Terence, non parliamo di lavoro proprio adesso» - fa nostro padre -.

«Nessun problema, caro» - ribatte Carmela -. «Sono una reporter televisiva e una madre...»

Ha un figlio? Non sarà...

«...ho avuto una bambina dolcissima di nome Jenny dal mio defunto marito».

«Mi piacerebbe conoscerla in futuro» - risponde Terence -.

«Davvero? Oh, sarebbe veramente stupendo, grazie!»

Sta piangendo dalla gioia, al che mio padre le afferra la mano. Ma che sta succedendo? Perché papà non ci ha detto niente prima? Se voleva fare una sorpresa ci è riuscito in pieno.

Poi Carmela si rivolge a me: «Veronica giusto? Lieta di conoscerti... spero che diventeremo amiche e che potrai considerarmi come una madre un giorno. So che per te e tuo fratello è troppo presto, ma spero che un giorno potrete entrambi considerarmi parte della famiglia, ne sarei davvero felice... e spero che potrete andare d'accordo anche con Jenny. È una bambina molto solare, e le piace giocare».

La mia testa è un deserto. Non riesco a formulare pensieri sensati. Non so cosa dire, non so cosa fare. Papà aspetta che io dica qualcosa per farla sentire a suo agio, ma a me chi ci pensa? Sono io quella scossa, non lei!

«Ma... ma certo, mi piacerebbe conoscerla».

«Perfetto» - decreta papà -, «quindi, avevamo pensato di invitarle a casa nostra per pranzo questo sabato».

È felice, questo non posso negarlo, ma io sono un po' confusa... non mi aspettavo che potesse innamorarsi di nuovo dopo tanto tempo. Certo, sono felice per lui e per Carmela. Sembra una donna gentile, premurosa, e che ama sua figlia, perciò cosa può andare storto in questa relazione? Se sono felici entrambi allora devo esserlo anch'io.

La cena si conclude con un tiramisù favoloso da leccarsi i baffi. Ovviamente è il mio preferito, cucinato apposta per il mio compleanno. Almeno questo non viene rovinato da alcun imprevisto. Alla fine della serata, ci dirigiamo tutti fuori per i saluti. È un momento che mi dà tristezza; vorrei che fosse sempre così, che il tempo si bloccasse su questo istante facendolo durare per sempre. Ma "per sempre" è un concetto troppo difficile da decifrare, perciò penso che i momenti che viviamo debbano essere sempre vissuti al meglio, anche se a volte si dimostrano diversamente dalle nostre aspettative... e non abbiamo altra scelta che viverli ugualmente.

Saluto tutti gli amici di papà, uno per uno – sembrano infiniti – finché non è il turno di salutare i Morgan. Walter e Julianne, i genitori di Robert e Jonathan; li ho sempre visti poco da quando mi ero messa con il loro primogenito. Non hanno mai assunto una posizione di rilievo alla Jewel, dal momento che Walter ha preferito aprirsi un resort a Los Angeles, dove vive tutt'ora con la moglie. E ora rieccoli qui, in circostanze che avrei preferito un po' diverse: non credo abbiano la minima idea che Robert mi abbia appena piantata.

«...è solo un pensierino, Veronica ma speriamo che ti piaccia» - dice Julianne nel frattempo distogliendomi dagli amari pensieri -.

Abbasso lo sguardo e vedo il loro regalo di compleanno. Non appena apro la scatola slacciando il fiocco, una collana di diamanti mi acceca lo sguardo. È un gioiello di petali argentati. I cristalli formano un'affascinantissima decorazione di fiori e origami, e il suo cangio è puramente fatto a mano.

«Bellissimo!» - Esclamo con un sorriso -.

«Ne sono felice. È stato Jonathan a sceglierlo per te, sai?» - Aggiunge Julianne -. «Diceva che per te un diamante misero era troppo poco, e che per una donna di classe come te, bisogna scegliere qualcosa che ti esaltasse di più lo sguardo. Perciò è andato di persona da un artigiano a far fare questo diamante. Ci sono voluti giorni interi per finirlo, pensavamo che non ci riuscissero in tempo, ma il lavoro è risultato molto bene e sono contenta che ti sia piaciuto».

«Vi ringrazio, è molto bello».

Lo sguardo di Jonathan vaga perdendosi in varie direzioni. Sembra in imbarazzo, ma sono troppo contenta aver ricevuto il regalo più bello della serata per farci caso. E per lui dev'essere qualcosa di veramente importante da prendere completamente la sua attenzione.

Il buio e il freddo di questa serata invernale si fanno sempre più mordenti. Presto arriverà il Natale, dopotutto. La serata tutto sommato non è stata male, pur non essendo cominciata nel migliore dei modi. Carmela e Jenny... due nuovi ingressi in famiglia del tutto inaspettati. Pare che passeremo le vacanze di Natale insieme, a detta di mio padre. I prossimi giorni saranno una vera incognita.

***

Al mio risveglio la mattina seguente mi accorgo che di essere in estremo ritardo. Questa maledetta sveglia ha deciso di non suonare ancora una volta! Scendendo le scale mi dirigo in cucina a mangiare qualcosa, ho tanta fame. Un profumo invitante invade in fretta le mie narici e l'acquolina in bocca arriva fulminea. Superata la soglia della cucina, vedo una donna con un grembiule intenta a cucinare qualcosa. Con mia somma sorpresa, è Carmela. Vista così mi ricorda un sacco mia madre. Quanto mi manca... vorrei che fosse qui con me, a preparare i dolci di Natale insieme e tutto il resto.

Il mio passo tutt'altro che felpato pare rimbombare dappertutto, attirando l'attenzione della donna che si volta a guardarmi. Con un sorriso mi porge subito un biscotto al cioccolato.

«Grazie».

«Figurati. Sai, li faccio sempre per mia figlia, sono i suoi preferiti».

«Anche i miei».

«Davvero? Che bello. Allora li farò più spesso d'ora in poi... oh, perdonami, non dovrei essere così diretta con te, è che sono così felice che voi mi abbiate accettato nelle vostre vite che avevo paura a parlarvi. Sai, ho il timore di non piacervi, che possiate odiarmi per essere entrata nelle vostre vite così in fretta... ma io amo alla follia vostro padre. È un vero gentiluomo, gentilissimo e premuroso, fin da quando ci siamo incontrati».

«Posso capirlo. Ha un fascino irresistibile». - Sorridiamo entrambe -. «È esattamente quello che successe la prima volta che incontrò mia madre. Fu amore a prima vista anche per loro».

«Scusami, so che forse non sei pronta per vedermi come una madre, ma ti posso promettere che farò tutto ciò che è in mio potere per renderti orgogliosa di me in futuro. Tengo molto a voi, come a vostro padre».

«Sì, lo so. Posso chiederti una cosa? Puoi rendere felice mio padre? Vorrei che lo fosse come lo era un tempo con la mamma, e... qualcosa mi dice che puoi riuscire in questo intento. Perciò ti chiedo di prenderti cura di lui sempre, di stargli accanto sempre, di amarlo sempre. Perché tengo molto alla sua felicità, e voglio che stia con una donna che lo faccia stare bene. Vedo come vi amate ed è ciò che conta adesso. Ti chiedo perciò di restargli accanto e di non abbandonarlo mai».

Carmela fa un nuovo sorriso umile. «Sarà fatto».

Finiamo di parlare e nella stanza cala un silenzio alquanto imbarazzante. Lei cucina, mentre io sono davanti al bancone a fissare il vuoto in attesa che mi venga in mente qualcosa da dire.

Ci troviamo poco più tardi a fare colazione come una famiglia unita. Terence è estremante preso dalla nuova fidanzata di papà; è gentile e sempre ben disposto ad aiutarla. «È tutto delizioso, grazie Carmela» - le dice con la bocca piena di pancake -.

«Grazie mille, sono contenta che ti piaccia... e tu, Veronica?»

«C-come?»

Ero sovrappensiero, ma Carmela mi rivolge un sorriso innocente e nel frattempo mi passa una torta.

«Ecco, tieni. Porta questo pensierino a Jonathan».

«E perché?» - Domando confusa -.

«Per farlo innamorare di te, non è ovvio?» - Risponde sarcastico Terence -.

Gli rispondo con una smorfia di disapprovazione.

«Non posso, non siamo nulla io e lui. E forse non gli piaccio come pensi tu...»

«Io ne dubito» - ribatte Carmela -. «E poi, è sempre bello offrire qualcosa anche se non c'è nulla sotto».

Alla fine riesce a convincermi. Così, dopo colazione mi avvio in ufficio con questa torta in mano, non sapendo affatto come reagirà.

In ufficio, Elena mi sommerge di lavoro fino al collo come al solito. Non posso fiatare altrimenti mi mangia viva, ma ho promesso di portare la torta a Jonathan, perciò devo sgattaiolare fuori senza che lei mi veda. Così mi alzo e attraverso la stanza fino alla porta. Nessuna reazione da Elena... che strano. Si limita a lanciarmi una breve occhiata.

Percorro il corridoio fino alla porta dell'ufficio di Jonathan. Bussando, ricevo il permesso di entrare. Varcando la porta lo intravedo, come previsto, alla sua scrivania davanti al computer; è così bello quando si concentra, e non mi dispiace quel suo modo di vestirsi, così diverso da Robert. Jonathan è come un lupo solitario, che non si lascia influenzare da nessuno, che pensa con la sua testa e agisce di conseguenza. Ho cominciato a pensare continuamente a lui dalla volta in cui Robert mi ha rivelato di essere suo fratello maggiore, non ci credevo all'inizio, ma quando ci siamo rivisti dopo mesi da quell'avventura nella foresta, ho provato una sensazione stranamente fortissima.

Qualcosa nel mio stomaco si è mosso. Fame? Non credo. Curiosità? Probabile.

Adesso che sono qui, davanti a lui, non posso fare a meno di guardarlo, così concentrato e terribilmente affascinante. Nel frattempo lui ha posato lo sguardo incuriosito sul mio dono per lui.

«Da parte di Carmela» - esordisco -. «Dice che ti ringrazia per il tuo regalo e che era veramente troppo. Ma ne è felice».

«Okay, dille che la ringrazio».

Annuisco e poso la torta sulla scrivania.

«Ah, prima che tu vada, Vero... volevo chiederti una cosa l'altra sera a cena, ma forse ora non è il momento più adatto...»

«Perché?»

«Beh, siamo a lavoro, e...» - Fa un sospiro -. «Ormai ho fatto trenta, farò trentuno. Volevo sapere cosa è successo tra te e mio fratello. Cosa ti ha fatto?»

«Niente» - dico in fretta -.

«Come no. Non hai più la luce che vedevo nei tuoi occhi qualche giorno fa. Cosa ti prende?»

«Robert...» - Esito per un istante -. «Non mi ama più».

Non so come o per quale forza maggiore, ma inizio a piangere. Non posso trattenere più queste lacrime: il ricordo di lui, il solo sentire nominare il suo nome mi fa venire voglia di piangere e rinchiudermi in camera. E Jonathan, che finora si era fatto gli affari suoi... ora voglio che s'intrometta, che mi stia accanto più che mai.

«Posso abbracciarti?» - Gli domando esitante -.

Lui mi sorride e in segno di approvazione mi apre le braccia aspettando solo me. Così, ormai gettata nel più profondo dei peccati, affondo il mio corpo nel suo. Il nostro abbraccio è catturato e messo in una scatola, proprio come il mio cuore al suo interno.

«Se hai bisogno di piangere, piangi. Se vuoi abbracciarmi fallo, non devi essere imbarazzata per questo. Siamo adulti, e come tali possiamo commettere errori, e fare cose per cui ci pentiremo in futuro».

«A te sta bene?»

«Sì, a me importa solamente che tu sia te stessa. Se ignorerai i miei messaggi mi lascerò ignorare. Se mi darai buca, mi lascerò dare buca. E se mi scaricherai, allora mi lascerò scaricare. Per me sarebbe una relazione, perché faremmo cose che non posso fare da solo».

Le cose che non posso fare da sola?

Esprimere i miei sentimenti e dichiarare il mio amore. Condividere le gioie e i dolori, invece di scappare via. Dare voce al profondo del mio cuore.

Il nostro primo incontrò non si può definire piacevole. Essere catturati da un criminale non è proprio un bel modo di conoscersi. Ma alla fine che posso dire? Lui è stato un eroe, il mio eroe. Ha impedito in modo alquanto ammirevole che io o i miei colleghi tornassimo a casa dentro una bara con un proiettile in fronte. È stato coraggioso e stupido allo stesso tempo.

Il suo viso è così vicino al mio, posso sentire il suo respiro e vedermi attraverso i suoi occhi verde chiaro. È così terribilmente sexy.

«Posso baciarti?» - Mi chiede con voce sensuale -. Comincio a sentire lo stesso formicolio della prima volta, più forte, così desideroso. È come se tutto il mio corpo fosse pazzo di lui, come se lo desiderasse da sempre.

Un po' in imbarazzo, mi mordo il labbro e distolgo lo sguardo da lui. È troppo magnetico e sento che sto per cedere alla tentazione di baciarlo anch'io.

Lui non esita a prendere l'iniziativa, così in meno di due secondi le sue labbra baciano le mie. È un bacio languido, come se fosse desiderato da tanto tempo. Le mie braccia si appropriano del suo collo. Lui non si ferma nemmeno per sbaglio e prendendomi la schiena la porta più vicino al suo petto, ben intenzionato ad andare oltre.

Comincio a sentire calore, non per l'intimità del momento, ma perché sono preoccupata che qualcuno possa entrare da un momento all'altro, o che addirittura possano vederci a distanza dalle vetrate. Così interrompo questo bacio, con troppa fatica, portando poi la mano sulle mie labbra come a cancellare le tracce di qualcosa che non sarebbe dovuto accadere.

«Cosa succede?» - Mi chiede lui, ansante -.

«Non dovevamo, non doveva accadere».

«Perché? Io provo qualcosa per te, tu provi qualcosa per me, cosa c'è di sbagliato?»

«Tutto! Non dovremmo farlo, non dobbiamo farlo mai più».

«Veronica, aspetta!»

Mi prende il braccio e mi attira a sé portando il mio viso con l'altra mano davanti ai suoi occhi in modo che i nostri sguardi si possano incrociare.

«Non scappare via, Veronica, non avere paura di amarmi. Io... non posso stare senza di te, sei tutto per me e non voglio perderti ora che ti ho ritrovata».

«Jonathan, io... non posso... non possiamo stare vicini e non possiamo amarci. Tu non sei per me quello che io sono per te».

«Non è vero! Cazzo, continui a dire cavolate solo perché sei preoccupata per quello stupido di mio fratello, e lo ami ancora».

«No... sì... non lo so, okay? Non posso farci niente se lo amo, l'ho amato sempre e sempre lo amerò. È l'unico che mi abbia fatto sentire amata in tutta la mia vita, Jonathan, come posso dimenticarlo così?!»

«Vattene allora» - dice lui schietto -.

«Jonathan...»

«Ho detto vattene subito dal mio ufficio, Veronica!»

«Io...»

«Non te lo ripeterò un'altra volta».

Alle sue ultime parole me ne vado con il cuore in gola e le lacrime che scendono a raffica.

Capitolo 5

La giornata era iniziata al meglio ed è finita in un disastro quasi nucleare. Jonathan è come sparito: non ha partecipato alla riunione per visionare il lavoro e, a quanto pare, nessuno lo ha visto in giro per tutto il pomeriggio. Elena comincia a preoccuparsi: di questo passo non saremo in grado di finire il lavoro in tempo prima dell'uscita del prodotto.

Gli artigiani fanno del loro meglio, penso. Affrettare i tempi non è mai una buona cosa, l'ho provato sulla mia stessa pelle e posso provare che ne viene sempre qualcosa di sfavorevole. Insistere sulla velocità del tempo lavorativo, quando si opera su un lavoro che richiede tempo e soprattutto tanta precisione, può portare solo ad una conclusione negativa.

«Tranquilla, Elena, riusciremo a finire in tempo, non devi dare fretta agli artigiani...»

«Come hai detto? Ti permetti davvero di parlarmi in quel modo?» - Fa lei sbuffando -.

«Mi permetto! Sono il redattore artistico, è mio compito tenere calme le acque quando cominciano ad agitarsi».

«Ah... e da quando?»

«Visto che il mio capo è al momento assente, sono io a prendere il suo posto».

«Ma sentiti... sembri un'eroina adesso. Non pensare che sia un compito semplice. Nel tuo compito, dovresti assistere tutti i dipendenti e assicurarti che facciano il loro lavoro al meglio».

«In tal caso, con il suo permesso vado a controllare».

Me la sono cavata molto bene, almeno credo. Ho dimostrato a Elena di esser un perfetto caporedattore artistico, diligente, responsabile ed efficace. Chi meglio di me può farlo? Anzi... chi meglio di me può sopportare Elena? Se nemmeno il mio predecessore ce l'ha fatta, allora sono un vero genio.

Dirigendomi nel salone con tutte le postazioni occupate dai vari dipendenti, ne approfitto per annotarmi tutte le modifiche da effettuare per migliorare la gestione lavorativa. Sento di stare migliorando anche nel carattere con il passare del tempo, e lavorare qui mi comincia a piacere sempre di più. I colleghi mi accettano bene qui con loro, mi sento molto compresa in questo team.

Una volta finito di annotarmi tutte le modifiche che dovrò poi inserire sul computer, posso tornare tranquillamente alla mia postazione. Ma mentre mi dirigo verso il corridoio che divide il mio ufficio con quello di Jonathan, sento una voce chiamarmi dal fondo. Quando mi volto, il mio sguardo s'imbatte in quello di Robert che nel frattempo è lì impalato a fissarmi.

Sento dentro una sorta di fitta al petto, molto dolorosa. colma di dispiacere e delusione, di rimpianti e scelte sbagliate. Come sono arrivata a questo? Non mi piacciono questi modi fra noi due, ma è stato lui ha dirmi addio, io non posso pretendere che lui torni ad amarmi come un tempo. Non sono così egoista come ragazza, men che meno come sua ex.

Quei due occhi marroni così affettuosi mi guardano in attesa di un mio gesto. Ma il destino mi vuole condannare per aver ceduto alla tentazione, o meglio, passione che mi brucia nel profondo per Jonathan. E non posso neanche dirglielo, come potrei? È pur sempre suo fratello, ma a differenza sua, lui non è come ho sempre voluto che fosse e che non è davanti ai miei occhi. E anche se Jonathan mi ha appena dichiarato i suoi sentimenti, non posso lasciarmi andare all'amore, o meglio, al desiderio di attrazione. Non ora che ho la possibilità di farmi un nome qui... non ora che lui è il mio capo. Sono pur sempre fedele al rispetto dei miei superiori, e per quanto riguarda i miei sentimenti e il fatto di dichiararli apertamente, ci devo ancora lavorare molto.

«Veronica, possiamo parlare per favore?»

«Non adesso, sto lavorando».

«Lo vedo, e sei veramente brava... ma ho davvero bisogno di parlarti. Ti prego».

«Cosa vuoi?»

«Non qui, andiamo nel mio ufficio per favore».

Come posso dire di no, è il mio superiore. Anche se non riguarda qualcosa del mio lavoro, o di come sto lavorando in team con gli altri, non posso voltargli le spalle come se nulla fosse. Ammetto di averci pensato al primo scambio di battute... l'idea di piantarlo lì – come lui mi ha piantato un paletto nel cuore uccidendo tutto il mio amore per lui – mi ha attraversato il cervello. Ma non l'ho fatto.

Nel suo ufficio, l'aria è gelida e le tapparelle sono abbassate lasciando l'ambiente in penombra. Sembra una scena da film horror, ma dura poco, in quanto Robert si assicura subito di andare ad aprire le finestre diffondendo luce e aria nella stanza. Dopodiché va a sedersi alla scrivania. Le buone maniere non le ha perse penso, ma non mi importa se le fa per mettermi a mio agio, sono già molto tranquilla. Stranamente.

«Posso… offrirti qualcosa?» - mi domanda -.

«No, grazie» - rispondo un po' fredda -.

«Ok. Beh, volevo spiegarti come sono andate effettivamente le cose...»

«Hai cenato bene a casa di Elena?»

«Come?»

«Ho saputo che la sera dopo il mio compleanno – quando mi hai lasciata – sei andato a cena da Elena. Una specie di ringraziamento per averla invitata a mangiare da Jeremy. Come hai potuto portare lei nel nostro posto speciale?»

«Veronica, io...»

S'interrompe, sembra non avere parole. Sono molto arrabbiata, ma soprattutto delusa da lui. Speravo fosse un momento di crisi, e che stesse dicendo ciò che in realtà non voleva dire... ma dopo questo, non credo di sapere più come ti senti e che cosa provi.

«Dai, fammi spiegare... io e Elena non siamo ciò che credi tu...»

«Certo, solo buoni amici vero?»

«Sì! C-come te lo devo dire? Siamo amici da quando ne ho memoria, come potrei anche solo pensare di farti questo? Perché pensi sempre che io ti tradisca con lei?»

Perché continui a mentirmi?

«Sei stato tu a dirmi che c'era un'altra donna, non ricordi? Hai accennato che con lei ti trovavi bene e che provavi un altro tipo di amore, che con me non sei mai riuscito a sentire. Avevi bevuto e ok, ma le tue parole mi sono sembrate sincere e così non potevo che sentirmi un vero schifo».

Sospira. «Come… Come lo sai?» - Domanda infine -.

«Perché anche solo il pensiero di averlo fatto si tramuta in realtà, Robert. L'hai baciata... questo è poco ma sicuro... sia quella sera dopo averla riportata a casa, sia a cena a casa sua. Lo leggo nei tuoi occhi: sei dispiaciuto per averlo fatto, lo so, e vorresti rimediare... ma non c'è un rimedio per questo. E ugualmente continui a mentirmi in faccia».

Robert abbassa il capo. Fiumi di lacrime cominciano a scendermi dagli occhi. La sua espressione dice tutto, e il fatto che provi a negarlo ancora mi spezza il cuore due volte di seguito. Non posso sopportare che dopo anni che siamo stati insieme, dove abbiamo condiviso tutto l'una dell'altro, dove lui conosce tutti i miei più profondi pensieri... ritrovarmi a questo. Vedere l'uomo che amo mentirmi davanti agli occhi. Evidentemente non lo conosco bene come credevo.

«Veronica...»

«Però una cosa l'ho capita, sai?» - Lo interrompo di nuovo -.

«Adesso so che sei innamorato di lei da tanto tempo, come lei lo è di te. Siete perfetti l'uno per l'altra, perché continuare a spiegare se è già tutto così chiaro?»

È evidente chi sia la donna che ha rubato il suo cuore.

«Perché non voglio deluderti, non voglio vederti piangere, non voglio... perderti» - ammette -.

«È già avvenuto tutto questo. Posso perdonarti e augurarti tutta la felicità del mondo, perché capisco quanto sia difficile questa situazione, per entrambi... ma non posso più vederti come in passato. Anche solo vederti adesso, mi fa male. Non...» - Riprendo fiato -. «Non voglio che papà sappia di questo, gli diremo solo che abbiamo deciso entrambi di chiuderla qui perché troppo diversi».

Lui tace. Perché sì, in effetti siamo diversi, e nulla può far battere il cuore di qualcuno se questo è già stato preso. Perché il suo silenzio mi torce il cuore? Non dice niente, neanche una parola, si limita a guardarsi mani. Non ha nulla da obiettare, come se quanto ho detto fosse ciò che voleva dirmi o che si aspettasse di sentire. Sa di aver sbagliato, ma ormai il danno è fatto e non c'è rimedio alcuno. Concludo, con questo suo silenzio, che veramente prova qualcosa per quella donna, anche più di me.

«Mi dispiace di non averti detto cosa provavo per lei prima. L'ho scoperto anch'io adesso. Solo baciandola ho capito di amarla da sempre, di amare il suo spirito combattivo, la sua dolcezza, il suo modo di vedere il mondo. So che ti ho delusa e che non merito niente da te, ma ti prego... non lasciare che questo ti scoraggi e che ti ostacoli su questa strada. Hai molto potenziale, devi sfruttarlo».

«Non più di Elena, e ciò che desidero più di tutto è già in suo possesso».

«Intendi la sua posizione?»

Annuisco.

«Veronica, questo ruolo è di vitale importanza per noi, non penso... sinceramente, hai talento e sono sicuro che un giorno raggiungerai il tuo obbiettivo. Adesso, però, questo compito è più adatto a lei, non solo perché ha più esperienza di te, ma perché riuscirebbe a tenere testa alla concorrenza non lasciandosi prendere dall'ansia. Tu ci riusciresti? In ogni ambiente di lavoro ci sono rivali, hai visto come sono...»

«Spietati».

«Giusto! Non sei pronta a gestire questa fase, perciò al momento solo alla tua postazione come redattore artistico, che è un ottimo campo a mio avviso. Vedila in questo modo: oggi sei una redattrice artistica che crea copertine per i prodotti più importanti e venduti nella storia, domani sarai la donna capace di fare entrambe le cose da sola. Non avrai più bisogno di dipendenti o superiori».

«Non esagerare adesso» - ribatto -. «Non sono ancora tanto brava, ma mi impegno al massimo per riuscirci ogni giorno».

«Lo so».

«Beh... ora è meglio che vada» - taglio corto -, «ho già perso fin troppo tempo».

«Ma certo, vai pure. Grazie Veronica... Grazie per non avermi condannato ad una vita vergognosa. Non sarei riuscito a sopportarlo al solo pensiero di renderti triste».

Non gli rispondo, non ho niente da dirgli. Dovrei essere felice per lui? No... al massimo mi rende più sollevata sapere che ora è libero di amare la persona che veramente ha nel cuore.

Qualche ora dopo...

«Capo, la cerca il signor Morgan» - annuncia una collega venuta a cercarci ufficio -. «*Jonathan* Morgan, per la precisione».

«Uhm? D'accordo, grazie, lo raggiungo subito» - risponde Elena -.

«Cosa vorrà?» - Mi ritrovo a domandare non appena la collega sparisce oltre la soglia -.

«Non lo so, probabilmente vuole parlarmi del progetto. E a proposito di questo voglio chiedergli perché non è venuto direttamente alla riunione di oggi. Tu continua a lavorare, quando torno voglio vedere quella copertina finita».

«Certo!»

In realtà, concentrarmi sulla conclusione della copertina è piuttosto difficile. Con Jonathan finalmente nei paraggi dopo ore di assenza, il mio cuore è in tumulto.

I minuti passano ed Elena non è ancora rientrata; nessun messaggio da parte sua, nessun aggiornamento sulla situazione... così ne approfitto per fare una pausa e andare a bere qualcosa. La caffetteria è la mia salvatrice: al suo interno si perdono tante ore di vita nel vero senso della parola. Passo ore su ore qui dentro, vedendo la luce attraverso i miei occhi solamente la mattina prima di entrare, e aspettando di uscire con la notte che mi circonda. Mentre preparo la tazza da riempire con il caffè, una voce dal piano di lavoro mi attira: c'è una certa confusione, voci in sovrapposizione ad altre, non si capisce bene cosa succede. Così vado a sbirciare verso la sala con le postazioni, vedendo una marea di gente radunata in un angolo. Gridano, o meglio, stanno insultando una persona. Ma che sta succedendo?

Dovrei chiamare i superiori, ma non ci sarebbe tempo, ed essendo io il responsabile in assenza dei due capi è mio compito calmare le acque. Mi avvio verso di loro, decisa a calmare la situazione, quando una ragazza mi arriva letteralmente addosso. L'afferro in tempo prima che cada, per fortuna, un incidente di questo tipo non deve accadere in questo ambiente.

«Stai bene?» - Le chiedo subito -.

«S-sto bene» - risponde questa collega -. «Grazie e m-mi scusi se le sono venuta addosso, capo».

«Non scusarti, non è colpa tua... Josefine, giusto?» - Lei annuisce -. «Ci penso io ora...»

Mi volto a guardare tutti gli altri impiegati, indurendo lo sguardo. «Allora, che diavolo succede qui?»

«È colpa sua!» - Afferma un'altra urlando -. «E adesso siamo tutti nei guai con la consegna».

«Spiegati meglio, Betty» - incalzo, leggendo il nome sul cartellino appuntato alla giacca di questa attaccabrighe dai capelli a caschetto -.

«Ha rovinato il mio lavoro versandoci la bevanda sopra e adesso è tutto perso! Guardi lei stessa».

Abbasso lo sguardo dove mi viene indicato: sulla postazione scorgo un pc portatile tutto bagnato. Il monitor è spento, ma non mi serve altro per capire; un paio di anni fa a Terence era capitata una cosa simile, aveva fatto rovesciare una bibita sul suo laptop mandando l'apparecchio in cortocircuito. Sarà difficile recuperare i dati in fretta. Posso capire il disappunto, ma innanzitutto devo pensare a calmare le acque tra i ragazzi.

«E ti sembra una buona ragione» - dico rialzando lo sguardo - «per inscenare una rissa tra carcerati? Che cosa ti è saltato in mente? Volevi che si facesse male cadendo?»

«Beh, non è successo...»

«Per questo ringrazia che l'ho afferrata al volo, immagina se non ci fossi stata! Chi l'avrebbe aiutata ad alzarsi, altrimenti? Allora» - Incalzo, guardando tutte quelle facce attonite -. «Cos'è, troppa paura per dire la vostra opinione? Ma la paura non ti ha impedito di aggredirla». - Torno a guardare Betty -. «E la paura non vi ha impedito di schierarvi, giusto? Tutto questo come lo vedete? Di certo non è niente di buono per l'azienda. I dipendenti dovrebbero aiutarsi a vicenda, sostenersi l'un l'altro, non schierarsi e fare del male alle persone. Non so come reagiranno i superiori, ma di certo aspettati una lettera di richiamo... se non un licenziamento. Ora tornate tutti ai vostri posti, e non voglio vedervi alzare le chiappe se non per andarle a posare su un water. Sono stata chiara?»

Cala un breve silenzio carico di facce esterrefatte, ma dopo pochi secondi si muovono tutti per tornare alle loro postazioni.

Wow! Calmare le acque è davvero difficile, e rimettere in riga certi soggetti lo è ancor di più. Non mi è mai capitata una situazione del genere e non so di certo come fare per risolverli, ma mi è venuto tutto molto naturale, a quanto pare. È inaccettabile vedere scene del genere tra le mura un'azienda rispettabile. Dipendenti umiliati da colleghi o persino da un superiore solo per un banale incidente è terribile: non solo compromette la stabilità di un team venuta su con fatica, ma provoca fratture sociali e rovina anche i prodotti.

Aiuto Josefine a sedersi e le metto un po' di ghiaccio sulla mano sbucciata. «Va meglio?»

«S-sì, la ringrazio per avermi aiutato».

«Di nulla, figurati. Come avrei potuto lasciarti nelle mani di quella bestia incazzata? Restare a guardare non è proprio da me».

«È stata molto coraggiosa prima. Betty non è molto amichevole... questo lavoro che mi aveva chiesto di finire era importante, doveva consegnarlo lei oggi».

«A maggior ragione serve ricordarle che non è comunque un modo per sistemare le cose. Ricordati, visto che sei molto giovane, che la violenza non è mai la soluzione alle cose, e che bisogna invece parlare con calma e chiarezza. Capito?»

Josefine annuisce lentamente.

«Bene... allora aspettami qui, torno subito».

Con totale calma e con le idee lucide in testa mi avvio alla scrivania di "Betty la scorbutica", come ho appena deciso di soprannominarla. Una volta giunta davanti alla sua scrivania, il suo sguardo si alza su di me.

«Ha bisogno di qualcosa?» - Domanda con poco interesse -.

«Sì, in effetti. Primo: modera il tuo linguaggio quando parli a un tuo superiore, non è corretto. Secondo: non fare mai più una cosa del genere a un tuo collega di lavoro. Capito?»

«Perché? Se lo meritava» - dice senza alcun ritegno e rispetto -.

«Per un po' di caffè rovesciato sulla postazione? Allora che fai se qualcuno te lo fa cadere sui pantaloni, gli tiri una granata!?»

Sento delle risatine tutt'intorno, ma continuo implacabile: «Piuttosto dimmi perché era Josefine a lavorare su un progetto destinato a te».

«Io... non so di cosa sta parlando».

«Mi spiego meglio allora. Questo lavoro era una tua responsabilità fin dall'inizio, e ora ti toccherà rifarlo velocemente. Spero che questo ti faccia ricordare una semplice equazione: scaricare un lavoro a un'altra tua collega già impegnata di suo = sbagliato! Sono stata chiara?»

Betty ormai è sbalordita, dopo il mio fiume di parole.

«M-mi dispiace... non lo farò più, se è questo il problema...»

Che faccia tosta.

«Me lo auguro, cara! Non è un problema mio, ma mi aspetto ugualmente che qui dentro regni l'assoluto rispetto. Non mi piace il tuo comportamento, visto soprattutto che non ti degni di darti un contegno verso un tuo superiore... e sta' sicura che verranno a sapere di questa vicenda anche da piani più alti. A quel punto spetterà a te risponderne a parole tue. Intesi? Bene, torna pure a lavorare adesso».

E faccio per andarmene.

Con calma e tranquillità mi avvio nel mio ufficio come se nulla fosse. Con totale naturalezza mi siedo e mi rimetto al lavoro. Poco dopo entra Elena con una montagna di raccoglitori in mano. «Mi dai una mano o no?»

«Subito!»

Caspita, pesano davvero... ma la curiosità prende il sopravvento e non posso fare a meno di pensare a cosa ci sia racchiuso lì dentro. Provo a prenderne uno in mano, anche solo per sentire il tocco della plastica sulle mie dita. Una sensazione piacevole solo al pensiero che dentro racchiude centinai di disegni di gioielli.

«Puoi prenderne uno, se vuoi» - mi dice Elena -. «Ma non perderci troppo tempo sopra. Hai terminato il tuo incarico?»

«Sì, lo prendo subito. Dici che andrà bene?»

«Vedremo...»

Ora la odio un po' meno. Non che l'abbia mai odiata davvero, semplicemente l'ho ritenuta un ostacolo alla mia scalata poiché tutti si affidano più a lei che ai nuovi talenti come me. Anche se disegno da tutta la vita, i miei lavori non sono mai stati eletti migliori o il mio duro lavoro non ha mai avuto una soddisfazione in cambio. Tutto questo parlare di lei, misurarmi con lei, non è per il suo legame con Robert, ma perché l'ammiro molto come designer e come donna. Robert dice che ama cucinare, oltre al suo lavoro, e che ha una visione della vita molto chiara e decisa. Voglio sapere cosa abbia catturato Robert così tanto in lei al punto da lasciarmi.

«Elena... Posso chiederti una cosa un po' personale? Cosa è per te la vita?»

Si volta a guardarmi con una certa sfumatura di sorpresa impressa in volto.

«Perché all'improvviso mi chiedi una cosa del genere? E perché proprio a me?»

«Perché sei una persona con molti talenti, ho sentito, e non mi riferisco solo al design. Sei sempre alla moda, brava in cucina, sai cosa vuoi e sai come ottenerlo».

«Lo hai sentito... da Robert, immagino».

Lo sa?

«Anche, ma non è per questo che te l'ho domandato» - insisto -. «Volevo conoscere un po' il mio capo, sapere con chi lavoro».

Elena fa un sospiro, mentre pondera le parole giuste da sbobinarmi. Alla fine riapre bocca:

«Per me la vita è molte cose. La famiglia, gli amici, l'amore, la casa, il lavoro... tutto ciò che mi circonda in pratica».

«E come si fa ad avere una così chiara visione della vita?»

La vedo sempre più sorpresa in volto. «Mi stai dicendo che non hai una visione chiara della tua vita e che vorresti vederla con occhi diversi?»

«Beh... più o meno».

«Uhm... non è il luogo né il momento migliore per parlare di tutto ciò. Facciamo così, più tardi prenderò un caffè al bar qui sotto, il *Savourer le gout*, raggiungimi là e ne parliamo meglio, ok? Ti mando la posizione più tardi».

«Ok, a dopo allora».

Davvero strano, molto surreale, ma mi piace. Sento che Elena ed io possiamo diventare amiche, almeno credo... questo potrebbe essere vantaggioso per entrambe anche durante il lavoro qui. Insomma sono davvero curiosa, non che non fossi mai uscita con una futura amica – si spera – ma con Lucy è diverso perché lei è come se fosse la mia parte più forte e coraggiosa. Come se fosse la persona che mi dà forza e mi sostiene dopo Terry. La cosa valeva anche per Robert, fino a poco tempo fa.

Poche ore più tardi sono diretta all'ascensore per l'ultimo piano, quando la Presidentessa mi ferma e mi dice di raggiungerla nel suo ufficio immediatamente. Cosa ho fatto stavolta? Vorrà parlare dell'accaduto con i dipendenti alle postazioni? Spero di non essermi cacciata nei guai...

Nel suo ufficio – credetemi, è mozzafiato – mi avvicino alla scrivania indecisa se domandare o restare zitta... ma la sua espressione è così fredda e minatoria da farmi paura. Non vedevo la Presidentessa dal giorno del test, perciò rivederla adesso e in questo modo mi incuriosisce molto. Di cosa vorrà parlare?

«Siediti» - mi ordina -. «Ti starai chiedendo perché ti ho convocata, immagino».

Annuisco nervosa mentre obbedisco prendendo posto davanti a lei.

«Beh, spero di non aver fatto qualcosa di sconveniente, in tal caso le chiedo perdono e non lo farò mai più...»

«Tranquilla, ciò di cui ti voglio parlare è tutt'altro che sconveniente».

Un attimo dopo, la porta si apre, facendomi voltare: vedo entrare, con mia somma sorpresa, Robert, Jonathan ed Elena, quasi al rallentatore. Ora sono decisamente priva di idee sul perché sono stata convocata, oltre che senza parole. Spero di non fare figuracce.

«Ho saputo di ciò che è successo oggi alle postazioni, e di come hai calmato la situazione» - prosegue la Presidentessa -.

«Presidentessa, se ho sbagliato mi perdoni, non sapevo cosa...»

«Hai fatto benissimo!» - Vengo interrotta -. «Sai gestire questo tipo di situazioni in modo efficiente. I tuoi superiori hanno visto tutto e mi hanno informata».

«D-davvero?»

«Sì. Oggi, sono tornato un po' tardi dalla pausa pranzo» - aggiunge Jonathan -, «e quando sono arrivato ti ho vista discutere con quei colleghi. Inizialmente non capivo, ma quando hai alzato il tono della voce ho sentito tutto. Sei stata brava, hai dato una lezione a tutti e hai adempito al tuo dovere in modo perfetto».

«T-ti ringrazio».

Con Jonathan, pur essendoci stata una discussione tra di noi poco prima qui a lavoro, è molto concentrato su ciò che deve fare e non ci rimette la pelle. Mi ha fatto i complimenti per come ho reagito, e questo magari è un buon momento per calmare le acque tra di noi. Ma magari ci penserò dopo, adesso sono nel bel mezzo della mia prima riunione.

«Alla luce di questi fatti, ho pensato di promuoverti» - decreta subito dopo la Presidentessa -.

«Da-davvero?» - Balbetto -.

«Sì. Te lo meriti, grazie al tuo duro lavoro sei migliorata molto come redattore artistico, e sei migliorata anche nel parlare correttamente davanti ad un pubblico. Così ho pensato di farti fare la tua prima esperienza ad una competizione».

«Parla forse del EYT?» - Domanda Elena -.

«Il cosa?» - Aggiungo confusa -.

«Emerging Young Talents, una competizione per il miglior designer di gioielli di Los Angeles» - completa la Presidentessa -. «Che ne pensi, Veronica? Vuoi imparare sul campo come si lavora veramente?»

«Sarebbe un onore per me, la ringrazio molto».

«Perfetto! Allora se non c'è altro di cui parlare potete dirigervi ai vostri impegni».

Dopodiché siamo tutti congedati. Lascio l'ufficio della Presidentessa con un'emozione potente che infiamma il mio petto. Non ci credo, il mio primo vero incontro in una competizione così importante! Non vedo l'ora di andarci... sono certa che imparerò moltissimo da questa esperienza!

È quasi ora di incontrarmi con Elena al *Savourer le gout*, ma all'improvviso l'ho persa di vista. Che sia andata via senza avvisarmi? La sua borsa è rimasta qui in ufficio, magari lei è ancora in sala riunioni... così vado a dare un'occhiata. Insomma, dovevamo parlare e con la riunione improvvisa avevamo perso già una mezz'ora abbondante. Se avesse voluto mantenere la sua promessa si sarebbe fatta vedere, mi dico...

La ricerca di Elena si protrae di corridoio in corridoio, fino all'ufficio di Jonathan. Entrando, lo vedo da solo, seduto alla sua scrivania con la testa tra le mani. Cosa gli prende? Magari ha bisogno di un po' d'acqua, così gliene prendo una dal distributore e gliela poso sul tavolo davanti a lui. Il rumore gli fa alzare la testa di scatto, e accortosi della mia presenza diventa improvvisamente freddo e distaccato.

«Cos'è questa?» - Domanda con voce sprezzante -.

«A casa mia si chiama bottiglia d'acqua» - rispondo -. «Ti ho visto con una brutta cera, volevo che ti rigenerassi».

«Rigenerarmi... beh, grazie, la berrò tutta!»

«Perché ti comporti così?»

«Così come?»

«Come uno stronzo. Non merito questo atteggiamento da parte tua».

«E come ti dovrei parlare adesso? Mi hai detto di non provare niente per me. Nonostante io ti abbia ripetuto di amarti alla follia, tu mi rifiuti...»

«Fai sul serio? Nemmeno ci conosciamo abbastanza! Tutto questo… tu che mi dici di amarmi... non capisci che mi rende ancora più confusa?!»

«Perché? Sei ancora innamorata di Robert?»

«Come non potrei? Non è mica una cosa che si spegne in un secondo! E poi, perché lo dici ora con questo tono? Jonathan... cosa sai di lui che io non so?»

«Non sono io la persona più indicata per parlartene... ma puoi trovarla nell'ufficio qui accanto».

«Come ti pare. Grazie per avermi indicato la strada. Ora vado».

Mentre mi allontano, nuove domande iniziano a vorticarmi dentro. Anche lui sa di Elena e Robert? Non posso credere di essere stata l'ultima a sapere che Robert mi tradisce. È ancora più umiliante! Ma perché Jonathan mi ha detto di passare nell'ufficio di Robert proprio adesso? Cosa ci sarà mai che lui non mi abbia ancora detto?

Un rumore di passi frettoloso alle mie spalle mi fa voltare: è solo Jonathan, uscito subito dopo di me dalla stanza, ma in un istante riesce di nuovo a sorprendermi; sembra aver deciso di volermi seguire per tutto il corridoio, muovendosi e parlando come se volesse improvvisamente ostacolarmi.

È stato proprio lui a dirmi di raggiungere l'ufficio di Robert due secondi fa, come mai ora si rimangia tutto? Cosa vuole impedirmi di vedere là dentro?

«Jonathan, basta, levati di mezzo...»

«Sto solo camminando accanto a te, è proibito forse?»

«Tra due secondi farò io qualcosa di proibito, ovvero sbattere forte il mio piede contro le tue palle, se non ti togli dalla mia strada!»

Lo supero proprio nell'istante in cui ci troviamo entrambi davanti alla porta in questione. Presa dal momento, mi scordo di bussare e aprendola mi trovo davanti una vera bomba atomica diretta sul mio cuore.

Elena e Robert insieme, avvinghiati l'una all'altro sulla scrivania al centro della stanza, meno vestiti di quanto il regolamento di un ufficio potrebbe tollerare. In quell'esatto secondo il mio sguardo deve essere sconvolgente per loro; mi fissano entrambi in attesa di un mio movimento, Robert non sembra neppure pensare di dire la tipica battuta "Amore, non è come sembra!"... ma anche se fosse non gli do il tempo di pronunciarla, perché in un secondo giro i tacchi e me ne vado, come se i miei occhi non avessero mai visto nulla.

«Veronica... Veronica!»

Scendendo le scale di corsa non faccio caso a Jonathan che mi segue a raffica da dietro, urlando il mio nome. Non voglio vedere nessuno dei tre in questo momento. Quanto ho appena visto ha sancito una volta per tutte il mio futuro con Robert: ho concluso tutte le possibilità di un miglioramento tra me e lui.

Basta soffrire, basta tormentare il mio cuore inutilmente, basta sperare che lui possa tornare ad amarmi come prima. Il suo cuore ormai ha già deciso per chi deve battere, e questo non può essere cambiato in nessun modo.

«Veronica, ti prego, fermati!»

Decido di arrendermi alle sue grida a metà di una rampa di scale, e mi fermo. «Cosa vuoi, Jonathan?! Se vuoi parlare di quello che ho visto non sprecare il fiato, non sono affari tuoi... per ora fingerò di non aver visto niente».

«Ma io non posso fingere! E non sono io quello che sta scappando... vuoi davvero reagire in modo così patetico?»

«Vuoi sapere cos'è davvero patetico?» - Ribatto -. «È quando si è già imbarazzati da morire e si vorrebbe sparire, invece ti vede qualcuno che non avrebbe dovuto scoprire niente».

«Cosa intendi dire? Il fatto che ti abbia aiutato non conta? Dovrei davvero essere dispiaciuto... e pensi che vada bene essere visti in imbarazzo davanti a Robert, però se avviene davanti ai miei occhi ti arrabbi...»

«Ancora non capisci?! Non voglio che le persone mi vedano quando sono in difficoltà. Questi sono affari miei!»

Veronica, cosa vuoi davvero? Cos'è che speri di ottenere? Vuoi vendicarti? Vuoi che si penta?

Fa così male. Non per quello che ho visto, ma per quello che ho *sentito*. Mi sono sentita messa da parte. Vedersi voltare le spalle da colui che avresti voluto accanto per tutta la vita ti uccide. Ti divora l'anima, e ogni tuo pensiero rivolto a lui sa che d'ora in avanti non ci sarà a proteggerti, a difenderti, ad amarti.

Non ho mai provato un dolore così forte nemmeno quando ho perso la mamma. Il mio cuore pulsa nel petto come un martello che cerca di infilarci un chiodo a tutta forza. Fa male, ma devo resistere... posso cavarmela anche senza Robert. Farò a meno del suo supporto, pur di andare avanti e realizzare il mio sogno.

Dirigendomi alla fermata del bus, vedo passarmi davanti la macchina di mio padre. Curioso vederlo a quest'ora fuori dall'ufficio, ma perché è diretto alla Jewel? Cosa lo porta fin qua senza darmi alcun preavviso?

La curiosità è tale che scelgo di tornare indietro. Mio padre in passato era disinteressato alle cose che facevo, ma da quando Carmela è entrata nella sua vita, sembra cambiato. Con Terence si dimostra dolce e lo aiuta a dirigere l'organizzazione in un futuro come rappresentante. Ce lo vedo molto il mio fratellino in giacca e cravatta e alle prese con un'assemblea per scegliere il prodotto che farà il boom della storia della società...

Ma sto divagando. Arrivata davanti alla sede, con il fiatone per aver corso, trovo l'auto di papà parcheggiata là vicino, vuota: deve essere già entrato. Mi guardo intorno, ma pochi attimi dopo mi paralizzo nel vederlo uscire dall'ingresso principale, insieme alla Presidentessa. Entrambi sorridenti, come se tra loro ci sia una certa alchimia. Che si conoscano già? Probabile, non sarebbe così strano. Questo lavoro fa entrare in contatto con molte altre società di gioielli. Poi però li vedo salire in macchina insieme. Sempre più curioso...

***

Poco dopo, mentre percorro a piedi un tratto di strada, mi arriva un messaggio da parte di Carmela, chiedendomi di rientrare a casa un po' in anticipo per preparare la tavola per la cena. Ora che ha preso in mano le redini della casa, Cecilia si può prendere una pausa e passare del tempo con la sua famiglia. Mi mancherà vederla tutti i giorni girare per casa, è molto calorosa e gentile, ma so bene quanto la famiglia conti ed è giusto che lei passi del tempo a casa.

Secondo il messaggio avremo nuovi ospiti per cena, a quanto pare... chi potrà mai essere? Lascio quindi perdere l'autobus e chiamo Stewart affinché mi venga a prendere.

Durante il viaggio i miei pensieri ripetono in loop la scena di Robert ed Elena insieme, abbracciati in posizioni sconce, le loro bocche che si divorano a vicenda.

Che squallore... non ha esitato un secondo a fiondarsi tra le sue braccia dopo la nostra ultima conversazione!

L'amore, per me, è un sentimento molto forte. Ci deve essere passione, quella voglia di stare sempre accanto al partner tutto il tempo. Dimostra che ci tieni a sapere come sta, a vivere ogni momento insieme, farci dei ricordi in posti bellissimi... magari alle Maldive, o ai Caraibi. Una spiaggia esotica sperduta, con solo il mare a vista e la brezza del sole che ti scotta la pelle, il suono dell'oceano che si contrasta con le onde...

Il momento in cui capisci di amarlo profondamente è là, che pensi e ti dici: "Quella persona sarà la persona con cui voglio passare il resto della mia vita".

Credevo che Robert potesse essere quella persona, ma il destino pare abbia in serbo per me altre cose. Sono forse stata uno sbaglio per lui, o viceversa? Pensavo di amarlo, ma conoscendo suo fratello, con il tempo mi sono sentita catturata da lui. Credo solo a lui. Che sia lo stesso per Robert con Elena?

Ci siamo trovati, ci siamo amati per quel breve ma intenso periodo in cui abbiamo conosciuto di più di noi stessi, ma adesso cerchiamo entrambi la persona che dall'altra parte della sponda cerca la nostra mano.

Verso casa, Stewart è quasi mezzo addormentato che per poco non devia e finisce sul marciapiede.

«Mi perdoni signorina» - afferma subito, imbarazzato -.

«Fa niente, Stewart, è chiaro che sei stanco. Domani cerca di rallentare, ok? Dovrai solo accompagnarmi con Terence alla sua conferenza stampa, poi da lì farò da sola».

È più un ordine, infatti lui si limita ad annuire.

Dentro casa si respira quell'aria di benessere e amore che da tempo manca. Di solito è gelida e silenziosa, senza colori né sorrisi; ora invece sento della musica natalizia divulgarsi per tutta la casa, addobbi colorati appesi ovunque, e rumori. Le voci di persone dall'altra parte della stanza mi ricordano di non essere sola in casa, così togliendomi la giacca mi avvio in salotto, dove mi aspettano una piccola cerchia di amici di papà.

Fare tutto il giro dei saluti è veramente stancante. Quando mi dirigo in cucina per mandare giù un boccone che il mio stomaco richiedeva da ormai ore, una bambina molto dolce mi viene incontro di corsa facendomi sobbalzare dallo spavento. È bellissima, con i capelli sciolti di quel biondo cenere che in pochi possiedono. Sembra così familiare ai miei occhi... che sia la figlia di Carmela? Le assomiglia molto, i suoi occhi in particolare.

«Ciao! Io sono Jenny, sono così felice di avere una sorella adesso! E tu sei la sorella più bella che io abbia mai visto. Tieni, prendi un biscotto, l'ho fatto con le mie mani. Ti piace? Com'è? com'è?»

«Molto buono. Grazie!»

«Siiiii!»

«Jenny, cosa stai facendo?» - Carmela richiama l'attenzione di entrambe, non mi ero neppure accorta fosse ai fornelli -. «Non assillare Veronica, è appena tornata dal lavoro. Parlerete dopo a pranzo, va bene?»

«Posso sedermi vicino a lei, mamma?»

Caspita, che bambina scatenata, un vero vulcano in eruzione. È ancora piccola, ma ha molte possibilità di diventare una donna forte e indipendente in futuro.

«Grazie, Veronica. So che per te è ancora un po' difficile adattarti a questa nuova situazione famigliare, posso capirti se vuoi mantenere le distanze per un po'...»

«No, va bene così, davvero. Mi fa piacere conoscere finalmente tua figlia. A proposito è davvero scatenata stasera».

«Sì, al pensiero che ci saresti stata anche tu, si è eccitata un sacco. Non vedeva l'ora di conoscerti, ma prima dovevamo conoscerci noi. Sarebbe stato troppo pesante per entrambe».

«Perché? Pensi che mi sia sentita così anche con te, quando ti ho vista per la prima volta?»

Carmela annuisce. Sembra sul punto di aggiungere altro, ma prima si guarda intorno: una volta constatato che Jenny si è allontanata dalla cucina per andare a giocare in salotto, inizia a raccontarmi.

«Sai, la mia famiglia non l'ho mai conosciuta a fondo. Mio padre era un imprenditore molto amato da tutti, ma anche odiato da molti. Era sempre in viaggio e io vivevo a casa da sola. Mia madre è morta dandomi alla luce e non l'ho mai potuta conoscere. Perciò, quando anni dopo mio padre portò a casa una donna molto più giovane di lui – potevamo quasi essere coetanee – ebbi molta paura. Mi disgustava il pensiero di cosa potessero fare in camera da letto insieme. Il comportamento di mio padre peggiorò col tempo, per giunta... cominciava ad alzare le mani, picchiava anche sua moglie. E me. Così un giorno decisi di andarmene via, di lasciare tutto e cominciare una nuova vita da sola in un posto lontano dove mio padre non potesse rintracciarmi».

«Sei scappata?»

Carmela annuisce ancora. «Avevo diciassette anni. Praticamente ero ancora in tenera età, ma sapevo cavarmela. Avevo messo da parte dei soldi con tutti i miei lavori part-time, perciò non mi lasciai sfuggire altro tempo e corsi via da quell'uomo che ormai non chiamavo più papà».

«Mi dispiace...»

«È tutto nel passato, ormai. Per questo ora immagino cosa provi tu adesso: sentirsi messi da parte dopo che nella tua famiglia arriva qualcuno di inaspettato e ne prende parte... è qualcosa che ho vissuto fin troppo da vicino. Ma ti posso assicurare che io non sono quel tipo di persona, io amo tuo padre e non gli farei mai niente che possa farlo soffrire. Perciò ti chiedo di darmi una possibilità di dimostrarti che posso essere non per forza una madre, perché so che il posto della tua vera mamma non sarà mai preso da nessun'altra donna, ma di considerarmi un punto di riferimento quando e se avrai bisogno di una figura adulta femminile con cui parlare».

«Non ti odio, e non t'incolpo di nulla. All'inizio ero un po' scossa, lo ammetto, ma se tu e papà siete felici... è ok».

«Davvero non mi odi?»

«Non l'ho mai nemmeno pensato. Se tu sei la donna per cui mio padre ha perso la testa, beh per me sei... la donna che ha portato la felicità di nuovo nel suo cuore, e la speranza di vivere di nuovo. L'hai aiutato finalmente a liberarsi da quel tormento per non aver potuto aiutare la mamma nel momento del bisogno. Non so come hai fatto, io ci ho provato tante volte, ma tu devi averlo spinto a reagire e ad uscire fuori da questo buco in cui era sprofondato. Quindi te ne sono grata».

«Grazie Veronica, è molto importante per me sentirtelo dire».

«Sei di famiglia adesso... anzi, siete. Oh, adesso non piangere, ti prego» - aggiungo, notando le sue lacrime improvvise -.

«L-lacrime di gioia» - mi rassicura mentre cerca di asciugarle -, «posso abbracciarti?»

«Ma certo».

È così dolce, mi fa tenerezza. E il fatto che si senta in qualche modo preoccupata che io possa non accettarla nella mia vita e nella famiglia l'ha fatta sentire in ansia per tutto questo tempo. Temo anch'io che possa essere difficile abituarmi a lei e a sua figlia ora, ma parlandoci e conoscendoci sono certa che potrò contare su di lei... e su Jenny.

La cena è squisita e i piatti preparati da Carmela sono fatti veramente con cura. Comincio a sentire un profumino estremamente invitante ogni volta che porta un vassoio nuovo di prelibatezze tutte da gustare. Posso sentirmi fortunata a vivere in una famiglia multitasking... ma poi mi accorgo che manca ancora qualcuno a tavola.

«Terry, sai dov'è lo zio?» - Esordisce Margaret curiosa -.

«Ne so quanto te» - risponde Terence -, «era in soggiorno fino a poco fa coi soliti amici d'azienda... ma sono già andati via. Boh, spero si dia una mossa, sono affamatissimo!»

«Ah... lo vedo, e tua sorella non è da meno».

«Che vorresti dire?» - M'intrometto -.

Sentiamo la porta d'ingresso riaprirsi, accompagnata da una serie di voci. Papà è tornato, e ancora una volta non è da solo: quando ci raggiunge a tavola, lo vediamo in compagnia di ben altre sette persone. Si fermano tutti a cena? Sono sorpresa, ma mentre mi rassicuro sul fatto che il cibo non ci manca, divengo sconvolta non appena scorgo tre facce familiari. Tre figure che credevo di non rivedere fino a lunedì mi appaiono davanti con tutto il loro ben vestire, facendomi sentire in imbarazzo.

Non posso fare a meno di fissare Elena questa sera, a casa mia, vestita di tutto punto. Indossa un completo in vigogna accompagnato da calze perfettamente abbinate, l'abito in questione è perfetto per lei, non c'è dubbio. Ma la cosa più sconvolgente non è tanto la sua eccessiva eleganza per una cena di famiglia e l'evidente paragone che c'è tra me e lei, ma che sia arrivata alla mia porta tra le braccia di Robert... e lui, perfettamente tranquillo, mi saluta prima di passare a mio padre.

Jonathan, da dietro, ha visto tutta la scena. E come posso constatare dal suo viso, anche lui è rimasto di stucco da questo cambio di scena, anzi di coppia, da un giorno all'altro. Sembra proprio che per loro bastasse quest'ultimo gradino per uscire allo scoperto. E quel gradino ero io!

Sono di nuovo in preda a uno scombussolamento interiore, e poi c'è ancora da affrontare direttamente mio padre, che di certo non la prenderà bene.

Seduti ora attorno a questa tavolata rotonda, in mezzo a pietanze e a chiacchierare calorosamente, tutto sembra andare per il verso giusto. Ma rimane comunque il fatto che vorrei sparire, per non subire un'altra umiliazione da parte di Robert. Che fosse Elena, l'avevo capito da subito, ma che voglia incentrarla nella sua vita privata, che include anche me, va troppo veloce.

E poi c'è Jonathan, che mi sta fissando da quando ci siamo seduti a tavola e non smette di tenere lo sguardo fisso sul mio. Mi crea altro disagio.

C'è una sorta di triangolo tra me, Jonathan e Robert. Al momento non mi viene in mente un termine migliore per identificarlo. E poi, come prenderà Robert il fatto che io e suo fratello siamo in una fase della nostra conoscenza piuttosto intima e diretta?

Ricordo che stiamo parlando di suo fratello, non uno sconosciuto. E da come ho potuto vedere, i due non hanno un gran bel rapporto. D'altro conto lui non può impedirmi di frequentarlo, eventualmente.

Dire che sento lo sguardo di Elena fisso sul mio adesso, è dire poco. Sta forse per chiedermi "scusa"? Come Robert l'altra volta? No, non è da lei.

Falsa. Mi ha mentito, da sempre. Come Robert, appunto. Gli ho dato la possibilità e lui si è preso tutto il braccio, come sta facendo lei. Ma per quanto riguarda Elena, l'essersi approfittata di me, della mia credulità, per poi sbattermi in faccia tutto questo... tirare fuori gli artigli e mangiarmi viva... che strega!

Si dice che l'amore porta sofferenza. Se non si soffre per la persona che si ha accanto, penso voglia dire che alla fine non ci tieni. E io tengo molto a Robert, come lui a me. Un legame più stretto dell'amore che puoi voler dare alla persona a cui tieni, che ora ho capito non essere io, ma quello che hanno loro. Forse con Jonathan?

Smettila di sperare in un litigio tra di loro, stanno andando troppo alla grande.

All'inizio sento che potrei tagliare l'aria con un coltello, tanto è densa, in particolare tra me, Robert, Jonathan e Elena, che prendono posto in breve tempo. Fortunatamente ci pensa Jenny, con il suo sorriso contagioso e la forza di cento uomini, a portare in fretta l'allegria in tavola, fintanto che adesso tutti mangiamo e chiacchieriamo sorridendo.

Poco dopo, tra la pausa del secondo piatto e l'arrivo del dolce, nel mio stomaco c'è ancora spazio per quell'amato tiramisù. Mi alzo per andare un attimo in cucina ad aiutare Carmela con le porzioni da servire in tavola. Arrivata con il sorriso sulle labbra, quello che speravo di vedere sul tavolo si tramuta in delusione più totale.

«Ecco a te papà». - E gli servo la torta al pistacchio, preparata apposta da Carmela -.

«Grazie, tesoro». - E mi sorride -.

«Una fetta anche per lei, Presidentessa...»

«Grazie mille, cara, molto gentile» - affretta a dire -.

«Si figuri. Con permesso...»

Me ne torno in cucina per prendere gli altri piatti. È una serata in cui devo fare bella figura, nonostante tutto. «Allora, com'è stato?» - mi chiede Carmela una volta arrivata in cucina -.

«Tutto bene per adesso. Ma dimmi, hai fatto la cameriera in passato?» - Le domando -.

«Non proprio. Ero chef presso il ristorante di mio marito, lo avevamo aperto insieme. Modestia a parte, tra ottime pietanze e servizio eccellente riscuotemmo in breve tempo un gran successo. Il fatto di aver aperto con le nostre sole forze un bellissimo locale ci dava un'immensa soddisfazione, oltretutto» - mi racconta con un leggero sorriso -. «E con la nostra Jenny, ci sentivamo di poter conquistare il mondo. Poi un giorno, lui si ammalò gravemente... dopo la sua dipartita, una serie di altre sfortune mi costrinse a chiudere il locale».

«Mi dispiace tanto. Era il tuo sogno?»

«Diciamo che era il sogno di mio marito. Il mio era quello di fare la giornalista di moda. Ma dopo la sua morte portai Jenny via da lì, in cerca di un posto più adatto a noi e che non ci facesse ricordare i brutti momenti. A dirla tutta, non ho mai avuto un luogo fisso dove vivere... ho sempre viaggiato molto e visitato tanti luoghi. Il mio maggior rammarico è non aver dato a mia figlia una vita stabile e felice. Tutto questo viaggiare non le ha fatto conoscere dei veri amici. Ma chissà, forse ora siamo a una svolta... e con te qui al suo fianco sono molto più tranquilla adesso. Ti ammira molto, sai? Dice anche che un giorno vorrebbe diventare come te».

«Davvero? Che dolce!»

Sono un po' imbarazzata, devo ammetterlo. Carmela è una donna molto più forte di quanto immaginassi, certamente si sarà sentita sola un tempo, ma ora, con noi al suo fianco, non deve temere nulla. Ho deciso che le farò un regalo, non comprato ma cucinato. Non sarò una chef come lei ma so fare qualcosina... spero solo di non mandare tutto a fuoco come l'ultima volta.

Vedo qualcuno spuntare dalla porta, diretto verso il bancone. È Jonathan, con un bicchiere vuoto in mano.

«Ciao, mi hanno detto di venire qui e chiedere a te... dove posso ricaricarlo?» - Aggiunge, accennando al suo bicchiere -.

«Non ne hai bevuti già troppi?»

«E tu come lo sai? Mi spii forse?»

«No, ma non si può certo rimanere indifferenti a come ti atteggi».

«Mi stai dando del maleducato?»

«Pensala come vuoi, ora sono occupata. Se vuoi bere, il frigo è là. Serviti pure».

«Grazie».

Che tipo caotico, non sai mai cosa possa uscirgli da quella sua bocca. Decido di ignorarlo e mi dirigo in sala per servire i restanti piatti agli ospiti. Manca solo il mio e quello di Jonathan da tagliare.

Quando ritorno però lo trovo che si divora la torta, seduto sul bordo del tavolo e con la bocca piena.

«Che succede?» - Mi chiede all'improvviso, scrutandomi a fondo -. «Niente».

«La tua faccia dice tutt'altro. Cosa ti dà tormento, vedere Robert ed Elena insieme seduti al tavolo come se niente fosse mai accaduto?»

«Chi se ne importa... tanto non stiamo più insieme».

«Cosa?! E quando avevi intenzione di dirmelo?»

«Perché avrei dovuto?»

«Ragazzi, attenzione!» - La voce di Margaret mi fa voltare -. «Stanno per ufficializzare una cosa».

Ufficializzare?

Voltandomi ancora, vedo Robert alzatosi in piedi con un calice in mano. Vuole dichiarare qualcosa? Sembra teso, non smette di muoversi. Non appena mi siedo, lui inizia a parlare: «So che non è il momento più adatto per parlare di questo, ma io e Veronica... ci siamo lasciati».

Un gran numero di versi attoniti si diffonde per la tavola.

«Sì, ecco... ci abbiamo riflettuto molto e siamo arrivati alla conclusione che non ci amavamo abbastanza».

Mio padre è il primo a parlare: «Robert, che significa?»

«Ecco, io...»

«È così, papà» - decido di intervenire -. «Io e Robert abbiamo rotto. Ci siamo resi conto entrambi che non stava funzionando, perciò abbiamo deciso insieme di chiuderla qui».

«N-non può essere» - ribatte lui, ancora incredulo -. «Di sicuro ci sarà stato un momento di litigio fra voi due. Tutto si risolverà presto, vedrete...»

«Entrambi amiamo altre persone».

«Cosa?!»

Vedo papà voltarsi sconvolto verso Robert, che si limita ad annuire per sostenere la mia risposta.

«È da quando sei tornato che ti comporti in modo strano Robert... ora capisco cosa stava succedendo fra voi due. Ma perché non me lo avete detto prima?»

«È successo tutto troppo in fretta, papà» - ammetto -.

«Ed era meglio dirlo adesso che aspettare ancora» - aggiunge Robert -.

Non l'avrei mai pensato fosse possibile che potesse dirlo proprio in questo modo e davanti a tutti. Ma con questo fatto, mi ha reso ancora più ridicola e in imbarazzo. Papà è evidentemente dubbioso, non parla molto, ma capisco dal suo viso che non è affatto contento. Forse è dispiaciuto per me? Ma la sua idea era sempre quella di farmi unire a lui per uno scopo di lavoro, dubito ci fosse qualcosa di diverso. Però devo ammettere che la ragione è ben diversa dal mio punto di vista. Robert può non aver mai provato quel sentimento per me, ma io ho affidato tutto il mio cuore a lui, sempre. Perché è stato da sempre la mia roccia su cui potevo contare, specialmente quando papà mi remava contro.

Ora ho l'impressione che anche papà nasconda qualcosa, nel profondo, perché passo dall'imbarazzo di tutte quelle persone che mi guardano con dispiacere, a un volto sereno, perché io e Robert ci siamo già chiariti. Mentre con papà abbiamo falsi miti, una nube oscura che ancora offusca i ricordi di entrambi... per cui dobbiamo chiarirci. Non sono più una bambina, posso reggere tutto adesso.

Capitolo 6

Qualche settimana dopo...

La luce entra dalla finestra del salotto, dove mi trovo attualmente a parlare con Carmela. Le vacanze natalizie hanno finalmente avuto inizio, ma non avremo papà a casa per le feste. È partito ieri sera sul tardi, mentre dormivamo, per presenziare ad una riunione importante a Boston questa mattina. Roba di lavoro, immagino, ma non ho ulteriori informazioni a riguardo. Di certo non lo rivedrò per un po'.

«Stai tranquilla tesoro, tuo padre non è arrabbiato con te, è solo un po'... sorpreso, ecco tutto».

«Mi dispiace di non averglielo detto prima, anch'io non sapevo bene cosa fare con questa notizia in realtà. Sento di averlo deluso molto».

«Ora gli serve solo un po' di tempo per assimilare il tutto, come hai fatto tu».

Carmela a parlare è così dolce e comprensiva; mi chiedo se dovrei esprimermi fino in fondo con lei.

«Pensavo di essere riuscita a cancellare tutto di Robert» - aggiungo -. «Per molto tempo, sembrava che fossimo uniti come i pezzi di un puzzle. Ma lo sai cosa? Ne è passata di acqua sotto i ponti... così tutto questo adesso mi sembra soltanto polvere. Il vento soffia la polvere e questa si disperde nell'aria».

«Beh, si dice che il tempo cambia tutto» - afferma Carmela -. «Ma in realtà, la cosa più importante da fare è cambiare se stessi. Soltanto quando cambierai, il tempo cambierà a sua volta».

«Già... ma ovunque io mi trovi, non voglio vedere Robert».

«Se ogni cosa potesse andare come si desidera, sarei stata una chef professionista con fama e fortuna da tempo ormai, ma ho scelto la mia strada e ho cambiato vita inseguendo il mio sogno e mantenendo fede alla promessa fatta a mio marito di far vivere una vita di felicità a nostra figlia».

«Mi dispiace che non sia andata come sognavi».

«Nella vita, a volte, ciò che pensavamo essere una parte di noi può cambiare da un momento all'altro. Pensala in questo modo: adesso puoi ricominciare, intraprendere una nuova strada. Se Robert non starà più al tuo fianco, non è una cosa per cui tu devi rinunciare a vivere la tua vita. Posso capire che lui rappresenti una parte importante di te, ma ora la persona più importante sei tu. Pensa a vivere ogni attimo adesso, in futuro incontrerai una persona che ti amerà alla follia e per cui faresti di tutto per lui».

«Grazie, Carmela. So di sembrare una disperata ora, ma volevo solo che non mi abbandonasse. Mi sento un'egoista a insistere su questo pensiero...»

«Brava! Hai capito il concetto. Lui non si dimenticherà di te, Veronica, perché penso che anche per lui tu sia stata una parte fondamentale della sua vita... ma non è più come un tempo; crescendo i sentimenti possono cambiare e stravolgere tutto».

Ha ragione. Sto lacrimando, ma non perché sono triste. Ho soltanto bisogno di buttare tutto fuori, di raccontare a qualcuno ciò che mi sta prosciugando dentro. Ho fatto bene a confidarmi con Carmela: è come se fosse la mia consigliera fidata, quel pezzo del puzzle che mi manca da tempo. Forse, potrei cominciare a considerarla più della semplice nuova fiamma di mio padre.

Nel cuore della notte, il telefono di casa squilla improvvisamente svegliandomi di soprassalto. Sento Carmela andare a rispondere, e dopo poche parole il suo tono di voce si fa preoccupante. Chiunque sia dall'altro capo del telefono non le sta comunicando nulla di buono.

«Cosa? Com'è successo...? Certo, sì, capisco. Grazie per averci avvisati, la richiameremo presto».

Nel frattempo io e Terry abbiamo lasciato le nostre camere per andare a controllare. Troviamo Carmela ancora seduta davanti al telefono, ha l'aria terribilmente scossa.

«Cosa è successo, Carmela?»

«Vostro padre... ha avuto un infarto». - Il mio cuore perde un battito, ma lei aggiunge subito per rassicurarci -. «Sta bene per adesso, è stato soccorso in tempo... ora è ricoverato presso il Massachusetts General Hospital».

«Dobbiamo andare da lui!» - Esclama Terence -.

«Lo faremo, ma con calma» - ribatte Carmela -. «È molto tardi adesso, ora vostro padre ha bisogno di riposo. Domattina partirò per Boston e andrò a vedere come sta, va bene?»

«Devo venire anch'io!»

«No tesoro, adesso tu e Terence dovete stare qui a pensare alla società. Terence, mi raccomando, la Mars è ora nelle tue mani... mentre tu, Veronica, ti prego, prenditi cura di Jenny per me».

Resto in silenzio per qualche secondo, ma alla fine devo accettare queste condizioni.

«Va bene» - decreto -, «ma dovrai informarci della situazione il prima possibile, d'accordo?»

«Ma certo. Ora vado a preparare la valigia».

In pochi minuti resto sola in corridoio, davanti a quel dannato telefono che ci ha comunicato la notizia. La mia voce sembra andata perduta nell'oscurità. Non sento più alcun suono attorno a me, è come se fossi in bilico tra il timore di perdere mio padre e la speranza che guarisca in fretta. Non credevo che avesse problemi di cuore... e se fossi stata io – con la notizia della mia rottura con Robert – a innescarglieli?

È colpa mia... - Non posso fare a meno di pensarlo -.

Chissà come riesco a tornare in camera mia, a stendermi sul letto, a piangere disperatamente pregando per la sua guarigione. Il cuscino ormai fradicio delle mie lacrime e i capelli appiccicati al mio viso mi impediscono di addormentarmi; il pensiero che le condizioni di papà possano aggravarsi da un momento all'altro non mi fanno chiudere occhio. Ogni volta che abbasso le palpebre mi appaiono le immagini terrificanti di una barella e, subito dopo, un funerale.

Non voglio perderlo. Ho già perso la mamma e mi tormenta ancora il fatto di non essere riuscita a dirle quanto le volessi bene.

***

La mattina seguente, qualcuno entra in camera mia di scatto e accende la luce. È così intensa che i miei occhi non sopportano. Perché accenderla? Non può il buio lasciarmi catturare e portarmi via con sé?

«Veronica, su, svegliati!» - Esclama un'impudente voce familiare -.

«Lucy...? Ma che ci fai qua?»

«Terence mi ha chiamata, ho saputo di tuo padre... mi ha chiesto di passare da te visto che lui doveva andare in ufficio».

«Oh... grazie, non dovevi...»

«Ma figurati! Fa parte del "pacchetto amiche del cuore", no? Come ti senti? E non mentirmi, la tua faccia ti tradirebbe».

«A quanto pare la mia faccia mi tradisce di continuo» - osservo, mentre mi tiro su dal letto sconsolata -.

«Spiritosa di prima mattina, bene! Questo vuol dire che sei in forma» - ribatte Lucy -.

«Non mi sento tanto in forma in realtà...»

«Lo immaginavo, ed è per questo che ti ho preparato la colazione più squisita del mondo. Ti aspetta giù, quindi sbrigati prima che qualcun'altro passi a finirla».

«Grazie, arrivo subito».

Quando raggiungo la cucina, devo constatare che in effetti è stato allestito un impeccabile banchetto. Quindi è questo che si fa per le amiche, giusto? Aiutarle nel momento del bisogno, consolarle quando sono tristi, prendersi cura di loro. Allora dovrei fare qualcosa anch'io per Lucy, per rimediare a tutte le volte in cui lei ha aiutato me a rialzarmi.

«Come va con Thomas?» - Mi trovo a chiedere mentre mi accomodo -.

«Alla grande» - risponde Lucy -. «È così gentile e premuroso. L'altro giorno si era messo a diluviare e quando ho staccato dal lavoro non avevo l'ombrello... ho chiamato Thomas e si è precipitato da me in un battibaleno. Sembrerà banale, una cosa che farebbe qualunque ragazzo, ma mi ha commosso lo stesso. So che mi dirai che è così sdolcinato, ma è stato un vero cavaliere e non potrò mai dimenticarlo».

«Beata te...»

Le parole mi scappano quasi automaticamente. Lucy mi lancia un'occhiata curiosa.

«È per Robert, vero?» - intuisce -. «Che stronzo... guarda come ti ha ridotta. Deve solo sperare che non lo incontro per strada, altrimenti, dopo che avrò finito con lui, dovranno identificarlo dall'impronta dei denti!»

«Hehe... ti adoro, ma per ora lascia perdere. Abbiamo deciso insieme di finirla qui».

«Ma perché? Eravate una coppia così bella. Non vuoi dirmi qual è il vero motivo?»

«Posso solo dirti che era cambiato troppo ai miei occhi. Ora, però, sono libera di scoprire veramente cosa sia amare qualcuno con tutto il proprio cuore, e magari incontrerò un giorno l'uomo dei miei sogni».

«Ne sono sicura, vedrai».

Passano appena pochi istanti, dopodiché cominciamo a sentire un rumore di passettini veloci proveniente dalla rampa di scale, sempre più forti e vicini. Poco dopo vediamo spuntare sulla soglia una dolce bambina in pigiama e con i capelli tutti arruffati.

«Buongiorno Jenny!»

«Buongiorno Veronica!»

«Ehi, come hai dormito?»

«Bene, e tu?»

«Bene, grazie. Su, fai colazione che dopo ti porto a scuola».

«Se vuoi l'accompagno io» - si offre Lucy -.

«Grazie, ma non ti preoccupare, ci penso io. È di strada verso la Jewel, mi è più comodo».

«Okay, allora vi lascio. Buona giornata!»

Dopo aver fatto colazione con calma, mi dirigo di sopra a vestirmi di tutta fretta. In garage prendo la macchina di mamma, quella rossa – mi piaceva tanto da piccola – e una volta allacciate le cinture metto in moto, direzione scuola. Jenny ha solo otto anni, non posso assolutamente assillarla con i problemi di famiglia, perciò mi concentro solo sul miglior sorriso che dovrò tenere per il resto della giornata.

«Mi raccomando Jenny, comportati bene. Passo a prenderti quando hai finito».

«Va bene, ciao sorellona!»

E questa è fatta.

In ufficio il silenzio è quasi pietrificante. Tra me e Elena c'è solo qualche scambio di occhiate furtive, nulla di più. Dopo gli ultimi avvenimenti, riuscire a lavorare nella stessa stanza è già un miracolo di per sé, quindi voglio lasciare che le cose si aggiustino da sole. Diamo tempo al tempo, come mi sento dire ultimamente.

Elena si alza dopo svariate ore, e venendo verso di me mi porge un foglio.

«Cos'è?»

«Il tuo permesso per partecipare al EYT».

«Posso partecipare?»

«Potrai presenziare come membro della Jewel, e guardare da vicino come funziona».

«Ah, d'accordo. Grazie».

Elena annuisce. «Per quanto riguarda invece quell'uscita tra colleghe...»

«Non ce n'è più bisogno, è tutto fin troppo chiaro».

«Ma voglio poterti spiegare. Non pensi di meritare delle spiegazioni per ciò che hai visto?»

«E cosa mi diresti? Che lo ami alla follia, o che non sono stata troppo attenta a lui e me lo hai soffiato da sotto il naso? Non cambierebbe nulla... quindi è meglio che io torni al lavoro, "capo"».

Elena vorrebbe aggiungere qualcosa, ma alla fine ci ripensa e torna al suo posto. L'ho riconosciuta quell'espressione sulla sua faccia:

non può biasimarmi per come mi sento. Che ipocrita! Ora fa la dolce e innocente fanciulla, che nella parte della situazione attuale crede di essere la vittima. Ma perché i ruoli si dovrebbero invertire? Alla fine ad averci guadagnato in questa crisi sono lei e Robert... e a soffrire davvero sono solo io.

Sentiamo bussare alla porta poco dopo. Al «Avanti» di Elena, vedo una sagoma farsi avanti aprendo la porta. È Robert, che sfortuna. Quando mi passa accanto, i suoi occhi si spostano furtivi nella mia direzione, e stranamente comincia a sudare freddo. Metaforicamente parlando, intendo.

«Sono venuto per visionare i lavori» - dice subito a Elena -. «La Presidentessa controllerà a breve che tutto sia ormai concluso per poterci concentrare sulla competizione».

«Ah, giusto... Veronica, ti ricordo che l'EYT si terrà fra due giorni» - mi dice Elena subito dopo -.

«DUE giorni?» - Sono incredula -. «Ma... non riesco a prepararmi in soli due giorni...»

«Mi dispiace, ma devi essere pronta per allora, ci devi essere anche tu quindi vedi di fare tutto il possibile per presentarti».

«D'accordo... posso fare una telefonata?»

Uscendo fuori dalla stanza, passo accanto a Robert che non smette di guardarmi finché non chiudo la porta alle mie spalle. *Due giorni...* è troppo presto, non sono pronta... non mentalmente almeno. Con mio padre in ospedale, per giunta. Come posso andare da lui a parlargli, se devo partire fra meno di due giorni? Che cosa m'invento ora?

Una cosa alla volta. Innanzitutto afferro il telefono: devo sapere come sta papà, quindi seleziono dalla rubrica il numero di Carmela e avvio la chiamata. Mi risponde subito.

«Carmela, ciao… come sta papà?»

«Sta bene, dorme ancora. Al momento è tutto a posto, non è in pericolo di vita, ma devono tenerlo in osservazione ancora per un paio di settimane. Mi hanno detto che è stato un grosso infarto... sarebbe potuto morire se non lo avessero operato subito».

«Mio Dio» - esclamo -. «Ma ora è effettivamente fuori pericolo, vero? Quando posso vederlo?»

«Quando vuoi, cara. Riesci a prenderti una pausa dal lavoro?»

«Non lo so... vedi, tra due giorni abbiamo un evento a Los Angeles e non so quando tornerò».

«Va bene, riferirò a tuo padre quando si sveglierà. Verrai dopo con calma».

«Mi dispiace tanto... devo andare adesso».

«Non ti preoccupare».

Non posso credere che tutto intorno a me – le cose che vivo – mi stia soffocando piano piano. Le persone cominciano a tradirmi, a mentirmi in faccia, ad allontanarsi... a sparire, addirittura. Non so se sia colpa mia, ma sembra che le cose siano iniziate a precipitare fin da quando ho cominciato a lavorare alla Jewel.

«Veronica!»

L'inconfondibile voce di Robert mi riporta alla dolorosa realtà. Quando mi giro, i miei occhi si incontrano con i suoi. Mi domando ancora una volta se gli manco o gli faccio solo pena...

«Come stai?»

«Complimenti, sei il milionesimo che mi fa questa domanda oggi. Vinci un pupazzetto» - commento sarcastica -.

«Ah... va bene. Senti, non volevo origliare la tua conversazione al telefono, ma ho sentito che parlavi di tuo padre. È successo qualcosa?»

Gli dico in fretta dell'infarto e del suo successivo ricovero a Boston. Robert è senza parole, e nel frattempo comincio a tirare su col naso, in procinto di piangere. Ma no, mi devo fare forza. Davanti a lui mi devo mostrare capace di cavarmela da sola. *Tirati su Veronica!*

Come per consolarmi, Robert si avvicina a me porgendomi una mano, ma io mi ritraggo; non voglio che quella mano torni a toccarmi, dopo che ha solcato chissà quante volte il corpo di Elena. Non voglio più le attenzioni di un tempo, non da lui. Voglio trovare un uomo che ami solo me, un uomo sincero, puro. Robert non è quella persona, e ora l'ho capito.

«Scusami. Non avrei dovuto farlo» - mi dice -.

«Hai ragione» - rispondo -. «Tutto questo non sarebbe neanche dovuto accadere. Parlarci è diventato troppo difficile e ora non riesco a non pensare a mio padre. Mi dispiace, ma non posso venire con voi a Los Angeles».

«Sì... lo capisco. La famiglia innanzitutto. Farei la stessa cosa, se fossi al tuo posto».

«Grazie. Ora torno al lavoro».

Di nuovo in ufficio, trovo Elena alle prese con dei documenti. Sembra talmente concentrata che non fa caso al mio rientro. Quando vado a sedermi, tuttavia, la sua voce mi fa scattare all'istante in piedi. Mi porge un documento riguardante l'EYT, che dovrei firmare per presenziare alla sfilata, ancora ignara della mia situazione famigliare. Non posso far altro che ripeterle quanto ho già detto a Robert poco prima; Elena si mostra naturalmente dispiaciuta per mio padre, ma dopo un breve silenzio riapre bocca.

«Capisco le tue emozioni, adesso... ma non te lo ripeterò due volte. Questo...» - Aggiunge indicandomi con le braccia tutto ciò che si estende intorno a noi -. «...è tutto ciò di cui hai bisogno per raggiungere il tuo obbiettivo. So che adesso sei preoccupata per la salute di tuo padre, e pensi di non essere una brava figlia non essendo al suo fianco ora, ma credi veramente che non venire a Los Angeles possa giovarti? La situazione è questa: pensa bene a cosa vuoi fare della tua vita, le occasioni non si presentano due volte. Potresti perdere una chance e pentirtene dopo. So che sembro ancora acerba ai tuoi occhi, ma non rinuncerò alla possibilità di farmi conoscere. Vedrai che ti stupirò» - conclude -.

«Sì... capisco».

«Perfetto! Allora riprendi la tua posizione e rimettiti all'opera».

Annuisco sicura. Ho notato che Elena, per quanto possa essere acida con me, quando si tratta del lavoro dei suoi sogni farebbe di tutto. E la invidio in questo. Anch'io voglio vantarmi del mio lavoro, delle magnifiche *vibes* che trasmette, delle innumerevoli sfaccettature che nasconde.

Non voglio più avere paura, adesso voglio pensare di più a me.

Più tardi...

In caffetteria, mi sono preparata una buona dose di caffè sperando mi aiuti a riflettere e a prendere una decisione, ma la mia ansia, al contrario, non fa che aumentare. Guardandomi intorno vedo diversi colleghi, del tutto ignari della mia situazione... e meno male! Se vengono a sapere che sto per rinunciare al EYT faranno di tutto per rubarmi il posto da sotto il naso. Perciò devo decidere alla svelta. Mentre mi alzo, ormai quasi convinta di andare a Los Angeles nonostante tutto, qualcuno mi afferra per il braccio trascinandomi via come il vento.

«Ehi! Ma... Jonathan!?» - Esclamo, non appena lo riconosco in faccia -. «Che caspita fai? Dove mi porti? Ehi, sto parlando con te!»

Si ferma solo dopo un paio di svolte, non appena raggiungiamo un angolo isolato e lontano da sguardi indiscreti; a questo punto si piazza di fronte a me ostacolandomi il passaggio. Quasi mi manca il respiro con lui davanti, a soli pochi centimetri che ci divide da un ipotetico bacio... e questo muro spesso mi blocca l'unica via di fuga che ho.

«Cosa ti prende?» - Ripeto ancora una volta, allibita -.

«Cerco solo di farti ragionare» - mi dice -. «Ho saputo della tua intenzione di rinunciare al EYT, e non sono d'accordo. Non ti permetterò di tirarti indietro».

«Mi stai minacciando?»

«Stai rinunciando a un'opportunità, Veronica! La Presidentessa è stata una santa con te, e non è cosa da poco, puoi credermi. Perché cerchi in tutti i modi di farmi impazzire? Sto cercando di aiutarti, non lo capisci?»

«Aiutarmi? Allora sei stato tu a dire alla Presidentessa di me?»

«Sì, pensavo fosse un modo per spronarti, ma vedo che sei più dura di un mattone».

«Non è come pensi tu. Ci ho riflettuto e mi sono detta che non posso rinunciare all'EYT. Mi avete dato tanta fiducia, dopotutto... non lascerò che quest'occasione vada sprecata o che sia addirittura affidata a qualcun altro. Voglio vedere la sfilata... e anche Los Angeles. Non ci torno da quando ero bambina».

«Davvero?»

«È così! Mio padre mi ha sempre tenuta in una gabbia dorata il più lontano possibile dalle persone».

«Ecco perché sei così testarda» - commenta Jonathan -. «Beh, sono felice che tu abbia cambiato idea. Speravo di mostrarti il mio posto preferito di quando ero bambino, una volta arrivati lì».

«Di che si tratta?»

«Los Angeles è la patria dei miei nonni. Io e la mia famiglia ci andiamo spesso per le vacanze estive, visto che lì il mare è stupendo, la città è piena di cose da fare e dà vedere. Robert ed io passavamo intere giornate con gli amici a fare nuoto, beach volley, pesi... poi col tempo mi sono concentrato più sull'azienda che apportò delle modifiche alla gestione, lasciando così scorrere il tempo e allontanandomi piano piano da tutto».

«E non vorresti tornare a nuotare?» - Gli domando curiosa -.

Lui mi guarda con sguardo triste, a rivangare ricordi non pienamente felici.

«Sì, molto. Ma le cose sono cambiate, ho avuto altri impegni. E una di queste è l'azienda».

«Non potevi fare entrambi?»

Lui scuote la testa. «Non ho un buon rapporto con i miei vecchi compagni... ci sono stati dei malintesi per cui non ho il coraggio di tornare» - ammette un po' in imbarazzo -.

«È complicato, lo capisco. Com'era che mi dicevi? È da stupidi mollare, rinchiudersi a riccio...»

«Vedo che le mie lezioni servono a qualcosa» - dichiara vittorioso -.

Tornati alla normalità, posso stare tranquilla sul fatto che partirò con loro fra meno di quarantotto ore. Che ansia, non ho neanche preparato la valigia e stasera dovrò fare tutto di fretta. Vedo molti colleghi dirigersi in pausa pranzo al ristorante asiatico dietro l'angolo; un posto per giovani, dove rilassarsi e divertirsi tutti insieme. Magari un giorno potrei portarci Lucy...

Penso che un giorno ci porterò anche Lucy, solo per provare com'è... ma per il momento è meglio pranzare a casa mia. Spengo perciò il computer per lasciare l'ufficio, ma nel frattempo sento bussare alla porta. Si fa avanti un collega dello stesso piano.

«Oh, mi scusi. Cercavo la signorina Sherman» - dice -.

«È andata a pranzo qualche minuto fa. Posso aiutarla io, magari...»

«Ok, grazie mille. Questo modulo è da compilare il prima possibile. È per la partecipazione al EYT di Los Angeles. La capo designer partecipa ad ogni competizione, e questa è una sfida molto importante per la Jewel».

«Posso leggere di cosa si tratta?»

«Certo».

«*"Ogni capo designer della propria società parteciperà alla competizione che deterrà come vincitore colui o colei che avrà fatto il lavoro più bello e che avrà colpito maggiormente i giudici..."*»

«È così! La signorina Sherman partecipa ad ogni edizione, ma come ogni anno bisogna registrarsi per partecipare correttamente. È una regola».

«Capisco. Glielo darò non appena tornerà».

Quindi è così che funziona. Non credevo che Elena avrebbe partecipato sfidando le altre aziende, pensavo fosse solo una sfilata per visionare le creazioni di altri designer e magari prendere spunto dai prodotti in vendita di quest'anno. Questo fatto mi incuriosisce molto. E se partecipassi anch'io? Sarebbe possibile?

Presa dall'interesse mi dirigo subito verso l'ufficio della Presidentessa per domandarle se fosse possibile inserirmi in questa lista anch'io. Sarebbe l'opportunità perfetta per mostrare il mio talento.

Toc-toc.

«Avanti».

La Presidentessa è seduta alla sua scrivania mentre visiona dei fogli, molto presa, da chissà cosa, ma quando il suo sguardo si posa sul mio si rasserena. «Accomodati pure, Veronica. Cosa ti porta qui?»

«Volevo chiederle una cosa riguardante la competizione che si terrà a Los Angeles quest'anno. È consentito che partecipi anche il redattore artistico a questa competizione?»

«No, mi dispiace. Il redattore artistico si occupa solo di pubblicizzare il prodotto. Il tuo compito è quello di studiare ogni minima parte, visualizzare i dettagli, la grafica e la tipologia. Così che poi, al rientro, tu possa dare le informazioni che hai catturato al redattore creativo, ovvero Elena, per lavorarci su».

«Capisco».

«Il tuo è un compito molto importante, Veronica, non sottovalutarlo. Essendo il caporedattore artistico, so che ti sembra di avere fin troppi occhi puntati addosso, sei sotto pressione e questo non ti giova... ma è proprio qui che devi mostrare la tua forza, far vedere chi sei. Se alla Mars dici di non aver avuto i giusti riflettori puntati addosso, che ti sentivi messa da parte, nell'ombra... qui hai la chiave per aprire quella porta. Spetta solo a te decidere come. Hai una grande opportunità davanti a te, perciò vai e dimostra le tue vere abilità».

«Ma certo! Beh, ora è meglio che vada, Presidentessa, le auguro di passare una bella giornata».

Ci speravo molto, ma come mi è stato già detto in passato tante volte, non sono al livello di Elena e mi ci vorrà ancora molto allenamento per poter essere presa in considerazione un giorno. Ciò che desidero è ancora molto lontano da me.

Torno in ufficio e con mia sorpresa scorgo al suo interno la figura di una signora che mi da le spalle, piazzata davanti alla mia scrivania. Non mi è in alcun modo familiare, e la cosa mi stupisce ulteriormente.

«Salve, come posso aiutarla?» - Esordisco -.

La signora si volta a guardarmi. Ha un'aria altezzosa, per non dire superba, capelli biondi lunghi fino alle spalle, vestita in modo elegante. A ripensarci, un'aria familiare ce l'ha, ma prima che possa rifletterci lei attacca a parlare:

«Salve. Sono qui per vedere mia figlia».

«Sua figlia? Intende Elena?»

Chi altro dovrebbe cercare qui dentro?

«Esattamente. Tu chi sei? Mi aspettavo di trovare Stevenson».

«Stevenson? Oh, il mio predecessore, intende... mi perdoni, sono il nuovo caporedattore artistico della Jewel».

«Caporedattore artistico? Tu?»

«Sì. Se sta cercando sua figlia, non è qui e...»

«In tal caso, tolgo il disturbo. Arrivederci».

E senza aggiungere altro né aspettare la mia risposta, mi passa accanto per sparire oltre la soglia.

Wow! Davvero spaventosa... ora non mi meraviglia che Elena abbia un cuore di pietra, lo ha ereditato sicuramente dalla donna che ho appena incontrato.

Quando immagino di poter finalmente andare a mangiare un boccone, vedo una pochette nera appoggiata sul bordo della scrivania. Che sia della signora di prima? Mi toccherà restituirgliela.

Percorro quasi di corsa tutti i corridoi dell'ultimo piano, ma niente, è come sparita nel nulla. Quando, disperata, mi fermo per riprendere fiato, sento una voce femminile ridere molto forte in direzione di una stanza. Penso di averla finalmente trovata, quindi busso alla porta e ricevo quel "Avanti" che ormai sento da settimane.

Quando apro la porta ho di nuovo una sorpresa: rivedo la madre di Elena, in compagnia della figlia e anche di Robert. Quest'ultimo, vedendomi, ha un'aria preoccupata e imbarazzata al tempo stesso.

Un'occhiata più attenta e individuo anche Jonathan, seduto come in disparte all'angolo del tavolo.

«Scusate il disturbo» - dico -, «volevo solo restituire la borsa che la signora ha dimenticato nel mio ufficio».

«Oh, ma grazie. Che sbadata...»

«Nessun problema» - aggiungo, e faccio per voltarmi -.

«Aspetta! Cara, per il disturbo che ti ho arrecato, ecco a te...»

E mi porge dei soldi. Rimango scioccata e non so come comportarmi. «N-non posso assolutamente accettare, signora, e poi non è un problema per me, davvero...»

«Suvvia, non essere timida, accettali».

«Io...»

Vengo interrotta da Robert: «Sharon, dai, non è necessario. Veronica non ne ha bisogno». - Lei si gira a guardarlo -. «E poi non è una semplice impiegata...»

«Caro, tu la conosci? Mi sembra strano che tu abbia questa confidenza con i dipendenti. Sei troppo buono, non è vero Elena? Il tuo dolce fidanzato si prende cura di tutti quanti qui».

Sta elogiando Robert, che nel frattempo rimane zitto, mentre Elena si trova al centro della questione. «Sì, è vero» - conferma lei, per niente imbarazzata -.

«M'incuriosisce però. Come vi siete conosciuti voi due?» - Domanda "Sharon unghie finte" -.

«Le nostre famiglie si conoscono da anni, sono molto legate» - interviene Jonathan, per la prima volta da quando sono entrata -.

«Ah, capisco. E devi averle dato tu questo lavoro per aiutarla, non è vero?» - Domanda a Robert dal tono per niente felice -. Lui annuisce.

«Ma come mai le hai affidato il compito di redattore artistico? Lo sai che la persona che deve affiancare mia figlia deve essere di alta esperienza...»

«Lei ha enormi capacità, signora Sherman, non si preoccupi» - dichiara Jonathan, sicuro delle sue parole -.

«Uhm... non sarà la Veronica di cui mia figlia parlava ieri?» - All'improvviso mi guarda con disprezzo, e tanto fuoco nei suoi occhi -. «La fidanzata di Robert... o dovrei dire *ex*. Ora capisco tutto...»

Che mi stia maledicendo?

«Non meriti nemmeno un centesimo da me, tornatene da dove sei venuta!» - E ripone i soldi -.

«Signora...!» - La richiama Jonathan -.

«Si calmi, Sharon» - cerca di intervenire Robert -.

«Allora? Esci immediatamente di qui!» - Ma lei si rivolge solo a me -.

«M-mi scusi».

E mi faccio indietro, voltando le spalle a tutto e tutti.

Perché Sharon ha una visione di me così negativa? Al solo pensiero di cosa possa averle raccontato Elena di me mi fa venire la pelle d'oca. Cosa mi farà mai quella donna in futuro?

Il silenzio sembra rimpiombare tra questi corridoi, cosa che contribuisce a gettarmi in un orribile senso di vuoto. Sono stata trattata come spazzatura. Non sono ciò che lei crede, e se mio padre venisse a sapere cosa è appena successo, sarebbe furibondo.

Non sono qui per merito di Robert, e questo lo deve sapere. È grazie alle mie abilità che la Presidentessa mi ha accolto, il resto non conta. E la storia tra me e lui era in forte declino già da prima... ma se io non fossi arrivata qui probabilmente non l'avrei mai scoperto.

Ripenso a tutto ciò, quando sento dei rumori provenire dalla porta della stanza, dove fino a pochi secondi fa sì erano riuniti tutti. Una voce maschile alza il tono della voce, una sedia cade improvvisamente a terra, infine un camminare impetuoso e rapido verso la porta. Questa si spalanca e vedo Jonathan venir fuori, con un'espressione inappagata sul volto.

Il suo sguardo sembra tormentato, quasi ferito. Forse là dentro è successo qualcosa di davvero spiacevole. Avvicinandomi a lui, ancora di spalle, gli porgo una mano; d'istinto lui si gira e mi abbraccia forte. Non riesco più a vedere i suoi occhi, ma percepisco odio, fuoco che arde dentro di lui.

È arrivato il momento di capire qual è la questione e di sistemarla una volta per tutte.

«Jonathan, cosa è successo là dentro?»

«Non devi preoccuparti di nulla, ti terrò al mio fianco, sempre» - mi dice deviando la domanda -.

«Non capisco...»

«Non c'è bisogno che tu capisca, promettimi solo che resterai al mio fianco e che qualsiasi cosa succederà tu non scapperai via da me».

«Te lo prometto, non accadrà».

È l'ultima cosa che voglio.

Il suo sospiro così forte mi emana un senso di sicurezza enorme, come se adesso posso stare tranquilla, che nulla di spiacevole potrà più accadermi finché sarò accanto a lui. Come quella volta in cui eravamo persi l'uno nello sguardo dell'altra e tutto intorno a noi sembrava rallentato.

Le sue braccia mi stringono forte. La sua presa non è eccessiva, ma rimango sorpresa e sembra risultare un po' troppo in questo momento. Perciò cerco in ogni modo di prendere le distanze, inevitabilmente, visto che la sua presa rimane salda su di me.

«Non ti lascerò scappare via da me» - mi ricorda mente mi parla all'orecchio -. «Ricordati che qualunque cosa tu pensi io la saprò in anticipo, così se ti sentirai sola, o vorrai vedermi, io lo sentirò e potrò raggiungerti ovunque tu sarai. Non parlare, stringimi solo forte in modo che possa sentirti vicina».

Le sue parole sono così piene di amore, non posso continuare a mentire a me stessa su cosa provo per lui. Mi sento così bene tra le sue braccia, sono come magicamente trasportata sulle nuvole, e il solo stare accanto a lui mi fa dimenticare tutto il resto. Basta lui a riscaldarmi durante le notti d'inverno, il mio cuore si sente protetto e al sicuro all'istante. I suoi occhi sono magnetici e sembrano scavare in fondo ai miei per cercare di capirmi ogni volta, ma è inutile, perché è come se fossi protetta in qualche modo da qualcosa, un'aura o forse un blocco mentale, che nemmeno io riesco ancora a capire.

Solo Robert era bravo a capirmi al volo e a risolvere tutti i miei problemi. Era la mia fonte di sicurezza più assoluta, il mio scudo, ciò che per me rappresentava vivere. Ora, davanti a me, vedo un altro uomo che mi porge tutto il suo amore in mano. Ma sono davvero pronta a lasciarmi Robert alle spalle e tutto ciò in cui credevo prima di conoscere Jonathan?

Pensare ad amare di nuovo, ad affidare tutta me stessa a quella persona?

Credo di sì, ma mi spaventa a morte.

E se non fosse quello giusto? Se fosse tutto un'illusione, frutto della mia immaginazione? Se un giorno mi dovessi svegliare e ritrovarmi sdraiata in un letto con accanto a me il vuoto, riuscirei a sopravvivere?

Ma ora mi sento felice. Libera di poter esprimere i miei sentimenti, o almeno provarci piano piano; dimostra che sto lasciando il passato alle spalle e che sto andando avanti per la mia strada.

**

È arrivato il giorno della partenza. Ore nove e trenta minuti. Papà sta meglio, o almeno è quanto ho saputo da Carmela qualche ora fa, prima che riattaccasse per stare un po' con lui. L'unica cosa che mi dispiace ora è di non poterlo andare a trovare, ma mi farò perdonare quando tornerò.

Mi sveglio quindici minuti prima del suono della sveglia per controllare di non aver dimenticato nulla d'importante da portare con me, così sarò più che pronta a partire oggi. Sono così contenta! Non vedo l'ora di vedere Los Angeles in ogni sua parte, dal cibo allo shopping, alle visite ai musei o a teatro, alle persone che ci abitano. Ogni cosa mi affascina di quel posto.

Ma, come mi diceva sempre mia madre, rimani con i piedi per terra e concentrati su ciò che hai davanti, il resto è superfluo.

Mamma era una donna con forti ideali, ci amava intensamente. Eravamo la sua più grande soddisfazione, oltre che la sua famiglia. La carriera le aveva preso molto della sua gioventù, perciò quando ebbe me e Terry, decise di prendersi una pausa da sfilate ed eventi per badare a noi piccole pesti. Avevo accolto questa bella notizia con piacere... ma purtroppo non sarebbe durata a lungo.

Quel maledetto incidente...

Le notizie sulla sua improvvisa scomparsa fecero il giro del mondo su ogni giornale, rivista e notiziario, e ben presto ci ritrovammo assediati da giornalisti famelici. Ero ancora piccola, non capivo molto, volevo solo uscire e vedere la mamma. Quando compresi la verità, piansi così tante lacrime da riempirci una vasca da bagno.

Ma perché la gente ama tanto questo genere di notizie? Non c'è nulla di bello nel rivangare il dolore di aver perso qualcuno di caro.

"Una grossa perdita nel mondo della moda è accaduto quest'oggi, il suo ricordo rimarrà impresso nella nostra memoria per sempre."

Questo dicevano i telegiornali. Ogni giorno.

«Un po' di rispetto!»

Questo invece era uscito fuori dalla bocca di mia zia Violet, la sorella maggiore di mia madre, urlato a forza contro quel branco di sciacalli appostati davanti alla porta di casa nostra. Ha sempre avuto un grande cuore. Vincent, il fratello minore, aveva appena iniziato l'università quando avvenne la tragedia. Ora viviamo tutti vicini, in case diverse ma a neanche mezzo isolato di distanza l'una dall'altra. Per questo trovo così strana l'idea di dover partire: mi sto separando da una grossa parte di me.

Devo tuttavia farmi coraggio. Los Angeles mi aspetta, e l'idea di rimanerci non è tanto male. Potrei conoscere nuovi volti della moda, assaporare sul serio quello che per mia madre era pane quotidiano. Potrei conoscerla e capire più a fondo... diventare come lei, magari.

Los Angeles, sto arrivando!

Capitolo 7

Saliti sull'aereo l'adrenalina ha preso il sopravvento su tutte le mie emozioni, mescolandole insieme e rendendole così incontrollabili. Una valanga di pensieri mi farfuglia per la testa: che succederà una volta atterrati a Los Angeles? Come si svolgerà questo evento su cui tanto si chiacchiera? Guardando i miei compagni di viaggio – Jonathan, Elena e Robert – mentre prendono posto, così tranquilli e a loro agio, mi fa sentire ancora più diversa da loro; sono così tesa...

Robert...

Non lo vedevo da alcuni giorni; in ufficio è stato sempre così lontano, impegnato, nel vero senso della parola. Posso solo incrociare il suo sguardo distante e immaginare come stia. Pur non essendo più una coppia, ora l'unica cosa che mi rimane è il mio incarico alla Jewel. Questo mi collega ancora a lui, ma per il resto, ogni cosa è sparita, lasciando spazio a un vuoto immenso dentro di me. Spero solo che stia bene con Elena, perché l'unica cosa che desidero più di tutte è la sua felicità.

Nel frattempo mi sono seduta al mio posto vicino al finestrino. Accanto a me è seduto un perfetto sconosciuto, un uomo sulla trentina, con un po' di barba e una tenuta strana addosso. «Prima volta a Los Angeles?» - Mi domanda dopo un breve silenzio -.

«Non esattamente. Non ci torno da un pezzo, sembra stato una vita fa. Si nota tanto?»

«Abbastanza. Ma si rilassi, una volta atterrati vedrà con i suoi occhi cosa l'aspetta».

Cosa mi aspetta? Chi lo sa, mi aspetto di tutto in questo istante: penso addirittura che questa esperienza, come ha detto Elena, finirà per spaventarmi e spingermi a fuggire via...

Ma no, figuriamoci. A distrarmi, oltretutto, ci pensa egregiamente il tipo seduto accanto a me: è tutt'altro che taciturno a quanto pare, visto che non riesco a tranquillizzarmi con lui che mi parla così da vicino. Saranno tutti così a Los Angeles? Non mi stupisco che Jonathan sia così ribelle allora, ci deve essere qualcosa in quelle acque che cambia magicamente una persona. Può anche rendere una persona più brava nel suo lavoro? Se fosse così, allora mi ci inzupperei subito.

Appena decollati sento l'aereo vibrare in modo fastidioso, lasciandomi con il fiato sospeso. Spero che il viaggio non sia tutto così.

«Si rilassi» - dice ancora il tipo accanto a me -. «Non precipiteremo mica, vedrà».

«Come mai è così amichevole con me? Non mi conosce nemmeno» - obietto -.

«Mi basta guardarla per capire che sei una dolce fanciulla indifesa, appena uscita dalla dimora del padre... o meglio, si è fatta valere e ha cacciato fuori gli artigli dimostrando il suo talento».

Resto sbalordita in una frazione di secondo. «Come ha fatto?»

«Oh, ci ho preso davvero?» - Ribatte lui, sorpreso -.

«Non sarà mica uno stalker?»

L'uomo ridacchia. «Oh no. Sono solo uno che ama il suo lavoro».

«E di che lavoro si tratta?»

«Sono un istruttore di nuoto olimpionico».

«Davvero? Wow, sorprendente!»

L'uomo si fa perplesso, ma lascia correre. «E lei di che si occupa?»

«Sono una designer, o meglio, redattore artistico presso la mia compagnia».

«Deve essere un compito molto importante il suo».

«Sì, lo è...»

Una volta presa confidenza con l'aereo riesco ad ammirare il paesaggio sottostante senza farmi venire le vertigini. È così nitido, le montagne sembrano disegni sfumati con le dita, ogni cosa sotto di me è minuscola. Che sia questo ciò a cui si riferiva Margaret, quando mi diceva di guardare sotto di me e di ammirare ciò che la natura ha creato e continua a creare ogni giorno? Se è così, allora non staccherò lo sguardo da qui per tutto il viaggio, perché è finalmente quello che ho sempre voluto realizzare, poter viaggiare per lavoro e apprendere cose nuove da grandi stilisti di fama internazionale.

Poco dopo, senza neanche accorgermene i miei occhi cominciano a farsi pesanti e piano piano a chiudersi, preda di un sonno profondo.

«Signorina, si svegli... Siamo atterrati».

«C....cosa? Siamo atterrati?»

«Sì, guardi lei stessa».

Ed è ciò che faccio. Girandomi verso il finestrino, posso constatare di essere finalmente atterrata sulla terra dei sogni, dove il panorama mozzafiato si estende davanti ai miei occhi ancora appesantiti dal sonno. Prendendo subito la mia roba, mi avvio immersa nei passeggeri verso l'uscita. Non riesco neanche a salutare quell'uomo così gentile e simpatico, non lo vedo più quando mi giro verso di lui.

Beh, almeno ora so che la gente di Los Angeles ha un senso dell'umorismo sempre acceso.

Finalmente sono scesa, libera dalla soffocante massa di persone che si ammucchiavano tutte in un solo punto, ma non vedo i miei compagni di viaggio.

Non entrare nel panico Veronica, calmati e respira. Non saranno lontani, in fondo siamo saliti sullo stesso aereo.

Poco dopo sento la voce di Jonathan chiamarmi. «Veronica! Siamo qui!» - Esclama agitando una mano -.

«Ehi!»

«Incredibile, nemmeno siamo arrivati al resort e già ti stavi perdendo» - sento puntualizzare Elena -.

«Non prendertela con lei, eravamo separati e non è stato facile trovare nemmeno voi due» - ribatte Jonathan -.

«Okay, okay... comunque muoviamoci, ci stanno aspettando tutti».

«Tutti chi?» - Domando -.

«La mia famiglia. Il Village of Angels, il resort dove ci ospiteranno per le prossime settimane, appartiene a loro».

Se mamma mi potesse vedere adesso, sarebbe orgogliosa di dove sono arrivata fino ad ora con solo le mie forze.

I miei obbiettivi sono anche i tuoi, mamma. Sii fiera di me.

Una volta raggiunti il resort, i miei occhi e la mia bocca rimangono stupefatti alla vista dell'enorme struttura che si estende oltre la mia immaginazione. Che ricordi!

«Eccoci arrivati» - annuncia Robert molto entusiasta -. Ora, guardando meglio il posto che mi circonda, risalgono dal profondo della mia memoria ricordi bellissimi e nostalgici di questo posto. È come se fossero passati secoli da quando da piccola ci passavo intere estati con la mia famiglia e i Morgan. È così cambiato, ma è comprensibile, essendo stato ristrutturato anni fa. Oltre ad essere più grande, è diventato anche un centro di allenamento di nuoto professionistico. Che sia questo il posto dove Jonathan si allenava da ragazzino?

«Signori Morgan, è un piacere riavervi qui» - ci da il benvenuto un tale che ha tutta l'aria di essere la concierge -. «Avete fatto un buon viaggio?»

«Sì, grazie» - risponde Robert -. «Sono pronte le camere?»

«Ma certo, signore. Mi segua».

Superata l'entrata raggiungiamo il corridoio aperto che si affaccia sul giardino posteriore, mentre nuovi ricordi continuano a risalire in superficie. Il momento in cui Robert mi prese la mano e mi trascinò per tutto il giardino. Eravamo piccoli... e ora, girandomi e vedendo che al mio posto quella che tiene per mano è Elena, mi si spezza il cuore.

Una volta raggiunti il piano delle camere due persone che riconosco subito si avvicinano a noi.

«Mamma, papà» - esordisce Jonathan -, «è bello rivedervi».

«Bentornati figlioli» - dice il signor Morgan -. «Avete fatto un bel viaggio? Come va in azienda?»

«È tutto a posto papà...»

«Non ti preoccupare di nulla, ce la caviamo molto bene» - aggiunge Robert -.

Perché parlano sempre e solo di lavoro? Se fossi al loro posto, starei ore ed ore abbracciata ai miei, e solo poterli rivedere insieme sarebbe il regalo più bello.

«Oh ma guarda chi c'è! Veronica, che bello rivederti!» - Esclama Julianne riconoscendomi -.

«È un piacere rivedervi anche per me».

«Come sta Gerald? Non riesco a contattarlo da giorni» - interviene Walter -.

«Lui è... in ospedale».

«Come? Cosa è successo?»

«Ha avuto un attacco di cuore e ha rischiato di non farcela, ma ora è fuori pericolo per fortuna».

«Grazie al cielo! Beh, appena potrò passerò a trovarlo».

Annuisco, dopodiché Julianne ci fa strada verso le nostre camere.

Sii felice e mostra sempre il tuo sorriso. È questo il mio motto.

Presto arriviamo davanti alle porte numerate riservate a noi. È stato molto imbarazzante dire ai Morgan che io e Robert non stiamo più insieme, e che ora Elena ha preso il mio posto al suo fianco.

«Oh, capisco. Allora Robert, questa è la vostra stanza... mentre tu, Veronica, soggiornerai in quella laggiù».

«D'accordo, grazie mille».

Non appena mi dirigo per il lungo corridoio che divide la camera di Robert dalla mia, qualcuno mi prende per un braccio.

«Mamma, papà, volevo dirvi che io e Veronica ci stiamo frequentando» - dice di botto -.

Resto attonita al suo fianco. *Ma che diavolo gli è preso?*

«Davvero, figliolo?»

«Sì, papà. Spero che approverete».

«Ma certo, Jonathan... sono così felice che tu e Veronica possiate condividere le vostre gioie insieme» - dice contenta Julianne -.

Ah, vorrei esserlo anch'io, ma mi ha colta di sorpresa un po' troppe volte nell'ultimo periodo.

«...allora non vi dispiacerà condividere la stanza insieme?»

«Cosa?»

«No, affatto» - risponde Jonathan in fretta -. Dopodiché mi trascina via con sé fulmineo, passando davanti allo sguardo indecifrabile di Robert.

Poco dopo, in quella che sarebbe stata la stanza mia e di Jonathan, lui comincia a fare come se fosse a casa sua (che poi lo è davvero). Una suite lussuosissima, con vista direttamente sull'Huntington Beach. Che meraviglia!

«Ti piace?» - Mi chiede con le mani appoggiate al bordo del divano e un accenno di sorriso -.

«Sono senza parole» - riesco a dire per le troppe emozioni -.

«Ne ero certo. Su, vieni, ti faccio fare un tour della stanza. Questo, come vedi, è il salotto, e di là c'è la cucina...»

«Una cucina personale?»

«Esatto!»

«Penso che sia veramente troppo. Quanto mi costerà soggiornare qui dentro?»

«Nulla. Tu sei di famiglia, quindi non devi preoccuparti del prezzo».

«Ma il letto... è uno solo».

«Succede quando danno una camera matrimoniale a una coppia».

«Ma noi... non siamo una coppia, Jonathan» - mi affretto a dire -. «Come hai detto tu prima, ci stiamo solo frequentando, da amici».

Lo sento sospirare profondamente, e questo pone fine all'argomento.

«Ora vado a farmi una doccia» - taglia corto -, «tu... fai quello che vuoi».

Detto questo gira i tacchi e si dirige verso il bagno, lasciandomi col morale basso. Sono stata troppo dura con lui, mi devo far perdonare, e visto che qui c'è una strabiliante cucina personale, gli preparerò qualcosa di squisito da mangiare, dopotutto è quasi ora di pranzo.

Dal mio taccuino di ricette, tiro fuori una pietanza da leccarsi i baffi: risotto ai frutti di mare, ricco di sapori e per nulla difficile da preparare. Perfetto per l'occasione...

Poco dopo, è quasi tutto pronto. Mi sbrigo a impiattare e a preparare la tavola, manca solo Jonathan. Perché non torna? Provo a chiamarlo, ma non mi risponde. Così mi avvicino al bagno e busso alla porta chiamandolo di nuovo.

«Jonathan? Stai bene? Se non mi dici qualcosa entro un minuto...»

Ad un tratto però, due braccia possenti e bagnate mi avvolgono e m'infilano sotto il getto della doccia.

«Ah! Che stai facendo, lasciami andare!»

«Sto solo facendo un bagno rilassante» - mi dice Jonathan -, «avevi paura che mi fosse successo qualcosa, non è vero?»

«E lasciami, mi stai bagnando tutta!»

«D'accordo».

Ma, da furbo ragazzo qual è, mi riprende a sé chiudendo la doccia e lasciando scorrere ancora l'acqua. D'un tratto sono fradicia dalla testa ai piedi, ma solo dopo essermi dimenata come un elefante mi rendo conto che in realtà lui è ancora nudo e appiccicato al mio corpo. Ora sono veramente rossa per l'imbarazzo.

«Puoi... allontanarti per favore?»

«Perché, t'imbarazza essermi così vicina?»

«È che sei... troppo esposto al momento».

«Va bene, la smetto. Su, usciamo da qui, non voglio farti ammalare».

Appena fuori, corro a prendere un asciugamano per coprirmi; i vestiti si sono talmente appiccicati alla mia pelle che rendono visibile l'intimo che indosso. Perché mi devo sentire così davanti a lui? E perché deve essere così diretto quando parla? Lo sa che questo suo comportamento mi mette in soggezione, ma comunque ci prova lo stesso.

«Cos'è questo buon profumo?» - Lo sento dire non appena usciamo dal bagno, entrambi in accappatoio -. «Hai cucinato per me?»

«Sì, ho pensato che avessi fame, così ho preparato un piatto a base di pesce».

«Caspita! E l'hai fatto davvero per me?»

Lo stupisce così tanto? Che sia io la prima?

«Beh, allora ti ringrazio tanto per il pensiero. Sei stata molto gentile. Perché non ti siedi anche tu? Mangia con me, mi sentirei in colpa se dovessi finire tutto questo da solo» - mi propone, anzi mi ordina -.

«Oh, d'accordo».

Di certo non rifiuto il mio favoloso risotto, cucinato alla perfezione su ogni dettaglio. Per svelarvi un segreto, è uno dei pochi piatti che so cucinare bene. Questa ricetta me l'ha insegnata mia zia quando veniva a trovarmi. Ci ha sempre accolto a braccia aperte. Devo dire che la mia famiglia, nonostante gli alti e bassi, si è sempre dimostrata forte fino alla fine, disponibile ad aiutarsi in tutto, ad ascoltarsi.

Ma come dimenticare zio Vincent? Un fuoriclasse a svignarsela sempre. Di lui, solo un'ombra; inizialmente non si prendeva mai le sue responsabilità. Poi, recentemente mi ha avvisato che sarebbe tornato a casa per "qualcosa di speciale", dopo la permanenza alle Hawaii con la sua famiglia e il viaggio che ha fatto in Africa dai parenti di sua moglie. Non lo vedo da anni, e ci sentiamo solo per telefono qualche volta, ma non è mai lo stesso quando invece parli con una persona faccia a faccia e riesci a percepire le sue emozioni solo guardandola negli occhi. Nel corso degli anni si è creato una famiglia bellissima e numerosissima. Non scherzo! Sua moglie è una mamma con sei figli, di cui tre suoi e i restanti adottati da varie terre che stavano andando in rovina, salvandoli così dalla morte certa. Ho sempre pensato che fosse una donna onorevole. Quindi questa notizia mi piace molto e mi rende felice.

D'un tratto qualcuno bussa alla porta, riportandomi alla realtà.

«Jonathan, ci sei? Sono Robert, posso entrare?»

La faccia di Jonathan dice tutt'altro, ma le sue labbra rispondono: «Certo, entra pure».

«Grazie» - lo sento dire mentre la porta si apre. Poi il suo sguardo cade sul nostro aspetto scompigliato -. «Io... ma che succede?»

«Oh, abbiamo fatto una doccia» - lo informa Jonathan del tutto neutrale -.

«Insieme?»

«Sì, e allora? Non lo fate anche tu ed Elena? Cosa volevi comunque?»

«Eh... ecco, sono solo venuto a dirvi che per oggi potete prendervi la giornata libera, e che da domani mattina inizieremo a lavorare».

«D'accordo, grazie!»

«Va bene, allora… io vado. Ci vediamo».

Perché mi sento imbarazzata nel momento in cui ci sono i due fratelli insieme? Cosa ha scatenato questa sensazione dentro di me?

Cercando di non pensarci, mi avvio in camera da letto per recuperare dei vestiti asciutti. Comincio ad avere freddo. Ma nel frattempo la mia mente si ostina a mandarmi segnali insistenti su Jonathan. D'accordo, devo ammettere che voglio anch'io sentirmi amata da lui, ma stiamo correndo troppo in fretta. Ci siamo solo baciati per il momento, e non siamo andati oltre questo. *Perché?*

Perché non gliel'ho permesso, semplice. Non so esattamente il motivo, lo volevo anch'io, ma non mi sembrava il momento adatto né il posto giusto. Voglio che sia perfetto, chiedo troppo forse?

«Perché non ti lasci andare? Ti prometto che non ne soffrirai».

Mi volto di scatto. Rieccolo, in piedi sulla soglia della camera. Mi segue dappertutto.

«Non è questo. È solo che... ho bisogno di tempo» - ammetto -.

«Credi che non sappia fare meglio di mio fratello? Credi che non sappia eccitarti più di lui, e che solamente lui è in grado di farti venire?»

Ora sta esagerando. Come si permette?

«Ma cosa stai dicendo?! Smettila di dire queste cose!»

«Perché? Voglio sapere perché hai paura di concederti a me, cosa ti trattiene?»

«Io voglio poter amare una persona che abbia nel suo cuore solamente me, e che non lo faccia per persuasione».

«Credi che io ti stia persuadendo?»

«Non...»

«Ma ti dirò, io non farò niente. Sarai tu a venire da me prima o poi».

E gira i tacchi di nuovo, lasciandomi di stucco.

«E adesso dove vai?»

«A correre!»

Perché si comporta come uno stronzo? Non merito questo atteggiamento da parte sua. Sono stanca di lottare contro il desiderio di una relazione che abbia come scopo la sincerità, voglio potermi lasciare andare alla passione, ma questo non m'impedirà di soffrire ancora. È tutta colpa di Robert se adesso mi sento così. Lo odio!

Decido, dopo svariati minuti, di andare a fare una passeggiata nel resort. Mi manca guardare i colori che questo posto emana, e camminare per le stradine che percorrevo da piccola con Robert.

Perché tutto mi riporta alla mente lui? Ormai non pensa più a me, nel suo cuore c'è solamente Elena. Quindi perché devo continuare a illudermi e soffrire? Se mi lascio andare, potrò dimenticarlo?

«Veronica!»

Una voce mi chiama non appena ho messo piede in un giardino interno, dove risiede un grande e vecchissimo albero. Mi volto e riconosco la madre di Robert e Jonathan, che mi guarda sorridente.

«Signora Morgan...»

«Ti prego, chiamami Julianne. Come ti senti? Ti piace la tua camera?»

«Sto bene, e la camera è incantevole e spaziosa».

«Mi fa piacere. Ho scelto la migliore per voi due...»

«Non era necessario».

«Altroché invece».

«Comunque, la ringrazio per il pensiero».

«Sono felice di rivederti, ti va di camminare un po' con me?»

«Certo».

Julianne è la donna più dolce e premurosa che conosco fin da bambina. Insieme a mia madre formavano una squadra indistruttibile. Mi si spezza il cuore pensare che questo legame piano piano si è affievolito fino a scomparire. Nel mentre mi trovo a raccontarle più nel dettaglio quanto è accaduto negli ultimi mesi: come mi va alla Jewel, la situazione con mio padre, e la crisi con Robert. Lei ascolta attentamente in silenzio finché alla fine non le esce dalle labbra un debole «Oh». È delusa?

«Ora però sono felice che lui possa stare con la persona che ama davvero» - tento di rallegrare di nuovo l'atmosfera -.

«Elena...» - Mormora Julianne -. «Sai, conosco la sua famiglia, mi ricordo di lei da piccola, ma adesso che è cresciuta la trovo molto cambiata».

«È una donna con forti ideali, devo ammetterlo. Crede nella famiglia e nell'amore, ama ciò che fa con tutta sé stessa e crede fino in fondo a ciò per cui lavora. Non si abbatte mai».

«È questo che ha catturato Robert?»

«Penso di sì. Ma ora non si preoccupi per me, pensi ai suoi figli. Si goda i momenti che Dio le offre, perché non può mai sapere cosa il destino potrà servirle».

«Ti senti sola e abbattuta, non è vero?» - Nota Julianne -.

Annuisco.

«Hai bisogno di credere di nuovo in qualcosa o in qualcuno? Perché non provi a lasciarti andare? Liberati da questo peso che ti opprime il cuore e fai ciò per cui credi. Anche se ti può sembrare assurdo, tu buttati! Provaci, ritenta se cadi, rialzati e cammina di nuovo. Non frenare l'istinto, ascoltare la ragione a volte ti fa perdere le occasioni di una vita. Per cui... se credi di amare Jonathan, allora non lasciarlo andare e fallo diventare tuo».

«Julianne, io...»

«Voglio vedere entrambi i miei figli felici con donne che amano, Veronica. Se con Robert non era amore, mentre con Jonathan pensi che lo sia, allora non farlo soffrire ancora» - decreta -.

Dopodiché mi saluta e si allontana. Ha ragione. Devo lasciarmi andare, superare la barriera che m'impedisce di essere felice.

Qualche ora più tardi...
Immersa nei miei pensieri arrivo fino alla piscina del resort, riservata a quest'ora agli allenamenti di una squadra di nuoto. Curiosa come sempre, vado a dare un'occhiata più da vicino. Entro e comincio a sentire subito l'odore del cloro, e quella fastidiosa sensazione di avere i capelli pieni di nodi. Sedendomi a bordo delle gradinate, osservo i ragazzi allenarsi nei duecento metri stile libero. Il coach è molto insistente e pretende che tutti si impegnino mostrando il loro potenziale.
La sua voce...
Lo guardo più da vicino, e mi accorgo di quei lineamenti facciali che mi riportano alla mente subito l'uomo dell'aereo. Che sia veramente lui? Impossibile. Perché il destino vorrebbe farmi incontrare di nuovo proprio quella persona, e qui?
Al termine della sessione il coach li rimprovera pesantemente:
«Credete di essere pronti per le Olimpiadi e di vincere? No! Questo non è l'allenamento che voglio vedere! Domani vi voglio qui un'ora prima, e pretendo di vedere un netto miglioramento. Sono stato chiaro?»
«Sissignore!» - Esclamano un po' tutti i ragazzi -.
Caspita, non mi aspettavo che potesse essere così severo con i suoi alunni. Ha un modo di fare che fa venire la pelle d'oca. Presa dai miei pensieri non mi accorgo che il suo sguardo ora è puntato proprio verso la mia direzione. I suoi occhi s'immergono nei miei, e un sorriso spunta alle estremità delle sue labbra.
«Ma guarda, il mondo è piccolo! Cosa ci fa lei qui?»
«Cosa ci fa lei invece. Mi sta forse seguendo?»
«Io? Se mai il contrario».
«Coach, chi è questa donna?» - Domanda uno dei nuotatori ancora nelle vicinanze -.
«Oh, è solo una giovane fanciulla appena scappata di casa» - risponde il coach -.
«Come?»
«Non è vero!» - Ribatto -.
«Si calmi, scherzavo».
«Mi ero scordata di quanto fossero spiritose le persone di qui...»
«Comunque, sul serio, lei cosa ci fa qui?»

«Sono venuta per partecipare a una sfilata».

«Lavora per la Jewel?»

Sono sbalordita. «E lei come lo sa?»

«Conosco la famiglia Morgan. Allenavo i loro due figli un tempo, avevano un gran talento... veri maestri dell'acqua... ma un giorno decisero di mollare il nuoto e non fecero mai più ritorno».

«Robert e Jonathan» - ammetto -. «Sì, sono loro i miei superiori. Uhm, mi tolga una curiosità adesso... lei non è per caso Philip Barner? *Quel* Philip Barner? Medaglia d'oro ai campionati internazionali di dieci anni fa?»

«Eh già... beccato un'altra volta» - afferma lui -.

«Ho sentito dire che si è ritirato subito dopo, senza rilasciare dichiarazioni. Perché ha abbandonato così all'improvviso?»

«Non sono affari suoi...»

«Bene, allora non la riguarda neppure il perché Jonathan e Robert hanno mollato».

«Erano dei campioni, signorina» - ribatte Barner -. «Campioni! Sa cosa vuol dire questo?»

«Sì, lo so...»

«No, invece! Due fratelli hanno lasciato tutto per seguire le orme del padre, e adesso se non avessero rinunciato sarebbero dei campioni a livello olimpionico!»

«Non può forzare le persone a fare quello che vuole lei».

«Questo lo so bene, ma mi dica, sono felici di avere lasciato il nuoto?»

Più che una domanda, sembra un'affermazione. Però non posso rispondergli, perché la risposta sarebbe schietta. Non sono felici, o per lo meno non lo è Jonathan di aver rinunciato al suo sogno per seguire la strada che aveva intrapreso suo padre all'epoca, e sua madre prima di lui. Ma per lui c'è ancora speranza, deve solo riprovarci.

Senza aggiungere altro, mi volto prima che mi esca qualcosa di inopportuno dalla bocca... ma poi, all'improvviso, Barner mi richiama e mi chiede con un tono che sembra quasi una supplica:

«Potresti per favore parlare con Jonathan e riferirgli che, nonostante tutto, è rimasto un grande? E... non si deve sentire in colpa per i suoi compagni» - dice indicandomeli -. «Ha pur sempre fatto delle scelte perché pensava fossero quelle giuste... e magari è così. Un esempio? Non avrebbe incontrato te. Ti conosco da poche ore, ma sono pronto a scommettere tu sia una persona molto importante per lui».

«Grazie Philip, gli parlerò. Ma non ti prometto nulla, la scelta è comunque sua» - gli ricordo -.

«Sì, lo so. Grazie».

E mi saluta con un cenno della mano.

A cena, Jonathan non si è ancora fatto vivo. Non ha risposto neppure una volta alle dodici chiamate che gli ho fatto, ma decido comunque di preparargli una pizza. Ho cominciato a prenderci la mano con la cucina e a piacermi sempre di più provare ricette nuove. Se qualcuno me l'avesse detto prima, non ci avrei mai creduto, che un giorno mi sarei ritrovata qui, in questa cucina di Los Angeles a preparare la pizza fatta in casa per qualcuno.

«Perché sorridi?»

«Ah!»

Mi giro di colpo trattenendo il fiato per lo spavento. Jonathan è come comparso dal nulla, non l'ho neppure sentito arrivare. Tra il mio trafficare ai fornelli e la distanza tra la cucina e l'ingresso, è comprensibile.

«Scusa, pensavo stessi dormendo. Non credevo di ritrovarti in cucina» - si giustifica lui -.

«Perché? Non ti piacciono i miei piatti?» - Ribatto -.

«No…. dico solo, non stancarti troppo, okay?»

«Per me è un piacere invece. E tu? Hai corso per tutto il pomeriggio? Sarai stanco, perché non vai a farti una doccia? Io nel frattempo inforno la pizza».

«Va bene...»

Perché mi sembra così triste? Che lo abbia ferito nel profondo? Lo so che ho sbagliato, ma sto cercando di migliorare le cose tra noi due, cos'altro devo fare?

Una volta tornato dal bagno si sdraia sul divano e accende la televisione, sintonizzando su una partita di pallanuoto in corso. È come una pugnalata al petto. La spegne comunque dopo poco e mi raggiunge in cucina. «Come procede?»

«Molto bene. Una è già in forno. Spero ti piacciano i gusti che ho pensato per te».

«Grazie, ma non dovevi sforzarti così tanto a cucinare».

«Te l'ho detto, per me è un piacere».

Ho le farfalle allo stomaco per quanto lui mi sta vicino in questo momento. Sento il suo respiro addosso, e suoi capelli ancora un po' umidi mi bagnano la spalla.

«Sei brava a fare le pizze» - commenta dopo un breve silenzio -.
«Heh... spero che siano altrettanto buone».

«C'è un bel caos da ripulire» - osserva guardandosi intorno -. «Lascia che ti dia una mano».

Che sia migliorando il suo umore? Spero di aver riportato alla luce quel ragazzo tanto bizzarro e premuroso che conobbi all'inizio.

Una volta sistemato tutto il piano di lavoro, mancano solo le pizze infornate. Le guardo, stanno procedendo bene! Nel frattempo mi accorgo che Jonathan non smette di fissare intensamente il mio viso. E in un momento il mio cuore cessa di battere, perché la sensazione che provo in questo istante è impossibile da decifrare.

In un attimo mi è vicinissimo. Ho le palpitazioni, per le sue labbra sulla mia guancia, quel brivido che mi percorre tutto il corpo fino a farmi ansimare. Che stia provando quella sensazione che mi brucia nel corpo da tempo?

Jonathan continua a premere contro la mia guancia, fino a stringermi il viso tra le sue mani. È come se mi stesse mangiando viva. Ogni parte di me desidera che lui continui a farmi sentire così.

Amata, Desiderata, Eccitata.

I suoi baci sono intensi, vogliosi e mi scatenano dentro un vortice di emozioni che non riesco a gestire. «Ti voglio» - mi continua a ripetere mentre mi bacia tutto il viso -. Poi, d'un tratto si ferma e mi guarda negli occhi, famelico di ogni parte di me.

«Veronica... Lasciati amare intensamente da me. Lascia che io sia ciò che per me tu sei già. Voglio potermi prendere cura di te ogni giorno, desidero vederti cucinare ogni sera per me quando ritorno dal lavoro e vederti con questo grembiule e la faccia sporca di farina. Voglio poterti sentire mia. Concedimi ogni parte di te, ti prego».

«Jonathan io...»

Ormai non m'importa più di mangiare, voglio solo lui. Lui e nient'altro. Così non riuscendo più a resistere alla tentazione, lo bacio.

È la prima volta che prendo l'iniziativa con lui e mi esprimo così apertamente. Sembra colpito dal mio gesto così diretto, ma anche molto felice, perché in un secondo mi prende a sé e mi porta in camera da letto. Mi fa distendere sul letto lentamente e appoggiandosi sul mio corpo continua a baciarmi il collo.

Ormai distesi, lui inizia a spogliarsi e man mano anch'io faccio lo stesso. Ora, con la nostra pelle a contatto, possiamo concederci di amarci.

Sento il suo respiro sulla mia pelle, le sue mani che mi toccano ovunque, le nostre gambe si cercano disperatamente. Presto sarò tutta sua, ho l'impressione di stare per andare a fuoco...

Fuoco?

In effetti sento qualcosa di bruciato. Diamine, le pizze! In un attimo mi sciolgo dalla presa di Jonathan, anche lui allarmato, e di corsa torniamo in cucina: c'è un gran fumo accompagnato dall'inconfondibile odore di bruciato, e pochi istanti dopo sento anche un allarme suonare.

«Il sensore antincendio... fantastico» - commenta Jonathan seccato -.

Nel giro di un minuto sistemiamo tutto. Io spengo il forno e lui l'allarme, lasciando la finestra aperta per far uscire il fumo. A quel punto, oltre alla puzza di bruciato, resta solo un profondo silenzio imbarazzante. Jonathan e io ci guardiamo negli occhi, sperando che qualcuno dica qualcosa, ma poi qualcuno bussa alla porta.

«Corri a vestirti» - mi sussurra Jonathan prima di andare ad aprire -. «Eccomi!»

«Jonny, tutto bene?» - La voce di Robert mi arriva alle orecchie -. «Ho sentito l'allarme... e cos'è questa puzza?»

«Ah, niente di grave, ho già risolto... mi stavo facendo la doccia dimenticando la cena in forno...»

«E Veronica?»

«Tranquillo, è di là che...»

«Fammi passare!» - Ecco che alza la voce -. «Veronica, dove sei? Vero...!»

«Che succede?» - Intervengo, ricomparendo in cucina rivestita appena in tempo -.

Robert è visibilmente alterato, ma mi domanda: «Stai bene? Ho sentito l'allarme e ho pensato che avesse preso fuoco qualcosa... Ti porto in ospedale».

«Non ce n'è bisogno, stiamo entrambi benissimo».

«No, per precauzione è meglio farti visitare...»

«Ho detto che non è necessario» - insisto -.

«Non hai sentito quello che ha detto? Non vuole venire, lasciala stare» - interviene Jonathan, mettendo una mano sul petto del fratello -.

Robert si volta verso di lui, il viso improvvisamente duro.

«E tu... perché non sei stato più attento?!»

In un attimo lo afferra e lo sbatte contro la parete più vicina, lasciandomi di sasso.

«Prova un'altra volta a farle del male e ti uccido!»

«Robert smettila!» - Esclamo -. «Lascialo andare, ti prego!»

«No, Veronica, lascia che si sfoghi» - ribatte Jonathan, che sorprendentemente non ha reagito -.

Robert sembra fuori di sé, sembra sordo alle nostre parole... e pieno di odio nei confronti del fratello. Lo so che ha avuto paura che mi fosse successo qualcosa, ma reagire così... non è da lui.

Non è il Robert che conosco, e che amavo.

Dopo che finalmente si calma un po', lascia la presa e gira i tacchi, uscendo dalla stanza senza dire un'altra parola. Anch'io mi sento privata della voce, tanto sono sconvolta.

«Stai bene?» - Chiedo finalmente a Jonathan, rimasto appiccicato al muro -.

Lui si limita ad annuire, ma glielo leggo negli occhi. Posso immaginare cosa sta pensando.

«E colpa mia» - aggiungo in fretta -. «Non sono stata attenta al forno e ho lasciato che si bruciasse tutto. Mi dispiace».

«Ma sono stato io ad approfittare di te».

«No, ti ho permesso io di... oh, che cavolo, non diamoci la colpa a vicenda, è successo e basta».

«Lo so, ma Robert ha ragione...»

«Sbatterti al muro e gridarti addosso ti sembrava ragionevole!?»

«Quello non lo giustifico, ma la causa... beh, non ha torto. Poteva succedere di peggio, Veronica... questa volta è andata bene, ma se dovesse succederti qualcosa per mano mia, io...»

«Non accadrà, fidati! Resta con me, restami accanto sempre».

Jonathan annuisce di nuovo. «Non ti abbandonerò, non in questa vita».

So di poterlo convincere di non darsi la colpa di tutto quello che è appena accaduto, ma sento come se una parte di lui adesso abbia il timore di avvicinarsi per paura di farmi del male. Ma lui non lo farebbe mai, ne sono sicura. Lui mi ama... e l'amore che proviamo entrambi non può portare alla distruzione più totale, vero?

***

La mattina seguente ci svegliamo con il bacio del sole più bello della California. È veramente un sogno potersi svegliare e vedere accanto al letto, attraverso la finestra e le tende chiare, uno spettacolo vivente. La spiaggia del mattino spoglia di gente, la vista del mare calmo, e il profumo dei pancake appena cotti.

Sto sognando o qualcuno ha appena cucinato dei pancake?

La realtà si palesa di fronte a me prima che riesca ad alzarmi, sotto forma di Jonathan con un bel vassoio contenente la suddetta pietanza.

«Buongiorno splendore!» - Annuncia con un sorriso mentre si siede accanto a me -. «Ti ho preparato la tua colazione preferita. Guarda!»

E mi porta la colazione a letto, lasciandomi visibilmente sorpresa e lusingata.

«I miei preferiti... come lo sapevi?» - Gli domando -.

«Ho tirato a indovinare. Non sorprenderti più di tanto. E poi, visto ciò che hai fatto per me ieri sera, volevo sdebitarmi».

«Ti ringrazio» - e gli sorrido prima di cominciare a gustarmi questa ben preparata colazione -. «Non sapevo che sapessi cucinare...»

«Già, mia madre mi faceva spesso preparare qualcosa durante il periodo del nuoto. Era il modo più veloce per farmi memorizzare cosa dovessi mangiare e cosa no».

«Ed è stato efficace?»

«Ne ho i risultati» - ammette guardandomi mangiare con gusto -.

«Mi fa piacere... eh sì, è tutto squisito. Oggi il mare è una meraviglia... ti va di fare una passeggiata?» - Aggiungo -.

«Magari, ma dobbiamo andare al lavoro stamattina, ricordi?»

«Ah già! Me ne ero dimenticata...»

«Sei troppo spensierata» - ribatte lui -, «concentrati sul tuo lavoro e non distrarti troppo oggi, va bene?»

«Agli ordini, signore!» - E scatto sull'attenti -.

«Vieni qui...!»

E fa per prendermi.

«No! Lasciami, sto mangiando! Ah! Mi fai cadere tutto! Ah!» - Esclamo mentre cerco di levarmi le sue mani di dosso, ridendo come non mai -.

«Ti diverti a prendermi in giro? Dammi un bacio... era questo che volevi?»

Alla fine mi scanso. Perfino svegliarmi è diventato bello se posso aprire gli occhi e vedere lui accanto a me, il suo sorriso, le sue carezze. Tutto ha preso un colore diverso, più acceso, sento di poter scalare una montagna con lui al mio fianco. Potremmo effettivamente, ma non adesso.

Solo ora che siamo insieme e condividiamo le nostre giornate, i nostri pensieri, riesco a capire di amarlo come se fosse lui la sola persona in grado di rendermi felice. E ho capito anche di non volerlo perdere, perché ne soffrirei molto.

Una volta preparati e pronti usciamo dalla camera. Un attimo dopo intravedo Elena e Robert venir fuori da dietro la loro porta numerata. Sembrano due immagini riflesse allo specchio, gli stessi movimenti, le stesse espressioni, la stessa situazione sentimentale, o quasi. Scorgo negli occhi di Elena un'inevitabile espressione accusatoria. Ma cosa vuole da me? Tiene la guardia alta perché mi teme? Sto solo cercando di vivere la mia vita, e con Robert è finita da tempo ormai. Che motivo ha di intromettersi nella mia vita privata? Ha ottenuto ciò che voleva, cosa vuole adesso? Monitorare ciò che faccio? Che ci provi pure.

Che sia chiaro, non ce l'ho con lei per avermi rubato Robert, non più, almeno. Con lui le cose sono cominciate a degenerare da molto prima per via dei suoi viaggi, e del fatto che non parlassimo poi più di tanto. Solo quando c'era di mezzo mio padre, lui faceva il buon fidanzato premuroso, dolce e attento, ma al di fuori di questo contesto ci vedevamo ben poco. Così abbiamo capito di non provare più quel sentimento forte, di protezione verso l'atro, di amore, che avevamo da giovani. È stata proprio Elena la goccia che ha fatto traboccare il vaso, che con la sua presenza insistente ha attirato Robert nella sua trappola. "Poverino", starete pensando, ma non preoccupatevi, lo pensavo anch'io all'inizio. Ma adesso, voglio solo che sia felice con la persona che crede possa renderlo appagato per il resto della sua vita.

Il Village mi sorprende ancora una volta anche nella sfera lavorativa, grazie alla sala conferenze di cui è dotata. È la più spaziosa che abbia mai visto, ma non perdo troppo tempo a osservarmi intorno, è tempo di pensare agli affari… così prendo posto e col resto del team incominciamo a studiare le prossime mosse.

«Bene ragazzi» - esordisce Robert -, «oggi siamo qui per informare i nuovi arrivati di come sarà disposta la sfilata "Giovane Donna" di quest'anno e di tutti i suoi punti salienti». - S'interrompe non appena nota la mano alzata di un collega -. «Dimmi, Oliver».

«Ci saranno posti ben specifici per persone più classificate che possono portare benefici economici positivi?»

«Ah, sì… a tal proposito, vi devo informare che non tutti potranno essere ben associati in un posto avanti rispetto al resto degli invitati quest'anno».

«Perché?»

«Ve lo spiego io» - interviene Elena -. «Gli organizzatori dell'EYT non possono permettere… e non possiamo acconsentire nemmeno noi… che personaggi *inferiori*, dunque privi di abilità necessarie per questo settore, si siedano in prima fila. Questa volta, come tutte le scorse volte in realtà, saremo io, Robert e Jonathan a sedere davanti per visionare il tutto».

«E.... il caporedattore artistico?» - Domanda ancora Oliver -. «Mi ricordo che Stevenson si sedeva sempre con voi...»

«Giusto, Elena» - conviene Jonathan -, «Non dovremmo lasciare un posto anche a Veronica? Sarebbe giusto, visto il suo compito alla Jewel...»

«Non sono d'accordo. Veronica, pur essendo il caporedattore artistico, non ha le competenze necessarie per poter sedere in prima fila. Questo è quanto».

«IO non sono d'accordo!» - Ribatte lui -.

«Jonathan, va bene...» - intervengo per calmarlo -.

«No, non va bene affatto, Veronica! Tu devi stare dove ti spetta. Elena, non credere di poter fare come ti pare solo perché la Presidentessa non è qui...!»

«Modera il linguaggio, Jonathan!» - Esclama Robert -.

«Oh certo, difendi pure la tua donna... allora permettimi di fare lo stesso con Veronica!»

«ADESSO BASTA!» - Elena ha alzato la voce -. «Ho parlato! Veronica non siederà davanti! E comunque sia, la decisione finale spetta a me essendo suo superiore, lei deve solo obbedire».

«Va bene, basta così per oggi, riprenderemo più avanti. Fate pure una pausa, vi diremo noi quando ricominciare» - ci informa Robert -.

Salvavita numero uno fallito. Credetemi, vorrei sotterrarmi da sola in questo preciso momento, ma resto zitta a fissare i loro visi pretenziosi. La mia prima riunione a Los Angeles mi è sembrata un vero campo di battaglia, e il vincitore – nonché il capo – ha ottenuto ciò che voleva fin dall'inizio. Oscurarmi e tenermi al guinzaglio. Per lei sono come un sasso in una scarpa, un frammento rotto in mezzo a una collana di diamanti pregiati, che va assolutamente eliminato... altrimenti l'opera non può essere definita perfetta.

Ma devo resistere, non intendo farmi da parte. Questo evento è troppo importante per me.

Calma Veronica, avrai la tua opportunità di brillare.

Qualche ora più tardi, sono seduta su una panchina in un'area tra la piscina e le terme del Village. Lo stress causato dalla riunione ha preso il pieno controllo della mattinata, e solo adesso ha deciso di allentare la sua morsa dai miei pensieri, mentre fisso il cielo. Com'è possibile che esso rifletta sempre il mio stato d'animo? Che sia un segno o qualcosa predestinato dal mio inseparabile amico Destino? Una premonizione?

Tornando con i piedi per terra, ripenso al fatto di non essere mai stata alle terme, e la curiosità mi accende il desiderio di provarle. Come si dice... *I piaceri durano per poco tempo mentre i doveri ritornano come dischi a ribattere.*

«Sorpresa!!!»

Una mano posata improvvisamente sulla mia spalla mi fa sobbalzare dallo spavento. Che sia diventata un'abitudine avvicinarmi così?

«Ah! Margaret?!» - Esclamo, riconoscendola -. «Che ci fai tu qui?»

«Sono venuta per farti una sorpresa. Ti è piaciuta?»

«Beh, certo... ma... quando sei arrivata? E perché non mi hai avvisato prima?»

«Quale parte della parola "sorpresa" non hai capito?»

«Hehe... hai ragione. Oh, mi sei mancata tanto!»

«Anche tu».

E ci abbracciamo come uno di quelli che aspetti da una vita intera.

Sento all'improvviso un gran bisogno di rilassare i muscoli tesi, così invito Margaret a seguirmi alle terme, cosa che lei accetta con gioia. All'ingresso, ci sembra di essere catapultate magicamente in un altro mondo, completamente diverso; ti fanno mettere a proprio agio, ti spalmano un siero che rende la pelle morbida e luminosa. Dopo quindici minuti, puoi sciacquarti ed entrare nella piscina calda. Ogni componente del centro termale sembra fatto interamente di legno, compreso il bordo della piscina. Che spettacolo!

«Non credevo che un posto così potesse dare benefici sia alla pelle che all'umore» - commenta Margaret una volta che ci siamo accomodate -.

«Sì, sono molto più rilassata adesso».

«Cosa ti ha innervosita di recente?»

«La solita persona» - ammetto -.

Margaret fa un sospiro. «Elena non cambia mai, vero?»

«Fa prima a gelare l'inferno, piuttosto... ma penso di aver finalmente capito il vero motivo per cui lei non mi voglia proprio vedere. Certo, saperlo non mi serve a molto: per quanto io mi sforzi a rendermi meno irritante, non le piacerò mai».

«Lasciala perdere, non devi per forza esserci amica. Fai come hai sempre fatto, comportati come un redattore artistico farebbe. Ad ogni modo, per quale motivo ce l'avrebbe con te?»

«A suo dire, da quando sono arrivata io ogni cosa le è andata sempre storta».

Sento Margaret sbuffare più forte.

«Crede che tu sia l'artefice delle sue disgrazie? Che stronzate... bah, va oltre la mia comprensione quella...»

«Uhm!»

«Che succede?»

«Oh niente, è solo che... mi fanno male un po' gli occhi».

«È meglio se usciamo adesso, ti porto dell'acqua fresca così ti sentirai meglio...»

«No, no, sto bene... tu va' pure, io vorrei restare ancora un po'. Ce la faccio da sola, grazie».

«D'accordo, chiama se hai bisogno».

Qualche minuto dopo, in totale relax e silenzio, mi rendo conto che la situazione non cambia. Gli occhi continuano a bruciare e anche la testa sembra darmi problemi. Decido di lasciare la vasca e rientrare alla suite, ma faccio appena pochi metri in corridoio che sento un gran capogiro. Le ginocchia mi cedono e crollo a terra.

«Veronica? Ma cosa... che ti succede?»

Riconosco la voce, nonostante lo stordimento, ma un'altra interviene subito dopo.

«Jonathan! Che ci fai tu qui?!» - Esclama la voce di Margaret -. «Veronica, cosa ti prende? Cos'hai?»

«Mi... mi gira un po' la testa» - le dico confusa -.

«Tu cosa fai lì impalato!? Aiutami a tirarla fuori! Fai piano...»

Con cautela, un paio di braccia robuste mi afferrano tirandomi via dal pavimento. Pochi passi e raggiungiamo un lettino, sul quale vengo fatta distendere.

«Non muoverti, su... stenditi qui e riposa» - aggiunge Margaret -.

«Come ti senti adesso?» - Mi domanda Jonathan -.

«Sto bene...»

«"Bene" un paio di palle!» - Esclama mia cugina -. «Tutto questo è colpa tua, Jonathan! Veronica è sempre stata fragile di salute, tra una giornata di lavoro e te che la confondi col tuo modo di fare, non mi sorprende se è crollata così...»

«No... questo non ha niente a che fare con lui». - Cerco di farla ragionare, non mi piace che lo accusi ingiustamente -.

Margaret sospira. «Okay, scusami tu. È stata una mia mancanza, non mi sono accorta che non stessi bene e ho lasciato passare».

«Non è nemmeno colpa tua, Margaret. Sono stata io a non badare alle mie condizioni... e non ho chiesto aiuto».

Lei annuisce. Mi prende la mano e, ancora preoccupata, la stringe forte tra le sue. Si sente in colpa per avermi fatto passare la mia prima giornata qui di uno schifo, ma in realtà è stata più che bella per me. Spero che si renda conto di non essere la causa di nessun mio problema, anzi, senza di lei non mi sarei liberata dai miei tormenti della mattinata.

Ho perso la cognizione del tempo, la luce fuori comincia a farsi debole e il vento freddo della sera si fa sentire. Rimango stesa sul letto della suite, con Jonathan sdraiato sul divano a guardare il vuoto in silenzio e con la luce spenta. Che sia ancora dispiaciuto per la faccenda di prima?

Alzandomi, mi dirigo a grandi passi verso il soggiorno e guardandolo nella penombra non posso che pensare di volerlo stringere forte tra le mie braccia, tentando così di riportarlo a galla.

«Jonathan…»

«Non avvicinarti» - mormora -, «non vorrei farti del male involontariamente».

«Cosa dici? Tu non mi stai facendo alcun male».

«Invece sì! Guardati, sei debole per colpa mia».

«Smettila, non è colpa tua se ho le difese immunitarie basse»

«E allora perché mi sento uno schifo?»

«Perché ti stai prendendo la responsabilità dell'accaduto senza alcun motivo. Non pensarci più, pensa solo a me e… alla possibilità di nuotare di nuovo».

Jonathan inarca un sopracciglio, perplesso.

«Il nuoto? Perché tiri fuori questa cosa adesso?»

«Perché ho visto le piscine e anche… il coach».

«Quale coach?»

«Philip Barner. So che ti conosce molto bene, e che vorrebbe rivederti in acqua di nuovo. Crede che tu possa vincere le olimpiadi un giorno, devi solo crederci fino in fondo anche tu».

«Perché ti ha messo in testa queste sciocchezze?» - Lo vedo sospirare scuotendo la testa -. «Veronica, lo sai che ormai non nuoto più, e anche se volessi, non ho tempo da dedicarne».

«Se desideri una cosa con tutto te stesso, allora puoi fare qualsiasi cosa per mantenerlo reale. Devi solo poterci credere fino alla fine».

«Non sono te» - ribatte -. «Non ho la tua forza nel credere in tutto, nel dare speranza anche nelle cose che ormai sono sepolte da tempo. Smettila, per favore».

Ha le mani rinchiuse sul viso, come per proteggersi da me, per tenermi il più lontano possibile dai suoi sentimenti. Non ci sto, deve potersi confidare con me, fidarsi di me e lasciarsi aiutare.

«Non fare così, non con me. Guardami. Non devi temere Barner, come non devi temere l'acqua».

«Io non temo nessuno».

«Meglio così! Sarà più facile ricominciare allora».

«Non sai quello che dici, Veronica...»

«Invece sì! Credimi, ricominciare ne varrà la pena. E vedrai che poi arriverai a delle grandi soddisfazioni. Abbi fiducia in te stesso e nelle tue capacità, e se non sei tu il primo a farlo, come credi di poterci riuscire?»

«Non lo so. Non so neanche se Barner vorrà rivedermi, dopo che ho abbandonato tutto e tutti in quel modo...»

«Qualunque cosa sia accaduta un tempo, non deve impedirti di poter ritentare».

Capitolo 8

È passato un altro giorno. Dopo pranzo, io e Jonathan ci sediamo su una panchina tra le stradine piene di verde del Village dopo aver camminato per un po'. Siamo molto vicini all'albero sacro, cosa che mi riporta alla mente dei ricordi profondi. Dicono che sia l'albero più vecchio della regione, e che grazie ad esso si sia avverato il più grande desiderio dei Morgan, quello di avere una famiglia unita e felice. Curiosamente l'albero è chiamato "Lion" ... poco appropriato, visto che significa *leone*, ma dietro questo nome si nascondono tanti significati, molto importanti per i Morgan.

A questo punto vi starete chiedendo come e perché io abbia cominciato a frequentare questo posto e la famiglia Morgan. Iniziò tutto in una semplice giornata di primavera. Io, la mamma, papà e Terry vivevamo all'epoca a New York, e conobbi i Morgan una sera a cena. Quella sera c'era solo Robert con loro, con un adorabile completo firmato, insieme ai suoi genitori ovviamente. Fu una cena molto movimentata e piena di novità. Avevo solo quattro anni e non ricordo molto di quella serata, ma papà mi ha raccontato spesso quanto avessimo legato io e Robert fin da allora. Giocavamo sempre insieme e parlavamo del nostro futuro, dicendo a volte anche delle stupidaggini. Ma sono cose che i bambini fanno, no? Diventare milionari, fare una bella vita in una villa lussuosa... beh, a ripensarci son cose che si dicono anche da adulti!

Ma c'è una cosa che Robert mi disse quella sera, che mi è rimasta impressa nella memoria per tutto questo tempo:

«Io e te rimarremo insieme per sempre, vivremo da sposini in una grande villa che ti regalerò per il nostro matrimonio».

Non è incredibile cosa giri nella testa di un bambino di neanche sei anni? Assurdo, ma molto dolce.

Con gli anni, e con la morte della mamma alle spalle, cominciai a concentrarmi sul futuro lavorativo. Avevo dodici anni quando papà decise di lasciarmi entrare nel mondo del design di gioielli della sua compagnia. Prima di allora disegnavo per conto mio in camera, con la musica ad alto volume nelle orecchie e la foto di mia madre accanto a me. Questa è da sempre la mia più grande passione, e non potrei proprio vivere senza. Non sono mancate altre passioni, ad ogni modo, come l'equitazione, grazie all'aiuto di Terry: quando decisi di provare se faceva per me oppure no, fu mio nonno a insegnarmi il mestiere di un buon cavallerizzo. Era facile, visto che lui gestiva una fattoria nei pressi di San Diego. Fu molto istruttivo all'epoca, sia per imparare a rispettare gli animali e la natura, ad amarli come un essere umano... ma soprattutto per capire la mia personalità interiore. Cosa mi piace, come sono, quali sono le cose per cui vado matta, e invece le cose che odio di più. Insomma, tutte domande che gironzolavano nella testa di una quindicenne in piena crescita.

Per alcune domande ho trovato risposte più o meno concrete, mentre per altre... meglio lasciar perdere. Solo con il tempo, studiando e non vivendo più la vita che avevo lasciato alle mie spalle, riuscii poi a dare una risposta alle domande che nella mia testa sembravano spuntare come erbacce.

A diciassette anni ebbi il mio primo bacio con Robert. Un bacio tanto atteso, una speranza di amore eterno con lui al mio fianco, quei film fatti nella mia testa... oggi è tutto andato in fumo. Non me ne pento, perché comunque ho potuto stare con lui e conoscerlo meglio. Abbiamo passato tanti bei momenti, unici e indimenticabili. Ci siamo amati.

Ora, con Jonathan al mio fianco, ripenso a quegli unici momenti vissuti con lui. Attimi che voglio custodire nel mio cuore per sempre. Desidero poter viverne altri ancora più belli insieme a lui. Perché è così silenzioso? Cosa gli passa per il cervello? Che sia in ansia?

«Mi sembri nervoso» - osservo ad alta voce -. «Non dovresti averne motivo».

«Non sono nervoso» - dice lui in fretta -. «Bah... si, invece».

«Non devi preoccuparti, starò al tuo fianco per tutto il tempo. Tiferò per te!»

«Grazie».

«Allora, vogliamo entrare?»

«Okay...»

Si comporta come un bambino in sala d'attesa per le analisi del sangue. Ma in questo posto che entrambi ormai conosciamo bene non ci sono aghi destinati alla pelle di Jonathan, ma solo tanta acqua.

Una volta varcata la soglia, attraversiamo il corridoio con il suono di un fischietto che rimbomba nelle orecchie. Speriamo vada tutto per il meglio. Stringo forte la mano di Jonathan e incoraggiandolo ci avviamo alle piscine.

I nostri passi riecheggiano nella sala. Vedo molti sguardi sorpresi guardare nella nostra direzione. Riconoscono Jonathan, senza dubbio, ma che siano felici o arrabbiati di vederlo, non saprei dire.

«Jonathan!» - Esordisce il coach Barner -. «Quanto tempo!»

«Eh già...» - Concorda Jonathan -.

«Cosa ti porta qui e con questa giovane fanciulla al tuo fianco?»

«Lei è la mia ragazza. Veronica».

«Ah, ma davvero? Quante coincidenze ultimamente». - Ora si è voltato a guardare me -. «Non credevo che fossi uno che predilige le colleghe di lavoro».

«Credo che abbiamo iniziato con il piede sbagliato, mister Barner» - intervengo -, «non avevo alcuna intenzione di nasconderle la mia identità con Jonathan, ma sono stata costretta per motivi personali».

Barner mi scruta attentamente prima di aggiungere: «A parole non sei male... ma che mi dici dei fatti? O te la dai a gambe come Jonathan?»

Ma che modi! E pensare che è stato proprio lui a chiedermi di parlare con Jonathan...

«La lasci fuori da tutto questo, coach, è con me che avete un problema tu e la squadra» - ribatte Jonathan in quel momento -.

«Oho, è arrivato l'eroe!» - Esclama Barner -. «Dimmi allora, perché sei venuto qui?»

«Voglio… ricominciare a nuotare!»

Sembra abbastanza convinto. Forse la mia presenza lo aiuta a liberarsi dalle sue paure e insicurezze.

«Intendi mollare alla prima occasione un'altra volta?»

«Non ho intenzione di mollare, non di nuovo. Voglio solo poter tornare ad allenarmi con tutti voi e sotto le tue direttive, coach» - sottolinea, indicando Barner con una mano e facendo altrettanto con il resto dei suoi compagni -.

«Perché pensi che ti farò rientrare?» - Gli chiede il coach, incrociando le braccia al petto -.

«So che hai bisogno di me, di un vincente, di uno che sa cosa...»

«Ah! Ti fermo subito. Non mi serve un ragazzo ricco e viziato nella mia squadra, voglio solo un uomo che nuoti perché è il suo sogno, e non perché gli è stato imposto da qualcuno».

E alza le sopracciglia, piegando leggermente il capo di lato. Non mi sembra convinto al cento per cento.

«Lo so» - annuisce Jonathan -. «Sono venuto qui all'insaputa di tutti, a parte Veronica. Ma anche se qualcuno della mia famiglia dovesse venire a saperlo, non basterebbe tutto l'oro del mondo a impedirmi di tornare nella tua squadra!»

«Mmm... lo sai che dovrai allenarti molto per arrivare al livello degli altri, e che dovrai dimostrarti pronto per partecipare alle regionali, vero? Altrimenti sai già da che porta uscire».

«Sono pronto!»

«Bene» - decreta Barner -, «allora preparati e fammi vedere un duecento metri stile libero».

Jonathan dapprima rimane sorpreso, poi si mette all'opera. Visto che siamo in piscina, quale modo migliore se non chiedere direttamente una dimostrazione pratica? Quanto a me, rimango ferma dove sono, a guardare la sua performance, incrociando le dita che vada tutto bene.

Sono entusiasta di vedere Jonathan all'opera, ma al tempo stesso sono preoccupata che per colpa delle emozioni possa commettere errori.

Respira, Veronica, non agitarti, altrimenti mandi in confusione anche lui.

Una volta tornato dagli spogliatoi, non posso fare a meno di guardarlo in costume, dove il suo copro è ancora più accentuato alla vista dei miei occhi. È super mega iper sexy, un divo del nuoto! Ecco, sì! Questo sarà il nomignolo con cui lo chiamerò d'ora in avanti.

«Metticela tutta!» - Esclamo -.

Jonathan non fa in tempo a ringraziarmi che Barner richiama la sua attenzione ordinandogli di affrettarsi. È giusto che sia severo con lui, ma non mi piace che gli risponda sempre così freddamente.

Poco dopo, alle mie orecchie giunge una discussione tra il coach e alcuni componenti della squadra, evidentemente contrariati dalla situazione.

«Coach, perché lo vuole far rientrare in squadra? Non si ricorda cosa è successo anni fa per colpa sua?»

«Non ho ancora l'Alzheimer, Brandon, certo che mi ricordo» - ribatte Barner -.

«Come vuole, ma sappia che io non intendo allenarmi con lui né in questa vita né in un'altra!»

Caspita! Deve essere davvero andata male al tempo, se per costui è ancora difficile da digerire.

«Dacci un taglio, Brandon!» - Gli ordina il coach, visibilmente alterato dal suo irrispettoso comportamento -. «So che tu e Jonathan avete dei trascorsi, ma non permettere che la tua rabbia verso di lui ti impedisca di nuotare seriamente».

«Non capisce che ci abbandonerà di nuovo? Succederà, ne sono certo... a quel punto si pentirà di avergli dato un'altra chance...»

«Adesso basta!» - Quasi lo urlo, mentre mi avvicino -. «Perché parli di lui in questo modo? Cosa ti ha fatto?»

«Tu chi sei, la sua guardia del corpo?» - Mi ribatte Brandon -. «Credo che ne abbia già a sufficienza, con la famiglia che ha...»

«Mi chiamo Veronica, redattore artistico della Jewel Corporation».

«Piacere. Io sono Brandon, nuotatore a livello nazionale. Ho partecipato a tutte le gare a cui il tuo fidanzatino, da vigliacco, ha rinunciato. Comunque sia, non so cosa di lui ti abbia catturato, ma stai attenta: non è ciò che pensi tu sia, e non rimarrà ferreo sulla sua *ultima scelta*».

Le ultime due parole le ha rimarcate puntandomi col dito. Dopodiché gira i tacchi e si allontana, senza aggiungere altro, seguito a ruota dal resto della squadra, passando accanto a Jonathan che nel frattempo ha finito con la dimostrazione. Barner si limita a scuotere il capo e si concentra su Jonathan.

«Ragazzo mio» - lo riprende il coach -. «Sei caparbio, sei bravo e... ti meriti una possibilità da parte mia. Ma a una condizione: non permettere che troppe responsabilità superiori ti danneggino, se non ce la fai tirati indietro. Questo non vuol dire mollare... ma lo hai già fatto una volta, per paura» - gli ricorda, addolorato -.

Non è tanto per Philip, lui ha avuto il suo momento di gloria... e subito dopo un'orribile realtà. È per un incidente che lui ha abbandonato anni fa: mi è bastato documentarmi nelle ultime ore per riportarmi alla mente questo fatto. A causa di un allenamento eccessivo e senza un'adeguata preparazione o riscaldamento prima di scendere in acqua, ha iniziato ad accusare la cosiddetta "spalla del nuotatore", un'infiammazione dei tendini della cuffia dei rotatori. La salute è molto importante, più di un sogno, ma più di ogni altra cosa lui voleva riprovarci... e così è ripartito, ma da dove aveva mollato.

Una volta usciti dallo stabilimento, Jonathan mi agguanta e mi abbraccia facendomi volare in aria. Sono così felice per lui, tanto. Finalmente ha iniziato a credere di più nei suoi sogni, ma la cosa più importante è che sono stata di grande fonte di coraggio per lui.

«Hai visto? Non sono stato grandioso?»

«Sì, lo sei stato! Ma sapevo che ce l'avresti fatta anche senza di me!»

«No.... io ho questo solo grazie a te, non posso chiedere altro che averti al mio fianco e poter vivere ogni esperienza insieme a te».

Annuisco. «Lo stesso vale per me. Se non fosse stato per il tuo aiuto, magari non sarei nemmeno qui».

«Non c'è di che!»

«Ah ah! Spiritoso».

Come dimenticare quel sorriso, un sorriso così trasparente e che non nasconde nulla agli occhi. Ma allora perché la frase di Brandon mi riecheggia ancora all'orecchio? Che cosa mi nasconde Jonathan? Che c'entri con suo padre, con il nuoto, o con il suo passato che non conosco e di cui continua a tenermi all'oscuro?

In camera, comincio a mettere ogni tipo di cibo sulla cucina per esaminare cosa posso preparare per pranzo. Sono molto indecisa, voglio qualcosa di leggero ma anche che dia ricariche a Jonathan poiché questo allenamento l'ha spossato notevolmente. Alla fine, dietro sua richiesta, decido di preparare degli spaghetti al pomodorino fresco e basilico; peccato che quelli disponibili in camera non siano sufficienti, così esco per andare a comprarne altri, lasciando Jonathan alle cure di una doccia calda.

Nel corridoio il silenzio sembra circondarmi. È davvero brutto percorrere da soli questi lunghi e immensi spazi semibui, con il pensiero che da un momento all'altro le porte si possano aprire spaventandomi. Finalmente arrivata all'ascensore, clicco per il piano terra.

Uscita dal grande cancello che divide il Village dal resto del quartiere, mi avvio a piedi presso i negozi. C'è così tanta vita qui, le persone sono così calorose e gentili, i bambini si divertono a giocare in sicurezza, le case alle stremità delle strade sono così ben curate e fiorenti. Si mostra davvero un posto che sboccia sempre di più. Tutto questo, i colori, i sorrisi, i saluti, mi ricordano un sacco San Diego, a lungo patria di mia madre prima che si trasferisse per gli studi all'università. Sognava di fare la modella e fare lunghi viaggi. Voleva farsi conoscere e diventare un simbolo. Direi che ci è riuscita a pieno, ancora oggi la gente parla di lei e di quanto fosse bella e brava.

Mi manca molto, ma sono convinta che ovunque lei si trovi potrà vedermi ed essere orgogliosa di come sono diventata.

Una volta arrivata a un alimentari, entro e chiedo informazioni sui pomodorini a una signora davanti a me, presumibilmente la proprietaria del negozio.

«Ma certo, mi segua pure! Questi sono i migliori della zona, sono così buoni che vanno a ruba!» - Mi dice mettendoci molta più enfasi di quanto mi potessi immaginare -.

«Mi fa piacere. Allora prendo questi...»

«Venga, le servono anche le foglie di basilico, giusto?»

«Grazie!» - Nel mentre cerco con gli occhi cos'altro mi possa servire -. «Vorrei vedere se c'è qualcosa per un dolce...»

La signora mi lascia guardare da sola qualche frutta fresca. Chissà quale predilige Jonathan. Mentre decido quale frutta prendere, vedo una signora anziana attraversare la strada davanti a me, con due sacchi in mano, in difficoltà. Esco fuori per aiutarla, quando noto in lontananza una macchina sopraggiungere in velocità.

«Attenta, signora!»

E la fermo per un braccio, mentre quel bolide sfreccia davanti a noi.

«Oh, grazie mille, dolce fanciulla. Non l'avevo vista arrivare» - mi dice la signora -.

«Si figuri! L'importante è che non si sia fatta male. Ecco, l'aiuto ad attraversare la strada...»

«Sì, grazie ancora cara».

Dopo essermi separata da lei, le sorrido e proseguo con la lista della spesa.

Una volta finita la spesa mi incammino verso la strada di ritorno. Mentre passeggio con le buste in mano e la mente vagante, una macchina si accosta proprio davanti ai miei piedi, tagliandomi la strada.

«Ehi! Ma che modo è di guidare questo?!»

«Scusa, non volevo spaventarti» - mi fa il tizio al volante. Quando si ferma, abbassa il finestrino e capisco di chi si tratta -.

«Robert? Che ci fai tu qui?» - Gli domando confusa. Non avevo riconosciuto la sua macchina -.

«Sono uscito a fare dei giri e ti ho vista. Serve un passaggio?»

«Grazie, ma non ce n'è bisogno. Faccio da sola».

«Aspetta!» - Scendendo di corsa dalla macchina, mi raggiunge e fa per prendermi le borse dalle mani -. «Fatti almeno aiutare a portare tutta questa roba...»

Rimango immobile e attonita. «Se non ti dico di sì non mi lascerai andare, vero?»

«Esatto!»

«D'accordo. Tieni...» - E gli passo la spesa -.

Una volta a bordo, ripartiamo verso il Village. Il viaggio è piuttosto lungo e poiché le strade sono in salita, decido di mantenere viva la conversazione in qualunque modo, purché non ci sia questo silenzio alquanto imbarazzante fino alla fine della nostra corsa.

«Allora... che facevi in giro?»

«Cose di lavoro» - risponde lui laconico -.

«E perché? Dovresti riposarti e goderti ogni più piccola cosa di questo magnifico posto».

«Me l'ha detto anche Elena, ma non posso, devo lavorare».

Quando pronuncia il suo nome, è come se mi spegnessi tutta d'un colpo.

«Ma certo... il grande capo della Jewel deve mantenere un profilo professionale anche in vacanza» - dico senza troppa allegria -.

«Questa non è una vacanza, ti ricordo. Siamo qui perché la nostra azienda è stata invitata a partecipare ad una gara che prevede anche una sfilata finale».

«Lo so. E siamo venuti per vincere».

«Giusto!»

Sembra che voglia dire dell'altro, ma si trattiene.

«Per quanto riguarda la partecipazione... vorrei che riflettessi bene sulla voglia di farne parte».

«Come?» - Non comprendo -.

«Perché hai detto alla Presidentessa di volerci provare? Cosa ti è passato per la testa?»

Ah, adesso mi spii pure?

«Scusa se voglio dimostrare il mio talento, ma sono solo una dipendente per te. Non conto nulla!» - Quasi urlo, arrabbiata -.

«Non dire così, non è vero. Sei molto importante per me...»

«Ma non vuoi che mi faccia male in questo mio confronto con Elena!» - Aggiungo al suo posto. È evidente quanto lei sia nei suoi pensieri giorno e notte -. «Ho capito che Elena sia la persona che ami di più, ma così mi ferisci profondamente. Lo capisci? Continui a buttarmi addosso energie negative e false speranze di riuscire un giorno a diventare come lei!»

Come se fosse veramente quello che voglio. Non lo so più, ormai.

L'auto si è fermata a un semaforo, al che ne approfitto per scendere dall'auto senza pensarci due volte.

«Cosa fai? Ferma! Veronica!»

«Sei solo un bastardo!» - Gli urlo contro -. «Mi hai sostituita con quella stronza... e intanto ti ostini a riempirmi di parole dolci, "sei molto importante per me"... e per cosa? Le tue parole sono aria per me!»

«Veronica, calmati! Ci sentiranno...» - Insiste lui, sceso a sua volta dall'auto -.

«ME NE FREGO! Ah, ma a te importa invece. T'interessa solo di apparire bello agli occhi degli altri! Cosa è successo all'uomo che amavo? Dov'è finito il Robert a cui ho ceduto il mio cuore? All'umile Robert che credevo tu fossi?»

Ora non ci prova più a calmarmi, e meno male. Lo vedo sospirare.

«Veronica io... non sono più così» - ammette -. «Tu di me hai il ricordo di quando eravamo bambini, ti aspettavi che fossimo così anche da adulti, ma non funziona in questo momento...»

«Che succede qui?»

Quando mi giro e vedo Elena, mi viene quasi un colpo. Non mi ero resa conto che fossimo ormai arrivati quasi a destinazione, a circa duecento metri dall'ingresso del resort. Inoltre la vedo in compagnia di Julianne.

«Stiamo solo parlando, tutto qui» - interviene Robert, per tranquillizzarle entrambe -.

«Parlando? Un altro po' e vi sente tutta Los Angeles» - ribatte Elena -. «Ma che cavolo combinate?»

«Lo vorrei sapere anch'io» - Chiede Julianne, visibilmente preoccupata per me -.

Sono stanca delle false speranze, stanca di pensare continuamente a Robert e a come mi ha abbandonata. Voglio tagliare ogni ponte che mi lega ancora a lui.

«Vuoi sapere cosa sta succedendo? Te l'ho dico io. Robert è la persona più falsa che conosca. Ogni sua promessa fatta in passato è pura illusione. L'uomo ideale non corrisponde a lui!»

«Adesso stai esagerando! Robert semplicemente non ti ama» - interviene Elena -. «Accettalo e vai avanti con la tua vita. Non aspettare che torni indietro, perché molto presto ci sposeremo».

«Cosa?»

«Elena!» - Esclama Robert, sbalordito -.

«Ah... mi è scappato, caro, perdonami».

Non riesco più a guardarli, dopo questa rivelazione. Una realtà che annienta ogni mia attesa di un ritorno di Robert, di quella parte di lui ancora innamorata di me. Illusioni. Nient'altro che vane speranze. Così, presa dalla tristezza e dall'imbarazzo corro via.

Corro il più velocemente possibile senza pensare a niente di quello che mi succede attorno, in modo da allontanarmi da tutti loro. Non pensavo che il cuore potesse soffrire ancora, eppure è stato pugnalato ancora una volta, ripetutamente. Forse è stato davvero un errore venire a Los Angeles con loro, ma almeno i miei occhi sono finalmente aperti; mi ha fatto capire chi è davvero la persona con cui ho passato la mia vita finora. Il Robert che volevo – e che rivorrei – non c'è più.

Mi fermo per riprendere fiato. Con le lacrime agli occhi e la vista sfuocata, mi rendo conto di trovarmi in una zona poco sicura. La strada è trafficata di macchine e motorini. Ovunque mi sposto, è un rischio. Perché la vita è piena di ostacoli insormontabili?

«Veronica! Veronica!!!» - Sento urlare in lontananza -. Mi volto verso quella voce che credevo fosse di conforto, ma nel frattempo metto un piede in fallo e inciampo.

Sento solo il rumore della macchina che sfreccia troppo vicino a me. La paura prende il sopravvento, impedendomi di muovermi, e ora sento solo il suono del clacson che mi ordina di togliermi di mezzo. Ma inutilmente. Non mi alzo, le mie gambe sono come paralizzate al suolo dalla paura. Le sento pesanti, tutto il mio corpo è pesante.

Poi qualcuno mi afferra per le spalle e mi catapulta indietro, tirandomi via appena in tempo.

Finiamo sul marciapiede, distesi uno sopra all'altro, i nostri respiri concentrici e le sue mani fisse sulle mie spalle. Il suo sguardo è come dolorante.

«Robert...!»

«Sto bene» - mormora con cautela -. «E tu?»

«R-Robert... ho avuto tanta paura...»

E lo stringo attorno alle mie braccia. Ho avuto paura, sì, paura di morire senza aver potuto rivedere il suo sguardo, senza averlo potuto salutare e dirgli che mi dispiace di essermi comportata come una stupida.

«Sei pazza!» - Mi dice subito dopo -. «Perché l'hai fatto? Volevi ucciderti forse?»

«N-no! Volevo solo... che tu non mi abbandonassi. Non importa se non mi ami più, ma ti prego... non lasciarmi sola. Non permettere che nessuno si metta tra di noi, contro la nostra amicizia. Me l'avevi promesso. Me l'avevi promesso, Robert!»

«Lo so. Mi dispiace tanto».

«Cosa!? Che cosa ti ho fatto?!»

«Non sei tu, ma è Elena. Lei non vuole che abbia nessun tipo di contatto con te».

Trattengo il fiato per lo stupore. E io rischio di morire solo perché quella stronza ha detto al mio Robert di starmi alla larga? Perché proprio lei – la persona che stimavo di più per il suo amore verso i gioielli – è diventata ai miei occhi la persona più detestabile del mondo?

Senza accorgermene, sono di nuovo in piedi. La presa di Robert su di me è ben salda e non ha alcuna intenzione di lasciarmi andare. Come volevo che quei suoi gesti si tramutassero in fatti, ma la storia è già stata scritta. Come si dice, la nostra vita è impossibile da decifrare, si può solo cercare di viverla nel migliore dei modi. Per non sentirsi soli o tristi basta vedere il mondo con il sorriso sulle labbra, per non lasciarsi andare alla disperazione basta vedere che in realtà non è mai impossibile vincere contro ciò che ci si presenta davanti, purché lo si faccia con tutta l'autostima necessaria. Non ci si deve abbattere per un amore non corrisposto, perché anche se lui non è lì con te in carne ed ossa, è lì con il cuore, nel tuo cuore, per sempre.

«Veronica, è colpa mia se ti senti così» - mi dice non appena sciolgo la presa da lui -. «Sono molto dispiaciuto, non voglio vederti in questo stato».

«Lascia perdere...»

«No, ascolta, voglio vederti felice, ma la felicità che io desidero per te non...» - Esita per un secondo -. «Non è al mio fianco. So che per te è molto doloroso, ma io amo Elena. Può sembrarti veramente da egoisti quello che ti sto dicendo, ma è la verità. Non voglio mentirti».

«Va bene. E capirò se vorrai licenziarmi dopo... questo».

Sono più che convinta che la mia carriera alla Jewel abbia i minuti contati.

«Licenziarti? Non ci penso nemmeno, e se mai Elena vorrà farlo, se la vedrà con me».

«La Presidentessa verrà a sapere cosa è appena successo» - mormoro afflitta -.

«Di questo non devi preoccupartene, parlerò con Elena e le chiederò di non dire niente a nessuno. Tu non dovrai preoccuparti di niente, e resterai dove sei ora. Va bene?» - Mi dice infine, abbracciandomi -.

«Sì. Grazie, Robert».

Rispondo al suo abbraccio, anche se il suo cuore batte ormai forte per un'altra. Non ho più paura di lasciarlo andare. Voglio che sia felice. L'unica cosa che mi lascia interdetta è il loro matrimonio... che sia vero?

Una volta tornati al Village, quando rientro in camera mi ritrovo davanti lo sguardo trionfante di Elena, seduta in quel momento su un divano, vicino a Jonathan. Cosa ci fa lei qui?

Nel frattempo intercetto un'occhiata delusa da parte di Jonathan. Che abbia saputo cos'è successo?

«Jonathan...»

«Lascia perdere» - interviene Elena -. «Non ha niente da dirti... mi stupirebbe il contrario».

«Che cos'hai fatto?» - Le domando -.

«Un bel niente, se paragonato a quello che hai fatto *tu*. Correre via in quel modo, delusa dal fatto che Robert non ti ami più, per poi lasciarti inseguire da lui. Chi ti credi di essere facendo così? Non sei nessuno... e tutto questo deve finire adesso! E visto che ora Jonny sa di tutto l'accaduto, lui si occuperà di te».

«Aspetta!» - Le dico prima che possa aprire la porta e andarsene via -. «Perché hai detto a Robert di starmi alla larga? Chi adesso è più preoccupata di essere abbandonata?»

Elena mi lancia un'altra occhiata acida. «Sarai anche stata il suo primo grande amore del passato, ma credi che questo possa essere paragonato al nostro presente e futuro insieme?»

«Tu hai paura» - ribatto -. «Hai paura che io ti possa portare via l'uomo che ami! Ma dopo che Robert mi ha ripetutamente detto di amarti alla follia, non ho speranze di riprendermelo... e anche se volessi, non lo farei, perché voglio la sua felicità più di tutto».

«Uhm... che tesoro che sei, ma non ti credo a sufficienza. Quello che hai appena fatto non dimostra ciò che stai dicendo ora. Per cui, dimmi: se ti licenziassi qui su due piedi, lui correrebbe in tua difesa?»

«Quando una persona ha un legame forte, inciso nell'anima con un'altra persona, è quasi impossibile riuscire a fargli del male senza ferire anche l'altra persona».

«Che diavolo vuol dire?»

«Se ferisci me, ferisci anche lui. Perciò pensaci attentamente, se lo ami non lo faresti. E adesso scusami...»

Ma quando mi giro, mi accorgo che Jonathan è sparito. Deve essere sgattaiolato alle spalle di Elena uscendo dalla porta. Perché è corso via così? Perché non mi ha lasciato spiegare? Voglio potergli dire la verità, e non posso permettere che le parole di Elena entrino nella sua testa innalzando un muro tra di noi. Se succedesse, lo perderei.

Ho impiegato ore per ritrovare Jonathan. Ormai è calata la sera, il sole è sparito all'orizzonte lasciando il posto alla luce artificiale dei lampioni lungo le strade. Solo quando le mie speranze sono venute meno, dopo innumerevoli chiamate perse al suo cellulare, ho riconosciuto la sua sagoma seduta al un tavolo di un bar, in uno stato visibilmente alterato.

«Non me ne frega un cazzo di ubriacarmi!» - Grida al barista -. «Tanto chi mi sta aspettando a casa? Nessuno! Nessuno mi sta aspettando...»

Mi piange il cuore vederlo così, quindi, senza esitare nemmeno un istante, entro nel locale e mi avvicino a lui.

«Non sai che l'alcool non fa bene per un nuotatore?» - Gli dico mettendomi seduta accanto a lui -.

«Non m'interessa» - risponde senza neppure guardarmi -.

«Beh, a me sì! Devi stare attento a....»

«Ho detto che non mi interessa! Ehi! Ridammela!» - Aggiunge non appena allontano la bottiglia da lui -.

«Non voglio vederti così! Non voglio vedere i tuoi occhi iniettati di sangue! Non voglio essere la persona che ti distruggerà la carriera! Devi saperti rialzare anche da solo, e visto che non vuoi il mio aiuto, allora me ne vado!»

Jonathan fa un sospiro. «Dimmi perché... perché sei ancora così follemente innamorata di mio fratello. Cos'ha lui che io non ho?»

«Jonathan...»

«Non mi è mai piaciuto vedere Robert sempre sotto i riflettori, in cima al podio della famiglia Morgan... mentre io, l'estraneo... sempre al secondo posto».

«Estraneo? Ma cosa intendi...?»

M'interrompo, perché in un istante realizzo il significato di quella parola.

«Sì, ora lo capisci» - mormora Jonathan -. «Io non sono nato tra i Morgan... non sono i miei veri genitori, mi hanno solo adottato».

«Come... non capisco... tu...»

«Sono semplicemente Jonathan. Che cosa non riesci a comprendere?»

«Credevo... Loro mi hanno sempre detto che tu viaggiavi molto, e per questo non ritornavi mai a casa dalla tua famiglia. Al tuo ritorno, tutti sono stati molto contenti di rivederti...»

«Lo so. Non vedevano l'ora di buttarmi via, per poi farmi ritornare sotto la dirigenza di mio fratello».

«No, Jonathan» - ribatto -. «Tu sei un gran direttore, gestisci ogni cosa in modo eccellente. Anche io ho più o meno vissuto la tua stessa vita. L'unica differenza è che io ho potuto vivere con loro, anche se sotto una campana di vetro. Mi dispiace che per te non sia stato lo stesso».

Jonathan scuote la testa, e non aggiunge altro.

«Com'è successo? Intendo...»

«I miei veri genitori sono morti in un incidente d'auto quando ero molto piccolo» - racconta -. «Fui l'unico sopravvissuto, e non avendo altri parenti fui mandato in orfanotrofio. Dopo qualche tempo arrivarono i Morgan con il loro primogenito; volevano un secondo figlio, ma Julianne non poteva più averne... e vollero adottarmi».

Non aggiunge altro, e neppure io riesco a proferir parola. Vorrei dire un milione di cose, ma sono così sconvolta – dopo una giornata simile lo sarebbe chiunque – che qualsiasi sillaba mi muore in gola prima che riesca a pronunciarla. Ma devo fare qualcosa per lui... devo riportarlo sulla retta via.

«Va bene» - dico infine, versandomi in un bicchiere il contenuto della bottiglia -.

«Ehi! Che stai facendo?»

«Bevo. Così tu non potrai farlo».

«Ma tu odi bere. Dammi qua...!»

«Se per riportarti sulla strada giusta devo sottopormi a questa tortura, allora lo farò! Voglio che tu ritorni a essere l'uomo di cui mi sono infatuata. Voglio vederti combattere per il posto che ti spetta da direttore generale della Jewel!»

E sotto il suo sguardo incredulo, mando giù il liquido tutto d'un fiato.

Quanto tempo è passato? Dio, l'alcol non lo reggo proprio... ho la vista annebbiata, non so più nemmeno dove mi trovo. Il bar è sparito, il mondo intero è ovattato, l'unica cosa che sento chiara e forte è la voce di Jonathan al mio fianco. Anche perché mi regge per il fianco. Stiamo camminando? Boh... io so solo di stare parlando a raffica, incurante delle conseguenze.

«Pensavo di essere riuscita a dimenticare quello che mi aveva fatto passare, lasciando semplicemente che lui vivesse la sua vita e io la mia... ma continuando a vederlo sul posto di lavoro, non riuscivo a non pensare al perché lui mi avesse abbandonata in quel modo. Non potevo lavorare sapendo che mi nascondeva qualcosa, così sono andata a parlargli, qualche ora prima che trovassi Elena nel suo ufficio. Noi non stiamo più insieme... e non saremo mai più una coppia come prima. Lui si sposerà... e io devo andare avanti per la mia strada in ogni caso»

«E tu sei felice anche così?» - Mi domanda -.

«Certo! Jonathan...? Non volevo farti soffrire così tanto... che ti sentissi usato per colpa mia. Volevo solo che ci conoscessimo meglio... io e te. Sento... di avere un legame con te in qualche modo... uff... scusa, sto parlando a vanvera...»

«Non scusarti. Mi piace quando sei ubriaca, dici le cose che da sobria non riusciresti mai a dire».

«Sono un completo fallimento». - dichiaro, abbassando il capo visibilmente di malumore -.

«No, non lo sei. Sei solo confusa. Dimmi... dimmi solo che mi ami, Veronica, e non ti farò mai andare via. Affidami il tuo cuore, così che io sappia di non poter vivere senza di te al mio fianco».

Cavolo... sono lusingata e... molto confusa.

«Non riesco a lasciarti andare, sei tutto per me» - continua -, «ma capisco che per te sia strano e troppo veloce».

Questo sì...

«Credi di poter provare a darmi una possibilità?»

«Non... lo so» - gli dico, sincera -.

«Non avrei dovuto» - aggiunge Jonathan -. «So che per te è difficile vedere Robert con un'altra donna, ma non voglio aspettare con te».

«Se ti dicessi che è difficile, mi aiuteresti?» - Gli domando infine -.

Sguardo confuso da parte sua.

«Sto scherzando! Sarei matta se mi avvicinassi di nuovo a lui. Mi dimenticherò di Robert... dimenticherò tutto di lui» - aggiungo trionfante -.

«Sì... dovresti fargli capire che uno come lui è solamente un granello di polvere nella tua vita. Non è questa la miglior vendetta?»

«In ogni caso, tutto ciò che è successo prima... è solamente un ricordo meraviglioso. Quindi metterò tutti questi ricordi in una scatola di cioccolatini... e quando lui mi mancherà ne mangerò uno».

Spero di non doverli mai mangiare.

A questo punto riconosco la nostra camera da letto. In particolare il letto... dove senza pensarci due volte, ci crollo sopra come un sasso.

La mattina seguente.

Le mie palpebre sono come attaccate con la colla, riesco ad aprirle solo dopo qualche tentativo. All'improvviso sento un sonoro «Buongiorno!» e qualcuno apre le tende facendo entrare quel sole accecante del mattino di Los Angeles.

«Jonathan...» - Mormoro a fatica -.

«Come hai dormito?»

«Lascia perdere. Tu?»

«Come un sasso. Tieni!»

E mi porge un bicchiere. «Che cos'è?» - Chiedo -.

«Tè caldo. So che ti piace».

«Grazie... è buonissimo».

Per un po' restiamo in silenzio. Jonathan sembra voler aspettare che io mandi giù abbastanza tè prima di farmi qualche domanda spinosa. E infatti...

«Ricordi qualcosa di ieri sera?»

«Intendi quando mi sono ubriacata fino a svenire? Sì, me lo ricordo» - aggiungo un po' imbarazzata -.

«Oltre a questo, non ti ricordi nient'altro?»

«Ho bisogno di una doccia».

E prima che riesca a dirmi qualcos'altro mi alzo dal letto voltandogli le spalle. Devo sembrare un totale disastro ai suoi occhi. Mi ricordo tutto di ieri sera. Ogni più piccolo dettaglio nella mia mente ritorna come un uragano a tormentarmi. L'unica mia preoccupazione, al momento, è che anche lui possa stancarsi di me e abbandonarmi per un'altra.

Forse è solo paranoia... sarà colpa della mia rottura con Robert, poco ma sicuro.

Uscita dalla doccia, prendo l'accappatoio e mi asciugo delicatamente. L'aria fresca del mattino mi percorre tutte le braccia scoperte, e la visione della spiaggia dalla vetrata mi scalda il cuore. Una volta vestita e pronta per uscire, intravedo Jonathan sul balcone. Il suo sguardo è preoccupato, ma glielo cancello in pochi istanti. Avvicinandomi gli accarezzo la guancia, e gli prendo il viso tra le mie mani, riscaldandolo. Guardando i suoi occhi, lo bacio dolcemente sulle labbra.

Ne ho bisogno, e anche lui. Ma più di tutto, voglio baciarlo per fargli capire che quello che è successo ieri me lo ricordo bene. Questa è la mia risposta alla sua domanda.

«Devo pensare più a noi adesso. Ora siamo più vicini che prima, dobbiamo sostenerci l'un l'altro» - gli dico -.

Jonathan annuisce fiero. «E col matrimonio di Robert? Che pensi di fare?»

«Se a lui fa piacere che io sia presente, ci andrò. Spero inoltre che tu possa essermi accanto per proteggermi e sostenermi».

«Ci sarò! Non devi preoccuparti».

«Ah... ora che ci penso, non ho niente di adatto per l'occasione. Dobbiamo fare shopping!»

Jonathan si passa una mano sulla fronte.

«In effetti... eh, Robert vuole fare 'sta cosa alla svelta, neanch'io ho un vestito adatto...»

«Che ne dici se portiamo con noi anche Margaret?»

«Va bene».

«Davvero? Allora l'avviso subito di prepararsi».

Sono molto contenta di poter andare a fare shopping con mia cugina e con il mio futuro fidanzato (sì, non è ancora ufficiale, ma non ho intenzione di sprecare neanche un attimo della mia nuova vita). Una volta in macchina, Jonathan accende la radio. Un po' di musica ci vuole per abbattere il silenzio. Nella superstrada, vedo la periferia allontanarsi sempre più lasciando spazio all'immensa città davanti a noi. Ci vuole proprio una giornata per rilassarsi e prendere un po' d'aria.

Pare che le nozze avverranno dopo la sfilata, proprio al Village, e la cosa sarà organizzata da esperti di grande talento del settore matrimoni da sogno. Che fortuna. Lo abbiamo saputo stamattina dopo colazione, sotto forma di invito cartaceo lasciatoci davanti la porta. Se le cose stanno così, abbiamo decisamente poco tempo per comprare il giusto abbigliamento. E questo ci ha portati a Hollywood, presso un negozio di abiti da cerimonie molto conosciuto. Una sola occhiata alle vetrine mi provoca un'eccitazione incredibile all'idea di provarne uno e ammirarmi davanti allo specchio delle meraviglie.

All'interno, il luccichio del lampadario a cascata mi abbaglia. Gli abiti sono divisi per colore e compostezza. Una cosa straordinaria! Margaret esplode dalla felicità e percorre l'intero negozio alla ricerca dell'abito perfetto.

Una volta in camerino a provare e riprovare svariati vestiti, il mio corpo non riesce più a resistere a tutti questi strati di tessuto e dalla morbidezza della mano. Mi sono innamorata di un abito color lavanda, proprio intonato alla mia carnagione. È perfetto, mi dico... ma il costo è eccessivo. Ora che voglio essere indipendente anche economicamente, non voglio più attingere dalle tasche di papà.

Una volta aperte le tende del camerino, gli sguardi di entrambi i miei accompagnatori sono identici al mio, dopo essermi fissata allo specchio.

«Sei uno schianto Vero!» - Mi dice Margaret -. «Bellissima!»

«Grazie, ma… è troppo caro».

«Ah, fa nulla, mia madre ha detto che puoi comprarti tutto quello che desideri, pagherà lei» - interviene Jonathan.

Rimango stupita. «Cosa? No, non posso accettare...»

«Sì che puoi» - ribatte lui, deciso -. «Lei è stata molto chiara a tal proposito. Non vorrai mica offenderla?»

Ovviamente sta scherzando. So che Julianne è sempre stata gentile con tutti, è solo che m'imbarazza un po' chiederle questo enorme gesto.

«Eddai, Veronica, pensaci! Farai rimanere tutti a bocca aperta se ti presenterai al matrimonio con questo abito» - mi esorta Margaret -.

«Ma... non sono io a dovermi sposare e non voglio oscurare la sposa».

«Ma che dici! La sposa sarà sempre al centro dell'attenzione, tranquilla. Ma tu sei una parte fondamentale per Robert nel suo gran giorno, insieme a Jonathan. Ed essendo una coppia voi due, sia nel lavoro che nella vita privata...» - Specifica -, «dovete essere in coordinato anche con gli abiti».

Detto ciò mi fa notare il completo che Jonathan ha provato prima in camerino e che gli sta divinamente. Saremmo davvero una bella coppia quella sera, non posso negarlo. Il desiderio di poter indossare questo bellissimo abito sale sempre più alle stelle. Voglio andarci con questo indosso, ma davvero posso permettermelo? Almeno di pagare una parte, questo sì.

All'improvviso mi squilla il cellulare. Non riconosco il numero ma potrebbe essere importante, perciò...

«Pronto?»

«Veronica, tesoro!»

«Signora Morg... Julianne?» - Sono sorpresa di sentirla -.

«Ho saputo che ti stai provando l'abito dei tuoi sogni in questo momento. Com'è?»

«È... meraviglioso!» - E sorrido, felice -.

«Lo sapevo. Cosa aspetti a comprarlo allora?»

«Non posso, davvero. La ringrazio per tutto quello che fa per me, ma non posso accettare i suoi soldi...»

«Il denaro non importa. Al momento conta solo la tua felicità» - mi ricorda -. «Ti ricordi quando tu e tua madre veniste a trovarmi in ospedale, dopo che appresi di non poter avere più figli?»

«Beh... sì, ma non molto bene...» - Confesso -.

«Certo. Eri piccola, ma quel giorno venisti con un mazzo di fiori in mano e il sorriso stampato sul volto. Eri una bambina davvero bellissima e allegra. Niente poteva distruggere la tua gioia» - racconta Julianne -. «Quel giorno fui travolta da una tristezza angosciante, ma tu eri lì ad aiutarmi a rimettermi in piedi. Tu mi aiutasti a rialzarmi e ad andare avanti con il sorriso... perciò direi che questo mio regalo per te serva a sdebitarmi».

«Oh... Julianne...»

È davvero troppo gentile.

«Non preoccuparti del prezzo, se è l'unico motivo della tua esitazione. Voglio vederti felice anche quel giorno, con Jonathan».

E riaggancia. Senza aggiungere altro. Caspita, ho davvero una persona dal cuore nobile accanto a me, che mi protegge e mi custodisce come sua figlia. Sono fortunata. Julianne e mia madre erano grandi amiche, audaci e intraprendenti. Sognatrici ma al tempo stesso con i piedi per terra. E so anche bene che ognuna di queste persone che mi stanno accanto sono una parte di me, mi rappresentano, e senza di loro non sarei me stessa. Devo tutto a loro.

E devo comprare questo vestito!

È ora di rientrare al Village. Lungo il tragitto in macchina, siamo così sfiniti che Margaret si addormenta addirittura dopo alcuni minuti. Che fortuna! Lei riesce a dormire come un sasso nelle più svariate situazioni; io invece, con la mente che va da una parte all'altra, non riesco a chiudere un solo occhio, figuriamoci due.

«Prova a riposare la mente chiudendo gli occhi e lasciandoti trasportare dalla corrente» - mi incita Jonathan -.

«Non è così facile. Proprio quando chiudo gli occhi, la mia mente comincia a vagare» - gli rispondo, stressata, mentre guardo fiori dal finestrino -.

«Sei preoccupata per qualcosa in particolare?»

In realtà non lo so. Non sono in ansia per qualcosa di specifico, solo non so cosa aspettarmi una volta tornati alla realtà dei fatti.

«Credo di essere un po' preoccupata per ciò che accadrà una volta tornati al resort».

«Cosa dovrebbe accadere?»

«Non lo so. Forse Elena ha parlato con la Presidentessa, e starà aspettando il mio ritorno per sbattermi in faccia la mia sconfitta».

È quello che spera, poco ma sicuro.

«Non lo permetterò» - aggiunge Jonathan, serio -.

«Grazie, Jonathan... ma è successo, e può succedere di nuovo. Chissà... se tutto andrà per il meglio anche stavolta».

La vita è imprevedibile, così come le scelte che uno fa.

Una volta tornati a casa, sveglio Margaret dal sedile posteriore, che nel frattempo si era coricata. Beata lei!

«Ehi, sveglia, siamo arrivati! Scendi» - le comunico, scuotendola delicatamente -.

Marghy si stiracchia facendo un grosso sbadiglio. «Che peccato... dormivo così bene...»

«Lo immagino. Se sei stanca vai a letto, ti porto io il vestito in camera domani mattina».

«Okay, grazie. Buonanotte!» - Dice a entrambi -.

Una volta rimasti soli io e Jaonathan, ci incamminiamo verso l'entrata in silenzio. Varchiamo la soglia del portone per dirigerci all'ascensore, quando Jonathan mi precede e fa lui per spingere il bottone. C'è uno strano silenzio imbarazzante al momento tra di noi. Che gli starà passando per la testa?

Arriviamo al nostro piano e ci dirigiamo in camera. Appena varchiamo la porta, lui si divide da me, appoggia le borse sul tavolino in salotto e apre la portafinestra del balcone. Tutto in silenzio. Ero distratta prima e non ho notato come lui avesse bisogno di parlare con qualcuno, mentre io mi lamentavo come mio solito. Lui soffriva in silenzio. Sono una stupida.

«Ehi, stai bene?» - Gli domando, quando lo raggiungo fuori -.

L'aria fredda si percepisce, ma si sta comunque bene -.

«Ero preoccupato… in realtà» - mi confessa, stringendo le mani a pugno -.

«Di che cosa?»

Nel frattempo lui mi stringe ancora più forte la mano, dopo che io gli accarezzo il braccio. Fa per abbracciarmi, forse ne ha bisogno. Forse ha bisogno solo di questo.

«Veronica, per me tu non sei di passaggio. Certo, c'è gente che ci passa e poi va via, ma tu non sei di certo quel tipo di persona...»

«Perché mi dici questo adesso?» - Domando, una volta che i nostri occhi s'incrociano -.

«Ho voglia ancora di tanti abbracci...»

Glielo concedo. Non voglio insistere, quando vorrà parlarmi di quello che lo turba, io sarò qui.

Ci stendiamo sul letto, uno accanto all'altro. Tutto lo stress accumulato in questi ultimi giorni, beh, lo sto smaltendo adesso.

Neanche ho sentito il tocco di Jonathan, così delicato sulla mia schiena. Mi abbraccia da dietro… e così ci addormentiamo piano piano.

«Veronica?» - Sento chiamarmi nel buio della notte -. Mi giro, è Jonathan.

«Che succede?» - Gli chiedo preoccupata -. Non sono nemmeno le sei di mattina.

«Guardami, ti prego».

«Ti sto guardando» - lo rassicuro -.

Inspira, quando gli accarezzo la guancia. Poi espira, quando gli do un bacio sulla fronte.

«Sto bene, non preoccuparti» - mi dice, rassicurandomi -.

«Devo proteggerlo».

«Cosa?» - Mi chiede, visibilmente confuso -.

«Il tuo cuore» - gli rispondo -.

«Fammi vedere come fai».

E lo bacio -.

«E questo?» - Mi chiede -.

«È meglio di qualsiasi altra cura» - gli dico -.

Sorride. «Mi piace. Dammene ancora un altro...»

«Ci sarai sempre per me, vero Jonathan?»

«Certo che sì» - mi risponde sicuro -.

E questo mi basta.

Il suo abbraccio è tanto desiderato quanto protettivo. Amo sentire quando le sue braccia mi tengono stretta a sé, e appoggia la testa nell'incavo del mio collo inspirando il profumo dei miei capelli. Lo adoro.

Poco dopo, la scena cambia prospettiva e un semplice abbraccio diventa qualcosa di più profondo. Jonathan mi spinge fino a farmi toccare il letto con la schiena, e il suo corpo si piomba sopra di me all'istante. Ho le farfalle allo stomaco, la tensione a mille, e l'eccitazione oltre l'immaginabile. Lo voglio, adesso più che mai, lo desidero.

Un bacio, e poi un altro. Una carezza e poi un'altra. Ogni suo tocco mi esalta e mi fa venire i brividi. All'improvviso si ferma e mi guarda negli occhi. Con uno sguardo deciso e preoccupato allo stesso tempo, mi chiede: «Sei sicura? Lo so che ti ho detto che lo volevo fare, ma non voglio forzarti. Devi essere tu con i tuoi tempi a dirmi quando sei pronta».

«Sai cosa mi piace di più di te?» - Affermo -. «La tua tendenza a passare in un istante da uomo sicuro di sé e pieno di talento... a un po' insicuro e imbranato. Mi mostri sempre ogni più piccola parte, sei totalmente trasparente. E ogni volta mi sorprendo di come non ti conosca affatto... ma è proprio per questo che voglio conoscerti meglio. Voglio poterti avere sempre al mio fianco, sentirti vicino a me. Desidero amarti e vivere con te al tuo fianco».

«Veronica...»

«Baciami, stupido!»

Non mi fa attendere, e le sue labbra si piombano sulle mie come calamite. Ci accarezziamo, ci baciamo e nella notte viviamo quello che possiamo chiamare l'inizio del nostro "status" di coppia.

Capitolo 9

Qualche giorno dopo, tra un'escursione e l'altra per i dintorni della zona e qualche cena a lume di candela nei ristoranti più belli della città, arriva il momento tanto atteso: la favolosa sfilata "Giovane Donna" che tanto ho bramato di vedere da vicino.

Stiamo facendo colazione quando vedo Robert e Elena entrare in sala, mano nella mano, attirando l'attenzione di tutti. Si siedono vicini e dopo averci gettato un'occhiata iniziano a parlare:

«Oggi è il grande giorno!» - esulta un già vittorioso Robert -. «Spero siate pronti a gestire a pieno le vostre responsabilità e che adoperiate con cura tutti i mezzi necessari per finire il lavoro al meglio!»

«La gara inizia nel pomeriggio» - interviene Elena, illustrando i vari passaggi della competizione -. «Si comincerà dalle basi ovviamente, scegliere il diamante più adatto per creare un gioiello che poi sarà l'inizio di una serie di collezioni future».

«Non sarà facile, ma per la nostra designer di successo non c'è alcun problema» - la elogia Robert, sorridendole e mettendole un braccio dietro la schiena -.

«Nelle scorse edizioni ci siamo fatti valere e abbiamo vinto! Per cui non penso ci sia alcun problema nemmeno questa volta. Per il momento è tutto, ci sono domande?»

Silenzio. So bene che la Jewel ha già collezionato trionfi al EYT. Si tiene ogni anno al fine testare le abilità dei giovani arrivati nel campo, in questo esatto in cui la gente è un po' più spendacciona. Sì, ragazzi, è proprio il periodo di San Valentino a cui mi riferisco. E anche se non mi piace dirlo, devo ammettere di essere uno di quei giovani ancora alle prime armi. La mia prima vera sfida è stata anche l'unica, e ho perso miseramente mettendo così in cattiva luce la Mars per mesi. Ho ripagato il mio danno, accettando la posizione affidatami da mio padre: braccio destro del vero designer, a cui ora ho capito di farne parte. Venivo semplicemente usata, e non me ne rendevo nemmeno conto.

Nel frattempo si alza in piedi una collega dell'ufficio stampa, con la mano alzata. «Volevo chiedere... ma a questo tipo di competizione può solo partecipare attivamente chi rappresenta il titolo dell'azienda? Non può, e dico ad esempio, esserci qualcuno come il caporedattore artistico?» - Domanda, riferendosi a me come ad un componente principale -.

«Sì! Ed è colei che siede alla mia destra» - Risponde Jonathan, indicandomi -.

«Ma deve essere Elena a decidere se Veronica è in grado o no di adempire le sue responsabilità da vicino» - interviene Robert -.

«È un grosso impegno, credi di saperlo gestire?» - Si rivolge a me Elena -. «So che hai partecipato a qualche competizione in passato, ma qui è diverso...»

«Se non le dai nemmeno un'opportunità, come pensi che possa fartelo vedere?»

«Jonny caro...» - Odio quel nomignolo quando lo usa lei -. «Sempre pronto a difenderla, vero? Comunque, va bene! Ti lascerò tentare, mi affiancherai... ma se vedo che non riesci a seguire la corrente dovrò sostituirti con Viola».

E indica la collega che ha posto la domanda.

Annuisco. Non è ciò che voglio fare, ma meglio di niente, no? Potrò operare da vicino e guardare da dietro le quinte come lavorano i designer. Che onore!

Una volta finito, ci prepariamo a partire. Il viaggio non è lungo, ma c'è molto da controllare. Ora il mio compito non è solo visionare da lontano la sfilata, posso – anzi, *devo* – operare da più vicino. Praticamente è come se fossi incollata all'apice della sfilata.

Una volta arrivati, la visione è a dir poco stupefacente. La grandezza, la maestosità dell'architettura esterna lascia subito pensare che all'interno di essa si terrà una serata molto importante. Questa collezione poi, che farà da preludio a un'intera serie di altri gioielli, sarà venduta in tutti i negozi del mondo. E ovviamente firmati con marchio e nome dello stilista che li ha realizzati.

Scendiamo in fila uno per uno dalle auto accostate lì davanti, e insieme ci incamminiamo verso l'entrata. Ho il piacere di poter sedere e parlare con i più grandi stilisti al mondo. Alcuni non li ho mai visti ma solo sentiti nominare. Sono leggende nel settore dei gioielli e di quello che in generale fa moda e piace. Vorrei tanto poter avere l'occasione di parlare con loro, e magari apprendere qualcosa che mi possa servire in futuro.

L'interno è ancora più bello! Ci sono colonne a perdita d'occhio e vetrate con tendoni lunghi e massicci. Al centro si estende una passerella da sogno, con luci e lunghe file di sedie e bottiglie d'acqua per dissetare le gole degli spettatori, ai lati.

Una volta finiti i preparativi, la serata può dirsi iniziata. Il direttore dell'EYT sale sul palco, pronto a dare inizio alle danze:

«Salve a tutti e benvenuti all'undicesima edizione di "Giovane Donna"! Oggi assisteremo a grandi performance e rivedremo persone di grande talento e stima. Un applauso ai partecipanti di quest'anno!»

I giovani partecipanti salgono sul palco posizionandosi in fila uno di fianco all'altro.

«La sfilata, come ogni anno, si articola nelle seguenti fasi. Ci sarà una prima fase in cui ogni designer dovrà scegliere il proprio diamante e lavorare al fine di creare un gioiello su misura. Al secondo step si dirigeranno nella sala di lavoro, dove conosceranno i loro artigiani e con cui opereranno. Avranno una pausa al termine delle prime quattro ore, per poi riprendere una mezz'ora dopo. Il terzo e ultimo step prevede il completamento del gioiello che sarà mostrato alla giuria. Colgo l'occasione per presentare i giudici che quest'oggi hanno avuto il piacere di essere con noi. Un applauso!»

Voltandomi, riconosco subito tra i due giudici esterni una persona che ha catturato tutta la mia attenzione da quando sono arrivata. Julia Han, la stilista più famosa del decennio, colei che avrebbe dovuto lavorare con mia madre ben diciotto anni fa... ma non riuscì nemmeno a incontrarla quel giorno. Al suo posto, un'altra donna ottenne l'opportunità di lavorare con lei guadagnandosi di conseguenza fama e prestigio. Avevo quasi dimenticato questo piccolo particolare, perché il solo ricordo di quella donna al telegiornale che comunicava la nuova stella nascente, mi spezzò il cuore. Ma quella voce non potei più togliermela dalla testa. Il suono di quella risata mi tormentò molte notti a seguito dell'incidente.

Mia madre, dimenticata e messa in seconda posizione dal nuovo arrivo... una vera frustrazione, ma anche uno stimolo a combattere per lei. Per realizzare il suo sogno, che è anche il mio.

La gara ha inizio. Sono un po' nervosa, devo ammetterlo, ma ho anche molta voglia di vedere da vicino il lavoro di Elena. La scelta dei gioielli e il motivo per cui ha scelto quel modello è arrivato. Ognuno ha selezionato un diamante diverso, con motivazioni altrettanto diverse. Ora tocca a Elena...

Robert la guarda con tanta ammirazione ora, come se fosse il centro di tutta la sua vita. So di essere ritenuta ai suoi occhi solo un ostacolo al successo della Jewel, ma devo comunque accettare il fatto che anche lui si trova dall'altra parte della barricata. Una parte in cui non posso mettere piede.

«Signorina Sherman, come mai ha scelto il diamante Marquise detto anche Navette?» - Domanda in quel momento lo speaker -.

«Rappresenta appieno ciò che voglio realizzare quest'oggi» - spiega lei -. «Il mio obbiettivo è quello di dare maggior pienezza al gioiello, voglio far intendere alle persone il suo vero significato attraverso la mia realizzazione. Ho pensato appunto di creare una collana simbolo della maestosità e della ricchezza di una donna. Ogni donna dovrebbe mostrare il suo più grande tesoro, e quale potrebbe essere meglio di un gioiello? Grazie».

«Grazie a te, Elena, siamo molto curiosi di vederti all'opera. E adesso continuiamo...»

Ha scelto proprio quello che io avrei scartato. Per me non ha la giusta forma per essere incastonato in una cornice. Quale sarà il suo piano stavolta?

«Sei stata grandiosa!» - Si complimenta Robert -. «Non avrei mai pensato che scegliessi fra tutti proprio quello. Qual è la tua idea?»

«Voglio sorprendere i giudici... uno in particolare» - risponde Elena -.

«La Han, immagino» - interviene Jonathan -.

«Esattamente! Ora devo andare... Veronica, sbrigati!»

Annuisco, ma nel frattempo una curiosità mi frulla in testa. Perché la Han? Perché proprio lei deve essere il suo obbiettivo? Lei che doveva condurre mia madre sulla strada del successo, farla diventare un simbolo per tutti i giovani talenti che, nella loro vita, avrebbero voluto intraprendere il settore della moda. Non ho mai saputo chi fu la donna che ricevette questo sommo onore al posto di mia madre, poiché la tv fu spenta prima che ne apprendessi il nome... e per tutti questi anni ho lasciato perdere. Ma ora la curiosità ribolle, sale, sempre di più.

Una volta all'opera, posso analizzare ogni particolare del gioiello, dimenticandomi della Han e ricredendomi sul suo potenziale.

«La mia idea è questa, cosa ne pensate?» - Domanda Elena agli artigiani che operano accanto a lei -.

«È eccellente, signorina Sherman... come sempre».

«Sì, siamo più che preparati».

«Allora iniziamo».

E cominciano a incidere il diamante con molta attenzione. È vero, la sua idea fa rimanere a bocca aperta tutti i presenti. Il suo ingegno mi sorprende ogni volta. Annotandomi ogni più piccolo passaggio, incomincio a capire come lavora davvero in questo ambito. Serve maggior attenzione e una buona dose di idee. Quello può aiutare a vincere. Su questo Robert ha più che ragione. Non posso competere con una donna che ha più anni di esperienza di me, e non posso insistere sul fatto di voler essere io la nuova capodesigner dell'azienda, non avendo le capacità adatte. Ora l'ho finalmente capito. Lui lo ha fatto per me, non voleva darmi una delusione prendendo in considerazione la mia richiesta. Dovrò ringraziarlo al termine della sfilata.

Ormai siamo a pochi minuti dalla fine della prima parte del lavoro. Sono esausta e ho bisogno di idratarmi. Dopo essere scesa dal palco, mi dirigo in sala ristoro. Una volta lì, voci di altri conduttori televisivi mi arrivano subito all'orecchio.

«...la Sherman vincerà di nuovo».

«Hai ragione. La sua famiglia è davvero la migliore che ci sia. Suo padre è un famoso architetto e sua madre la stilista più affermata degli ultimi vent'anni. Cosa le può andare storto?»

«Eh già! È tutto grazie alla nostra fantastica Han... è lei che l'ha fatta diventare la nuova stella nascente...»

Sono sbalordita. La madre di Elena? Quella strega che mi ha umiliata giorni fa in ufficio davanti ai miei superiori? L'incredulità è forte, ma lentamente mi rendo conto quanto avrebbe senso: se lei sapeva di me, di chi ero figlia, allora è chiaro il motivo per cui mi ha trattata come spazzatura quel giorno.

Una volta tornata in sala, raggiungo a grandi passi la postazione di lavoro di Elena.

«Come procede il lavoro?» - Domanda curioso Robert, in quel momento -.

«Molto bene. Tu stai prendendo nota di tutto quanto?» - Si riferisce a me -.

«Sì» - rispondo netta -.

«Perfetto! Ma ricorda, non basta che scrivi quello che vedi qui. Devi anche annotare ciò che fanno gli altri partecipanti».

«Ma... questo non significa copiare?»

«No, Veronica. Questo significa semplicemente vedere come lavorano le altre aziende nel caso volessimo fargli un contratto di lavoro, il quale implica semplicemente lavorare con loro. Ti è più chiaro così?»

Annuisco e torno alla mia postazione, sparendo dalla sua vista. Non sono stupida. Quello che lei vuole fare è ben chiaro, ma non posso obiettare.

Quasi alla fine della prima pausa, una signora si avvicina a Elena. «Carissima, come stai?»

Mi volto, riconoscendola all'istante con mio grande stupore: Julia Han!

«Signora Han, è un piacere rivederla. Lei come sta? Come va la gamba?»

«Molto meglio grazie. L'incidente è ormai alle spalle».

Incidente? Che cosa le è successo?

«Mi fa piacere, ma comunque quelle persone devono pagare per ciò che le hanno fatto» - commenta Elena -.

«La giustizia saprà cosa fare. A proposito, come sta tua madre? L'ultima volta che l'ho sentita era in viaggio di lavoro in Europa...»

«Sì, per una collezione lingerie, è ritornata proprio due giorni fa».

«Che peccato non esserci riuscite ad incontrare, ero stata invitata».

«Dispiace anche a me. Se vuole, la prossima volta che soggiorna a New York potremmo ospitarla da noi per una cena. Che ne pensa?»

Fino a che punto vuole spingersi?

«Con molto piacere» - le sorride -. «Devo parlarle di molti progetti futuri importanti e che la faranno diventare una star».

Come se già non lo fosse abbastanza!

«Bene, ora vado, non voglio toglierti altro tempo. Buona fortuna per la gara!»

E se ne va, non prima che il suo sguardo mi incroci per una frazione di secondo.

Nell'attesa che finiscano di assemblare i pezzi, mi dirigo dietro le quinte. Ho bisogno di respirare, la pressione lì sopra è arrivata alle stelle. Siamo alla fase finale, c'è bisogno di tutto il silenzio e la calma possibile altrimenti il lavoro potrebbe risentirne. Bevo un po' d'acqua, ma ad un tratto il telefono mi squilla nella borsa. È Carmela!

«Ehi Carmela, come stai? Sei a casa?»

«Sì, siamo tornati questa mattina. Tuo padre sta molto meglio, è qui seduto a fianco a me. Stiamo guardando la sfilata in tv...»

«Davvero?»

«Sì! E ti abbiamo anche vista all'opera prima. Siamo così fieri di te!»

«Sono così felice che papà stia bene. Posso parlargli?»

Silenzio dall'altra parte...

«Gerald è ancora molto debole. Mi ha detto che parlerete quando sarai di ritorno, per adesso è tutto».

«Va bene. Grazie Carmela. Abbi cura di mio padre per me, e... digli che gli voglio bene».

«Ma certo, a presto, tesoro».

Capisco perché mio padre non mi voglia parlare, e lo accetto. Ma al mio ritorno, dovrà ascoltarmi.

Una voce alle mie spalle mi chiama, facendomi quasi cadere il bicchiere di plastica che ho in mano.

«Ehi, possibile che debba sempre spaventarti?» - Mi domanda un divertito Jonathan -.

«Magari se evitassi di farmi tutti questi agguati alle spalle...» - Lo rimprovero -.

«D'accordo, colpa mia. Come stai? Con chi eri al telefono prima?»

«Era Carmela. Mi ha detto che sono tornati a casa oggi, e che stanno tutti bene...»

«Fantastico! Ma... non sei felice?» - Chiaramente ha notato la mia espressione -.

«Lo sono! Ma vorrei poter essere con papà adesso, abbracciarlo e dirgli quanto gli voglio bene. Quanta paura ho avuto di perderlo... vorrei il suo perdono, gli ho mentito su molte cose».

Jonathan scuote la testa. «Tuo padre non ti odia, Veronica. Sa quanto tieni a lui, alla sua approvazione in tutto ciò che fai...»

«Sembra che tu conosca molto bene mio padre...»

«No, ma ho provato lo stesso con il mio patrigno. Lui mi vuole bene, come fossi davvero figlio suo, anche se non è così. Perciò ti dico di rilassarti e di goderti questa sfilata, perché se lui ti sta guardando in un momento come questo, vorrà di certo vederti all'opera. Vorrà vedere le grandi capacità della figlia, che ha lasciato finalmente volare libera. Non credi?»

«Sì, lo penso anch'io».

«Allora andiamo?» - Mi incita -.

Annuisco, e ci avviamo mano nella mano.

L'evento sta per concludersi, e la giuria è stupefatta dalla maestosità di ogni gioiello dei concorrenti in gara. Il tanto atteso momento è arrivato, mi dicono dal palco dove sale il conduttore.

Respira, Veronica, vedrai che tutto andrà per il meglio.

Continuo però a ripensare a Julia Han, della Han Corporation. Chissà se si ricorda di mia madre. Si sarà sentita in colpa avendola abbandonata in quel modo, distruggendo così i suoi sogni? Sì, sono arrabbiata, ma più di tutte ferita.

Una volta scaduto il tempo, il direttore annuncia:

«Che grande esibizione! Che grandi scoperte abbiamo qui stasera! Grandi ritorni, ma anche nuovi talenti emergenti. Presto sapremo cosa ne pensano i giudici, ma per ora diamo il via alla pubblicità!»

Una marea di applausi inonda la sala. Non sopporto questo urlare così rimbombante, tanto che mi metto le mani sulle orecchie. Non so perché lo trovo tanto fastidioso, ma mi provoca un brutto presentimento... come se qualcosa di spiacevole accadrà tra breve.

Due mani grandi e possenti si appropriano delle mie, costringendomi a toglierle dalle orecchie e a guardarlo negli occhi.

«Non avere paura di ascoltare. Ci sono io qui con te» - mi rassicura Jonathan -. Il suo sguardo, così dolce e protettivo, mi trasmette un'energia in grado di sconfiggere qualsiasi avversità e malignità purché ci sia lui accanto.

Annuisco e riprendo ad applaudire.

«Ora che la gara si può definire conclusa» - riprende il direttore -, «passerei a ciò che i nostri amati giudici pensano di ognuna delle presentazioni. Comincerei da Tiffany. Prego, spiega la tua magnifica creazione...»

Tiffany è una brava designer, ma l'unica cosa che le manca è più bontà. È troppo odiosa, e si lamenta se qualcosa non è fatto come lei se l'era immaginato. Non che sia pienamente scorretto, ma un po' di gentilezza non guasterebbe.

«La sua testardaggine è incredibile. Così facendo riesce a catturare i giudici e a farli votare per lei» - si stupisce Robert -.

«Non saltare a conclusioni troppo affrettate» - ribatte Jonathan -. «È vero che Tiffany è molto brava... ma non così brava. Rilassati e aspettiamo che tocchi a Elena. Siamo qui per lei, no?»

Robert annuisce, incrociando le braccia senza smettere di guardarla.

"Siamo qui per lei". Che vuol dire? C'è qualcosa di più che non so?

«A cosa ti riferisci?» - Gli domando -.

«Semplice, se Elena dovesse vincere – di nuovo – la Jewel, come lei stessa, verrà sponsorizzata e riconosciuta in tutto il mondo. Presto, se dovesse andare avanti a grandi passi come sta facendo ora, diventerà molto famosa... e noi con lei» - mi spiega Jonathan -.

Ora è tutto chiaro, e capisco perché lei ci tenga a fare bella figura davanti alla Han. Vuole lavorare con lei come sta facendo sua madre ora, così da diventare la nuova designer più famosa al mondo. Verrà riconosciuta come la figlia della grande stilista che ha trionfato dopo la morte della sua sfidante più amata dal pubblico. E lei vuole vincere slealmente?

«Ora, signorina Sherman, tocca a lei presentare il suo elaborato» - la invita il direttore -.

«Grazie. Questo mio gioiello simboleggia la dolce natura di una donna. Sappiamo tutti che un diamante risplende ed esalta l'anima di chi la indossa, questo diamante incastonato all'interno di una cornice di foglie ne rappresenta a pieno, esaltando la natura libera di una donna, la sua libertà di pensiero, di scelta. Il coraggio di rivendicare se stessa. Il ricamo inciso attorno a questo gioiello, simboleggia un periodo esatto della storia. Il periodo dove le donne venivano giudicate malamente, e addirittura rinnegate. Raffigura l'arma della bellezza, della purezza e della saggezza di una donna che il mondo tende a dimenticare. Grazie».

«Grazie a te per averci appassionati con il tuo discorso. Ora attendiamo la risposta dei giudici».

Il suo lavoro mi lascia a bocca aperta. Immaginavo che potesse vincere perché si dimostra sempre sicura di sé, ma questo va oltre le mie aspettative. Non ho dubbi che ai giudici piacerà molto.

«Grande! Bravissima» - Esulta Robert, che la guarda con due occhi che brillano più delle luci sul palco -.

«Sì!» - Fa altrettanto Jonathan -. «Eccellente! Sapevo che poteva farcela».

Quanto a me, resto muta e immobile, non esulto né mi complimento.

«Signorina Sherman, il suo lavoro è stato eccellente» - le comunica un componente della giuria -. «Sono rimasto molto colpito dalla storia che ne rappresenta e dagli inserti d'argento che illuminano il petto di una donna quando lo si indossa. Posso dire con certezza che mi piace molto».

«Grazie!» - Elena fa per inchinarsi, sempre sorridendo -.

«Che dire, strabiliante!» - Continua un altro giudice -. «Ogni più piccolo particolare mi ha colpito... l'effetto che voleva suscitare è stato molto chiaro e convincente. Per me, è sì!»

E scrive la sua scelta su di un foglio che poi esibisce davanti a tutti, telecamere comprese.

Ora tocca alla signora Han: «Elena, il tuo elaborato ha un tocco di storia molto profondo e importante nella vita di ogni donna. Il fatto che tu abbia voluto dimostrare che noi donne siamo libere e indipendenti, mi ha fatto capire che per te questa tua creazione significhi molto. Ma una cosa non sono riuscita a capire, perché hai scelto proprio questo?» - Riferendosi al diamante -.

«Sono sempre stata una bambina intraprendente, sognatrice e molto esigente con me stessa. Volevo sempre il meglio e lo ottenevo. Ma una cosa non sono riuscita ad ottenere fino a poco tempo fa: l'amore e il rispetto. Quella metà che mi rappresenta a pieno. Quella persona che ho aspettato da tutta la vita, finalmente l'ho trovata. Grazie a lui, ho capito che ci sono persone al mondo che ancora amano la propria donna e la esaltano regalandole gioielli e dicendole che è bellissima con qualsiasi diamante indossi...»

Tutti la ascoltano ben attenti, quasi pendono dalle sue labbra. Julian Han compresa.

«Lui è così! Lui mi ama e mi rispetta. So che da ora in poi sarò la sua compagnia e quelle brutte dicerie sulle donne, che sono false e manipolatrici, potranno finalmente cessare di esistere».

Tutti si alzano per applaudire, visibilmente d'accordo con lei.

«Quindi grazie a questa persona hai riscoperto il vero significato di una donna?» - Le domanda la Han -.

«È tutto partito dai miei genitori in realtà, che si amano tutt'ora alla follia. Loro sono un grande esempio per me, e mi hanno sempre insegnato a seguire i miei sogni e a credere sempre che ci sia una persona dall'altra parte che sta aspettando solo me».

Mah... sarà vero?

«Grazie, Elena» - conclude la Han -. «Grazie per la tua sincerità e per il tuo modo di essere così unica. Ora, visto che hai già avuto due voti pienamente positivi, ne resta solo uno per farti vincere. Ed è proprio quello che ti darò io!» - E mostra il suo tagliandino ben visibile in alto -.

«Grazie infinite!» - Afferma Elena, mentre un mare di coriandoli e applausi vari si spargono nella sala -.

Quel momento è arrivato. Elena ha vinto. Tutti si alzano ad applaudire, gente che sale sul palco ad abbracciarla, e il conduttore che le porge un mazzo di rose rosse.

«Grazie, grazie a tutti!»

Poi la Han si alza e la raggiunge a piccoli passi con qualcosa custodito in mano. «Signorina Sherman, questo fantastico premio ti appartiene. Da adesso sei la nuova figlia della stella nascente della moda. E con questo premio in denaro, hai anche ricevuto la possibilità di collaborare con la mia azienda al fine di migliorarti ancora di più».

«Grazie infinite. È un onore per me ricevere questo premio da lei».

Guardandomi intorno, sembro l'unica a non volersi congratulare con lei. Non muovo un muscolo, resto ferma poiché tutto questo non mi esalta per niente. Lei ha vinto, sì, ed è bello, ma imbrogliando come sempre. Ripenso agli anni scorsi, mi dico nella mia testa. Ha sempre vinto grazie al suo nome che lo lega alla donna che ora so essere colei che mi odia. Il motivo per cui non le sto simpatica ancora non mi è chiaro, ma intendo scoprirlo.

Elena scende finalmente dal palco e raggiunge Robert, che nel frattempo era con noi, tutta felice poi lo abbraccia. I due si baciano con passione davanti a me. Questa scena fa scalpore. Tutti ora possono constatare che è lui l'uomo che ha conquistato il suo cuore. L'uomo che fino a poco tempo fa era solo il direttore della Jewel, oggi è anche il compagno della loro designer di successo.

Foto, video e dicerie varie percorreranno presto il web, scatenando così la gelosia di molte donne e uomini.

Uscendo di corsa da questa sala, i miei piedi percorrono a grandi falcate il corridoio verso l'uscita. Ma non guardando mai dove metto i piedi, distratta vado a urtare contro una persona.

«Mi scusi» - mi affretto a dire -. «Sono mortificata. Non si è fatta male, vero?»

«Non si preoccupi, è tutto a posto».

Mi sorride, a quel punto la riconosco. È Julia Han!

«L-lei?»

«Ci conosciamo?»

Sì, in un certo senso...

«N-no, non mi conosce» - dico in fretta -. «Ma conosce la compagnia per cui lavoro. Mi chiamo Veronica Mars e lavoro alla Jewel».

«Uhm... Mars ha detto?».

«Sì. Sono caporedattore artistico alla Jewel, subordinata a Elena...»

«Ah... ma certo! È un piacere conoscerti».

Ovviamente, se non avessi detto il nome di Elena, lei non si sarebbe minimamente interessata a me. Ma le stringo la mano senza obiettare.

«Come mai sei qui? Stavi andando via?» - Mi chiede -.

«Oh! È che stasera è l'ultima da normali fidanzatini» - mi riferisco a Robert ed Elena -. «Ed è meglio dar loro un po' di privacy... capisce anche lei, no?»

E sorrido, che falsa che sono!

«Ovviamente. Quindi il grande momento è arrivato? E lei lo sa, presumo...»

«Lo saprà questa sera, suppongo».

«Che romanticismo tra i giovani di oggi. Pensavo che fosse andato perso molti anni fa... capisce? È così bello l'amore, lei non trova? Sediamoci, sono così stanca ultimamente» - mi scongiura, indicando i suoi piedi dolenti -.

«Uhm... l'amore» - commento - «è un sentimento potente quanto distruttivo. È una mia opinione, non voglio giudicare nessuno, ovviamente... ma l'amore è qualcosa di astratto, non si riesce a percepire fino a quando non lo si ha davanti, e solo allora riesci quasi a toccarlo. Quasi» - sottolineo -.

La Han annuisce, mi ascolta attentamente e lascia che io finisca di parlare.

«C'è sempre quella striscia invisibile che ti separa dalla tua metà. Non so bene spiegare come, ma l'amore per me è sempre stato paragonato a un colpo di fulmine. A qualcosa che succede in un momento inaspettato della tua vita. Che non ti aspetti proprio, ma che ti cattura quando meno te lo aspetti. Ecco, per me l'amore è questo. Elena e Robert si conoscono da anni... e sono sicura che il loro amore sia più che reale e reciproco. Hanno lottato contro tutto e tutti per poter stare insieme...»

E contro di me...

«...perciò non ho dubbi che avranno una vita felice insieme» - concludo -.

«Sì, sono d'accordo con te». - E mi appoggia una mano sulla mia, stringendola leggermente -.

Che effetto strano, non me l'aspettavo.

Julia Han non è poi così male. Certo, quando si conosce meglio una persona, tutti i tuoi pregiudizi spariscono come niente. Ma c'è qualcosa in lei che mi dà da pensare... ma davvero non mi riconosce? Eppure assomiglio molto a mia madre.

I miei dubbi vengono però spazzati via dalla comparsa di Jonathan, che ci ha raggiunte.

«Jonathan!»

«Signora Han, è un piacere rivederla. Come sta?»

«Benissimo ora che ti rivedo».

«Vi conoscete?» - Domando -.

«Oh sì! Lei mi ha insegnato tutto quello che so».

«Non esagerare! Ti ho solo dato qualche consiglio... per il resto hai fatto tutto da solo» - ribatte la Han -.

«Mi lusinga così...»

«Ma è vero!»

Jonathan non mi ha mai accennato nulla di lei... ma perché?

«Ma raccontami un po' di te, caro ragazzo» - prosegue la Han -. «Come vanno le cose? Sei fidanzato?»

«Oh, quante domande... beh, sto bene, mi tengo in forma, si lavora... sono tornato a casa e gestisco parte delle imprese Jewel...»

«Un compito molto importante».

«Esatto. Perciò non le ho potuto fare visita a New York...»

New York? Ha detto proprio così?

«Non ti preoccupare, hai fatto bene a non venire, non mi avresti trovata. Sono in viaggio da non so quanti mesi e solo ora posso finalmente riposare, almeno fino all'inizio della vendita al pubblico dei nuovi prodotti a cui lavorerete. A proposito, non vedo l'ora di vedere cosa ne uscirà fuori».

«Di questo se ne occuperanno Elena e Veronica» - risponde Jonathan -.

«Capisco. E tu... Veronica, giusto? Cara, non essere così tesa... magari per te può essere la prima volta incontrare un volto noto come me, ma non c'è bisogno di sentirsi in imbarazzo».

Suppongo di sì.

Un braccio mi percorre tutta la schiena come per incoraggiarmi a lasciarmi un po' andare. Questo ovviamente non resta indifferente agli occhi della Han, che percorrendo tutto il suo gesto arriva fino al mio viso, ora completamente rosso per l'imbarazzo.

«Direi che in amore va a gonfie vele» - commenta lei sorridendo alla nostra vista -.

Mentre rimugino su cosa potrei dire a riguardo, questo momento di pace viene frantumato dalla comparsa in scena di Elena e Robert. Ma perché me li trovo sempre intorno?

«Oh, Robert! Sei cresciuto un sacco» - osserva la Han a voce alta -, «e sei diventato ancora più bello di quando eri un bambino».

«La ringrazio...» - Fa lui, leggermente imbarazzato -.

«E tu, Elena cara...» - *Usa la parola "cara" sempre in ogni situazione e con qualsiasi persona? Che donna particolare* -. «Sei una gioia per gli occhi. Oggi è il tuo grande giorno, goditelo! Perché non vi fermate qui con noi? Prendetevi qualcosa da bere... vi accompagnerò a casa personalmente».

«Ah, non ce n'è bisogno, signora...» - Ribatte Jonathan -.

«Insisto!»

Dovrò dire addio alla mia cenetta con Jonathan soli soletti. Uffa.

Nel mentre ha ordinato anche dei pasticcini, giusto per farci capire che resteremo qui ancora per molto. Ne approfitto per controllare se ho ricevuto qualche messaggio sul telefono quando, con molto poca nonchalance, la Han pronuncia quella fatale frase:

«Visto che quest'oggi ho ricevuto la notizia più bella della giornata, ho bisogno di sapere come vi siete conosciuti voi due» - dice riferendosi a Robert ed Elena -. «Com'è nato il vostro amore?»

«Ecco...»

Siccome Robert è un po' a corto di parole, Elena parla al posto suo: «Ci conosciamo dai tempi del liceo, ma al tempo ci vedevamo solo come buoni amici. Con Jonathan eravamo la squadra di intellettuali più forti della regione. Partecipavamo a tutte le competizioni rappresentando la nostra scuola...»

«È vero! Ci conoscevano tutti come: L'intelligentone, la moralista e il sapientone» - aggiunge Robert -.

«Ehi!» - Lo riprende Jonathan -. Ma nel frattempo la Han scoppia a ridere.

«Lasci che la informi su come veramente ci riconoscevano da ragazzi» - interviene Jonathan -. «Io ero il più atletico del gruppo, partecipavo a tantissime gare di nuoto... mentre mio fratello restava lì seduto a guardare. Dopo un po' di tempo, anche lui decise di provare ma non era dotato quanto me».

«E su di me che vuoi dire?» - Domanda Elena -.

«Tu sei sempre rimasta la sapientona che l'intero corpo studentesco femminile invidiava».

Ma che scoop!

«Cosa ci posso fare se sono bellissima e intelligentissima?»

«E modesta» - mi lascio sfuggire -.

Tutti mi guardano adesso, curiosi e un po' sorpresi dal mio comportamento così disinvolto. Cosa che non faccio mai. Il più delle volte tengo per me ciò che penso della gente, per non finire come adesso che ho le mani legate dietro la schiena e i loro sguardi taglienti contro la mia faccia.

«Veronica, cosa hai detto?» - Mi domanda Elena, pur avendomi sentita forte e chiaro -.

«Io? Nulla... stavo solo scrivendo un messaggio...»

«E dimmi un po' di te, Veronica» - s'intromette la Han, prima che le cose peggiorino -. «Mi piacerebbe conoscerti meglio».

Ora mi sento di nuovo in imbarazzo.

«Ecco, io... da dove posso cominciare? Non ho avuto un'infanzia molto bella. Mia madre morì quando io ero molto piccola e mio padre è stato sempre troppo impegnato con il lavoro per occuparsi di me e di mio fratello...»

«Oh, quanto mi dispiace».

«Adesso però è diverso!» - Si permette di aggiungere Jonathan -.

«Suo padre ha una nuova compagna, con una bellissima bambina di nome Jenny. Vero?»

«S-sì! Vivono con noi...»

«Molto bene! E hai degli amici?» - Mi chiede poi -.

«Sì, una... Lucy, la conosco da tutta una vita e ci completiamo a vicenda. Siamo come sorelle. E poi... c'era il mio migliore amico. Quella persona con cui condividevo tutto, e che sapeva tutto di me».

Lancio un'occhiata a Robert. Non mi guarda nemmeno.

«Lo dici come se adesso non è più così» - commenta la Han -.

«Uhm... beh, le cose sono cambiate. Le persone crescono, e gli interessi cambiano».

Cambiamo noi.

«Ti luccicano gli occhi quando parli di lui, lo sai?» - Mi fa notare -.

«Come? Oh no... è solo che, quando ripenso a tutto ciò che abbiamo passato insieme mi viene nostalgia...»

«E ora dov'è questo amico?»

Se solo sapesse che siede proprio alla sua destra...

«Si è fatto davvero tardi». - Jonathan interrompe le chiacchiere alzandosi e tirando su anche me -. «Devo riportare Veronica a casa».

«Ma certo, vi accompagno allora». - E si alza anche lei -.

«No, vi prego. Non voglio arrecarvi disturbo...»

«Va bene, non insisto. Ma la prossima volta vi offrirò una cena».

«Promesso! Buona serata a tutti!»

E ci avviamo fuori. Non riesco a non tirare un sospiro di sollievo. Jonathan mi ha salvata da ciò che avrebbe potuto arrecare danni permanenti alla mia amicizia con Robert, o di quello che ne rimane. Ma perché allora mi sento come se avessi deluso me stessa? Quella parte di me, con lui, nei miei ricordi di una infanzia passata insieme, tutto si sta dissolvendo nell'aria nel momento in cui lo raccontavo. Come se ciò che stessi dicendo appartenga effettivamente al passato, e che il posto dove deve restare sia lì.

Una volta in macchina, sentiamo così freddo che Jonathan accende il riscaldamento. Presto entriamo nella superstrada e ci infiliamo in una coda interminabile; comincia pure a piovere, e gocce grosse come monete battono sul vetro dell'auto inondandola.

«La pioggia rilassa» - dico tra me e me ad alta voce -.

Jonathan non replica in alcun modo; guida chiuso nei suoi pensieri, mantenendo un'aria di apparente calma in tutto il veicolo.

«Sai, puoi dirmi ciò che provi. Basta che non tieni quel broncio».

«Non sto tenendo il broncio» - ribatte lui in fretta -. «È solo che... detesto quando parli di Robert in quel modo, ma detesto lui ancora di più».

«Perché? È pur sempre tuo fratello».

«Questo non giustifica nemmeno un po' di quello che ti ha fatto passare. Cazzo, Veronica... e lui dovrebbe essere il tuo migliore amico? Dovresti lasciarlo perdere una volta per tutte.»

«Jonathan...»

«Lascia che sia così, Veronica. Lascia che io odi mio fratello almeno per questa notte. Ti prego».

Sospiro, e accetto di dargliela vinta. «Come vuoi».

Arrivati in camera, Jonathan si dirige subito in camera da letto con ancora la luce spenta. Buttandosi sopra il letto, sprofonda in un lungo sospiro e la rabbia nei confronti di suo fratello sembra cessare. Poi il mio telefono vibra, facendomi abbassare lo sguardo.

Un messaggio vocale di Robert!

Non sono sicura di voler sentire la sua voce, non così vicino a Jonathan almeno. Perciò mi incammino in salotto, mi porto il telefono all'orecchio e avvio l'audio...

«Sono io. Ecco... ti ho scritto perché volevo sapere come stavi. So che ti sembrerà da stupidi e di cattivo gusto, dopotutto abbiamo chiarito sulla questione tempo fa. Ma ci tenevo a parlarti. La Han ha sbagliato di grosso a parlare di noi in quel momento e davanti a loro, so che ti sei sentita come abbandonata e offesa dal suo gesto, ma devi comunque pensare che lei non ti conosce e non sa tutti i dettagli. Non voglio farti provare nulla di spiacevole, perciò cercherò di fare la cosa giusta. Uhm... adesso devo andare, Elena è arrivata. Ci sentiamo, ciao!»

Perché mi fa sentire sempre così, abbandonata a me stessa? Lui c'è fisicamente, ma nella sua mente e nel suo cuore in realtà è molto evidente il contrario. Per caso prova compassione per me?

È dispiaciuto per ciò che mi ha fatto, ma ogni suo gesto finisce per peggiorare solo di più le cose. Forse Jonathan ha ragione... dovrei lasciarmelo definitivamente alle spalle, per poter poi pensare alla mia vita e lui alla sua.

Sono così giovane, ma la vita è stata così dura con me. Desidero serenità, niente di più. Non m'importa la bella vita, i bei vestiti... non sono queste le cose che mi rendono felice. Sono una di quelle persone a cui basta poco. Mi basta avere accanto le persone che amo, vedere nei loro volti la felicità, l'amore. Mi basta una tazza di caffè caldo la mattina per sorridere; una passeggiata in riva al mare; la stima e l'amore delle persone che sono nel mio cuore. La grandezza non è in me, sono una persona umile. Le grandezze le lascio a chi vive di superficialità.

Io vivo di Emozioni.

Sospirando, cammino verso la camera da letto Jonathan dorme serenamente, almeno lui. Una volta che m'infilo il pigiama, il telefono vibra di nuovo. Spero non sia di nuovo Robert, accortosi che ho "visualizzato" il suo messaggio...

La sorpresa sui miei occhi, se non fossi circondata dal buio più totale, sarebbe super evidente. Papà mi ha scritto buonanotte, congratulandosi anche per come sono stata brava ed efficiente oggi alla sfilata. Sorrido, felice.

Vorrei che Jonathan potesse sentirmi e guardarmi adesso. Guardare quanto sono felice. Felice di essere in questo posto da sogno con lui, felice di aver partecipato attivamente alla mia prima grande sfilata. Felice di aver ricevuto questo messaggio da papà.

Con la mano accarezzo la sua guancia un po' ruvida, e dopo avergli lasciato un bacio mi giro verso la mia parte del letto. Non appena chiudo gli occhi, però con mia grande sorpresa, una mano mi avvolge la vita.

«Pensavo stessi dormendo» - sussurro -.

«Quasi. Ma senza di te, questo letto è così vuoto e freddo».

«Beh, ora sono qui. Dormiamo...»

«Promettimi una cosa prima... che non ti avvicinerai mai più a Robert se non necessario. E che ad ogni modo, se dovesse farti del male, di chiamarmi subito. E io verrò a salvarti. Promettimelo!»

«Va bene, te lo prometto».

«Adesso abbracciami».

Posso prometterglielo, sì. Posso almeno provarci. Ma se la vita mi ha costretta a lavorare con lui... per lui... come posso riuscire a non incrociarlo sul mio cammino? Spero solo che nessuno di noi tre possa soffrire. Questa è la mia unica preoccupazione.

La notte è lunga e difficilmente riesco a dormire se non dico apertamente ciò che penso e quello che provo per questo uomo dai mille particolari che riserva solo a me, e con cui condivido ogni singolo attimo della mia intensa vita. Devo dirglielo adesso, è il momento giusto. Così, con un respiro profondo mi giro e lo guardo negli occhi. Osservo le sue palpebre chiuse, le sue ciglia che si muovono delicate al vento, quasi a riflettere ciò che provo. Lo amo così tanto. So di essere frettolosa a pensarlo, in fondo ci conosciamo da così poco tempo... ma so che senza di lui non posso vivere. Perciò...

«Non mi importa se sarà complicato stare con te, io ti voglio».

E mi addormento stretta tra le sue braccia.

La mattina seguente, la sua sveglia suona proprio nel momento in cui ho finito di preparare la colazione. Oggi Jonathan sarà molto impegnato in una riunione in cui si decideranno le fasi successive all'EYT, e lo vedrò molto poco; per questo mi sono svegliata presto per preparargli questo fantastico banchetto da leccarsi i baffi, di modo da lasciargli quell'acquolina di piacere e di gusto in bocca per tutta la giornata.

Sono forse un po' troppo fissata?

Come previsto, l'uomo che dovrebbe essere il più agile e svelto dell'intero stato californiano è in realtà lento e pigro con il sorgere del sole.

«Buongiorno. Cosa stai facendo?» - Esordisce non appena fa il suo ingresso in cucina -. «Ah... domanda stupida... wow, che banchetto! Complimenti!»

«Ti ringrazio».

«Ma questa precisione... nel tagliare la frutta... mi eccita un sacco. Lo sai?»

«Jonathan!»

«Okay, okay. Sto scherzando. Ma se continueremo a viziarci a vicenda finirò per cedere e chiederti di sposarmi» - aggiunge poi, mentre mangia -.

Resto senza parole.

«Sto scherzando!» - Mi ripete -. «A proposito, dove vai vestita così?»

Ha notato il mio outfit: jeans e top canotta aderente con scollo a V profondo.

«Visto che ho la giornata libera, ne approfitto per andare un po' in giro con Margaret».

«E ci vai vestita così?»

«Perché? Cos'ho che non va?»

«Niente. È solo che...» - E deglutisce -. «Sei troppo scoperta sulle spalle».

La mia faccia diventa di colore più rosato del mio solito incarnato naturale. Che stia facendo il geloso con me per come mi vesto? Che sia invidioso delle attenzioni che potrei riservare a qualcun altro che non sia lui? Oh, è così carino!

«Sei geloso?» - Domando -.

«Sì, troppo».

Caspita, non pensavo che lo avrebbe detto così alla leggera. «Perché?»

«Perché sei mia e di nessun altro».

Okay, ora sì che mi sciolgo. Riprenditi, Veronica!

Devo ammettere che la nostra storia va molto bene, e in quest'ultimo periodo ho notato anche di aver instaurato un rapporto molto profondo con lui. Ogni mio pensiero, preoccupazione, desiderio, è rivolto soltanto a lui. Il suo modo di fare così da ragazzo ribelle e indipendente mi fa preoccupare sempre. E i suoi sogni... sono anche i miei adesso.

La mia vita è legata alla sua tralasciando quasi la sensazione di un amore surreale nell'aria, ma che nelle mie vene e nelle sue scorre profondamente e brucia ad ogni nostro contatto. Però, nonostante questa sensazione bellissima, sento dentro di me quella percezione di soffocamento che mi lascia con il fiato sospeso. La paura.

Quella terribile paura di perderlo, di farlo soffrire. E il mio cuore soffre con lui. Credo che sia dovuto al fatto che lui non sappia il vero motivo per cui voglio lavorare alla Jewel, e cioè rivendicare mia madre con ogni mezzo possibile. Farli soffrire proprio come loro hanno fatto soffrire lei, e me. So che forse questo gesto mi porterà a perdere qualcosa di molto importante, ma devo rischiare, per il mio nome e per la mia vita futura.

Nessuno deve dimenticarsi della mia famiglia, e nonostante io desideri con tutto il mio cuore di lavorare con loro, non posso non tenere a mente che sono loro ad aver causato le mie sofferenze e le mie intere notti insonni per il senso di perdita che mi affliggeva.

Aspetto Margaret nel vialetto davanti al cancello. C'è una calma assoluta nei dintorni, sembra quasi troppo bello per essere vero. Poco dopo, però, una voce alle mie spalle mi chiama.

«Oh, signora Mo... Julianne!» - Esordisco voltandomi -.

«Cosa ci fai qui da sola?»

«Sto aspettando mia cugina per uscire».

«Ah... mi chiedevo se avessi tempo per parlare un po'».

Visto che Marghy non è ancora arrivata, acconsento e ci sediamo su una panca vicina.

«Da giorni volevo parlarti di quando sei scappata via in lacrime, e poi Robert ti è corsa dietro. Lui non mi ha raccontato niente, dice che ti sei solamente spaventata perché un'auto stava per investirti. È andata così?»

«Beh, ecco...»

Non voglio mentirle, ma non voglio nemmeno farla preoccupare. Così vuoto il sacco. Le dico tutto: di come io e Robert avessimo discusso, di come le cose fossero cambiate per lui, di come avessi perso le staffe e la mia fuga. Julianne ascolta in silenzio, poi...

«Forse è per questo che adesso è un po' difficile interagire con lui. Magari si sente in colpa per ciò che ti ha fatto e non sa come rimediare» - mormora -.

«Io non voglio che passi la sua vita a sentirsi in colpa per me» - ribatto -. «Desidero che sia felice. E se lui pensa che la sua felicità è accanto ad Elena, allora non posso che essere felice per entrambi e accettarlo».

«Sai, Veronica, ho sempre pensato una cosa di te, e non ho alcun dubbio che sia così. Quando ti vedo, penso: wow, che donna! Investe la sua vita a preoccuparsi di ciò che pensano e provano gli altri, senza tenere conto di quello che vuole lei. Che coraggio! Ci vuole grande fiducia e del coraggio immane per saper mettere prima gli altri davanti a se stessi. Tu mi fai capire con ciò che non hai paura di mostrarti per quello che sei, ma per ciò che vorresti essere, con i tuoi mille pregi e difetti».

«Lei crede che faccia bene a continuare ad agire così? E se facessi il contrario non le sembrerei un'egoista?»

«Assolutamente no! Non si arriva in alto superando gli altri, si arriva in alto superando se stessi. Questo mi diceva sempre la mia insegnante di fashion style».

Alzo le spalle. «E lei ci crede? Crede che sia possibile lasciare che il tempo aggiusti tutte le ferite e che riporti la felicità nelle vite di chi ha sofferto molto?»

«Nel tuo cammino, Veronica, perderai molte persone. Alcune le perderai lentamente, senza accorgertene. Con una telefonata in meno, un messaggio dimenticato. Altre per scelta, tua o non tua. Alcune però ti rimarranno impresse. Basterà una foto, o una canzone alla radio per ricordarti di quel frammento del tuo passato che ha segnato poi la svolta alla tua vita».

Silenzio. Devo ammettere che le sue parole mi hanno colpita.

«Ha ragione» - mormoro -, «con il tempo ho capito che le persone a cui tieni di più sono quelle che ti deludono più profondamente, o che semplicemente non sono in grado di renderti felice».

«È tutto vero, ahimè! La verità è che quando decidi di mostrare la parte più fragile di te ad una persona, è come se le stessi dando una pistola in mano... e il più delle volte sparerà».

Se è vero, allora devo pensare bene alle mie mosse.

«Comunque sia, ci sono anche delle persone che al mondo non sono così» - prosegue Julianne, ignara -. «E tienile strette, in quanto riescono a renderti le giornate migliori. Quelle persone che ti strappano un sorriso non appena ti scende una lacrima. Quelle persone che riescono sempre a dimostrarti. Per loro tu sei indispensabile. Tieniti strette quelle uniche persone che non ti dicono mille volte quanto tengono a te, perché te lo dimostrano costantemente, ogni giorno, anche con piccoli gesti».

Certo, seguirò i tuoi consigli, ma lotterò a modo mio.

Penso e ripenso. La guardo, e la riguardo ancora. Nella mia testa la sua immagine si riflette in uno specchio. Come vorrei essere forte e coraggiosa come questa donna seduta accanto a me. La donna che ha sempre incoraggiato mia madre a lottare per i suoi sogni e le sue aspettative, ora incoraggia le mie. Le sarò per sempre grata per tutto quello che sta facendo per me adesso, come ho sempre desiderato che la mamma facesse.

Ora capisco un po' meglio Julianne, è come se fosse l'angelo custode sceso in terra per proteggermi e sostenermi nelle scelte della vita. Lei, che mi ha fatto capire che il tempo non cambia sempre le cose, ma che siamo noi a cambiarle reagendo. E che restare immobili lascia ogni cosa così com'è.

Questo è il miglior insegnamento che potessi mai avere, e lo porterò per sempre con me.

Capitolo 10

In macchina, Margaret guida per le strade della città con la radio accesa a tutto volume, e non contenta aggiunge la sua voce canticchiando i tormentoni del momento.

«Sorridi un po' tesoro. Siamo in vacanza!» - Esclama a un certo punto -.

«Parla per te. La mia in realtà è più un lavoro» - borbotto -.

«Sì, ma quando ti ricapita? Goditela finché puoi e lasciati andare!»

«Non sono come te».

«Non c'è bisogno di essere come me, basta sapersi lasciare un po' andare che tutto ti sembra una bomba!»

«Che sono 'sti linguaggi da adolescente?»

«È vero! Oggi mi sento teenager... quindi, mia cara, vedi di cambiare pure tu».

Spedita si piazza nel primo posto libero che trova, così scendiamo dalla macchina e ci incamminiamo per la piazza dove ci sono tutti i negozi più belli e lussuosi. Ovunque entriamo Margaret esce soddisfatta con almeno cinque prodotti, mentre io sono decisamente più selettiva. Certo, so bene che potrei permettermi di tutto tra gli scaffali che mi circondano, ma se c'è una qualità di cui mi vanto è l'umiltà... il sapermi trattenere.

Dopo qualche ora di shopping sfrenato, ci sediamo e prendiamo un gelato. Margaret sembra aver perso un po' di grinta, perché ora mi guarda malinconica.

«Sai, ormai io vivo a Shenzen da molti anni» - esordisce dopo una pausa -. «Laggiù ho conosciuto un tipo di Shanghai, ora è diventato medico presso l'ospedale di Shenzen. È un tipo in gamba, ma... ci siamo persi di vista. Non lo sento nemmeno più per telefono. Tutte le mie chiamate fanno scattare subito la segreteria».

«Mi dispiace» - mormoro -. «Sembrerebbe una cosa seria. Ma perché non me l'hai mai detto? Cosa so io di te, a parte che sei mia cugina?»

«Hai ragione. Parliamo tanto di te, ma io non ti ho mai detto molto di me... tanto vale rimediare adesso».

E così, tra una chiacchierata e un bicchiere di vino bianco frizzante dopo il gelato, ci perdiamo in quello che era stato un amore da romanzo rosa. Margaret e il tipo di Shanghai stavano insieme da ben due anni, dopo essersi conosciuti all'università. Lei però aveva terminato gli studi in gastronomia ed era tornata qui in America per lavorare all'agenzia di suo padre. Le conseguenze le potete immaginare, visto che lui non l'ha seguita. All'inizio si erano tenuti in contatto, tra videochiamate e messaggi, ma con il tempo lui si era dedicato sempre più al lavoro. Margaret naturalmente l'ha presa male, e ha colto l'occasione per raggiungermi dopo aver chiesto ai suoi di fare una vacanza in famiglia.

Al termine del racconto sono sbalordita.

«Non posso credere che non mi hai mai raccontato niente di lui, per tutto questo tempo» - dico in fretta -. «Dov'è adesso? Che starà facendo?»

«Chi lo sa» - fa Margaret sospirando -. «Potrebbe benissimo essersi sposato a quest'ora».

«Cosa!?»

«Altolà» - aggiunge subito dopo -. «Conosco quello sguardo, è del tipo "ho un'idea geniale"... ma non farò nulla di ciò che mi dirai, è chiaro?»

«E se ti dicessi che è possibile riavere l'amore della tua vita?»

«Faccio prima a trovare un anello con brillanti nella sabbia di Long Island. Se ci siamo lasciati, non poteva essere certo vero amore».

«Magari lui aveva dei problemi e tu non lo sapevi...»

«Non girare il dito nella piaga».

«Beh, io lo dico per te. Se tieni tanto a lui e lo ami, allora non fartelo scappare. E non permettere che una qualunque se lo sposi!»

A questo punto riporto alla mente il discorso di Julianne che mi ha fatto ore fa, a proposito di me e delle persone al mio fianco. Quando si tratta della felicità delle persone a me più care, mi trasformo in una belva assetata di lieti fini, dove nessuno pensa a far soffrire il partner perché altrimenti conoscerà il mio lato peggiore. E vi assicuro che non vi piacerà.

Di nuovo in macchina, ripercorrendo la via del ritorno, mentre Margaret sonnecchia sfinita sul sedile al mio fianco, mi ritrovo a pensare alle nozze imminenti tra Elena e Robert. Avrà luogo domani... il tempo vola quando non te ne accorgi, ma il problema è decisamente un altro. I miei occhi vedono allontanarsi sempre di più un uomo che è stato per anni il più importante della mia vita, gettando al vento tutte le promesse fatte. Posso capire che alcune non le possa mantenere, e lo accetto... ma lasciarmi sola perché Elena gli ha ordinato di starmi alla larga non è per niente una buona ragione. Ce la farò a stare lì ferma e con il sorriso in faccia tutto il tempo? La gente sa che ero io la sua fidanzata un tempo... cosa penseranno adesso?

Ma perché continuo a preoccuparmene? Sono i suoi problemi, io non c'entro nulla. Devo farmene una ragione.

Una volta giunti a casa, sveglio Margaret dal suo sonno da principessa. O almeno ci provo. Contemporaneamente saluto calorosamente Jonathan. «Bentornate!» - Fa lui e mi dà un tenero bacio -. «Sta dormendo di nuovo?»

«Già. Non regge proprio i lunghi viaggi» - commento, ma in fondo rido anch'io -.

«D'accordo, la porto in camera allora».

«Va bene, ti aspetto in qui».

Una volta sola mi do alla pazza gioia nel frugare tra i mille sacchetti e buste varie per trovare il regalo perfetto per Julianne: un riquadro della sua famiglia, in particolare dei suoi due adorabili figli nei loro momenti di gioia. Avrei voluto donare a mia madre un pensiero simile, non ne ho mai avuto l'occasione. Adesso ce l'ho, e voglio coglierla al volo.

Quella notte...

Nel silenzio più totale della notte, mentre migliaia di persone dormono nelle loro case, io mi trovo qui fuori sola e al freddo. Come mai mi ritrovo sempre a riflettere a questi orari impossibili? Che sia stata esaudita la mia richiesta di avere al mio fianco quella stella che mi protegge dal male e mi aiuta ad andare avanti? In tal caso, vorrei che fosse sempre notte.

Una figura dai modi felini mi si precipita addosso, facendomi urlare dalla paura.

«Sh-sh-sh! Perché urli così forte?» - Esclama Jonathan dopo essersi fatto riconoscere -.

«E a te perché piace tanto cogliermi di sorpresa? Uff.... prima o poi mi farai morire d'infarto!» - Aggiungo, massaggiandomi il petto -.

«D'accordo, la smetto. Ma almeno rientra in camera che fa freddo».

«Ok...»

«Anzi, ho un'idea migliore! Che ne dici di una passeggiata in riva al mare?»

«Ma... domani dobbiamo svegliarci presto, i preparativi del matrimonio...»

«Faremo in tempo, promesso!»

Una volta vestiti, ci dirigiamo fuori correndo come due bambini.

È bello lasciarsi andare qualche volta. Ed è bello anche, uscire di notte quando tutti dormono e sentire solo i nostri rumori riecheggiano per i corridoi e le stanze del resort. Mi sembra di essere come in un film d'amore, dove la donna fugge con il suo amato alla ricerca della felicità, per una vita gioiosa e piena di speranza.

Arrivati sulla riva, Jonathan si butta a sedere esausto. E io dopo di lui.

«Solo nell'oscurità puoi vedere le stelle» - mormora, fissando il cielo -. «In passato, provavo a esprimere un desiderio ogni volta che fumavo l'ultima sigaretta prima di andare a letto e mi dicevo "Cosa sto facendo... speriamo che vada meglio di così". Ogni volta che avrei voluto non essere solo come un cane, perché a volte ci si sente così inutili ed è difficile negarlo. Solo dopo ho capito che ne ho espressi anche troppi, di desideri, e che non era più ora di chiudere gli occhi e sperare, ma tenerli bene aperti e cominciare a darmi da fare».

«Io penso invece che la notte sia fatta di ricordi, e di sogni» - dico, e lui mi guarda senza proferire parola -. «Di persone che mancano e che vorresti abbracciare... ma non puoi...»

Come mia madre.

«Di lacrime nascoste al vento» - concludo -.

«La notte è fatta per colmare con i pensieri tutto ciò che vorresti ma non hai. E questo ti fa capire che la notte rappresenta tutto quello che in realtà ti manca».

«So che ti senti solo, ma hai me» - gli ricordo -. «Io non me ne andrò per pregiudizi e dicerie, scalerò la vetta insieme a te!»

Sì, forse è affrettato dire così... ma non voglio farmi lunghe aspettative sulla nostra relazione, i sentimenti che trasmettiamo e la forza che rappresentiamo insieme.

Ora mi guarda, con occhi colmi di amore e di affetto. Capisco, dopo svariati tentativi, di poter affrontare l'inimmaginabile con lui, con il suo sorriso stampato sul volto e la fossetta che appare anche nella più buia delle notti. Ma se gli dicessi il motivo per cui sono tanto determinata a diventare capo designer... beh, potete immaginare le conseguenze.

Perciò resto zitta e tengo quello che ho dentro solo per me. Così almeno solo uno dei due soffrirà.

Il sole sorge alto nel cielo, limpido e promettente per una giornata di puro bel tempo. Oggi è il gran giorno per Elena e Robert. Il loro giorno più bello. Desidero che siano felici per sempre e che condividano ogni cosa, nella speranza che almeno il sogno di lui diventi realtà. Ma non è il momento più opportuno per perdermi in pensieri difficili; è ora di farsi belle per la cerimonia e tutto il resto.

«Te l'ho già detto che sei una favola con questo abito addosso?» - Mi ricorda Margaret, entrata fulminea nel bagno della mia camera mentre mi sto cambiando -.

«Quasi mille volte... ma è sempre bello sentirselo dire» - ammetto -.

«Uhm, però la tua espressione non si addice al vestito. Che cos'hai?»

«Nulla... ah... ma che lo dico a fare? Sono un libro aperto per chiunque. È solo che... Robert... sento di essere un peso per lui, capisci? Non ho alcuna voglia di apparire come "la ex dello sposo", visto come sono andate le cose».

«In effetti... lasciata dal capo per l'altro capo... sai che scoop!»

Sento Margaret ridere per smorzare la situazione, ma non funziona. «Ma per piacere!» - Aggiunge subito dopo agitando la mano -. «Ascoltami bene, tu non sei affatto di troppo in questa situazione, come in nessun'altra. Vedila piuttosto da questo punto di vista: non stai andando al matrimonio di Robert per lui... lo stai facendo per te stessa! È come una prova di forza. Vedere il tuo ex che si sposa non è cosa da poco, dopotutto... e se riesci a partecipare a testa alta a una cosa del genere, vedrai che ogni cosa, dopo, ti sembrerà una passeggiata al confronto».

E in poche battute, ecco che la cugina mi lascia sbalordita, incapace di proferir parola. Cavolo, se ha ragione...

Non ho comunque tempo per replicare perché, subito dopo, una porta si apre e la sagoma di Jonathan appare sulla soglia, chiuso in un elegante completo celeste.

«Siete pronte, fanciulle?» - Domanda sfregandosi le mani -.

«Quasi» - risponde Margaret per me -.

«Vediamo un po'... wow! Che spettacolo» - commenta dopo averci esaminate con attenzione -. «Farete restare in parecchi a bocca aperta, là fuori».

Margaret fa un sorrisetto compiaciuto. Qualcosa mi dice che ha altre intenzioni quest'oggi, tra le quali di sicuro quella di farmi brillare come la stella della festa... anche se la protagonista non sono io.

Jonathan viene improvvisamente distratto dallo squillo del suo cellulare; si dirige in salotto per rispondere e, presumendo che sia roba di lavoro, decido di non disturbarlo con le mie paranoie sul vestito. Sono sicura di essere bellissima; a Carmela è piaciuta un sacco la foto che le ho mandato, mi ha detto che sono uno spettacolo e che di sicuro attirerò gli sguardi di tutti come calamite. Mi ha fatto ridere, devo ammetterlo, e mi è servito per alleviare la tensione che ho ultimamente.

Una volta pronta, mi avvio verso la porta. È tempo di essere forti più che mai...

Faccio per uscire, ma una voce mi ferma proprio nell'attimo in cui apro la porta. È Jonathan, che con la sua iperprotettività verso di me e i miei sentimenti cerca in tutti i modi di farmi cambiare idea sull'andare alla cerimonia; più che altro non vuole che rimanga ferita di nuovo nel vedere loro due coniugare il loro amore. Lo capisco, ma io devo andare.

Alla fine rinuncia e insieme ci dirigiamo alla festa con il più sincero sorriso stampato sul volto.

La cerimonia si tiene all'aperto, nel giardino di una villa patronale con vista mare alle spalle. Il posto, di proprietà di una famiglia di amici dei Morgan, si presenta molto luminoso, con tendaggi bianchi e fiori di color rosato chiaro, quasi a percepire la delicatezza della pianta stessa. Inspiro forte l'aria pulita e il rumore del mare risuona dolce nelle mie orecchie. La sposa deve ancora arrivare, ma la tensione si percepisce già nell'aria, e la visione di mille coriandoli bianchi che volano nel cielo svolazzati dal vento fresco della splendida costa mi fa brillare gli occhi. *Attenta al trucco, Veronica!*

Sono così impegnata a cercare il rossetto nella mia borsetta che non mi accorgo della figura che mi si avvicina a passo adagio... e ancora una volta sobbalzo per lo spavento, non appena la sua ombra si allunga sulla mia pochette.

«Veronica».

«Uhm? Robert!»

Sono sorpresa più che mai. Non lo avevo ancora incontrato oggi, e in più quasi non lo riconoscevo con il completo color prugna che ha scelto di indossare.

«Oh, questo?» - mi anticipa Robert, notando il mio sguardo -. «È il colore preferito di Elena, volevo sorprenderla... rappresenta un grosso cambiamento nella sua vita».

«Capisco...» - Mi limito a dire -.

«Comunque sia, ci sarebbe un piccolo problema» - spiega -. «Manca una delle damigelle d'onore. Una carissima amica di Elena si è fratturata la caviglia mentre veniva qui, e adesso è in ospedale. Non è grave» - aggiunge subito, notando la mia improvvisa espressione preoccupata -. «Ma vorremmo che il numero di damigelle previsto non subisse variazioni, e perciò... ci occorre alla svelta una sostituta».

Oh cavolo... non vorrà mica...

«Quindi sto per chiederti un enorme favore. So che per te essere qui... in un'altra veste... è troppo...»

«Non lo è» - mi affetto a dire -. «Lo faccio perché voglio farlo, nessuno mi costringe».

«E te ne sono infinitamente grato. Comunque sia, volevo chiederti... ti andrebbe di aggiungerti come damigella di Elena? L'abito va più che bene» - precisa -.

«Uhm... Elena lo sa?»

«No, ma ci resta poco tempo, e non abbiamo altre opzioni da valutare in fretta».

Cala un silenzio profondo tra noi due. Sono molto indecisa. Fare da damigella a Elena non è una decisione che posso prendere così su due piedi... mi sembra un vero salto nel buio, senza sapere come andrà a finire. Di certo farei un favore a tutti se accetto, ma cosa ci guadagno? Un'alleata? Una nuova amica? O non cambierà assolutamente nulla?

Desidero il posto di caporedattore creativo più di qualsiasi altra cosa. So che non basta realizzare lavoretti che colpiscano la gente, ma bisogna essere creativi al punto giusto da dire che nulla è impossibile. Ho le capacità per occuparmi di tutte le responsabilità che questo implica, ma la domanda è: cambierò mai agli occhi della Presidentessa?

In più, sono pronta a partecipare a tutte le competizioni a cui lei partecipa attualmente come membro dell'azienda, così da prendere quello che mi spetta di diritto...

Sì, voglio farlo! A qualunque costo voglio prendere ciò che mi spetta di diritto, ma soprattutto voglio farlo per farmi conoscere e riconoscere da tutti per quello che sono.

Pensando a cosa Elena abbia già ottenuto da me, mi vengono molteplici risposte nella testa.

Lei mi ha già sottratto l'uomo più importante della mia vita... ma se le faccio questo favore, poi potrebbe sentirsi in debito con me...

Alzo lo sguardo verso Robert. Riesco quasi a percepire nei suoi occhi un fascio di luce, di speranza. Sembra sperare con tutto se stesso che io accetti, non per lui, ma per Elena. La donna che lui ama con tutto il suo cuore e per cui ha lottato per stare insieme... se non ci fossi stata di mezzo io fin dall'inizio...

«D'accordo».

Il viso di Robert si rilassa nel giro di un istante. «Davvero? Lo faresti veramente?»

«Sì. Questo giorno è importante per tutti, no? Quindi perché dovrei essere io a rovinare questo momento? Ora è meglio che vada».

«Certo! Grazie Veronica».

«Lo faccio perché ti voglio bene».

«Anch'io te ne voglio. Beh... ora è meglio se raggiungo il mio posto. A dopo!»

E così dicendo corre via come una volpe affamata.

La giornata non poteva iniziare in modo più stravagante. Questi avvenimenti intorno a me dovranno pur accadere per una ragione... perché il destino non mi dice chiaramente cosa vuole da me?

«Non mi aspettavo che accettassi» - mi dice un'altra voce nei paraggi -. Mi volto e vedo un ragazzo che poco prima stava seduto in un angolo ad osservare -.

«Oh, Victor, sei tu!» - Lo riconosco -.

Un sorriso spunta sulle sue labbra e con un movimento della mano si sistema il ciuffo che si è fatto con tanta cura per l'occasione.

«Ne è passato di tempo, eh? Comunque sia, non ho potuto non sentire ciò vi siete detti tu e Robert. Quindi intendi fare davvero da damigella a Elena?»

«Sì... devo farlo» - rispondo secca -. «Non mi va che la sua felicità venga compromessa da un imprevisto proprio oggi».

«Sei troppo buona, mia dolce Vero». - E sospira -. «Ma ti dirò anche che sei una persona da ammirare e lodare... perché dubito seriamente che un'altra, al posto tuo, avrebbe accettato la stessa proposta».

«Beh, non è stato difficile accettare...»

«Perché le persone come te sono rare da trovare e, quando le trovi rimani meravigliato da come si comportano».

«Me lo diceva sempre anche mia madre» - commento -. «Lei diceva che sono come un angelo sceso in terra».

«Splendore» - dice Victor -, «se tua madre fosse qui in questo momento la riempirei di baci! È tutto vero! Coraggiosa, intraprendente e con uno spirito da guerriera».

«Guerriera? Non starai un po' esagerando adesso?»

«Al contrario! Perché ogni volta che ti guardo, sorrido e penso: Caspita! Sei una vera guerriera!»

«Le guerriere se ne fregano quando tutto va male perché vanno avanti e continuano a vivere» - affermo -. «Io vado avanti per non rimanere indietro e finire schiacciata».

La conversazione viene interrotta da un suono improvviso: un signore al microfono annuncia l'inizio della cerimonia. È tempo di fare la mia parte, così mi congedo da Victor e mi dirigo in tutta fretta all'interno della villa.

Dopo un'interminabile serie di scale e corridoi, arrivo nella stanza dove Elena è impegnata a prepararsi. Alle mie orecchie, tuttavia, arrivano una serie di lamenti e singhiozzi che non lasciano presagire nulla di buono.

«...calmati Elena» - dice una voce estranea -, «vedrai che anche senza di lei faremo un'ottima entrata. Proprio come piace a te».

«No, non si può fare. Non così!»

Adesso o mai più!

Varco la soglia e scorgo per prime due damigelle, che al mio ingresso si voltano a guardarmi un po' confuse. «Chi sei? Che ci fai qui?»

«Sono Veronica, un'amica dello sposo. Sono qui per parlare con Elena...»

Le damigelle sembrano contrarie, ma a un improvviso cenno positivo di Elena si fanno da parte.

All'improvviso mi trovo sola con la sposa. Il trucco attorno agli occhi è sbavato, deve aver pianto parecchio, ma in mia presenza non sembra intenzionata a versare una lacrima. Non oserebbe farlo davanti a me.

«Cosa vuoi? Vuoi vedermi affondare con i tuoi occhi? Ma certo che sì... ti piace lo spettacolo? Sei felice, vero?»

«No, affatto. Sono qui per sapere come stai».

«Oh, una meraviglia, non vedi? Una mia amica che doveva farmi da damigella è in ospedale e....»

«...la sostituirò io».

«C-cosa?»

Quasi mi piace vederla sbalordita di colpo, ma proseguo: «Ho parlato con Robert poco fa, mi ha proposto di sostituire la tua amica. Ho accettato, quindi diamoci da fare. Rimettiti in sesto e raggiungi l'altare».

Elena sospira, sempre più incredula. «Perché mi stai aiutando? Tu mi odi... ti ho rubato il tuo uomo, dopotutto».

«L'amore a volte può essere confuso con l'affetto» - ribatto -. «E per me Robert non è assolutamente un amore. Certo, siamo stati insieme, ma non per scelta, e ora l'ho capito. Lui ha sempre amato te. Ha sempre cercato di catturare la tua attenzione, ma invano. Perché tu eri troppo orgogliosa per lasciarti andare all'amore... e io ero semplicemente di mezzo».

«E cosa cambia adesso?» - Mi domanda, non credendomi fino alla fine -.

«Ora è diverso. Tu lo ami e lui ti ama, potete stare insieme per sempre».

Cala un nuovo silenzio. Elena ne approfitta per guardare nello specchio che riflette entrambe in quel momento, sembra indecisa su cosa dirmi, come se avesse un milione di possibili frasi nella sua testa. Alla fine, però, tutto quello che riesce a dire, e per me è più che sufficiente, è un'unica parola:

«Grazie».

Ora sono io quella sbalordita. Nel frattempo Elena si separa dallo specchio, alzandosi. «Senza il tuo aiuto non avrei mai capito cosa stessi per perdere».

«Perdere? «

«Sì. Robert voleva partire per l'Europa, per sei mesi...»

Sei mesi? Non ne avevo idea!

«...ma gli ho chiesto di restare, di restarmi accanto. Così lui si è inginocchiato e mi ha fatto la proposta. È stato così romantico...» - Le si illuminano gli occhi -. «Le luci, i fiori, il modo in cui me l'ha chiesto. Tutto così perfetto!»

«Ne sono felice» - dico -.

«Alla fine ho capito che stava mentendo per aspettare che gli dicessi di restare, altrimenti veramente sarebbe partito».

«Sì, lui sarebbe stato capace di tanto».

Finalmente ho capito che l'amore non è un interruttore, non è una ricetrasmittente dove io parlo e lui ascolta, o viceversa. In amore si gioca in due, si parla in due, si vola in due, si ha le sconfitte e le vittorie... sempre restando in due. Ho capito che l'amore non appare in un momento esatto della nostra vita, ma irrompe, e non ha bisogno di richieste o permessi, perché l'amore aiuta, salva. L'amore, quello vero, non si arrende alla prima difficoltà, ma si vanta di tutti quei problemi che ha dovuto superare per restare unito. Sono come medaglie, portate al petto, non semplicemente delle occasioni in cui poter scappare via.

Ho imparato che ci sono amori distrutti dal tempo che passa, e che non si ricostruiscono perché troppo lontani dalla nuova realtà.

Ma è proprio lasciando che il tempo risucchi i vecchi ricordi, che si riesce a dar spazio ad altri, più nuovi e più belli, per una nuova vita.

E io ho deciso di volere proprio uno di quei finali da cui poter iniziare a volare daccapo.

Le acque sembrano calme, finalmente, così aiuto Elena a risistemarsi il trucco; una volta finito, la cerimonia può avere inizio.

Con il bouquet in mano e la tensione fino ai piedi m'incammino verso la passerella, dove gli sguardi di tutti mi terrorizzano a morte. Poi però Elena mi ferma con una mano, e mi guarda sorridendo.

«Non essere nervosa. Oggi, se non ci fossi stata tu a salvarmi, tutto questo sarebbe stato rovinato. È grazie a te se adesso posso finalmente essere felice con l'uomo che amo. Ti ringrazio».

E mi dà un abbraccio come segno ringraziamento. Che il suo rancore verso di me sia diminuito a tal punto che mi possa finalmente vedere non solo come una collega, ma come un'amica? Comunque sia, sono felice.

Le porte si aprono e noi damigelle facciamo il nostro ingresso in sala. Ancora non ci credo, sento le farfalle volarmi nello stomaco. È così che la sposa si stente nel suo più grande giorno?

Non appena Elena e Robert si prendono mano nella mano, il prete inizia a parlare, pronunciando frasi e discorsi fin troppo familiari. Come un tormentone. È una cosa che mi ha sempre affascinato, perché poter vedere i loro visi, che piangono di gioia e di amore verso la propria metà, in un giorno così importante della loro vita, mi scalda il cuore.

Lentamente ma inesorabilmente giunge il momento chiave della cerimonia: lo scambio delle promesse. Quelle che spero possano mantenere entrambi con sincerità per il resto della loro vita insieme.

A seguire, quello che sigillerà a vita il loro legame. Inciso nella pietra del tempo. Il momento del bacio.

La firma del loro giuramento, di un amore eterno, indissolubile. Di un amore che non si prosciuga nel tempo, anzi, si rinvigorisce. Lo so, sono sdolcinata, ma che ci posso fare? Mi piacciono i matrimoni, ma quello che amo di più sono i primi incontri, quelli che non ti aspetti ma che ti catturano e ti spingono a fare gesti anche inimmaginabili per la persona che ami e vuoi avere al tuo fianco.

Una marea di applausi e di fischi da parte di amici e parenti di entrambi. Solo ora mi rendo conto di quali facce familiari siano presenti in sala: svariati colleghi di lavoro, amici e parenti... e persino Julia

Han! Certo, adesso lei avrà legami con Elena più che solidi, naturale che sia presente...

Devo fare qualcosa al più presto, mi dico, mentre scendiamo i gradini dell'altare. Magari è il momento perfetto per avvicinarmi alla Han e parlarci... *avrò molto tempo a disposizione non appena Elena e Robert saranno partiti in luna di miele.*

Percorro piano gli unici due gradini, mentre gli sposi ringraziano gli invitati, quando, in una frazione di secondo, una mano mi afferra il braccio trascinandomi via, verso la riva del mare.

Jonathan, inferocito, mi guarda come se qualcosa che fosse appena successo gli avesse fatto perdere la testa. Ma più di tutto vedo nel suo volto la tristezza, la delusione, lo sconforto.

Perché si comporta così adesso? In un giorno così importante per tutti?

«Ma allora è un vizio di famiglia!» - Lo anticipo in uno scatto d'ira -. «Tu o Robert finirete per strapparmi un braccio a furia di strattonarmi così! Che ti è preso questa volta!?»

«Ti ostini a recitare il ruolo della donna forte anche quando non lo sei».

«Ma di che diavolo parli?»

«Cazzo, Veronica! Dici di star bene, e menti. Sembra quasi spontaneo farlo ormai per te. Dici un sacco di bugie per coprire la verità, non te ne rendi conto? Ma lo fai per difenderti, questo l'ho capito... hai eretto un muro per allontanare chiunque ti faccia soffrire, ma... io sono qui!»

E continua a indicarsi, lì dove batte forte il cuore.

«Sono qui davanti a te, eppure mi dici cazzate e ti allontani sempre di più. Perché non ti confidi con me? Perché non lasci che io mi occupi di te?!»

Comincio a capire. Non gli ha fatto piacere vedermi fare la damigella al fianco di Elena. Avrei dovuto aspettarmelo, ma non c'era tempo per pensare a simili conseguenze. L'ho ferito.

«Tu hai bisogno di essere amata» - continua a dire a voce alta -, «ma anche compresa. Perché te lo meriti! Ti meriti qualcuno con cui poter essere fragile senza alcuna paura. Qualcuno a cui mostrare i tuoi difetti e le tue paure, ma che ti veda rara e irripetibile...»

Ma quanto parla... vogliamo fare notte? Si è preparato il discorso in testa durante la cerimonia? Accidenti, Jonathan...

«...non devi accontentarti. Non devi pensare di non valere niente per quelle persone, perché loro non ti conoscono come ti conosco io. Sei più forte di quanto pensano gli altri, e di quanto pensi tu stessa».

Finalmente tace, e mi fissa aspettando una mia risposta. Ma a questo punto resto muta e in lacrime.

Cosa posso dirgli? Ha ragione su ogni cosa. Sul fatto che sono una persona fragile che cerca un punto a cui aggrapparsi. Mento a me stessa, mento alle persone che più amo, e mi faccio continuamente del male. Ma non voglio essere così. Voglio cambiare per me, per lui. Per noi.

Guardandolo negli occhi una lacrima gli scende lungo il viso. Io la raccolgo e asciugo quel suo volto tanto prezioso. E gli dico: «Troppe cose mi hanno delusa, per questo comincio a non credere più a niente. Troppe persone mi hanno ferita, abbandonata, per questo comincio a non fidarmi più di nessuno... e faccio fatica a lasciarti entrare nella mia vita proprio per questo. Troppe cose "sembrano" e poi non "sono". Ecco perché comincio a pretendere i fatti senza più farmi bastare le parole».

«Ma non con me!» - Ribatte Jonathan -. «Non devi essere così anche con me. Puoi lasciarti andare quando ci sono io. Essere te stessa, sempre. Ricordi?»

«Lo so e… Sono stata una stupida a pensare che tu non potessi rendermi felice».

«No, non sei una stupida, Veronica, sei solo ancora molto fragile e non riesci ad avere una buona autostima. Ti aggrappi ancora al passato cercando risposte, ma non le troverai. Perché l'ho fatto anch'io, credimi. Ho sempre cercato di trovare risposte sui miei genitori, ma invano. Perché quello che succede nel passato fa parte del passato e lì deve restare. Veronica, quando sarai in grado di fregartene di tutte quelle persone presenti oggi, allora sarai in grado di andare avanti. Ma fino a quando anche solo una persona tra tutte queste sarà rinchiusa nella tua testa, non riuscirai a farlo. In questo non posso esserti d'aiuto, perché è una cosa che devi riuscire a fare tu da sola».

«Cosa... cosa intendi dire con questo?»

«Voglio dire che, quando sarai finalmente pronta, io ci sarò ad aspettarti. Ma fino ad allora non riesco a vederti sacrificare la tua dignità per fare qualche favore a loro».

«Lo so che non ti è piaciuto ciò che ho fatto prima, ma era per...»

«Non m'importa perché l'hai fatto o per chi. Solo non mi piace come ti stai facendo del male».

«Jonathan!»

Una figura muscolosa, appena uscita dalla tenda alle nostre spalle, mostrando un volto corrucciato. Robert... avrà sentito il tono alto, senza dubbio.

«Veronica, cosa sta succedendo qui? Stai bene?»

«Perché pensi sempre che possa farsi del male accanto a me? Non sono più il ragazzo di una volta» - ribatte Jonathan -.

Il ragazzo di una volta...

A cosa si riferisce con questo?

Anche lui deve avere dei segreti, allora...

«Non mi ha fatto niente, Robert» - cerco di spiegargli -.

«Non mi sembra proprio».

«Stiamo solo parlando» - insiste Jonathan -. «Perché non torni da tua moglie? C'è la tua testa là dentro, dopotutto, non faresti bella figura se...»

«Non avere questo atteggiamento!»

«Robert!»

La voce di Elena, venuta fuori a sua volta, attira i nostri sguardi. Di bene in meglio! Adesso anche la dolce sposina si è riunita al club.

«Cosa sta succedendo qui? Amore, gli ospiti aspettano di partire con la seconda parte del programma».

«Certo, è solo che...»

«Non farli aspettare, Robert. Vai a fare il tuo dovere di sposo» - lo stuzzica Jonathan -.

Ora è veramente arrabbiato, ma più di tutto sembra voglia davvero fargliela pagare per come si sta comportando in questo momento. Sfacciato e menefreghista. Non lo riconosco più.

Robert si rassegna con un sospiro. «Va bene, ora vado... ma se ti rivedo fare di nuovo una cosa del genere, scordati la gestione... e scordati anche Veronica!» - Urla infine -.

«Non hai più voce in capitolo nei suoi confronti» - ribatte Jonathan -.

«Ti sbagli! Le nostre famiglie mantengono ancora i rapporti, e di fatto Veronica resta sotto la mia protezione... perciò lei è una mia responsabilità!»

Non davanti a tua moglie, Robert!

«Beh, se tieni così tanto a lei, allora tienitela pure stretta! Io vado...»

Un istante dopo ha già girato i tacchi, allontanandosi da tutti noi. Cerco di fermarlo, ma Robert mi convince a lasciarlo stare... e così lo vedo dirigersi alla festa da solo.

Resto ferma, sola, con il mare di fronte, mentre metabolizzo quanto è avvenuto negli ultimi minuti. Fino a quando Elena, con il suo enorme e sfarzoso abito ricamato in seta, non mi si avvicina raccogliendo quell'ansia e preoccupazione facendola uscire.

«Robert mi ha spiegato». - Mi sta guardando come io guardo me stessa adesso. Tristemente -. «So che adesso sei in un momento un po' difficile e che molte cose sono in confusione nella tua testa, ma ti chiedo solo di capire entrambi. Loro tengono a te come non ho mai visto fare da nessuno, nemmeno da mia madre. Tu hai qualcosa che li attrae fortemente. Non che stia facendo la gelosa...» - Precisa -. «So che Robert mi ama».

«Quindi che devo fare?» - Le domando -.

«Ti chiedo solo di pensare a come affrontano tutto questo».

«S-Sto cercando di capire cosa sia appena accaduto, e tu mi dici di guardare i punti di vista di entrambi? Ma se loro continuano a comportarsi così, come faccio?»

«Lo so che è difficile, e che loro essendo testardi di natura non aiutano, ma devi riuscirci. Solo così nessuno soffrirà, va bene?»

«D'accordo».

«Ti darò una mano io. Sediamoci».

Mi fa accomodare, noncurante del suo vestito, su di un tronco nelle immediate vicinanze.

«È il tuo giorno, non voglio rovinarlo» - insisto -. «Hai degli invitati che...»

«Ci pensa Robert a loro. E poi, dopo quello che hai fatto per noi due, voglio sdebitarmi in qualche modo. Quindi ascoltami e ti dirò i segreti che più nascondono quei due, così che tu possa gestirli come faccio io».

Sono tutt'orecchi.

«Sai che Jonathan è stato adottato, dico bene?» - E annuisco -. «Beh, non hanno mai avuto un buon rapporto fin da bambini... non dovrebbe sorprenderti visto come si beccano ancora oggi ogni tanto. Jonathan faceva fatica ad aprirsi con le persone dopo... l'abbandono dei suoi genitori biologici. Solo al liceo le cose sono migliorate per lui: arrivò con il tempo a farsi una fama di playboy della scuola, attirava a sé un sacco di ragazze, in special modo le cheerleader che lo divoravano solamente con gli occhi».

Non ne avevo idea...

«Si unì ben presto a giri pericolosi, facendo dei servizi a persone potenti ma poco raccomandabili. Si lasciò prendere la mano, e si fece dei nemici anche tra di loro. Certo, ormai è cambiato molto ed è fuori da quel giro... anche se a volte, come poco fa, il ricordo di quel Jonathan ritorna a galla. Dopo quella "fase" io e Robert, che ci conoscevamo già al tempo, abbiamo deciso di includere anche lui al nostro circolo di intellettuali, con la speranza di legare di più... e in effetti funzionò. Bastò molto poco per stringere quei due e farli divenire inseparabili».

«È una buona cosa, no?»

«Sì, ma purtroppo questo durò ben poco, perché le nostre strade si separarono all'università. Percorsi diversi, opportunità diverse... per i due fratelli fu un inferno, in particolare per Jonathan. Questo cambiamento, questa maturazione effettiva in tutto. Diventare più consenzienti a fare un tipo di lavoro invece di un altro, prendersi delle responsabilità di un certo tipo, talvolta anche di estrema importanza. Tutto questo alla fine portò a un vero e proprio scontro per conquistare l'eredità di famiglia. Siccome toccava a Robert per diritto, quale primogenito dei Morgan, non ci furono problemi da questo punto di vista... ma sai come funziona...»

«La fortuna va al primo figlio, mentre il secondo deve sempre e solo accontentarsi delle briciole» - dico -. «Ho un fratello, dopotutto, posso capirlo. Terence ha sempre vissuto nella mia ombra, all'oscuro da tutto e tutti. È un ragazzo d'oro, di enorme talento e di grande stima per me... ma nostro padre ha sempre dato a me la precedenza. E quindi, per farla breve, un giorno mi stufai di vedere come mio fratello stesse sprecando la sua opportunità di carriera, così decisi di aiutarlo».

«Hai lasciato che prendesse le redini dell'azienda di famiglia?»

Annuisco, ed Elena si lascia sfuggire un fischio di sorpresa. Anch'io condivido lo stesso stato d'animo: trovo incredibile come io e lei ci troviamo a parlare così tranquillamente, come se nulla di grave sia mai accaduto.

Come saprete, il tempo vola, e i doveri chiamano. Perciò Elena è costretta a rientrare in tenda, per intrattenere gli ospiti, lasciandomi da sola con i miei pensieri. Di nuovo.

La festa finisce molto velocemente e la gente comincia ad andare via man mano che la luce inizia a scendere. Il mio regalo è stato molto apprezzato dagli sposi, a giudicare dagli occhi di Elena che luccicano di gioia: un portachiavi con su scritti i loro nomi sigillati in un amore eterno, è il migliore regalo per una giovane coppia di sposini. E quando avranno la loro prima casa insieme sarà proprio questo oggetto che prenderanno in mano per primo. Mi sento molto orgogliosa.

***

Il giorno della ripartenza verso la mia amata New York è finalmente arrivato, anche se il mio risveglio al mattino non è dei più rosei. Jonathan non è al mio fianco nel letto. Anzi, a dirla tutta di lui non c'è traccia per tutta la camera del resort. Deve aver passato la notte fuori, chissà dove... e ciò mi fa solo presumere che sia ancora arrabbiato e ferito. Purtroppo non posso andare fuori a cercarlo; il tempo stringe e ho ancora molte cose da rimettere in valigia.

Alla fine siamo solo io e Margaret all'uscita del Village, poco più tardi. Elena e Robert non ci sono; a quest'ora, se non ricordo male, saranno già in volo verso l'assolata Miami. Di Jonathan non ho notizie, vorrei chiamarlo ma non faccio in tempo a prendere il cellulare che i Morgan vengono a salutarci e a ringraziarci della nostra permanenza qui da loro.

«Siamo stati molto contenti di avervi tutti qui nella nostra amata Los Angeles, e che abbiate avuto il piacere di soggiornare da noi» - esordisce Julianne -. «Peccato solo che non possiate ripartire tutti insieme. Ho sentito Jonathan poco fa e mi ha detto di quell'imprevisto che gli ha fatto anticipare il volo...»

«Ah... sì, certo, un vero peccato» - dico in fretta, fingendo di saperlo già -.

Quindi è già ripartito? Accidenti, Jonathan, ma che mi combini?

«Spero di non farvi perdere troppo tempo dandovi questo» - aggiunge Walter -. Si fa avanti e porge a ciascuno di noi di quei fogliettini regalo con su scritto i migliori auguri per una vita felice e piena di nuove scoperte.

Che sia il destino che mi vuole inviare un messaggio? Modo alquanto bizzarro, ma originale.

«È solo un pensierino, ma ci tenevamo lo aveste» - aggiunge Julianne -. «In particolare tu, Veronica... volevo ringraziarti del bellissimo regalo che mi hai donato. Mi sono commossa. Ci siamo commossi tantissimo nel rivedere i nostri ragazzi insieme, felici come un tempo... è stato il regalo migliore che io abbia mai ricevuto. Ti ringrazio tanto... grazie di tutto!»

Sono un po' triste all'idea di dover lasciare queste brave persone, insieme al posto più da sogno che abbia mai visitato... ma mi riprometto, una volta averli salutati ed essere salita in macchina, che ci tornerò molto presto.

Ore dopo...

Casa dolce casa! Avrei voglia di gridarlo forte, ora che l'aereo mi ha fatto rimettere piede in terra newyorkese! Non vedo l'ora di rivedere mio padre... anzi, tutti in realtà. Mi mancano tutti quanti incondizionatamente. Sento come un nodo alla gola non appena scendo dall'aereo e mi dirigo dentro l'aeroporto alla ricerca di visi familiari. Ed è proprio in quel momento che vedo zia Violet che ci saluta da lontano, felice di rivederci.

«Le mie ragazze! Com'era la California?» - Esclama dopo un abbraccio soffocante -. «Vi siete divertite? Veronica, com'è stata la sorpresa che ti ha fatto Margaret?»

«Ed dai, mamma, siamo appena arrivate» - protesta Margaret -. «Le domande a casa, va bene?»

«Ma certo, sarete stanche. Su, andiamo!»

Ci stiamo dirigendo verso la macchina, ma non posso fare a meno di guardarmi intorno un'altra volta, nella speranza – anzi, nell'illusione – di scorgerlo tra la folla, pronto a riabbracciarmi dimenticando ogni istante della nostra ultima discussione. Purtroppo di Jonathan non c'è traccia. Per quanto ne so, a quest'ora potrebbe essere dall'altro capo del pianeta. Forse vuole semplicemente restare da solo per un po', per calmarsi. Spero solo che una volta placata la sua rabbia mi chiami.

Una volta arrivati a casa, aprendo la porta ricevo un'accoglienza inimmaginabile: tutti quanti sono davanti all'ingresso e alla mia vista gettano in aria una gran quantità di coriandoli. Che benvenuto caloroso! Sono felice... e non appena i miei occhi individuano papà, divento commossa.

Quasi come a placare la tensione che avevo nel rivederlo, il suo abbraccio mi fa superare tutti i brutti momenti vissuti. Incomincio a piangere, ma è un pianto di gioia, perché, non vedendolo da così tanto tempo e sapendolo in quello stato, non riuscivo a non pensare se stesse bene o meno. Ora, che lo vedo qui, in piedi, davanti a me, sono più rilassata.

«Papà, ti voglio bene» - riesco a dire soltanto -.

«Anch'io tesoro. Tanto».

Dopo l'enorme cena che Carmela ha preparato apposta per noi, nell'attesa che tutti finiscano di mangiare, e nel mentre ancora tutti sono riuniti a tavola, Terence si alza in piedi inaspettatamente. «Ho una cosa molto importante da annunciarvi» - esordisce -.

«Dicci tutto, Terence» - dice nostro padre -.

«Ecco, sono stato contattato dal signor Foster per fare un tirocinio nella sua agenzia. Una specie di corso specializzato al fine che io impari al meglio le abilità che un buon imprenditore deve avere».

«Mi sembra ottimo!»

«Quindi, papà, non sarebbe un problema se accettassi?»

«Assolutamente no! Sono certo che ti sarà utile per il futuro dell'azienda, una volta che sarai alla guida della Mars».

Terence annuisce con un profondo sorriso colmo di sollievo.

«Sono felice che ti abbiano offerto questa opportunità» - aggiungo io -. «Ma quanto tempo durerà?»

«Circa tre mesi. Se poi vorrò stare di più lo comunicherò al direttore e chiederò di prolungare la mia permanenza lì».

«Benissimo, figliolo. La Foster è un'ottima azienda. Tutto questo non può che farmi piacere».

«Grazie, papà...»

Sono colpita oltre ogni dire. Ammiro quanta dedizione e impegno ci abbia messo Terence in mia assenza... vorrei essere come lui, non avere paura di niente e buttarmi a capofitto.

Ma ho paura, e la paura frena l'istinto.

«Guardala, non è bellissima?»

«È stupenda, caro... ma perché non smetti di avere quel muso? La fai preoccupare soltanto. Lei non ti vede da molto tempo, e sentiva la tua mancanza come nessun altro. Aveva paura di perderti, me lo diceva in continuazione al telefono o per messaggio... voleva addirittura abbandonare tutto per venire da te».

«Cosa?» - Riconosco il tono sorpreso di mio padre -.

«L'ho fermata prima che commettesse l'errore più grande della sua vita. Non volevo che perdesse la fiducia che aveva acquistato, solo per paura di non dirti eventualmente addio se... be', hai capito».

«Non capisco... errore? Fiducia? Cosa la tormenta?»

«Ha tanto dolore dentro di sé. Dolore per la perdita di sua madre, dolore perché vuole che tu sia orgoglioso di lei...»

«Ma lo sono!»

«Questo devi dirlo a lei. Finché rimarrai al suo fianco lei sarà in grado di fare qualsiasi cosa, perché sei l'unico genitore che le è rimasto».

Sento il fiato di mio padre addosso, la tensione di mille problemi che comincia a svanire nel nulla. Carmela mi ha colpito, e capito più di tutti, più di me stessa. Cerca continuamente di essere una brava matrigna, ma per me non è una semplice compagna per mio padre. E so che per lei è lo stesso. Siamo molto di più. Siamo una famiglia.

Capitolo 11

Un mese dopo...
Alla Jewel, tutti sono indaffarati come sempre. Nessuno osa alzare lo sguardo dal proprio computer, anche senza i direttori presenti a sorvegliarli. Anche io, seduta in questo preciso momento nel mio ufficio ad analizzare cataloghi su cataloghi, mi trovo sommersa da una montagna di impegni lavorativi di ogni genere, per sopperire all'assenza di Elena. Certo che la tira per le lunghe col suo viaggio di nozze... beata lei.

Tra una cosa e l'altra mi trovo pensare al mio fratellino Terry. Oggi inizia a lavorare presso la Foster, papà lo accompagnato addirittura alla sede di persona... spero che vada tutto bene durante la sua permanenza da loro. Ho chiesto a Lucy di controllare come se la stesse cavando, visto che passa la maggior parte del suo tempo libero con Thomas... ma ancora nessun messaggio da parte sua. Mi domando anche a quando la grande e attesissima proposta, visto che ormai stanno insieme da anni.

Poco più tardi, verso l'orario di pranzo, qualcuno bussa alla porta dell'ufficio. Un anonimo collega, oltre a consegnarmi un modulo da compilare, mi comunica un inatteso invito a cena per questa sera stessa... a casa della Presidentessa!

Una cena con la Presidentessa a casa sua? Ma per cosa, e soprattutto perché?

Comincio ad avere un formicolio da tutte le parti del corpo, e le mani sudano freddo. Non sono mai andata a casa della nonna dei Morgan, figuriamoci a una cena così formale. Che siano tornati Elena e Robert dalla luna di miele? Ma perché invitare anche me?

Questo mi fa pensare a ciò che mi disse Walter al resort prima di ripartire. Che, in qualunque circostanza io mi trovi, faccio parte della loro famiglia e delle loro vite. Ma è lo stesso anche per me! Loro sono come la mia seconda famiglia.

Sarà il caso di avvisare papà e Carmela che non tornerò a casa per cena...

Ho appena il tempo di pensarlo che subito dopo ricevo un sms da papà:

Tesoro, stasera si va a cena dai Morgan.

Caspita! Ma è telepatico?

Le notizie volano oggigiorno, e le persone possono sorprendere nei modi più incredibili... ma soprattutto sono in grado di lasciare il dubbio su possa essere lo scopo finale del loro piano. Calmati, Veronica! Non siamo in un film d'azione, con omicidi e gente che scompare dalla circolazione per caso. Forse ne guardo troppi con Terry ultimamente... sarà il caso di farne a meno per un po', altrimenti comincerò a guardare la realtà con occhi diversi.

Fra una riunione e l'altra, la giornata vola così in fretta da non accorgermene nemmeno. Solo guardando fuori dalla finestra della sala riunioni mi accorgo quanto è tardi, notando le luci della città che illuminano le strade. Questo è un ottimo modo per finire bene la giornata. Non mi resta che tornare alla mia postazione per concludere le ultime modifiche e poi andare a cambiarmi.

Intravedo, a pochi passi dalla porta socchiusa, una luce accesa. Chi sarà mai a quest'ora? Che Elena abbia deciso di fare un'improvvisata? Faccio spallucce e proseguo. Spingo la porta e attraverso la soglia, oltre la quale scorgo effettivamente una figura in piedi all'interno dell'ufficio... ma non appartiene a Elena, bensì a qualcuno di molto più sorprendente.

«Cosa ci fai tu qui?» - Dico senza pensarci -.

«Non posso entrare in uno degli uffici della mia azienda?» - Domanda Jonathan serio -.

«Certo che puoi, ma... beh, non ti vedevo da un pezzo e....»

Non aggiunge altro, si limita a inarcare un sopracciglio.

«Allora che ci fai qui?» - Ribatto -. «Sei ancora arrabbiato?»

«Non è importante al momento...»

«Sì che lo è! Come fai a dire che non è importante? Che fine avevi fatto?» - Ormai sto gridando -. «Sei sparito! Neanche una telefonata, non hai risposto ai miei messaggi... e anche adesso mi guardi a malapena!»

«Ti sto guardando».

«No, non mi stai guardando, mi stai odiando. E questo non è il modo in cui io voglio essere guardata da te».

«Come vuoi che ti guardi allora?»

Sospiro per darmi una calmata e faccio per avvicinarmi a lui. Lui, con mio grande piacere, non indietreggia né schiva la mia mano, e si lascia toccare. La sensazione più difficile da custodire, proteggere; quella di poterlo sentire tra le mie dita. Non è qualcosa che si può descrivere semplicemente a parole, perché sono troppo poche per anche solo accennare ciò che provo per lui... e quanto senta la sua mancanza terribilmente.

Jonathan continua a guardarmi, silenzioso. Così mi armo di ulteriore coraggio e lo circondo con le braccia. Sospiro forte, come se avessi rimosso un blocco enorme dalla mia strada. Mi sento meno tormentata, più vicina a lui, percepisco il battito del suo cuore attraverso il mio orecchio. Che suono sublime. La nostra non si può definire una relazione facile e senza problemi, anzi: è piena di equivoci, fraintendimenti, pianti, litigi continui. Il nostro è un amore tormentato che ci affligge. Perciò racchiudiamo il nostro amore nella pagina della nostra vita, sperando che il tempo non la faccia sbiadire... e che niente e nessuno possa più separarci né giudicarci. Nemmeno noi dovremmo farlo.

È così che voglio che siano i nostri abbracci, quelli belli, quelli che quando smetti continui comunque a sentirli. Come in risposta al mio pensiero, le sue braccia mi avvolgono, stringendomi a sé. Io, rinchiusa tra il suo abbraccio, e lui, che appoggia la testa sulla mia. Mi fa sorridere dentro ogni volta lo fa. Ogni volta che, in uno dei nostri abbracci, lui appoggia la testa nell'incavo del mio collo, respirando il profumo dei miei capelli; per sentirmi sua, proprio come io sento di appartenere a lui incondizionatamente.

Poi, sempre rimanendo abbracciati mi parla. Anche se non lo posso vedere negli occhi, sento che ciò che mi dice viene dal profondo del suo cuore:

«Resta con me, Veronica» - mi supplica, come se potessi sparire da un momento all'altro -. «Tu sei molto più importante di una posizione di rilievo, molto più dei soldi e della fama...»

Ma questo può veramente bastarti? Può bastarmi?

«Dal modo in cui mi parli, da come mi guardi... tutto di te mi rende follemente pazzo d'amore per te...»

È lo stesso effetto che mi provochi tu.

«Ti basta poco e niente per farmi sorridere. Mi sopporti, quando litighiamo per orgoglio o semplicemente per paura. Sei qui con me quando ti dico di lasciarmi stare. Mi fai sorridere, quando ti spaventi dei miei scherzi, di continuo. Sei sempre disponibile, quando mi chiedi come sto, perché lo vuoi sapere e non per fare la parte. Sei il mio ascoltatore preferito, quando inizio a palare a raffica come sto facendo adesso e tu mi ascolti lo stesso. Sei qui per me, quando fermi le lacrime che scendono sul mio viso, come in questo momento».

Non mi ero resa conto che ti stavo accarezzando e tu me lo fai notare subito.

«Sei la mia metà, quando mi sussurri nel cuore della notte che mi ami, e io sorrido nel buio senza farmi vedere da te. Sei la donna che voglio avere accanto, so che è presto e tutto questo può sembrarti surreale, troppo veloce ma... io ti amo, Veronica, e non voglio nessun'altra».

Appena un'altra parola e giuro che lo riempirò di baci da lasciarlo senza fiato. Lo amo così tanto da volerlo urlare ai quattro venti.

Ti amo! Sì, IO TI AMO!

Non mi lascia il tempo di aprir bocca che le sue labbra si impossessano delle mie in un avvolgente e desideroso bacio. La sua lingua danza alla ricerca della mia, i suoi baci sono avidi e intensi, la sua presa resiste ancora su di me. Baciarlo per me significa vivere. E senza di lui, la mia vita non ha alcun senso. Perciò, Jonathan, se dovessi farti del male e tu mi odiassi di conseguenza, ti prego di non ripensarci. Non potrei sopportarlo.

Qualche ora dopo...

«So che sei preoccupato, ma non ce n'è bisogno, davvero. Andrà tutto per il meglio».

È quanto ribadisco a Jonathan mentre procediamo in auto verso casa di sua nonna. Lui non sembra convinto, mi ha domandato più volte nel corso della giornata se fosse davvero una buona idea andare a quella cena, valutando piuttosto l'opzione di sgattaiolare via, verso il nostro posto preferito: il ristorante dove ci siamo baciati per la prima volta. Un posto che è diventato il nostro rifugio, dove tutto ha avuto inizio.

«Ancora stento a crederci» - ribadisce Jonathan, lo sguardo fisso sulla strada in movimento -. «Non puoi neanche immaginare la mia faccia dopo che la nonna mi ha informato della cena... ho pensato di essere finito in un mondo parallelo!»

«Addirittura?» - Ridacchio -.

«Credimi, vedere mia nonna che si prende cura dei nipoti è probabile quanto vedere il mostro di Loch Ness nel laghetto di Central Park! Lei è sempre stata legata al lavoro a doppio filo, credimi».

«Ma tu guarda... pensavo che fosse severa solo perché ci teneva al vostro benessere, non la credevo così rigida».

«Uhm... "severa" non è la parola giusta» - dice Jonathan -. «È una donna dai forti ideali. Lei desidera e pretende il meglio. Da tutti... ma questo non deve farti agitare. Con te non permetterò che si comporti come ha sempre fatto con le persone che fanno parte della mia vita».

«Che vuoi dire?»

«Lei vuole testare la tua bravura, Veronica. Lo ha già fatto, dopo-tutto... e ora vuole vedere fin dove ti sai spingere. E visto che sei la mia fidanzata, quale modo migliore se non quello di una bella cena tutti insieme?»

«Ora non è lei a farmi paura, ma l'idea di non riuscire a essere quel che si aspetta da me».

Una volta arrivati, Jonathan ferma l'auto proprio davanti all'entrata. Mi fa scendere e sempre tenendomi per mano, ci avviciniamo verso la porta d'ingresso. La casa della Presidentessa è davvero stupenda! È un'immensa tenuta con giardino che affaccia da tutti i lati, maestosa e molto luminosa.

«Prima di entrare» - mi dice Jonathan -, «fai un respiro profondo e guardami. Andrà tutto per il meglio, no? Me l'hai detto tu stessa».

«Ehi, non vale ripetere le mie stesse parole» - rispondo ironicamente -.

Le porte si aprono. Un maggiordomo dai modi delicati ci accoglie e, dopo aver preso i nostri soprabiti, si fa da parte per farci accomodare. Rimango con il mio completo a due pezzi ricoperto in pizzo sulle spalle e da una gonna aderente, acquistato qualche mese fa durante un giro di shopping con Lucy. Non credevo che l'avrei indossato proprio ora e in questa occasione. Speriamo sia abbastanza.

Rimango meravigliata dall'arredamento così dettagliato. Ci sono quadri che raffigurano personaggi importanti, astratti, orologi vari, decorazioni attorno alle colonne e sugli oggetti comuni come tazze da tè e posate.

Camminando verso il corridoio che porta alla sala da pranzo, mano nella mano con Jonathan, comincio a sentire delle voci che mi fanno pensare che potremmo essere in ritardo, e che tutti quanti siano già a tavola ad aspettarci. In effetti, quando varchiamo la soglia, intravedo subito la Presidentessa impegnata a chiacchierare con mio padre e con Carmela. Ridendo e scherzando, si girano verso di noi non appena ci sentono arrivare.

«Jonathan caro, ben arrivato. Veronica, è bello averti qui con noi».

«Grazie per l'invito, Presidentessa» - mi affretto a dire -.

«Oh ti prego, chiamami pure zia Emi».

«D'accordo... zia Emi».

«Accomodatevi pure. La cena sarà servita fra qualche minuto».

Comincio a chiedermi se Emi abbia già bevuto, o sia davvero così al di fuori del lavoro. Ma la cosa che mi incuriosisce di più è l'atteggiamento così amichevole di papà nei suoi riguardi... cosa che in effetti avevo notato diverse settimane fa di sfuggita, davanti alla sede della Jewel.

Mentre prendo posto a tavola getto un'occhiata su Elena e Robert, che ci accolgono sorridenti. Ben presto iniziamo a mangiare, ma tra un boccone e l'altro non posso fare a meno di notare che Robert sembra fissarmi di nascosto... anzi, di verificare se sono nervosa o in procinto di svenire. Cos'è, ho qualcosa in faccia? È imbarazzante, e alquanto di cattivo gusto.

In questo momento vedo due schieramenti a questa tavola. Da una parte Robert, mentre dall'altra Jonathan. Entrambi dicono di tenere a me, alla mia felicità. Mi correggo, Elena l'ha detto. Io non so se sia vero, non so a chi più debba credere oramai, ma una cosa è certa, Robert ha chiuso tutti i ponti con me da stasera. Se non sarà lui a farlo, toccherà a me.

«Veronica cara, tuo padre mi raccontava poco fa di come tu e Robert vi conosciate sin da bambini. Ahimè non ho mai avuto occasione di vederti con lui in tutti questi anni. La tua è davvero una storia interessante, ti piacerebbe raccontarmi com'è iniziata?»

Non adesso, non ora, non di nuovo...

Sono stufa che ogni volta le persone mi facciano la stessa identica domanda. Non voglio più essere dipendente da lui, ora voglio essere libera. Del tutto. Devo farlo capire una volta per tutte a tutti, non solo a lui, ma anche al resto delle persone qui presenti.

«Signora, la storia tra me e Robert si è conclusa molto tempo fa. È il passato. Ora lui è sposato con Elena, come può vedere. Non potrei dirle pertanto più di quanto non sappia già. Ora c'è Jonathan al mio fianco, e le cose vanno bene».

«Ma certo... perdonami» - dice la Presidentessa dopo una pausa -. «Perdonatemi tutti... ho creato una tensione notevole, lo vedo dai vostri sguardi. Che ne dite se finiamo qui e ci dirigiamo in salotto per un tè?»

Siamo tutti d'accordo, e al suo invito lasciamo tutti la tavola.

Seduti in salotto, ognuno su un divano, Emi ne approfitta per sedere sulla poltrona davanti a noi dopo aver preso un grosso libro di fotografie; sembra molto vecchio, anche perché oggigiorno non si usa più conservare le foto cartacee. Con improvvisi occhi lucidi e le mani tremanti, lo apre davanti ai nostri occhi.

«Nonna, non ti pare un po' troppo tirar fuori le foto di quando eravamo bambini?» - S'intromette Robert -.

«Sono vecchia, Robert, anche se non lo ammetto molto spesso... e quando lo ammetto sono facile preda di grandi nostalgie» - ribatte la Presidentessa -. «Concedi dunque a questa vecchia brontolona di fare un tuffo nel passato con la nostra ospite. Ecco a te, cara».

Sfogliandolo con grande cura, questo enorme libro racchiude tutta la vita dei due fratelli Morgan. Non posso non notare tante bellissime foto di bambini che ridevano e giocavano insieme. Foto molto vecchie, con ancora tutta la famiglia riunita prima della partenza di Jonathan in Europa. Poi, d'un tratto Emi parla, proprio sulla foto a cui ho prestato più attenzione rispetto ad altre.

«Questa è la mia preferita. È stata scattata quando Jonathan è venuto a casa per la prima volta. Quel momento, non lo dimenticherò mai».

«Sono sicura che in qualche modo, suo nipote sia stato una specie di dono sceso dal cielo».

«Dici?»

Annuisco. «Julianne mi disse così. Anche dopo aver saputo di non poter più avere dei figli, aveva deciso di non perdere la speranza e di continuare a lottare credendo che un giorno avrebbe avuto lui. Così, credo sia stata una manna dal cielo l'arrivo di Jonathan in questa famiglia. Ed è stato, come dire... un amore a prima vista».

«Hai ragione. E cosa mi dici di tua madre, invece? Gerald è stato piuttosto evasivo finora a proposito di lei».

Adesso guardo papà di striscio, alla ricerca di un suo aiuto, una mano su cui aggrapparmi, ma niente. Speravo che non si fosse dimenticato della mamma e di ciò che ha fatto per noi, ma forse adesso... ora che ha Carmela al suo fianco, vuole dimenticarsi di lei e farci crescere sull'ala protettiva di una nuova madre.

«Katerina era una gran donna» - commenta Jonathan, inaspettatamente -. «La sua fama e bellezza è riconosciuta in tutto il mondo...»

È così gentile nel parlare di lei come se fosse ancora viva. Ma la verità è che tutti si sono dimenticati del suo volto qui, della sua gentilezza e semplicità. Della sua bontà e... di quello che rappresentava per me, oltre che per tutti loro.

Guardando dritto verso Emi, mi armo di coraggio e rispondo alla sua domanda.

«Mia madre è stata la donna più vera e semplice che io abbia mai conosciuto. Il suo sogno era quello di diventare una persona su cui gli altri potessero sempre contare, divenire un appoggio per le persone bisognose, e anche... una buona madre per me e mio fratello. È riuscita a realizzare il suo più grande sogno e a diventare una persona migliore per se stessa, per la sua famiglia. Ci ha cresciuto, ci ha amato, ed è stata la mamma migliore del mondo anche se per poco tempo. La sua immagine rimarrà dentro di me per sempre, ed è impossibile che possa dimenticarmi di lei in qualche modo. Ma c'è una cosa che mi ha distrutto veramente, ed è il fatto che molte persone abbiano dimenticato ciò che lei ha fatto per loro, ma soprattutto chi era. Ora vedo che molte società con cui mia madre lavorava hanno iniziato a collaborare con nuove stelle nascenti, dimenticando il suo contributo. Lasciare che il suo nome venisse dimenticato è…. inaccettabile».

«Veronica, tua madre è stata una delle stelle della moda più emergenti ai suoi tempi, tutti l'amavano, me compresa» - mi fa la Presidentessa -. «Ti dirò, avevo intenzione di collaborare con lei dopo la sua ultima sfilata, ma le cose… non sono andate come dovevano andare. Avevo proposto al suo manager di diventare la nuova immagine della nostra azienda… ma l'incidente, purtroppo, cancellò tutti i nostri piani».

«Lei lo sapeva?» - Le domando -. «Intendo… mia madre sapeva di questa proposta?»

Lei mi guarda con uno sguardo strano, come se l'avessi colpita direttamente nel suo punto debole.

«Veronica, non mi sembra un argomento appropriato» - interviene mio padre -. «Capisco che tu voglia a tutti costi rivangare la memoria di tua madre, ma... non è possibile».

«Perché?» - All'improvviso ho le lacrime agli occhi -. «Papà, tu mi dicesti quando ero piccola di ricordarmi sempre della mamma, e che non avresti mai permesso a nessuno di dimenticarsi di lei. Cos'è, hai cambiato idea?»

«Non possiamo fare nulla, il mondo va avanti comunque» - ribatte lui -. «Devi accettarlo, figliola... la gente va avanti, non è sbagliato lasciarsi alle spalle un passato ormai lontano, la vita è fatta così».

«Non ci credo. Io credo piuttosto che molti di voi vogliano mantenere la loro popolarità alta, perciò fanno di tutto per cercare nuove scuse e nascondere così la verità».

«Quale verità? Adesso stai esagerando! Modera il tuo linguaggio...»

«Caro...» - Carmela cerca di calmarlo -. Questa cena in famiglia si è trasformata in uno scontro.

«Gerald, per favore» - interviene la Presidentessa -. «Non vi ho invitati a cena per litigare. Tua figlia è semplicemente scossa dagli ultimi avvenimenti, è del tutto naturale che voglia mantenere viva la memoria di sua madre».

«Scusate, ma... devo prendere un po' d'aria».

E me ne vado di corsa, seguita a ruota da Jonathan un attimo dopo. Sento mio padre chiamarmi a gran voce, ma lo ignoro totalmente.

«Signora Morgan, è stato un piacere restare a cena da lei, ma ora devo andare. Grazie di tutto e... mi scusi tanto».

Una volta recuperato il soprabito corro fuori da quella casa, avviandomi verso la strada buia e deserta. Casa Morgan è immersa nel verde della natura... come vorrei averne una anch'io così, magari in campagna... portarci i miei figli durante il Natale e tutte le altre feste. Ma è un sogno troppo infantile per potermi permettere anche solo di pensarci.

Sto piangendo e il freddo pungente della sera mi ghiaccia il viso. Adesso, anche papà si è dimenticato definitivamente della mamma. Si è scordato di tutto ciò che ha fatto per noi, di quello che rappresentava per lui. Lo odio! Lo odio tantissimo!

«Veronica! Veronica...»

«Jonathan!»

Corro da lui e lo stringo forte tra le mie braccia. Piango di rabbia per quello che mio padre ha appena detto davanti a tutti, piango di disperazione. Piango perché vorrei riaverla qui nella mia vita, davanti a me.

«Shhh... non piangere, okay? Fallo per me. Guardami...»

«M-mio padre...»

«Lo so. È stato molto crudele da parte sua, ma tu non devi abbatterti, va bene? Non volevi realizzare il tuo sogno dimostrando a tutti chi è la figlia della grande Katerina? Non volevi che ti riconoscessero come sua figlia, riportando alla luce il suo ricordo?»

Sì, è quello che voglio. Ma se ti dicessi che c'è altro, che c'è molto di più di tutto questo... cosa mi diresti? Come reagiresti? Scopriresti che ti ho usato, mentito, manipolato...

Ora è tutto diverso, però. Io ti amo veramente, non ho intenzione di mentirti ancora a lungo. Ma mentirti è l'unico modo per tenerti stretto a me, altrimenti mi odieresti e mi lasceresti.

Forse me lo merito. Merito tutto quello che sto passando. Merito di sentirmi così.

«Su, andiamo a casa» - mi propone Jonathan -.

«Q-quale casa? Casa tua? N-non ci sono mai venuta...»

«C'è una prima volta anche per questo».

Una volta arrivati nel vialetto di casa sua, rimango sbalordita. La sua casa è un'intera villa a due piani, con cortile e garage personale. Avrà anche una servitù, immagino.

«Ti piace? L'ho fatta costruire io. Volevo una casa tutta mia, che non dovessi condividere con nessuno. E, cosa più importante, in modo da non incontrare più i miei. Su, entra! Non fare la timida».

Casa sua è un sogno, possiede anche una piscina interna! Wow, non si fa mancare nulla quest'uomo.

Chissà cos'altro avrà qui dentro che ancora mi tiene nascosto.

«Bentornato, signore» - lo accoglie una gentile signora, presumibilmente la governante, mentre ritira i nostri soprabiti -.

«Grazie, Dorotea».

«Ha chiamato la signorina Meg stamattina. Mi ha chiesto di riferirle che è partita per New York e che arriverà a breve. Così le ho preparato la camera».

«Ah, va bene, grazie» - fa lui, senza prenderci troppo caso -.

Questa Meg... è una vecchia amica, o magari qualcosa di più?

Non ho modo di appurarlo, perché nel frattempo Jonathan mi distrae presentandomi a Dorotea. Come di consueto, potrò rivolgermi a lei per qualunque necessità o bisogno. Dopodiché si congeda, lasciandomi di nuovo sola con il mio uomo.

Sedendoci sul divano, a guardare la tv davanti al dolce calore del camino, continuo a farmi tante domande sulla fantomatica Meg. All'improvviso, però, mi arriva addosso un cuscino.

«Ahia! Ma che ti prende?»

«Ah, bene, allora la voce ti funziona ancora» - commenta Jonathan divertito -.

«Certo, perché?»

«Perché voglio che la usi... non temere, dimmi pure quello che ti passa per la testa. Lo so che mi vuoi chiedere di Meg».

Ancora una volta non posso che restare sbalordita dalla sua capacità di leggermi dentro. Con ancora il camino acceso, lui comincia a parlarmi di questa donna, che per certi versi sembra più di famiglia, quasi una parente stretta per lui; l'unica con cui riesca ad avere una conversazione sana ed equilibrata. Pare che sia una modella di ventotto anni, proveniente da una famiglia composta da volti noti nel mondo della moda e dello sport, molto seguiti e apprezzati; lei è persino sposata con un giornalista sportivo. Il marito è qui per lavoro, lei per prendersi una pausa. Per come me l'ha raccontata Jonathan, la storia di Meg sembra avere le carte in regola... sarò lieta di conoscerla.

Ore due e trenta di notte. Casa di Jonathan. Probabile nuovo litigio con papà. Mi sveglio un po' sudata, e sento di avere la gola secca. Jonathan non è nel letto con me, che strano... sarà andato in bagno? Dormivo così profondamente che non l'ho proprio sentito muoversi staccandosi da me. Beh, tanto vale lasciarlo ai suoi bisogni mentre vado a dissetarmi...

Scendendo le scale arrivo nel salotto, e poi in cucina. Le luci sono spente, ma dalle enormi vetrate che sfociano sulla natura riesco a vedere qualcosina, in modo da non inciampare o rompere qualcosa come solitamente accade. Chissà quanto lavoro e quanto denaro sono stati investiti per edificare questo gioiellino architettonico. Più ci penso e più mi convinco che Jonathan mi nasconda ancora qualcosa.

Bah, da che pulpito... come se io non avessi un segreto...

Sento un rumore di passi, molto vicino, e in un istante sono allarmata. C'è qualcun altro sveglio a quest'ora? Jonathan? O un intruso...?

Quando mi giro, molto velocemente, mi metto a urlare dalla paura. Una sagoma nera è davanti a me, che mi guarda in silenzio. Lascio cadere a terra il bicchiere che avevo in mano, accompagnando il mio grido con un sordo *crash*. Acqua e frammenti si spargono ai miei piedi.

Una luce si accende illuminando di colpo l'ambiente. Vedo Jonathan correre giù per le scale di tutta fretta. «Veronica! Stai bene? Ma che sta succedendo?»

«Ah, colpa mia, Jonny» - dice la figura davanti a me. Solo ora mi rendo conto che è una donna, mai vista prima in vita mia -. «Devo averla spaventata mentre passavo per la cucina».

La osservo bene. È una donna dai lineamenti come scolpiti nel marmo, ci credo che sia una modella. Solo ora mi rendo conto che Meg c'entra qualcosa con la vita passata di Jonathan. Magari sono stati qualcosa di più un tempo, mentre ora per entrambi è acqua passata...

Jonathan si volta a guardarla, sorpreso. «Meg! Cosa ti è saltato in mente? Perché sei entrata così in casa mia? E a quest'ora, per giunta... ti sarei venuta a prendere in aeroporto invece di farti fare questa strada da sola al buio».

Si preoccupa molto per lei...

«Non ho potuto chiamarti, hai cambiato di nuovo il numero di cellulare» - le fa notare -. «E nessuno ha voluto darmi il tuo nuovo recapito. Ho pensato quindi di farti un'improvvisata, di solito sei sempre qui da solo, domestici a parte... Comunque non sono da sola. C'è anche Adam con me, come ai vecchi tempi».

Guarda me, mentre dice questa frase. Ma non mi colpisce, se è questo che spera. Meg sarà una dea scesa in terra conciata anche di abiti che le delineano il corpo già magro, ma non è di certo questo che Jonathan va a guardare in una donna. Almeno non ora che sta cominciando una nuova vita con me.

«Comunque, lei è Veronica, la mia fidanzata» - mi presenta -.

«Ma che bello! Piacere di conoscerti, e scusa ancora per lo spavento. Beh... ci beviamo qualcosa? Che ne dite? Come ai vecchi tempi, Jonny...»

«Preferirei di no».

«Ma dai, e perché? La tua fidanzata non vuole che tu beva? Mi ricordo che dicesti che non ti piaceva farti comandare a bacchetta dalle donne, per giunta quando queste diventavano spinose e ossessive».

Mi sta forse definendo una di quel tipo?

«Veronica non è così» - spiega lui -.

«Ma certo, deve essere stata dura comunque passare a questa dipendenza...»

«Lei è stata la mia salvezza, mi ha aiutato a evadere dalla dipendenza dell'alcool e… gliene sono grato».

«È così? D'accordo, allora... niente alcool».

Tagliamo tutti corto andando a sederci al tavolo. Jonathan prende dell'acqua per tutti e poi viene a sedersi accanto a me.

Se non fosse per questa bizzarra e imbarazzante situazione, mi sarei chiesta: ma quanto cazzo è bella questa Meg? Per la cronaca, è alta, ha un seno prosperoso, una carnagione limpida e pulita da ogni imperfezione. Sembra la donna perfetta. Non mi stupisce che sia una modella famosa, anche se non mi è familiare in alcun modo. Sentendomi un po' a disagio, apro bocca per domandare ancora ma Meg mi anticipa rivolgendosi a Jonathan: «È da una vita che non ci vediamo. Cosa mi racconti?»

«Vuoi sapere perché sono tornato? Ormai me lo chiedono tutti, chissà perché...»

«Non è ovvio? Ti è sempre piaciuto viaggiare, non ami restare troppo a lungo nello stesso posto... ma ora posso capire perché hai deciso di cambiare le cose» - conclude guardandomi negli occhi -.

Comincio a domandarmi se non sia Meg una di quelle ragioni che hanno spinto Jonathan a fare le scelte sbagliate di cui ho sentito parlare da Elena...

Una volta giunta l'alba, sento la luce attraversare le vetrate della casa. È una visione sublime poter ammirare il sole che sorge la mattina, insieme a tutti i suoi stupendi e unici colori che solo in quest'arco della giornata possiamo ammirare. Vorrei restare così per sempre, ammirando il cielo che sprigiona quei colori uno dopo l'altro, colorandolo...

Appena mi sveglio, sento qualcuno bussare alla porta e un uomo con gli occhiali vestito con una camicia leggermente stropicciata entra in casa seguito da due signori vestiti di nero. Che sia il marito di Meg? È un tipo alto, bello e con una carnagione abbronzata; capelli scuri, di un nero profondo, e il tatuaggio di uno scorpione gli marchia tutto il braccio... semplicemente affascinante! Mi riporta alla mente lo stesso tatuaggio che ho visto sul braccio destro di Jonathan... che sia una semplice coincidenza?

Nel mentre riconosco Jonathan e Meg, venuti ad accogliere il nuovo trio.

«Ehi amico!» - Esordisce il nuovo arrivato -.

«Adam, bentornato!» - Lo saluta Jonathan con un abbraccio -.

«Amore, che ci fai qui? Pensavo saresti venuto a prendermi più tardi» - interviene una sorpresa Meg -.

«Ho preferito anticipare... mi hanno chiamato prima per girare la pubblicità di quella partita» - spiega lui -. «Quindi ne ho approfittato per salutare anche Jonny venendo a prenderti».

«Ah, la partita di football della Georgia Fax» - m'intrometto ad alta voce -.

Adam mi guarda curioso. «Sì, esatto... t'intendi di football?» - mi domanda -.

«No, mio fratello ci giocava in passato».

«Lei è la mia ragazza, Veronica» - mi presenta Jonathan -.

«Piacere». - Adam mi stringe la mano -. «Scusate la fretta, ma dobbiamo proprio andare adesso... Jonny, Veronica... ci si vede!» - e ci saluta con un cenno della mano -.

«A presto!» - Conclude Meg seguendo gli uomini oltre la soglia -.

Quando la porta si richiude, la mia mente comincia a vagare sulla possibile ipotesi se la vita di Meg coincida con quella di Jonathan. Ma il passato è sempre stato difficile da scoprire, talvolta è impossibile. Noi... loro sono persone giuste, o almeno lo credo.

«Sei preoccupata?» - mi domanda Jonathan, osservandomi -.

«Più che preoccupata, sono confusa» - gli faccio, una volta seduta a tavola -. «Cos'hai a che fare con queste persone?»

«Li conosco da una vita, sono miei amici... puoi stare tranquilla».

«Come dire che non sono affari miei» - ripeto, cocciuta -.

Vedo Jonathan inarcare un sopracciglio.

«Non c'è solo la famiglia nella mia vita, Veronica» - mi spiega -. «Ci sono un sacco di persone là fuori, e altrettante opportunità e scelte, che ti portano a crearti altre famiglie. La Jewel è la tua famiglia ora... non dico che devi conoscere tutti, ma un paio di persone ancora ti sono estranee. È normale. E poi... a dirla tutta, mi è ancora estraneo il motivo per cui hai lasciato la Mars per noi».

«Te l'ho già detto il motivo. Non mi trovavo più bene là...»

«Bene! Sono felice per te. Ma promettimi una cosa, non lasciarti influenzare da ciò che fanno gli altri».

«Hai ragione... ora scusami, devo prepararmi per andare al lavoro. Ci vediamo là».

Lui però vuole ancora parlarne. Lo sento dire il mio nome mentre mi alzo e gli volto le spalle, ma lo ignoro. Non è che non mi senta parte di questa famiglia, ma la mia casa, tutto ciò per cui ho sempre creduto... perché deve essere tutto una questione di potere e di dominazione?

***

Più tardi...

Alla Jewel, Elena è indaffarata a preparare la nuova collezione che sfonderà a breve in tutti i negozi della città. Ho già preparato la pubblicità che sponsorizzerà il nostro gioiello anche al di fuori di New York, per cui non mi resta che stamparne una copia e metterla nel blocco dei lavori. Mi avvicino alla fotocopiatrice, ma scopro che mancano le cartucce per l'inchiostro; per cui chiamo Josefine, la più volenterosa ad aiutarmi, e le chiedo dove sono finite le cartucce.

«Mi dispiace, signorina Mars, ma le abbiamo finite» - mi spiega -.

«Sono esaurite? Perché non me lo avete detto?»

«Pensavamo che la responsabile delle cartucce avesse fornito abbastanza fogli la scorsa settimana, ma credo che...»

«Non ci si può dimenticare dei propri compiti, anche controllare la stampante è un dovere importante. Chi è che risponde a ciò?»

«Betty».

«Ah... ma certo. Okay, ora vado, tu controlla la stampante fino al mio arrivo».

Chi si crede di essere questa Betty per non adempiere al suo dovere? Questo suo modo di fare rovina il lavoro di tutti, ma a quanto pare non gliene frega niente del sudore e dei sacrifici dei colleghi. Ora la rimetto in riga io.

Una volta arrivata alla sua postazione, sbatto la mano sul tavolo in modo che mi senta forte e chiaro. Attiro così la sua attenzione. Mi guarda con fare sdegnoso, come se qui dentro valessi meno di niente. Ma ora il gioco cambia regole.

«Posso avere la tua attenzione?» - Chiedo a Betty -.

«Beh, ce l'ha. Senta, signorina Mars... posso capire che lei stia controllando che tutto vada per il meglio qui, ma non le sembra un po' da irrispettosi attaccarmi?»

«Irrispettosa? Io? Attaccarti? Chi è che doveva controllare le cartucce della stampante e ha sorvolato sul suo compito? Chi è che non segue le regole di un comportamento civile e rispettoso con i suoi colleghi? Chi è che parla con un linguaggio non corretto con i suoi superiori?»

«Lei non è un mio superiore» - ribatte -, «è solamente il braccio destro del capodesigner. Ma se tanto ci tiene lo faccia pure, si vanti... però sappiamo entrambi che senza quell'incarico saresti una semplice dipendente come tutti noi».

«Adesso basta!»

Mi volto. Jonathan è entrato in scena, con tutta la carica di capo della Jewel, o almeno è quello che meriterebbe, in un affascinante completo grigio piombo.

«Che succede qui?»

«Mister Morgan, la signorina Mars è venuta qui per aggredirmi e io ho solo cercato di difendermi come potevo...»

«Hai ignorato un compito preciso!» - Esclamo -. «Dovevi ricaricare la stampante e l'hai lasciata sfornita d'inchiostro!»

«Io...»

«Betty, il suo superiore ha ragione» - aggiunge subito Jonathan -. «È suo compito gestire la stampante in caso di necessità, e non mi sembra nemmeno corretto il modo in cui si è appena rivolta a Veronica. Le arriverà un richiamo, e se continua ad avere questo atteggiamento nei confronti di un suo superiore, non ci vorrà molto per farle arrivare anche un licenziamento. Sono stato chiaro?»

Mio eroe!

«Tanto vale che recepiate anche voi il messaggio, ragazzi». - Ora si rivolge all'intero gruppo alle scrivanie tutt'intorno -. «Veronica Mars non è una semplice dipendente, le sue abilità l'hanno portata ad alti livelli, più competitivi... dove può mettersi alla prova superando le sue stesse capacità. Questo implica che dovete portarle rispetto. Sappiate che il capodesigner non accetterà questo atteggiamento nei confronti del suo fidato braccio destro... perciò, da ora in avanti, chiunque oserà ripetere il tono della signorina Betty qui presente, ne risponderà a me».

«Jonathan, adesso stai esagerando. Posso gestirlo da sola» - affermo -.

«In tal caso saresti in grado di spiegarmi» - dice una voce alle nostre spalle - «perché tuo padre ha cercato di sabotare la nostra ultima collaborazione».

Mi volto, sbalordita. Elena è entrata in sala, quando credevo fosse ancora in luna di miele, facendo zittire tutti in un solo istante. Sembra molto arrabbiata, e ormai sono in questo ambiente abbastanza a lungo da sapere che non c'è modo di placare la belva inferocita che c'è al suo interno.

Poco dopo...

C'è una tensione inimmaginabile in azienda da quando siamo tornati da Los Angeles. Robert ed Elena sono giunti a casa questo pomeriggio dopo la loro luna di miele e si sono messi subito al lavoro. Fa strano vederli ora sotto una luce diversa, una coppia a tutti gli effetti, ma vado avanti.

Quando seguo Elena nel nostro ufficio, sembra essere pronta a tirare una bomba. In ufficio non mi degna di uno sguardo, mi affida solo una marea di compiti per farmi stare impegnata. È strano, forse la loro vacanza da sposini è stata diversa da come se l'immaginava, o forse è solo una mia impressione. Ma lo percepisco, una scia di pregiudizi, di parole dette sotto voce, e non so come farmi scivolare questo addosso senza che mi pesi. Mi ritrovo ad essere al centro dell'attenzione quando passo per i corridoi del mio piano, per dirigermi nuovamente nel mio ufficio, dopo aver stampato alcuni elaborati da far visionare ad Elena.

Al mio ritorno, lei si fionda su di me.

«Veronica, ora è sufficiente» - fa lei -. «Non posso far trascorrere altro tempo».

«La luna di miele non è andata bene, Elena? È tutto il pomeriggio che lavori alacremente, ma non hai un'aria allegra...»

«Stai forse soppesando la mia felicità in questo momento?»

«No, stavo solo riflettendo».

«Uhm, non ti credevo capace di tanto, a giudicare dalle tue ultime azioni».

Ma di che parla?

«Scusa, ma non ti seguo».

«Cercherò di essere più chiara allora». - Elena sembra sempre più minacciosa -. «La mia luna di miele è stata funestata da un imprevisto avvenuto alla Jewel, che ha costretto me e Robert a rientrare. Pare che ci sia una talpa all'interno del nostro team. Puoi capire il mio stato quando l'ho saputo».

Sono sempre più perplessa.

«Non... non ne sapevo nulla» - rispondo -. «Giravano strane voci ultimamente, in effetti, ma non avevo idea che...»

«Non fare l'ingenua con me, Veronica» - m'interrompe lei -.

«Giuro che non è mia intenzione, Elena...»

«Per te, sono il tuo capo» - precisa alzandosi dal suo posto. Ormai è a un passo dal definirsi infuriata -. «Che cosa hai fatto?»

«Non capisco... perché fai così? M-mi stai accusando di essere la "talpa" di cui parli?»

«Va bene, ne discutiamo con Robert».

Io la seguo a ruota, ma proprio non comprendo cosa potrei aver fatto. Sono stata sempre attenta e meticolosa nel mio lavoro e lei lo sa.

Una volta arrivati nell'ufficio di Robert, veniamo accolte da quest'ultimo; sembra piuttosto calmo, ma non potrei dire lo stesso di Elena, visibilmente adirata.

«Veronica, sono molto delusa... non mi aspettavo che tramassi contro di noi a beneficio della Mars. Dunque non sei ancora uscita da sotto l'ala di tuo padre» - commenta lei -. «All'inizio me lo aspettavo, quando ti abbiamo accolta alla Jewel, ma sembravi così sincera nelle tue azioni e con il tempo ho abbassato la guardia. Ma alla fine ti sei tradita...»

«Basta così, Elena» - interviene Robert -.

Lo vedo alzarsi dalla sua poltrona, il suo tono non mi piace affatto. Mi viene da piangere, ma resisto. Sono forte abbastanza da resistere.

«Veronica» - esordisce incrociando le braccia sul tavolo -. «Sono stato informato che la collaborazione con la DA Corporation è stata ritirata per... una migliore occasione di lancio con un'altra società a noi rivale. E questa società rivale non è altri che la Mars. Puoi immaginare quanto siamo confusi al momento, Veronica... e purtroppo, come vedi, si ritiene che sia stata tu a riferirglielo».

«Non ci preoccupa la perdita di questa collaborazione» - aggiunge Elena -, «ma non possiamo ignorarla. Vogliamo delle risposte da te, qui e subito, altrimenti puoi andare a sgomberare la tua postazione».

Sono allibita. Non ho la minima idea di cosa stiano parlando. Come possono puntare il dito contro di me? Non ho più nulla a che fare con le operazioni di mio padre. Le sue collaborazioni, i suoi viaggi... tutto ciò che avviene alla Mars non raggiunge più la mia attenzione. Credono veramente che io sia coinvolta?

«E allora? Io cosa c'entro?» - Domando -.

«È successo per causa tua» - interviene Elena -. «Abbiamo le prove che ci hai tradito!»

«Assurdo! Robert... non crederai sul serio che sia stata io? Perché mai dovrei fare un torto alla Jewel? Ho sempre desiderato lavorare qui! Elena, so che abbiamo avuto sempre delle divergenze, ma ti prego... io non c'entro nulla...»

«Veronica, noi abbiamo le prove» - sottolinea Robert -.

«Quali prove?»

Lo vedo tirar fuori dal cassetto un documento, con su scritti dei dati relativi a delle collaborazioni avvenute recentemente.

«Questo non doveva muoversi dal mio ufficio, eppure è stato ritrovato nel tuo cassetto, questa mattina» - mi fa notare Robert -. «Una telecamera interna ti ha ripresa mentre entravi nel mio ufficio, a quest'ora, e frugavi nel mio cassetto».

«Non sono stata io» - ribatto subito -. «Qualcuno mi sta chiaramente incastrando!»

«Stronzate» - commenta Elena, mentre Robert avvia un programma sul suo pc portatile -.

Abbasso lo sguardo non appena m'indica l'immagine sul monitor. Vedo chiaramente una ripresa dell'ufficio da un angolo in alto a destra, accanto la porta, puntata proprio verso la scrivania. Pochi secondi e vedo comparire una figura femminile che si muove a passo adagio. Si guarda per qualche istante a destra e a sinistra, poi con sicurezza raggiunge la scrivania e fruga nel cassetto, tenendo la testa bassa. Cerco di identificarla ma è dura: il video è a bassa definizione, in più quella indossa occhiali da sole e una sciarpa le copre parzialmente la faccia... potrebbe essere chiunque.

«Quella non sono io!» - Dichiaro a voce troppo alta -.

Robert fa un sospiro amareggiato. «Così non ci aiuti».

«Non ti fidi più di me!? Robert, non sono stata io a rubare quel documento...»

Vengo interrotta da un rumore alle mie spalle. La porta dell'ufficio si è aperta di colpo, per mano di qualcuno che non ha pensato di bussare. La vista di Jonathan che fa irruzione riesce a sollevarmi.

«Jonathan, che ci fai qui?» - Gli domanda Robert, visibilmente sorpreso -.

«Ho saputo cos'è successo» - spiega lui -. «Perché ve la prendete con Veronica?»

In cinque minuti, Elena e Robert riassumono la situazione anche a lui, mostrandogli il video che m'incastra. Alla fine, Jonathan ha un'espressione indecifrabile sul volto.

«Non può essere stata lei» - dichiara, sconvolto -. «Lei era con me in quel momento, l'ho prelevata dall'ufficio di Elena poco prima che tu arrivassi e la cercassi. Noi due eravamo usciti un attimo a... parlare».

«Oh, che alibi di ferro» - commenta Elena, rivolta a Robert -. «Questo in tal caso la scagionerebbe... se solo ci fosse qualcuno in grado di confermare questa versione dei fatti. Qualcuno più convincente di te, Jonathan».

«Non avere questo tono!» - Ribatte lui -. «Veronica ti ha aiutata nel matrimonio, se la memoria non m'inganna...»

«Non è abbastanza per intenerirmi in questo momento!»

L'aria è così densa che potrei tagliarla con un coltello di plastica della caffetteria. Non potevamo andare dalla Presidentessa per una questione del genere, dice Robert, altrimenti sarebbe stato davvero imbarazzante. Ad ogni modo, sono cose che si possono gestire anche da soli.

Ultimamente molte cose stanno diventando imbarazzanti, mi rendo conto.

«Ragioniamo un secondo, per cortesia» - mi anticipa Jonathan -. «Robert, il video non dimostra che l'intrusa nel tuo ufficio sia proprio Veronica... come fate a dire che sia proprio lei la talpa?»

«La chiamata da parte della DA per ritirare la collaborazione» - spiega Elena - «è arrivata intorno alle diciotto, orario in cui Veronica doveva lavorare nel suo ufficio per un controllo finale del lavoro, prima di andarsene. Ma lei non c'era».

«Ieri Veronica è stata con me tutto il giorno, poi eravamo tutti a cena dalla Presidentessa. Sono andato a prenderla dopo il lavoro, e tu eri presente. Non è sufficiente? Qualcuno si è spacciato per lei e sta cercando di incastrarla, non può essere altrimenti!»

«Infatti!» - Mi decido a intervenire -. «Vedete l'orario? Io non ero in zona in quel momento, il mio orario di lavoro quel giorno è terminato alle sedici per via della cena, mentre qui termina alle diciotto. Non potevo essere lì in quel momento. A meno che...»

Rifletto per un istante.

«Betty» - mormoro con amarezza -. «Con quella ho un rapporto burrascoso... potrebbe essere stata opera sua!»

«Hai intenzione di incolpare una tua collega?» - Mi fa notare Elena -.

«È vero che non ho prove effettive, ma guardate gli abiti di lei nel video. Ieri avevo un tubino viola, mentre la ladra, come vedete, porta dei pantaloni cargo. Certo, ha dei capelli simili ai miei, ma... se avesse indossato una parrucca?»

«In effetti...» - Ragiona Robert -.

«Ha raggiunto in fretta la scrivania, come se già sapesse cosa cercare. Poi quella stessa persona deve aver inscenato un modo per farmi uscire dal mio ufficio prima, in modo tale da mettere poi le prove nel mio cassetto e incastrarmi».

«Avrebbe senso» - conviene Jonathan -. «Non resta che interrogare Betty, in tal caso... che ne dite?»

Robert fa un sospiro profondo, è decisamente esasperato. «D'accordo. Faremo convocare Betty e vediamo di concludere questa faccenda. Veronica...» - Mi fissa uno sguardo grave -. «Mi dispiace. Ho dubitato di te troppo in fretta».

«Veronica merita molto di più delle tue scuse» - gli fa notare il fratello, incrociando le braccia al petto -.

«Hai ragione».

Più tardi...

Dimenticandomi di tutto quello è successo in quest'ultimo periodo, avanzo verso il mio ultimo giorno. Ripenso. La mia entrata alla Jewel. L'incontro con Jonathan. Il matrimonio di Robert. Devo dimenticarmi di tutto, perché oggi sono qui in veste di Veronica, per parlare con la Presidentessa a cuore aperto. Spiegarle che io non c'entro assolutamente niente e forse sarà difficile, ma provarci non mi ha mai frenato.

Una volta raggiunto l'ufficio, busso alla porta. Lei mi fa cenno di entrare e di sedermi. Sembra tranquilla, ma questa è solo la calma prima della tempesta.

«Ti stavo per far chiamare» - esordisce lei -.

«Presidentessa, prima che accada l'inevitabile, mi lasci spiegare».

«Parla pure».

«Se sono venuta qui subito, è perché ci tengo che lei abbia la mia versione della storia, prima che glie lo dica qualcun altro».

«Certo».

«Io non so nulla delle attività recenti di mio padre. Quando ho lasciato la Mars ho tagliato i ponti con chiunque in sede... non entro in quegli uffici ormai da un pezzo, come potrei farvi dunque una cosa del genere? Come potrei rovinare ciò a cui ho sempre aspirato?»

«Uhm... questo non è sufficiente per farmi ignorare quanto è accaduto» - dichiara la Presidentessa - . «Capisci che devo prendere misure drastiche?»

Annuisco.

«Ci sono cose più forti di noi Veronica, momenti in cui comprendiamo di aver fatto degli errori e vogliamo rimediare, altri in cui lottiamo per tenerli in vita. Quando sei arrivata, ho visto la tua luce... sprigionavi energia allo stato puro. Volevi fare tante cose, e le volevi fare qui» - mi fa notare con piacere -.

«Non ho mai pensato a quanto fosse difficile capire veramente se stessi» - ammetto -.

«Sì, lo capisco».

«Volevo solo essere capace come tutti a fare questo lavoro».

«Perché essere come gli altri, quando si può essere se stessi?»

«Ma ora mi ritrovo a dover lasciare a testa alta questo posto...»

«Veronica, non pensavo di licenziarti... si tratta semplicemente di un breve periodo di allontanamento, in cui noi cercheremo di stabilire cosa fare con te... e con Betty».

«E questo non vuol dire licenziarmi?» - Non sono stupida -. «Se dovete farlo, allora preferisco dare le mie dimissioni io stessa».

«Non volevi lavorare con noi?» - Mi domanda confusa -.

«Presidentessa, la ringrazio per tutto... davvero. Lei è stata veramente un'ancora per me. Senza di lei, non avrei mai capito quanto sia duro l'ambiente in cui vivo e come sia difficile pregare di uscirne indenne».

Una pausa.

«Cosa farai ora? Tornerai da tuo padre?»

Perché si preoccupa?

«Certo che no» - rispondo -. «Come ho detto prima, ho chiuso con la Mars. Cercherò di trovare la mia strada altrove. Di certo non mi arrenderò al primo ostacolo... sarà più difficile arrivare al traguardo così, ma la determinazione non mi è mai mancata».

«Ora sarai da sola contro il mondo intero» - osserva la Presidentessa -. Come lo affronterai?»

«A testa alta, sempre. Quando credevo di aspirare a questo, sbagliavo. Più di ogni altra cosa, io voglio diventare come mia madre. Voi siete i migliori, per questo ho voluto tentare... ma vedo che la figura di mio padre si rispecchia su di me più di quanto immaginavo e... nessuno riesce a fidarsi della mia presenza qui. Non mi accettano come vorrei».

Neppure tu, in fondo, Zia Emi.

«Quindi vuoi mollare? Di conseguenza non potrai tornare indietro, lo capisci?»

«È un rischio che devo correre».

Alzandomi, consapevole che me ne pentirò, sospiro mentre la guardo negli occhi.

«D'accordo. Forse un giorno ci rincontreremo... e chissà, se i miei occhi ti vedranno in veste di quello di cui hai sempre voluto diventare».

«Chissà. Arrivederci, Presidentessa».

«Abbi cura di te, Veronica».

Spero non si ritorca a mio sfavore questa decisione così difficile.

Mentre mi dirigo fuori, evitando più sguardi possibili, ripenso ai momenti che ho vissuto. Momenti bellissimi e altrettanti molto brutti. Ma la cosa che mi ha lasciato di più questo posto è la consapevolezza di quanto sono forte. Delle mie capacità, non andate perse. Di quanto sia testarda e non mi basti mai quello che ho.

Ora esco a testa alta, m'incammino fiera del mio traguardo e non me ne pento. Forse non mi rendo ancora conto di ciò che ho fatto, ma so per certo che ogni scelta che faccio è quella giusta. Giusta per me e nessun altro.

Capitolo 12

Ho lasciato il posto dei miei sogni, le persone con cui ho costruito ricordi e con cui mi sono divertita. Alla Jewel ho riscoperto il mio talento per la moda e ho lavorato come caporedattore artistico, un ruolo che mi rimarrà impresso per sempre. Ma adesso cosa mi rimane? Sono disoccupata e senza un posto dove stare. Certo, casa mia è sempre aperta, ma vorrei provare ad abitare da sola, essere più indipendente di così. Magari in questo modo riuscirò a farmi vedere con occhi diversi dalle persone.

Lucy potrebbe darmi una mano con la casa, per cui la chiamo subito. «Ciao Lucy, sei a casa adesso?»

«No, sono da Thomas» - mi risponde lei -. «Lui lavora ancora per qualche ora, perciò aspetto che finisca, poi andiamo a cena fuori».

«Oh, e Terence è lì?»

«Sì. È migliorato molto, sai? Ora è molto più professionale e... estremamente attraente».

«Che vuoi dire con "attraente"?»

«Thomas lo ha portato a fare shopping qualche giorno fa, gli ha comprato dei vestiti nuovi per il lavoro. Quando stamattina l'ho visto entrare in ufficio... non sai che spettacolo!»

«Okay-okay... senti, ho un enorme favore da chiederti...»

«Ospitarti? Nessun problema!»

Sono sbalordita. «Come hai fatto a....?»

«Ti conosco bene, Vero, e con "enorme favore" di solito intendi che ti serve ospitalità. Ho azzeccato? Allora d'accordo, puoi stare da me per tutto il tempo che ti occorre».

«Ok... allora grazie, Lucy, giuro che ti ripagherò per tutto quanto».

«Tranquilla. Devi solo venire a prendere le chiavi da me, puoi passare adesso? Così magari vedi anche Terry».

«Sì, sarebbe perfetto. Arrivo subito!»

Gli effetti del caffè sono già svaniti con la corsa che ho fatto fino alla sede della Foster, e con i tacchi per giunta. Sono sfinita, ho bisogno di riprendere fiato. Almeno c'è l'ascensore. Arrivo al piano, le porte metalliche si aprono e la visione di un ufficio di lavoro con personale in giacca e cravatta, una moltitudine di persone indaffarate a svolgere i loro doveri, mi sconvolge. Beh, che dire, strabilianti!

Vengo fatta accomodare nei pressi della sala riunioni, visto che Thomas è al suo interno e impegnato per l'appunto in una riunione. Attraverso le pareti in vetro isolante vedo tutto ma senza poter sentire; ci sono anziani, ma anche giovani, collaboratori venuti da chissà dove per stringere accordi con la Foster, che detta in breve è una delle società con cui tutte le altre si appoggiano e chiedono rinforzo in caso di aiuto. Benevoli, no?

Thomas Foster è seduto a capotavola, le mani incrociate. Con tutta la sua compostezza e serietà parla ai direttori come se fosse abituato a farlo da sempre. Che sia uno di quei bambini addestrati dal padre fin da piccoli per gestire un'enorme impresa?

Dopo un'attesa che mi pare infinita, vedo finalmente la riunione volgere al termine. I miei piedi non ce la fanno più a sorreggermi, ho delle vesciche ai piedi che mi provocano un male assurdo al momento. Come speravo, presto rimaniamo solo io e Thomas, che nemmeno si accorge della mia presenza fino a quando non mi scuoto per il dolore al piede. E così lui si gira verso di me, sorpreso.

«Veronica! Che sorpresa... che ci fai qui?»

«Oh, prima posso sedermi per favore?»

«Ma certo».

«Grazie! Ah, che male... maledette scarpe...»

«Aspetta, ti porto un cerotto per medicarti».

Nel giro di un minuto me ne rimedia uno. È stranamente gentile, che il suo lavoro di oggi sia andato a buon fine? Lo spero per lui, se lo merita davvero tanto. Lo vedo così indaffarato mentre mi applica il cerotto... che sia successo qualcosa di problematico? Magari con Lucy, o persino con Terence...

«Non dovresti essere alla Jewel?» - Mi domanda, spezzando il mio ragionamento silenzioso -.

«Licenziata» - dico subito -.

«Davvero?»

«No».

«Non capisco. Allora che cosa è successo di preciso?»

«In breve, non posso farmi una mia immagine finché le persone accanto a me non la smettono di associarmi a mio padre solo perché ho lavorato per lui per così tanti anni».

«Sei la figlia di un imprenditore, ti sorprende?»

«Ma non voglio che sia così! Voglio essere indipendente e autonoma. Voglio che la gente mi riconosca come Veronica e non come "la figlia del capo"...»

Thomas si mette inaspettatamente a ridere. «Non ti avevo mai sentito parlare così. Non ci frequentiamo neanche così tanto, ma ti capisco. Capisco cosa provi».

«Grazie. Ora scusami, ma devo andare da mio fratello e dopo...» - M'interrompo di nuovo -. «Arrivederci, Thomas... buon proseguimento» - taglio corto -.

Come mai sento come mancarmi il respiro? Che mi prende adesso?

Seduta nella hall del piano, aspetto pazientemente Lucy. Quando arriva con due tazze fumanti di caffè, il mio cuore salta di gioia e la ringrazio per il pensiero.

«Allora, dimmi cosa è successo» - incalza lei -. «Thomas mi ha detto che sei stata licenziata, è vero? Cos'ha fatto quella arpia di nome Elena?»

«Bah... non esattamente licenziata. Non gliene ho dato modo, mi sono dimessa per prima».

«Perché l'hai fatto? Non dicevi che era la tua unica occasione per avere la tua rivincita?»

«Sh-sh! Non qui» - la zittisco subito -.

«Scusa... comunque che farai ora? Da tuo padre hai detto che non vuoi tornare, ma ti serve un lavoro...»

«Troverò qualcosa».

«Nelle aziende non ti assumeranno, Veronica, devi spingerti su un altro settore al momento. Che ne dici di venire da me?»

Diventare una fotografa? Non so...

Mi è sempre piaciuto vedere le modelle che sfilano in passerella, riprese ad ogni istante attraverso l'obiettivo di enormi macchine fotografiche. Che sia una buona idea per ripartire alla grande?

«Ti ringrazio Lucy, veramente... ma fare la fotografa non è proprio il mio stile».

«Ma no! Secondo te ti lascio armeggiare una macchina fotografica? Intendevo come modella. Posa per me! Sii la mia modella per tutte le collezioni!»

«Ma le case di moda hanno già delle modelle...»

«Giusto, ma c'è anche la possibilità che ti prendano se ti fai conoscere da loro attraverso me. Può essere la tua occasione di rilancio nella moda, non più come designer di gioielli ma come la persona che li indossa con stile. Che ne dici? Accetti?»

«Sarebbe fantastico. Grazie, Lucy».

Come posso sdebitarmi con lei per questa enorme occasione che mi sta dando per riscattarmi?

Grazie a te, Lucy, ho la possibilità di passare direttamente alla seconda fase del mio piano. Ma non devo perdere di vista il mio target principale; senza di esso non ho valore, e perderlo di vista sarebbe un insulto alla memoria di mia madre...

Lucy, sei la mia salvatrice!

Più tardi...

A casa, dopo che Lucy ha salutato per bene il suo amato, mi cimento nella gastronomia. Questa sera voglio preparare un soufflé di formaggio, miele e noci da leccarsi i baffi! Gli ingredienti per fortuna ci sono tutti; Lucy nel frattempo va a stendersi sul divano per leggere un libro. Avevo quasi dimenticato questa sua abitudine. Dovrei farlo anch'io, ma ultimamente sto mollando sempre di più gli studi, per non parlare dell'università. Potrei sempre riprendere gli studi, è comunque un obbiettivo... ma ora che mi trovo a questo punto della mia vita, ora che ho sperimentato il lavoro vero e quanti ostacoli comporta, non voglio più lasciarlo.

«Complimenti Veronica. Non sei niente male neanche in cucina» - commenta Lucy più tardi, mentre si gusta il mio soufflé appena sfornato -.

«Si vede che stare lontano da casa mi fa bene... per questo ne voglio una tutta per me. Così sarò ancora più indipendente!»

«Non sarà facile, è un'impresa per un sacco di persone. Dovresti limitarti almeno per il momento, quindi perché non punti su un appartamento? Una volta sistemate meglio le cose, sarai libera di pensare alla casa dei tuoi sogni, giardino, piscina e compagnia bella».

«Non hai torto... beh, ci penseremo con calma. Ora mangiamo!»

La mattina seguente mi sveglio con il torcicollo. Ho passato ore davanti al computer spulciando vari siti alla ricerca di un appartamento ideale, ma senza risultati decenti. Sono tutti o troppo piccoli o troppo grandi, per una sola persona. Il destino mi è contrario. Stupido destino!

Quando mi alzo, scopro che Lucy non è in casa, ma mi ha lasciato un biglietto sul tavolino in soggiorno: mi aspetta nel suo ufficio alle undici. Oggi deve essere il mio giorno. Coraggio!

Dopo essermi vestita con stile, non mi resta raggiungere la sede. Lucy ha avuto uno strappo dal suo Thomas per recarsi al lavoro, quindi la sua Maserati Levante italiana è tutta per me stamattina. Mentre mi immergo nel traffico della mia amata New York, penso a cosa stiano facendo alla Jewel. A quest'ora potevo essere ancora lì, nell'ufficio insieme a Elena, in attesa di sentire uno dei suoi soliti acidi ordini. "Rifallo di nuovo, e stavolta esigo perfezione" ... "È uno schifo, rifallo!" ... "E questa la chiami copertina? È un orrore!" Ma adesso è tutto cambiato, loro rimangono senza redattore artistico, per cui perderanno tempo a cercarne un altro e il loro lavoro perderà punti. Questo li rallenterà di conseguenza, tutti quanti... compreso Jonathan.

Una volta arrivata davanti al maestoso e spettacolare edificio in vetro che ospita, tra le varie aziende e attività, anche l'agenzia di Lucy, rimango a guardare l'insegna all'entrata, con su scritto: Use Your Best Pose. Usa la tua posa migliore. Che sia ciò che il destino stia cercando di dirmi in questo momento? Di usare la mia migliore immagine per arrivare al raggiungimento dei miei obbiettivi? Non devo abbassare la guardia.

«Veronica! Sei arrivata, che bello!» - Mi accoglie Lucy tutta esaltata, seguita da una ragazza che dovrebbe farle da assistente -. «Su, entra! Questa è Giulia, di lei puoi fidarti ciecamente».

Una rapida stretta di mano e vengo indirizzata al piano superiore. Le scale sono impressionanti, i miei tacchi rimbombano sui gradini in vetro al punto che mi sembra che si stiano rompendo ad ogni passo. Anche l'ufficio, oltre ad essere spaziosissimo, espande una luce immensa da ogni angolazione grazie alle enormi vetrate che sfociano nell'immenso verde di Central Park, un panorama che si estende al di fuori. Lucy mi fa sedere in un angolo e comincia a lavorare su di me. «Cosa fai?» - Le chiedo un po' scettica osservando il sofisticato arricciacapelli che ha appena afferrato -

«Ti preparo per un set fotografico che inizierà fra due ore» - mi spiega -, «per cui lasciati dare una sistematina. Ci saranno moltissime modelle, e il mio superiore sarà presente. È un uomo molto colto e con dei modi che ti fanno restare a bocca aperta. Per cui devi apparire al meglio e mostrare la posa migliore che possiedi».

«Non so se ci riuscirò, Lucy...»

«Certo che ce la farai! Quest'oggi devi fare colpo non solo su di lui, Veronica, ma sull'intera organizzazione, così mi chiederanno di scattare foto per le loro riviste e tu farai parte di quelle modelle che vedi tutti i giorni sulle riviste. Capisci il tuo compito adesso? Quindi se tutto andrà come deve, ci guadagneremo entrambe».

«D'accordo, facciamolo!»

Mi sistema per bene, con tutto ciò che serve per apparire al meglio e poi ritorniamo alla macchina per partire. Direzione Ground Zero.

Una volta arrivate a destinazione, mi sistemo i capelli prima di scendere dalla macchina ed entrare nell'edificio che ci troviamo di fronte. Pochi istanti dopo vedo un'altra auto fermarsi proprio davanti alla nostra, dalla quale scende un uomo. È sulla trentina, ben vestito e con una scorta di guardie del corpo non indifferenti ai miei occhi. Che sia il superiore di Lucy? In tal caso dovrò impegnarmi parecchio per sorprenderlo...

All'interno, le luci illuminano una stanza tutta bianca, le pareti tappezzate di una moltitudine di quadri. Una mostra d'arte? Non doveva essere un set fotografico questo? Mi guardo attorno confusa mentre Lucy viene trattenuta da alcune persone; ne approfitto per farmi un giro per la stanza e ammirare quadri mai visti prima di personaggi di cui non avevo mai sentito nominare.

Ad un certo punto, mi fermo davanti a un dipinto che mi colpisce particolarmente. Non è come gli altri, solido e con uno schema ben preciso, ma piuttosto con una confusione dell'artista rilasciata attraverso l'arte di pennellate fluide e senza un filo conduttore logico.

«Impressionante».

«Sì, riesce a incantarmi ogni volta che lo guardo».

Mi volto di scatto. Non mi ero accorta dell'uomo fermatosi accanto a me per ammirare lo stesso quadro. Mi parla con totale naturalezza, come se ci conoscessimo da una vita: «Le piace l'arte, signorina?»

«Sì, mi ha sempre affascinata. Il modo in cui semplici persone diventano poi personaggi della storia... e in particolare il modo in cui loro lasciano un segno nella storia».

«Wow, parole profonde. Mi dica, quanto è disposta a spendere per questo dipinto?»

«Oh no, si sbaglia. Mi trovo qui per il set fotografico della mia amica».

Come se l'avessi evocata col pensiero, ecco Lucy arrivare in mio soccorso per salvarmi da quest'uomo un po' troppo interessato alla mia vita personale.

«Veronica, eccoti! Signor Bryce, è un piacere rivederla».

«Anche per me è un piacere rivederla, signorina Hall. Questa ragazza è dunque una sua modella?»

«Precisamente. Vi siete già presentati? No? Rimediamo subito: Veronica Mars, il signor Bryce».

Caspita! Allora è lui l'uomo misterioso e al tempo stesso con maniere da gentiluomo di cui tutti hanno timore di conversare? Allora devo aver esagerato un po' prima, perché adesso non smette di guardarmi con quei suoi occhi così esaminatori, almeno finché non raggiungo i camerini per cambiarmi per le foto. Questo suo lato mi ricorda un sacco Darcy nel film Orgoglio e Pregiudizio.

È arrivato il momento degli scatti! Respira, Veronica, non lasciarti prendere dalla timidezza solo perché ci sono tutti questi sguardi puntati addosso a te. Concentrati solo sulla telecamera e usa la tua posa migliore per sedurre. Non posso dire di essere pronta al cento percento, ma non posso più tirarmi indietro. Lucy è qui, insieme ad altri dieci fotografi che scattano a tutto spiano con i flash, dritto su di me e le altre ragazze, disposte davanti a un muro bianco.

Modella per servizi fotografici... ancora non mi sembra vero. Non avevo mai considerato l'idea di diventare famosa in questo modo... ma come si dice, segui l'onda e vedi dove ti manda.

Sorrido, mi posiziono come mi viene indicato, eseguo ogni loro ordine come se fosse di vitale importanza. Una volta finita la prima parte, una marea di truccatori arrivano in mio soccorso per sistemarmi il trucco. Sono fiera di come ho iniziato il lavoro, tutti mi guardavano come se fossi io al centro della situazione, come se i fotografi stessero immortalando solo me. Mi sento al settimo cielo!

Una volta risistemata, ne approfitto per andare a bere un sorso d'acqua per rinfrescarmi. Nel mentre mi raggiunge Lucy, tutta esaltata. «Ehi! Come ti senti?» - Mi domanda, prendendomi le mani nelle sue e vedendo quanto ancora tremo per l'emozione -.

«Come se stessi sognando» - ammetto -.

«Non è un sogno, Vero, è la realtà! E tu sei qui».

«Già!»

«Grazie per aiutarmi in un evento così importante per me».

«Non dirlo nemmeno per scherzo. È tutto merito tuo se adesso mi trovo qui, e non devi preoccuparti di nulla, ti farò diventare famosa ancora prima che tu possa dire "è mattino"».

Lucy scoppia a ridere. «Bene! Vedo che sei piena di energie. Allora io vado di là...»

«Okay, a dopo!»

Una volta ripresi gli scatti, mi accorgo che il signor Bryce non è più presente. Sarà andato via per impegni personali o di lavoro? Sicuramente è così, per come me l'ha descritto Lucy, deve essere un uomo con l'agenda sempre piena di impegni.

Cinque ore più tardi, sono sfinita. Tanto ci è voluto per terminare il set fotografico. Mi sento così a pezzi che l'idea di rimettermi a cercare in rete un appartamento non mi sfiora nemmeno la mente.

Arrivati fuori, all'aria aperta, sospiro comunque di felicità. Il mio primo set fotografico di moda andato a buon fine...

«Allora come ti senti?» - Mi domanda di nuovo Lucy, quando mi raggiunge -.

«Dolente per via dei tacchi, ma ho ancora energie».

«Davvero?» - rimane stupita -. «Hai ancora delle energie dopo una giornata così? Io mi sento esausta».

«Posso capire. Io mi sento come se avessi bevuto cento caffè di fila, per cui ho ancora una buona dose di forza».

«Va bene, ma io ho sonno. Andiamo a casa?»

Il mio cellulare suona all'improvviso. Non appena lo prendo in mano vedo il nome sul display. È Jonathan. Non lo sento da due giorni, è proprio il caso di rispondere... ma cosa gli racconto?

«Veronica, dove sei?»

«Ho appena finito di lavorare» - gli dico -.

«Oh, hai già trovato altro? Dopo mi racconti. Ti va se ceniamo insieme da Brandon?»

«Certo, allora ti raggiungo lì».

«Okay, a dopo».

Non so come dirglielo, ma è meglio togliersi il cerotto subito, così fa meno male. Credo.

Mi separo quindi da Lucy senza neppure passare da casa. Sono a piedi ma ignoro la cosa e mi dirigo a grandi passi verso la destinazione. Una volta arrivata, mi siedo su una panchina per attenuare il dolore al piede. Mi si è riaperta la ferita. Per fortuna ho fatto scorta di cerotti. Mentre mi medico, un'ombra si piazza davanti a me facendomi cadere il cerotto per la sorpresa.

«Jonathan!» - Esclamo -.

«Sei ferita?»

«Ah, non è nulla...»

«Lascia, ci penso io».

E prima che gli dia il permesso, si china per medicarmi. Sembra che questo modo per sedurre gli uomini funziona, dovrei farmi male più spesso allora... ovviamente scherzo, bisogna stare sempre attenti e vigili, soprattutto quando si è fuori.

Una volta dentro il Brandon, Jonathan si appresa a ordinare piatti a sufficienza per una comitiva, nonostante siamo solo noi due al tavolo. Mi sembra preoccupato, ma potrebbe solo essere stanchezza dopo una giornata di lavoro. Anche se sono passati appena tre giorni dalla mia "rottura" con la Jewel, non riesco più a vedere Jonathan tanto spesso. Come facevo tutti i giorni, in realtà. E nemmeno i messaggi o le chiamate diminuiscono la distanza che c'è tra di noi al momento.

«Perché hai ordinato tutto questo cibo stasera?» - Gli domando, sorpresa -.

«Non avevi detto che hai lavorato fino a tardi oggi? Starai morendo di fame...»

Faccio spallucce. «Indifferente. Ho lo stomaco sotto sopra per l'adrenalina, in realtà. Io posso farmi bastare un'insalata, ma tu sembri davvero sfinito... stai mangiando regolarmente?»

«Da adesso sì».

«Come sarebbe? Jonathan, ti prego... non devi trascurare la tua salute, è importante mangiare regolarmente. Il fatto che io non sia più lì con te non ti dà il diritto di trascurarti. Lo capisci? Devi pensare di più a te, e meno a me».

«Non posso» - dice schietto -. «Non ce la faccio a vederti lontana da me. Cosa hai fatto in questi ultimi giorni? Hai detto che hai lavorato, dove?»

Il suo tono di voce è cambiato.

«Ora lavoro per Lucy, alla UYBP. Oggi ho girato il mio primo set fotografico» - dico tutta sorridente -.

«Ah, capisco» - si limita a dire -. «Dovresti mangiare di più allora, non sprecare il buon cibo di stasera». - E comincia a mangiare limitando il nostro contatto visivo -.

«Sono forse un secchio della spazzatura? Credi che mangiare risolva sempre tutto?»

«Scusami...»

«Per cosa? Jonathan, è meglio pensare al futuro che vivere nel passato. Quale opportunità migliore ho di dimostrare chi sono, se non con questo? A volte le cose non vanno come si vuole e bisogna cambiare strada... come una relazione passata, che è come liberarsi di cibo in eccesso nel tuo stomaco».

Brutto esempio, ma ormai l'ho detto. E lui mi guarda quasi sconvolto.

«Devi imparare ad andare avanti guardando in faccia la realtà. Se continui a pensare al passato, il tuo futuro sarà un disastro» - ribadisco -.

«Per quanto mi riguarda, tu sei il mio passato e il mio futuro. Pensaci bene e con attenzione, Veronica, poi ne riparleremo».

«Mi è consentito cambiare idea?»

Jonathan non mi risponde e mangia in silenzio. Sembra voler cambiare discorso ogni volta che io tento di affrontarlo. Non lo vedo affatto bene stasera, lo vedo sempre più stanco ogni minuto che passa. Credo, ma non ne sono sicura, che nell'ultimo periodo si sia trascurato per colpa mia.

Durante la cena tutto prosegue liscio, fino a quando non mi suona il telefono.

«Buonasera, signorina Mars, sono l'assistente del signor Bryce» - mi dice una voce che non conosco -.

«Oh, salve. Come posso aiutarla?»

«Il Signor Bryce sarebbe lieto di invitarla a cena dopodomani presso la sua abitazione».

«C-come? Una cena? E per quale motivo?» - Domando, con lo sguardo indagatore di Jonathan addosso -.

«Il signor Bryce si aspettava una domanda del genere, conoscendo bene le donne». - Un momento di pausa -. «Vuole ringraziarla per l'ottima esibizione al suo primo giorno di lavoro come modella».

«Capisco, anche se mi sembra eccessivo...»

«Il signor Bryce ha pensato anche a questo. Non accetta un rifiuto».

Sentenzio la mia fine con un invito a cena dall'uomo più misterioso che abbia mai incontrato.

«V-va bene. A che ora?» - Domando -.

«Le verrà detto tutto al momento opportuno. Buona serata!»

E riattacca lasciandomi con più punti interrogativi di prima. Se questo non è fare colpo al primo tiro sul bersaglio prestabilito, allora non so cosa sia. Sembra che la mia missione stia prendendo piede sempre più, lasciandomi senza fiato. Dovrò raccontare questo strano evento a Lucy domani, non ci crederà nemmeno lei.

Quando poso il telefono nella borsa, sento Jonathan fermarsi con le posate e mettere la mano sulla mia. Lo guardo, ma nei suoi occhi vedo solo un velo di tristezza e niente più.

«Non mangi?» - È tutto quello che riesce a dirmi -.

«Devo mantenere la linea, con questo nuovo lavoro. Dovrò cambiare un po' di abitudini...»

«Cambiare? Non è che questo lavoro ti sta solo usando?»

«Ma cosa dici? È un lavoro come altri, e sono molto felice di aver avuto questa opportunità. Per cui, ti chiedo di accettare questo nuovo lato di me. Se non puoi, allora non abbiamo niente da dirci».

E in un istante mi alzo dal posto e gli volto le spalle, prendendo l'uscita quasi di corsa nonostante il piede indolenzito.

«Veronica!»

Ignoro la sua voce. Pensavo peggio, ma come mi aspettavo, non riesce ad accettare il fatto che io sia cambiata, e anche lui.

Il giorno dopo...

Tutti mi accolgono con un sorriso oggi alla UYBP. Non parlano di me come la figlia di Gerald Mars, ma semplicemente come Veronica. Che è quello che voglio. Adesso che la mia ascesa nel mondo della moda sta prendendo forma, non mi devo fermare né arrendere alle prime difficoltà (come non poter mangiare più i miei dolci preferiti, almeno per un po'). Giulia ha persino portato dei pasticcini per congratularsi con me. Che gentile. Spero un giorno di poterla considerare un'amica, mi piacerebbe molto.

Non appena tutti si fiondano sul cibo, vengo assalita da dubbi e perplessità riguardante il messaggio che ho ricevuto ieri sera sul tardi da un numero sconosciuto. Di solito, quando un numero non memorizzato mi contatta, lo ignoro e vado a googlare per scoprire di chi si tratti – scoprendo che molti sono dei dannatissimi call center o altre società segnalate per pubblicità aggressiva – ma in questo caso non ho avuto riscontri. Ma il messaggio non lasciava dubbi sull'identità del mittente.

Signorina Veronica Mars, perdonate il mio voler essere indiscreto, ma oggi non ho potuto non notare la vostra meravigliosa bellezza. Immagino abbiate raccolto informazioni in rete o colto chiacchiere sul mio conto, perciò lasciate che vi liberi da tutti i vostri tormenti dicendovi che sono l'opposto di quelle dicerie relative alle mie relazioni private. Oltretutto sono molto attento agli affetti personali e non vi biasimo se avete creduto a loro e non a me.

Con la presente vorrei comunque invitarvi a cena per conoscervi meglio. Sono convinto avremo molto in comune. Attendo quindi la vostra presenza, come l'attesa del desiderio induce prima del desiderio stesso di assaporare.

A presto
Jason Bryce

Caspita, che uomo profondo. O sono solo i suoi modi a lasciarmi a bocca aperta? Non faccio leggere il messaggio a Lucy perché mi sento in imbarazzo, date le sue così sincere parole di evidente corteggiamento nei miei confronti. Mi sento inevitabilmente prendere colore in viso.

Lucy si accorge che la mia espressione è cambiata da allegra a titubante, perciò mi raggiunge con un dolcetto in mano e una spazzola per capelli nell'altra.

«Tesoro, che ti succede? Non sei felice? Oggi è il grande giorno! Debutteremo, o meglio, la tua faccia verrà piazzata in tutta la città, nelle riviste di moda. Non è grandioso?»

«Sì, certo. Ma, c'è qualcosa che ancora non mi torna. Il signor Bryce mi ha invitata a cena domani sera... mi ha fatta chiamare ieri dapprima dal suo assistente, e poi ha rimarcato l'invito con un messaggio. Non ti sembra strano?»

«Più che strano, direi che quest'uomo si sia preso una bella cotta per te».

«Lucy, io amo Jonathan...»

«Lo so, ma... perché non approfittare dell'occasione per ritorcerla a tuo favore?»

«Intendi... usarlo? Non penso sia una buona idea. Di sicuro Bryce è un uomo potente...»

«Tranquilla, non finirai nei guai con la legge, se è questo che ti preoccupa. Dico solo di approfittare di queste incredibili opportunità che ti capitano, e di non sprecarle solo per timore».

«Dici che sarò in grado?»

«Tesoro mio, tu sei nata per fare questo. Non dico che sia sempre corretto farlo, ma a cuor tuo sai benissimo che ormai ci sei dentro fino al collo. Hai iniziato con la Jewel, poi ti sei spinta sempre più oltre; e adesso sei qui come modella e un uomo affascinante e potente ti cerca. Cosa aspetti? Un invito a corte?»

«D'accordo, gli rispondo».

Mi sento improvvisamente con le spalle al muro. Lucy mi sta con il fiato sul collo in attesa che io digiti la risposta. Non so come andrà a finire questa storia... spero che questo vada veramente a mio favore. Non voglio perdere tutto ciò che ho creato.

La mattinata è finita, adesso ho qualche ora di pausa dopo tanti scatti, perciò ne approfitto per andare a fare quattro passi qui vicino. L'aria è fresca, il cielo è sereno, io sono in piena forma. Cosa può andare storto? Adesso che ci penso, sono qui, a posare per agenzie di moda internazionali, con una carriera alle porte e un sogno che prende piede a grande velocità...

Mamma, sto diventando come te?

Posso davvero aiutare tutti quei bambini in Africa con le mie do-nazioni, come hai fatto tu al tempo, e cercare di fare del bene con le mie azioni?

Se ci credo, posso riuscirci.

Oggi pomeriggio sono superimpegnata, ma sono riuscita a rita-gliarmi del tempo per me così da andare a fare un po' di shopping. Al centro commerciale un flusso di gente, per lo più giovani ragazzi, si trovano a tener a freno le mani delle loro fidanzate per non farle spendere tutti i loro soldi. I soldi al momento mi servono più di ogni altra cosa. Come faccio ad essere indipendente senza quelli? Mi sen-to come se ancora avessi l'appoggio di mio padre, o meglio, come se ancora dipendessi da lui. Il mio numero sulla carta di credito è a no-me suo, le persone che mi guardano mi riconoscono subito per quel solito motivo; sento come se non fossi ancora nessuno. Ma dopo quel set fotografico a cui ho partecipato, e dove la mia faccia era più che presente, sento di poter cambiare. Da qui a poche ore non sarò più solo la figlia del capo, ma una nuova stella nascente che debutta nel mondo come modella.

Non ho mai pensato di avere un fisico adatto ma mi sono ricredu-ta quando quel giorno, la stilista mi ha guardata e mi ha detto: "Sei la stella che brilla di più qua dentro. Sono ammaliato dalla tua assurda bellezza. Non smettere mai di brillare, mi raccomando. Conto su di te per illuminare il mondo". Non ho mai sentito parole più belle, e mi emoziono tutt'ora nel pensare all'inizio della mia carriera.

Molte volte l'avrò detto, ma questa è la volta che lo so al cento per cento. Sento che posso davvero prendere le redini del mondo nel-le mie mani e comandare ogni mia mossa d'ora in avanti.

Avete mai provato quella sensazione, quell'adrenalina in corpo, che vi trasmetteva la giusta carica per farmi raggiungere il vostro obbiettivo fino alla fine? Io sì, e molte volte anche. Tra quelle volte ci sono state delusioni, dicerie, tradimenti, e tanta sofferenza.

Oggi non sono in vena di comprare granché come speravo. Per carità, è tutto strabiliante in questi negozi, ma niente che mi colpisca davvero. È tutto così di basso livello, i vestiti non mi esaltano più come un tempo. Me ne vado via quasi a mani vuote, a parte due re-galini per Jenny e Carmela.

Mi trattengo giusto un altro po' davanti a una vetrina di profumi, per ammirare le nuove collezioni, fino a quando il telefono non mi suona dalla tasca della borsa. Quando lo prendo in mano, quasi perdo un battito nel riconoscere lo numero – non ancora registrato

– che mi aveva mandato il messaggio ore prima. Così scelgo di rispondere...

«S-signor Bryce?»

«Almeno mi riconosce. È già un punto a mio favore».

«Cosa desidera? Perché ha chiamato proprio me?»

«Volevo sapere dove fosse, per poterla raggiugere».

«E perché vorrebbe raggiungermi?»

«Non possiamo fare quattro chiacchiere così. Perché non ci incontriamo? Mi dica dov'è».

«Sono molto impegnata al momento, e vado di fretta, per cui non penso sia una buona idea...»

«Che ne dice se vengo a prenderla dopo che ha finito di fare ciò che deve?»

«Ancora persiste nel volermi vedere?»

«Ma certo. Io non mollo tanto facilmente le mie questioni».

«Questioni? D'accordo allora, come vuole lei. Mi passi a prendere davanti la sede UYBP alle diciotto».

«Perfetto! A presto, Veronica».

Che uomo ostinato... ma da quello che ho potuto stabilire dalla sua voce, sembra abbastanza serio, perciò non sono riuscita a contrattaccare. Questa è l'ultima volta che mi faccio regolare da lui, e da un uomo in generale. Devo prendere posizione come donna autonoma e prendere le mie decisioni di persona, senza lasciarmi condizionare dagli uomini.

Arrivo a casa mia con due pacchi in mano, scendo dalla macchina e mi dirigo tutta felice in casa. Quando apro la porta, un profumo delizioso di pollo arrosto con patate mi invade le narici. Arrivo in soggiorno e scorgo Carmela che dalla cucina è intenta a preparare la cena. Quanto mi manca mangiare tutti insieme come una famiglia... sono le gioie più belle.

Busso sulla parete con fare disinvolto.

«Veronica!» - Esclama Carmela appena mi nota entrare -.

«Ciao Carmela. Come stai?»

«Io bene, e tu? Da quanto tempo... sembrano passati anni, invece sono solo settimane. Come stai...? Sei così dimagrita...»

«Sto benissimo, non preoccuparti. Ma dove sono tutti?»

«Gerald è ancora a lavoro, mentre Terence è arrivato qualche ora fa e si sta allenando al piano di sotto».

«Oh, beh allora ne approfitto per darvi questi». - E appoggio sul tavolo i regali -. «Pensierini per te e Jenny».

«Oh, grazie. Non dovevi scomodarti... di che si tratta?»

«È una collana di perle Miluna oro e diamanti».

«Semplicemente favolosa. Grazie. E per Jenny, che cosa hai preso?» - E scarta ancora la busta -.

«Un gioco da tavolo» - accenno -. «So che le piacciono tanto gli enigmi e i giochi da tavolo in famiglia. Per cui ho pensato potesse piacergli anche questo».

«Lo adorerà, grazie Veronica».

«Figurati».

Mi congedo per raggiungere Terry. Attraverso il corridoio, che non percorro da giorni. Sento come se ogni centimetro di questa casa mi fosse nemico. Ogni mio ricordo passato qui dentro mi riporta alla mente i vecchi momenti con la mamma sul balcone o in cucina a preparare muffin, con mio fratello in piscina, o in palestra ad allenarci. Mi emoziono come se non ci vivessi più da anni ormai, e in fondo è così. Molte cose sono cambiate e cambieranno ancora.

Arrivo giù e trovo Terry impegnato a correre su un tapis roulant; il suono di quell'arnese è notevole, così pronuncio il suo nome a voce alta per farmi sentire. Una volta che ottengo la sua attenzione per poco non cade per lo stupore.

«Sorellona! Che ci fai qui?»

«Sono venuta a trovarvi... ah, fermo lì» - Lo anticipo, perché ha mosso un passo per abbracciarmi -. «Sei tutto sudato e devo vedere qualcun altro dopo».

«Ah... roba di lavoro?» - Domanda confuso -.

«Più o meno. E tu che mi racconti? Come va al lavoro, ti stai abituando?»

«Sì, e anche molto velocemente. Sono molto contento a dire il vero».

«Mi fa piacere».

«E tu? Cosa mi dici adesso che non sei più alla Jewel?»

Esito per un secondo. «Lo sapete già tutti?»

«Sì... papà è stato il primo ad esserne informato».

«Cavolo. E che cosa ha detto?»

«Niente... almeno per ora. Beh, non dicevi di voler essere indipendente? Di voler uscire dalle braccia protettive di papà, e intraprendere una tua vita personale e professionale da sola? Papà ti sta solo lasciando la libertà che volevi. Tutto qui».

«Già...»

«Oh, beh... comunque, di cosa ti stai occupando adesso?» - Mi chiede ancora -.

«Presto saprai tutto, promesso. Ma per ora devi giurarmi che penserai alla tua salute e alla famiglia anche per me».

«Ma certo, nessun problema...»

Annuisco e mi volto per prendere le scale. «Ora devo andare, si sta facendo tardi. A presto, fratellino».

«Ciao, Vero. Chiamami per qualunque cosa, capito?»

«Sì, grazie. Ti voglio bene!»

Risalgo le scale di corsa e mi dirigo alla porta per prendere la mia giacca... ma vengo interrotta da una voce che mi chiama dal salotto.

Papà è tornato a casa prima di quanto credessi; è seduto sulla poltrona che mamma gli regalò per i loro venti anni insieme. Era un suo modo per ringraziarla di essergli stata accanto nonostante il suo lavoro non gli permettesse di restare a casa con la famiglia. È sempre stato seduto lì, ma ora non è felice. Che cosa lo turba?

Mi avvicino piano al bordo del bracciolo, per poi prendergli le mani tra le mie. Lui mi guarda, e senza dire una parola comincia a sospirare. Quell'espressione... è la stessa di quando eravamo a cena dai Morgan; la stessa freddezza che mi ha spezzato il cuore quella sera, con la stessa consapevolezza che lui è cambiato. Cambiato per il bene della sua nuova famiglia. Per il bene delle persone che adesso fanno parte di questa famiglia, delle nostre vite, della mia.

Non piangere, Veronica. Non piangere. Non farti vedere fragile ai suoi occhi, altrimenti avrà la conferma che sei ancora debole per pensare alla tua vita da indipendente. Perciò resisti e tira fuori gli artigli, non lasciare che ti trascini giù insieme alla sua rabbia, alla frustrazione e alla tristezza.

Sono triste anch'io, cazzo!

Ma sembra che gli importi ben poco di me, adesso c'è solo il bene della sua nuova compagna e della sua figliastra. Noi, i suoi figli, che fine abbiamo fatto per lui?

«Papà...»

«Non chiamarmi più così. Non lo sei. Non sei più mia figlia» - dichiara gelido -. «Da adesso in avanti sei meno di niente per me!»

«Papà...!»

«Ma che succede qui?» - Carmela ci ha raggiunti, visibilmente agitata -. «Gerald, cos'è questo tono? Ti sembra il caso di urlare?»

«Non intrometterti» - dice papà -. «Anzi, resta, devi sentire... perché tutta la famiglia ha chiuso con te, Veronica» - ribatte guardandomi negli occhi -. «Tutti quanti!»

«Tesoro, non agitarti, non è buono per la tua salute...»

«Non m'importa che lavoro fai per mantenerti» - continua lui implacabile -. «Non m'importa dove vivi, con chi ti approcci. Io per te non sono più un padre. Mi hai umiliato... hai trattato il buon nome della Mars come pezza bagnata. Ogni tua azione si ripercuote su di me, lo capisci?!»

Ormai sono sconvolta. «Hai ragione... è sempre una questione di nome. Non è vero?» - Dico tremante -.

«Mi hai deluso» - dice senza guardarmi più -.

«Perché a te interessa solo della compagnia, giusto? T'interessa solo di quello che possono pensare gli altri, e gestisci sempre le cose a modo tuo. Non mi hai mai permesso di crescere come avrei dovuto, e guarda come sono diventata! Sono la figlia inutile che è stata cacciata dalla stessa azienda di famiglia, dal padre per giunta. Per poi essere umiliata dall'uomo che ho sempre considerato il mio idolo. Tu non sei un eroe come credevo, papà...» - Un momento di pausa -. «Un uomo che salva le persone è gentile. Tu sei un vigliacco! Una persona che non sa come amare e lasciarsi amare. Adesso però hai un'altra famiglia» - gli faccio notare con dispiacere - «quindi... non hai più bisogno di me. Va bene! Ma non ti permetterò di trattare allo stesso modo anche Terence. Perché lui... lui è la versione migliore di te!»

Sciaff!

È stato un fulmine, non ho potuto evitarlo. In un attimo si è alzato dal posto e mi ha dato un ceffone. La mia guancia sinistra è in fiamme.

«Gerald!» - Grida Carmela, sconvolta -. «Come hai potuto... è tua figlia!»

«Lei non è più mia figlia» - ribatte lui -.

«No tesoro, no... ti prego, calmiamoci tutti adesso. Va bene? Veronica, io non so quasi niente di quello che è accaduto in questi giorni... ti prego, spiegami cosa...»

«A che scopo, Carmela? Non cambierebbe molto le cose» - rispondo amara -. «Qualcuno alla Jewel si è comportato da spia e ha incastrato me... ma la mia vera colpa tra quelle mura è di essere una Mars».

«Se non ti piace il tuo nome puoi pure farne a meno!» - Mi urla di nuovo papà -. «Ora vattene! Non ti voglio vedere».

«Gerald...»

Carmela è sconvolta più che mai, ma non perdo tempo a fissarla. Giro i tacchi e procedo rapida verso la porta, con lei che mi grida di fermarmi e di aspettare.

«Veronica! Non fare così... tuo padre è scosso, tutto qua... non è arrabbiato, di certo non penserà a diseredarti. Solo non accetta che sua figlia venga ingiustamente accusata e lui... reagisce così...»

«Reagisca come gli pare» - ribatto -. «Quando avrà recuperato la ragione – ma scommetto che farà prima l'inverno a gelare – sa dove trovarmi».

Ed esco veloce dalla porta. Se ora, dopo quello schiaffo, credo di poter ragionare con l'uomo seduto su quel divano, mi sbaglio. Ormai non trovo più l'uomo di una volta in lui. Quella persona che la mamma ha amato tanto, che si è preso cura di noi con la sua assenza... adesso...

Arriverà un giorno in cui si pentirà di essersi messo contro di me, contro l'anima della mamma. E quel giorno, non troverà scuse sufficienti per avermi umiliata così tanto. Crede che non possa avere successo senza di lui né il cognome Mars? Bene! Vedremo chi dei due avrà ragione alla fine del tunnel.

Ora devo farcela con le mie sole forze. Ora sono da sola contro il mondo intero. Da ora in avanti m'impegnerò al massino, costi quel che costi.

Sono in macchina, direzione UYBP, dove mi aspetta la nuova opportunità per diventare famosa, e di cui il signor Bryce non ha la minima idea. È un piano ben architettato. Bryce mi ha mandato un nuovo messaggio avvisandomi che sarebbe partito a breve, al quale ho risposto con un semplice ok, incurante di cosa possa pensare o dire di me. Non è un elemento rilevante al momento.

Quando arrivo davanti all'edificio, mi accorgo che ha appena iniziato a piovere, ma non posso restare in auto; in tutta fretta scendo dal mezzo e corro sotto il porticato per non bagnarmi. Oggi è proprio un giorno freddo, come la mia anima.

Resto in attesa per diversi minuti, mentre la pioggia si riduce gradualmente d'intensità; ben presto vedo arrivare in lontananza una macchina nera, che sotto gli ultimi schizzi di pioggia sembra ancora più bella. Una Bentley Continental GT, che esprime al massimo tutto il fascino delle vetture realizzate in Gran Bretagna grazie a uno stile elegante, decisamente personale, e una cura dei dettagli quasi sartoriali. Da questa scende l'autista che apre la portiera posteriore, dalla quale emerge il suo capo.

È la prima volta che ho a che fare con uomini molto più grandi di me. Chissà quanti anni ha di preciso... ah, come mai mi sto inte-

ressando a lui? È solo un passaggio per arrivare dove voglio, niente di più.

Una volta che mi raggiunge, mi passa l'ombrello sorridendo.

«Grazie, ma sto bene così» - gli dico rifiutando gentilmente -.

«Non faccia la difficile» - insiste lui -. «Si è bagnata mentre mi aspettava sotto la pioggia, non lo vede?»

«Lasciamo perdere. Cosa desidera da me con così tanta urgenza? Ha persino anticipato di un giorno la cena».

«Si ricorda del nostro appuntamento? Comunque stasera saremo altrove» - sottolinea -. «Andremo in un ristorante di proprietà della mia famiglia».

Saliamo in auto e in pochi attimi si riparte. Ben presto incombe un notevole silenzio; Bryce non aggiunge altro ma continua a osservarmi. Imbarazzata, dirigo lo sguardo verso l'esterno mentre la città scorre come al solito davanti ai miei occhi. Per fortuna ci pensa una telefonata improvvisa a distrarre Bryce da me, così inizia a parlare all'apparecchio di cose di lavoro.

Sarà davvero interessato a me?

«Scusami, dicevamo?» - Si rivolge a me dopo qualche minuto, al termine della telefonata -.

«Oh, ripensavo al suo particolare invito» - affermo -. «La chiamata del suo assistente... mi ha detto che "conoscendo bene le donne"» - sottolineo - «sapeva che non avrei potuto rifiutare il suo benevolo invito a cena».

Jason mi guarda come se pendesse dalle mie labbra.

«Continua» - mi fa con un gesto della mano -. «È questo che le ha riferito?»

Annuisco.

«Non sono una donna "semplice", come poteva sembrare inizialmente» - gli dico facendomi seria, mentre giriamo l'angolo e parcheggiamo -. «E non mi faccio ammaliare tanto facilmente da uomini come lei» - continuo fissandolo negli occhi -.

«Questo lo so benissimo. E mi dica, come sono io?»

Resto in silenzio, ci penso un po'. «È un uomo... colto...»

«Continua».

«Con una certa fama, rispettabile direi».

«Cos'altro l'ha colpita di me?»

Colpita è dire poco!

«La prima volta che l'ho vista, signor Bryce, di lei mi ha colpito subito... niente».

Bryce scoppia a ridere mentre scende dalla macchina.

«Non la conoscevo nemmeno» - ribadisco -. ««È stato lei ad aver attaccato bottone con me? Per giunta mi ha anche mentito» - aggiungo, quando si ferma davanti alla mia portiera e si abbassa fino all'altezza del mio viso per guardarmi meglio -.

«E come le avrei mentito? Sentiamo».

È fin troppo vicino.

«Non mi ha detto la sua vera identità» - specifico -. «Quindi, la mia prima impressione di lei è stata questa».

Punto per me!

«Quindi lei ha avuto un'impressione sbagliata di me. Lasci quindi che le dimostri le mie buone intenzioni».

Ora non parla, ma come si dice... chi tace acconsente.

Realizzo che siamo arrivati a destinazione; Bryce mi fa scendere dall'auto con la tecnica "classica", vista svariate volte in qualche telenovela, aprendo la portiera e porgendomi la mano. Si dà il caso che io non sia vestita per l'occasione, ma facciamo finta di sì. Dopotutto sognare non fa mai male.

Senza aggiungere altro, raggiungiamo il ristorante di cui mi parla tanto soddisfatto. L'insegna pomposa sopra l'ingresso lo identifica con il nome *Pasta Mi*, dunque è italiano, ma non mi è familiare in alcun modo. L'estetica è raffinata, con pochi elementi: colori leggeri che vanno dal grigio al turchese e al bianco; tavoli lunghi e sedie comode. Non male davvero. Bryce mi ricorda nel frattempo che è gestito dai suoi familiari, persone meno colte di lui. Se ci siamo capiti. Per intenderci, lui in giacca e cravatta, loro con un grembiule addosso e sporchi di farina sul viso. Sembra che non gli appartenga affatto quel lato, invece mi sbaglio. Parla di loro con occhi diversi rispetto ai momenti in cui è immerso nel mondo degli affari. Come se fossero due persone diverse ma con la stessa anima. Intrigante.

«La famiglia di mia madre aprì questo locale tanti anni fa» - mi spiega mentre ci sediamo a tavola -.

«Davvero interessante» - dico mentre mi guardo intorno -. Sembra non ci sia nessun altro cliente stasera, a parte noi.

«Ma mi dica qualcosa di lei... chi è veramente Veronica?»

«Una donna come molte altre, ma con obbiettivi ben precisi».

«Quali obbiettivi?» - Incalza lui -.

«Lei è molto curioso, signor Bryce...»

«Cominciamo a darci del tu, d'accordo? E d'ora in avanti chiamami semplicemente Jason».

Jason...

«D'accordo, Jason. Se t'interessa tanto sapere di me, posso dirti che ho molti problemi in famiglia al momento, e una carriera in ascesa».

«Oh».

«Cosa? Ti faccio pena?»

«No, è che... non volevo insistere sulla tua vita privata».

«Fa niente. Se dobbiamo andare d'accordo in futuro, bisogna che ci conosciamo bene, no?»

Arriviamo al dessert parlando di cose più leggere. Devo ammettere che a dialogare se la cava. Il cameriere mi sorprende servendomi il mio dolce preferito. Questa sbriciolata senza cottura, fatta preparare apposta per me – a suo dire – è impeccabile. Fresca e croccante, i sapori si uniscono magnificamente. È semplicemente sensazionale. Tuttavia, nemmeno il mio dolce preferito può risollevarmi il morale in questo momento. Sarà perché gli ho raccontato della mia situazione familiare? Spero di non aver compromesso il piano con la mia solita sbadataggine.

«Al momento l'unica cosa che voglio è ristabilire la mia immagine» - affermo dopo aver ripulito il piatto -.

«E come?»

«Non lo so ancora. Ciò a cui sto pensando potrebbe essere l'unica mia chance per riuscirci, ma è anche rischioso».

«Non vuoi dirmi di più, eh?» - Jason non sembra voler insistere, e detto ciò si alza dal suo posto -. «D'accordo, ti riaccompagno a casa».

«Non ce n'è bisogno, davvero. Prendo un taxi...»

«Insisto. Desidero poterti vedere ogni volta che posso.»

«Va bene».

E così mi accompagna a casa di Lucy senza aggiungere altro fuoco sul tema della mia famiglia, che al momento è molto delicato. Se continuo anche solo a pensarci con lui davanti mi metterò a piangere, e davanti a Jason non è la cosa più opportuna da fare.

Jason... è un bel nome.

Una volta arrivati, lo ringrazio e scendo dalla macchina senza voltarmi indietro. Lui mi ferma proprio mentre apro la porta della casa: «Domani abbiamo un appuntamento, ricordi?»

«Certo».

«Ti verranno a prendere, fatti trovare pronta per le diciassette».

«D'accordo. Buonanotte, Jason».

Capitolo 13

«Ti ha chiesto di uscire?» - Mi chiede esaltata Lucy, mentre mi sistema i capelli per il set -.

Non ci credo nemmeno io, ma è proprio così. Mi ha chiesto di uscire e ha anche insistito che io accettassi il suo invito a cena. Altrimenti non mi avrebbe lasciato andare. Mi sento come in una favola dove la principessa incontra il suo principe azzurro, e lui che semplicemente guardandola una volta s'innamora e non riesce più a lasciarla andare. Dite che sto affrettando un po' l'immaginazione?

«Ma tu guarda il signor Bryce... chi l'avrebbe mai detto che si sarebbe infatuato di te così velocemente?»

«Non si è innamorato di me, Lucy, è semplicemente gentile...» - Commento -.

«Gentile? Ti dirò una cosa, Veronica. Quest'uomo non è facile da gestire, ma tu hai catturato la sua attenzione. Non è mai stato tanto sociale con nessuno negli ultimi tre anni, finché non ha conosciuto te. Perciò ci deve essere un motivo se ti ha invitato a cena a casa sua. T'informo anche della decisione che ha preso, ovvero che adesso ti vuole in ogni set fotografico che scatteremo».

«Davvero? Ha detto così?»

«Sì. Ed è stato anche molto chiaro» - incalza Lucy -. «Vuole che tu sia la stella nascente. Tutti gli occhi devono essere puntati su di te, sempre. Non sei contenta? È ciò che volevi...»

«Beh, sì... ma sento anche che sto facendo un torto a Jonathan. Non lo vedo bene negli ultimi giorni, non risponde alle mie telefonate e non so cosa fare».

«Vai avanti e lasciati il passato alle spalle. Loro non hanno voluto ascoltarti e ti hanno lasciato fuori? Bene! Hanno sprecato un talento eccezionale come il tuo, solo perché c'è Elena tra i piedi, per cui tu adesso fai vedere loro cosa si sono persi. Capito?»

Annuisco mentre lei finisce di sistemarmi le ultime ciocche di capelli con il ferro.

Lucy stamattina ha portato con sé un po' di attrezzature per fare colpo su Jason: vestiti, scarpe vertiginose, trucchi e vari modi per abbellire i capelli. Sono l'unica a cui non interessa tutto ciò? Okay che per fare colpo su Jason serve tutto il repertorio, ma questo... è un po' troppo evidente. Mi prepara come se dovessi andare al ballo in maschera del liceo. Allo specchio vedo riflessa la me che adesso ha un obbiettivo, uno scopo, quello di brillare più di tutti come una stella. Diventare la stella che tutti amano e desiderano incontrare.

Spero di accumulare denaro alla svelta, al fine di liberare Lucy dalla mia presenza in casa sua, visto che da quando sono andata a vivere da lei non si è più potuta vedere con Thomas.

Ha proposito di Thomas, che fine ha fatto?

La guardo attraverso lo specchio: è molto concentrata sui miei boccoli per stasera. Stanno venendo davvero bene, per cui non mi lamento se per stasera mi concedo qualche grazia. Non mi parla di lei e di Thomas da qualche giorno a questa parte. E la mia vita è cambiata molto più velocemente di quanto potessi immaginare, con lei accanto ovviamente, perché adesso mi sembra di sognare.

Non sto sognando, vero?

Parlando di Lucy e Thomas, l'ultima volta che lì ho visti insieme sembravano stare bene, per cui di che cosa mi preoccupo? Il fatto che sono piombata a casa sua così all'improvviso ha destabilizzato un po' tutti. Così prendo il coraggio di farle questa domanda che tanto mi assale.

«Come vanno le cose tra te e Thomas? Ti ha detto qualcosa che ti ha fatto arrabbiare, o ferita? Oppure è per caso colpa mia e della mia presenza a casa tua che avete litigato?»

Sono un fiume di parole dette a raffica. Lucy mi guarda e si mette a ridere.

«Ma va! Tu non c'entri assolutamente nulla. Smettila di darti colpe inutili. Io e Thomas stiamo bene. Lui è semplicemente dovuto partire per una conferenza a Buenos Aires, è per questo che ultimamente lo vedo poco» - mi comunica -.

«Meno male, non avrei potuto sopportare di vederti triste per colpa mia».

Finisco di sistemarmi il rossetto sulle labbra quando ricevo un messaggio anonimo sul telefono. Non di nuovo, non ancora la stessa persona. Apro la pagina per controllare cosa ci sia scritto nelle email: varie campagne di moda mi cercano per le loro ultime uscite. Diverse associazioni per giovani talenti vogliono che io sia un loro promotore. Mi cercano anche all'estero! È incredibile come si vola, quando si è spinti molto in alto. Non sono particolarmente in ansia, vista la mia attitudine a questo tipo di mondo in cui vivo.

Poi ricevo un messaggio privato, è Jason…

Sì, l'ho salvato nella mia rubrica.

Veronica,

ti scrivo semplicemente per domandarti come stai. Il tempo non vola quando tu non sei accanto a me. Ti penso ogni secondo, a quando poi ci rivedremo. Ti manco? So già cosa risponderai.

So anche che adesso sorriderai, spontanea e bella come sei.

Ma ora ti devo lasciare, il lavoro chiama.

A presto.

Visualizzo e non rispondo, ma accolgo con piacere.

Mi guardo allo specchio, mentre rifletto su questa nuova situazione sentimentale in cui mi trovo e arrossisco. Jason mi sta scombussolando parecchio, devo ammetterlo!

Qualche ritocco e sono finalmente pronta. Ma prima che io possa andarmene Lucy sale le scale e mi viene incontro con uno sguardo sconcertato.

«C-c'è un'auto parcheggiata qui fuori con due armadi a muro di guardia».

«Davvero? Sono già qui? Oh, ho dimenticato di dirti che... Jason ha chiamato una scorta di uomini per me».

«Non ci credo! Che tipo...»

«Sì, la penso come te... non credevo proprio che arrivasse a tanto».

«Credici, perché lui è a capo di una sua associazione che tutela le aziende e ne dà maggior rilievo. Fidati, è roba grossa, per cui ha tanti doveri e tanti nemici».

«Credevo fosse un architetto o un pittore...»

«Solo perché l'hai visto ammirare dei quadri non vuol dire che sia per forza un uomo che ama sporcarsi le mani di pittura».

«E il set fotografico?»

«Lui s'impegna a favore della società».

«Questo non me l'hai detto quando abbiamo parlato del piano».

«Lo so, e ti chiedo scusa... ma credevo che a quest'ora te lo avesse già rivelato. La sua vita è molto movimentata».

«In che senso? Cosa c'è ancora che non so?»

«Penso che te lo dirà lui stesso stasera a cena. Quindi non affrettiamo i tempi, d'accordo?»

Sbuffo. «Okay. Ma... visto che parli di lui come un uomo che usa il potere per ottenere ciò che vuole, dici che anche con me farà lo stesso?»

«Veronica, siamo in un mondo pieno di persone che fanno cose strane, di lui però puoi fidarti. Non è come quel Jonathan».

Di colpo mi si fanno gli occhi lucidi. Mi manca. Mi manca così tanto. Non lo sento da giorni e lui non risponde ai miei mille messaggi. Sento come se mi stesse allontanando da lui, dalla sua vita. Come se io non stessi facendo lo stesso. Sono stata io a cominciare questo "piano malefico", perciò è normale che lui lo stia portando avanti... ma non voglio questo. Jonathan è la cosa più bella che mi sia mai capitata nella vita dopo aver perso la mamma, sentirsi così amati e in sintonia con una persona che non sia lui mi riesce difficile. Anche se credo che, con Jason al mio fianco, niente di tutto quello che ho vissuto fino ad ora mi potrà mai ricapitare.

Appena finiamo scendiamo al piano terra, dove ci aspetta – con nostra grande sorpresa, ma più per Lucy – un bell'uomo in tenuta elegante con un mazzo di rose rosse in mano e un sorriso che fa sciogliere il cuore della donna che è in piedi accanto a me in questo momento. Che emozione! Lucy sembra sul punto di svenire; conoscendola come le mie tasche, l'afferro per la vita un attimo dopo che la vedo barcollare, e la e la incito ad andare verso di lui. Così fa.

Sorrido quando prende il mazzo di fiori e si stringe a Thomas in un abbraccio che mi fa sciogliere il cuore, riportando alla mente tutti quei momenti con Jonathan... e alla realtà dei sentimenti con Robert. Il pensiero mi fa scendere una lacrima che non riesco a trattenere, dopodiché decido di proseguire verso l'auto che ancora mi attende.

L'aria non è più così fredda come qualche settimana fa. Siamo in piena primavera! Questo periodo è il migliore per lavorare duramente. Sono sicura che per la fine dell'estate avrò ottenuto la mia buona dose di fama, oltre che un guadagno non indifferente. Da quando ho iniziato questo lavoro non ho più disegnato. Sento come se la mia passione per il disegno fosse bloccata in una parte dentro di me... non la sento più viva. Come un foglio troppo tirato alle estremità che dopo aver passato una vita a disegnarsi il futuro perfetto, si è strappato in mille pezzi tramutando i sogni in orribili incubi.

Così il mio cuore si è sentito quando papà mi ha rinnegato. Da quel momento ho smesso persino di pensare alla mia vita su una scrivania mentre disegno, come se quel pensiero fosse diventato un ricordo lontano e sepolto nell'angolo più profondo nella mia anima.

Mamma, ti prego non odiarmi per questo.

In macchina, guardo fuori dal finestrino e vedo solo alberi in lontananza e tanto verde intorno a me. Questo è il quartiere di Carroll

Gardens, se non erro. Quando raggiungiamo la dimora di Jason, resto attonita per la sorpresa: è quasi una reggia. Una villa immersa nel verde, isolata dal caos urbano a cui sono abituata.

Mi fanno scendere proprio davanti alla porta d'ingresso; nel frattempo i miei occhi fanno un giro di 360 gradi sull'intera proprietà: all'esterno appare moderna, ma lo stile è curiosamente "a mattoni", ampie finestre che danno luminosità. Fiori, alberi e cespugli a perdita d'occhio. Che lusso sfrenato. Ma d'altronde, lui è un uomo ricco e famoso. Se non fosse così mi sorprenderebbe.

Prendo la mia borsa, stringendola forte per gettare via tutta l'ansia che mi opprime il petto, dopodiché avanzo. Sulla soglia vedo attendermi una cameriera molto giovane che mi porge la mano, per avere la mia giacca.

«Il signore la aspetta in cucina. Prego» - annuncia -.

Mentre penso a quante stanze ci possano essere in questa casa, m'incammino a piccoli passi verso il lungo corridoio che divide l'ingresso principale dalla cucina. Vedo esposti numerosi quadri di grandi artisti internazionali, tutti con la loro biografia scritta sotto. Che sia un vero appassionato? Di certo, tutto questo mi sta cominciando a piacere.

La cameriera mi guida fin sulla soglia della cucina, dopodiché ritorna ai suoi doveri; busso adagio e al «Avanti» che giunge rapido alle mie orecchie obbedisco all'ordine. Una strepitosa e immensa stanza mi circonda: ammiro vetrate che incorniciano gran parte dell'ambiente; e io che credevo di trovare qualcosa di più modesto... che siano tutte così le stanze di questa magione? Arieggiate da vetrate che illuminano al tempo stesso la stanza trasudando magnificenza da tutti i pori? Sto forse esagerando?

«Ti piace?» - La voce di Jason mi richiama alla realtà -. «È tutta opera di un mio amico architetto».

«Conosci tante persone importanti, eh?» - Commento -.

«Nel mio lavoro è normale conoscere questo tipo di persone... ma lo stesso si può dire di te».

«Mah... non proprio, è come se fino ad ora avessi vissuto dentro un'enorme campana di vetro, all'oscuro da tutti e conoscendo solo una parte della storia».

«Interessante...»

«E ci fai anche quattro chiacchiere? Voglio dire, con le persone con cui lavori...»

Jason mi guarda stupito.

Okay, forse ho esagerato, non è il tipo che si comporterebbe in quel modo. Ancora penso a Jonathan? Intrappolata tra tutti i nostri ricordi...

«Ti va di vedere cosa sto preparando?»

Vengo di nuovo riportata al presente dalla sua richiesta, così mi precipito da lui. L'avevo detto che Jason cucinava... e non mi sbagliavo neanche su quanto fosse bravo. Manovra il coltello come sa manovrare bene le situazioni. Il pesce che sta cucinando in padella ha un così buon profumo... mi viene l'acquolina in bocca solo a vederlo. Mentre mi spiega la modalità di preparazione non posso fare a meno di guardarmi intorno per ammirare nuovamente l'enormità della cucina; non mi rendo conto di quanto sia ampia fino a quando non raggiungo un angolo da dove si può vedere benissimo tutta la stanza. Da una parte il soggiorno, dall'altra il tavolo in vetro, poi le scale che portano al piano di sopra; tutto moderno e arricchito al contempo dall'arte, proprio come piace a me.

Che l'abbia fatto apposta?

Cerco di non pensarci e torno a guardare Jason. Le sue mani sono così grandi. Le sue braccia sono così muscolose, ma non troppo. Il suo bacino, la sua tartaruga, i suoi addominali ben scolpiti che s'intravedono dalla camicia leggermente sbottonata, il suo collo... tutto di lui mi attrae moltissimo. Perché deve essere così? Non potrei mai fare un così grande torto a Jonathan... ma lui non si va vivo da giorni. E se avesse deciso di dimenticarmi e andare avanti? Dovrei farlo anch'io?

Per questa sera lascio perdere lui e tutto ciò che lo riguarda. Siamo solo io e Jason. E mi metto a tavola con lui.

«Ti piace?» - Mi domanda, mentre mi osserva attaccare il pesce che ho nel piatto -.

«Squisito!» - Mi complimento -. «Non ti facevo così abile in cucina... mi sorprendi di continuo».

«Ho mille talenti, sì... ma niente che valga la pena di fare se non ho nessuno al mio fianco con cui condividerli».

E mi guarda dritto negli occhi, io deglutisco appena.

«Perché dovrei cucinare se non c'è nessuno che assaggia i miei piatti?» - Mormora -. «Perché dovrei andare ad una mostra se non ho nessuno con cui argomentare un discorso?»

«E la tua famiglia?»

«I miei genitori sono morti quando avevo dodici anni. Furono i miei nonni a prendersi cura di me in seguito».

«Oh, mi dispiace tanto...»

Jason fa spallucce. «È il ciclo della vita. È stato scritto dal destino che dovessi rimanere solo e che avrei condotto una vita in solitudine incentrata solo sul mio lavoro».

Il destino? Anche lui crede nel destino?

Sono così dispiaciuta per lui che mi passa la fame. Ha dovuto vivere una vita molto dura e si è arrangiato da solo. Capisco perché adesso sia così, che abbia questo attaccamento morboso alle persone che conosce e che vuole tenere protette. Mi viene difficile immaginare come possa aver vissuto, da solo, concentrando tutte le sue energie e attenzioni sul lavoro...

Adesso mi guarda, e lo guardo anch'io, anche se un po' in imbarazzo. Che voglia già iniziare qualcosa di più fra di noi? Non sarebbe male l'idea, così mi avvicinerò ancora di più al mio obbiettivo. Ma ancora non mi spiego una cosa: perché ha permesso di attirare molta attenzione su di me facendomi diventare così richiesta da tutti? Che anche lui abbia dei piani?

All'improvviso Jason mi porge la mano, invitandomi a seguirlo. «Vieni con me. Ho qualcos'altro da mostrarti, vedrai, ti piacerà».

Percorriamo l'intera abitazione, attraverso la quale posso scorgere innumerevoli vaste di verde che si estendono tutt'intorno, donando alla villa un po' di amore e riservatezza al tempo stesso. Mi spiega nel frattempo che la casa è stata costruita prima che sua nonna morisse; una specie di dono prima che lo lasciasse, per cui sento in lui un attaccamento molto profondo a ogni angolo di questa tenuta. Posso solo immaginare quanto possa sentirsi solo, qui dentro, insieme al silenzio.

Alla fine arriviamo davanti a una veranda.

«Che posto è questo?» - Domando -.

«Il luogo dove mi rifugio quando sono oppresso dagli innumerevoli impegni di lavoro» - mi risponde, mentre io ammiro il posto, tappezzato di dipinti su tela che si presentano su tutta la superficie -.

«È bellissimo...» - E comincio a tastare ogni cosa -.

«Venivo spesso qui, mi ricordava il profumo di casa e di famiglia...»

«Deve essere difficile essere un uomo della finanza così conosciuto, e al tempo stesso sentirsi così soli».

«Ci ho fatto l'abitudine».

«Dunque dipingi pure?» - Domando, riferendomi ai quadri e pennelli sparsi in giro -.

«Io non dipingo. È il luogo sacro dove ho messo tutti i lavori di mia nonna».

«Era bravissima».

«Sì. Per lo più paesaggi... ma poi ha iniziato con questi».

Quando mi accosta al suo quadro preferito, sento una specie di fitta al cuore quando ritratti in esso degli splendidi rubini incastonati in un diadema dagli equilibri impeccabili. Come se fosse destino che io lo vedessi, che lo tenessi in mano. Che il fato mi stia dicendo che questa è la strada per raggiungere entrambi i miei sogni? E che qualsiasi cosa io faccia per allontanarmi da ciò che è sangue del mio sangue, alla fine mi si ritorcerà solo contro?

Amato Destino, se mi sei veramente vicino, allora dimmi, cosa devo fare? Perché a questo punto tutto ciò che penso viene sempre distorto dalla realtà dei fatti in qualche assurdo modo.

Torno a guardare Jason. Adesso sembra estremamente concentrato su di me. Mi guarda con occhi diversi ora, più accesi. Più desiderosi di andare a fondo. Sento il cuore battermi forte e il respiro farsi sempre più pensante. Le mani mi sudano e cerco in qualche modo di appoggiare il quadro su di un tavolo, ma non mi accorgo di due mani che mi avvicinano istintivamente, travolgendomi ogni senso. Letteralmente.

Faccio cadere di conseguenza diversi barattoli di vernice a terra. Ora anche il pavimento sembra riprendere i colori del mio stato d'animo attuale. Mi sento un vero disastro; Jason tuttavia mi guarda ridendo, come se non gli importasse affatto. Davvero c'è qualcosa per cui ridere adesso?

Mi sento intrappolata tra le sue braccia possenti. Senza vie di fuga. Perché finisco sempre per essere la persona tra le due meno preparata ad eventi di questo genere?

«Tu e io» - mormora -.

Ho sentito bene o sono un po' stordita dagli eventi precedenti? Perché tiene ancora così salda la presa su di me? A cosa sta pensando?

«Tu e io, insieme» - ripete lui -. «Questo è tutto ciò che importa. L'unica cosa a cui hai il permesso di pensare».

"Permesso?" Cosa sono, un cagnolino?

Se non fossi completamente stregata da lui e dalla bellezza che emana, penserei che sia uno stalker. Ma la gioia che vedo nei suoi occhi è tutt'altro che spaventosa. Anzi! Mi fa provare quel sentimento che da tanto dentro di me mi procurava solo dolore immenso. Ora, sembra essere passato in un soffio di dita.

Perché sento come se mi stesse slacciando qualcosa? Le mie supposizioni non sono sbagliate.

Sta cercando di slacciarmi il vestito?

Istintivamente gli afferro le dita e fermo quel suo gesto così avventato e poco rispettoso.

«Jason, non essere scorretto. Questo non è...»

M'interrompo, sono confusa al momento e... eccitata. Quando le sue braccia mi stringono forte provo un certo brivido di piacere, misto a tradimento.

Non voglio perdere Jonathan...

Mi lascia andare, come se avesse capito di essersi spinto un po' troppo oltre, e si scusa. Non ho mai pensato di arrivare fino a questo punto con lui. Okay, l'idea mi era passata per la mente, lo ammetto... ma questo non giustifica il suo comportamento.

Mi sistemo un po' il vestito e lo ringrazio della buonissima cena, ma è giunto il momento che io vada. Non mi sento pronta per fare una cosa del genere. Il mio cuore batte ancora forte per un altro.

Scendo i gradini e mi avvio per il giardino con le luci accese che mi vegliano sulla corretta via. Che sia un avvertimento sul fatto di non essere troppo avventata con lui?

Sento dei passi dietro di me e una voce che mi parla. Io la ascolto attentamente, ma non mi fermo.

«Veronica, mi dispiace, okay? Non volevo spaventarti. Per me sei molto importante e volevo che lo sapessi anche tu. Volevo che sentissi ciò che sento io ogni volta che ti vedo. Che vedo il tuo bellissimo sorriso, quei tuoi occhi così puri. L'amore che provo per te è reale, credimi!»

Oh, andiamo, mi hai appena conosciuta... chi sono io per farti girare la testa così tanto?

Non lo dico, non ne ho la forza al momento. Sento che si avvicina e, con una presa spontanea, rapisce le mie labbra. Prima con una certa delicatezza, poi mi priva di ogni chance di potermene andare.

Mi prende e mi trascina a passo normale sulla sua spalla, fin dentro casa. Ora sono sconvolta. Provo a divincolarmi, ma invano; mi costringo a urlare, ordinandogli di mettermi giù, ma Jason non mi ascolta e procede verso il piano di sopra.

Il mio cuore ormai sprofonda in un abisso di terrore. Cosa vuole farmi? Questo va ben oltre i miei desideri... non era nei miei piani. Tutto questo può compromettere la mia ascesa, la mia carriera...

«Mettimi giù, Jason!» - Mi lamento ancora, spingendo sulle sue spalle per scendere -.

«Calmati, Veronica. Non ho intenzione di farti del male» - dice lui, mentre continua a salire le scale -.

«Oooh confortante... detto da uno che mi trattiene con la forza!»

«Sto solo cercando di proteggerti».

«Proteggermi? Che cazzo di dizionario ti ha fatto credere che questo significhi proteggermi? Mettimi giù, Jason, ADESSO!»

«D'accordo».

Un istante dopo, atterro di colpo su una superficie morbida. Ero così sconvolta da non accorgermi che siamo arrivati in una camera da letto, e io mi trovo di colpo su un enorme letto matrimoniale. E non è finita. Jason si appoggia sopra il mio corpo e le sue braccia con la loro stretta quasi mi soffocano. L'abito si è leggermente alzato quando mi ha distesa sul letto. Questa situazione gioca a mio sfavore e mette in mostra le mie gambe, la mia femminilità, la mia intimità. I capelli sono stropicciati e il rossetto è tutto sbavato. Di certo non ho un bell'aspetto.

Lui è sopra di me, perso nei miei occhi come se cercasse di trovare in essi la risposta alle sue domande. Cerca di avvicinarsi ulteriormente, ma lo fermo. Sta giocando con il fuoco e non ha intenzione di perdere.

Inaspettatamente si blocca. Guarda dove le mie mani si sono piazzate e sorride. Sono ferme sulle sue spalle nude, intente a frenare quel suo gesto... ma lui non sembra volersi ritrarre e mi precede prendendole e piazzandomele sopra la mia testa. Comincia così a baciarmi il collo, intensamente, sempre più a fondo.

Io cerco di oppormi in tutti i modi. Gli dico di fermarsi, ma non mi dà alcuna retta.

Sento che sto per lasciarmi andare alla tentazione. Il piacere di lui sulla mia pelle, del suo tocco, mi percorre tutto il corpo. Comincio a sentire dei brividi di esaltazione.

I suoi baci si stanno allungando verso la mia "zona più riservata" senza alcun problema.

«J-Jason, fermati, ti prego» - ansimo, ritrovando la voce -. «Non voglio... iniziare una r-relazione così...»

«Allora anche tu pensavi di farlo un giorno».

«F... forse... in futuro, sì... ma ora... siamo a casa tua, ci sono delle persone e tu...»

«Io cosa?»

Non mi trattengo più. «Mi stai spaventando».

Quasi automaticamente, Jason si ferma e molla la presa dai miei polsi. Sembra dispiaciuto. Si distende sul suo lato del letto e sospira.

All'improvviso sono pentita, non volevo esprimermi così direttamente. La mia non era proprio paura, ma eccitazione. Lo guardo, ma lui evita il mio contatto visivo. Adesso, con la camicia leggermente sbottonata e il rossore sulle sue labbra, sento di poter provare a fare questo passo con lui. Lo voglio, tanto prima o poi sarebbe accaduto... almeno credo.

Tento di avvicinarmi piano a lui, fino a poter toccare la sua camicia. Lui, d'istinto, si gira e in un attimo fulmineo mi afferra il polso.

«Non opporti. Ti prego» - mi scongiura Jason -.

«Che... che cosa fai?»

Cerco di togliere la mia mano dal suo petto, ma lui oppone resistenza.

«Sai, Veronica...» - Comincia guardandomi con due occhi che brillano -. «Sei la prima donna a cui do tutte queste attenzioni. La prima donna a cui penso giorno e notte... e la prima cui mi preoccupo. Perciò ti chiedo, non abbandonarmi».

Non abbandonarmi...

Sto per piangere. Perché tutto questo mi riporta alla mente Jonathan?

Ti sto facendo un torto, lo so... ma che mi sta succedendo?

Rimango appesa a un filo che non so quando si spezzerà. Sento una fitta al cuore per avergli procurato un così terribile pensiero. Non voglio che riviva questi brutti ricordi della sua vita passata. Lui deve avere una vita gioiosa. Così lo abbraccio forte, mandando al diavolo tutti i piani che mi ero preparata. Adesso mi interessa solo che lui non soffra più.

Lui mi accoglie con un sospiro di sollievo. Comincia ad accarezzarmi i capelli, un gesto che mi pace molto. Poi mi prende il viso tra le sue mani e mi bacia la fronte dolcemente. Ci guardiamo negli occhi per un istante. Alla fine siamo davvero gli unici al mondo... noi due da soli contro il mondo intero. Le uniche persone a cui dovremmo pensare.

Io e te.

La sua mano mi percorre la schiena, accarezzandola. Sento che tenta di alzarmi la gonna con leggerezza ma il suo sguardo è in qualche modo distante. Così faccio la prima mossa; lo prendo e lo incito ad andare fino a fondo. Sembra ancora preoccupato che possa scappare via, che poi possa pentirmene. Ma il domani è ancora lontano.

Lui capisce. Quel suo sorriso vittorioso ritorna a formarsi sulle sue labbra, e con un gesto mi torna sopra.

Ora, vedendolo con il petto scoperto e pronto a incorniciare la nostra prima notte insieme, mi lascio andare in quello che è il sogno di ogni donna. All'inizio mi lascio trascinare, lascio che siano le emozioni a parlare per me. Che sia lui a prendere il controllo del mio corpo, non provo paura. Ma poi, quando sento che ormai siamo giunti a quel momento, panico. Appoggio una mano sul suo petto e lo respingo leggermente.

Sopra di me Jason, sembra di avere il potere di controllare le mie azioni, di possedere quella capacità di dominare la preda a suo piacimento. È così che si sente lui?

«Che cosa c'è?» - Mi domanda -.

Gli piace dominare, e questo l'ho visto molto bene. Ma non sono sicura di volere questo tipo di amore da lui. Mi sembra di essere diventata la regina ai suoi occhi. Posso osare di più, perché nessuno oserebbe farmi del male ora che ho lui al mio fianco a proteggermi. Se davvero posso essere felice con lui, allora dimenticherò Jonathan e tutto ciò che lo circonda. Scorderò tutti i momenti passati insieme e risanerò il mio cuore ferito.

Lo divoro tutto, sia con gli occhi che con la bocca. Bacio e assaporo quei suoi addominali ben scolpiti e comincio ad accarezzargli il petto. Lo sento ansimare.

Che effetto ti provoco, Jason? Vorrei tanto saperlo.

«Mi fai impazzire». - Stringe gli occhi -. «Ogni parte del tuo corpo mi eccita. La tua intelligenza, la tua bravura, la tua tenacia...» - Continua lui mentre io intensifico i miei baci -. «Non mi credi?»

«No, non è che non ti creda. È solo che... sei il primo uomo che... sei semplicemente diverso» - dico infine -.

«Hai avuto una storia difficile in passato?»

Il passato... come dimenticare.

Jason mi guarda fermandosi e spostandosi di lato nel letto, per poi prendermi e mettermi a sedere di fianco a lui e mantenendo il contatto delle nostre mani. Cerca i miei occhi, come se potessero in qualche modo parlare.

«Se non te la senti va bene... voglio dire, non c'è fretta. So che sto andando di fretta con te e non voglio che tu pensi di me cose...»

Non finisce la frase. Io scuoto la testa.

«Scusami tu, è che stiamo andando troppo di fretta» - concordo -.

Ma è il suo modo di coccolarmi dopo, sdraiati insieme, e i suoi dolci baci che mi cullano nel sonno.

La mattina seguente mi sveglio come se avessi dormito per giorni. Riposata! Ho dormito in un letto degno di una regina, morbido e fresco. Mi alzo a sedere di scatto, scoprendo che Jason non è con me sul materasso... beh, non è la prima volta che assisto a questa anomalia, quindi non ci faccio molto caso. Abbasso lo sguardo e individuo un paio di ciabatte, un po' troppo grandi ma confortevoli, dopodiché mi dirigo verso la finestra a vedere la luce mattutina. È sempre bello svegliarsi con un paesaggio che riserva tutta la sua bellezza per te.

Scendo le scale e mi dirigo in cucina, dove ritrovo Jason impegnato in due azioni simultanee: traffica coi mestoli davanti al piano cottura mentre parla al telefono con qualcuno, a giudicare dall'auricolare applicato al suo orecchio. Sorrido. Se questo non è un modo altrettanto piacevole di svegliarsi la mattina, non so cosa sia.

Continuo a vedere come manovra i mestoli, fino a quando non si altera al telefono e fa cadere a terra uno di quelli che teneva in mano. Di tutta fretta corro da lui e gli dico di non preoccuparsi. Ai fornelli sono migliorata, quindi mi sento felice di potergli preparare la colazione con le mie mani d'oro. L'alternativa è disegnare, ma visto che non posso più farlo – e non fa più parte del mio lavoro – mi dedico alla cucina provando piatti nuovi quando ho più tempo per prepararli. Jason si siede nel frattempo e mi ringrazia dopo aver terminato la chiamata. Dal suo sguardo, sembra nervoso e anche seccato. Così, per riportare un po' di gioia nei suoi occhi, cerco di cambiare discorso: «Dormito bene stanotte?»

«Insomma... sai che ti rigiri parecchio nel letto?» - Commenta divertito -.

Abbasso lo sguardo imbarazzata. «Già, è una maledizione».

«Almeno è innocua» - continua a scherzare lui -. «Su, mangia... non far raffreddare il piatto».

Annuisco. È carino a preoccuparsi per me sempre in ogni circostanza... a tal punto che mi sento sempre più in debito con lui. Prima mi ospita a casa sua per la notte, poi mi prepara la colazione... e non dimentichiamo la scorta di guardie del corpo e il lancio della mia carriera che mi ha consentito.

Tengo sempre a mente, tuttavia, per chi lavoro adesso; Lucy è la mia ancora di salvezza. Senza di lei non avrei niente di tutto questo, inoltre conosce bene i miei piani e ha avuto davvero un'ottima idea che ne ritrae vantaggi per entrambe. Sorrido al ricordo di quando abbiamo organizzato il piano a casa sua, con popcorn e film. Soprattutto quelli d'azione, hanno fatto di più al caso nostro...

Lo squillo del mio cellulare interrompe i miei pensieri.

Parli del diavolo... è proprio Lucy!

«Ehi! Ma che fine hai fatto? Dove sei? Dobbiamo iniziare a lavorare» - mi parla subito a raffica -

«Oh, scusami, mi sono svegliata tardi. Ora arrivo, non preoccuparti...»

«D'accordo. Hai venti minuti!»

«Sì. Aspettami!»

E riattacco. Guardo l'orario sul telefono e poi Jason, improvvisamente consapevole della situazione.

«Vorrei accompagnarti, davvero, ma devo andare in ufficio per una conferenza stampa». - Sembra deluso -.

«Pazienza... ci sentiamo più tardi!»

Raggiungo l'ingresso della villa a una velocità estrema, il cellulare alla mano, pronta a chiamare un taxi, ma quando supero la soglia mi trovo davanti un'auto nera, la stessa con cui sono venuta ieri. Un uomo in tenuta nera e con gli occhiali scuri mi porge la mano per salire a bordo.

«Buongiorno, signorina» - esordisce -. «Il signor Bryce ci ha messi a disposizione per condurla ovunque lei desidera. Quale destinazione aveva in mente questa mattina?»

«Oh... ehm» - balbetto, ancora sbalordita dal servizio -. «Alla sede della Use Your Best Pose, vicino Central Park».

«Molto bene. Prego...»

Appena mi siedo sul sedile posteriore, mi ritrovo circondata da una folla. Ovviamente si fa per dire, ma non credevo che quest'auto fosse così capiente. Quando penso di potermi rilassare e concedermi di sistemarmi il trucco con calma, una ragazza dalla carnagione limpida come la luna, mi parla. Come la invidio. Ha una pelle sublime. Che prodotti userà per la pelle?

«Signorina Veronica, siamo qui per servirla» - esordisce costei -.

«Non si preoccupi del trucco o dell'acconciatura. Oggi qui con lei ci siamo noi» - mi sorride un altro -.

«Chi siete?» - Domando più preoccupata -.

«Lavoriamo per il signor Bryce. Io mi chiamo Porter, il suo make-up artist» - dice il primo all'angolo -. «Lei è Gina, la sua hairstylist...» - Anche lei mi saluta con un caloroso sorriso -. «Mentre chi ti seguirà come una sanguisuga dappertutto, e che diventerà la tua ombra da adesso in poi, è Lena. La tua stilista personale».

«Wow... piacere di conoscervi. Ma non c'è bisogno di tutto questo» - dico di fretta -.

«Assolutamente sì!» - Riprende Porter -. «Da ora in avanti saremo al suo servizio per renderla bella ad ogni ora del giorno».

«Ora è una celebrità, signorina Veronica» - dice Gina -. «Deve capire che mantenere la sua bellezza in ogni istante del giorno è importante».

«Non vorrà mica che qualche paparazzo in cerca di gossip la fotografi in un momento sconveniente, vero?»

«Beh, no...»

«Allora lasci fare a noi!»

Ed esulta prima di mettere mano su di me.

Non credevo di poterlo mai dire, ma davvero mi sto lasciando preparare da perfetti sconosciuti in un'auto dai vetri oscurati? Certo che la vita a volte ti riserva davvero delle sorprese interessanti. Che sia il modo di Jason per farsi perdonare?

Quando finiscono di prepararmi, a giudicare dallo specchio che tengo in mano, posso affermare con assoluta certezza che Porter ha fatto un lavoro sublime con il trucco. Gina ha veramente delle mani d'oro, per cui non ho avuto problemi a lasciarla fare. Quanto a Lena, ha scelto per me un capo davvero da donna di alta classe. Sono felice!

Arriviamo alla UYBP e scendo dalla macchina. Mi sento gli occhi puntati tutti addosso proprio nell'attimo in cui metto fuori la prima gamba. Lena ha veramente sfondato tutti i miei standard di bellezza con questo abito rosa chiaro, tanto che me ne innamoro follemente; con una scollatura non troppo scoperta e ricoperto di merletti, e un tocco di pendenti mette in evidenza un sacco le mie gambe, il punto vita e il seno, incentrando così l'attenzione su tutta la mia figura.

Sono in parecchi a fermarsi per fissarmi; scorgo anche qualche cellulare puntato su di me. È fastidioso, ma lo devo accettare poiché d'ora in avanti lo vedrò accadere sempre più spesso per le strade della mia città.

Raggiungo il camerino per posare i miei effetti; Giulia mi raggiunge poco dopo, una mano sempre stretta allo smartphone che non molla mai; so che ha il compito di curare le mie pagine social, ma mi sembra eccessivo.

«Che novità da quell'arnese, Giulia?» - Le domando rassegnata -.

«Allora… un paio di email da parte di agenzie, ma questo lo sai già...» - Mi dice scorrendo lo schermo -. «E poi... un articolo sulla nuova stella nascente della moda cacciata dall'agenzia di gioielli più famosa di New York».

«Cosa!?»

Ho appena il tempo per afferrare quello smartphone che Lucy mi appare davanti. Presa dall'ansia, mi piazza anche il suo telefono davanti senza neanche dire una parola. Io lo guardo, sapendo già il contenuto. E subito dopo, mi esento dal rispondere.

Mi incammino verso la postazione trucco per controllare che tutto sia a posto. Poi Lucy mi raggiunge a passo svelto e comincia a tartassarmi di domande qua e là, e sul perché io sia finita su quella pagina di gossip. Non lo so nemmeno io in realtà... ma che volete, sono una celebrità.

«Veronica, ti rendi conto della gravità della situazione?» - Mi domanda Lucy evidentemente allarmata -. «Stanno scavando nel tuo passato. Ti stanno attaccando!»

«Stai tranquilla, ho tutto sotto controllo» - le dico mentre mi avvicino e, prendendole le mani tra le mie, sostengo questo peso insieme -.

Siamo in due. Siamo più forti se restiamo insieme e affrontiamo questa cosa unite.

«Ti ricordi quando da ragazze giocavamo con il cellulare, credendo che fosse il nostro migliore amico?» - Incalzo -. «E che solo dopo aver capito l'effetto che fa alle persone ci siamo impegnate a fondo per scoprire il nostro posto a questo mondo lasciando perdere cosa dice la gente di noi? Lì abbiamo capito che la vita non girava tutto intorno a un telefono accettando come la gente ci definiva, mentre adesso siamo diventate grandi. Viviamo la nostra vita praticamente senza freni...»

«Cosa vuoi dire con ciò?» - Dice irritata -.

«Voglio dire che è normale che la gente parli, sparli e giudichi. Perché ci siamo scelti noi la strada più difficile per arrivare al successo. I paparazzi, i giornali, le chiacchiere... fanno parte di quel tunnel che stiamo percorrendo insieme. Anche tu, prima di me, avrai avuto di sicuro delle situazioni simili. Mi sbaglio?»

«Era un po' diverso...»

«Beh... quanto è grave?»

«Guarda tu stessa».

Mi mostra di nuovo l'articolo sul suo display. Rimango sorpresa da quanti commenti abbia ricevuto in meno di due ore: ci sono persone molto gentili, che parlano bene di me e della mia immagine, sono molto curiosi di vedermi all'opera e sarebbero curiosi di una mia intervista. Non è una cattiva idea, la prenderò in considerazione.

Scorrendo la pagina, tuttavia, ben presto mi saltano all'occhio anche i pensieri di persone che mi giudicano troppo frettolosamente. Mi danno della figlia di papà, per la maggior parte, ma qua e là trovo anche termini meno lusinghieri... qualcuno sostiene che abbia ammaliato Jason grazie alla mia bellezza. Ma cosa ne sanno? Ciò che faccio lo faccio da sola. O meglio, lo faccio con l'aiuto di Lucy.

Lucy... non voglio che prendano di mira pure lei adesso. Di conseguenza ne risentirebbe molto la sua intera attività.

Devo agire subito, ma con un piano in mente. A volte, avere qualcosa su cui puntare nella vita può portarti ad avere una scalata veloce al successo, oppure una discesa precoce verso l'umiliazione più totale.

Tutto dipende solo da te e da come metti le carte in tavola.

Così, prendo il telefono e chiamo un'agenzia di presentazione nuove celebrità, come le chiamo io, per proporre un'intervista in esclusiva. Mi rispondono subito esaltati, non vedono l'ora di vedermi e di sapere di più sul mio conto. Ottimo!

Molto presto anche questa notizia arriverà a tutti. Meglio che comincio da subito a farmi vedere sotto i riflettori.

Non è ostinazione, è risolutezza.

Capitolo 14

Sento che se non mangio qualcosa subito svengo. Così, prendo il mio cellulare e cerco un ristorante dove poter pranzare. Uno in particolare mi colpisce mentre scorro la schermata dei risultati. Non è vicinissimo alla UYBP, ma è facilmente raggiungibile; con il mio nuovo bolide 2.0 nulla è impossibile. Il fatto che non lo guido io ha i suoi vantaggi, tra cui la piena libertà di ammirare il panorama newyorkese che non mi stanca mai. Mi riporta alla mente quando con Margaret facevo shopping per ore e ore negli anni passati. Da quando è tornata in Cina i nostri contatti si sono ridotti non poco; quella giornata a Hollywood ci ha permesso di consolidare il nostro legame, ma ultimamente non risponde ai miei messaggi. Chissà se ha sistemato le cose con il suo amore...

La mia famiglia ha sempre avuto storie d'amore stile romanzi rosa sdolcinati, ma con un filo di drammaticità. Per lo meno, è quello che penso io. Iniziano tutte con un colpo di fulmine per poi finire in rovina, per colpa di una bugia raccontata troppo a lungo... o una morte improvvisa. Ci sono però anche dei casi – come mio zio Vincent – in cui il destino ci benedice con una famiglia sana e duratura. Figli che crescono in salute e in una famiglia amata e rispettata. Queste sono le piccole gioie della vita che ognuno dovrebbe avere.

Persa nei miei pensieri sul passato, non faccio neppure caso al terribile ingorgo che mi trovo lungo la strada. Ma è normale, visto che siamo nell'ora di punta qui a New York. Prendo il cellulare e controllo i messaggi, o eventuali email, aspettando che nel frattempo che si liberi un po' la strada. Nulla di nuovo o di particolarmente importante, per fortuna. Posso concedermi un riposo.

Arrivati al ristorante, scendo e gli concedo subito un'occhiata. È un locale asiatico già adocchiato quando ancora lavoravo alla Jewel, ma non ho mai avuto l'occasione di provarlo in compagnia di qualcuno. Beh, le cose cambiano... adesso sono qui e voglio godermi il mio pranzo. Faccio un passo in avanti, quando il solito "man in black" mi precede per aprirmi la porta.

«Non ce n'è bisogno» - gli dico -. «Perché non ti prendi una pausa e mangi qualcosa con me?»

«Non posso, signorina» - mi fa lui rigido, così non insisto -.

Metto piede dentro e mi sembra di essere catapultata di una di quelle serie tv asiatiche, dove si può ammirare un perfetto palco con un'enorme tv accesa h24 e delle luci appese ai muri per dare un tocco caldo e armonioso. Molto interessante. Non è neppure affollato, meglio così... più si è tranquilli, più si mangia con gusto.

Arrivo al tavolo e ordino la specialità della casa. Mentre il cameriere si ritira, ne approfitto per ammirare un po' la loro cultura in fatto di arrendamenti, cucina, e tradizioni varie. Sono molto contenta di essere venuta qui, farò una buona recensione se il piatto mi gusterà a dovere.

Arrivano in pochi minuti con bel *baozi* fumante. Le mie papille gustative fremono. Appena lo avvicino alla bocca, avverto un odore che mi riporta indietro agli anni in cui facevamo io e mia madre la pasta fatta in casa, per i cenoni di famiglia.

Che ricordi preziosi. Come fanno a far trapelare in me questo senso di nostalgia infinita?

Più tardi...

Di rientro al lavoro, ritrovo Lucy molto felice per la mia decisione di fare l'intervista. Conta molto sul fatto di mantenere un profilo basso, ma ora preferisce che io parli di me apertamente. Che abbia un nuovo piano in mente?

«Sii solo te stessa» - non fa che ripetermi -.

«Io sono sempre me stessa».

«Ma davvero? A me sembra che tu invece sia cambiata molto... una volta eri introversa e maniaca dell'ordine».

«La Veronica del passato era solo una fase per arrivare al "modello attuale"».

«Uhm... eppure perché sento come se mi stessi nascondendo qualcosa che dovrei sapere?» - Mi domanda pensierosa -.

«E cosa ti dovrei nascondere? Lucy, vivo a casa tua e lavoriamo insieme, praticamente facciamo la stessa vita in due».

«Giusto. Ma non lasciarti trasportare dalla corrente, altrimenti potresti finire su degli scogli molto appuntiti».

«Tranquilla, so quello che faccio» - taglio corto -.

Mi diverto un sacco a fare innumerevoli scatti fotografici. Il tempo vola così in fretta ultimamente... ancora non ci credo che sono passati nove mesi da quando ho iniziato a lavorare per la Use Your Best Pose. Oltre a questo, mi entusiasma un sacco il fatto che ci sia anche Jason qui con me. Non è il suo campo, ma sembra adattarsi ad ogni situazione senza problemi.

Finiamo di scattare solo dopo che il fotografo viene interrotto da

Steve, direttore della UYBP nonché mio fidato manager, il quale ribadisce che possiamo concludere qui per oggi. Senza ulteriori indugi, mi allontano dal set per tornare alla mia postazione trucco e capelli per farmi sistemare dalle mani più efficienti che abbia mai visto.

«Sei stata molto brava oggi, Veronica» - si congratula Gina -.

«Grazie... oh, non c'è bisogno che mi rifai la piega» - le dico mentre si appresta a prendere l'arricciacapelli -.

«Perché? Lei e mister Bryce non dovete vedervi dopo il servizio fotografico?»

«Sì, ma non è necessario che mi risistemi di nuovo».

«Assolutamente sì» - ribatte Porter -. «Proprio perché voi dovete uscire con mister Bryce che io, Lina e Gina abbiamo il compito di prepararvi al meglio» - dice riferendosi anche al mio abito, forse un po' stropicciato in un angolo, e al trucco un po' sbavato -.

Mi arrendo alla sua insistenza e lo lascio fare. Porter è un po' troppo agitato ultimamente... ha forse paura di far arrabbiare il capo? Mi viene da ridere al pensiero di lui che chiede perdono in ginocchio, e Jason in piedi davanti a lui con chissà quale espressione in viso. Non riesco ad immaginarmelo arrabbiato... in effetti in tutti questi mesi è sempre rimasto educato e gentile nei miei confronti.

Ho già lasciato la sede quando mi ricordo che domattina mi attende un incontro con un'altra azienda, così prendo il telefono e mando un messaggio a Steve, visto che mi accompagnerà lui per visionare il tutto e tranquillizzarmi. È un uomo dalle mille sfaccettature: prima è gentile e educato, ma un minuto dopo diventa euforico e incontrollabile sotto ogni punto di vista... ma mi piace così!

Se non do un po' di pepe alla mia vita, come penso di poter andare avanti?

Quando poso il telefono mi accorgo di tre ombre che mi perseguitano senza sosta.

Non di nuovo...

«Ragazzi, per favore. Non c'è bisogno che mi seguite ovunque vada».

«È il nostro lavoro» - ribatte Porter -.

«La signorina qui presente ha dato un ordine, perché non lo rispettate?» - Subentra Jason, con il suo fascino dal gentleman -.

«Signor Bryce... è un piacere rivederla» - dice Porter, con voce tremante di paura, mentre Gina e Lena sono dietro di lui -.

«Porter, mio amico fidato... non avete recepito gli ordini della signorina?»

«Signore, ci avete dato il compito di seguirla e di renderla sempre impeccabile. Facciamo solo come ci avete detto...»

«Va bene, va bene» - taglia corto Jason -. «Siete efficienti, e questo mi piace di voi... ma adesso ci sono io qui con lei. Quando è in mia presenza non c'è bisogno che facciate il vostro lavoro».

«D'accordo, signor Bryce. Allora togliamo il disturbo. Arrivederci».

«A domani ragazzi» - li saluto -.

Non sarà stato un po' troppo duro con loro? In fondo fanno solo il loro lavoro, e per giunta vengono anche ben pagati. Non meritano un trattamento simile.

In macchina ci sediamo vicini, e tenendoci per mano, Jason mi illustra la nostra favolosa serata. Sembra che, oltre ad essersi dimenticato di come ha trattato prima Porter e le ragazze, abbia anche in mente di fare molte cose con me stasera. Non tiene conto del fatto che io possa essere stanca? Ecco un primo difetto di lui.

Mentre effettua l'ennesima telefonata di lavoro, mi godo la pace e la tranquillità che provo finalmente nel mio cuore. Ho passato momenti veramente difficili in passato, ma ora mi ritrovo con una nuova vita. La vecchia Veronica, quella che si lascia manipolare dalla gente, che si lascia calpestare e screditare, non c'è più. Non ne è rimasta nemmeno una briciola.

Mi tornano in mente le mie vecchie conoscenze della Jewel, di cui non so più nulla da tanto tempo, lasciando campo libero a vari pensieri, dubbi e perplessità. Mi avranno dimenticata? O aspettano il momento giusto per attaccarmi? Vogliono farmi cadere. Umiliarmi forse. Ma questo non accadrà. Ora più che mai, sono al massimo del mio splendore. La gente vuole conoscermi, mi accoglie, mi ama. Quelli della Jewel sono solo invidiosi, ecco tutto... ma posso capirli. Lo sono stata anch'io per molto tempo, un lungo periodo in cui ho vissuto incontri, scontri, ancora incontri e così via. Tutta la mia esistenza, è fatta praticamente solo di questo... ma almeno tutta questa strada mi ha condotta qui.

Sono consapevole che un giorno tornerò a incrociare la loro strada. C'è la possibilità che in qualunque circostanza – in qualunque momento della mia vita – io li possa rivedere. Certo, ci sarebbe dell'imbarazzo a primo impatto, ma subito dopo scatterebbe quella scintilla, non di amore, ma di reciproco odio supremo.

C'è anche la possibilità che loro sappiano anche del mio piano di rivendicazione. Non temo questa eventualità, ma penso che mi arriverà dritta in faccia una marea di insulti travestiti da complimenti.

Un sacco di parole mi verranno dette dietro, e già so che me le dicono adesso. Quindi figuriamoci dopo.

Li conosco bene ormai, tutti quanti. Conosco le loro idee e i loro pensieri. Anche Elena, che credevo di non riuscire a capirla, di comprenderla, adesso, alla fine dei giochi, mi fa solo più pena che mai. All'inizio mi odiava, e la cosa era reciproca... poi aveva stranamente iniziato a comportarsi bene solo per avvicinarsi a Robert e farmi dire quelle cose di lei.

Chissà come se la passa ora; magari aspetta già un bambino... e chissà se, una volta cresciuto, vedrò in Robert quel luccichio che avrei sempre voluto vedere mentre guardava me. Ormai è finita anche l'amicizia che ci legava. In questi mesi non ci siamo sentiti neppure una volta: nessuna chiamata, neppure un messaggio. Rimpiango tutto, lo ammetto. Tutti i momenti, quegli sguardi, quelle parole, mi mancano. Mi manca semplicemente quello che era stato il mio amico più caro. Se potessi tornare indietro, di certo non rifarei tutto questo.

La Presidentessa... colei che mi è stata accanto più di tutti. Mi sosteneva, mi accettava... ma soprattutto conosceva il mio talento. Era solo per lei che volevo entrare alla Jewel, per lavorare con lei e migliorarmi. Solo perché lei mi conducesse fino al ruolo di Elena. Per ottenere l'occasione di lavorare con la Han Corporation. Era il mio desiderio: riprendermi finalmente quello che era stato tolto a mia madre tanti anni fa.

Ma tutto è andato in fumo. Alla fine si è rivelato tutto inutile, perché nessuno credeva veramente in me e nelle mie capacità.

Ritorno alla realtà, in macchina con Jason, a condurre una vita diversa e che non avrei mai pensato di vivere. Allontanata dalle persone che più amo. La mia famiglia, i miei amici, Jonathan. Se solo potessi, tornerei indietro e non avrei mai detto a Robert di cercarlo per me. Perché lo amo ancora immensamente e non so come riuscirò ad andare avanti senza di lui nella mia vita.

Presto arriviamo davanti a casa sua. Una volta accomodati, passano appena pochi minuti che Jason mi dice una cosa che mi fa rimanere di stucco.

«Veronica, vorrei proporti di venire a stare da me».

«Jason, io... ecco, non vorrei disturbare...»

«Nient'affatto, mi farebbe molto piacere. Così possiamo anche approfondire il nostro rapporto».

Mi lascia del tempo per pensarci, nel frattempo si trasferisce in cucina per tagliare un po' di frutta.

«Ti piace?» - Mi domanda qualche ora dopo, mentre mi nota guardare l'ultimo articolo che parla di sua nonna -.

«Questo lavoro, la sua abilità... è eccezionale».

«Grazie. Magari un giorno te la farò conoscere» - decreta, prima di ricominciare a coccolarmi e baciarmi -.

Ci stendiamo sul letto e ci addormentiamo abbracciati. Non credevo che potesse farmi sentire così speciale. Se non sapessi che mi ama, che desidera rendermi felice, non mi sentirei in colpa come in questo momento.

Jonathan...

Mi sento così bugiarda. Meschina. Ipocrita. Sto mentendo a tutti quanti, praticamente. Non voglio condurre una vita intera fatta di menzogne, di sentimenti nascosti, di pensieri repressi. Jason non lo merita.

Questi pensieri mi perseguitano per tutta la notte.

La mattina seguente, mi sveglio e sento un buon profumino provenire dalla cucina. Ma non è Jason che vedo in cucina, bensì la governante che mi sorride e mi porge la colazione quando mi siedo a tavola. Peccato non poter fare con comodo, l'agenda di oggi è fitta di impegni. Finisco in fretta e quando ritorno in camera da letto mi accorgo di un bigliettino lasciato da Jason; mi saluta augurandomi una buona giornata. Che tenero.

Una volta scese le scale, mi avvio fuori e l'aria fresca del mattino mi dona energie a sufficienza per la giornata.

Dopo i convenevoli sbrigati alla UYBP, Lucy ed io facciamo tappa al centro commerciale, dove mi assalgono i primi ricordi che ho di Jason e me. Non posso fare a meno di domandarmi ancora una volta se quel giorno non mi avesse seguita fin qua, approfittando dell'occasione per chiedermi di uscire. Non nego che sia un bravo manipolatore... anche con me ha fatto un buon lavoro. Ma siamo in due su questa barca, e prima o poi qualcuno cascherà in acqua, così che l'altro si troverà nella decisione di scegliere se salvare quella persona oppure lasciarla annegare.

Meglio interrompere il pensiero. Questo finesettimana mi attende l'EventStyle, un vero evento coi fiocchi... ma il mio guardaroba non è ancora pronto per l'occasione. Mentre sono in camerino a provare un abito adeguato, sento che la mia vita prende piede sempre di più nell'alta società. Non perché sono semplicemente la figlia di un grande imprenditore, ma perché conoscono le mie capacità e sono curiosa di vedere fin dove sono in grado di spingermi. La mia vita, in primis, inizia come donna, ma la mia immagine si sta aprendo a vari orizzonti e promettenti futuri. Devo dire che adesso ho molti talenti che possono fare da curriculum: scalatrice, designer, modella... spero di allargarlo sempre di più.

Oggi non vado più in montagna, non sono più la ragazza dalle origini dimenticate. Oggi la gente mi conosce e sa chi è questa donna che adesso vedo davanti a me, mentre indosso un favoloso abito suggeritomi da Lucy; fa il suo spettacolo. È semplicemente favoloso. Ogni dettaglio del corpetto è incastonato da Swarovski, mentre il resto della gonna è ricoperta da uno strato di tulle rosa.

Sembro una principessa moderna!

Allo specchio posso finalmente dire di vedere la vera me. La vera Veronica.

Finita la nostra giornata di shopping sfrenato, Lucy ed io ci dirigiamo verso casa con le mani piene di vestiti e scarpe. Ora sì che siamo pronte per l'EventStyle! Forse sarà anche il giorno in cui rivedrò parecchia gente di mia conoscenza... compreso Jonathan. Quanto sarà cambiato in questi mesi di distanza? Sarà tornato il ragazzo arrogante di una volta? No, non è possibile... forse si è preso una pausa, avrà ripreso il nuoto... magari al caro vecchio Village. Spero non ci abbia rinunciato per causa mia, sarebbe troppo dura da accettare.

La mattina seguente, mi sveglio con il sorriso sul volto. Scendo a fare colazione e per poco non inciampo sull'ultimo gradino quando sento abbaiare. Mi dirigo in cucina, svolto sul giardino sul retro ed è lì che scorgo una sagoma giocare con un cagnolino; un adorabile Golden Retriever dal pelo marroncino che non appena m'individua si avvicina alla mia gamba.

Che amore!

«Ehi birbantello. È questo il modo di comportarsi davanti a una ragazza?» - Fa Jason, prendendo in braccio il cucciolo -.

«Oh, è così tenero. Ma da dove salta fuori?» - Ribatto -. «Come si chiama?»

«Tigre. Bizzarro, lo so... comunque è di mia sorella Alyssa. Non te l'ho detto ma è tornata dalle Maldive la scorsa settimana, e alloggerà da me per un po' di tempo».

«Tua sorella è tornata? Non me ne avevi parlato...»

«Gli impegni di lavoro mi hanno fatto scordare questo piccolo dettaglio» - si scusa -. «Ma rimedierò presentandotela stasera a cena».

Dopo pochi minuti di silenzio, Jason mi guarda preoccupato. «Un penny per i tuoi pensieri, Vero?»

«Tutto questo...» - Mormoro -. «Il tuo modo di fare, il tuo mondo così... pieno di mistero. Mi sento soffocare a volte, sono sempre in bilico tra due scelte».

«È perché sono troppo distante? Mi dispiace che lo pensi...»

«No, mi rendo conto che hai molto di cui occuparti, non è cosa da poco... però c'è così tanto che vorrei sapere di te. È quello che dovrebbe fare una coppia. Stiamo insieme da mesi, e tu sembri sapere praticamente tutto di me... ma la cosa non è reciproca. Hai un bel lavoro, una società, viaggi spesso... la tua famiglia... beh, tua sorella, tua nonna e gli zii del ristorante. Eppure sembri sempre così solo. Sento parlare di Alyssa solo adesso. Credi che possa essere una cattiva influenza lei?»

Mi fermo per riprendere fiato. Perché proprio oggi dobbiamo discutere? Questa giornata è importante per tutti e due. La mia immagine dipende da questa serata... e lui vuole mettere altra benzina sulle fiamme.

Sapevo che avesse una sorella. Ho visto delle foto di lei bambina insieme a Jason, ma nulla di più. Ora mi sento dire – in ritardo, per giunta – che lei è tornata e alloggia qui. Forse è per questo che non mi ha più invitata a casa sua negli ultimi giorni? Era preoccupato che potessi vederla? E per quale oscuro motivo?

Non ho più voglia di indagare. Rientro in casa di tutta fretta e m'incammino al piano di sopra. Sento Jason seguirmi farfugliando cose su quanto sia dispiaciuto per non avermelo detto prima. Credevo di non dover più mentire, ma sembra che ora siano gli altri fare questo con me. Adesso capisco quanto faccia male sentirsi ingannati dalle persone a cui tieni di più a questo mondo.

Gli dico che non ho più voglia di discutere e gli chiedo gentilmente di andare via. Ora più che mai ho bisogno di stare sola, sia per prepararmi che per riordinare le idee. Non obietta o aggiunge altro, che lascia la villa senza guardarsi indietro.

Ora, per colpa mia, credo di non avere più un accompagnatore per questa sera.

Mi preparo parlando al telefono con Lucy dei preparativi per l'EventStyle. Mi sento frizzante oggi. Ho tanta di quell'energia che potrei venderla in una bancarella al mercato. Mentre parliamo degli invitati, della cerimonia e di quant'altro sento suonare al campanello. Dico a Lucy di rimanere connessa e che sarei tornata subito. Forse

Jason ha dimenticato qualcosa o vuole ancora parlare...

Raggiungo la porta d'ingresso in vestaglia, e quando apro la porta, il mio cuore fa un salto di gioia.

Mi è mancato un sacco. Non lo vedo da chissà quanto tempo, e solo vederlo qui adesso, sento che potrei gridare dalla felicità... ma mi contengo. C'è pur sempre un vicinato qui.

«Terence, che bello rivederti!» - E lo abbraccio forte -.

«Mi sei mancata sorellona. Come stai?»

«Dovrei chiedertelo io... ma sto bene, grazie. Su, entra, non restare lì impalato».

E lo faccio accomodare.

«Grazie. Che bella casa ha il signor Bryce...»

«Sì, ho avuto la stessa impressione anch'io. Ma dimmi di te...» - Domando appena ci sediamo con una tazza di tè e dei biscotti -. «Come sta andando il lavoro? E.... come va a casa?»

La sua improvvisa espressione mi fa comprendere di aver toccato un tasto dolente.

«È successo qualcosa a casa mentre io non c'ero?» - Incalzo dato che non risponde subito -.

«Sì. Sono successe molte cose in realtà... tanto per cominciare, papà ha riallacciato i rapporti con la signora Morgan».

«La Presidentessa? E perché mai?»

«Sai che tra di loro c'è una vecchia amicizia, vero? Beh, apparentemente sembrava innocua la cosa, però più si è prolungata e più la situazione ha cominciato a cambiare strada... A me non dicono niente ma sono certo che loro due hanno in mente qualcosa adesso, ma non so che cosa».

«Un piano» - m'intrometto -.

«Probabile... ma chissà di che si tratta. Credo anche...» - Esita per un attimo -. «Credo che ci sia di mezzo tu questa volta».

«Io? Perché?»

«Veronica, svegliati! Hai mollato la Jewel e subito dopo papà ti caccia di casa... non credi che ci sia una correlazione? Papà ha dato più volte prova di stronzaggine negli anni, lo sappiamo entrambi, ma andiamo... non ti avrebbe mai rinnegata neppure per un miliardo di dollari!»

È vero. La cosa è molto strana, a ripensarci dopo tanto tempo. Papà ha sempre avuto una mente al di fuori della norma per quando si tratta di escogitare un piano... ma questa volta, sento che è un altro il suo obbiettivo. Forse – spero di sbagliarmi – non vuole farmi affondare con lui. Se così fosse, sarei veramente spacciata.

Mentre aggiusto gli ultimi ritocchi ai capelli, sento squillare il cellulare. È Lucy che mi scrive che è arrivata a casa e mi aspetta di sotto. Jason, invece, non si è rifatto vivo. Ma me lo aspettavo, dopo la discussione di stamattina. Spero che non si sia arrabbiato tanto da decidere di non venire più al EventStyle. Mi sentirei molto in colpa se si perdesse una serata del genere.

Scendo le scale felice e apro la porta, davanti a me c'è Thomas con la sua sfavillante Ferrari nera ad aspettarmi. Ogni volta che lo incontro sfoggia un'auto diversa, è davvero sbalorditivo. Chiudo la porta e mi dirigo verso di loro come se stessi camminando su una passerella invisibile. È questo il segreto che mi ha raccontato Lucy riguardo al fare una buona impressione della gente in eventi come questi. Dall'aura che emani quando cammini tra la folla si dice tutto. Il pubblico ti guarda, ti acclama, i fotografi ti cercano per scattare quell'unica foto che cattura la tua essenza.

Quando salgo in macchina, Thomas sfoggia un'espressione a metà fra "sei uno schianto" a "se potessi ti mangerei adesso".

Ehi bello, concentrati sulla donna che hai di fianco a te!

Oggi sia io che Lucy facciamo scintille con i nostri abiti. Lei, con indosso un abito color celeste, dalla scollatura prosperosa e da perline che ricadono lungo tutta la sua schiena. Io, invece, un abito color rubino con diamanti che danno quel tocco di lucentezza in più, oltre che ai flash dei fotografi e giornalisti vari presenti alla serata. Come se non bastasse, mi sento sempre più una palla da discoteca con questi pendenti alle orecchie e la collana che mi regalò Jonathan per il mio compleanno mesi fa.

Che ricordi...

Al tempo, io e lui avevamo ancora tanto da conoscerci. Come abbiamo fatto ad arrivare a questo?

Sorpassiamo il grande cancello oltre il quale risiede la tenuta che ospiterà questa sera noi e gli altri ospiti invitati all'evento; sento già a pochi metri da noi le urla dei giornalisti e dei vari media esaltati nell'incontrarci.

«Tieniti pronta» - mi avvisa Thomas -, «stiamo per entrare nella tana del leone».

«Non ascoltarlo, Vero» - ribatte Lucy -. «Vuole solo fare lo spiritoso, sa che sei nervosa. Ma non calcolarlo e andrà tutto bene. D'accordo?»

Mi stringe la mano sorridendomi.

«Sì, Tranquilla».

Non sono nervosa, stranamente. Più preoccupata, in realtà. Penso che questa serata non andrà tanto liscia come credo.

Arriviamo sul tappeto rosso e camminiamo lungo di esso, quando sento le urla di migliaia di giornalisti e televisioni varie che mi chiamano, mi fanno domande...

«Sei diventata famosa perché tuo padre ti ha aiutato a salire di livello?»

«Adesso sei la donna di Jason Bryce, come ci si sente ad avere in mano le redini della più grande società?»

«A quando il matrimonio?

«Avete intenzione di avere degli eredi? Che strade prenderanno?»

Ma cos'è tutto questo farneticare del mio futuro con Jason? Non sono assolutamente argomenti da trattare al momento, e per di più che li riguardano.

Mi fermo sul posto, dopo che sento una conversazione che mi fa ribollire di rabbia.

«Ma guardatela, è così sicura di sé ma è solo grazie all'influenza del signor Bryce che lei è qui dentro...»

«Hai ragione, è così astuta. È bene stare attenti con lei in futuro».

«Per non parlare di suo padre, deve aver perso il lume per aver usato metodi cosi inappropriati».

«Già. Se prima la aveva perso la faccia lasciando l'azienda di famiglia, ha poi osato pretendere richieste alla Jewel. Ma era ovvio che fosse tutto merito di Robert Morgan...»

«Hai ragione. Quel povero ragazzo, finalmente ha trovato pace con la donna giusta per lui...»

Possono mettere in mezzo me, ma non le persone a me care. Mio padre, nonostante adesso mi eviti, è pur sempre un uomo gentile e rispettoso, che ama il suo lavoro e ne è talmente tanto dipendente da scordarsi della sua famiglia. Ma quello è un altro discorso. Nessuno, che sia familiare o amico, deve essere preso di mira per colpa di giornalisti troppo affamati di gossip, e della mia vita privata al momento.

Respiro e mi aggrappo a Lucy prima che io possa cadere a terra. Non sono pronta per questi giudizi, e lo so che dovrei abituarmici, come mi viene spesso ripetuto, ma non ci riesco. Mi fanno male ogni volta che ne sento parlare.

Lucy, che mi capisce sempre al volo, mi prende la mano e mi accompagna con fare protettivo all'interno della tenuta.

E che tenuta!

È un vero palazzo, una dimora lussuosa in piena Manhattan, ricca di lampadari e ritratti celeberrimi di varie epoche. Uno spettacolare insieme di arredi, così vintage, ma con un tocco di calore che non deve mai mancare in una casa che si rispetti. Focolari accesi in ogni stanza per "tenere vivo l'ambiente", mentre lunghi corridoi ci portano nella sala ricevimenti, dove possiamo vedere tante persone importanti che argomentano tra di loro discorsi poco o meno interessanti.

Pensavo ci fossero più persone anziane tra gli ospiti, con tanto da raccontare della loro carriera e successo, ma quello che vedo mi sorprende molto di più. Uomini in completo bianco si presentano come principi azzurri venuti per corteggiare le principesse dai diademi incastonati nei capelli. Gli uomini molto vanitosi, mentre le figlie dei capi solo molto viziate. È tutto così enfatizzato a tal punto da sembrare fatto apposta per arrivare a combinare rapporti tra i loro rampolli, nonché futuri imprenditori.

Tra le persone che incrocio stasera riconosco i Mellon, gli Armstrong, i Morgan, la mia famiglia, gli Hall e tanti altri. Lucy, prima di iniziare a conversare con dei signori molto più anziani di lei, mi sprona a godermi la serata senza pensieri. Mentre percorro la sala, in attesa di qualche segno che cambi un po' il verso di questa serata, qualcuno mi chiama per nome.

Capitolo 15

Non mi aspettavo che qualcuno del mondo del design mi conoscesse a tal punto da invitarmi a sedermi al loro tavolo per la cena. Ovviamente non oso rifiutare il loro così gentile invito, peccato che non sappia nemmeno il suo nome, o come conosca il mio. Continua a parlare di cose che non comprendo, o almeno faccio finta di non comprendere, poiché non sono più una designer, ma rimango comunque molto sull'attenti nel caso mi faccia qualche domanda che spero veramente non mi ponga.

«Come sa, io ho molti contatti con agenzie di moda. Con alcune di esse collaboro tutt'ora, e sono molto efficienti se volesse darle un'occhiata per... così, casomai avere un contatto con agenzie estere, che non fa mai male...»

«Lei è molto gentile, signore. Non posso rifiutare la sua benevola offerta».

Un tipo interessante, dall'aspetto così raffinato e un modo di parlare da così galantuomo, e in meno di due minuti mi ha offerto un'opportunità davvero allettante. Quando ci sediamo a tavola, vedo che ci sono ben dodici posti liberi attorno a noi. Chi starà aspettando? La mia famiglia molto probabilmente siederà altrove, e anche Lucy e Thomas...

«Signore, mi permetta una domanda. Chi si siederà con noi questa sera a tavola?»

«Oh, che sbadato... ci saranno i miei migliori amici e colleghi di vecchia data con i loro figli, e poi la mia adorata moglie e la mia dolce figliola. Ah, eccoli che arrivano... giusto in tempo!»

Quando mi giro, vedo arrivare da lontano le persone da lui attese... e la cosa mi suscita un'enorme sorpresa. È la mia famiglia. Li vedo sedersi a tavola con noi, e mio padre senza alcun problema saluta calorosamente anche me.

«Buonasera, Armstrong, la vedo in ottima forma in quest'ultimo periodo».

«Ah-ah, non scherzare, Gerald. È un piacere rivederti dopo così tanti anni. Ma prego, accomodatevi pure tutti quanti».

Sono sempre più incredula: oltre a mio padre ci sono anche i Morgan e gli Sherman in persona. Due famiglie ai cui occhi sono tutt'altro che gradita, almeno per la maggior parte dei loro componenti.

«È così bello rivedervi tutti quanti, ne è passato di tempo dall'università» - esordisce felice mio padre, ricordando i vecchi tempi -.

«Eh sì, il tempo vola. E noi con loro purtroppo» - prende parola Sharon, fintamente interessata -.

«Tu rimani sempre bella come quando avevi venticinque anni!»

«Ah ah! Sei sempre un galantuomo! Ma dimmi, Gerald, chi è questa favolosa donna che siede al tuo fianco?» - E accenna a Carmela -. «Non credo di aver mai fatto la sua conoscenza prima d'ora...»

«Hai ragione, mia cara. Questa favolosa donna di cui parli è mia moglie Carmela».

Tutti intorno a me gli fanno i migliori auguri, mentre io rimango attonita. Mi giro di scatto verso mio padre, che al momento è tutto sorridente ma imbarazzato al tempo stesso. Mi sento come se avessi ricevuto un pugno in pieno viso.

Ma allora...

«Le ho chiesto la mano qualche mese fa, e lei ha accettato» - afferma mio padre durante una pausa -. «Dobbiamo ancora organizzare la data».

«Che bello! Congratulazioni a entrambi!» - Dice Sharon -.

Tutti applaudono felici e brindano alla notizia bomba. Come se non bastasse il silenzio si fa pungente quando ordiniamo e subito dopo cala una tranquillità a dir poco sorprendente, quasi come se si stesse preparando un'altra di quelle bombe. A un certo punto mi accorgo che manca all'appello la moglie e la figlia di David Armstrong, una certa Virginia da quel che ho sentito... non è presente perché è rimasta a Parigi per del lavoro e, dato che la famiglia stessa è residente lì, ma al momento è tornata a New York, sono convinta che lei si sia giocata la sua carta migliore per svignarsela da questi impegni.

Fortunata lei... non doversi sorbire questo tipo di incontri, noiosi e monotoni, pieni di prediche e insinuazioni infondate.

Ed è ancora più incredibile come tutti noi riusciamo a stare in un solo tavolo senza sbranarci. Non so che cosa stanno pensando i membri della Jewel nel vedermi qui, che opinione si sono fatti di me. Il fatto che anche mio padre sia qui, seduto al tavolo a chiacchierare con loro come se non fosse mai avvenuta la collaborazione tra la Mars e la DA ai danni della Jewel, mesi fa... quando incolparono me per l'accaduto. È tutto così surreale.

Dopo quell'imbarazzante primo momento, mi sento più sciolta, soprattutto ora che sono giunte le pietanze al nostro tavolo. Comincio a mangiare piano, cercando di ascoltare le loro conversazioni. Parlano solo ed esclusivamente di lavoro, tanto che diventa estenuante dopo un po' ascoltare sempre lo stesso ragionamento ottuso e poco ampio di persone che pensano solo alla loro idea e non guardano mai oltre ciò che c'è nella loro testa.

Finisco di mangiare il pesce e faccio per prendere la bottiglia di vino al centro del tavolo, ma è troppo lontana. Fortunatamente, di fianco a me siede mio fratello, che me la passa molto gentilmente. Lo ringrazio e mi riempio il bicchiere fino all'orlo. Questo mi basterà fino alla fine dei pasti. Solo così posso affrontare la serata fino alla fine.

Prendo il bicchiere e faccio per berne un sorso, quando con la coda dell'occhio intravedo Jonathan, seduto di fronte a me, fissarmi con quei suoi occhi grigio-verdi che tanto amo. Così, amareggiata dal suo sguardo così cupo, poso il bicchiere sul tavolo in modo rumoroso.

Parecchi hanno voltato lo sguardo, e rimango ancora più ammutolita quando noto che anche papà mi fissa; da lui posso aspettarmi di tutto, ma non che mi tratti come se non esistessi. Un tempo mi diceva sempre che ero la sua gioia più grande, l'unica e la sola persona nel suo cuore che potesse sostituire il vuoto che provava dentro dopo la morte di mamma. Che cosa è cambiato adesso? Pensa che Jenny sia la più adatta a prendere il mio posto in tutto e per tutto?

Non valgo più niente?

Guardo in lontananza, verso il tavolo dove è seduta Lucy. La vedo sorridente, felice e soddisfatta, come se nulla e nessuno potesse abbattere quella sua corazza di autostima e carattere che si è creata tanto duramente con gli anni. Tiene per mano Thomas, fiera di avere un compagno così splendido e gentile...

D'accordo, ora prendiamo in mano le redini della situazione nello stesso modo in cui farebbe Lucy se fosse al mio posto. Stasera solo io posso mettere a posto la mia vita!

«Veronica, è da tanto che non ti vedo, come stai?»

Che gentile, almeno Julianne mi rivolge un sorriso, non come gli altri seduti vicino.

«Sto bene, grazie per avermelo chiesto» - rispondo io, gentilmente -.

«Questa sera sei davvero bellissima» - ripete anche Walter -.

«Grazie Walter. Troppo gentile».

Continuano a parlare di lavoro come se io non ci fossi, non mi fanno nemmeno entrare nella loro conversazione poiché sanno che non saprei nemmeno cosa dire. E hanno ragione, purtroppo non ho più quell'esperienza per poter affrontare questo tipo di tematiche e – anche se mi dispiace molto – devo saper andare avanti con la testa alta. Ne approfitto per parlare un po' con Terence...

«A te come va con le questioni di cuore?»

Per poco non si strozza con il vino. Appoggia il bicchiere sul tavolo e mi guarda stranito.

«È così?» - *Mio Dio ci ho azzeccato!* - «E chi è? Dove l'hai conosciuta? Come avete capito di provare qualcosa l'uno per l'altro?»

«Quante domande!» - Fa lui evidentemente in imbarazzo -. «E poi, non c'è nessuna».

«Certo... e io sono Mary Poppins».

«Veronica, davvero... non c'è nessuno al momento. E anche se ci fosse non lo direi».

«Perché? Sono tua sorella maggiore, devo sapere se la persona con cui ti frequenti è un bene o un male per te».

«No» - dice secco -. «Per come la vedo, tu sei come papà. Non voglio che la mia futura compagna sia perseguitata da questo genere di situazioni che nella mia famiglia è pane quotidiano».

«Quindi è una ragazza normale?» - deduco io -.

«Cosa intendi per *normale*?» - Ora sembra infastidito -. «Una che non è al tuo stesso livello? O che non ha un parente dell'alta società?»

«No, ma che dici... intendo dire, una che non ama frequentare questo tipo di serate. Ma è molto meglio così, fidati. In questo modo puoi uscire dal mondo dell'alta società, e divertirti con la tua dolce metà facendo cose più... beh, semplici».

«Dici?» - Ribatte lui, poco convinto -.

Annuisco. «Mi dispiace che tu non abbia potuto avere un'adolescenza come tutti i ragazzi della tua età... per questo rimedierò, stanne certo! Ma ora hai la possibilità di uscire un po' da questo "mondo" ed essere una persona ordinaria, libera».

«Non può succedere...»

«Perché no? Tu non mi dici sempre che le cose accadono per una ragione? Se il destino ti ha voluto regalare...»

«Il destino non regala mai niente» - m'interrompe lui brusco -. «Veronica, ti chiedo solo una cosa. Una soltanto: non raccontarlo a nessuno, specialmente a papà. Sai com'è, mi organizzerebbe un matrimonio combinato il prima possibile per allontanarmi da lei».

Sospiro pesantemente. «Sì... lo immagino. Tranquillo, non lo dirò ad anima viva. Promesso!»

E sigilliamo la promessa bevendo un sorso di vino.

Il mio dolce fratellino si è innamorato di una ragazza normale... già mi piace. Chissà come si chiama, qual è il suo aspetto e se mi conosce. Chiunque sia, non dirò nulla a nessuno. Non voglio essere l'artefice di due cuori spezzati... sto ancora facendo l'impossibile per tenere insieme i pezzi del mio.

Durante il dessert, comincio a sentirmi un po' in colpa al pensiero dell'assenza di Jason. Sospiro ormai rassegnata all'idea che lui non verrà affatto; la serata ormai è a metà, dopotutto, verrebbe solo per la parte delle foto sul tappeto rosso?

All'improvviso la sala viene invasa da una musica quasi rilassante. Fasci di luce multicolore vengono azionati e indirizzati verso una porta in lontananza, il che sembra preannunciare l'arrivo di una figura importante.

«Oggigiorno è difficile poter fare quattro chiacchiere con qualcuno di così tanto famoso e richiesto in tutto il mondo» - annuncia improvvisamente David Armstrong -. «Stasera, però, abbiamo l'onore di poter parlare con l'uomo più carismatico e talentuoso che conosca».

Lo conosce, dunque... ma perché lo dice guardandomi negli occhi?

Mentre tutti sono così concentrati sulla porta, aspettando che entri questo fantomatico personaggio, mi guardo intorno; vedo Jonathan fissarmi di nuovo e per poco non perdo un battito. Quei suoi occhi risplendono anche con così poca luce attorno. Come posso dimenticarmi di lui, del male che gli ho procurato e tutt'ora gli sto facendo, se lui mi guarda con quei suoi occhi persi?

Mi sento terribilmente agitata all'idea di parlare con lui, di dire anche solo due parole in croce. Ma vorrei farlo. Vorrei sapere come sta, cosa fa adesso. Se ha ripreso a nuotare... se sta frequentando un'altra donna, o pensa ancora a me.

Ma poi, l'Universo manda uno di quei segni che vedi solo nei film come *Kiss Me*. Una mano dal cielo è venuta per spezzare via questo silenzio diventato così opprimente.

Quando la porta si apre, una persona vestita totalmente di bianco cammina lentamente, ma con estrema decisione. È Jason, con il suo completo preferito e due gemelli da polso che luccicano come diamanti sulla sua manica.

Lo so, vi starete chiedendo come faccio a notare un dettaglio tanto piccolo in un così grande scenario travolgente... ma fidatevi! È la prima cosa che ho notato quando l'ho visto entrare, i suoi polsi sono così ben illuminati che è difficile non notarli anche senza la luce che lo illumina totalmente. «Buonasera a tutti» - annuncia, una volta avvicinatosi al nostro tavolo -. «Vi chiedo perdono per il ritardo, ma ho avuto questioni di lavoro molto importanti da sbrigare».

«Figurati, Jason, sei sempre il benvenuto».

«Grazie signor Armstrong, lei è troppo gentile...»

«L'importante è che sei finalmente arrivato» - s'intromette Sharon -.

«È un piacere rivederla, signora Sherman».

«Ma prego accomodati pure» - lo invita a sedersi -. «Veronica, cara non ti dispiace concedergli il tuo posto, vero? In fondo non stavi per andartene?»

Oooh, non credo che sarà disponibile questa sedia, dopo che te l'avrò frantumata su quella boccaccia!

«Signora Sherman, le sembra il modo di rivolgersi alla mia futura moglie?»

Rimango di sasso appena Jason, pronuncia queste parole. Lo guardo, ma lui è ancora gelidamente rivolto su Sharon.

«Futura moglie?» - domanda sbalordita la megera -. «Questa ragazza ti ha davvero fatto un incantesimo. Perché sei tanto accecato da lei? Non sai cosa ha combinato in passato?»

«M'importa piuttosto del suo presente e del nostro futuro insieme. Quindi la prego di rivolgersi a lei in modo più appropriato in futuro».

Colpita e affondata.

«Jason, amico mio... sono sicuro che Sharon non intendesse affatto offendere» - interviene David -.

«In tal caso, ha purtroppo ottenuto l'effetto contrario» - risponde Jason, evidentemente irritato -. «Rinnovo le mie scuse per il ritardo, ma adesso io e Veronica ce ne andiamo. Togliamo il disturbo».

Prima che io possa fiatare per lo stupore, Jason mi prende per mano e mi tira con sé. Non voglio lasciare la serata adesso.

«Fermati, Jason. Fermati ti ho detto!» - Gli urlo alla fine, non appena siamo abbastanza lontani dal tavolo -.

«Perché? Vuoi lasciare che queste persone ti trattino così ancora per molto?»

«Beh, no... ma credevo che… non saresti venuto stasera».

«Ci ho ripensato, come vedi. Mi sono ricordato che era molto importante per te, e di conseguenza lo è anche per me!»

«Davvero?»

«Sì. Mi dispiace per stamattina, sono stato un vero stronzo...»

«Non devi scusarti» - aggiungo subito -.

«Sì invece! Se non ti avessi detto quelle parole, adesso non saresti così... così... triste e delusa».

«Non sono delusa di niente. E triste ormai non lo sono da una vita...»

Come no...

«...ho te al mio fianco».

«E io ho te» - ripete lui sorridendomi -. «Non potrei chiedere di più nella mia vita».

Finalmente lo convinco a restare, e a chiedere perdono per il suo atteggiamento di poco fa. Anche se loro non sono per niente arrabbiati quando ritorniamo, anzi sembrano così intimoriti da cosa lui possa fare che non osano dire niente. Il suo potere e l'effetto che fa alle persone è così grande da terrorizzare anche i più temerari e sfacciati. Non male.

Ci dirigiamo verso il terrazzo all'aperto, dove la luna risplende alta nel cielo e le stelle illuminano il buio della notte attorno a noi. La pace che si respira è notevole. Vorrei poter stare sempre così, felice, e godermi i piccoli momenti di gioia che nella mia vita sembrano contendersi il primo posto con le disgrazie di tutti i giorni.

Mi metto a ridere solo a pensarci. Si vede che l'aria fresca mi fa allargare la mente.

Una volta che ho ripreso il controllo, mi volto per tornare all'interno; Jason si è allontanato per parlare con altri ospiti troppo intenzionati a incontrarlo... c'è poco da fare. Mi rimetto alla sua ricerca, ma una mano improvvisa mi ferma.

«Veronica...»

Mi agito e lancio un urlo; contemporaneamente lascio cadere il mio bicchiere, che finisce a terra in mille pezzi. Rialzo lo sguardo ed Elena Sherman mi fissa con un'aria divertita.

«Sono così divertente per te?» - Le domando, cercando di calmare la mia furia improvvisa -.

«Oh no, affatto. Mi fai una pena immensa, invece» - risponde lei sprezzante -.

«Perché?»

«Perché sei solo una nullità che cerca di accalappiarsi anche il famoso Jason Bryce. Non ti è bastato ferire prima Robert e poi Jonathan? Ora vuoi anche lui?»

«Sei solo invidiosa perché sono salita di livello» - ribatto -.

Elena scoppia inaspettatamente a ridere. «Ti prego! Non fare la vittima adesso... non m'importa niente del tuo nuovo status di modella, o del fatto che adesso sei la donna di un uomo della finanza... voglio solo ricordarti di non portare a fondo con te anche Jonathan».

«Che intendi dire?»

«Jonathan sta ancora cercando di lasciarsi la vostra storia alle spalle, ma tu continui a farti vedere da lui. Facci un favore, vattene... e non tornare mai più. Sposa quel Bryce e trasferitevi in un altro stato. Più lontano è, meglio sarà per tutti».

Meglio per te, magari.

«Minacci parecchio per essere una a cui non importa niente di me» - ribatto sempre più gelida -. «Chi vuoi prendere in giro? Sei ancora gelosa di me e di quello che faccio? Non ti basta avermi cacciata dalla Jewel?»

«Sei stata tu a intrometterti su questioni che non ti riguardavano affatto».

Che faccia tosta!

«D'accordo, lo ammetto» - prosegue -, «ho giocato con te e con i tuoi sentimenti, con quelli di Robert e con tutto quello che ha a che fare con te... ma sai almeno il perché?» - che falsa -. «Perché ti odio come non ho mai odiato nessuno in vita mia».

«Odiarmi? Addirittura!» - Sono incredula -. «Ma cosa ti ho fatto di male?»

«Il fatto che tu esista... perché insieme a te esisterà sempre anche solo una piccola possibilità che tu riesca a rubarmi tutto ciò che ho creato!»

«Allora è così... mi odi perché hai paura. Così tanta paura che ti possa portare via tutto quanto da far soffrire Robert solo per fare un dispetto a me. Sei arrivata al punto da avere una famiglia con lui solo per farmi del male. Chi ti credi di essere per giocare con i sentimenti delle persone?!»

«Sei tu quella che sta giocando fin dall'inizio» - E mi punta il dito contro -.

Non ne posso più. Sospiro amareggiata e muovo alcuni passi in avanti superandola.

«Mi stai annoiando» - dichiaro -.

«Pensi che Jonathan ti perdonerà solo perché sei tu, non è vero?» - Mi dice ancora -.

Mi fermo, e trattengo a stento le mani che mi si richiudono a pugno, stese lungo i miei fianchi. Non ha il diritto di immischiarsi in cose che non le riguardano. È meglio che stia zitta.

«Tu non sai niente di me» - E mi volto di nuovo a guardarla -. «Ora sono io a suggerirti di non intrometterti in questioni che non ti riguardano. Fatti la tua vita, la tua famiglia... e lasciami in pace».

«Famiglia... buffo che tu lo dica. Questo bambino...» - E si tocca proprio sul ventre, lasciandomi di stucco - «...è da sempre stato il tuo sogno non è vero? Avere un figlio con l'uomo che hai sempre amato...che splendido finale, non è vero?»

«Io e Robert siamo legati da un sentimento che mai capirai. Perché tu sarai anche la donna che ama e con la quale condividerà i suoi giorni, mentre io sono la donna che per sempre resterà nel suo cuore perché ho fatto di lui l'uomo che è ora».

Detto ciò, me ne vado via, prima che mi pervada il desiderio di prenderla a schiaffi. Raggiungo l'entrata a passo svelto, dove tutti si sono riuniti per scattare delle foto. Il tappeto rosso è pronto e i giornalisti, i fotografi e tutti i passanti si sono riuniti qui per vederci. Jason è sparito da più di mezz'ora e non lo trovo da nessuna parte, così gli mando un messaggio.

Mentre attendo che si cominci mi guardo intorno e vedo parecchie persone parlare e fare commenti su di me, ma non posso obiettare, questa è la vita che mi sono scelta. Una ragazza mi si avvicina e mi fa una domanda sulla mia vita privata insieme a Jason. Perché pensano sempre a questo?

«Veronica, giusto?» - Mi domanda un volto sconosciuto - «Ho sentito molto parlare di te. Mi presento, sono Gavin Gù».

«Il marito di Julia Han!» - Quasi lo urlo -.

«Esatto».

«Oh, salve... mi dispiace non averla riconosciuta subito...»

«Non importa. Comunque oggi sei un incanto, stasera sei il centro dell'attenzione».

«Grazie, ma... perché dice così?»

«Sei qui con Jason Bryce e rappresenti uno dei volti della moda più influenti dell'ultimo tempo. Devi essere molto felice adesso. Ora però devo andare...» - Aggiunge guardandosi in giro -. «Mia moglie è qui da qualche parte. A presto cara». - E mi saluta calorosamente -.

«Arrivederci, signor Gù».

Appena se ne va, vengo subito catapultata negli occhi di Jonathan che come calamite si attaccano ai miei. Ci fissiamo per un po' e alla fine si avvicina a me. Mi prende per mano e senza chiedergli niente, o domandargli dove mi stia conducendo, aspetto in silenzio che si fermi. L'unica cosa che ho capito di lui è che quando si arrabbia o ha mille pensieri in testa si rifugia in sé e riflette sulle sue azioni.

Finalmente raggiungiamo un posto isolato da tutti. Un giardino molto bello allestito per l'occasione, ma che ad un'occhiata più attenta sembra realizzato per le esigenze di una bambina, magari per qualche giovanissima figlia dei proprietari. Mi guardo intorno e ammiro tutti gli addobbi, i fili, le luci colorate che incorniciano questa meraviglia. Vorrei tornare bambina solo per ricevere queste attenzioni.

«Veronica».

Mi giro e lo guardo attentamente negli occhi lucidi. Jonathan se ne accorge e fa per avvicinarsi al mio viso, ma io mi ritraggo chiudendomi a riccio. Se mi lascio toccare da lui, potrei cadere in tentazione, e non deve assolutamente accadere.

«Perché mi respingi?» - Mi domanda a primo impatto -.

«Secondo te? Che diritto hai di toccarmi adesso?» - Ribatto -. Me ne sono andata via senza dargli spiegazioni, per poi mollare tutto quello che avevamo per finire tra le braccia di un uomo più grande, con più soldi e con più fama. Se ora mi vede come una che fa il doppio gioco, non ha torto.

Non sa cosa dire, perciò incalzo: «Tra noi è finita nell'esatto momento in cui ho lasciato la Jewel. Non l'hai capito?»

«E perché hai lasciato la Jewel? Ti avrei aiutata, ma quando... quando ti ho vista andartene senza voltarti indietro, ho sentito come una fitta al petto». - E si tocca proprio lì -. «Qualcosa si era spezzato dentro di me e mi procurava un dolore atroce. Da lì in avanti, ogni volta che passavo nei posti in cui c'eri anche tu, mi sentivo devastato».

Lo vedo che trattiene a stento le lacrime.

«Ti ho cercata, ammetto, per riportarti indietro... quando ho iniziato a vederti sui cartelloni pubblicitari... quando ho visto il tuo viso così radioso… non ho avuto il coraggio di farlo».

«È per questo che hai interrotto ogni contatto con me?»

Lui annuisce in silenzio.

«Sei incapace di lottare per qualcosa che vuoi e ora mi vieni a dire che avresti fatto di tutto per me, quando invece ti sei tirato pure tu indietro. Si vede che non eravamo nulla noi due. Che illusa che sono stata...»

Faccio per andarmene via, quando lui mi ferma afferrandomi per un braccio. Mi tira a sé e in una frazione di secondo mi ritrovo tra le sue braccia calde e confortevoli. Quanto mi mancava sentirmi così, rannicchiata tra le sue braccia, sentendo il calore del suo corpo, il suo cuore battere forte per me, il suo amore che mi avvolge.

Ma poi, quando riapro gli occhi dopo questo meraviglioso sogno, mi vedo spuntare da dietro un cespuglio due occhi pieni di rabbia.

Jason!

Mi stacco da Jonathan con forza e indietreggio di due passi; stringo la presa sulla borsa e prendo la direzione da cui siamo arrivati – l'unica uscita disponibile – ma è lì che si trova Jason, per cui faccio appena in tempo a distinguerlo che Jonathan mi riprende di nuovo per il braccio quando gli sto passando accanto.

Mi fermo, inevitabilmente, visto che la sua presa mi tiene ferma. Adesso lo guardo, proprio come lui guarda me. Con un filo di tristezza negli occhi.

Non posso. Non possiamo. Tutto questo è solamente un ricordo meraviglioso del passato, e che deve rimanere tale. Non ho intenzione di farti soffrire ancora e non ho alcun bisogno di dirlo apertamente, perché tu l'hai già capito, visto che mi lasci andare di nuovo.

Rimango ferma per qualche altro secondo, aspettando… ma cosa esattamente? Sono io che ho detto basta, che ho detto finiamola qui... perché mi rimangio sempre tutto quello che dico?

Faccio per dire no con la testa, per poi prendere il mio coraggio sulle spalle e andarmene via. Non mi fermo neanche quando passo accanto a Jason, che mi guarda andare via e basta.

Mi dirigo verso la macchina quando vedo qualcuno più avanti a me che mi fissa. È in penombra, quindi non distinguo bene il suo viso, ma posso intuire che mi conosca.

Quando finirà questa serata?

Rallento il passo e mi fermo a pochi metri da quella persona. L'ombra, che prima era appoggiata alla macchina, si fa avanti rivelando il suo volto sotto la luce del lampione.

«*Papà?*»

Mi guarda silenzioso, quindi deduco di dover iniziare io a parlare.

«Sei dimagrita» - mi anticipa lui guardandomi da capo a piedi -. «Stai mangiando bene?»

«Mangio regolarmente» - gli dico -.

«Quindi adesso vivi con Jason Bryce».

«Qualche volta. Sto a casa di Lucy, in verità. Con Jason io… ci frequentiamo veramente».

«Ora lo chiami per nome» - nota lui -. «Quindi deduco che debba essere vera la vostra storia».

«Sì, è vera. Papà, senti, io…» - E mi avvicino a lui -. «Ho sbagliato a dire quelle cose prima a cena. Mi sento molto triste da quando non posso più vedervi. Io...»

«Non era quello che volevi?» - Mi ferma -. «Ora hai una vita indipendente e da donna adulta».

«Sì, ma… mi mancate moltissimo».

«Pensa a questo come una possibilità di crescere e di diventare più forte, non come a una punizione».

«Come posso vederla in quest'ottica, con il tuo odio? Non mi permetti neanche di vedere Terry...»

«Tuo fratello sta lavorando sodo per crearsi un futuro promettente. Non ha bisogno di distrazioni».

«Io sarei una distrazione per lui?» - Gli domando in lacrime -.

Non risponde, quindi confermo la sua risposta alla mia domanda. Singhiozzo e delle lacrime mi cominciano a scendere lungo il viso. Le asciugo con il palmo della mano.

«Se piangi non sembrerai una donna forte e indipendente» - fa lui, sempre rigido -.

«Hai ragione» - gli dico sistemandomi il vestito e alzando la testa -. «Devo essere forte... e non permettere a nessuno di piegarmi. Devo dimostrare il mio potenziale, quello che tu hai sprecato per così tanti anni».

«Adesso stai dicendo che è colpa mia?»

«CERTO! Perché se tu non avessi messo la fama al di sopra dei tuoi figli, adesso io sarei la designer della Mars, e Terry sarebbe…» - Mi blocco per un attimo -. «Potrebbe vivere una vita normale!»

«Normale? Cosa c'è di normale nella nostra vita?» - Incalza Gerald -. «Noi siamo così, tu sei così... non puoi sbarazzarti di tutto questo da un giorno all'altro perché vuoi essere normale...»

«Cosa ne sai di che cosa vuole realmente tuo figlio? Hai mai saputo ciò che desideravo io? O pensi solamente a fare di Jenny la futura erede?»

Appena nomino la figlia di Carmela, i suoi occhi diventano scuri.

«Terry verrà di nuovo scaricato per colpa tua, per colpa della tua tirannia!» - Gli urlo contro -.

«Ora basta, Veronica! Sii ragionevole...»

«Non ti preoccupare, papà... Terence è grande e sa badare a sé stesso, mentre Jenny è ancora troppo piccola per capire... quindi, tieniti pronto anche per la sua ribellione».

«Sei diventata gelosa di lei... assurdo!»

«Gelosa? Forse! Ma è tutto per colpa tua. Un giorno, quando avrò ciò che mi merito, mi vedrai brillare di gloria e di soddisfazione... oh dovrai vedermi, papà, perché risplenderò proprio come la mamma».

E giro i tacchi.

«Veronica…» - Mi chiama ma non mi giro -. «Veronica!»

M'incammino verso casa, non sapendo nemmeno se la direzione che sto prendendo sia quella corretta. Ma me ne frego e continuo per la mia strada, che a quando pare sembra essere piena di dossi, bugie, ricatti e tanto, tanto dolore. Comincia a piovigginare, l'acqua scende a tratti e mi bagna le braccia. Sembra che anche il cielo sia triste come me. Soffriamo insieme, anche se non so per cosa io stia soffrendo visto che sto costruendo tutto quello che ho sempre desiderato, sento comunque il cuore che mi esplode nel petto. Un dolore atroce che non provavo da tempo, un dolore che da ora in avanti proverò sempre perché è colpa mia se adesso mi ritrovo così.

Cammino, cammino e rifletto un po'. Stasera non è andata proprio liscia come l'olio. Ci sono stati momenti in cui volevo sotterrarmi, diventare invisibile per non sentirmi addosso tutti quegli occhi pieni di gelosia, per non sentirmi sparlare dietro. Mentre ci sono stati altri momenti in cui volevo essere al centro dell'attenzione, al centro di tutti i riflettori e della fama. Almeno sono riuscita a farmi fotografare per le fashion magazine, i giornalisti erano gasatissimi e super bramosi di gossip su gossip. Non mi lamento di ciò che sono riuscita a fare questa sera, anche se volevo fare molto di più. In fondo, sono una celebrità emergente... per non parlare del fatto che mi sono fidanzata con un uomo rinomato. Ora la mia popolarità va alle stelle!

Cielo, smettila di far piovere, per favore. Smettila di piangere. Sorridi alla vita!

È quello che dovrei fare.

Ma allora perché mi sento ancora uno schifo totale?

Mentre cammino non vedo venirmi incontro tre o quattro ciclisti che per poco non mi prendono sotto. Ho fatto appena in tempo a spostarmi che subito dopo inciampo e finisco a terra.

Bene, sembra che questo sia il posto in cui io debba stare. Continuo a cadere, e ogni volta che mi rialzo sono ancora più intenta a ricadere. Che giro strano fa la mia vita...

Sono ancora a terra, la pioggia mi bagna il vestito e il trucco. Mentre continuo a guardare a terra, sento una macchina fermarsi vicino a me, e le due luci dei fari davanti rimanere accese mentre la persona scende dall'auto e si avvicina.

Sento dei passi dietro di me. Chi mi sta cercando? Forse il mio amato destino vuole aiutarmi, donandomi una mano su cui potermi rialzare?

«Veronica! Veronica, mi senti?»

Mi giro e due braccia enormi mi avvolgono e mi tirano su.

Sento che m'infila dentro l'auto e mette il riscaldamento accesso al massimo. Poi s'infila in macchina anche lui e accende il motore. Sento comunque tanto freddo.

«Veronica, che è successo?» - Riconosco la voce preoccupata di Jason -. «Non ti trovavo più da nessuna parte... ho dedotto che te ne eri andata da sola, ma non pensavo di ritrovarti in questo stato. Che cosa è successo? Veronica...»

«Sono così stanca» - gli dico dopo minuti di silenzio, in lacrime -.

«Certo, ti riporto a casa...»

«Non voglio andarci».

«Veronica, che cosa stai dicendo? Sei fradicia, devo portarti subito a casa prima che ti prendi un malanno...»

«Ho detto che non voglio andarci!» - Esclamo -. «Adesso... voglio solo vedere mia madre...»

«Veronica...»

«Portami da lei, Jason, ti prego. Accompagnami da mia madre» - lo supplico -.

Esita per qualche istante, ma alla fine sospira rassegnato e annuisce. A quel punto chiudo gli occhi.

Quando li riapro, sento il calore invadermi il corpo; ho una coperta addosso, mentre Jason mi guarda fisso negli occhi.

«Siamo arrivati?» - Domando -.

Jason annuisce di nuovo.

Mi giro, e riconosco il cimitero di Green-Wood, a Brooklyn. Il posto più brutto al mondo e che paradossalmente devo amare tanto, solo perché qui c'è la mia mamma. Apro la portiera e scendo dalla macchina, con Jason che mi segue in silenzio.

«Non ricordo di averti detto la strada».

«Ricordavo dov'era sepolta tua madre, me lo avevi detto mesi fa» - spiega Jason -. «E anche se non ero mai stato qui, è bastato impostare la destinazione sul navigatore. Non riesci proprio a stare al passo coi tempi, eh?»

«Ok... ma adesso?» - Mi guardo intorno, realizzando che davanti a noi c'è un bel muro di cinta al posto di un cancello aperto -. «Non ci faranno mai entrare a quest'ora...»

«E perché credi che ho parcheggiato qui?»

Guardando meglio, infatti, mi rendo conto che Jason ha piazzato l'auto proprio accanto al muro. Prima che io possa dire altro, lo vedo arrampicarsi sul tettuccio della vettura, scavalcare e sparire nel buio dall'altra parte.

«Jason...?» - Sussurro sbalordita -.

«Di qua, presto!»

Sposto lo sguardo sulla destra, dove finisce il muro lasciando il posto a un cancello d'ingresso chiuso da un chiavistello. Vedo Jason armeggiare con la chiusura finché non sento uno scatto. Via libera!

Sempre più incredula e ammirata, supero la soglia gentilmente apertami da quest'uomo straordinario.

Mi dirigo a piccoli passi verso la tomba di mia madre e quando arrivo davanti ad essa, crollo con le ginocchia a terra. Jason cerca di sostenermi, ma capisce che mi sono solo messa accovacciata accanto a lei, per sentirla più vicina. Per poterla abbracciare.

«Mi manchi così tanto» - dico accarezzando la lapide -. «Vorrei che fossi qui con me, che ci vedessi crescere e realizzare i nostri sogni. Papà con gli anni è diventato sempre più di pessimo umore, si concentra solo sul portare avanti l'attività. E lo so che mi dirai che è il suo lavoro e sai che lo ama più di qualunque altra cosa, ma io... non riesco più a sopportarlo. Vorrei che capisse quanto male mi sta facendo, che la smettesse di essere come gli altri vogliono che sia e che pensasse di più alla famiglia. Ma immagino che tu già lo sappia... che presto si sposerà, intendo. La sua compagna è molto dolce e comprensiva, ama sua figlia e papà... ma questo cambiamento nelle nostre vite... la mia e di Terry... stanno prendendo una brutta piega. E tutto per colpa mia».

«Veronica...»

Mi fermo. Guardo Jason con le lacrime che ancora scendono e la voce roca per il freddo. Jason si china verso di me e mi cinge le spalle in uno di quei suoi abbracci caldi e affettuosi. Mi sta guardando con occhi colmi di tristezza.

Che errore madornale! Non posso farmi vedere da lui così. Cosa sto combinando?

Mi ricompongo e subito dopo che mi lascia andare, gli chiedo scusa per il comportamento immaturo che ho tenuto poco fa.

«Non c'è bisogno che tu faccia sempre la forte davanti a me» - mi tranquillizza -.

«È questo il punto. Non dovrei essere fragile».

«Perché? Non è una brutta cosa sentirsi fragili per un momento... questo ci aiuta a crescere e maturare».

«Te lo dicevano sempre i tuoi nonni, non è vero? Che la fragilità non è debolezza, ma carattere» - ricordo -.

«Proprio così. La vita ci insegna che non tutto è facile e che non sempre si riesce a superare tutto quello che si vuole al primo tentativo, che a volte c'è bisogno di un secondo e di un terzo. Guarda me, ad esempio: mi conosci, sai del mio passato, ma nonostante i miei genitori non possono essere qui a sostenermi, so che mi osserveranno sempre dall'alto. Lo so e basta... perché lo sento qui dentro».

Me lo dice appoggiandosi una mano sul petto, dove batte il cuore. Cosa prova il mio al momento? Amore, tristezza, solitudine o dolore? Qualunque sia, è dura buttarla giù e passare avanti. Sento sempre dire: "Quando la vita ti butta giù, allora tu rialzati e mostra a tutti che la tua faccia non si è sporcata, e che la loro invece è piena di punti neri". È questo che devo fare? Mostrare che le cadute non sono ferite che rimangono impresse nella memoria come punti di debolezza, ma segni di vita di una persona che ha provato tante esperienze nel suo percorso, e che sa cosa vuol dire provare dolore?

La mattina seguente mi ritrovo su un letto morbidissimo e fresco di primavera. Mi alzo e mi dirigo verso la porta, quando qualcuno mi precede e la vedo aprirsi davanti a me con un vassoio di croissant con nutella, spremuta d'arancia e cioccolata in mano. Sì, ora sono proprio affamata.

«Buongiorno mia principessa» - annuncia Jason sorridente -.

«Jason, io... non so cosa dire. È favoloso, grazie!»

Ci sediamo sul letto e mangiamo questa squisita colazione. Che ricordi meravigliosi riemergono dai miei ricordi tumultuosi del passato: una colazione in camera, la vista del mare davanti ai nostri occhi, il suono delle onde che sbattono sulla riva, i suoi occhi illuminati dalla luce del mattino, il suo sorriso così radioso che potrebbe illuminare la giornata di chiunque solo vedendoli.

Perché mi sembra di rivivere gli stessi attimi che ho vissuto con lui?

Smettila di pensare al passato!

Poso il croissant sul vassoio e lo guardo fisso negli occhi. Vorrei che non si arrabbiasse dopo queste mie parole, ma la probabilità che quel suo bel viso si possa corrucciare è purtroppo alta.

«Volevo chiederti scusa per come mi sono comportata ieri alla festa» - gli dico -. «Non ti ho detto dei Morgan e della mia famiglia perché non pensavo di sedermi con loro...»

Jason scuote la testa. «Non ha alcuna importanza. Loro, come mi hai detto tu, fanno parte del tuo passato... quindi, a meno che tu non voglia avere di nuovo a che fare con loro, io posso solo difenderti e amarti».

«Quindi non mi odi?»

«No».

«Anche se mi hai vista tra le braccia di Jonathan?»

Silenzio.

«No. Nemmeno per quello» - dice lui alla fine -.

Devo crederci?

«Allora» - mi dice in fretta -. «Che cosa vuoi fare oggi di bello? Ti porto dove vuoi...»

«Sarebbe fantastico, ma devo lavorare oggi» - dico rattristata -.

«Lucy... chissà tra quanto vuole che la raggiunga, a proposito...»

Tiro fuori il cellulare dal cassetto del comodino, lo accendo e trovo un WhatsApp di Lucy. Lo leggo attentamente, e con mia grande sorpresa scopro che oggi ho la giornata libera. Lo comunico subito a Jason, il quale non può che esserne entusiasta.

«Che ne dici di approfittare di questo giorno per conoscere meglio me e la mia famiglia?» - Mi propone -.

«Intendi tua sorella?»

«Certo! Sono sicuro che sarà ben lieta di fare la tua conoscenza»

«D'accordo, dammi in tempo di cambiarmi e scendo di sotto». - E mi alzo un po' barcollante per l'emozione -.

«Okay...» - Ride lui -. «Ti aspetto di sotto».

Lo saluto con un bacio e mentre lui chiude la porta alle sue spalle, io mi piombo sul letto con il cellulare in mano a tartassare di domande Lucy sul come affrontare una situazione del genere. Mentre aspetto una sua risposta, mi concentro sul come vestirmi e truccarmi. Ora che sono da sola, senza le mie mani esperte del settore, devo provvedere da sola. Non sarà tutto questo dramma, sono capace di badare a me stessa, ma stavo cominciando ad abituarmi, e a piacermi, tutte queste attenzioni. Opto per un abito lungo sopra le ginocchia color vaniglia, con calze a rete e degli stivaletti marroni, da abbinare alla giacchetta in similpelle borchiata. Un po' di trucco leggero, qualche gioiello che da quel tocco di luce, un po' di profumo di Dior e… pronti che si va!

Capitolo 16

Una volta che arrivo in cucina e apro la porta, sento una voce femminile giovane e molto graziosa. Quando apro la porta, scorgo subito un paio di enormi occhi enormi azzurri come il cielo indirizzati su di me. Wow, è davvero una bellissima ragazza, e a giudicare dalla situazione non può che trattarsi di Alyssa Bryce; ha i capelli luminosi, di un caramello, molto acceso, ed è molto abbronzata... che sia stata di recente al mare? O magari vive in una di quelle zone baciate dal sole tutto l'anno.

Tendo a fare un passo in avanti, quando lei mi si avvicina con un sorriso enorme, abbracciandomi così forte che quasi mi stritola. Non è un bel modo per incontrare la sorella del tuo fidanzato così, ma potrebbe essere l'inizio di un libro.

Un libro sulla mia vita... perché no?

«Whoa, piano, Alyssa, direi che può bastare, no?»

La voce di Jason, giunta in mio soccorso, spinge Alyssa a mollare la presa. Un attimo dopo posso respirare di nuovo normalmente.

«Ha-ha... scusa Veronica» - mi fa lei -, «non vedevo l'ora di conoscerti, Jason mi ha parlato un sacco di te. Spero di non averti fatto troppo male...»

«No no, tranquilla. Beh... anch'io sono contenta anch'io di conoscerti, Alyssa».

Ritornata radiosa mi invita ad accomodarmi servendomi dei muffin preparati con le sue mani. In famiglia devono avere tutti questa dote culinaria.

«Spero ti piacciano!» - Mi dice sempre allegra, ma poi nota la mia esitazione -. «Cosa succede? Non li puoi mangiare? Scusami, non sapevo i tuoi gusti, o le tue allergie, sono andata semplicemente ad intuito...»

«No, non è per questo. Mi piacciono, davvero. È solo che...»

«Veronica è una modella e segue un'alimentazione ben precisa» - interviene Jason -, «e in più stamattina le ho preparato una colazione davvero abbondante. Perciò deve stare attenta con i pasti per oggi».

«Ah, non lo sapevo».

«Tranquilla. Li assaggerò a merenda».

Ed è tornata di nuovo con il sorriso. Questa piccola donna è davvero un uragano di emozioni continue.

«Visto che siamo qui» - mi dice sedendosi più composta sulla sedia, per poi appoggiare le braccia con le dita incrociate sulla tavola, come farei io durante una riunione - «perché non mi racconti un po' di te? Jason dice sempre che sei la luce dei suoi occhi, che illumini le sue giornate più buie, che...»

«Alyssa!» - La frena Jason -.

«Che c'è? Ho dimenticato forse qualcosa? Comunque, tornando a noi, dimmi un po' quali sono i tuoi gusti. Che cosa ti piace fare?»

«Beh, ecco... Mi piace molto il mio lavoro...»

«Immagino debba essere molto impegnativo».

«Sì, ma sai, quando qualcosa ti piace e lo fai con il cuore il resto non conta».

«Wow, è proprio vero!»

«E tu? Di che cosa ti occupi?» - Le chiedo curiosa -.

«Io sono una pittrice. È stupendo, per me dipingere è come respirare, ma penso che sia lo stesso per te con la moda...»

«In un certo senso, sì...»

È bello incontrare qualcuno che capisca il senso del proprio lavoro. Una come Alyssa è rara e quindi difficile da trovare. Parliamo per ore, fino all'ora di pranzo, al che ci sediamo tutti a tavola per mangiare insieme. Jason mi dice di aver ricevuto delle chiamate di lavoro mentre noi eravamo prese nel chiacchierare, che si è dimenticato di dirmi stamattina di dover tornare al suo ufficio subito dopo aver pranzato. Gli rispondo di non preoccuparsi e di fare bene il suo lavoro, visto che è molto importante per lui.

«Non ti preoccupare Jason, lo capisco...»

«Lo so, ma volevo farti passare una bella giornata all'aria fresca».

«Lo faremo un'altra volta. E comunque, anch'io dovrei fare un salto all'UYBP... magari mi porto Alyssa per mostrarle un po' il mio mondo».

«Buona idea! Divertitevi e mi raccomando, state attente. A stasera, amore».

Mi da un bacio, di quelli che vorresti che durassero per sempre, come le persone accanto a te, quelle che ti senti nel cuore e che rappresentano l'aria che respiri. Ma a volte, quell'aria diventa soffocante e vorresti liberartene per poter continuare a respirare liberamente. Questo vuol dire perdere la persona che tenevi più a cuore e che era accanto a te in tutto questo periodo. La persona che faceva cominciare le tue giornate con il sorriso sulla faccia e le concludeva nel migliore dei modi possibili, con un "Ti amo" e un "Ti resterò accanto per sempre".

Quel "per sempre", così forte e capace di tirare su e al tempo stesso demolire tutto quello che avevi costruito e pensato essere il tuo futuro. Che detta da persone importanti per te, significa tutto. Alla fine, quel "per sempre", dopo tutto quello che si ha vissuto insieme, accanto alla persona amata, capisci che non fa più parte della tua vita presente, ma del passato e di ciò che non potrai rivivere più. Com'è possibile, quindi, che il destino abbia prima in serbo qualcosa per me di così bello, vivo e semplicemente unico, per poi trascinarlo in un incubo senza fine che interrompe tutto bruscamente?

Vedo Jason uscire dalla porta e dirigersi verso la sua macchina. Già mi manca. Mi manca quando mi dice che mi ama, che vorrebbe passare tutto il tempo con me e farmi sorridere, semplicemente restarmi accanto. È questo che ho sempre voluto alla fine: una persona, quella che ho perso. Volevo solo che mi restasse accanto e che non perdesse quella fiducia in me, in noi, da lasciarmi andare e cancellare tutto.

Sospiro e vado a sedermi sul divano con una ciotola di frutta per me e Alyssa. Quando mi siedo e prendo il telecomando della tv per guardare qualcosa di divertente, sento come un peso sulle spalle. Mi giro e vedo Alyssa con i suoi enormi occhi che mi fissa, e io mi sento stranamente oppressa da una sensazione strana che non riesco a identificare. Così la guardo negli occhi e mi sorprende il fatto che lei, con il suo sguardo così delicato e dolce, mi stia ancora fissando come se volesse scansionarmi.

«Qualche problema?» - Domando quando non riesco più a sopportare quello sguardo -.

«Perdonami... è che sono contenta».

«Contenta?»

«Sì. Vedo finalmente mio fratello innamorato di nuovo, dopo che...» - S'interrompe -. «Mi rende felice vederlo concentrarsi così tanto su di te».

«Capisco. Anche io sono contenta».

Torniamo a sorriderci e a chiacchierare di quanto ci piaccia il programma in televisione, o di quanto vorremmo fare una vacanza al mare con il sole sulla pelle, o in montagna a fare snowboard con gli amici. Insomma, parliamo di quanto è bello sognare.

Mentre Alyssa finisce di prepararsi io mi affretto ad andare a prendere la mia borsa sulla tavola in cucina. Quando arrivo sento squillarmi il telefono al suo interno, corro a prenderlo e leggo una chiamata persa, da un nome che proprio non mi aspettavo di leggere sul display in questo momento: *Jonathan*.

Come mai mi ha cercato? E perché ha riattaccato subito? Che sia successo qualcosa? Provo a richiamarlo, ma non mi risponde. Quando ritento per una seconda volta vengo bloccata dalla voce di Alyssa che mi dice di essere pronta per andare. Così rinuncio e richiudo il telefono nella borsa.

Mentre percorriamo in auto le strade di New York, scorgo Alyssa che guarda con occhi ammirevoli la città nella sua più veritiera realtà; è praticamente incollata al vetro mentre scatta centinaia di foto e selfie. È come se non avesse mai visto la Grande Mela in tutta la sua vita. Alla fine si volta e appoggia il telefono sulle sue gambe, sospirando come abbattuta. La guardo attentamente: nei suoi occhi, la luce di un attimo prima è sparita.

Così, tra i mille pensieri che la affliggono le prendo la mano e la stringo forte nella mia, per farle capire che non è da sola adesso e che di qualsiasi cosa lei voglia parlare io ci sarò ad ascoltarla. Non voglio che mi veda come un'estranea nella sua vita, adesso che sono parte di quella di Jason, e lei è la sua dolce sorellina... spero che potremmo diventare buone amiche e condividere le gioie e le sconfitte insieme.

«Sentiti libera di dirmi tutto quello che vuoi» - esordisco -. «Non devi tenerti niente dentro, se hai bisogno di parlare, di qualsiasi cosa si tratti io ci sono. Vedo che il tuo umore è cambiato, perché? Non sei felice di essere qui?».

«Sì, ma io... amo molto viaggiare. È una cosa di famiglia, praticamente. Beh... sono cose del passato, ad ogni modo. Jason è felice ora, ha un lavoro magnifico, una persona bellissima e leale come te accanto, cosa può volere di più? Io sono solo un ostacolo per lui».

«Ma che cosa dici?» - Ribatto -. «Sei sua sorella, perché mai dovresti essere un ostacolo per lui?»

«Ha dovuto badare a me per tutta la sua vita, fin da bambino, da quando i nostri genitori sono morti, lui si è sempre preso cura di me facendomi da genitore e accompagnandomi nella mia crescita».

«E i vostri nonni?».

«I genitori di nostro padre badarono a noi finché fu loro possibile, ma poi fummo costretti ad arrangiarci. Da Leavenworth ci trasferimmo a New York e Jason fece domanda per lavorare in qualche agenzia. È così che man mano è diventato quello che è oggi».

«Uhm. Non credevo che soffriste così tanto» - ammetto -. «Jason non mi ha mai raccontato molto del suo passato».

«Non voleva farti pena, immagino...»

«Ma siamo una coppia, Alyssa. I suoi dolori sono anche i miei. Le sue preoccupazioni sono le mie».

La vedo sorridermi orgogliosa, ma nel frattempo mi si stringe il cuore a vedere quel sorriso. Sono felice che lei pensi questo di me... che mi veda come la persona giusta per Jason. Stringe ancora più forte la mano che tiene sulla mia per poi lasciarla andare in un istante, come a distendere tutta quell'energia negativa che aveva in corpo e poi tornare a sorridere alla vita. Ora è più tranquilla e rilassata, e lo sono anch'io.

Adesso che conosco più a fondo Jason e ciò che ha dovuto passare insieme ad Alyssa, non sono più sicura di voler scoprire il motivo per cui Jonathan mi ha cercata. Il solo pensare di vederlo mi fa male, figuriamoci l'idea di avere una nuova conversazione con lui.

Arrivati alla UYBP – dove automaticamente ogni pensiero viene messo da parte – facciamo il nostro ingresso con ritrovato entusiasmo. All'interno, veniamo a sapere che Lucy non è in sede. Strano, ma potrebbe semplicemente essere sul set per qualche servizio fotografico che non mi riguarda. Taglio corto e conduco Alyssa al piano di sopra per mostrarle il mio mondo; in pochi minuti la vedo gioire mentre ispeziona uno per uno tutti i miei vestiti ed esamina i trucchi. «È magnifico!» - Esclama sempre più entusiasta -.

«Se ti piace qualcosa, puoi prenderlo. Non essere timida» - la invito -.

«Grazie Veronica, sei supergentile!»

«Ti piace molto la moda, eh? Sei sempre vestita all'ultimo urlo».

«Mai quanto te. Sei terribilmente affascinante! Sul tuo fisico ogni vestito calza a pennello».

«Ora sei tu la supergentile, Alyssa».

«Non è gentilezza, ma solo la verità. Oh oh, sarebbe un sogno poter diventare come te!»

«Come... me?»

Alyssa annuisce e continua il suo giro di ispezioni.

Essere come me...

Come sono io?

La guardo e attendo che mi risponda, ma non lo fa. Forse nemmeno lei sa come sono realmente, ed è normale visto che ci conosciamo da nemmeno ventiquattro ore.

Sorrido e inizio a sistemarmi il trucco e i capelli allo specchio, mentre Alyssa si prova contenta un paio di scarpe seduta sul mini divano rosso; sistemo le ciocche e nel frattempo ripenso al perché Jonathan mi abbia chiamato.

«Favolose!» - Mi distrae Alyssa, riferendosi alle scarpe -.

«Hai mai pensato di entrare in questo settore?» - Le domando -. «Come mai hai scelto la pittura?»

«Me lo chiedono in molti, sai? Beh, la nonna mi ha introdotta fin da piccola alla pittura, come se fosse importante quanto camminare. Mi raccontava tutto i suoi segreti del mestiere, e io mi divertivo molto ad ascoltarla e a guardarla dipingere. Mi ricordo che aveva una calma incredibile, anche quando si trovava davanti a un pubblico; si concentrava solo e soltanto sulla sua mano che impugnava un pennello e la tela che aveva davanti agli occhi. Il suo scopo era far vedere agli altri ciò che lei vedeva e sentiva. Al tempo rimasi stupita dai suoi racconti, dai video che aveva conservato, tanto da cominciare ad amare tutto ciò che avesse a che fare con il dipingere. Lo so che è molto più bello vedere le cose dal vivo, sentirle realmente... ma anche attraverso il disegno io riesco a sentirmi come se fossi veramente in quel posto, a percepire le stesse sensazioni».

Una storia molto toccante, devo ammetterlo. Mi resta in testa a lungo, vorticando tra i miei pensieri come un uragano. Mi rivedo molto nella nonna di Alyssa: provavo le stesse sensazioni quando realizzavo dei gioielli, è qualcosa di profondo, di unico. Qualcosa che non si può spiegare a parole, qualcosa che solo attraverso le proprie passioni riscopriamo di amare. E mia madre era come lei... se solo il destino fosse stato meno crudele...

Le parole di Alyssa mi riportano subito a diversi mesi indietro, quando ancora ero alla Mars e mi sentivo inutile e messa da parte per il beneficio altrui. Ora, attraverso la moda e la mia immagine, porto gioia agli altri oltre che a me stessa, costruendomi un percorso di vita e imparando allo stesso tempo tante cose importanti. Come il rispetto per gli altri, grande segno di maturità interiore. Ora penso e credo fermamente che questo mondo non abbia bisogno di grandi mani che sorreggano l'intera società e la gestiscano a suo piacimento e beneficio, ma di un abbraccio che unisca e tenga saldo il legame tra la gente.

Non ci deve essere alcuna distinzione tra le persone, la propria opinione vale e va rispettata. Siamo un solo mondo che lotta per sopravvivere, per avere un posto nella società, un titolo importante, un riconoscimento per ciò che si fa. Un mondo pieno di superiorità, di critiche, di svolte continue... e noi che facciamo a tal proposito? Lasciamo che tanti cambiamenti ci travolgano e agiamo a beneficio esclusivamente nostro, a volte anche usando misure estreme, calpestando e mettendo gli altri che lottano per la propria sopravvivenza e per il nostro stesso motivo: *vivere*, al fine di ritrovarsi un giorno *ad avere la stima e il rispetto che meritano.*

Alyssa mi riporta alla realtà, continuando a parlarmi della sua passione per la pittura. Mi ritrovo a pensare al mio passato ogni volta che la sento parlare. Mi vengono tanti pensieri tristi e rimorsi. Per mesi sono riuscita a non pensare al passato da designer di cui andavo tanto fiera, ma adesso, con Alyssa qui davanti a me e la sua gioia negli occhi di quando parla delle sue passioni, mi sento come vuota. La moda mi piace molto, può fare parte della mia vita... posso aiutare gli altri in una maniera tutt'altro che evasiva, ma mettendoci tutto il mio cuore come fece mia madre prima di me.

«Dopo essermi trasferiti» - mi dice Alyssa -. «Ho iniziato gli studi presso una scuola pubblica, per poi specializzarmi presso la Juilliard qui a New York, e proseguii gli studi ripercorrendo gli attimi della mia vita in un dipinto». – Una pausa -. «Avevo sempre il massimo dei voti agli esami, e quando finivo di presentare il mio lavoro al pubblico, Jason era il primo a presentarsi davanti a me, fiero».

«Tutta la tua vita quindi, si concentra sul dipingere e su ciò che riesci a mostrare attraverso?» - Domando, e lei annuisce rapida -. «Quando la tua mano tocca il pennello deve essere come... quando io impugnavo la matita per disegnare gioielli. Semplicemente l'unica cosa che ti rappresenta».

«Eri una designer di gioielli?»

«Sì... prima ero dipendente della Mars, l'azienda di mio padre».

«Wow! Non ne avevo idea... mi piace!» - Dice convinta -. «Mi sorprendi ancora di più. Sei così intraprendente e determinata a raggiungere i tuoi obbiettivi, Veronica, mi fai venire voglia di fare qualcosa che stravolga anche la mia vita...»

«Frena l'entusiasmo» - la blocco subito -. «Io ho dovuto farlo per altri motivi... e se le cose fossero andate in maniera diversa non ci avrei mai rinunciato... E adesso, di conseguenza non conoscerei né te né tantomeno Jason».

«Quindi è stato il destino» - afferma Alyssa -. «Ti ha fatto riscoprire nuovi talenti e ti ha dato la possibilità di conoscere l'uomo più gentile e premuroso che conosca. Non è fantastico?»

Faccio spallucce. «Mah... io penso sia più per le scelte che uno fa, pensando che siano quelle giuste, poi ti accorgi di essere arrivata troppo in là per poterti fermare e dire "okay, ora ragioniamo su come tornare indietro". Alla fine è inevitabile andare avanti e finire il gioco».

«Tu vedi la tua vita come una serie di scelte. Non pensi che sia più divertente lasciare che accadano le cose senza fossilizzarti su come deve effettivamente finire qualcosa? Perché solo così riesci a...» - Ci pensa su un istante -. «A non soffrire».

«Soffrire fa male, ma fa ancora più male pensare che la persona a cui tu hai affidato il tuo cuore possa alla fine rivelarsi l'uomo nero che ti divora l'anima».

«Uhm... non credo di capire, ma va bene così» - taglia corto Alyssa -. «Beh, si va a mangiare? Ti va un po' di orientale?»

Sorrido alla sua splendida proposta.

Più tardi...

Una volta concluso il pranzo ho accompagnato Alyssa al suo alloggio, un lussuosissimo hotel nel Lower East Side. Strano che abbia scelto di non farsi ospitare da Jason, ma sul posto mi ha spiegato che tra qualche settimana dovrà ripartire; nuovi viaggi, alla scoperta di nuovi mondi e nuove sfumature da mettere sulla tela per formare un dipinto della sua storia. Così mi ha detto almeno. Dopodiché mi ha salutato, sparendo oltre l'enorme porta girevole all'ingresso.

Ora eccomi qua, a terminare la serata da sola, gustandomi pizza e gelato mentre mi guardo *Le pagine della nostra vita*, film che amo e che mi rivedrei cento miliardi di volte solo per poter assaporare quel legame che anche contro ciò che il destino riserva per la loro vita futura, il loro amore supera qualsiasi ostacolo. Anche il destino stesso.

E concludo la serata, prima di andare a dormire, con una frase che gira come una trottola nella mia testa da stamattina:

Tutti a un certo punto nella nostra vita vogliamo quella persona con cui rifugiarci a mangiare un gelato, guardando la TV e ridendo con il sorriso che ti acceca lo sguardo, per quanto sia vero e sincero quella sua gioia negli occhi. Quella persona che chiami a fine giornata senza pensare se è giusto o sbagliato farti sentire, perché sai che anche lui sta aspettando esitante di sentire il suono della tua voce. Quella persona che non deve essere tra i primi dei tuoi problemi, ma la più tranquilla delle tue soluzioni. Perché la persona che sa amarti è l'unica con cui trovi più difetti e problemi di un teorema di Pitagora.

Buonanotte a tutte quelle persone che come me cercano di sconfiggere le difficoltà della vita con il sorriso sempre attaccato addosso, a testa alta e dicendo alla gente: "Ma chissenefrega, io non guardo indietro ma avanti, dove c'è il futuro!"

Il giorno seguente mi sveglio con la solita suoneria che mi bombarda le orecchie di prima mattina. Devo cambiarla al più presto. Scendo le scale e raggiungo la cucina, ancora sonnolenta e non attenta a dove metto i piedi. Infatti sbatto ben presto contro uno spigolo. Fantastico, un livido di prima mattina, ma almeno è servito a svegliarmi al 100%. Il mio tempo è agli sgoccioli, nemmeno il tempo per farmi un cappuccino, così al posto di una tazzina cerco le chiavi della macchina, la mia borsa e mi precipito verso la porta... ma quando la apro mi trovo davanti una figura a sbarrarmi il passo, con due occhi grigio-verdi che mi fissano attentamente.

Non ci posso credere.

«Jonathan... c-cosa ci fai qui?» - Balbetto -. «Come mi hai trovata?»

«Non è stato difficile» - minimizza lui -. «Stai andando al lavoro?»

Annuisco e faccio per chiudere la porta. Supero Jonathan per scendere i gradini, aspettandomi che lui mi segua... ma ciò non avviene; mi giro e lo trovo ancora fermo sulla soglia; stento a crederci ma rimango neutra, nonostante il suo sguardo mi faccia sempre lo stesso effetto dannatamente bruciante. Cerco di parlare, ma quando pronuncio anche solo una sillaba, lui mi ferma:

«Sei bellissima, Veronica».

«Come?»

«Ho detto» - ribadisce mentre scende le scale - «che sei bellissima oggi».

Poi si ferma a pochi centimetri dal mio viso.

Perché il mio cuore batte così forte?

Perché sento le gambe che stanno per cedermi?

Vorrei poter dire qualcosa, qualsiasi cosa, ma non riesco. Vorrei solo sentire la sua voce, sapere se sta bene. Sentirgli dire: "Anche senza di te sto bene", pur sapendo che quelle parole mi farebbero terribilmente male. Al tempo stesso mi sarebbe di conforto, sapere che riesce ad andare avanti senza di me mi solleverebbe un po' dalle mie colpe. Pensare di non aver rovinato – se non distrutto – la vita di qualcuno a cui tengo con i miei problemi familiari, con la mia solita sfortunata esistenza. Sarebbe davvero fantastico, sì.

Ad un tratto sento la sua mano allungarsi sul mio braccio. Lo sento, e questo gesto mi brucia profondamente. Poi d'un tratto si ferma e torna indietro prendendo la mia mano nella sua, e intrecciando le nostre dita insieme, come se fossimo solo io e lui in tutto l'Universo. Lo guardo, cerco di decifrare il suo sguardo come lui faceva sempre con me, e poi torno alle nostre mani, che si tengono così intensamente.

«Veronica...»

Parla Jonathan, parla. Dimmi qualcosa, ti prego. Ti supplico, esprimi le tue emozioni, parlami apertamente. Sgridami se vuoi, perché mi merito tutto quanto. Ogni singola parola o suono che esce dalla tua bocca che sa di disprezzo, di tristezza... dimmela e basta.

«Jonathan, io...»

Lui mi ferma e comincia a parlarmi deciso: «Lo so. Tutto questo... non doveva accadere».

Cosa sta cercando di dire?

«È... è per caso un addio questo?» - Incalzo -.

«Veronica...»

«Mi dispiace tanto, Jonathan. Non volevo che le cose andassero così fra di noi».

«Veronica, ho bisogno che tu mi dica la verità».

«Verità? La verità su cosa?»

Purtroppo so bene a cosa si riferisce... ma non posso accontentarlo. Come si può dire a qualcuno che si ama una verità del genere? Come posso farlo senza temere il suo conseguente odio per il resto dei miei giorni?

No, non posso dirgliela. Anche se soffrirà – anche se io stessa soffrirò in futuro per non avergliela detta – questa mia promessa deve rimanere soltanto mia. Nessuno deve sapere del mio progetto. Quelli della Jewel sono gli unici ad avere il potere di fermarmi... se ora lo dicessi a Jonathan, sono sicura che non rimarrebbe fermo a guardare, ma agirebbe. E non posso permettergli di rovinarsi il futuro per me.

«Io... ero distrutto dopo che hai lasciato la Jewel» - riprende a parlare -. «Per un po' non tornai neppure in azienda, almeno finché mia nonna non mi ordinò di raggiungerla nel suo ufficio. Aveva una voce strana, pensavo stesse male, ma quando andai da lei cominciò a parlarmi di te. Non capivo se stesse cercando di consolarmi o di pugnalarmi al cuore come avevi fatto tu... in realtà ciò che mi disse fu soltanto di non gettare tutto quello che avevo costruito con te solo perché non riuscivo a comprendere il motivo della tua fuga».

«Io...»

«Ancora non capisco perché te ne sei andata» - mi blocca - «ma da allora non ci siamo più visti e io ero... *sono* tornato ad essere il ragazzo di una volta per colpa tua. Per colpa tua sono tornato a odiare tutti, compreso me stesso. Mi sono domandato svariate volte dove avessi sbagliato con te, sono arrivato a rompere qualunque cosa avessi davanti ai miei occhi...»

«Cosa?» - Faccio incredula -.

«Veronica... perché? Dimmi solo perché l'hai fatto... e ti giuro che non ti giudicherò».

Giudicarmi?

«Io... non posso proprio dirtelo».

Trattengo le lacrime che cominciano a bruciarmi gli occhi, dopodiché stacco la presa dalle sue mani e indietreggio. Mi sento agitata adesso. Vorrei gridare ai quattro venti ciò che sento dentro. Ma non posso fare nemmeno questo.

Sono in bilico. Sono tra due mari... o due fuochi. Ho il potere di far del male a qualcuno che amo e distruggere tutto quello che mi sono costruita con fatica, con una sola frase. Poche parole per distruggere il mio sogno e quello di mia madre.

Ma non voglio che accada.

Sarò pure egoista, ma voglio solamente essere conosciuta, amata, rispettata. Desidero che la gente sappia di me, con ogni mezzo necessario. Farò di tutto pur di sentirmi felice. Perché adesso la felicità è l'unica cosa che voglio di più. Perché devo sentirmi responsabile di tutte queste ferite? Perché ho mentito alle persone che si fidavano di me? Perché continuo a farlo anche adesso?

Faccio un respiro profondo e, con il sorriso sulla faccia, quello che avrei dovuto tenere fin dall'inizio, gli dico quello che non avrei mai pensato di dirgli. *Lo faccio per il suo bene*, mi dico sempre nella mia testa che al momento sembra mentire anche a me. È l'unico modo che ho per sentirmi sicura, ma soprattutto per non ferire lui.

Mentire.

«Jonathan, la nostra storia è stata la cosa più bella della mia vita. Per la prima volta dopo la mia storia con Robert, mi sono sentita viva. Ho potuto provare finalmente cosa significasse amare qualcuno, essere parte di qualcuno. Ma non credevo che potessi soffrire ancora di più stando con te. Tu sei la persona più importante per me, mi hai insegnato un sacco di cose. Mi hai insegnato che non bisogna cadere, e che nonostante le cadute ci si deve sempre rialzare e camminare. Ed è quello che sto facendo anch'io. Sto camminando, Jonathan. Sto andando avanti per la ma strada, ed è quello che dovresti fare anche tu. Devi...»

Questa è ancora più dura.

«Devi trovare una donna che ti ami, che ti rispetti, e che soprattutto ti stia sempre accanto. Io non sono quella donna, Jonathan, e non voglio vederti sprecare la tua vita pensando a me, ai nostri momenti passati insieme. Sai, avevano ragione gli altri. Soprattutto Elena. Lei più di tutti mi aveva avvertito di non affezionarmi a te... di non amarti... ma ci sono cascata in pieno. Ti ho amato... ti ho amato tanto e.... ho sofferto tanto. Per questo io...»

Rapido come un fulmine, Jonathan mi tira verso di sé. Senza nemmeno accorgermene sento la presa sul mio avanbraccio e di due mani possenti che mi stringono la vita. Poi percepisco una spinta in avanti e due labbra appoggiarsi sulle mie.

Questo bacio, così ardente, desiderato... come posso volerlo anch'io?

Come posso desiderarlo così tanto, nonostante tutto?

Continua a baciarmi, e io non mi stacco. Lo voglio, lo desidero più di qualunque cosa, ma adesso che sono qui, a un passo dal vedere la luce fuori dal tunnel, perché mi sto scavando la fossa da sola?

Appoggio le mani sulle sue spalle e le stringo forte, per poi affondarle nel suo collo e baciarlo nello stesso suo modo. Con desiderio. Lo so, sto sbagliando, ma non posso evitarlo, nemmeno con tutta la mia forza. Nemmeno con tutto il mio orgoglio.

Lui mi stringe ancora più forte, e continua a baciarmi come se ne avesse costante bisogno. Come a rimediare per tutto il tempo perso. Le sue mani percorrono tutto il mio corpo, per poi tornare sulla nuca. Mi accarezza i capelli, mi tende il viso ancora più vicino al suo. Mi lascio semplicemente andare. Questo sentimento che sto provando adesso mentre lui mi bacia, beh... non so spiegarlo. Non questa volta.

Senza più trattenere le mie emozioni, comincio a piangere lacrime amare. Non appena emetto un singhiozzo, lui si ferma, e lentamente si allontana da me. Abbassa le braccia, mantenendo sempre la stessa distanza. Mi guarda piangere e singhiozzare. *Perché piango sempre? Perché sono così fragile?*

Cerca in qualche modo di farmi smettere, mettendo una mano sulla mia, cercando di alleviare il dolore. Ma la evito. Evito bruscamente ogni suo contatto ravvicinato. Sono quasi arrabbiata. Quasi distrutta da tutto questo male che mi sto procurando da sola. Non ne posso più, voglio smetterla di farmi del male continuamente, di soffrire. Se posso cambiare, se posso essere felice, voglio potermelo permettere... voglio averla, quella maledetta felicità.

Faccio allora l'unica cosa che mi viene in mente: andarmene.

Mi dirigo verso la mia auto. Ho dato la giornata libera al "Man in Black", così non devo preoccuparmi della sua presenza costante intorno a me. Non mi guardo nemmeno indietro mentre apro la portiera e monto in macchina, infilando le chiavi per avviare il motore...

Qualcosa si appoggia bruscamente sul mio finestrino, spaventandomi. È solo la mano di Jonathan appoggiata sul vetro, accompagnata dal suo sguardo tanto addolorato che mi fissa.

Faccio per guardarlo, ma vengo precipitosamente circondata da altri uomini in nero.

Capitolo 17

Sto per andare a lavoro, salgo in macchina e l'accendo. Quando sento chiamarmi. Faccio per aprire lo sportello dalla mia parte, ma una guardia mi precede, mentre un'altra spinge a terra Jonathan con un calcio dritto allo stomaco. Urlo non appena lo vedo cadere a terra, dolorante e con cinque o sei uomini che lo circondano e lo tengono fermo. Così, ormai in preda alla paura e alla disperazione, riapro la portiera per uscire da questa maledetta macchina.

Mi ritrovo fuori, con cinque uomini che circondano Jonathan e altri due che mi fanno da scudo umano.

Cosa credono di fare?

Non è un delinquente, non sta cercando di farmi del male. A stupirmi ulteriormente è il fatto che siano comparsi come dal nulla.

Non appena faccio un passo in avanti, una voce mi chiama da dietro l'auto. È Jason, scortato da altri due gorilla, mentre si avvicina a me con la mascella contratta. Mentre cerco di analizzare cosa effettivamente stia accadendo non faccio neanche in tempo a dire una parola che Jason mi prende per un braccio e mi trascina via.

Camminiamo tra le sue guardie, quando sento la voce di Jonathan che urla il mio nome con voce sofferente. Mi sento davvero in colpa per tutto quello che gli sta accadendo, ma che cosa posso fare per rimediare?

Cos'altro gli succederà? Non riesco neanche a pensarci.

Non ce la faccio nemmeno a guardarlo che Jason mi fa salire nella sua macchina e, quando si posiziona sul volante dall'altra parte, si piomba in strada senza nemmeno dire una parola.

Ci immergiamo nel traffico; mi rivolgo a Jason, metto anche una mano sulla sua, ma quando l'appoggio sento una terribile energia negativa diffondersi in lui, così la ritraggo e me la porto al petto. Respiro a malapena, il trucco si è sciolto a causa delle lacrime.

Mi giro e lo fisso titubante. Non mi piace questa sensazione, sento come se volesse in qualche modo punirmi per ciò che ho fatto.

Ma dove sta andando?

Non appena esce il semaforo rosso, la macchina si ferma e io emetto un lieve sospiro di sollievo. Posso ancora fargli cambiare idea. Ma se così non fosse? Se non riuscissi a fargli capire che mi dispiace?

Faccio per aprire la portiera, ma lui mi precede e mette la sicura, bloccandomi ogni via di fuga. Detesto essere rinchiusa; mi sento mancare l'aria. Non ho altra scelta che arrendermi alla situazione, e mi giro a guardarlo.

Adesso o mai più. Mi sporgo velocemente verso di lui per raggiungere il pulsante di sblocco delle portiere, ma lui mi precede e mi afferra il braccio.

«Perché ti ho trovata con lui? Che cosa stavate facendo?» - Esclama, visibilmente alterato -.

Ora non posso più evitarlo, non posso più mentire. Non a lui. Non riesco a raccontargli una bugia. Perché? Perché lui è molto più bravo di me a farlo e, perché essendo molto più maturo conosce bene il genere di risposte che noi donne possiamo dire in situazioni del genere. Aggiungiamoci anche la precedente storia d'amore. Lui sa molto bene come comportarsi e agire in questi casi.

Perciò non gli mento.

«Jason, non è come credi».

Fa per accostare e ferma il motore. Poi si gira verso di me e, stringendo ancora il mio braccio mi dice: «E com'è?»

«Era solamente... io stavo andando al lavoro e lui è apparso dal nulla.»

«Ma per piacere, Veronica! Per chi mi hai preso? Non sono uno stupido e non mi piace che quell'uomo si appropri di te in questo modo. Non avevi detto che era finita con lui? Che cosa ci facevate insieme?»

«Non è come...»

«Smettila di dirmi che non è come penso, non sono cieco! Rispondi alla mia domanda! Perché vi siete baciati? Perché ho visto te affondare le braccia nel suo collo? Che cosa dovrebbe significare tutto questo?»

Non riesco a rispondergli. Jason sa per mettersi una mano sulla testa, al che ne approfitto per liberarmi dalla sua presa e attivare lo sblocco delle porte così da poter uscire. Lui non riesce nemmeno a impedirmelo, e quando se ne accorge sono già fuori e m'incammino sul marciapiede senza guardarmi indietro.

Faccio per accelerare, ma Jason è più rapido: uscito a sua volta dall'auto, mi precede e si mette in mezzo tra me e la strada. Affannato mi prende tra le sue braccia e io crollo in un pianto colossale; affondo la faccia sulla sua spalla e lo abbraccio tanto forte da sentirgli il cuore battere attraverso il mio orecchio incastonato di diamanti.

Lui mi accarezza le spalle e mi bacia la fronte. Fa per calmarmi, ma io non riesco a fermarmi. È la prima volta che piango in questo modo davanti a lui e per strada. E se questo fosse la fine della nostra relazione? Se non volesse più vedermi?

A pensarci, ancora tra le sue braccia, mi viene una tristezza infinita. Non posso perdere anche lui.

Qualche minuto dopo, con molta cautela, Jason cerca di prendermi le spalle e di spostarmi un po' più indietro per guardare il mio viso. Il suo gesto è molto chiaro nella mia mente, vuole vedermi in viso. Io invece, presa dalla paura che lui possa vedere dentro i miei occhi iniettati di lacrime, lo trattengo e stringo ancora più forte la presa sulle sue spalle. Se lo lascio guardarmi in questo stato così pietoso, potrei anche non riuscire a guardarlo mai più negli occhi.

No... no... no.

Jason cerca di parlarmi, ma io continuo solo a piangere tra le sue braccia. «Veronica, dimmi quello che vuoi dire. Io sono qui per te» - mi ricorda -.

«Non ce la faccio». - È più forte di me -. «Non posso... dirtelo. Spero mi capirai».

«Perché?» - Domanda confuso -. «Forse ami ancora Jonathan?»

«Non è per lui che non posso dirtelo, Jason, è solamente...»

Difficile?

«Lui non c'entra niente» - dico infine -.

«Veronica, per piacere, dimmi cosa sta succedendo» - si fa serio -. «Voglio poterti proteggere, ma se non mi dici quello che sta accadendo, come faccio a tenerti al sicuro?»

«Non devi. Voglio proteggermi da sola».

Ho sempre voluto così.

«Non è quello che farebbe un buon fidanzato. Proteggere la propria donna è segno di grande cavalleria...»

«Non scherzare. Hai mille uomini al tuo comando, ti basterebbe uno schiocco di dita per proteggere chiunque...»

«Non chiunque, solo te» - specifica -.

Questo, inaspettatamente, riesce a farmi sorridere. Faccio allora per allontanare la presa sulle sue spalle e a indietreggiare di un passo. Ora lui mi può vedere, può vedere quel volto tanto oscurato da trucco e falsità. Dove tante menzogne, inganni, bugie, sono mascherati da strati e strati di trucco sciolto.

Con un semplice gesto della mano, che mi riporta alla mente tanti attimi della mia esistenza in cui, le persone per asciugarmi le lacrime, per farmi tornare il sorriso, per farmi sentire protetta e amata, asciugavano quelle lacrime iniettate di dolore riportando così la luce di nuovo nella mia vita.

Con questo gesto così delicato ma pieno di amore, lui mi asciuga il viso bagnato.

Prendendo un fazzoletto dal suo taschino, fa per pulirmi il trucco colato, ma io lo precedo. Solo quando il fazzoletto è nella mia mano, mi accorgo che la sua è intrisa di tagli e di lividi.

Presa dallo spavento, lasco cadere a terra il fazzoletto e prendo la sua mano nella mia...

Ma che gli è capitato?

Jason tira via la mano e la infila rapido nella tasca del pantalone. Ora lo guardo in viso, sembra quasi che non voglia che io veda le sue ferite. Perché si comporta così?

«Che cosa hai fatto alla mano, Jason? Dimmelo».

«Mi... mi sono semplicemente tagliato con la carta, tutto qui».

«Balle! Un foglio non può provocare ferite del genere... perché mi stai mentendo?»

«Ti assicuro che non è nulla di grave... non facciamone un dramma, Veronica».

«Come?!»

Adesso mi sento profondamente delusa. Non lo credevo capace di arrivare a mentirmi... che non sia la prima volta? Quante altre volte ha mentito in mia presenza?

Che la nostra relazione sia segnata da un'enorme bugia?

«Jason, dimmi la verità» - cerco di dirgli -. «Quello che c'è tra di noi... come è iniziato? È stato tutto una bugia per avvicinarti a me? Non volevi veramente conoscermi, amarmi? Volevi solo avere una pedina per entrare nel mio mondo? È così, non è vero?»

«Che cosa stai dicendo? Ti sbagli, Veronica... sei stordita da ciò che è appena successo, perciò la tua mente al momento non ragiona al meglio».

«Hai ragione, sono scossa... ma sono ancora più scossa dalla realtà. Jason, dimmi la verità...»

«Quale verità vuoi sentire? Che ti ho seguita? Che ho piazzato delle guardie per proteggerti anche senza il tuo permesso? Questo vuoi sentire?»

Perché mi fa questo? Perché mi deve trattare come se fossi debole e incapace di decidere cosa sia meglio della mia vita?

«Non puoi decidere tu della mia vita».

«E chi lo può fare? Tu? Veronica, non sei in grado di proteggerti da sola, hai bisogno di qualcuno che ti protegga. Che ti stia vicino...»

Fa per appoggiare le mani sulle mie braccia penzolanti, ma io mi ritraggo. «Non toccarmi!»

«Veronica...»

«Non osare pronunciare il mio nome... non dopo che osi dirmi che non sono in grado di badare a me stessa. Quello che stai dicendo adesso...tutte quelle parole... sono le stesse che mi ha rivolto mio padre prima di sbattermi fuori. Ma tu lo sapevi già, non è vero? Perché eri lì a goderti la scena, aspettando il momento giusto per apparire nella mia vita».

«Veronica, ascoltami...»

«No, ascoltami tu! Non intendo lasciarti dominare la mia vita come più ti appaga, quindi da ora in avanti stammi lontano!»

«Veronica, aspetta...!»

«Lasciami stare!!!»

E corro via, ancora più sofferente di prima.

Mentre cammino per le strade, tra mille pensieri e domande che proprio non riesco a rimuovere dalla mia mente, mi fermo senza nemmeno accorgermi davanti ad una pasticceria, che al momento sembra la mia salvezza. Quando entro, senza nemmeno sapere con esattezza perché, non penso alla linea e mi dirigo verso il tavolo più vicino. Mi siedo e guardo fuori dalla vetrina alla mia sinistra, dove mille passanti camminano felici; coppie, amici, si ritrovano dopo la scuola per passare un pomeriggio in compagnia. Guardandoli, alle prese con scherzi e risate, tutto questo essere semplicemente felici, mi riporta a galla i ricordi di quando ero ragazzina e ancora andavo a scuola e potevo dire di essere ancora innocente.

Non come adesso… un piccolo grande diavoletto.

La mia infanzia è stata rigida e fredda, a parte il calore della zia Violet. Il periodo dell'adolescenza è stato il più tormentato della mia vita. Tra scelte selettive, e viaggi in giro per il mondo, ho allontanato a mano a mano ciò che mi piaceva fare, come suonare il pianoforte. L'unico ricordo che ho insieme alla mia mamma.

Ma è proprio a causa della sua morte, che mi ha trascinata in un abisso senza via d'uscita, per la durezza che mi infliggeva papà nel farmi apprendere, ho capito che in qualsiasi circostanza puoi contare sempre e solo su te stessa: è l'unico appoggio che hai.

Non è che sono pessimista, non è che non sa guardare il lato positivo nella vita... ma la verità è che in questa vita tutto quello che ho avuto non l'ho chiesto io. Non ho chiesto io di frequentare una scuola privata, piena di fanatici e di ricche viziate figlie di papà. O di far parte dell'alta società di imprenditori doppiogiochisti. Di avere nemici alle spalle, così tanti che a volte mi sento mancare il fiato al pensiero che stanno costantemente in agguato, in attesa di un mio passo falso per distruggermi. È tutto già stabilito nella mia vita. Come deve iniziare, come deve proseguire, come deve finire.

No! Ora basta lasciare che gli altri comandino la mia vita, devo prendere in mano il mio destino. Non posso cambiare ciò che è stato, questo è ovvio, ma posso almeno decidere sul mio avvenire.

Non nego che avevo molti favoritismi a scuola. Potevo iscrivermi ad ogni corso che più mi piaceva, senza timore di avere un no come risposta. Potevo saltare le lezioni per dedicarmi a cose come la musica, le lezioni di ballo, di canto, di arte. Tutti mi vedevano come una che si approfittava, solo perché sono la figlia di un grande imprenditore, e venivo costantemente criticata, allontanata e tutt'ora, guardata secondo le loro idee e non come sono realmente.

Cercavo di non starci troppo male perché siamo tutti sulla stessa barca, pensavo. Ma il frequentare una scuola prestigiosa non aiutava. Allora perché di tutti quei favoritismi, tutte quelle occhiate furtive, quelle voci nei corridoi, quelle risate alle spalle?

È normale. È tutto normale, perché la scuola è anche crescita e maturazione interiore.

Ci sono ostacoli a scuola, come nella vita al di fuori di quelle mura, che sono insormontabili per alcuni versi, e questi vengono chiamati invidia e favoritismo. Sono al centro di tutta la nostra vita sociale e lavorativa. Per il quale, anche se speriamo di non incontrare mai ostacoli di questo genere, non possiamo arrivare e sbattere la faccia contro un muro ogni volta che qualcuno ci frega da sotto il naso.

Semplicemente si cresce, si vivono tutte le esperienze possibili per capire poi quali veramente contino davvero.

Come tutto alla fine ci ritorna indietro, come persone che credevamo essere prossimi a noi care e che non ci avrebbero mai mentito o usato, alla fine lo fanno senza alcun ritegno. O scopriamo come invece le persone sono realmente, insoddisfatte della loro vita da rovinare così quella degli altri.

Ho avuto questa sensazione anch'io, non so come spiegare, ma è come se mi trovassi a rispecchiare un'altra versione di me, la vita di qualcuno che non sono io.

Quando arrivo davanti casa, il mio umore è tutt'altro che migliorato. Non vedo nessuno in giro: né Jason, né i suoi gorilla... né Jonathan. Cosa ne sarà stato di lui? E dopo quanto ho visto, come posso chiamare questo posto casa mia? Possibile che Jason abbia fatto tutto questo per uno scopo preciso? Vuole controllarmi? Manipolarmi? Vuole ottenere un maggior potere? Cos'altro può volere un uomo come lui?

Chissà se la sua ex se ne sia davvero andata perché non lo amava più. Ho paura di scoprire altri lati di lui che potrebbero provocarmi ulteriore delusione.

Sono stremata per la lunga camminata, così mi siedo sui gradini per massaggiarmi i polpacci indolenziti. Non appena mi rilasso e non penso più a niente, sento squillami il cellulare dalla tasca.

La schermata mi mostra ben presto dieci chiamate perse di Lucy e messaggi da sponsor, agenzie e pubblicità varie. Fantastico... credevo di potermi rilassare, di evadere con la mente da ogni tipo di preoccupazione o impegno lavorativo, ma a quanto pare non è così. Decido di entrare e senza nemmeno svestirmi mi stendo sul divano e chiamo Lucy. So già che si arrabbierà tantissimo per la mia assenza di oggi. Spero che mi possa capire. Oggi è stata proprio una giornata no, di quelle che vorresti dimenticare.

«Veronica! Mi hai spaventata un sacco» - la sento esclamare dopo appena due squilli -. «Ma dove sei finita? È da stamattina che ti cerco!»

«Lo so, e ti racconterò ogni più piccolo dettaglio, promesso. È successo un casino, mi dispiace...»

«L'importante è che tu stia bene. Ma che cosa è successo?»

«È una lunga storia Lucy, preferirei parlartene in un altro momento. Adesso sono molto stanca e di cattivo umore».

«Va bene. Allora ci sentiamo domani... ah! Un'ultima cosa: non guardare le ultime notizie su *Gossip Star*, okay? Non voglio che ti scervelli su qualcosa che non è vero e non devi dare spiegazioni a nessuno, chiaro? Sii solo te stessa».

«Sì, tranquilla. E grazie».

E così chiudo la chiamata e mi appisolo sul divano.

Mi sveglia dopo qualche ora il mio cellulare che, al buio della stanza, illumina la mia faccia. Lo prendo in mano e, con ancora gli occhi socchiusi, guardo cosa c'è scritto. È un messaggio di Jonathan! Mi risistemo subito e senza nemmeno leggere cosa c'è scritto sul messaggio lo chiamo.

Rispondimi, rispondimi, rispondimi.
Ti prego Jonathan, rispondimi.

«Jonathan!» - Esclamo con voce agitata -. «Come stai? Sei ferito?»

«No, sto bene. Non preoccuparti...»

Ma dal suo tono non sembra così.

«Quelle guardie... ti hanno praticamente massacrato! Temevo ti avessero rotto qualcosa...» - Ammetto mentre le lacrime cominciano a scendere e le mie parole si mescolano ad esse -.

Lo sento sospirare, poi la sua voce si fa più profonda e magnetica. Con una sola frase mi dice di non piangere. E io smetto.

«Veronica, ascoltami... non devi preoccuparti. Io sto bene, quei gorilla si sono fermati dopo che Jason ti ha portata via. Dopodiché è intervenuto Victor e mi ha portato in ospedale per un controllo».

«Victor?» - Sono sorpresa -. «Victor Luis... era lì?»

«Sì, mi aveva accompagnato fino alla villa, ma si era tenuto a distanza per lasciarmi solo con te».

«C-come l'ha presa lui?»

«Malissimo, naturalmente. Fino a poco fa non ha fatto che parlarmi di come vorrebbe usare una sua mazza da baseball sulle ossa di Jason Bryce».

«Oddio... mi dispiace tanto...»

«Non è colpa tua» - lo sento ribattere -.

«Invece sì! È colpa mia se ti hanno pestato! È colpa mia se adesso ti sta capitando tutto questo» - dico di fretta -.

«No, è colpa mia» - ripete Jonathan -. «Non ti ho lasciato in pace quando me l'hai chiesto, ho continuato anche senza il tuo permesso perché io... ti amo ancora».

Al suono di quelle parole emetto un singhiozzo.

«Smettila, ti prego».

Lo so che fa male ad entrambi, ma non posso continuare così. Devo tagliare i ponti che ci uniscono, ogni cosa che ci lega deve sciogliersi per non farlo soffrire ancora.

«Veronica...»

«Jonathan, adesso devo andare» - gli dico -.

«Hai dimenticato tutto quello che ci siamo detti quella volta in spiaggia di notte? Tutte quelle belle parole...»

«Sono cose che si dicono tutte le coppie di innamorati, non c'entra niente con la nostra vita! Non c'entra con...»

«Per me c'entra eccome» - mi blocca -. «C'entra tutto quello in cui tu sei presente. Ogni cosa che mi riporta a te è importante».

E tace, lasciandomi sola con le mie lacrime. Faccio fatica a dire qualcosa, o semplicemente ad ascoltare i nostri respiri. Perciò prendo forza e coraggio per digli quello che tanto desidero fargli sapere. Lo so che questo farà male ad entrambi, ma devo farlo. È un addio, un dolce e bellissimo addio che spero possa aiutarci ad andare avanti ognuno per le nostre vite.

«Jonathan, ti amo anch'io».

E riaggancio.

Sento che sto per svenire dalla tristezza, perciò mi abbandono sul divano e comincio a piangere come una fontana. Sono pessima, sono un fallimento. Mi faccio del male da sola, e non la smetto perché questo è l'unico modo per non ferire le altre persone. Dovevo dire così a Jonathan, era l'unico modo per lasciarlo libero di volare senza essere costantemente calpestato dalla mia sfortunata vita.

Crollano migliaia di gocce dai miei occhi, ognuna con una storia da raccontare. Sento dentro di me una valanga di emozioni, sensazioni, pensieri, rimorsi. Se ci fosse la possibilità di una doppia vita in un altro stato, se esistesse la magia, il poter esprimere un desiderio per migliorarmi la vita, allora sì che sarei felice.

Il mio unico desiderio sarebbe di avere un'altra occasione per rimediare ai miei errori. Non voglio vivere con questo rimorso, con il costante sentirsi oppressi e circondati da falsità, crudeltà, inganni, per il resto della mia incantevole giovane vita. Desidero poter volare libera nel cielo come una farfalla.

Crescere e sbocciare. Sì!

Queste sono le mie ultime parole prima di chiudermi in me stessa e affondare nelle lacrime che bagnano il mio cuscino.

Mi risveglio prima dell'alba. Mi sento uno straccio... e non appena mi guardo allo specchio, riconosco di esserlo anche fisicamente. La mia faccia è un disastro; se mi vedessero Lucy, Porter, Lina o Gina, scapperebbero via urlando per la paura. Non credevo che dormire poche ore e risvegliarmi con la faccia nera di mascara e matita mi avrebbe ridotto la pelle così, secca e ruvida. Non resta che risolvere alla svelta, prima di tutto con una super doccia.

Una volta fuori dal bagno, procedo a restaurarmi in camera coi dovuti trucco e abbigliamento consigliati dal mio staff UYBP; dopo aver sistemato anche gli accessori che userò oggi, mi scatto qualche foto e le mando ai miei "salvatori" per sentire un loro parere. Dopodiché prendo le scale per tornare al piano di sotto, passando a controllare in rete le novità del momento. Scorro lungo la lunga e interminabile lista, finché non noto una cosa che mi fa quasi cadere il tablet di mano: pare che Jason terrà una conferenza stampa con me questo pomeriggio per parlare di qualcosa e rendere partecipe il pubblico. Che novità sarà mai?

Controllo il cellulare, Lina ha confermato il look! Perfetto! Che sollievo, pensavo di dover apportare modifiche come all'inizio del nostro incontro, quando a loro non andava bene niente di quello che sceglievo. Fortunatamente ho imparato a capire che cos'è la moda.

Faccio in tempo a rispondere che sullo schermo mi appare una chiamata di Jason. Non so se rispondere, ma alla fine mi rassegno alla situazione e pigio il tasto verde.

«Pronto?»

«Buongiorno amore!» - Mi saluta Jason -. «Cos'è quella voce? Sei ancora arrabbiata per ieri? Ti ho dato un po' di tempo per schiarirti le idee...»

«"Un po' di tempo"? E questo lo chiami "dare spazio alla gente"?» - Ribatto -.

«Deduco che sei ancora arrabbiata...»

«Più che arrabbiata sono...»

Delusa? Con i sensi di colpa?

«Senti... mi merito tutto quello che mi vuoi dire di cattivo» - risponde lui -, «ma ti prego...non lasciarmi. Io ti amo davvero».

«Lo credevo anch'io».

«Ver...»

Riattacco brusca.

Il mio sguardo resta fisso sullo schermo del cellulare, diventato nero per la fine chiamata. Lo so che non è bello riattaccare in faccia alla gente, ma sentirlo dire quelle cose per telefono... chissà se mi stava dicendo la verità.

Continuo a guardare il telefono fino a quando non sento bussare alla porta. Chi sarà mai a quest'ora? Appena apro la porta, due mani fanno capolino e una figura supera la soglia fulminea, chiudendola alle sue spalle. Un istante dopo mi ritrovo bloccata al muro da due braccia e un viso incollato al mio.

«Jason? Cosa... no! Lasciami!»

Finalmente lo riconosco. Dunque era nelle immediate vicinanze quando ha chiamato, e ora eccolo qua, addosso a me, mentre che mi bacia con vigore. Che gli prende?

«Lasciami! Jason...»

Dopo quale altro secondo, sento che si sta staccando da me, e io faccio per spingerlo via con forza. Adesso è a distanza di sicurezza, con un labbro insanguinato; ho dovuto morderlo per costringerlo a staccarsi da me. Faccio per calmarmi e mi avvicino, sfiorandogli il mento con una mano.

«Fa male? Lascia che ti medichi... siediti sul divano».

Fa come dico e in silenzio. L'orologio segna in quel momento le sette, per cui ho ancora un po' di tempo per sistemare le cose qui e poi recarmi alla UYBP. Devo rimediare per la mia assenza non giustificata. Mi siedo sul bordo del divano, un po' più vicino a Jason; faccio per disinfettare la ferita, e lui si ritrae appena per il bruciore.

«Che bambinone» - commento -. «Perché mi hai chiamata se eri già qui?»

«Veronica, io non voglio perderti. Ahi!» - Si lamenta ancora per il dolore -.

«Allora perché ti sei comportato così con me?»

«Lo so, non avrei dovuto. In più tu non mi hai mai mentito da quando ci conosciamo...»

Vorrei fosse così.

«Questo non è del tutto vero» - mi sfugge -.

«So del tuo passato con quel ragazzo e della tua vita da imprenditrice».

Ma non è solo quello.

«Lo so dal primo giorno in cui ti ho vista a quel set, come sei in realtà...»

«E come sono?» - Gli domando -.

«Ho cercato informazioni su di te, così che potessi trovarti e vederti in qualunque momento della giornata. Non so come... ma tu sei da molto tempo l'unica cosa che mi rende felice e appagato» - mi dice a cuore aperto -. «Riempi tutte le mie giornate, i miei pensieri, i miei sogni. Vorrei condividere tutto con te, sempre».

«Quel "sempre" l'hai appena reso un niente e ancora più lontano».

Silenzio dall'altra parte. Non appena faccio per alzarmi, lui si lamenta di un dolore al fianco. Faccio per risedermi quando, con mano ferma, gli scopro la camicia.

Oddio! Che livido viola... Com'è successo?

Questo mi domando prima di correre in cucina e prendere la pomata con una fascia per poterlo coprire.

«Stenditi per favore» - gli dico per poter fasciare meglio la ferita -.

Ho le mani tremanti, ma cerco di tenerle ferme mentre fascio delicatamente il suo fianco. Faccio dei respiri profondi per non far cadere altre orribili lacrime e per avere la giusta dose di forza per parlargli adesso. Se crollo, rovinerei tutto il duro lavoro fatto per arrivare fino a qui, e soprattutto il trucco!

«Veronica...» - Mi dice prendendomi la mano e tenendola stretta a sé -.

Lo guardo, ma non dico niente. Voglio sentirlo parlare.

«Veronica, dimmi la verità. Credi di potermi dare un'altra possibilità per sistemare le cose tra di noi?»

«E tu credi che sia sufficiente? Lo sai da quanto tempo vivo così? Intorno a gente che mi mente di continuo, che mi usa per raggiungere i propri scopi. Come credi che possa fidarmi di nuovo di te, dopo che hai fatto pestare Jonathan?»

Lo dico tutto d'un fiato, quasi mi manca l'aria.

«Voglio solo stare con te» - mi dice stringendo la presa -.

«Lasciami» - gli ordino -.

«No» - ribatte lui -. Prova ad alzarsi ma il dolore al fianco è più forte del previsto e molla la presa.

«Okay, va bene. Hai bisogno di tempo».

Qualche secondo dopo diversi respiri, fa per alzarsi e rivestirsi, quando gli suona il telefono sul tavolino. Ironia della sorte. Risponde alla chiamata e si fa riservato come al solito. E io che mi sentivo addolorata nel vederlo ridotto così, sofferente e tutto il resto. Non gli ho nemmeno domandato come si è ferito, che stupida!

Se vorrà un'altra possibilità da me, se vorrà che io gli stia accanto e soprattutto che mi fidi di lui, dovrà fare molto di più di questo, e non intendo in forma materiale.

Jason continua la sua chiamata e io ne approfitto per prepararmi e dirigermi a lavoro, quando lo sento dire all'altro capo del telefono una cosa riguardante l'intervista di oggi pomeriggio... così interrompo i miei movimenti per ascoltarlo.

«Okay, perfetto! Grazie mille Zack. Sì, devi venire a prendere Veronica alle diciassette. Perfetto, a dopo».

Riattacca e torna a guardarmi.

«Non mi dirai di più su questa intervista di oggi pomeriggio, vero?» - Provo a domandargli -.

«Se te lo dicessi non sarebbe più un segreto, no?»

«D'accordo. Ma non aspettarti risultati positivi al primo colpo» - lo avverto, anche se credo mi piacerà -.

«Sissignora!»

Sbruffone.

Capitolo 18

In macchina, Jason accende la radio e abbassa i finestrini anteriori. Un po' di aria fresca ci vuole proprio, sono tesa e i muscoli delle spalle fanno malissimo. Ovviamente – nonostante il largo anticipo – ci imbuchiamo nel traffico della città che lavora h24. Non ci voleva, ma pazienza. Faccio per avvisare Lucy del potenziale ritardo, ma Jason mi rassicura perché la UYBP sa che sono con lui al momento. Ma davvero?

«Hai preso i contatti della mia azienda e mi stai portando a lavoro oggi» - cerco di rimettere insieme i pezzi -. «C'è un motivo ben preciso in tutto ciò?»

«Non riesci a non pensare che abbia secondi fini, vero?»

Non mi guarda mentre lo dice.

«Quando ci siamo conosciuti» - ribatto - «ero alle prime armi, poi magicamente sono diventata la modella che tutti seguono sul web; ho avuto richieste di lavoro in meno di due settimane e, aggiungiamoci anche che il mio adorato fidanzato è a capo di una delle attività di finanza più impressionanti dello stato». - Una pausa -. «Credi davvero che non possa pensare che tutto questo sia stato organizzato?»

Sto forse esagerando?

«Ci speravo, sì» - dice Jason rammaricato -.

«Vorrei davvero fidarmi di te, ma non ci riesco».

Ma forse non è tanto il fidarsi di lui, ma di me.

«Ti proverò che puoi fidarti di me senza doverti preoccupare... e soprattutto ti lascerò più libertà».

«Niente più guardie del corpo?»

«Questo no, mi dispiace. È per la tua incolumità, non voglio vederti...»

S'interrompe.

«Non mi succederà niente» - lo rassicuro -. «Se vuoi che stia al sicuro basta Zack a proteggermi».

«D'accordo, facciamo come vuoi tu».

Al lavoro tutti mi salutano calorosamente come se fossi arrivata puntuale, ignorando i venti minuti di ritardo. Raggiungo il mio ufficio/guardaroba, per poi prendere in mano l'enorme blocco di fogli a cui Lucy stava lavorando da giorni e darci una lettura veloce. Secondo lei, fare tutte queste cose serviranno a dare alla mia immagine uno slancio nel vero senso della parola, sporgendo il mio viso su un altro livello. Beh, naturalmente, che mi dovevo aspettare? Rumore di passi alle mie spalle. Mi volto e vedo Lucy fare il suo ingresso nel mio ufficio, seguita a ruota da due ragazzi altissimi e prestanti.

«Buongiorno, come stai?» - Mi saluta abbracciandomi -.

«Molto meglio, e tu?»

«Riposata e pronta per il set» - dice entusiasta -. «E questi due fantastici ragazzi saranno i tuoi "compagni di scatto"».

«Nessun problema».

In macchina, pronti per il primo set che inaugurerà l'inizio dell'estate e l'arrivo del magico mondo del "dormo alla luce del sole, faccio baldoria nella sera più buia" – sì, questo è l'unico slogan che ho trovato al momento – ci dirigiamo dentro l'enorme azienda in questione. Ci accoglie calorosamente una ragazza, presumo la segretaria del direttore a giudicare da come è vestita, completo con gonna, camicia e foulard abbinato. Mi sento esaltata come un cammello. Okay, forse era meglio un altro paragone...

L'ascensore è interamente fatto di vetro, si può vedere la città all'esterno. Caspita! Non ho idea di cos'altro mi riserverà questo contratto con la Masery Enterprise, ma sono curiosa di scoprirlo.

Usciti dall'ascensore, la segretaria ci fa accomodare in una deliziosa suite con un divano di dimensioni notevoli; l'ambiente è ben strutturato e accogliente. Nel mentre che aspettiamo, sedute e accolte con dei dolci e del tè, sento di avere la gola secca... sarà l'agitazione? Porter provvede subito a rifornirmi di acqua fresca. Lo ringrazio con un sorriso.

Il direttore se la prende comoda...

Attesa, attesa e ancora attesa. «Perché la gente ama farsi aspettare?» - Domando come se non sapessi la risposta io stessa -.

«Sei una celebrità, Veronica, dovresti saperlo» - mi dice Lucy -. «Forse una persona si fa aspettare per aumentare il desiderio di quest'ultimo di conoscerla. Magari è il modo più veloce per creare un rapporto che si basa sull'aspettare reciprocamente l'altro».

E prende un dolcetto gustandoselo. «Ma stai tranquilla... da come ho sentito in giro, questa persona è molto loquace. Andrete sicuramente d'accordo».

«Lo dici perché divento anch'io chiacchierona quando sono nervosa?»

Lucy non ha il tempo per rispondermi; finalmente qualcuno apre la porta e ci alziamo tutti in piedi.

La realtà è come un bagno freddo.

NON - CI - VOGLIO - CREDERE.

Che qualcuno mi svegli e mi dica che è solo un sogno. Uno in cui non vedo davanti a me il viso di Robert Morgan che mi sorride. Ma è la realtà, e il fatto che lui mi si avvicina abbracciandomi in segno di saluto affettivo mi rende ancora più spiazzata.

«Veronica... come stai? Ne è passato di tempo».

Sorrido pietrificata. Robert probabilmente nemmeno si ricorda il motivo per cui me ne sono andata, perché quel periodo è stato per lui uno dei momenti più belli della sua vita.

«S-sto bene, grazie» - gli rispondo -.

Fa per indicarmi una stanza dove ci aspettano quando, per mettere un piede in avanti, vado a impigliamo col lembo di un tappeto. Mi aggrappo automaticamente al braccio di Robert per non cadere.

Che figura!

Non voglio incrociare il suo sguardo, non voglio vedere i suoi occhi nei miei. Però devo spostarmi, altrimenti peggioro solo le cose.

«Stai bene?» - Mi fa -.

«Sì, sì, sto bene. Grazie». - E mi allontano -.

«Mi sembri nervosa».

Ma dai?

«Non devi esserlo» - mi dice ancora -. «Se ti fa stare più tranquilla, non sono io la persona che devi incontrare oggi».

«Ah no? Credevo... insomma... ma allora perché sei qui?» - Domando curiosa -.

«Per lavoro, proprio come te».

«Lavorerai per la Masery?»

«Sì. Mia moglie... cioè, Elena mi ha convito alla fine a prendere in considerazione questa collaborazione, per il futuro della Jewel...»

Ovviamente.

«...e visto che lei al momento non può lavorare, mi ha chiesto di occuparmene».

Non ho parole. Mi limito a fare un sorriso a Robert per fargli capire che ho inteso ciò che volesse dire. Sembra abituato a farlo da tempo immemore, ormai, e non intendo a parlare di noi due in questo momento, come se non fosse mai accaduto niente.

Il momento imbarazzante viene interrotto dall'arrivo di altre due persone sulla scena: un uomo dalla statura alta ed una donna dai capelli castani raccolti in una matita. *Fa molto direttrice*, penso. «Salve a tutti, grazie per essere venuti e vi chiedo perdono per il leggero ritardo» - esordisce l'uomo -.

«Non si preoccupi, Gerry» - dice Robert -.

«Sì, non si preoccupi. Ci può stare un leggero ritardo» - commenta Lucy -.

«Grazie, troppo gentili. Prego, seguitemi nel mio ufficio».

Caspita, è un uomo molto colto e professionale. Segue le regole come se fossero oro colato, e la donna accanto a lei sembra molto concentrata a seguire quello che dice.

Ascolto attentamente tutto quello che ci dicono, visto che sarò io la modella di punta per il servizio di scatti di questa collezione... poi, tutto ad un tratto, sento Lucy afferrarmi il braccio.

«Vedi di entrare nelle loro grazie. Saranno i tuoi futuri capi per un po', quindi cerca di fare un lavoro eccellente» - mi sussurra -.

«Lo so benissimo, Lucy, tranquilla».

«Non riesco a stare tranquilla... non mi aspettavo proprio la presenza del tuo ex!»

«Neppure io...»

«Ho un brutto presentimento. Che la Presidentessa della Jewel abbia dei piani per la Masery? O magari Elena e sua madre, che le hanno fatto il lavaggio del cervello...»

«Un complotto, dici? Mah... tutto può essere. Farò attenzione».

Onestamente non ne sono così sicura. Lucy si fa sempre prendere un po' dall'ansia, ma tutto questo, devo dire, mi mette po' di paura effettivamente.

Gerry e Mel, i due direttori, ci spiegano i dettagli sulla collaborazione con la loro società. A quanto mi dicono, la Jewel è qui – ci avrei giurato sulla mia vita – per la creazione inedita di una nuova linea di gioielli. Una parte progettuale che sarà la nuova sponda dell'estate, a quanto ne so. Un'ottima offerta, ai miei occhi; oltre ad aiutare Lucy con la sua campagna di modelli, che attira ogni giorno di più sempre nuovi volti della moda. Questo ci farà guadagnare tanti soldi e molta popolarità.

Mi dico che per fortuna Robert sia stato l'unico a venire qui oggi, altrimenti chissà cos'altro sarebbe potuto accadere.

«Veronica, so che sei una modella ancora esordiente» - Mel attira la mia attenzione a un certo punto - «ma sono sicura che faremo un ottimo lavoro insieme. La tua immagine è molto in voga nell'ultimo periodo».

«Se i ragazzi ti seguono e ti amano per come sei, allora sarà molto più facile vendere i nostri prodotti, con te a rappresentarli» - aggiunge Gerry. -.

«Grazie, siete troppo gentili...»

«Per quanto riguarda invece la parte dei gioielli» - continua Mel - «avevamo pensato, visto che ci occupiamo anche di questa parte del prodotto, di unirle insieme e creare una sorta di look completo».

«A tal proposito, il reddito verrà stabilito da questo punto. Non sappiamo come andranno le vendite proprio perché le persone hanno mille gusti diversi e non possiamo sapere cosa gli piace e cosa no, perciò aspetteremo di vedere come va la prima fase e poi vi faremo sapere».

Robert ed io pieghiamo il capo in segno d'assenso.

Ho un brutto presentimento, ma non so se esprimermi a voce alta prima di averne parlato con Lucy. Vengo comunque anticipata da Gerry, che sorridendo prima di uscire mi dice di aspettarlo un attimo.

Aspetto di nuovo come se fosse una cosa nuova da fare al momento, ma non lo è. Ormai aspetto da stamattina. Quando finalmente l'attesa è finita, lo vedo arrivare con una busta in mano. Ci dirigiamo di nuovo nel suo ufficio senza dire altro – siamo da soli questa volta – e mi porge l'invito di sedermi. Obbedisco e, non appena appoggio la borsa, lui mi parla con voce alquanto entusiasta.

«Veronica, so che può sembrarti un po' strano del perché io ti abbia chiesto di restare un minuto di più... io e la Masery siamo lieti di collaborare con te, conosciamo già l'impresa per cui lavori e siamo sicuri che non ne rimarremo delusi, né da te né da Lucy».

«Su questo non dovete avere alcun dubbio».

«Alla luce della tua risposta deduco che tu possa sapere del perché abbiamo scelto te fra tante modelle che potevamo prendere in considerazione. Giusto?»

Sono perplessa, ma in un lampo realizzo dove Gerry voglia arrivare... e non mi piace affatto che il mio sesto senso abbia nuovamente ragione. Non può accadere, non di nuovo, mi dico, non dopo che mi ha promesso di non farlo più per il mio rispetto e la mia privacy.

«Mi perdoni per l'indiscrezione, ma lei è impegnata con Jason Bryce, giusto?»

Questo è veramente troppo. Un'indecenza per le mie orecchie.

«Mi permetta una domanda». - Sono anche fin troppo gentile -. «Cosa c'entra la mia vita privata con il mio lavoro?»

«Beh... la Bryce è molto conosciuta e rispettata, come lei sa benissimo. Essa è all'apice di tutta la potenza. Controlla ogni tipo di settore presente nel nostro territorio. Praticamente è ha in mano le chiavi della città...»

«Aspetti un attimo, mi sta forse dicendo che vuole un mio aiuto perché la Bryce Corporation la consideri di buon occhio negli affari?»

«No, non mi permetterei mai, né con lei né tanto meno con mister Bryce...»

«Allora si spieghi, perché non capisco veramente».

«Vede, lei è sotto la nostra responsabilità, quindi...»

Responsabilità?

«Gerry... mi avete scelta perché sono una modella e come tale posso benissimo accompagnare la vostra collezione, oppure perché ve la chiesto Jason?»

«No...» - È troppo svelto nel rispondere -.

«Mi vuole controllare anche qui? Questa collaborazione è solo frutto del piano che avete architettato per tenermi sotto controllo?» - Ora sono arrabbiata -. «Non era vero niente quello che ci avete detto poco fa? Oppure era solo per nascondere il fatto che non v'interessa lavorare con noi? Ma con la Jewel sì, invece...»

«Veronica, si calmi per favore» - insiste Gerry -, «non intendevo dire niente di tutto ciò. Sono mortificato se l'ho offesa, non era mia intenzione».

«Sì, mi ha offesa... ma più di tutto mi continua a mentire e questo mi rende ancora più arrabbiata. Sa una cosa? Penso che al momento mister Bryce stia ascoltando la nostra conversazione, perciò... SENTI UN PO'!» - Alzo la voce e lo sguardo insieme -. «Tutto questo non c'entra niente con te e la tua stupida, folle mania del controllo, perciò ti chiedo... no! *Ti ordino* di stare fuori dalla mia vita!»

Mi alzo dalla sedia, ignorando lo sguardo attonito di Gerry.

«Ci vediamo lunedì» - decreto in tutta tranquillità -.

«Certo, buona giornata...»

Slam!

Chiudo la porta alle mie spalle con una forza tale da intimorire tutti i presenti nelle immediate vicinanze.

No, non ci voglio credere. È surreale! Tutto questo è contro ogni mia immaginazione. Contro ogni forma fisica o mentale. Sento che sto per esplodere, come quando si mangia troppo piccante. Non aspetto nemmeno l'ascensore che vado giù per le scale di tutta fretta.

Forse la mia vita con Jason non sarebbe mai dovuta cominciare. Gli ho persino concesso una seconda possibilità... e lui se l'è giocata in meno di mezza giornata. Ma chi si crede di essere per trattarmi così? Per manipolare la mia vita a suo piacimento! Sono talmente alterata che una volta arrivata alla hall non saluto neppure Robert che, visto di spalle, sembra intento a fare una telefonata. Secondo me sa tutto, ma al momento non m'importa.

Lucy probabilmente mi starà aspettando in macchina, ma non appena arrivo fuori sento l'aria pizzicarmi il viso. Fastidioso, ma non quando ti sbattono la loro superiorità in faccia. Quello sì che fa male!

Faccio un respiro profondo e cerco di calmarmi, di non pensare a niente; cosa più importante, ho bisogno di bere. Mi avvicino alla macchina, e aprendo lo sportelo della porta, dico con voce sgradevole a Lucy di aver voglia di bere qualcosa e chiudo di rimando. Non aspetto la sua risposta, mi guarda con viso preoccupato e fa per scendere e seguirmi verso la strada.

Brava amica! Mi conosci talmente bene che sai che in un momento come questo potrei esplodere e dire cazzate che non penso assolutamente.

«Vero, che succede? Perché ti comporti così?» - Mi domanda Lucy preoccupata -.

«Se te lo raccontassi non ci crederesti».

«Lo sai che ti credo sempre... deduco dalla tua faccia che non è niente di buono, quindi spara».

«Gerry... mi ha scelto come modella su richiesta di Jason, così può tenermi sotto controllo».

«COSA!?»

«Visto? Non ci credi nemmeno tu».

«Non è che non ti credo, è solo che... okay, senti, so dove andare adesso».

E mi prende a braccetto.

Poco dopo ci sediamo al *Dolcezza*, vecchio bar/pasticceria che conosco fin dai tempi dell'accademia. Strano come finisca sempre qui, senza accorgermene. Lucy ordina due fruit milk per dissetarci. «Ti ricordi quanto lo prendevamo da ragazzine?» - Mi domanda -.

«Già... ora che ci penso, avevo perso l'abitudine di berlo».

È strano come dei piccoli gesti uniscano nell'amicizia due persone per il resto delle loro vite. Ci lega una forte amicizia in tutti i sensi. Ci siamo sempre protette l'una con l'altra da quel pomeriggio passato al parco vicino la scuola, dove lei e io ci siamo incontrate... contagiandomi con la sua vivacità e intraprendenza.

«Senti, non voglio rovinare il momento, ma dobbiamo parlare di quello che è successo prima. Se non vuoi fare più il servizio fotografico con loro, basta dirlo» - mi dice -. «Guarda che se lo fai per fare un favore a me, io posso avere tanti altri contatti con cui collaborare...»

«No, questo non era nei nostri piani» - ribatto -. «Abbandonare non è contemplato. Non eri tu a dirmi che non dovevo abbassare la guardia contro Robert e la sua società, o chiunque altro ci avrebbe intralciato? Lo sto facendo. Resisto contro ogni tipo di avversità che mi si presenta davanti».

E bevo un sorso.

«Anche se questo ti fa soffrire? Non sei stanca di sentirti oppressa e limitata?»

Stanca? Bella domanda. Sì, lo sono. Tanto.

«Non è che tutto questo non mi faccia sentire bene, ma al momento mi preoccupa molto Jason e la sua mania di tenermi al sicuro» - ammetto -.

«Jason...» - Farfuglia -. «Ecco, vedi... quel giorno, quando Thomas era tornato da Buenos Aires, beh... quella volta volevamo metterti al corrente proprio di questo, ma abbiamo pensato fosse meglio aspettare»

«Lo capisco, e non vi giudico. So che mi volete bene. Ma non capisco proprio il suo comportamento, pensavo fosse un uomo adulto, coscienzioso, gentile, tenero».

«Invece dimostra problemi di attaccamento morboso alle persone».

Che devo fare?

La risposta sembra arrivare in meno di mezzo secondo, quando vedo che il mio telefono vibra. Chiamata in arrivo. Lucy me lo ha sequestrato qualche minuto prima di entrare nel locale, ma subito capisco dal suo sguardo di chi si tratta. Faccio per allungare il braccio, quando lei mi ferma chiedendomi: «Ne sei sicura?»

Io annuisco semplicemente, poi mi porge il telefono.

La mia voce è leggera, quasi inesistente. Lui invece si prende un colpo nel vedermi rispondere, ma dal tono di voce è sollevato che io l'abbia fatto.

«Veronica, grazie a Dio mi hai risposto, credevo che non l'avresti fatto».

«Infatti non volevo, ma stavi diventando troppo insistente. Cosa vuoi?»

«Ti prego, ti supplico, lasciami spiegare...»

«Spiegare cosa, Jason? Il fatto che continui a mentirmi, a usarmi, a sorvegliarmi?» - Pausa -. «Col cavolo che torno a casa tua».

«No! Veronica! Non riattaccare, ti prego... lasciami prima parlar...»

«Abbiamo parlato fin troppo. Ora tornerò alla mia vita prima di conoscerti, quindi ti prego, basta impicciarti nella mia carriera!»

E riattacco. Se davvero mi ama, rispetterà la mia decisione.

Lucy mi guarda in silenzio e mi prende la mano in segno di conforto. «Hai fatto benissimo» - mi dice affettuosamente -.

Caspita, è davvero difficile fare questa vita. Credere che si possa incontrare l'uomo della propria vita nello sperato tentativo di congiungersi con lui per sempre e vivere un amore agiato e assoluto. Cavolo se sono sdolcinata!

Mi risveglio la mattina seguente a casa di Lucy, nella solita camera preparata per me. Mi siedo sul bordo del letto e prendo il telefono per controllare eventuali messaggi in arrivo da chi ancora mi è amico. Con mia grande sorpresa ricevo un messaggio di buongiorno da parte di Margaret; la mia dolce cugina sta tornando dal viaggetto con i suoi genitori in Africa, sia per far visita a zio Vincent e famiglia, sia per poter visitare la natura meravigliosa che domina quelle terre baciate dal sole. Non la sentivo da un bel po' di tempo, non credevo potesse stare così lontana dal telefono.

Tesoro, mi manchi un sacco non puoi capire, l'Africa è bellissima! Un paradiso! Devi venirci anche tu un giorno, ti farò da guida turistica perché per allora saprò avventurarmi in queste terre meglio di chiunque altro.

Tu come stai? Che mi racconti di bello? Ho potuto leggere qualche notizia piccante su di te e su quel Jason, non mi fido tanto ma lo sai, se non lo vedo con i miei occhi non posso giudicare. Per cui aspettami! Arrivo fra due giorni circa, dopodiché ci racconteremo tutto.

Gli zii stanno bene, e anche i nostri adorati cugini sono in forma, devi vederli, sono scatenati come non mai. Ti faranno impazzire, ma sono super dolci, calorosi e divertenti da morire.

Spero tu stia bene, fammi sapere. Bacioni!

Margaret è una donna scatenata, combattiva, dolce e piena di amore. Una donna dal cuore fragile, ma con una forza immane per superare tutte le avversità con la testa sulle spalle e il sorriso perenne. Anche se non possiamo parlarci o vederci di continuo, siamo sempre unite e lo saremo fino alla fine. Le rispondo che qui le cose sono ottime dal punto di vista lavorativo, tralasciando però il fatto del mio distacco dalla famiglia e gli amori tormentati che mi affliggono. Quando verrà qui ci sarà un grande dibattito in famiglia.

Alla zia Violet non è mai piaciuto il distacco, e nemmeno a me, bisogna essere sempre tutti uniti e pronti ad aiutare in caso di bisogno, dice lei. Lei e papà andavano d'accordo all'inizio della loro conoscenza... ma dopo la morte della mamma, entrambi hanno preso le distanze gli uni dagli altri per un po'. Come si dice... per alleviare la perdita di un proprio caro.

Non voglio un altro litigio, ma è inevitabile se entro tre giorni non riesco ad aggiustare le cose.

Lucy sta ancora dormendo, e anche Terry, a quanto pare, visto che non ha ancora risposto ai miei messaggi preoccupati. Voglio solo sapere se sta bene in quella casa o meno.

La UYBP si è presa una piccola pausa con le attività, ma intendo comunque recarmi in sede, pur sapendo che probabilmente non ci sarà nessuno e il deserto mi assalirà, devo essere pronta per la riapertura di lunedì mattina. E visto che da quel giorno si comincerà a lavorare con la Masery, voglio essere la migliore in tutti i sensi.

Mi vesto, finisco di preparare una deliziosa torta alle fragole destinata a Lucy, per poi metterla in frigo e scrivere un bigliettino sul frigo. Faccio per uscire, quando mi ricordo di aver lasciato sbadatamente le chiavi della macchina sul tavolino in salotto. Le vado a prendere quando al mio ritorno alla macchina, un'altra più avanti mi taglia la strada.

Riconoscerei quell'auto ovunque, ma faccio finta di niente e salgo a bordo della mia...

«Veronica!»

Jason...

Lo vedo scendere dalla sua vettura e dirigersi a passo svelto verso di me. Ormai incombe davanti alla mia portiera, ma io faccio in tempo a bloccare ogni via d'accesso, così almeno non potrà avvicinarsi più di così. Lo spero, almeno. Ormai non lo riconosco più.

Lo vedo bussare sul finestrino, chiedendomi cortesemente di aprire la porta, invano. Persiste ancora, sbatte il piede contro il muretto e mettendosi le mani tra i capelli, quando all'improvviso gli viene in mente qualcosa. Torna alla sua macchina e tira fuori da lì un altro paio di chiavi... ma non le sue. Ed ecco che mi sale il panico più totale.

Le chiavi di scorta di questa macchina?! Come fa ad averle?

Lucy... non gliel'avrà date lei, vero?

Faccio per scendere, ma lui mi precede e apre lo sportello del guidatore, afferrandomi. Con molta poca gentilezza mi trascina per il gomito verso la sua macchina e mi ci appoggia delicatamente contro.

Almeno le buone maniere sembra avercele ancora. Cerco di divincolarmi, ma lui appoggia entrambe le braccia oltre le mie spalle, bloccandomi la via d'uscita.

«Smettila di scappare da me» - mi dice ansimando, come se avesse appena corso per chilometri -.

«Togliti. Di. Mezzo» - gli ordino decisa -.

Jason ci pensa su qualche secondo, ma poi obbedisce. «Perché non mi dai una possibilità di spiegarti?» - Mi domanda -.

«Non voglio ascoltarti».

«Lo so che sono stato sleale e che non volevi questo. Non lo volevo nemmeno io, te lo giuro...»

«Ma sei così... e non puoi cambiare da un giorno all'altro, lo so» - finisco io per lui -.

È un cliché.

«Tu ti affezioni alle persone con cui riesci ad avere un legame che vada più del lavoro stesso. Una sorta di famiglia, di amici, qualcuno con cui puoi condividere le gioie della vita. Ma io non posso e non voglio condividere le mie gioie con te in questo modo».

«È per Jonathan, vero? È per lui che mi stai allontanando? Lo ami ancora tanto» - afferma convinto -.

Scuoto la testa. L'amore può essere inteso in varie forme, non per forza attraverso l'approccio fisico. Io amo la vita, le persone a me importanti, il mio lavoro, me stessa. Tuttavia sembra che per Jason sia difficile lasciarsi amare, perché non ha mai potuto provare ad amare una persona fino alla fine. Qualcosa ha sempre cancellato quel sentimento che li univa. Come la morte e l'abbandono.

«Lascia fuori lui, è una cosa fra me e te» - gli rispondo -.

In un attimo si calma e torna a parlarmi con un tono accettabile.

«Ero felice di poterti conoscere» - gli dico -. «Mi sembravi una persona seria, fedele, che crede nel destino, ma poi ho notato che stavi cominciando ad avere paura che io potessi in qualche modo allontanarmi da te per il mio lavoro o chissà che altro, proprio perché l'hai già provato prima».

Mi guarda in silenzio.

«Tu hai paura di perdermi, quando la prima persona a cui dovresti pensare sei tu» - aggiungo -.

«Cosa vuoi dire?»

«Voglio dire che, da ora in avanti, ognuno andrà per la propria strada, senza intralciarci a vicenda». – Una pausa -. «Lasciami la libertà che voglio, lasciami respirare».

«Così che tu possa tornare da lui? È questo che vuoi?» - Continua ostinato -.

«La storia tra me e Jonathan è stata la più bella e vera della mia vita... e anche se è durata per poco, rimarrà sempre nel mio cuore. Sempre indimenticabile» - gli confesso -. «Ma molte cose si sono contrapposte al nostro amore per cui ho dovuto fare io la prima mossa e lasciarlo».

«Te ne sei andata tu nonostante lo amassi ancora?»

«Io lo amerò sempre, è una parte di me».

«E io cosa sono per te?»

Cosa sei per me?

Gli uomini sono tutti uguali. Sentiamo spesso dire questa frase, in tv, nella realtà dei giorni. Ma è veramente così? Io ho vissuto in primis questo sentimento che lega due persone nell'amore, che è il sentimento più bello e reale che esista, ma ho anche potuto vedere da altri occhi quanto questo facesse male e riducesse i cuori a frammenti di anime distrutte.

E sempre finisce così, che sia tu a provarlo o qualcun altro.

Spesso sentiamo dire che gli uomini sono coraggiosi perché è la parte che devono interpretare, ma in realtà è tutta una facciata che ci facciamo entrare in testa noi donne per sentirci più protette e amate da loro. Come ho fatto anch'io.

Poi mi sono resa conto che sono io a dover essere coraggiosa per me stessa. E che in realtà anche gli uomini piangono, si sentono fragili e impotenti proprio come noi donne. Solo che non lo dimostrano spesso, proprio perché l'uomo deve risultare forte e coraggioso sempre.

Ma perché allora non può farlo anche la donna? Aiutare quell'uomo. La fragilità dell'altro genere non è debolezza, ma carattere. Quello che fa battere il cuore di una donna perché non si nasconde nello stereotipo dell'uomo forte che noi ci creiamo su di loro, ma si dimostra come è in realtà, nella sua semplicità e bellezza.

Un amore a senso unico, quello che non fa battere il cuore ogni volta che lo incontri. Ecco cosa sto provando.

Che non ti fa sorridere quando si sente in imbarazzo perché ci sei tu a guardarlo.

Che ti allontana sempre di più quando cominci a stancarti.

Credevo che Jason potesse essere l'uomo giusto per me, che mi avrebbe fatto ritornare il sorriso, ma invece non è così, e tutto per colpa mia. Amo ancora immensamente Jonathan, anche se il nostro amore è destinato a non esistere in questa vita. Lo amo ancora perdutamente perché è lui che mi fa battere forte il cuore, anche quando non lo vedo, ma lo percepisco in un qualche modo vicino a me.

Lo amo perché quando sorride alla mattina, la mia giornata inizia con il piede giusto.

Lo amo ancora perché lui è la mia più grande fragilità, e lo sarà sempre.

Capitolo 19

Due settimane dopo...
Continuo a lavorare come sempre, la nostra collaborazione con la Masery sembra procedere bene e senza intoppi di alcun tipo. Gli scatti vengono perfetti grazie a Lucy, per cui mi sento al settimo cielo. Sono sicura che tutto andrà per il meglio. Ci vuole solo fede.

Prendiamo una pausa di dieci minuti per bere e mangiare qualche snack, poi ne approfittiamo anche per parlare un po' visto che non fa mai male. Lucy va a prendere da bere alla caffetteria. Pensavo che schiarire i capelli fosse una cattiva idea, ma in realtà mi piace molto. Mi dona questo look, l'effetto è favoloso!

Un attimo prima di ricominciare lo shooting, una persona entra dalla porta con un po' troppa pressione. Ci manca poco che non rompa la maniglia della porta.

«Signorina Mars?»

«Sono qui. Chi mi cerca?» - Domando all'uomo in questione -.

«Mi scusi per il disturbo. Sono un responsabile del Palace di Gardenia, ho qui per lei l'invito alla cerimonia di apertura delle collezioni di gioielli che si terrà proprio da noi».

E mi porge il foglio.

«La presentazione delle nuove collezioni è già iniziata?»

«Quasi. Manca poco alla fine dei preparativi e poi potremo cominciare. Ma ci vorrà tempo prima che i potenziali acquirenti si presentino, bisogna prima sistemare le varie postazioni dei vari designer».

«Giustamente».

«Noi la vorremmo tra le diverse modelle presenti quel giorno, e visto che ha già dei legami con la Mars non avrà problemi di scelta...»

Problemi di scelta?

Solo perché la mia vita è tutta una scelta qui e una scelta là non vuol dire che sia semplice.

«Sì... beh ecco. Questo si vedrà più avanti» - gli dico -.

«Come desidera. Ci farebbe un immenso piacere averla tra di noi, aspettiamo impazienti il suo arrivo».

«Capisco. Grazie per l'invito»

Mentre il tale se ne va, penso alla cerimonia. L'attesa è finalmente giunta. «Pensi di presentarti?» - Mi domanda Lucy, ricomparsa sul posto -.

La vedo appoggiare gli snack sul tavolino e mi guarda come se pendesse dalle mie labbra.

«Perché non dovrei? In fondo sono una delle modelle che sfilerà con le loro collezioni. È un buon motivo per presentarmi e al tempo stesso andare avanti con il piano».

«Sì, è vero, ma tu volevi presentarti come designer e non come modella, ricordi? Che fine ha fatto il tuo piano iniziale?»

«Tranquilla Lucy, il mio piano è sempre lo stesso, abbi solo fede e vedrai che tutto andrà a posto».

Secondo l'invito, il tutto inizierà fra tre settimane esatte, qualche giorno prima del compleanno di mio fratello per l'esattezza. Analizzando anche altre parti della serata, ho giusto il tempo per prepararmi e andare a vedere come sarà il posto e fare delle prove. Lucy mi accompagnerà fra qualche giorno, mi dice.

Più tardi...
È quasi ora di cena. Lucy è sdraiata sul divano a leggere e smanettare sul cellulare contemporaneamente. Oggi mi sono deliziata nel preparare una torta tenerina al cioccolato, accompagnata con una spremuta all'arancia; mi appresto a sistemare tutto in tavola quando qualcuno suona al campanello. *Chi sarà?*

Vado ad aprire e mi trovo davanti Thomas con due rose rosse in mano e il suo solito impeccabile outfit da uomo d'affari.

«Prego, entra!» - E lo faccio accomodare -.

«Grazie, Veronica. Ah, Lucy mi ha detto che starai da lei ancora per un po'».

«Eh già». - Una pausa -. «Purtroppo le cose si sono complicate con Jason e avevo bisogno di cambiare aria. È per questo che non sto più da lui...»

Thomas annuisce. «Lucy me ne ha parlato. Ti volevo avvisare sul suo carattere particolare, ma lei mi ha esplicitamente chiesto di non farlo perché dovevi scoprirlo da sola».

«Sì, beh... grazie comunque per tutto».

«È tuo fratello che dovresti ringraziare, in realtà».

«Terry? Cosa ha fatto?» - Domando preoccupata -.

«È stato lui a farti entrare alla cerimonia del Gardenia».

«Davvero?»

Sono sorpresa. Thomas si limita ad annuire di nuovo e si avvia in cucina dove l'aspetta un bel bacio da parte di Lucy.

Devono proprio sposarsi quei due, sono troppo carini insieme.

«Oggi dormirò a casa di Margaret» - dichiaro dopo essermi alzata dal tavolo, al termine della cena -. «Mi ha chiamata qualche giorno fa dicendomi che voleva vedermi, così vado da lei stasera».

Anche perché non sono ancora in grado di tornare a casa mia.

«Ah, va bene allora. Porgile i miei saluti» - afferma Lucy -.

«Anche i miei!» - aggiunge Thomas con la bocca ancora piena di torta -.

«Sarà fatto. Ciao!»

Esco dal portone e mi avvio alla macchina parcheggiata. Quando salgo a bordo e giro la chiave, mi accorgo che qualcosa non va. *Perché non parte?* Così faccio per scendere e tiro fuori il cellulare per chiamare un carro attrezzi; all'improvviso, però, qualcuno mi afferra per il polso togliendomi il telefono dalla mano.

«Ehi, ma che cavolo...!»

M'interrompo non appena mi volto a guardarlo. Due occhi castani mi fissano profondamente, e un busto grande e possente mi sorregge prima che io perda l'equilibrio per lo stordimento che mi provoca.

Jason!

Faccio per distaccarmi da lui, un po' brusca. Mi lascia andare, ma rimanendomi comunque vicino. «Mi odi ancora?» - Dice a bassa voce -.

Odiare? È un parolone nei suoi confronti, ma se proprio devo usarlo su qualcuno, quel qualcuno risponde al nome di Elena Sherman... e anche sua madre.

«Non ti odio» - gli dico - «ma sono stanca e non voglio più avere niente a che fare con te. Credevo mi piacesse avere tutte queste attenzioni, ma...»

«Aspetta!» - Mi blocca -. «Non dire niente, vieni a casa mia prima».

«Jason, cosa non capisci di...?»

«Non intendo niente di quello che ti stai immaginando, solo... vieni con me».

Mi arrendo. Sembra che il destino non voglia farmi partire con la mia macchina e così salgo a bordo della sua.

Arriviamo alla sua dimora e mi fa entrare come se nulla fosse, facendomi accomodare sul divano prima di allontanarsi da me; dopo un'attesa lunga due minuti, lo rivedo apparire da dietro una porta con una scatola in mano. L'appoggia sul tavolo e viene a sedersi accanto a me. Mi sta guardando.

«Aprila» - mi dice semplicemente -.

Faccio come mi dice e la prendo tra le mani. Caspita, non è affatto leggera per quanto sia piccola; l'appoggio così sulle gambe e la apro adagio, come se fosse fatta di cristallo. Ci sono foto, lettere, cartoline di posti da sogno e dei giocattoli per bambini. Tutto un po' confuso, come la mia mente al momento.

«Questi sono tutti i ricordi che ho dei miei genitori e della mia infanzia» - mi spiega Jason -.

«Non devi per forza parlarmene, lo sai».

Lui insiste, tenendomi le mani sulla scatola. «Voglio che tu sappia tutto di me, come io so tutto di te».

Jason... non sai quanto ti sbagli...

«Tutta la mia vita è nelle tue mani adesso, desidero solo che tu possa accettarmi nella tua dopo aver scavato di più nel mio passato».

Avrei voluto lo stesso con Jonathan, tempo fa, ma non è mai successo. Perché tutti gli uomini che conosco hanno un passato turbolento?

Prima che Jason possa aggiungere altro prendo in mano la prima cosa che mi capita a tiro dalla scatola. Una foto di famiglia. Vedo Jason, i suoi genitori e una bambina dai capelli rosso ramati che non può che essere Alyssa.

«Una bella famiglia» - commento -.

È sollevato nel sentirmi dire ciò. Esamino poi altri oggetti e trovo, con mia grande curiosità, una collana d'epoca, di quelle in cui solitamente s'inseriscono le foto dei propri cari. La prendo in mano e guardandola mi si appannano gli occhi per un momento.

«Queste sono le persone che amo di più» - mi dice indicandomi come parte di loro -.

Non so cosa dire.

«Io... voglio darti un'altra possibilità, Jason» - dico staccando delicatamente la mano dal suo petto e riporgendo la collana nel suo posto sicuro - «ma ad una condizione».

Lo devo fare. Per dimenticare, per andare finalmente avanti e magari avere con lui quel sentimento profondo che avevo con Jonathan. Jason mi ascolta attentamente, ma si può notare benissimo dai suoi occhi che sia felice e pieno di speranze. Sì, lo voglio anch'io. Essere piena di speranze e di buoni propositi.

«Qualunque cosa» - mi dice -.

«Voglio libertà e indipendenza. Non voglio sottostare a nessuno e, men che meno, dipendere da qualcuno».

«D'accordo» - risponde, troppo veloce -.

«Sei sicuro di riuscirci?»

«Sì, libertà. L'avrai a partire da adesso».

«Non ho finito. Non dovrai interferire con il mio lavoro, nemmeno una volta». - E qui sono veramente seria a riguardo -. «Lasciami gestire le cose da sola».

«Va bene...»

«Inoltre, non voglio che spendi per me... come la macchina. Non voglio doni, voglio potermi guadagnare le cose da sola... compresa una casa. Ho soldi a sufficienza per prendermi un appartamento al... no. Non ti dirò dov'è» - ci ripenso -. «Piazzeresti delle guardie per tutto il quartiere, ne sono convinta. Ti conosco troppo bene adesso. D'ora in avanti starò più attenta, mi guarderò le spalle da sola».

«Va bene, lo accetto. Sei capace di badare a te stessa, ma... ho una condizione anch'io» - mi dice sorridendomi e prendendomi la mano nella sua -.

Che vuole fare?

Guardando la scatola, tira fuori un anello di diamanti che poi mi porge davanti agli occhi.

«Questo...»

Lo fermo all'istante: «Aspetta, io non... non sono pronta per questo passo».

«Neanch'io lo sono» - ribatte Jason -. «Abbiamo appena fatto pace e non ti chiederei mai una cosa del genere adesso».

«Come? E allora cosa significa questo?»

«Ci stai ripensando? Vuoi sposarmi adesso?»

«Cosa? Io? No, affatto! Stavo solo pensando per quale occasione tu abbia voluto sfoggiare un così bel diamante...»

«Sei adorabile, te l'ho mai detto?» - E mi accarezza la guancia con il pollice su cui tiene l'anello -.

Okay, forse sono stata troppo precipitosa, ma mettetevi nei miei panni... come avreste reagito se vi foste trovate un diamante davanti agli occhi?

Jason, ricomponendosi, mi guarda di nuovo negli occhi. «Veronica, siamo entrambi ancora giovani e inesperti sull'amore, ma so per certo che è con te che voglio passare il resto della mia vita. Per cui... mi faresti l'onore di indossare questo anello come simbolo del nostro amore?»

«Io... Jason, non so cosa dire, veramente. Questo anello è... troppo prezioso da poter tenere così in giro. E se dovessi perderlo?»

«Mi fido di te» - decreta lui -. «D'accordo, allora lo metterò qui». - Lo infila nella collana -. «Spero tu possa portarla con te ovunque vai... così sarà come avere una parte di me con te».

E me la porge.

«Grazie, Jason, questo è davvero un bellissimo dono... me ne prenderò cura. Promesso».

«Ne sono sicuro».

Qualche ora dopo...

Mi ritrovo in macchina davanti a casa mia. Non so perché sono qui visto che devo andare qualche chilometro più avanti, ma è come se i miei piedi avessero in qualche modo deciso di fermarsi qui davanti. Così spengo il motore e mi giro a guardare un luogo al quale adesso, tra una cosa e l'altra, mi è stato negato l'accesso. Sospiro con amarezza. Ho deluso me stessa, ma più di tutti ho deluso papà che si aspettava grandi cose da me. Ho deluso la mamma, che molto probabilmente adesso mi guarda da lassù con occhi tristi, come lo sono adesso i miei. Ho deluso la Presidentessa, la quale si fidava molto di me e su cui porgeva grandi speranze e miglioramenti... ma io l'ho semplicemente usata per il mio scopo, come tutti gli altri del resto. A quale fine però? Ora mi ritrovo qui, in una macchina che non è la mia, davanti ad una casa che non è più la mia casa.

Cosa può andare più storto di così?

Un secondo dopo, vedo la porta di casa aprirsi; dalla soglia escono Carmela e Jenny con due borse in mano.

Dove vanno?

Mi sporgo più avanti per sbirciare: intravedo delle grosse scritte che recitano *"Buon Compleanno!"* Ora capisco. Stanno preparando una festa di compleanno per Terry... mancano ancora tre settimane, però, perché iniziano i preparativi così presto?

Qualunque sia la risposta, vorrei essere con loro. Abbasso un po' il finestrino per sentire di cosa si parlano e, con mia grande gioia e sorpresa, parlano proprio di me!

«...certo che verrà anche Veronica, tesoro» - afferma Carmela -. «Ci tiene molto alle tradizioni e ancora di più ama vostro fratello. Non mancherà di certo».

Vorrei fosse così semplice. Papà non mi ha ancora restituito l'accesso al suo mondo... al suo cuore.

Faccio per accendere il motore e andarmene quando ricevo una chiamata improvvisa. Guardo il cellulare e con stupore vedo il nome "Carmela".

«P-pronto?»

«Veronica, come stai?»

Lei ignora che mi trovo a pochi metri da loro...

«Ah... sto bene, grazie, e voi?»

«Tutto bene, qui le cose vanno avanti, ma senza di te...» - Una pausa, fa un sospiro -. «Tesoro, ti prego, torna a casa, sono... siamo tutti preoccupati per te».

«Anche mio padre?» - Dico triste -.

«Beh... Gerald è sempre più impegnato con l'azienda, non torna quasi mai la sera a casa. Passa intere notti in ufficio ad escogitare un modo per entrare al Gardenia di quest'anno».

«Non ha ricevuto l'invito?»

«No. Tu invece?»

«Io... sono una delle modelle, naturalmente me l'hanno dato» - le dico -.

«Veronica, ascoltami. Ho bisogno che tu parli con tuo padre e che risolviate le vostre divergenze insieme...»

«No, Carmela, papà è irremovibile, lo sai...»

«Ma c'è sempre una possibilità, non dimenticarlo. Qualsiasi cosa è removibile. Promettimi che almeno ci penserai».

«Sì, va bene».

Il mattino dopo...

Parcheggio dentro al vialetto, faccio per scendere dalla macchina quando due bambini scatenati e sporchi di nutella mi abbracciano facendomi quasi inciampare. Fanno per girarmi intorno, come se fossi un giocattolo, ma vengono interrotti dalle grida della madre che, uscendo dalla porta del retro di casa, s'incammina verso di noi riprendendoli.

«Veronica!» - Mi chiama dopo che i bambini sono rientrati per la colazione -. «Quanto tempo! Sei cresciuta tantissimo... e sei diventata ancora più bella».

«Ti ringrazio zia Violet, anche tu sei in formissima».

«Oh, così mi fai arrossire. Ma su, dimmi un po'. Che hai fatto di bello in tutti questi anni? Sai che io e la tecnologia non andiamo molto d'accordo, sono una donna all'antica...»

M'invita a entrare per la colazione, e io la seguo.

Poco dopo ci troviamo tutti insieme intorno al tavolo, con diversi ragazzini che urlano, discutono e ci domandano esitanti più informazioni riguardanti al nuovo anno che li aspetta. Oggi mi concentro in particolare su Matthew e Marcus, i due fratelli più grandi della famiglia, nati lo stesso giorno, e poi sulla terza, Giorgina.

«Ditemi un po', sono curiosa... qual è il vostro talento?» - Chiedo loro -. «tralasciando quello di Matthew per le ragazze».

Ridono tutti. In fondo non li ho mai potuti conoscere a fondo prima, e questo mi dispiace molto. Devo cogliere quindi al volo questa opportunità. Uno ad uno mi parlano dei loro talenti, fino a quando non tocca a Giorgina, ma si mostra timida a esprimersi.

«Le è bravissima a suonare il violino» - dice la zia -.

«Davvero?» - Domando sorpresa -.

«Sì. È molto brava» - aggiunge Marcus -.

«Ma tu guarda, abbiamo delle cose in comune. Anch'io in passato suonavo il violino. Me la cavavo anche abbastanza bene con il pianoforte».

«Non fare la modesta» - dice Margaret guardandomi cose se avesse visto la bugia in persona -. «Vostra cugina, ragazzi, era la "Dea del pianoforte". Ogni volta che toccava i tasti diventava inarrestabile!»

Esagerata.

«Dai, dimostracelo!»

E mi dirigo a passo sicuro verso il pianoforte.

A volte il tempo è come una trottola che gira, più tu intendi andare avanti alla velocità della luce, più quella rallenta e ti fa godere i momenti che il più delle volte perdi di vista, o semplicemente credi non siano importanti. E viceversa.

Cristina Russo

Finisco la mia "esibizione" e sento formicolarmi le dita. Strano, non è mai successo prima. Sarà che mi devo riabituare, come per ogni cosa che lascio indietro. Quando mi giro verso gli altri, vedo letteralmente tutti con la bocca spalancata e diversi smartphone puntati verso di me per filmarmi.

Mi dirigo verso la tavola, quando Margaret mi prende per il polso e mi porta verso un posto sicuro per poter parlare in privato. Spero non sia successo niente di grave, ma dalla sua faccia non si può dire.

«Vero...» - Mi chiama nervosa mentre mi passa il suo cellulare in mano -. «Leggi».

Obbedisco, ignara di quanto sto per trovarmi davanti.

Cara Margaret, è da molto che non ci sentiamo, come stai?

Io sto bene, il mio lavoro sta migliorando e anche se ho turni strazianti, mi piace ciò che faccio e la chimica che si crea in questo ospedale.

Ma non siamo qui per parlare di me, ma piuttosto di noi.

So che può sembrarti strano risentirmi dopo così tanto tempo, ma sento la tua mancanza. Sono un codardo lo so, ma non so proprio come approcciarmi a te. Non so se sei ancora la stessa persona di quando eravamo giovani innamorati e pieni di aspettative, o se invece sei cambiata. E questo in realtà è un po' anche colpa mia e della mia insicurezza.

Magari mi hai anche dimenticato e sei andata avanti, ma spero in qualche modo che tu non mi abbia cancellato dalla tua memoria.

Mi manchi tanto e vorrei rivederti.

Al momento non posso viaggiare per il lavoro che mi trattiene qui, ma non appena mi libero prendo il primo volo per New York e vengo a trovarti. Fammi sapere se ci sei e se hai tempo per me.

Ti abbraccio
Peter

E io che pensavo fosse qualcosa di grave "livello apocalittico". È una bellissima notizia! E dopo aver finito di leggere la guardo negli occhi.

«Che c'è, Margaret?» - Sembra confusa -. «È ovvio che ti ami ancora... non sei contenta che ti abbia scritto?»

«Contenta? È come se mi avessero appena pugnalata al cuore!» - Commenta amara -.

«Perché dici così?»

«Tu non capisci. Fai di tutto per dimenticare una persona affinché il tuo cuore smetta di soffrire e poi… questa persona ti si ripresenta con un "Mi manchi tanto"... che cosa dovrei provare? Gioia? Tristezza? Speranza?»

Resto in silenzio. Devo ammettere che in effetti non so come aiutarla. In questo sono una frana anch'io.

«Perdonami» - mormoro -. «Senti, facciamo che gli scriviamo insieme un messaggio e poi quando ti risponderà vedremo il da farsi. Che ne dici?»

«Per me va bene».

Il giorno dopo...
Tra una commissione e l'altra, penso a come stanno andando le cose alla Jewel, se stanno avendo problemi oppure se si sono completamente dimenticati del "fardello" qui presente... ma sono tutte domande a cui non posso dare una risposta fino al giorno del Gardenia. Sarò lì anch'io e sfilerò per lei. Non era il mio piano iniziale arrivare lì in queste vesti, ma a mali estremi, estremi rimedi. Ci tengo molto a presentarmi lì e farò qualsiasi cosa per esserci. Non so se avrò anche l'occasione per parlare con qualche grande imprenditore, ma ci proverò.

Raggiungo Central Park, dove abiterò fra pochi giorni! La mia nuova casa si trova in uno di questi alti e raffinati palazzi, posizionata con una vista non indifferente; è dotata di salotto accogliente e spazioso, una cucina raffinata ad angolo come piace a me e due camere da letto. Un po' grande per una persona sola, ma è stato amore a prima vista e posso permettermela, coi nuovi incarichi ottenuti insieme a Lucy. È stata senza dubbio la mia scelta migliore nell'ultimo periodo. Potrò effettuare il trasloco fra due giorni, salvo imprevisti.

Nel tardo pomeriggio, dopo aver assistito Lucy con una delle sue crisi di lavoro e mangiato al mio ristorante thailandese preferito, raggiungo la Masery pronta a lavorare come una matta... ed è qui che incontro una persona indesiderata.

Avrei dovuto rendermene conto fin dal parcheggio, dove ho notato una macchina molto familiare posteggiata non lontano dalla mia; ma è solo quando raggiungo l'ingresso che, con mio grande stupore e nessun piacere, vedo Elena chiacchierare con Mel e Gerry nella sala prove degli abiti. Cammino a testa alta e raggiungo il trio dominando il pavimento sotto ai miei piedi, nel bel mezzo della loro conversazione.

«Buongiorno Elena» - la saluto, gettando un'occhiata al suo pancione ormai evidente -.

«Buongiorno» - risponde lei, sempre fredda -. «Come stavo dicendo, ho anticipato un pochino perché ho portato degli spuntini per rinfrescarci». - e si alza andandoli a prendere sul tavolo lì vicino -. «Oggi abbiamo una giornata piena, ma non è salutare lavorare a stomaco vuoto».

«Grazie Elena, non era necessario» - risponde Mel -.

«Oh, è il minimo che possa fare per voi» - ripete Elena -. «Ora che sono così avanti con la gravidanza, non posso più fare grandi sforzi... è l'unica cosa che posso fare senza stancarmi troppo».

Povera...

«Beh, grazie del pensiero, cara, ma accomodatevi pure» - C'invita Gerry -. «Gli altri arriveranno fra poco».

Raggiungiamo l'ufficio e ci sediamo. Vedo Elena sfoggiare quel suo solito sorrisetto compiaciuto mentre si siede di fronte a me, così che ci possiamo guardare bene in faccia. Ma la verità è che ne ho già abbastanza di lei adesso, figuriamoci fra qualche minuto. Pur di non guardare l'arpia, nell'attesa che arrivino gli altri afferro lo smartphone controllando la mia agenda.

Controllo la mia agenda sul telefono nel mentre che aspettiamo l'arrivo di tutti.

«Caspita, deve essere bello lavorare in questo settore» - commenta Elena -. «Quindi sfoggerai per la collezione "Pioggia di Stelle" di quest'anno?»

«Sì» - affermo posando il telefono -. «La Masery ha un'ottima strategia di marketing e lavorandoci su abbiamo dedotto sia buona opportunità di lancio del loro nuovo set di capi "Luna e Note"».

«Capisco. Un'ottima opportunità di lancio… ma non solo per loro, non è vero?»

Se non la smette di fare quel sorrisetto, giuro che esploderò.

Calmati, Veronica, reagisci nel modo giusto...

Mi ricompongo e le rispondo cordialmente, a differenza sua: «Quello che ti dirò lo saprai già visto che sei qui per la riunione definitiva. L'unica cosa che mi domando è: perché sei venuta se il progetto è nelle mani di Robert?»

Lei sorride. «Robert mi ha detto che vi siete rivisti e che avete parlato, anche se per poco...»

«E allora?»

«Abbiamo accettato questa collaborazione perché ce l'hanno chiesta loro così gentilmente e non abbiamo potuto rifiutare. In fondo è un'ottima opportunità anche per noi. Cosa ti dà fastidio?»

«Non è la Jewel a non piacermi, ma le persone che la gestiscono».

«Parli anche della Presidentessa? Lei ti adorava, lo sai? E non dimentichiamo Jonathan. Lui ti amava così tanto».

Sta ancora affondando la lama.

«Ora lo ammetti» - osservo -. «Ammetti che Jonathan mi ama».

«Non più, ormai. Fai parte del suo passato come tutti gli altri».

«Questo me lo deve dire lui stesso».

Veniamo interrotti da una porta che si apre e dal resto dei responsabili del progetto che si siedono al nostro tavolo, tra i quali Robert, Mel, Gerry e il restante team della Jewel che si occupa di gestione marketing e imprese. Parliamo di come si svolgerà il tutto, del fatto che sarò io il volto del lancio del nuovo prodotto "Pioggia di Stelle". Nessuno è contrario, e ci mancherebbe visto che faccio parte del gruppo da prima del loro ingresso. Analizziamo le creazioni che ci hanno portato, le quali sono piaciute subito moltissimo a Gerry e Mel. Ma quando arrivano in mano mia, rimango sbalordita da un particolare: riconosco subito che queste bozze, effettivamente, non sono opera di Elena. Lavorando con lei a stretto contatto ho imparato ad analizzare i suoi lavori, come si adopera per creare qualcosa di nuovo. E questo non è opera sua.

Appoggio così i bozzetti al centro del tavolo cosicché tutti possano vedere, poi pongo la mia domanda.

«Elena, sono veramente belli. Ci puoi spiegare come ti è venuta l'idea di creare un set con stelle in trasversale accompagnate da fili bianchi incastonati da brillanti... per far intendere l'effetto di stella cadente?»

«Esatto. Vedete, questo lavoro, o meglio il concept che c'è dietro, l'intento di far "apparire una donna dal cielo, come fosse stella cadente", mi ha incuriosito. Così sono partita dall'idea di stella che appunto scende giù dal cielo portando con sé le strisce di una, diciamo... caduta dal cielo».

Ridacchio, ma lei non ci fa caso e continua.

«Ho aggiunto poi svariate forme, ad esempio per gli orecchini sono questi primi bozzetti che avete visto, da cui ho preso l'idea; per la collana ho preferito creare qualcosa di più semplice, infine per il braccialetto e l'anello ho cercato di assimilare il tutto e mi è venuta in mente la possibilità di un baciamano come quelle d'epoca. Cosa ne dite?»

«Per me è affascinante come idea» - risponde Gerry-. «Amore, che ne pensi?»

«Hai ragione, caro, davvero ottima» - conviene Mel -. «Veronica, tu cosa ne pensi? Può andare?»

Accidenti, me l'ha fatta pure adesso. Ma ancora penso che non siano sue queste creazioni. Tale madre tale figlia. Devo provarlo, ma come faccio se non lavoro più lì?

«Veronica?» - Incalza Mel -.

«Oh, sì. Stavo pensando al progetto. È molto bello, devo ammetterlo, ma c'è una cosa che non mi colpisce particolarmente. Non riguarda la collezione che abbiamo analizzato prima... mi chiedevo se questo set, con questi particolari, si possa intonare poi alla tua collezione di abiti».

«Giusto, non ci avevo pensato. Bisogna fare delle prove» - dice a Gerry -.

«Intende forse prove abito?» - Domanda Robert -.

«Sì, Robert. Veronica verrà da voi non appena possibile, proverete gli abiti insieme ai gioielli e da lì giudicheremo se non ci siano effettivamente problemi».

Cavolo! Sono inciampata di nuovo sui miei stessi piedi.

Capitolo 20

Esattamente una settimana dopo, mi trovo ad andare alla Jewel per la prova abito e gioielli. Non so cosa accadrà, se avrò problemi o meno, ma questa è l'occasione buona per provare che c'è effettivamente qualcosa sotto. Elena è brava nel suo lavoro, questo non lo metto certo in dubbio, ma perché ho la sensazione che stia mentendo a tutti in faccia senza alcun pudore?

Sto forse immaginando tutto?

E com'è possibile che lei sappia della collezione che abbiamo creato io, le Miss e i loro dipendenti con molta cura, se è Robert a capo della collaborazione? Che sia entrata nel suo studio di nascosto e abbia preso i dati necessari affinché potesse poi mandarli al vero ideatore del set di gioielli?

Sto diventando sempre più paranoica.

Arrivata davanti alla Jewel spengo l'auto e faccio un lungo respiro, guardando cosa davanti a me si propaga in tutta la sua magnificenza. Ripensandoci non sono riuscita a stare tranquilla tutta la settimana, con l'ansia di una possibile transizione del piano attuale. Ma non è successo niente, per fortuna.

Nel corso delle giornate passate ho lavorato con Lucy su dei set fotografici, ho pranzato dai miei amici e fatto una super spesa per il mio nuovo appartamento.

Oggi pomeriggio mi trasferisco!

O meglio stasera, visto che sarò impegnata fino a tarda notte.

Entro, e varco l'ingresso enorme e spaventosamente affascinante, per poi raggiungere l'ascensore. So già a che piano dirigermi, quando, con mia grande sorpresa, mi sento chiamare alle spalle: «Signorina Mars! Salve, posso aiutarla in qualche modo?»

È la receptionist, deve avermi seguita quando si è accorta che non mi sono fermata. «Salve, sono venuta per la prova decisiva della collezione» - la informo -.

«Capisco. Purtroppo il signor Morgan non è ancora ritornato dal suo pranzo d'affari e la signora Morgan è in sala riunioni al momento e non può riceverla».

«Ah. Ecco, io...»

«Le chiedo gentilmente se può aspettare qui» - specifica lei -. «Prego, mi segua».

Faccio come dice, anche se tutto questo mi puzza terribilmente. Mai successo che non mi facessero salire nemmeno al piano desiderato. Quanto sono cambiate le cose da quando me ne sono andata? Mi sistemo sulla prima poltrona libera, raccolgo tutta la mia corazza e m'immergo in ciò che so fare meglio, rispondere alle email, in attesa di qualche segno divino. Passano interminabili minuti quando la vetrata centrale si apre e il mio sguardo piomba su di lui, come una calamita.

Jonathan.

Che lui sia qui non è una novità visto che è uno dei direttori, ma non appena viene informato del mio arrivo qui, sembra... cambiato. Si gira verso di me, fa per raggiungermi ma viene interrotto da una chiamata, che lo conduce direttamente verso l'ascensore.

Lo seguo a ruota, per sentire meglio di che cosa parlano.

«Sì, arrivo subito, Elena. Sì, sono qua sotto... non ti preoccupare, li ho portanti tutti i documenti».

Come spinta da una folata di energia raggiungo l'ascensore dove lui sta per premere il pulsante della chiusura, catapultandomi al suo interno. Incespico a causa dei tacchi e vado a sbattere contro il suo petto. Scena da film. Imbarazzante. Provvedo subito a ricompormi mentre le porte si chiudono, lasciandomi sola con Jonathan per i prossimi minuti.

Basteranno per parlare?

Faccio per accennare al perché sono qui, quando il suo cellulare suona di nuovo. Lui lo prende in mano, e senza neanche degnarmi di uno sguardo risponde.

«Pronto? Oh, signor Armstrong... ma certo che mi fa piacere. Sì, confermo. Aspetto la sua chiamata allora. Grazie e arrivederci».

Di che avranno parlato? E perché sembravano così intimi?

Cosa si sono detti? E perché il suo viso è diventato stranamente radioso? Ora non ho più il coraggio di chiedergli come sta, anche perché... come dovrebbe stare?

Mi sento il suo sguardo addosso, terribilmente pesante. Ora mi ha stufata, seguendo il suo sguardo, capisco che in realtà non sta guardandomi in viso, ma... sul petto.

La collana.

«Indossi la collana che ti ho regalato per il tuo compleanno. Come mai?» - Mi chiede stranito -.

Quando stavamo ancora insieme, Jonathan mi aveva regalato questa collana con un quadrifoglio. Nulla di eccezionale, ma per me è rimasto qualcosa d'importante. E Jason... beh, io non gli ho mai detto di questa collana e del suo significato. So della tensione fra i due, e ho preferito non aggiungere altro fuoco sulla brace.

«E me lo chiedi?» - Mi sento triste date le sue parole -. «È bella, mi sta bene e in più è un regalo fatto da una persona molto importante per me».

Lui ghigna. «Cosa c'è di divertente?» - Gli domando -.

«Niente, solo...» - Una pausa -. «Credevo che fossi impegnata con un altro e che non indossassi più regali fatti da altri».

Macché, viviamo nel Medioevo forse?

«Mi sorprende la tua mentalità, Jonathan. Per tua informazione, Jason è un uomo molto aperto, non gli dà alcun fastidio se indosso gioielli regalati da altri uomini».

Certo, non gliel'ho detto.

«Piuttosto mi ferisce come tu abbia potuto anche solo pensare a me come a quel tipo di donna».

«Perché, non lo sei?» - Mi fa -. «Sfrontata e ricattatrice?»

«Come, scusa?»

Mi sento offesa e giudicata troppo in fretta.

Dlin. Le porte dell'ascensore si aprono, interrompendo la nostra conversazione. Jonathan lascia fulmineo la cabina, lasciandomi immobile sul posto. Sono senza parole, ma ancor di più dispiaciuta per come lui mi vede adesso... non diversamente da come gli altri mi hanno sempre vista, dopotutto. Jonathan però sosteneva il contrario. Forse per non venire influenzato da altre menti.

Raggiungo la sala dove di solito stampavo i documenti e altri fogli, quando vedo passarmi davanti Josephine con un enorme blocco di fogli sulle braccia. Faccio per aiutarla prima che le cadano tutti di mano, e lei mi sorride gentilmente. È rimasta la stessa di sempre e mi fa piacere. Dopo questo siparietto raggiungo finalmente la hall del piano, che hanno ristrutturato, a giudicare da quel che vedo tutt'intorno: un parquet nuovo di zecca, un divano, poltrone eleganti e di stoffa pregiata, un tavolino con dei fiori... purtroppo appassiti. Certo non si può dire che non si diano da fare per mantenere vivo questo posto.

Mi siedo e aspetto di essere chiamata da qualcuno. In pochi minuti vengo accontentata: un ragazzino, forse un tirocinante, mi saluta calorosamente e m'invita a seguirlo. Faccio come dice, quando mi suona il cellulare e chiedo un attimo di tempo per rispondere, visto che è Jason.

«Amore, come stai?» - Sempre affettuoso -.

«Bene... e tu?»

«Tutto ok. Oggi ho fatto da tutor a due ragazzi che vogliono entrare in attività da me. Comunque oggi pensavo di passare a prenderti... a che ora finisci?»

«Non serve, ho la macchina... e poi farò tardi oggi. Non vorrei rovinare i tuoi piani stasera».

«Non è un problema, anch'io farò notte. Per favore, lasciami venire a prenderti, ok?»

«Se proprio insisti, va bene. Ma promettimi che mi lascerai lavorare».

«Lo prometto!»

E riattacco.

Jason ha ancora molto da imparare sul rispetto dei miei spazi, a quanto pare. Non ho tempo per metabolizzare altro nella mia testa che il tirocinante di prima mi esorta a raggiungere gli altri. Quando riprendo la direzione vedo Jonathan che mi guarda con occhi bui, quasi incavati dentro al più profondo dei sentimenti non ricambiati. Io non riesco a non pensare ad altro che a quanto mi dispiace... di tutto.

Insieme raggiungiamo gli altri che ci aspettano nella stanza dove proverò gli abiti insieme al set di gioielli creato dalla Jewel. Spero di trovare l'outfit perfetto per il grande giorno del Gardenia. È presente anche Mel, che aiutandomi a prepararmi ne approfitta per farmi qualche domanda personale. Ormai ci sono abituata e non mi dà più così fastidio.

Che cosa ho da nascondere?

Per reciprocità anch'io le ho domandato di lei e di suo marito; mi ha detto che è sposata da oltre venticinque anni e che ha fondato la Masery con Gerry ben prima che si frequentassero. Il loro destino era già segnato. Loro due insieme, la loro attività, e i due figli.

Cammino sulla piccola passerella realizzata per l'occasione, per dar modo a me e alle altre modelle di "esibirci" per una prova prima del debutto. A quanto ho sentito, ci sarà una sfilata prima del Gardenia, esattamente il giorno prima, quindi per me sarà una settimana super impegnativa e dura da gestire... ma ho promesso a Terry di portarlo a fare shopping e aiutarlo con la presentazione che sosterrà alla Foster Corporation per poter essere ammesso ufficialmente tra i direttori della nostra agenzia. Anche con Jenny avrei degli impegni, a dir la verità...

Siamo agli sgoccioli per quanto riguarda l'apertura della sfilata della nuova collezione Masery di quest'anno, mi sento in ottima forma e grata per questa opportunità di essere il loro volto. È proprio come piace a me: delicato, ma con un pizzico di vena creativa. Esco dal camerino, m'innalzo sulla passerella e comincio a camminare per poi fermarmi davanti all'intero team: Robert, Elena, Jonathan e Mel.

«Perfetto!» - Risponde Mel sorridendo -. «Lo si nota dai tuoi occhi che questo è l'abito giusto per te».

«La ringrazio. Anch'io lo trovo...eccezionale».

«Sì, devo ammettere che è bello, ti fa un corpo da favola» - aggiunge Elena -. Mi meraviglia, ma immagino sia solo per fare la parte, visto che il suo pancione le preclude l'indossare questi abiti.

Ora non so perché io stia difendendo mio padre e la sua attività, ma adesso sento che davvero lui merita di vincere. Di uscire dal tormento che lo opprime. Devo parlare con lui e risolvere tutto, ma prima... devo trovare un modo per far partecipare lui e la sua azienda come membri della competizione ufficiali. Ho già un piano a proposito, così porgo domanda se effettivamente questo abito è quello giusto, e se la collezione "Pioggia di Stelle" è perfetta per intonarsi a questo abito incastonato di perle. Mel annuisce e senza aggiungere altro si dirige a chiamare Gerry, per confermare che va tutto bene. Rimango di conseguenza sola con Robert, Elena e Jonathan. Muti come pesci e con gli occhi fissi nel vuoto, pensano a Dio solo sa che cosa.

Mi avvicino a loro facendo attenzione a non calpestare l'abito con i miei tacchi a punta, e mi siedo. Guardo prima Robert, poi Elena, soffermandosi sul suo pancione.

«È un maschietto?» - Domando con un sorriso -.

Lei si limita ad annuire.

«Sono contenta per entrambi... dico davvero. Avete deciso come chiamarlo?»

Robert apre bocca, ma ci ripensa subito dopo. Elena lo guarda triste, ma continua al posto suo: «È solo un po' teso... manca appena un mese alla nascita, anche se non sappiamo il giorno preciso».

«Oh...»

Ora non so proprio cosa dire. Vedo Elena che si affretta ad alzarsi, perché qualcuno sta per entrare dalla porta. Guardo in corrispondenza della maniglia che si sta abbassando e, quando scorgo un abito beige decorato con gioielli viola, capisco di chi si tratta ancora prima di aver visto il suo volto chiaramente.

La Presidentessa.

Vedo Elena offrirle la sua poltrona per farla accomodare al suo posto, ma lei rifiuta gentilmente. Deve essere contenta di star per diventare bisnonna, immagino. Comincio a sentirmi di troppo, faccio finta di non esserci. Lei però giustamente mi nota subito, e come non potrebbe con questo lampadario vivente che indosso?

«Veronica, ne è passato di tempo» - mi saluta con un sorriso -.

Faccio per salutare anch'io, quando Mel torna con una buona notizia per me. «Tutto confermato!» - Dice entusiasta -. «Sarai tu la prima modella a salire sul palco e a lanciare la nostra nuova collezione».

«Farò del mio meglio».

«Non ne dubito» - risponde Mel -.

Dopo essermi tolta l'abito dei miei sogni, imbustandolo per bene per evitare che si stropicci, decido di mandare alcune foto anche a Lucy e Margaret. Vi starete chiedendo perché, quindi sarà opportuno fare un passo indietro.

Qualche ora prima...

Mi stavo togliendo la collana della collezione Jewel, quando noto Mel intenta a divorare letteralmente con gli occhi un abito color vaniglia incrostato di perle Swarovski, sull'appendiabiti lì vicino. La raggiungo e le chiedo cos'abbia, dato che il suo bel viso è rovinato da un'espressione triste e nostalgica. Mi dice che quell'abito – che io avevo provato in precedenza – una volta era suo: lo aveva indossato da giovane sfilando su una passerella della Malibu Central, stesso luogo che l'ha consacrata a lungo come grande stilista.

Ci sediamo su un divano, dove le passo un fazzoletto.

«Grazie Veronica» - mi dice stringendomi la mano -. «Sai, nutro una profonda stima per le persone come te».

Sono davvero stupita. Mi domando se me lo merito davvero.

«Sei così... intraprendente, ottimista, e non ti fai abbattere da critiche negative».

Sto cercando di essere così, ma è piuttosto difficile.

«Beh... scusami» - aggiunge con un sospiro, accennando al suo stato attuale -. «Discussioni fra marito e moglie... non sei sposata, mi pare, quindi non puoi capire... non ancora almeno».

Questo mi riporta alla mente la proposta di Jason.

«Mel, se lei e suo marito avete discusso è del tutto naturale» - provo a dire -. «Una coppia sposata da così tanti anni... può capitare un litigio qualche volta. Penso che una relazione senza discussioni sarebbe finta e poco rispettosa della persona che siede accanto... ad ogni modo, da quel poco che so di Gerry, posso dire che mi sembra un tipo ragionevole e rispettoso».

«Hai ragione. Ultimamente, siamo così tesi per questo grande lancio».

«Anch'io, ma sono sicura che insieme faremo passi da gigante!»
Mel annuisce di rimando.

Per quanto riguarda le critiche, penso solo una cosa: anche se volessi lasciarmi passare tutto addosso senza nemmeno ferirmi un pochino, sarei cattiva con me stessa. Perché è solo la loro opinione e non conta per me, e poiché devo innanzitutto pensare a me stessa, non giudico frettolosamente le parole degli altri e non le faccio diventare mie. Questo me lo insegnò mia madre quando ero piccola... e ancora ingenua sulla realtà che permea il mondo. Tutto sta nel modo personale di percepire e giudicare le parole altrui: sono taglienti, talvolta spietate e fanno male, questo sì, ma non sono nulla in confronto al giudicare noi stessi la nostra arte. Perché è quella che ti porta al fallimento più grande.

Ora...
Dopo aver concluso la lunga e interminabile sessione di trucco e capelli per il giorno della sfilata, finisco per distendermi ed appoggiare la testa sopra alle braccia come a riposare la testa. Deve essere la fame, penso. Per cui guardo l'orario: sono le ventuno e trenta...

Mi suona il cellulare subito dopo. È Jason. Niente da fare, Jason è stato trattenuto a lavoro e la tirerà per le lunghe, per cui ci vedremo un altro giorno. Riattacco dopo interminabili tentativi di rassicurarlo. Subito dopo trovo un messaggio di Alyssa: partirà dopodomani, per cui avremo un solo giorno per rivederci prima che riprenda il suo lungo viaggio verso chissà dove.

Per quanto riguarda Lucy, è a cena dai genitori di Thomas e non tornerà a casa. Quindi sono da sola. Devo pensare al trasloco per lasciare definitivamente casa sua, ora che ci penso.

Felice di poter rincasare, raggiungo la macchina, ma una voce indistinta attira la mia attenzione; mi volto in quella direzione e riconosco due voci diverse, entrambe familiari. La curiosità è forte, così mi avvicino.

Arrivo davanti a Robert, impegnato a parlare con la donna più perfida che conosca: la signora Sherman.

«...so che sei stanco e vuoi solo andare a casa e riposarti, ma stasera io ed Elena abbiamo un annuncio importante da fare, per questo che vi abbiamo invitato a cena tutti quanti» - spiega lei -.

«Sì, Elena me l'ha detto, anche se un po' in ritardo. Non mancherò di certo» - risponde lui -.

«Allora nel frattempo possiamo...»

Sharon si blocca appena mi vede. La sua faccia la dice lunga sul fatto che sia sorpresa di vedermi da queste parti. Raccolgo tutto il poco rispetto che nutro nei suoi confronti e la saluto: «Buonasera, signora Sherman, ne è passato di tempo».

«Signorina Mars» - mormora lei con un lieve cenno del capo -. «Cosa ti porta da queste parti?»

«Veronica è venuta per lavorare qui» - risponde per lei una terza voce -. Mi volto ed ecco che entra in scena la Presidentessa, con tutto il suo fascino a salvarmi ancora una volta.

«Siete stata voi a chiamarla dunque?» - Domanda Sharon stupita -.

«La nostra collaborazione con la Masery prevedeva anche la sua entrata» - risponde la Presidentessa -. «Ma sono sicura che tutto quello che voi vogliate sapere della collaborazione di vostra figlia. Veronica è la più indicata a parlarvene».

«Ma certo...»

Colpita e affondata.

Ci raggiugono anche Jonathan, impegnato a sorreggere Elena fino alla macchina.

«Noi siamo pronti» - dice dopo averla aiutata ad accomodarsi nell'auto, senza degnarmi di uno sguardo -.

«Okay, andiamo?»

Quanta fretta di sgattaiolare via, Sharon, cosa nascondi?

Faccio per salutare, ma la Presidentessa richiama la mia attenzione: «Veronica, ti piacerebbe unirti a noi stasera? Avrei tante cose di cui parlare...»

«Mi piacerebbe molto, Presidentessa, ma... è una cena di famiglia, non credo sia adeguato...»

Io non ne faccio più parte, dopotutto.

«Non fare la modesta» - mi sorride -, «anche tu sei di famiglia, ricordi?»

Se intende il buon rapporto che ha con mio padre allora sì, siamo di famiglia. Ma la famiglia, quella vera, quella con cui ti senti a tuo agio e per cui lotteresti con le unghie e con i denti, beh, non è questa. O almeno io non mi sento degna di farne parte per come l'ho trattata un tempo, per i pregiudizi e le false parole...

«Questo non può succedere» - decreto infine con scioltezza -.

Lei, come allibita dalle mie parole, fa un passo indietro e si prende fra le braccia, come se avesse istintivamente freddo.

«Questo mi delude» - e sospira -. «Mi aspettavo molto di più da te, Veronica, ma sembra che tu non sia come tua madre alla fine».

«Mia madre?»

Rimango un attimo confusa sul perché lei abbia nominato una persona profondamente a me cara; ma quando la Presidentessa se ne va e sale in macchina, solo il fumo del motore acceso rimane a trafiggermi il petto come mille coltellate.

Come mia madre?

Perché dovrebbe far parte di questo teatrino? Non sono stati loro a dirmi di non avere chance?

Sono stata ingenua fin troppo, delusa e amareggiata da innumerevoli cambiamenti nella mia vita, che mi hanno portata a pensare di essere arrivata qui solo per colpa mia. Non mi bastava quello che avevo? Perché volevo di più? Chi mi può dare questo "di più"?

Arrivo a casa dopo aver salutato Mel come si deve e concluso finalmente la soffocante serata, accesa di tensione e di allarmi rossi pronti ad esplodere. Ma tutto sembra essere tornato al verde: si è ristabilito l'intero mio sistema. Percorrendo il mio nuovo appartamento capisco di aver compiuto un altro passo della mia vita per divenire indipendente, costruendomi un posto sicuro dove poter parlare dei miei problemi senza il timore che queste mura possano tradirmi. Nessuna pressione, solo io e la mia dolce dimora.

Varcando la soglia sento il caratteristico odore di nuovo. Una volta passato il corridoio accendo la luce e mi libero finalmente i piedi dai tacchi; ammiro ogni cosa, dai lampadari ai mobili, tutto scelto appositamente secondo i miei gusti personali. Ora che sono finalmente tranquilla, mi preparo una tazza di tè caldo e vado a letto. Domani è un altro estenuante giorno di set e viaggi continui in macchina da una parte all'altra; ma di una cosa sono contenta, domani rivedrò Alyssa.

Comincia con piccoli passi... vedrai che poi arriverai a delle grandi soluzioni.

Mi sveglio carica per partire e lavorare sodo, quando, non appena prendo il cellulare, mi accorgo di un messaggio da parte di Lucy che m'informa di essere alla porta. Corro ad aprire, la faccio accomodare come fosse la Marchesa Boville di *Elisa di Rivombrosa* e le porto una tazza di caffè, per poi dedicarci un po' a comuni chiacchiere. Mi continua a ripetere che è follemente innamorata di Thomas e che aspetta "quel giorno" tanto esaltata. Vorrei potermi aspettare anch'io qualcosa del genere... ma purtroppo l'amore è nel mio caso un capitolo offuscato da mal di cuore e continui tradimenti.

Mi congedo da Lucy poco dopo. Finisco la colazione da sola e mi preparo con la dovuta calma quando, inaspettatamente, ricevo un messaggio da Jason tutt'altro che positivo: mancherà per due intere settimane a causa di un problema presso uno dei suoi incarichi in Bangladesh, cosa che lo costringe a partire fra sole due ore. Una vera doccia gelata. Non so come rispondere, di certo lui non può aspettare un mio parere, così gli rispondo solamente di stare attento e di avvisarmi quando può.

Di certo ora posso dire addio a una vacanza con Jason nell'immediato futuro. Da quando ci frequentiamo abbiamo fatto ben poco insieme, c'era sempre qualcuno di mezzo a disturbarci. Considerato che anche Lucy andrà via per un po' con Thomas, mi rimane solo la mia famiglia con cui ho ancora conti in sospeso. Forse è l'occasione che aspettavo per sistemare le cose e passare del tempo con loro, mi dico.

Un nuovo messaggio di Jason mi raggiunge non appena mi avvicino alla macchina. Si farà perdonare, dice. Sorrido e parto per andare al lavoro. Oggi non devo avere alcuna distrazione.

«La collaborazione con la Masery è conclusa per adesso, manca solo la sfilata e il lancio del loro nuovo prodotto in connessione ai prodotti Jewel» - ci spiega Lucy mentre siamo tutti in ufficio -.

L'argomento che stiamo affrontando è molto chiaro e sintetico, il dialogo un po' privo di fondo. Bisogna argomentare parlando ed esponendo la propria opinione, perché nessuno parla?

«Cosa ricaveremo noi da questo, signorina Hall?» - Finalmente qualcuno ha alzato la voce -.

Lucy è grata che almeno uno parli. «Noi abbiamo fatto solo metà del lavoro» - spiega -. «Adesso dobbiamo aspettare il giorno della sfilata e poi andremo tutti lì per fare le foto e preparare le modelle per la passerella. Veronica avrà l'opportunità di sfilare per grandi aziende quella sera. Però...» - Dice guardandomi negli occhi -. «Dovrà decidere per quale sfilare e per quale no invece».

Ci avrei scommesso. Purtroppo è vero, devo decidere, per il bene mio e dell'attività. Do prova di me e prendo in mano il discorso. Alzandomi afferro il mio taccuino ed espongo il seguente piano che ho analizzato con Lucy, Mel e Gerry qualche settimana prima di iniziare le prove:

«Oggi siamo qui per discutere dei seguenti piani: l'altro giorno ho già informato le modelle di come si svolgerà il tutto e loro sono state molto gentili a offrirsi per sfilare con me nei seguenti marchi. Al primo posto abbiamo la Mars, nei seguenti che vedete elencati qua, ci sarà da lavorare e molto...»

Dopo il mio lungo discorso, come risposta ricevo un sommo e sentito: «Sì!» Avere in mano un così grande compito non è qualcosa di semplice, tutto deve essere gestito e calcolato nel minor tempo possibile e con la mente libera da giudizi e dicerie varie. Faccio un respiro profondo e mi risiedo aspettando che escano tutti. Poi mi rivolgo a Lucy, per cambiare discorso:

«Allora, tu e Thomas avete in mente di andare in vacanza da qualche parte?»

«Non lo so» - mi enuncia un po' delusa. Forse è un argomento un po' tagliente di cui trattare al momento -. «Thomas è talmente impegnato con la sua agenzia che non ne abbiamo neanche parlato. Fra meno di un mese sarò effettivamente in vacanza e per allora vorrei andare da qualche parte per rilassarmi. E tu? Dove andrete tu e Jason quest'estate?»

Le spiego brevemente dell'improvvisa partenza di Jason e della mia mezza idea di passare a trovare la mia famiglia.

«Oh, hai finalmente deciso di parlare con tuo padre e risolvere tutto?» - Mi chiede Lucy speranzosa -.

Annuisco senza esitare. Non so ancora come farò a "risolvere tutto", dopotutto sono testarda quanto il mio vecchio.

Lucy mi guarda come se avesse intuito che c'è qualcosa che non va. Sospiro esausta e butto fuori tutto quello che da giorni mi comprime il petto, perché so che lei è sempre pronta ad ascoltarmi e aiutarmi a purificare la mia anima tormentata.

«È passato un anno da quando ho conosciuto Jonathan» - confesso -.

Ed è dopo aver pronunciato il suo nome ad alta voce che una fitta al petto mi brucia come non ho mai provato prima d'ora.

Che sia "mal d'amore"?

I miei occhi sono il riflesso dell'anima, quindi adesso si dovrebbe intuire come sono le mie emozioni. *Tormentate.* Il mio cuore non è mai stato così addolorato, ma sento che non devo farne un dramma esistenziale. Jonathan va per la sua strada ed io per la mia... ma allora perché lui continua a tormentare le mie notti insonni, a manifestarsi in ogni mio pensiero, ad apparirmi davanti e subito dopo scomparire come se fosse una semplice illusione?

«La tua storia con lui è un nodo difficile da slegare» - commenta Lucy -. «Problemi, bugie, tradimenti, un passato difficile. Tutto mi riporta alla mente voi due».

Sembro stupida, lo so, ma questa sua dichiarazione mi riporta alla mente tutto quello che del suo passato ancora non conosco: le bugie che ci siamo detti, i problemi che abbiamo affrontato per far capire a noi stessi e agli altri che possiamo stare insieme. Ma alla fine, niente è servito.

Concludiamo questa chicca con una frase, semplicemente per comprendere che non tutto nella vita è facile e spensierato, che esistono momenti "no", momenti confusi e bui; ma tutto prima o poi torna a risplendere. Forse crescere significa proprio questo. Affrontare questi momenti a testa alta e con il sorriso, sempre. Anche se sei triste devi fingere che vada tutto bene, perché è questo il segreto per rialzarsi dal dolore. Anche se stai passando un brutto momento devi fingere che non stai così, perché alla fine tutto passa. Anche se ti manca tanto una persona devi imparare a controllarti, per il tuo bene e per il suo.

Questo è il segreto per non affondare nei dispiaceri della vita, per non sentirsi abbattuti, fragili e impotenti... ma felici, forti e coraggiosi. E anche se cadi, rialzati ancora, rialzati sempre e continua a risplendere.

Capitolo 21

L'ascensore del mio attuale posto di lavoro mi provoca ricordi sia belli che brutti; sembro melodrammatica, ma cosa mi spinge a pensare che la mia vita sia cominciata a cambiare se non da qui? Grazie a questo enorme passo in avanti che ho fatto per me e il mio futuro lavorativo. Credere che a volte un muro spesso sia impossibile da abbattere, è solo nella nostra testa: quel muro, in verità, siamo noi e la nostra paura di affrontare un ostacolo.

Io quel muro l'ho buttato giù più e più volte, ma è sempre tornato su, più forte di prima. Sono stata abbattuta una volta, ma non mi sono arresa. Per questo sono qui. Lavoro con loro grazie a Gerry e Mel, con le loro creazioni di gioielli.

Ora l'ufficio è pieno di persone con cui ho un rapporto che va al di là del semplice lavoro di coppia. Quando entro nella stanza trovo Elena in piedi, impegnata a parlare; all'improvviso diverse paia di occhi vengono indirizzate su di me; che sia per il vestito? Indosso un abito color pesca che fa risaltare la mia lieve abbronzatura da città, con un po' di trucco e i capelli mossi.

Mi vado a sedere nel mio posto, scusandomi del lieve ritardo per colpa del traffico mattutino. Elena mi guarda per un momento pensierosa, ma poi continua il suo discorso. Tutti l'ascoltano, perfino Robert è attento a ciò che dice... ma non è questo a stupirmi, piuttosto è il fatto che Jonathan non sia qui. *Dove sarà?*

Dopo interminabili minuti di conversazione tra dipendenti e direttori, molti si alzano dai posti per lasciare la stanza. Rimaniamo solo io, Elena e Robert, seduti a debita distanza come se potessimo trasmetterci qualcosa a vicenda. Magari un po' di buon senso. Alla fine sciolgo la tensione e afferro la prima busta che vedo davanti a me, domandando a Robert se lui fosse al corrente di questa situazione.

«Al momento stiamo cercando di rallentare il flusso, ma molti hanno deciso di non collaborare più con noi per via di ciò» - m'informa -.

«Quindi è una diffamazione» - affermo -.

«Più o meno».

Sembra terribilmente addolorato per aver perso dei finanziatori, al contrario di Elena che seduta di fianco a me trova divertente il mio interesse improvviso verso questo tipo di argomento. Sembra quasi che stia perdendo colpi, ora che è incinta. Avere un bambino è tra le cose più belle al mondo, ma loro due, a ben guardarli, non sembrano consapevoli di questa positiva realtà.

Un buon lavoro, una vita agiata e un figlio in arrivo. Cosa volete di più dalla vita?

«Credo non ci sia da preoccuparsi» - dico tornando a guardare Robert -. «Perdere un finanziatore non è la fine del mondo. L'importante di questo lavoro è la diligenza con cui affronti i problemi e non ti preoccupi delle conseguenze. L'attenta osservazione di dettagli e l'approccio a regolari metodi di lavoro fanno di questo un buon capo e una buona attività».

Sembra sorpreso, lo vedo dai suoi occhi. E anch'io in verità.

La giornata al lavoro si conclude qui, da adesso ho il pomeriggio libero. Sembra troppo bello per essere vero, ma mi sento felice. Lavorare mi piace tantissimo, ma adoro ancora di più poter avere il tempo libero e godermi la mia meravigliosa città. Oggi a pranzo ho chiamato papà per chiedergli se gli andava di pranzare con me, e lui ha accettato. Sono un po' nervosa mentre mi dirigo al ristorante di Jeremy, ma so per certo che un buon spaghetto è ciò che ci serve per sciogliere i nodi. Una volta arrivata, entro e vedo il mio vecchio già seduto al tavolo che mi aspetta con la sua solita aria ammutolita.

«Ciao papà» - esordisco appena mi avvicino -. Era veramente da tanto che non lo dicevo.

Lui si alza e mi saluta di rimando dandomi un bacio sulla guancia; rimango scossa per un attimo, ma non lo do a vedere e non oso parlare per paura di rovinare un momento più unico che raro.

Ordiniamo spaghetti alle vongole, i miei preferiti. Quando arrivano al nostro tavolo ho appena il tempo per mandar giù la prima forchettata quando mio padre attira la mia attenzione con un colpo di tosse; così, con le mani tremanti, appoggio la forchetta accanto al piatto.

«Veronica, io... ti devo delle scuse» - esordisce -. «Vorrei scusarmi per il mio comportamento in questi ultimi anni... sono stato per te un direttore anziché un padre. Sono stato cattivo con te, e a peggiorare le cose è stato il mio comportarmi da padre più con Jenny che con te».

«Papà, io...»

Lui alza una mano per interrompermi.

«Non sono stato un padre perfetto, lo so, ti ho rovinato la gioventù... ma l'ho fatto perché avevo paura. Temevo che anche tu mi abbandonassi come tua madre, un giorno».

«Ma non è accaduto» - affermo -.

Lui mi guarda con occhi spenti, come se stesse cercando di trovare il coraggio per dire qualcosa, ma poi guarda sul suo telefono e si precipita a dire: «Un incidente che ha portato via l'amore della mia vita».

Lo guardo, cercando di cedere alle lacrime che da tempo non verso per mia madre. Lo so, sembro egoista, ma penso di aver pianto fin troppo in vita mia... ora devo farmi forza e aiutare mio padre a farsi coraggio. Gli prendo la mano con cui tiene il cellulare, che in quel momento mostra una foto della mamma in una delle sue collezioni, e gliela stringo forte.

«La mamma non c'è più, ma io ci sono e ci sarò sempre» - ribadisco -. «Ci sono sempre stata per l'azienda... ma tu mi hai obbligata a lavorarci solo per tenermi rinchiusa in una gabbia, all'oscuro da tutto» - concludo tirando giù quel nodo che avevo in gola -.

«Già» - ammette lui senza esitazioni -. «All'epoca ero spaventato dopo il tuo abbandono, pensavo che avrei fallito. Ma qualche tempo dopo, Terence incominciò a farsi carico di grandi responsabilità per permetterti di realizzare il tuo sogno. Tu non hai condiviso le sue stesse responsabilità».

Cos'è, un rimprovero?

Lo guardo aspettando che continui, tanto vale togliersi il dente adesso.

«Inoltre, all'epoca mi promettesti che saresti venuta a dare una mano in azienda di tanto in tanto. Puoi giudicare tu stessa se quella promessa è stata mantenuta o meno».

«Papà sei stato tu ad allontanarmi da voi, ricordi?»

Mi guarda, e sapendo che ho ragione, annuisce.

«Far parte di una famiglia potente comporta delle grandi responsabilità» - continua in tono solenne -. «Nati nella famiglia Mars, avete vissuto una vita di comodità e di lusso... ma contemporaneamente, la responsabilità che questo comporta è più pesante di ciò che può sopportare una persona nella media».

Sta veramente facendo questo paragone?

Niente eventi importanti, niente cene di lavoro, niente matrimoni combinati, niente di niente.

Mi separo da lui, afferrando il tovagliolo che stringo come per darmi forza di continuare. Poi lo guardo nuovamente.

«Questa è la mia fortuna ma anche il mio destino».

Sapendo che non ho scampo, perché evitarlo?

«Veronica, ti ho deluso. Mi dispiace. Non merito il tuo perdono, figuriamoci il tuo aiuto» - dice papà, abbassando un po' il tono sull'ultima frase -.

«Ti aiuterò lo stesso, anche se non te lo meriti» - gli dico. In fondo è la verità -.

Mi guarda sorpreso. «Perché?»

«Perché sei mio padre, e io aiuto la mia famiglia».

Gli sorrido, e lui ricambia. Non lo vedevo così da un sacco di tempo.

Questa cena alla fine non è andata male, abbiamo parlato e tanto, ci è servito da lezione per non commettere mai più qualcosa che ci allontani l'uno dall'altra. Papà mi ha detto che vuole che torni a casa per una cena tutti in famiglia; vuole inoltre il mio aiuto per organizzare una grande festa a sorpresa per Terence. Naturalmente ho detto di sì... non intendo assolutamente perdermi il ventesimo compleanno di mio fratello!

Prima di separarci, però, decido di dire a mio padre qualcosa che tengo ormai in sospeso da anni, che non ho mai avuto il coraggio di tirar fuori... direi che è arrivato il momento. Così, non appena raggiungiamo insieme la mia auto...

«Senti, papà, io… uhm… volevo solo ringraziarti, per tutto. Non mi hai rovinato la vita, anzi... me l'hai resa ancora più bella. Certo, mamma mi manca, e molto... ma forse non è tutto perduto, no?»

«Cosa intendi dire?»

«Voglio dire… saremo pure una famiglia con dei problemi, ma chi non ne ha? Siamo perfetti così come siamo. Papà, hai sofferto, quindi perché non ci diamo una mano a vicenda a tirarci su?»

«D'accordo, figlia mia, facciamo come dici tu».

***

La mattina seguente...

Sto stampando le foto che abbiamo appena scattato per un servizio a tema "isole tropicali, sole e crema abbronzante". Al momento tocca a me gestire tutto in assenza di Lucy; è finalmente partita per una vacanza vera con Thomas verso un posto sperduto nel mondo (doveva essere un segreto), ma non appena ha visto la località su una cartina si è emozionata talmente tanto a fare i salti di gioia. Sono al mare, questo è certo; dalle sue foto si può vedere la felicità.

Poco dopo ricevo un messaggio da parte di Alyssa che m'invita a partecipare ad una mostra d'arte con lei presso il centro dove ho scattato le mie prime foto... e dove ho conosciuto Jason per la prima volta. Così, finisco di sistemare gli scaffali e mi dirigo all'uscita.

Ora sono libera di festeggiare, finalmente, il compleanno del mio adorato fratello Terry. Arrivata a casa – la mia dolce casa Mars – vengo accolta da Carmela e Jenny, alle prese insieme come sempre a preparare qualcosa di sfizioso. Dopo qualche minuto di relax vengo informata che anche Terence è in casa, così raggiungo la sua camera. Busso alla porta e al suo «Avanti» supero in fretta la soglia; Terry sembra nervoso, chino sul suo computer a digitare palesemente a caso per non farmi capire che stava facendo altro poco prima che arrivassi. Ma visto che non sono tanto stupida, lo raggiungo e gli levo di mano il computer, chiaramente aperto su una pagina a caso.

«"Annunci su come gestire..."» - Pronuncio ad alta voce -.

«Ehi! Dammi qua!» - E mi si fionda addosso per levarmi il computer -.

«Terry, non ti facevo un romanticone!» - Scherzo -.

«Non lo sono!»

Io non obietto e mi siedo accanto a lui. Mi sembra davvero nervoso, ma non è intenzionato a parlarne. Mi tocca intervenire.

«Terence, che cosa ti preoccupa? Guarda che lo noterebbe anche un cieco, a giudicare dal tuo sguardo...»

«Oh, ti prego» - fa sedendosi, finalmente sul divano a pochi metri da me -.

«Allora cosa?» - Dico un po' incerta, ma alla fine mi butto -. «Sei per caso in una relazione segreta e la tua metà ignora la tua vera identità?»

«Guardi troppi film» - inizia, ma poi sospira, colto in fragrante -. Lo guardo attentamente, cercando di trovare una soluzione buona affinché lui non viva questa cosa; già l'abbiamo vissuta indirettamente, non ci vuole una prova ulteriore per capire come va a finire.

«Terry, so cosa ti preoccupa, e non devi. Io ti aiuterò, ti puoi fidare».

«Non voglio il tuo aiuto, men che meno quello di papà o di Carmela» - ribatte -. «Voglio pensarci da solo».

«Non ti fidi ad accogliere qualcuno che ami all'interno di questa famiglia al momento con dei problemi... lo capisco e lo accetto». - Come dargli torto? -.

La conversazione non prosegue oltre, al che Terry si alza con l'intento di cambiarsi per la cena. Io faccio altrettanto, ma prima mi avvicino al suo tavolino e prendo la cravatta, passandogliela dietro al collo.

«Anche se la mamma non può più farlo, non significa che non possa farlo io».

«Non è che non voglio dirtelo, ma un giorno forse...» - Farfuglia -.

«Terry, so cosa stai per dire, prenditi tutto il tempo che vuoi».

«Grazie Vero».

E mi sorride.

Faccio per andarmi a sedere a tavola, e mentre attendiamo la torta Terry apre i regali. Li apre tutti, e poi arriva il mio. Appena glielo passo, lui per pura abitudine (avendolo fatto almeno una ventina di volte da quando ha aperto il primo) sorride e avvicina le mani alla lettera scritta da me a mano.

Terry, sono la sorella più fortunata del mondo ad averti, a poter passare del tempo con te prima che tu prenda in mano le redini del tuo futuro e decida di partire verso posti sconosciuti alla ricerca del vero te. Ti regalo quindi la possibilità di rivivere i vecchi tempi insieme, di tornare a suonare in una band. I "Bisson". Non ci credi eh?

So che questo regalo può essere un po' ambiguo, ma l'ho fatto perché stai crescendo troppo in fretta, così voglio poter ripercorrere gli attimi di vita più belli e significativi con te al mio fianco.

Ti voglio bene.

La tua sorellona

Si è talmente commosso nel leggerla che si è girato verso di me, gli occhi lucidi, per abbracciarmi.

***

Il giorno seguente...

Dopo aver concluso i lavori da fare oggi, mentre esco dall'ascensore del mio piano, Julia mi manda un messaggio: mi avvisa che sarò presente a un'intervista dedicata esclusivamente a me; avverrà qualche tempo dopo il Gardenia, ma comunque voleva dirmelo in anticipo. Naturalmente sono contenta. Dopo averle dato l'okay, mi avvio fuori. Questo pomeriggio devo parlare con papà della sua collezione, ma prima devo accompagnare Terry a fare shopping e Jenny al suo ritiro con i compagni di scuola. Sarà un pomeriggio bello intenso, ma ce la farò.

Mi precipito in auto dopo essere uscita e avviso Terry con un messaggio che sarei arrivata fra dieci minuti a casa per prelevarli. Il viaggio sembra durare meno del previsto, visto che mi trovo già a parcheggiare. Porto Jenny subito alla sua gita con la scuola, poi io e Terry ci avviamo al nostro meritato shopping. Non ci posso credere che sono già a metà delle vacanze estive, e ancora non mi sono staccata dal lavoro. Ho proprio bisogno di ricaricarmi, magari con un bel viaggio.

Qualche ora più tardi, mi ritrovo a prendere un gelato con Terry al centro commerciale. Lui mi fa un sorriso, ma non forzato; è piuttosto uno di quelli che ti contagiano a fare lo stesso.

«Vero, sembri così... diversa» - commenta una volta seduti a gustarci il gelato -.

«Come? Non capisco».

«Prima non pensavi minimamente di dire la tua, figuriamoci criticare qualcuno, ma oggi ti vedo maturata. In senso buono ovviamente».

«Mah... sono sempre stata così, a mio parere».

«È evidente che sei cambiata» - ribatte lui -. «Mi domandavo... nah, forse è meglio non dirlo... penso sia meglio lasciare che sia tu a risolverlo da sola».

«Avanti, sputa il rospo! Di che parli?»

«E va bene. Ma so che non ti piacerà quello che sto per dire...»

Andiamo, dillo!

«Tu e Jason» - incomincia -. «La vostra storia, com'è iniziata?»

Devo ammettere di essere un po' sorpresa dalla sua domanda, ma non così tanto alla fine, perché lui è mio fratello e non ho mai parlato di questo argomento in sua presenza ora che ci rifletto su.

«Qual è il vostro scopo?»

«Scopo? Che vuoi dire?» - Sono un po' contrariata adesso -. «Io e Jason ci siamo conosciuti al mio primissimo casting per fotomodella. Lui ha apprezzato il mio talento, la mia dedizione per ciò che amo fare... per questo noi... per questo lui mi ha trovata carina».

Fine della storia.

«Non ti credo».

E ti pareva. «A cosa non credi?»

«A quello che provi tu. Lo conosci appena, come fai a dire che lui sia l'uomo della tua vita? Credi che ti renderà felice e amata fino alla fine?»

«I miei problemi non devono turbarti» - dico solamente -.

«Sono tutte cazzate» - dice alzando il tono della voce e sbattendo una mano sul tavolo -.

Mi è passata la fame. Getto via il mio gelato e mi dirigo verso i negozi vicini. Non ho molta voglia di fare shopping ora, ma siamo venuti per mio fratello e il suo completo per la sfilata e la cena con i capi, per cui è mio dovere presentarlo al meglio. Anche ora che lo detesto per aver ragione e io torto.

Lui si alza subito dopo e mi segue a raffica ovunque io entri. Si mantiene a debita distanza, e fa bene. Ora come ora, se parlo con lui potrebbe uscirmi di bocca qualcosa di compromettente per entrambi. Faccio un giro per i primi negozi, ma non c'è niente che mi piace per lui, poi però vedo qualcosa e i miei occhi cominciano a brillare dimenticandomi per un attimo del problema che persiste.

«Benvenuti» - si presenta una signora davanti a noi -. «Il signor Austin è al momento occupato con un altro cliente, se desiderate qualcosa fatto su misura...»

S'interrompe non appena fissa il mio sguardo.

«Signorina Mars! È davvero un onore per noi averla qui... mi scusi, non l'avevo riconosciuta. Come posso aiutarla?»

«Ha detto che il signor Austin è occupato con un altro cliente» - comincio -, «ma ora che mi ci fa pensare... per mio fratello è più adatto avere qualcosa fatto su misura. Non so se mi spiego».

«Ma certo, vado a chiamare subito il mio superiore».

E corre via. Nel frattempo mi accomodo sull'enorme poltrona e comincio a testare campioni di tessuto su tessuto per vedere le combinazioni più giuste. Ma servono le mani di un vero maestro per questo, io sono ancora una dilettante. Finalmente dopo interminabili minuti arriva il sommo sacerdote di questa maison di capi alta classe maschile.

«Mister Austin, presumo» - dico alzandomi e porgendogli la mano -.

Lui fa altrettanto. «E lei è la signorina Mars, corretto?»

Sorrido, andando direttamente al sodo. «Questo è straordinario come tessuto, ma... lo vedo troppo spesso su di lui. Mi capisce?»

«Ha ragione» - commenta Austin, poi si gira verso di Terry -. «Credo che a te possa stare bene questo» - gli fa notare mentre gli posa sopra la spalla un tessuto a tinta unita color turchese ambrato.

«Sì, ti sta proprio bene» - confermo io -.

«La semplicità è la bellezza più pura al mondo, essa non sfiorisce mai» - aggiunge Austin. Che poeta -. «Quale scegli figliolo?»

«Uhm...»

«Senti il tuo cuore» - lo incito -.

«Il cuore non decide per tutto, Vero» - risponde scocciato Terence-.

«E la testa invece sì?» - Gli domanda meravigliato Austin -.

«Beh, sempre meglio che sbagliare e ferirsi per aver dato retta al sentimento» - risponde Terry -.

«Figliolo, il cuore è l'anima di ognuno di noi. Seguirlo non ti farà sbagliare o dubitare delle tue scelte, delle persone che conosci e delle emozioni che trasmetti» - gli spiega Austin -. «Al contrario la testa, è quella che sbaglia di più e ferisce due volte più del cuore. Si può pensare il contrario spesso si finisce per fare l'opposto di quello che si desidera».

«Come fa ad esserne sicuro?» - Gli domanda Terry -. «Il cuore può scegliere al posto della testa su tutto quello che facciamo?»

«Sai da dove vengono le risposte che tu hai nella testa?»

«Beh, le risposte alle domande che ti poni e che ti sopraggiungono dal cervello, in realtà è il cuore la vera fonte di tutto».

«Hai dei problemi d'amore? Il cuore saprà sempre darti la risposta corretta anche facendoti soffrire».

Ma parla di me?

«Ti senti in debito con una persona perché ha messo a nudo le sue vulnerabilità, così decidi di fare qualcosa, però che abbia lo stesso valore che ha avuto per te: usando il cuore in cambio di un cuore».

Un cuore in cambio di un cuore...

«Capisci di aver amato davvero una persona solo dopo averla persa per davvero, e ci rimani male».

È giusto così? Rimanerci male fa male davvero.

«Sei triste e ti ferisci nuovamente pensando a lei perché il cuore, vuole che tu ricordi quel dolore. Così facendo cresci e impari a comportarti meglio con te stesso e con la persona che amerai in futuro».

Caspita, sembra che stia parlando di me.

«Il cuore» - continua Austin - «ferisce come sa anche aggiustare tutte le ferite e le scelte sbagliate fatte in un momento di completo caos mentale».

E adesso guarda me.

«Il cervello invece, beh... agisce tutto d'istinto. Non pensa, ma si comporta nell'unico modo che sa usare e, se tu vuoi agire così... bene! Il cervello è d'accordo con te e ti spinge sempre più a comportarti in quel modo».

Che senso avrebbe che provi a fare il contrario?

«Come sa per certo che il cuore è così?» - Gli domanda Terry -.

«Il cuore, a mio malincuore, non può farci nulla se ci ostiniamo a seguire costantemente ciò che ci dice il cervello» - spiega -. «In sintesi, quello che ti voglio dire è di seguire ciò che ti arriva dal profondo». - Poi prende delle cravatte -. «Cosa ti piace: un maculato, una tinta unita o un motivo in particolare?»

Un po' di quello che ha detto a lui, l'ho risentito anch'io. Ascoltare il proprio cuore. Il cuore è come una corazza, infrangibile all'esterno, ma dentro ne passa di tutti i colori.

Capitolo 22

Finalmente, dopo interminabili minuti d'attesa, Terry esce dal camerino con indosso il completo blu. «Allora, come vi sembra?» - Ci domanda, facendo un giro su se stesso -.

«È questo!» - riesco solo a dire -.

Poi gli prendo la cravatta abbinata. Fa per mettersela, quando si gira verso di me mi chiede di aiutarlo.

«Non piangere» - mi stuzzica alla vista di una lacrima ribelle -.

«Non sto piangendo» - nego l'evidenza -. «Beh... allora, mister Austin, quanto le dobbiamo?» - Chiedo dopo pochi minuti -.

«Offre la casa, signori» - annuncia lui, lasciandoci di stucco -.

«Tranquillo, non ho spiato il tuo cellulare» - dico a Terry mentre ci avviamo fuori dal negozio -. «Però...»

«Però hai fatto la curiosa, come sempre» - mi rimprovera -.

«Ho visto una chiamata persa con su scritto "Lei". Come si fa a non scrivere sul telefono il nome della propria ragazza?» - Dico stupefatta -.

Non ottengo risposta.

Scendiamo le scale mobili e ci dirigiamo alla macchina... ed è lì che il mio cuore perde un battito alla vista di *quella* persona.

Faccio finta di niente, ma mi copro la faccia con i capelli. E Terry lo nota. «Così non lo eviterai»- m'informa ridendo -.

Lo spero invece.

Arriviamo in fondo alle scale e una voce mi chiama. Mi fermo di botto e per poco Terry non mi finisce addosso, urtandogli il passaggio sento una pressione sulle spalle. Due grandi mani mi spostano di lato e mi ritrovo davanti i due occhi grigio-verdi che tanto amo.

«Jonathan!»

«Veronica».

Bene, riusciamo solo a dire questo.

«Venite fuori» - ci dice mio fratello con le buste in mano e diretto verso la macchina -.

Io sono senza parole, il mio cervello non riesce a formulare una frase di senso compiuto. Era da tanto che non lo vedevo, noi due da soli... o quasi, e mi sento frastornata. E intanto prendo a fissarmi miei piedi.

«Ne è passato di tempo» - comincia a dire -.

Quelle labbra...

«Avete fatto shopping, vedo...»

Che bel discorso, stiamo parlando a tratti e nemmeno ci guardiamo in faccia. Grande! Poi arriva una domanda che mi spiazza.

«Credo proprio che tu avessi bisogno di quest'auto, adesso che ci penso».

«Eh?»

«È un bel passo verso l'indipendenza».

Il suo sembra quasi un complimento. Quasi però.

«Grazie ma...» - Mormoro -.

«Sapevo sarebbe successo» - commenta Jonathan -. «Prima non avevi neppure una casa, naturale che lui ti avesse regalato un'auto... e che andassi a stare da lui. Guidare un'auto come questa non è insensato?»

Non sa che questa è in realtà la macchina di Lucy.

«Come, scusa? Ho sistemato tutto per l'altra auto... quella che uso per il lavoro, intendo».

«Ah... me n'ero scordato».

Mi ha giudicata troppo in fretta, di nuovo.

«Non volevo dipendere da qualcuno sulle spese personali, per questo ho deciso così. Tutto qui» - ribadisco -.

Sta ridendo? Non me ne ero neanche accorta. Sembra ubriaco, visto che sta dicendo tante cose insolite... o forse mi stupisce così tanto sul momento perché lo conosco bene come credevo.

«Ho appena realizzato che stiamo parlando di qualcosa che tu paragoni alla realtà» - osservo -.

«A cosa ti riferisci».

«Essere una famiglia che non si è separata. Jonathan, tua nonna è stata molto chiara quando te l'ha detto, non tornerò indietro».

Certo, sono sicura di questo. Almeno spero.

«Ora stai utilizzando la scusa di un'auto nuova, simbolo di una "nuova vita" o... di intraprendere una strada nuova, chiamalo come ti pare. E per cosa, poi?»

Non attendo risposta. Faccio per girarmi e andare via, quando lui mi ferma.

«Io non sono mia nonna, e nemmeno un altro membro della mia famiglia» - afferma lui -. «Sono solo io, e ciò che voglio... è riaverti nella mia vita».

«Come quella Meg?»

Diamine! Perché l'ho tirata fuori?

«E adesso lei che c'entra? Ok, non ti è mai piaciuta... ma possibile che non ti è mai neanche passato per la testa che io e lei, forse – e dico forse – siamo incompatibili in quel modo?» - Quasi lo urla, arrabbiato -.

«Incompatibili? Ma per favore!» - Ora sono arrabbiata anch'io -. «Quando l'ho incontrata quel giorno, tu e lei parlavate come se io non ci fossi. Lei mi mandava delle occhiatacce e tu neanche te ne accorgevi».

«Sì invece! Ma ho cercato di farle capire che tu per me sei importante!»

Perché ha usato il presente? Sono ancora importante per lui?

E, cosa più importante, mi ama ancora come io amo lui?

«Veronica...» - Si avvicina, arrivando ad afferrarmi per le mani -. «Io ti amo più di ogni altra cosa, più della mia stessa vita. Come te lo spiego...?»

Non si può spiegare a parole.

Mi piace questa sensazione, di lui tra le mie mani, delle sue carezze e dei suoi gesti impulsivi. Delle sue parole dette al getto, senza preoccupazioni o alcun tipo di imbarazzo. Mi piace semplicemente lui... ma ora sono completamente lontana da quel sentimento che io chiamavo amore. Mettiamo che io voglia provarci, di nuovo, a stare con lui, per sempre... ma come potrei tornarci insieme, con il mio obiettivo finale che ancora inseguo?

Lui mi ha donato tutto quello che ho sempre desiderato... mi ha reso felice. Felice davvero. Non posso ferirlo con ciò che ho intenzione di fare. Sospiro, e questa volta mi allontano decisa dal mio amore impossibile. Indietreggio di due passi, abbastanza per non cadere di nuovo nella trappola delle sue braccia.

«Non possiamo. Non più almeno».

«Perché?» -Mmi domanda con fiato corto, come se avesse trattenuto il respiro troppo a lungo -. Insiste nell'avvicinarsi a me, ma io lo fermo poggiando una mano sul suo petto. Jonathan la afferra a sé, stringendola.

«So che mi ami anche tu» - mi guarda negli occhi -. «Mi ami proprio come ti amo io, perciò non mi arrendo, Veronica. Non ora che ho capito cosa è veramente successo».

Capito? Cos'ha capito?

Non sembra arrabbiato...

«Tu ti sei arresa perché sapevi che, nonostante la tua grinta e determinazione, non saresti riuscita a battere Elena» - aggiunge -.

Nascondo il sollievo. C'è mancato poco! Ovunque io vada, qualunque cosa io faccia, c'è sempre di mezzo Elena... tuttavia è meglio fargli credere questo che qualcosa per cui non mi perdonerebbe mai.

«Hai ragione» - ammetto -.

Sollevato mi abbraccia forte. Scaccio via i pensieri negativi a riguardo e lo abbraccio anch'io. Assaporo il suo profumo che mi dona un senso di confort pazzesco, e chiudo gli occhi. Non voglio andarmene, ma devo. Sciolgo l'abbraccio e mi separo da lui; sento un vuoto enorme e un peso nel petto insopportabile.

«Veronica, andiamo?» - La voce di Terry mi richiama ai miei doveri -.

«So che vuoi scappare da me per non ferirmi, ma non succederà di nuovo» - mi ripete Jonathan mentre mi allontano -. «Io verrò a riprenderti, e ti porterò via con me a qualunque costo».

Che parole dolci... mi scaldano il cuore e allo stesso tempo mi provocano un bruciore alla bocca dello stomaco, grande come fuoco che arde dentro di me. Non mi fermo e proseguo verso la macchina, non lo guardo quando entro, ma sento che è rimasto deluso. E siamo in due.

Una volta in strada, mi abbandono allo schienale del sedile del passeggero; butto indietro la testa, sono esausta. Jonathan continua a ricomparire, facendomi ricadere di conseguenza nell'abisso da cui con fatica e sudore ho cercato di svignarmela. Per cosa poi? Ritrovarmi a combattere i miei demoni e decidere se sono in grado di riprendere in mano il mio passato e affrontare le cose che temo... o se invece voglio dimenticarmi di tutto e cambiare totalmente la mia vita.

Poi Terry attira la mia attenzione:

«Ti senti in bilico tra due scelte, lo vedo» - afferma -. «E non riesci a decidere. Sei preoccupata di ferire ed essere ferita nuovamente, arrabbiata con te stessa per essere così fragile e al contempo testarda, ingenua e credulona».

Sono un libro aperto.

«Ma queste tue fragilità miste a coraggio e intraprendenza non sono negative o una tortura, sono la parte di te che forma e istruisce una giovane donna a vivere una vita piena di cose belle e cose brutte, avventure facili e altre meno facili...»

Una montagna russa, in pratica.

«Sei coraggiosa, generosa, bella e di talento... ma sei avvilita. Però niente di tutto questo è irremovibile, tutto può cambiare e cambiare nuovamente. Sei tu che decidi. Perciò, fai quello che credi sia meglio per te prima di pensare se ferirai o no qualcuno. Perché quel qualcuno che magari cammina insieme a te su questa strada non viaggia sul tuo stesso binario. E quando tu fai una cosa, hai sempre paura di ferire o intralciare quel qualcuno senza considerare che magari lui non segue le tue stesse idee e i tuoi percorsi di vita».

Ha ragione, al 100%. Vorrei provarci, sì, e questa volta per davvero. Sicuramente sarà un colpo duro come l'acciaio, ma ce la farò e riuscirò a superare i miei demoni solo credendoci fino in fondo.

***

La mattina seguente, mi sveglio pensando di stare a casa mia, ma invece sono a casa dei miei. La mia dimora di quando ero piccola è tornata a mancarmi di un immenso bisogno di calore. E il grande giorno si avvicina. È tutto pronto per la sfilata, e io non vedo l'ora. Tra ventiquattro ore esatte sarò sul palco.

Gardenia...

Il mio sogno diventerà realtà. Cosa potrei chiedere di più? Cosa potrebbe andare storto?

«Veronica, buongiorno!» - Esordisce Margaret tutta sorridente appena entro in cucina -.

«Sei qui per il Gardenia?» - Le domando ma non risponde -. «Che succede? Cosa sono queste facce?»

Sembrano preoccupati, e io ancora più confusa di prima. Terry mi si avvicina, molto adagio, mi prende vicino a lui e mi fa sedere su uno sgabello. «Vero... quello che sto per dirti non ti piacerà, ma devi saperlo».

Si gira verso Margaret chiedendole di uscire un attimo. Questa situazione mi sta destabilizzando, ma devo rimanere salda. «È successo qualcosa con l'organizzazione del Gardenia?» - Gli chiedo con voce tremante -.

«No, per quello è tutto a posto. Però... ricordi cosa mi hai detto riguardo alla mia ragazza?»

«Ah, "Lei"?»

«Sì, beh... "Lei" lavora come artista qui a New York e studia per diventare architetto come suo padre, membro dei collezionisti più ricercati di sculture al mondo».

Non tanto sconosciuta agli occhi del mondo, alla fine.

«Sono preoccupato» - aggiunge - «perché lei conosce le persone con cui ho a che fare, ma non demorde sul fatto di volervi conoscere».

«Conoscere nostro padre, quindi» - osservo -. «È questo che vi sta allarmando?»

«Ho paura che papà possa riconoscerla» - afferma poi -.

«Uhm, probabile. Comunque hai detto che lei sa di noi, ma noi non sappiamo granché di lei. Cosa ti fa pensare che imbattendosi in papà, ti possa in quale modo tradire mostrandosi ai suoi occhi come la tua fidanzata?»

«Non te l'ho detto semplicemente perché non volevo farti preoccupare. Hai già tanto a cui pensare, ma... papà stava pensando tempo fa di farmi conoscere la figlia di Palmer, ha un'azienda di telecomunicazioni...»

«E ti pareva» - lo interrompo -. «Fidanzamento combinato per benefici aziendali. Beh, chi se ne importa. Terry, non ti piacerà, ma...»

«Tu non farai niente» - ribatte Terry, deciso -. «Non parlerai con lei, non adesso almeno».

«Perché? Vuoi ancora tenerla lontana dalla tua vita?»

«Se è necessario, sì! Papà non accetterà mai...»

«Accetterà!»

All'improvviso lo sento piangere, così lo stringo più forte a me.

«Grazie per non lasciarmi mai solo» - lo sento mormorare oltre la mia spalla -.

Verso mezzogiorno aspetto di prendere Jenny dalla sua uscita per riportarla a casa. Sono in anticipo di un quarto d'ora, per cui ne approfitto un giro per i negozi qui vicino. Scaccio via i pensieri per un po', fino a quando non mi arriva un messaggio – decisamente inaspettato – da Robert.

Un invito a cena a casa della Presidentessa.

L'ultima volta che ci siamo incontrati non è stato proprio bello, non mi sono comportata benissimo nei suoi confronti. In fondo è solo per il bene della sua azienda e dei suoi nipoti che ha agito così... che mi aspettavo di diverso?

Il vento mi accarezza i capelli, mi scalda il viso e mi dona un po' di pace mentre accolgo a braccia aperte Jenny. La riporto a casa come programmato e filo a sistemarmi prima di andare a quella cena.

Robert mi chiede conferma poco prima che io prenda la porta per uscire. «Arrivo, dammi pochi minuti e sono lì» - lo informo -.

«Va bene, e... grazie per esserci stasera. Sai, non facciamo una cena tutti insieme da parecchio e... mi mancava averti con me».

«Sì, anche a me mancano quei tempi» - ammetto -

«Se ci penso, siamo cambiati molto» - riflette Robert -.

Poi riattacco e allaccio la cintura.

Una cena è solo una cena. Giusto?

***

Arriviamo a casa, quella che dà tanto mi è mancata vedere, e dove ho dei ricordi più o meno belli. Quando metto piede sui gradini all'ingresso, vedo Elena che si affaccia dalla porta; la saluto come si deve, non ci dilunghiamo oltre e vengo fatta accomodare dentro casa.

Una volta sedutami a tavola posso rendermi effettivamente conto di con chi dividerò la cena: oltre ai Morgan, infatti, c'è anche la signora Sherman con suo marito Richard. Riflettendoci sopra, sono l'unica ospite estranea invitata all'ultimo per una cena di famiglia.

Finalmente mangiamo, ed è qui che cala un imbarazzante silenzio, seguito solo dai nostri movimenti con le posate. Vorrei poter dire qualcosa di troppo, ma non so proprio approcciarmi a loro. Non si può far intendere che questa famiglia sia tanto legata a me o che provi un interesse nel frequentarmi, è più azzeccato dire che mi evita.

Rimango ferma dopo aver finito di mangiare, neutra con i pensieri, quando giurerei di aver sentito qualcosa, un suono magari. Un bisbiglio. I miei occhi si spostano in avanti: Sharon e Richard mi fissano, o meglio parlano a bassa voce fissando lo sguardo su di me. Avrei preferito che Jonathan fosse seduto al loro posto, ma stasera ha scelto una sedia più lontana.

Colpo al cuore.

«Veronica, come va tra te e Jason Bryce?»

La domanda di Julianne coglie alla sprovvista tutti, e fa ribaltare le mie aspettative di finire questa cena in bellezza -.

«Beh, noi...» - Inizio a dire, quando il mio telefono vibra, interrompendomi -.

«Deve essere lui» - commenta Sharon ingerendo un altro cucchiaio di pollo -.

Spero che si strozzi.

Afferro il cellulare, ma nello stesso istante vedo Jonathan alzarsi di scatto dal tavolo sbattendo la sedia, e lascia la sala da pranzo senza dire una parola. Tutti i nostri sguardi si uniscono nella stessa direzione, che va dalla porta al suo posto ora vuoto. Abbasso lo sguardo sul cellulare: un messaggio di Jason...

Volevo solo dirti che sto tornando. Vuoi che passi a prenderti?

Raccolgo le mie cose e infilo il telefono nella borsa. Poi mi alzo e saluto tutti. «Grazie per la cena, ma ora è meglio che vada» - informo -.

«Ma... cara, manca ancora il dolce... e poi adesso piove» - commenta la Presidentessa, stupita -.

«La ringrazio, ma devo proprio andare».

«Lascia almeno che ti accompagni Robert...»

«Non occorre, ho la macchina».

E lascio la sala da pranzo.

Faccio per incolonnarmi nel corridoio, dopo aver salutato tutti e ringraziato per la cena, quando una persona appoggiata sulla parete, con le mani infilate in tasca e lo sguardo fisso in un punto, si piazza davanti al mio campo visivo. Faccio qualche altro passo, per poi fermarmi al suono della sua voce: «È arrivato, vero?»

«No. Lui non sa che sono qui» - gli rispondo senza guardarlo -.

Fa un passo avanti, ma rimane sempre a debita distanza.

«Credevo che quello che mi avessi detto fosse soltanto per indurmi ad allontanarmi da te... che in verità tu mi amassi come ti amo io. Mi sbagliavo». - È triste? - «Tu non pensi minimamente a me».

Lo sento così vicino, ma in realtà è terribilmente lontano.

«Credevo che bastasse far passare un po' di tempo per farti ritornare da me, ma non è successo. Tu sei innamorata di un alto, e preferisci stare con lui che con me».

«Sei ubriaco...»

«Non lo sono!» - Urla -. «Cazzo, Veronica, ti ho detto mille volte che ti amo, cosa non ti basta? Cosa vuoi...»

E come attirata da una forza maggiore mi lascio andare e bacio quelle labbra salate. Rimane disorientato dalla mia decisione, ma questo non lo induce a fermarsi. Proprio come fuoco in inverno: caldo e piacevole.

Arriviamo a divorarci a vicenda, a sentirci, a desiderarci, come se non ci bastasse mai. Al che lui mi afferra appoggiandomi contro il muro, freddo, ma che con lui al mio fianco risulta confortevole sotto gli strati della mia pelle scoperta.

Affondo le mani nei suoi capelli, poi sul suo viso, sul suo collo. E lì mi fermo, assaporando questo suo modo di prendermi e di farmi venire con un solo sguardo.

Mi piange il cuore, lo sento tamburellare forte nel petto e fa un male atroce. Voglio che ritorni. Che ritorni a baciarmi, ad accarezzarmi e a toccare ogni mia più piccola fragilità che solo lui sa trovare.

Ha le labbra arrossate dall'intenso bacio, e anche io. Respiriamo a malapena. Una forza maggiore mi frena, facendomi capire che non dovrei permettergli di affondare le mani nel mio cuore, di prenderlo e di nasconderlo alla vista di così tanta crudeltà. Non dovrei permettere a me stessa di riprovare questa bellissima sensazione, perché lui merita di meglio...

Merita più di me.

Così lo respingo, a fatica.

Una vocina nella mia testa mi ripete di non andare da lui, di lasciarlo soffrire per poi poter rimarginare le ferite che con questo bacio si sono riaperte. Con mio grande dispiacere gli volto le spalle e il cuore mi prende a pugni. Questa volta – con più difficoltà rispetto tutte le altre che ho provato a non cedere a lui – sento di essere arrivata al limite.

Prima di andarmene definitivamente, mi volto verso il suo viso coperto di dolore, che neanche più si può chiamare tale. È solo un vuoto e un enorme senso di colpa... da parte di entrambi; ci giuriamo amore eterno ma adesso ci troviamo a perderci per poi rincontrarci.

«La migliore cosa che tu possa fare per te stesso» - decreto - «è smettere di lottare per una persona che ha già scelto di perderti».

Capitolo 23

Arrivata davanti a Ground Zero scendo dalla macchina, dirigendomi poi sul marciapiede con molta calma. Ripenso al mio cammino, alla strada che ho percorso fino ad ora. Tutto è iniziato proprio da qui. In tempo record vedo arrivare Alyssa ed entriamo insieme nell'enorme sala principale. Noto subito la folla di gente tra cui: imprenditori, giornalisti, amministratori, funzionari e interpretatori dell'opera. Appena varchiamo la prima stanza, ci incamminiamo verso un'opera molto interessante: un quadro di Michelangelo Pistoletto intitolato *Il terzo paradiso.*

«Un vero genio» - commenta Alyssa -.

«Amo le sue opere» - le rivelo -.

«Davvero? Allora siamo in due... però adesso sono curiosa di sapere qual è opera che ti piacerà di più tra quelle presentate all'asta di oggi».

Ci rifletto su.

«Non sono sicura... vedi, sono tutte bellissime, ma come si può fare un'offerta quando il vero prezzo è un altro?»

Quello che viene dal cuore di chi l'ha creato, quello non ha prezzo.

«Cosa intendi?»

«Credo che il vero compratore non sia tra questi» - mormoro, osservando i vari partecipanti che procedono a passo adagio verso la meta -.

Saliamo le scale e ci infiliamo nella sala dove si effettuerà l'asta, sedendoci abbastanza vicine per vedere meglio. Ci sono tre opere poste sugli appositi scaffali, tutte di grandissimo valore. Mi guardo intorno, tutti bisbigliano e annuiscono qualcosa, persone al telefono che fanno offerte su offerte, giornalisti e tanti appassionati di arte. Poi mi soffermo su Alyssa, intenta a sistemarsi il trucco. Sempre così tranquilla.

«Non credo di farcela» - le dico -.

«Sì invece» - ribatte lei -. «Vedila come una conversazione sugli eventuali valori delle opere e non come una gara, okay?»

«Ci proverò».

L'asta ha finalmente inizio. Un tale espone le opere e comincia a fare un'offerta lanciando al pubblico. Non dura molto visto che la prima opera viene subito venduta. La seconda è un pezzo davvero esemplare, di un artista emergente venuto da Parigi. Sono completamente catturata da quest'opera, che non riesco a togliergli gli occhi di dosso.

«Ti piace?» - mi domanda Alyssa sottovoce -.

Io annuisco.

«Allora fai un'offerta».

Scuoto la testa, sarebbe troppo azzardato. Quanto dovrei offrire? Varrà almeno il triplo di quello che penso. No, farei solo una figuraccia.

Arriviamo al momento dei prezzi, ben presto si arriva a sparare cifre a sei zeri... Dio solo sa quanto sia in verità il prezzo reale. Poi ci sono alcuni che concorrono offrendo di più, ma è tutto inutile...

«Cinque milioni!»

L'offerta fa restare in molti a bocca aperta, me compresa... ma per un altro motivo. Riconosco questa voce, infatti il mio cuore perde un battito non appena mi volto.

Jason!

I nostri sguardi s'incrociano.

«Cinque milioni... notevole» - comunica il banditore -. «Qualcuno offre di più?»

Mi guardo intorno ma nessuno si azzarda ad alzare il cartellino. Il banditore inizia pertanto a contare, e un attimo dopo Jason si aggiudica il quadro. L'unica cosa che mi turba un po' è che spenderà tutti questi soldi per un bellissimo dipinto e non ne trovo il motivo.

Quando le offerte sono concluse ci avviamo fuori all'aria aperta, e non appena posso lo abbraccio forte. «Mi sei mancato!»

«Anche tu» - ammette Jason, rispondendo forte all'abbraccio -.

«Perché hai fatto un'offerta così alta?»

«Per avere il quadro, che domande».

«Mah... non eri obbligato a offrire così tanto».

«Cosa ti preoccupa, Veronica? I soldi non sono un problema, e poi volevo farti un regalo» - mi dice un po' imbarazzato -.

«G-grazie».

Sono ancora sbalordita per quanto è appena avvenuto. Credevo di non rivedere Jason fino a dopo la mia performance alla Masery, ma a quanto pare mi ha fatto una sorpresa bellissima.

Più tardi...

Poche ore mi attendono al momento cruciale, ma un'improvvisa telefonata di Lucy riesce a distrarmi.

«Ehi amica. Come stai?» - Mi fa tutta entusiasta -. «Com'è andata la tanto attesa proposta?»

Silenzio tombale da parte mia.

«Smettila di pensare sempre a come deve essere fatto qualcosa, Veronica... goditi i momenti anche se brevi. Anche se ti aspettavi qualcosa di più, prenditi tutti i momenti felici che ti passano davanti agli occhi. Vedrai che prima o poi lui raccoglierà ciò che tu stai seminando».

«Che poetessa!» - Scherzo -. «Comunque sì, hai beccato il punto dolente della storia».

«Beh, pensala così, lui non ha colto il momento per farti sua, per cui la prossima volta tu fai lo stesso».

La fa facile lei.

«Non è difficile. Perché dai sempre tutto e non vuoi ricevere mai niente in cambio?»

«Perché tu vuoi invece tirare la corda e non smettere mai di allentare la presa?»

Touché.

«Vedi? Avevo ragione. Lascia invece che sia lui a starti accanto, a raccogliere le gioie e i momenti tristi della tua vita». - Una pausa -. «Lui ti capisce, sa qual è la tua situazione al momento, non ti giudicherà né ti maltratterà come invece hanno fatto le persone a cui tu dai continuamente possibilità di rimediare. E non dire che non è vero... le notizie girano molto velocemente. Ma se una persona non ci tiene a mettere le cose a posto, perché continuare a soffrire?» - Aggiunge poi -.

«Sei tu a non capire, Lucy, io non voglio dipendere da un uomo».

«Lo so che per te l'indipendenza è la prima cosa, ma questo non vuol dire lasciare che un uomo ti comandi, anzi... sta a significare che lasci entrare nella tua vita una persona che ti vuole bene, che ti ama e ti rispetta. Perché continuare a farti male per uno che non ti vuole?»

Le sue domande sono secche e concise. Vorrei che le mie risposte lo fossero altrettanto.

«Sono disposta a guardare Jonathan da lontano».

Mi basterà. Deve bastarmi.

«Ecco cosa ti distruggerà: la speranza di provare e riprovare a sistemare una promessa non mantenuta» - continua Lucy -. «Soffrirai, Veronica, se continuerai a seguire questa strada. Non è da te, l'amore ti sta lacerando l'anima».

Basta pensare... basta rovinarmi l'umore.

«Lucy, ciò che voglio dire è che... l'amore per me... in me... non è qualcosa che riesco a controllare...»

«Lo so benissimo, non è mai stato semplice per nessuno capire, provare e mantenere un sentimento forte come questo. Perché ti biasimi?»

«Perché... questa sono io».

Mi critico sempre, è una brutta abitudine, lo so, ma a volte funziona. Non questa volta però.

«Vorresti un amore perfetto?» - Incalza Lucy -.

«Già...»

«Ti do una lezione di vita, Veronica: la "perfezione" non esiste. Non tendere sempre ad essere perfetta, ad avere la perfezione su tutto, basta che tu faccia del tuo meglio e vedrai che il Destino ti ripagherà a dovere».

«Il Destino non mi è mai stato amico, e tu lo sai».

«Lo so... la tua perdita fa parte di quel capitolo triste della tua vita che, come ogni essere umano, tutti dobbiamo superare, per diventare più forti».

Devo lasciarmi questa cosa alle spalle, lasciarla volare in cielo. Ma è difficile quando pensi e hai paura che, lasciando andare mia madre, la sua memoria perderò nel tempo.

«Tua madre non se ne andrà dal tuo cuore» - ribadisce Lucy -, «vuole il meglio per te... quindi falle vedere che tu sei il meglio. Okay?»

«Okay... grazie, Lucy».

Vado avanti!

Non fa poi così tanta paura l'andare avanti quando la guardi da tutt'altra prospettiva, una migliore. Una possibilità di migliorare interiormente.

Si dice che il cambiamento è fortuna, che ti porterà solo cose belle e tanto amore, perciò crediamoci! Se diciamo di voler cambiare in meglio, allora siamo capaci di farlo e di portare a termine questo nostro percorso di vita senza mai pentirci.

A volte serve anche come riavvolgere la nostra vita che è andata in corto circuito.

Gestire una vita non è facile, per nessuno... nemmeno per chi si crede Superman o Jackie Chan. Ma alla fine sei tu a dover fare tutto, quindi sistemati le maniche e riprenditi la tua vita.

Credici fino in fondo!

***

Il momento tanto atteso è arrivato. Mel è su di giri per le troppe emozioni al momento, ma con me al suo fianco può stare tranquillissima. Due giorni fa mi ritrovavo con Margaret per la nostra ultima giornata insieme prima che lei partisse di nuovo, e in questo nostro piccolo momento insieme mi ha avvertito di una cosa molto importante: farà un tour per visitare la Francia, in particolare Parigi, la città dei suoi sogni. E tra una sistematina qua e là mi ha informate delle sue intenzioni, ovvero che si trasferirà lì per studiare scultura e arte della moda femminile.

Alla fine mi ha fatto la fatidica domanda, spingendomi a prendermi una pausa e ad andare con lei. Vi rendete conto? Io a Parigi... un sogno! Ahimè ho ancora molto a cui pensare, per cui rimanderò la questione a dopo il Gardenia. Devo solo parlarne con Lucy, per lanciare la UYBP anche lì, ma sarà sicuramente d'accordo.

Finiamo i preparativi e... pronti in scena! Considerato che non è la prima volta che mi faccio vedere in pubblico, mi sento ugualmente molto nervosa, e non capisco il perché. Ho posato innumerevoli volte per degli scatti... farsi prendere dall'ansia non è proprio ragionevole adesso.

Scendo i gradini uno alla volta, fino a dirigermi verso il tendone da dove dovrò uscire a breve. Ci sono proprio tutti, venuti per vedere me su quel palco. Che emozione!

Respiri profondi... respiri...

Un attimo! Cosa sono queste voci che sento? Strano, non dovrebbe esserci nessuno nei pressi del mio camerino, chi sarà mai?

Mi prendo il mio tempo, visto il ritardo di una delle modelle, e vado a vedere chi c'è. Sto per aprire la porta quando mi blocco tutta d'un tratto dopo quello che sento...

«Sta' seduto!» - urla l'inconfondibile voce di Sharon Sherman -. «Sono stufa di questa tiritera... guardati! Ne hai combinata un'altra delle tue...!»

«Stai esagerando, tesoro» - risponde Richard -. «Non ho combinato nulla di grave... te la prendi come se avessi ammazzato qualcuno».

«Non prendermi in giro!»

Sono sbalordita. Onestamente non sarebbero fatti miei, ma se si trovano nei paraggi della stanza sbagliata cosa posso farci?

«Alla tua età, comportarsi così...» - Continua a sbraitare Sharon -. «Sembri un cavernicolo! Seduto, ho detto! Sono stufa marcia di ve-

dere poliziotti che mi riportano mio marito a casa ubriaco fradicio...
di vedere nostra figlia rinchiudersi in camera a piangere per paura di
perderti... ti stai rovinando! E stai portando alla rovina anche noi!»
Richard sospira pesantemente. «Non soffermiamoci sulle appa-
renze, cara... abbiamo più punti interrogativi che punti di riferimento. Guardiamo tutto e tutti alla stessa maniera. Indossiamo sempre la
stessa maschera e riportiamo sugli altri le nostre reazioni negative
per paura di una vita senza futuro. Ma guardiamoci!»

*Come può considerarlo uno poco stabile se lo trovo estremamen-
te riflessivo?*

«...cominciamo a reagire per il verso giusto, o ci ritroveremo a
perdere anche quelle piccole cose belle che abbiamo».

Alla fine, si ripromettono di sistemare le cose nella maniera più
giusta e, prima che possano uscire e vedermi lì imbambolata, fuggo
tornando sui miei passi. Mentre procedo verso la passerella, qualcuno mi ferma. Non vorrei dirlo, ma sento un profondo piacere nel rivedere la Presidentessa adesso.

«È un piacere rivederla» - la saluto con un abbraccio -.

«Ciao cara, come stai? Agitata?» - Mi sorride con quelle sue labbra sottili di un colore bordeaux scuro -.

«Bene, e lei? La trovo meglio quest'oggi, più splendente».

«In verità credo sia tu quella che ha una luce meravigliosa addosso, io sono semplicemente venuta per vederti risplendere come una
stella dovrebbe fare».

«Quindi lei... lei non è arrabbiata con me?»

«Perché dovrei? Oh cara... ne ho lasciata passare di acqua sotto i
ponti nella mia lunga vita!»

«Ho un carattere difficile» - la informo, pensando che lei per un attimo mi possa aver confuso con un'altra -. «Sono troppo orgogliosa e
forse anche troppo lunatica. Difficilmente provo qualcosa e se qualcuno si allontana da me, mi ferisce, anch'io a mia volta mi allontano
senza chiedere spiegazioni». - Una pausa -. «Vede, ho perso tante persone e mi sono guadagnata la fama di essere senza cuore... eppure il
cuore di una persona sono riuscita a tenerlo stretto alla fine».

Pur soffrendo.

«Non sei sola, Veronica» - mi ricorda -.

Non sono sola...

«Vede, il mio cuore lo sento battere freneticamente» - E metto
una mano sul mio petto -. «Di notte quando sono sola, è il suono più
triste che io abbia mai sentito».

«Non devi nascondere i tuoi sentimenti» - mi sussurra appena -. «Chi ti ama, ti accetta per quello che sei, senza cambiare una virgola».

Annuisco, al che mi rimetto in marcia congedandomi da lei. È tempo di sfilare.

Sul palco la gente mi guarda, mi acclama. I fotografi sono come drogati dalla mia bellezza, che tutti gli scatti posano per me. Come vorrei vederti, mamma, tra questa gente seduta... vedere un tuo sorriso, sentire la tua presenza anche solo per un momento. Ma tu non ci sei, te ne sei andata via e mi hai lasciato da sola tra branchi di leoni famelici.

Sto bene, tranquilla.

Sto bene, resisto.

Sto bene, reagisco.

Non mi lascio abbattere da sguardi minatori, false accuse, menzogne e intimidazioni.

Sono me stessa e ci rimango fino alla fine.

Mentre risplendo su questo palco, sento di aver realizzato una parte delle tue aspettative, dei tuoi desideri. Sono contenta di non aver permesso alla tua anima di scomparire del tutto, ma ho portato con me un pezzo di te, così che tu possa brillare al mio fianco.

Noi due insieme, come una volta, come nei nostri sogni. Come tutto doveva essere.

Più tardi...

È tutto finito. Sono libera di tornare a casa e procedo verso la mia auto, tutta dolorante, in particolare sulla caviglia dove si è formata una grossa vescica. Fa niente, passerà... come è passato tutto quello che la fiumana del progresso mi ha donato. Me la sono cercata io, tutta questa popolarità. Tutto questo successo uno dietro l'altro.

Ho appena il tempo di appoggiarmi sfinita alla macchina quando, in un istante che quasi mi sfugge, vedo una rosa apparirmi davanti agli occhi. Alzo lo sguardo e dietro di essa scorgo due splendidi occhi colmi di felicità.

«Per la mia amata, con amore e affetto».

E mi porge la rosa più grande che abbia mai visto. La prendo in un istante, come se nulla di tutto questo fosse mai successo prima o mi appartenesse ogni singolo momento che vivo della mia vita. Poi vedo cadermi un biglietto di mano; mi affretto a riprenderlo, quando un'ombra mi si contrappone al fascio di luce che prima incorniciava quel bigliettino e una seconda figura mi si piazza davanti.

Alzo frettolosamente lo sguardo, ancora accovacciata a terra; riconoscerei tra mille il nuovo arrivato. Faccio appena in tempo a chiamare Jonathan mentre cerco di alzarmi, ma inciampo sullo strascico dell'abito e cado a terra.

Tutto accade in una frazione di secondo, e quando capisco cosa succede e dove ci troviamo, mi ritrovo sorretta da due paia di braccia, ma mi tengo stretta solo a quelle di Jonathan.

«Veronica» - si rivolge a me Jason -.

Faccio per scostarmi da Jonathan, ma lui mi trattiene a sé. «È forse proibito parlarle?» - Domanda -.

«Levale le mani di dosso» - risponde Jason -.

«Non prendo ordini da te!»

Ahia... butta male... molto male!

Capitolo 24

Io e Jason siamo seduti in macchina, diretti verso i suoi uffici. Ha detto che rimarrà lì per tutta la notte e quindi mi sta riportando prima al mio appartamento, poi se ne andrà. Cerco di calmarlo, ma non so proprio da dove cominciare. La serata non si è conclusa come immaginavo, tra fiori, fuochi d'artificio e buon cibo... bensì tutto ciò che non vorrei mai aver visto e vissuto. L'incontro tra Jason e Jonathan mi ha scosso, e per vari buoni motivi. Dopo la batosta ricevuta dai gorilla di Jason presso casa sua, mi aspettavo che Jonathan volesse vendicarsi... invece si è limitato a lanciare a entrambi un'occhiataccia che non dimenticherò mai. Era amareggiato, questo sì... ma giurerei di aver visto anche dell'invidia nei suoi occhi.

«Lasciami spiegare» - esordisco dopo un respiro profondo -.

«Cosa c'è da spiegare, Veronica?» - Ribatte Jason, concentrato sulla guida -.

Litighiamo un po' troppo spesso, e non risolviamo mai le questioni fino alla fine. Prima litighiamo e poi uno dei due rivela un altro lato dell'altro che prima di allora non conoscevi.

«Tu sei impegnata, ma Jonathan continua a tormentarti e a pretendere di averti... come dovrei reagire secondo te? Credi che io sia così stupido da non notare come ti guarda? O come tu guardi lui?»

«Questo è ciò che vedi tu, ma ascoltami...»

«Quando sono venuto a prenderti dopo che non ti eri curata dei miei sentimenti, ti ho vista parlare con lui».

«Non dire così! Sei una delle persone a cui tengo profondame...»

«Davvero? Non si direbbe, da come stavi per baciarlo».

Vorrei sprofondare in un abisso profondo e mai più ritornare a galla.

«È stato solo un momento di... debolezza».

«Un momento che si ripete un po' troppe volte, non credi?»

Okay, è arrabbiato.

Ho sempre avuto la brutta abitudine di innamorarmi follemente di persone che non se lo meritano. Ed è strano, perché ho come la sensazione che il giorno in cui arriverà la persona giusta, neanche me ne accorgerò.

Ed eccola la persona giusta, che davanti ai miei occhi sta per crollare per colpa mia.

«Rispondimi, Veronica. Perché l'hai fatto?» - Lo sento incalzare -. Sospiro e chiudo gli occhi.

«Tu dici alle persone che è tutto finito, che non ci pensi più, ma ci tieni ancora» - continua lui -. «Si vede dai tuoi occhi, che brillano ogni volta che qualcuno pronuncia il suo nome. Si vede da come respingi tutte le altre persone che cercano di mostrarti il loro interesse nei tuoi confronti. Si vede quando ti fermi a guardare le vetrine pensando a cosa potrebbe piacergli. Si vede dai tuoi occhi stanchi di vivere una vita così, che ogni volta che esci di casa cerchi sempre di trovarlo in ogni volto».

Lo ascolto in silenzio, prendendomi tutto le accuse che merito.

«Si vede quando casualmente lo incontri e l'aria intorno a te inizia a mancarti» - dice infine -.

«Hai provato anche tu queste cose... con quella donna, non è vero?»

So di aver toccato un tasto dolente, ma ne stiamo parlando quindi cerchiamo di andare fino in fondo insieme. Ma adesso Jason tace.

«Pensi ancora a lei, Jason, non negarlo». - Non so chi sia questa donna, ma l'ha cambiato -. «Non sono arrabbiata o ferita, adesso siamo pari, no?»

«Non è lo stesso» - ribatte stringendo la presa sul volante -.

«E perché? Tu la ami ancora ma cerchi di dimenticarla pensando a me. È lo stesso ragionamento che sto facendo io».

Credere di amare una persona ma in realtà la stai solo allontanando per non ferirla. Perché mentirmi quando siamo entrambi complici di un amore finito?

«Jason, non te ne sei reso conto all'ora, perché fare lo stesso sbaglio adesso?»

Sembra più una domanda a me stessa, ma sia io che lui siamo uguali al momento.

«Adesso è troppo tardi. Lei non c'è più da molto tempo...»

«Mi dispiace tanto».

Appena arriviamo al mio palazzo si ferma lungo il ciglio del marciapiede. Io scendo e mi avvio dall'altra parte della strada senza dire nulla, mi avvicino alla porta... quando mi fermo e giro il capo lui non c'è già più.

Lucy ha ragione. Merito di più.

Il giorno dopo...

Nel pomeriggio mi ritrovo a discutere con Lucy; siamo entrambe sulla soglia di una crisi isterica perché non sappiamo come coordinarci, visto che non mi sono ancora decisa a quale gruppo di designer aggregarmi. I Mars? I Morgan? Gli Henderson, gli Armstrong... di compagnie ce ne sono a bizzeffe...

«Perché ti poni tutti questi problemi?» - Incalza Lucy -. «Come tuo capo, referente e amica è mio dovere aiutarti a prendere una decisione che non ti porti alla tomba. «La decisione che prenderai deve essere quella che poi manterrai per il resto del piano, non puoi sbagliare...»

«Lo so benissimo. Ma anche tu devi capire che non posso tener fuori la Mars, perciò devo tenere conto di tutti i dettagli della mia idea».

«Fai quello che credi più giusto, cerca solo di non pentirtene» - conclude imbronciata -.

«Sarà fatto, tranquilla». - E la abbraccio prima di uscire -.

Alla Mars aspetto mio padre, in riunione da più di due ore con dei compratori venuti dall'Europa. Sembra che la sua collezione stia vendendo molto da quelle parti, che come prospettiva futura non è affatto male per la società. Una volta terminato, si precipita da me e con nonchalance si siede sulla poltrona e sospira esaurito.

Faccio un lungo sospiro e rifletto sul da farsi. Come iniziare un discorso?

«Papà... ho deciso di rappresentare la Mars come modella».

Non vado oltre, tanto sa a cosa mi riferisco. Lo vedo incerto sul da farsi, ma sa benissimo che quando mi pongo un obbiettivo lo porto a termine. Mi guarda e mi sorride. Mi prende la mano e la stringe nelle sue.

«Tesoro... sai che questo è molto importante per me e stai mettendo in secondo piano la tua vita. Perché?»

«Perché tu sei parte di me» - dico semplicemente -. «Questo mio sogno è anche il tuo. La mia occasione è anche la tua. Accetti allora?»

«Ma certo» - dice con gli occhi pieni di lacrime -.

Mi sento sollevata nel vedere che sta bene. Quando mi porta a casa con lui lo vedo mille volte più felice di quanto io abbia mai potuto vedere in tutta la mia vita. Carmela ci accoglie in casa tutta felice e ci fa accomodare in soggiorno per un tè. Stasera non ho molta fame per questo le ho chiesto di prepararmi una tisana calda e qualche biscotto.

E penso, a lei qui, con noi. Una nuova figura a cui aggrapparsi, su cui contare. Un angelo che mamma ci ha donato per non rovinare l'intera famiglia.

So che lei ora ci sta guardando da lassù e ci benedice tutti. Come una famiglia, dobbiamo sempre mantenere vivo questo legame e sorridere per non piangere, scherzare per non ferire e soprattutto vivere per non morire.

Terry è appena tornato dalla sua corsa serale e Jenny è in camera con una sua amica di scuola. Per quanto riguarda zia Violet, beh, lei è molto nervosa perché sua figlia è decisa a partire per Parigi. Con Peter le cose vanno molto a rilento, dice Margaret, sembra che non si siano sentiti dopo quel messaggio e lei ci sta molto male; ha detto che vuole cambiare aria per un po', non per sempre. Almeno spero, già mi manca al sol pensiero di non rivederla per diverso tempo. Devo prendere in considerazione diversi punti prima di darle una risposta, e ora mi sembra arrivato il momento di dirlo a papà. Troppe cose in brevissimo tempo.

La sera cala presto e gioie, risate, suoni, canzoni si avvolgono in tutta la casa mentre il lieve caldo del mio lettuccio mi coccola. E mi addormento felice.

La mattina seguente...

Quando scendo pronta per andare al lavoro, vengo raggiunta da due bambine che tutte sorridenti mi accolgono invitandomi a fare colazione con loro. Una volta in salotto, una sorpresa si piomba davanti ai miei occhi: Jason, sempre ben vestito ma protetto da un grembiule a fiori, intento a cucinare sporcandosi come una casalinga qualsiasi. Sta preparando quei magnifici pancakes ai frutti di bosco, dolci come solo lui li sa fare. Quando cerco di prendere una forchettata, proprio in quel momento arriva Terry che si fionda sul mio piatto portandomelo via. Mi tocca rincorrerlo per tutta la stanza.

Vengo accolta così bene in questa famiglia, perché dovrei sentirmi triste se me ne vado? So che loro mi staranno sempre accanto. Alla fine mi siedo sul divano e accovaccio le gambe verso il mio petto.

«Terry, tutto bene?» - gli chiedo preoccupata -.

Appoggio una mano sulla sua spalla e cerco di scuoterlo un po'.

«Papà ha detto qualcosa? O sospetta di qualcosa?» - Mi domanda -.

«No... papà è all'oscuro come speravi tu... ma io lo dico per te: vuoi continuare a nascondere questa cosa fino al giorno in cui sarà inevitabile?»

«Non so che fare» - dice infine -.

Mi piange il cuore, vorrei riuscire a liberarlo dal suo tormento.

«Che ne dici di venire con me oggi, visto che devo lavorare e, ne parliamo con papà insieme?»

«Oggi? Adesso?» - Chiede quasi come se fosse surreale -.

Partiamo, direzione uffici Mars. Una volta dentro e ben sistemati aspettiamo il sommo capo, che ci accoglie con un sorriso radiante.

«Buongiorno papà, sembra che le notizie di voi al Gardenia stiamo facendo il giro del web» - gli racconto -. «Sono felice».

«Già, sono sbalordito da come i ragazzi stiano lavorando duramente e da quello che ne sta uscendo fuori» - afferma, radiante anche lui -.

Ora, però, parliamo di cose serie: «Il Gardenia è l'evento più importante dell'anno» - comunico mentre ci sediamo nel suo ufficio -. «Dobbiamo fare bella figura e soprattutto catturare l'attenzione delle persone».

«Ci sono troppi punti a cui non abbiamo un aggancio sicuro» - mi fa notare Terry -.

«Ho in mente diverse opzioni, ma non saprei quale scegliere» - faccio leggere la mia lista -.

«Uhm... allora cosa facciamo?» - Domanda papà, ma non ho più idee dopo che me le hanno bocciate una dopo l'altra -.

«So io cosa possiamo fare» - dice Terry, prendendo il telefono e componendo un numero -.

Dopo la sua chiamata, riaggancia. Troppe poche parole per capire quello che gli frulla nel cervello. «Ci sono buone possibilità che otteniamo quello che desideriamo» - dichiara -.

«Quindi?» - Domando curiosa -.

«Dobbiamo convincere prima una persona».

«E chi?» - Domanda papà -.

Qualche ora più tardi...

Lucy mi convoca nel suo ufficio per sistemare gli ultimi dettagli. Jason mi ha detto che passerà a prendermi dopo il lavoro, per una cenetta solo noi due. All'improvviso, però, ricevo una chiamata da Robert; la sua voce è preoccupata.

«Hai visto Elena oggi?»

Proprio a me lo sta chiedendo? Di solito cerco di mettere due città di distanza tra me e lei...

«Non la vedo dalla nostra ultima cena da tua nonna, Robert... ma che succede?»

«Io non ho sue notizie da ore, era uscita di casa per delle commissioni, nonostante le sue condizioni... non riesco a contattarla, il suo cellulare sembra spento o non raggiungibile... ti prego, potresti aiutarmi a cercarla?»

Come faccio a dire di no?

Cinque minuti dopo percorro le strade di New York, diretta verso il Brookfield Place a Manhattan; secondo Robert, l'ultima volta che ha sentito Elena era in quel centro commerciale.

Mentre perlustro l'intera area mi rimprovero mentalmente di come sono finita in questa faccenda e del perché io mi stia preoccupando per lei. Anche se la odio, è pur sempre incinta e non vorrei alcun bambino sulla coscienza. Corro da una parte all'altra ma senza risultati; Elena sembra davvero sparita.

Quando sono troppo esausta per proseguire, all'ultimo piano, richiamo Robert.

«Allora?» - È ancora agitato -.

«Ancora niente» - rispondo -. «Ma sta tranquillo, la troveremo... sarà qui da qualche parte, vedrai...»

«Veronica?»

Mi volto, attirata dalla nuova voce, e sbarro gli occhi sbalordita, chiudendo nel frattempo la chiamata.

«Jonathan!» - Esclamo -. «Ma tu... cosa ci fai qui?»

«Ero nei paraggi, Robert mi ha avvisato di Elena e sono venuto a cercarla».

Vederlo mi dà speranza. Corro da lui dimenticandomi di tutto quello che abbiamo passato e lo abbraccio, grata di averlo incrociato. Lui, sorpreso, non ricambia l'abbraccio e si distacca da me.

«Mi manca ancora questo piano da controllare» - affermo -. «Mi aiuti a cercarla?»

«Certo».

Giriamo un altro po' per i dintorni, senza perderci di vista. A un certo punto, dopo aver svoltato per alcuni corridoi, scorgiamo un gruppo di persone radunate davanti agli ascensori. Ci avviciniamo, mentre un gran brutto presentimento comincia a montarmi dentro...

«Oh cavolo» - dice Jonathan al mio fianco, che affretta il passo -. «Permesso, scusate... fate passare...»

«Indietro!» - Ci blocca una guardia -. «Gli ascensori sono fuori uso, non potete passare».

«Ma che succede?» - Domando -. «C'è stato qualche incidente?»

«Abbiamo una persona intrappolata in uno degli ascensori, stiamo provvedendo a...»

«Mio Dio! Jonathan, che si tratti di Elena?»

«È una donna?» - Insiste Jonathan, rivolto alla guardia -. «Una donna incinta? La stiamo cercando da ore...»

«Beh, sì...»

«ELENA!»

In un istante supero la barriera umana e corro verso l'ascensore; pochi secondi e vengo strattonata da Jonathan.

«Sei impazzita?! Che cavolo vuoi fare? Ammazzarti? Lascia fare a questa gente...»

Smetto di divincolarmi. Jonathan molla la presa, e mentre si appresta ad avvisare Robert sulla situazione, mi avvicino con più cautela all'ascensore. È tutto bloccato: gli addetti alla sicurezza impediscono l'accesso oltre il cordone che delimita l'area e mentre noi stiamo qui a non far nulla ho timore per Elena, là dentro, tutta sola. Cerco di agire, facendomi più avanti; dico agli agenti che conosco la persona bloccata lì dentro e forse le mie parole possono tranquillizzarla.

Mi viene concesso. «Elena, stai bene?» - Nessuna risposta -. «Elena, sono Veronica, mi senti? Fammi un colpo...»

«Ve...Veronica, sei tu?» - Dice una lieve voce -.

«Sì... sì! Sono io! Come stai?»

«Debole e... ho paura per il bambino. Non penso di farcela»

Sta piangendo. Non è da lei, per questo la cosa mi sconvolge ulteriormente.

«Elena, tranquilla!» - Jonathan si fa avanti raggiungendomi -. «Ti tireremo fuori tra pochissimo... tieni duro!»

«Jonny... sei qui?»

«Fai dei lunghi respiri. Così...brava».

«S-siete qui per me...?» - Stenta a crederci -. «Mi... mi sento senza fiato...»

«State indietro! Ora ci pensiamo noi!»

Mi faccio da parte mentre degli uomini ben equipaggiati si fanno largo tra la folla fino ai portelloni. Sembra che la cabina abbia avuto un problema con le funi, per questo è Elena rimasta bloccata lì dentro. In pochi secondi li vedo armeggiare con delle sbarre, e facendo forza i portelloni vengono aperti. Non vedo niente, solo il buio del vuoto dell'ascensore. La cabina è un paio di metri più sotto...

«Andrà tutto bene, Elena resisti! Presto sarai fuori» - le ripeto ancora -.

Chi si cala per il condotto arriva poi con i piedi a toccare l'ascensore, forzano la botola e si calano dall'alto. Passano altri interminabili minuti...

Finalmente Elena è fuori. Sono così sollevata che mi avvicino appena la vedo salire, distesa in fretta su una barella. Appena mi vede, cerca di prendere qualcosa dalla borsa ma è troppo debole e le cade. L'aiuto io.

«Cosa cerchi?» - La domando confusa -.

«Tasca inferiore... una cosa per te...»

Obbedisco e tiro fuori una scatoletta; al suo interno vi trovo un ciondolo.

«Prendilo tu... e dallo al mio bambino quando nascerà» - Fa un respiro profondo -. «Non... non so se... riuscirò...»

Cala il silenzio, i suoi occhi si chiudono. Le prometto che custodirò con cura quest'oggetto. Poi viene portata via.

Quella sera...

Siamo tutti pronti per la cerimonia di apertura, ma manca qualcosa, o meglio, qualcuno. Elena è rimasta in ospedale; non è in pericolo, ma ha sicuramente preso un bello spavento, e dovrà restare a riposo finché non nascerà il bambino. Mi solleva sapere che ce la faranno entrambi.

C'è tensione nell'aria, ma più di tutto grandi rivalità. Cerco di distendere i nervi pensando a quando sfilerò sulla passerella di mamma, ma più ci penso più mi sale il panico. Non devo fallire.

«Non fallirai» - mi dice Terence arrivando con un mazzo di rose rosse enormi e un abbraccio di incoraggiamento -.

Sì, mi serviva proprio.

«Tu non dovresti essere ad aiutare papà con i preparativi?» - Domando incredula -.

Ci sono ancora un mucchio di cose da preparare e fra poco si apriranno i battenti.

«Mi ha detto di venire da te, si aspettava che ti avrei ritrovata così...»

«Così come? Impaurita?»

Certo che lo sono!

«Emozionata. Vedi, papà in fin dei conti ti conosce molto bene e sa che, con questo qui...» - E indica l'amuleto della mamma che ha in mano -. «Puoi sconfiggere tutte le tue più grandi paure».

Il braccialetto di mamma.

«Gliel'avevo regalato io quando era tornata per il suo tour mondiale dall'Europa... come fa papà a ricordarselo?»

«Papà sa molte cose, ma più di tutto sa quanto tu vuoi bene alla mamma e che per lei tu sei il suo più grande tesoro. Voleva dartelo lui stesso ma non è qui, così te lo do io da parte sua».

«Terry... sai che sono dispiaciutissima che tu non abbia potuto...»

«Non dirlo» - mi ferma subito -. «Mamma se n'è andata ma io sto bene, ho te al mio fianco. E papà, Carmela, Jenny... quale amore mancante potrei provare?» - Mi dice asciugandomi le lacrime con il pollice -.

Mi abbraccia più forte e con un "in bocca al lupo" si precipita a lavoro.

La sfilata ha inizio!

Ci sono tutti. Proprio tutti. Ora è il mio momento di brillare, ma vengo invasa subito prima di salire sull'ultimo gradino, da un attacco di panico. E se fallissi? E se inciampassi e cadessi davanti a tutti?

E se... e se...

«Smettila di preoccuparti e fai vedere quanto sei bella» - dice una voce alle mie spalle -.

Quando mi giro, vedo Jason.

«Sono felice che tu sia arrivata fino a qui. Non demordere proprio ora» - mi incita -.

Ma la verità è che ho paura di sbagliare.

«Ho paura, Jason» - gli rivelo -. «Di deludere mia madre».

«Tu non deluderai proprio nessuno».

Sono troppo brava, secondo lui, per farmela sotto.

«Okay?» - Mi fa -.

«Okay».

«Ora vai e spacca tutto».

Sì...

Salirò!

Fin sopra il cielo, io mi innalzerò.

Fin sopra le nuvole io danzerò, e la mia luce mai più oscurerò.

Nata per vincere, nata per brillare.

Una volta mamma mi disse che se ti senti giù di morale canta, balla, fai cose pazze, ma ricordati sempre di sorridere. Mai nessuno ti porterà via quel tuo sorriso, ma tu devi dimostrare che sai tenertelo stretto. Vivendo. E lei è quei insieme a me per ricordarmelo. Nel mio cuore, nelle mura di questo palazzo, in tutte le persone davanti ai miei occhi.

Ma cosa conta tutto questo, a differenza di un amore? Cosa è veramente importante per me? Ho raggiunto il sogno di mia madre... ora più nessuno può togliermelo, ma io cosa ho realizzato? Qual è il mio sogno? Ho trascurato cosa veramente mi faccia stare bene, mettendo prima ciò che dovevo ristabilire.

Ora sono pronta. Determinata a vivere senza più paure, lì dove il mio cuore mi comanda di andare. Che dite? Faccio la scelta giusta? Solo il tempo lo dirà... fino ad allora, però, rimanete connessi.

Ringraziamenti

Caro Lettore, grazie. Grazie per avermi dato la possibilità di farmi conoscere e di aprire agli occhi del mondo questa storia. Il giorno in cui scrissi di loro, sapevo già sarebbero scese lacrime, emozioni vere e tanto ma tanto amore. Perché proprio come noi, sono alla continua ricerca di se stessi.

Io sono convinta, che come me, abbiate amato questa prima parte della storia ma attenzione, rimanete connessi! Perché non c'è storia che finisca. Perché le pagine dei loro cuori continuino a raccontare e a farci sognare.

Se il Destino lo vorrà, si ripresenterà la passione e l'irrefrenabile desiderio di stare insieme. Ma fino a quel giorno, perdersi per poi ritrovarsi è l'unico momento vero per sapere se ciò che si sta facendo della propria vita abbia un senso o meno.

Io vi ascolto, e vi aspetto in un'altra imperdibile storia travolgente di passione, di fuoco e fiamme.

Miei amati lettori, vi saluto.

A presto!

Cristina

Indice

Biografia

Cristina Russo nasce a Modena nel 2002. Residente a Maranello, si è diplomata nelle scuole superiori nel settore moda e abbigliamento sartoriale. Ha una formazione in Tecnico di Progettazione Digitale del Prodotto Moda e un attestato in Social Media e Digital Marketing. Ora studia per entrare alla facoltà di Economia. La sua passione è da sempre stata la lettura di romanzi rosa e fantasy; la scrittura e l'espressione attraverso le parole l'hanno portata dunque ad aprirsi e a mostrare nuovi lati di sé. Ha iniziato a scrivere da giovanissima, non credendo che questo fosse molto di più di un semplice passatempo. Fino a quando, con la pubblicazione di *Passione Bruciante* presso la WritersEditor, non ha visto realizzato il suo sogno. Un traguardo raggiunto, ma soprattutto un modo per avvicinarsi alle persone e creare un "legame di anime".

www.shopwriterseditor.it

direzionewriterseditor@gmail.com

Finito di stampare nel mese di Maggio 2023
per **WritersEditor** – Roma

Printed in Great Britain
by Amazon

30966389R00235